每個人心中都有一座島嶼，

藉文字呼息而靜謐，

Island，我們心靈的岸。

外島書

何致和 ｜ 著

這本書，讓我們欲罷不能……

藝文界

王盛弘（作家）
宇文正（聯合報副刊主任）
胡綺恩（中時電子報執行主編）
李金蓮（中國時報開卷版主編）
孫梓評（文字創作人）
張國立（時報周刊社長）
陳雨航（文字工作者）
楊　澤（詩人）
蔡逸君（小說家）
蔡詩萍（作家）
駱以軍（小說家）

書店通路

李玉華（誠品書店公共事務處經理）
洪玉鳳（金士盟圖書處協理）
徐璨瑄（紀伊國屋副總經理）

張元慧（法雅客環亞店文化部副理）
曾大福（木馬出版發行人）
喻小敏（博客來圖書部經理）
蔡耀仁（敦煌書局商品二部經理）
劉虹風（小小書房店主）
藍秀珠（城市書店經理）
藍源宏（墊腳石中壢旗艦店店長）

各界愛書人

呂如中（名主持人）
李佳豫（名主持人）
金桔粒（自由影像工作者）
周暐達（聯合線上內容發展組主任）
范立達（資深新聞評論員）
林清盛（News98電台主持人）
洪志鵬（微軟全球技術服務中心副總經理）
祝康偉（Cheers雜誌副主編）
張　懸（新生代創作女歌手）
庹宗康（名主持人）
魏如萱（音樂人）

目錄

《上卷》

《下卷》

《上卷》

1 第六張黑牌

這個月來一直板著惡臉的凶酷班長，態度突然和善了起來。在我從籤筒抽出那支籤後，他把我叫到連辦公室，拆了一包軍用長壽香菸，請我抽了一根，自己也叼了一根。我們隔著辦公桌相對而坐，沒什麼話說。他的菸才抽一半，我就把整根菸抽完了。我主動又拿了一根菸，他默默幫我點上。又抽了半根，還是沒什麼話聊。我心裡仍想著剛剛在營餐廳抽籤的景象。

這次外島籤不算很多，比例差不多一半。和我分在同一組抽一般籤的人有六十四個，外島籤共有三十支。我排在倒數第八個抽，前面的人運氣似乎特別糟，三個上去有兩個是外島。我和其他人一樣，引頸看著餐廳講台上掛著標記有各單位籤數的大海報，當有人抽中外島時，沒有人鼓掌叫好，只在心中暗暗扣掉一張代表噩運的籤牌。叫到第四十二號時，我的目光移開海報，看向站在籤筒前的那個人。他叫郭正賢，住在我家附近，是我國中五個死黨之一。我們國中一起到公園打籃球，高中他讀第一志願，我讀的是城市邊陲的學校，但還是經常一起到西門町和冰宮把馬子。大學考完成績單寄來，他總分高得不得了，共三百八十四分。我找他交志願表時，發現他只填了八個志願，最後一個志願是清大核工。「填八個已經太多了，最後一個志願我還是選校不選系哩。」他信心滿滿的說。我低頭看著自己的志願表，勉強過錄取標準的分數讓我用B2鉛筆密密麻麻畫滿四大張共一百六十二個科系。雖然他讀自然組，我讀社會組，但此時還是有種奇怪的感覺，覺得他好像不是我熟悉的同學，而是被上帝造來專門讀書的變種資優怪物。「絕對不行！」我說，「只填八個太危險了，好歹也要填到二十個。」我們吵了一架。我不知道他在堅持什麼，也不知道我在堅持什麼。最後，他終於拿起鉛筆，在志願表上又畫了兩畫。「填這兩個志願算是給你面子。」他說。

放榜後，他考上第十個志願交通管理系，從此和交通事業脫離不了干係。

我常想，或許我就是改變他一生命運的那個人。如果當時我不逼他多填兩個志願，他就會很可笑地以高分落榜，流落南陽街街頭，現在就不會和我一樣因為大學延畢而晚一年當兵，不會剛好分到同一連，又被安排在同一組抽籤。

在營餐廳的抽籤會場，我目不轉睛看著郭正賢報出自己兵籍號碼，轉身背對主持抽籤的人事官，右手向後伸進籤筒。「十四號。」他大聲唸出籤號。不須對照講台上的圖表，我就知道這個號碼代表關渡師，離家最近的單位。他笑了，我沒注意他在抽籤之前臉上是否也有這樣的笑容。他轉頭看向我這邊，還來不及對我比出勝利手勢，就被旁邊協辦抽籤的士官推出餐廳了。看著他加入餐廳外嬉鬧的同梯同學中，我心中又升起五年前填大學志願時的那種奇怪感覺。

大學時代，我們一北一南分別交到了要好的女友，我們的女友彼此也成了好朋友。在入伍的前一天晚上，我們四個人在夜市的海產攤叫來酒菜替自己餞行，半打啤酒下肚後，他提出一個賭注：在兩年服役期間，誰的女朋友跑了，到退伍時那個人就要拿錢出來請客。

「要是兩個都跑了呢？」我問。

「那就我們兩個都拿錢出來，吃更好的一頓。」

郭正賢以微醺的迷濛眼神看著我說。

他抽中關渡師，在這場無厘頭的賭注中已先贏一步。尚未抽籤的人只剩最後十二個。我們十二人一起站起來到講台前排隊。講台掛著的圖表顯示，外島籤只剩四張，本島形勢大好。我前面四個人上前抽了籤，報出的號碼經過對照，居然都落在本島。我的心一涼，但也注意到，這四個人把手伸進人事官手執的傾斜籤筒中都沒有攪動，直接從左下角摸出籤牌。輪到我了。外島籤四支，本島四支。比例又回復到當初的一比一。我忘記事先想好的該用左手或右手，本能反應跟著前面的人，從左下角拿出摸到的第一支籤。這支籤上的數字不太對勁。「幹什麼！報出號碼呀！」人事官在我身後吼叫。「……三……

三十六號……」我喃喃說。人事官拿著長棍往對照圖表一點。「三十六號，九洞六七四！下一個！」我被台下的士官推出餐廳，郭正賢帶著微笑向我走來，但走到我面前，他臉上的笑容便消失了。

我的班長把我帶進連辦公室，拿菸給我抽。照規定，新兵在訓練中心是不能抽菸的。他所以破例，是因為我們這一班十二個人中只有我抽到三十六這個號碼，還有，是因為我剛才在營餐廳外眾目睽睽下便大哭起來。在這麼多人面前痛哭我還是平生第一次。我本來可以不哭的，都是因為看到郭正賢在營餐廳外等我，才忍不住流下淚水，就像跌倒的小孩憋到母親過來才放聲大哭一樣。不過我不是想對他撒嬌，而是想到我們在夜市海產攤的賭注，想到未來兩年將一個人留在台灣的伊。我是在大學三年級認識她的，那時她唸法文系一年級，系辦公室正好就在我唸的英文系對面。過去英法兩系一直是世仇，彼此敵視甚久。但從我們開始，幾年來的仇恨好像化解了，兩系學生突然熟稔起來，在我們之後發展出好幾對跨系情侶，也和我們一樣省去不少房屋租賃的開銷。從大三下學期開始，我和伊便共同租下陽明山華岡路上一棟學生公寓二樓的一個房間。房間雖有兩面是木板隔間，卻超過三坪大，足以擺下一張撿來的雙人床墊、一張自己找木板釘來打麻將的和室桌、一張房東提供但只用來堆雜物的舊書桌，以及兩個橫放的三層組合櫃。兩人同住其中一人省下的房租，讓我們得以到龍山寺後面買一台中古十四吋電視，又到中華路鐵道旁的商場買一台全新的手提式音響。這樣的設備對大部分人而言已算是貴族級享受，但我們真正讓人羨慕的不是這些東西，而是我們的感情。大學生談起感情難免分分合合，可是我和伊從認識到入伍前，完全沒有分開超過二十四小時的紀錄……

「你哭什麼？」班長直到把菸按熄才開口。「想留在本島？上次叫你加入士官隊為什麼不幹？怕操想賭運氣？現在好了吧。你不想去，現在去簽轉服啊？」在新訓中心，我們有三個可以不必去外島的辦法。一是轉服，改簽四年半的志願役，受完短期軍校訓練，出來可以選擇離家近的單位當軍官；二是主動加入中心的士官隊，受完三個月訓練可以留在中心當教育班長；第三種是被來選兵的單位挑中，就可以不必參加抽籤。班長說得沒錯。我不想簽下會把原來兩年的兵役延長一倍多的轉服，也怕加入三個月豬狗不如、非人訓練的士官隊，再加上兩次的選兵大會都沒被挑中，才會落得現在的下場。

「算了吧，想開點。留在本島馬子就不會跑嗎？」班長說，「你別做夢了。看看這個。」

他掀起透明桌墊，抽出壓著的一張相片遞給我。相片上是一男一女在溪邊的合照。男的打赤膊，牛仔褲捲過膝蓋，一頭燙得極捲的長髮；女的穿白襯衫，灰色窄管七分褲，撩在頭髮上當髮箍的太陽眼鏡反映著耀眼的日光。男的蹲在女的身後的大石頭上，雙手向前摟住女生的腰，皙白而靦腆的笑臉枕在女生的肩上；女的笑得亮麗燦爛，細秀雙臂直伸向前，纖纖十指全張，像歌劇女高音接受觀眾喝采時的姿勢。

「她一個星期沒寫信來我就撕掉一張，還沒破冬，就只剩下這張了。這是她笑得最開心的，我撕不下去，你幫我撕掉好了。」

班長的話讓我感到有點錯愕。這一個月來朝夕和班長相處，從沒聽過他提起女友的事。他還剩五個月退伍，如果剛才他說的是事實，那麼相片中的女生可能在他入伍不到半年就跑了。

我抬起頭，看了班長一眼。眼前的他一臉黝黑，剛理過的平頭底下泛著頭皮的青光，和相片中的那個人一點也不像。我注意到在他面前的透明桌墊下，相片原本所在位置的墊布顏色比旁邊青綠，在大片已變淺近灰的綠色墊布上，明顯而突兀的形成一個長方形痕跡，像猛然被撕掉的一塊貼布。我可以想像一年多前的他，剛結束士官隊三個月的苦難，頂著光頭和一身炭黑膚色回到部隊，在歡喜掛起下士軍階的同時，卻接到女友變心的噩耗。想到這裡，我突然覺得自己很可笑。和他比起來，我所擔憂的算是未來式，可能僅是一種假設，也許直到把兵當完也不會發生，而他卻在入伍後便經歷了所有男人在當兵時最害怕的遭遇。現在的我為一件未來可能發生或不發生的事而哭泣，似乎是很愚蠢的事。

我默默把相片還給他，他接過去隨手丟在桌上，又點了一根菸。他沒多提女友，開始告訴我外島的事。中心有規定，抽籤時只讓你知道抽中哪個部隊的郵政信箱號碼，對於部隊的番號駐地則完全保密。不過班長還是告訴我，我抽到的九洞六七四是「救指部」，駐地在東引。

「救指部是什麼？」

「反共救國軍指揮部。」班長說，「不在台北松江路，別和救國團搞混了。」

「東引在哪？」

「在馬祖北邊，是國土最北疆，離台灣約一百海里……沒多遠，大概台北到彰化的距離而已。」

於是，我第一次對自己未來二十個月將要生活的地方有了初步概念。當兵前根本沒聽過這個地方，學生時代的國高中地理課本也完全沒提。班長說他雖然沒去過，但是聽從那邊回來的人說，東引島很小，沒水沒樹，夏天熱得讓人想把皮剝掉，冬天冷到水壺的水都會結冰。很難想像那是怎麼樣的一個地方，也不知道為什麼國防部要把我送到那個地方去。班長說，抽中外島的人明天就會被送到韋昌嶺，那是基隆山上的一個營區，在那裡或許還有幾次開放家屬探親會客的機會。至於什麼時候上船他就不知道了。有人在那等了一星期，有人當天就走，一切都得看船期而定。

「反正，到外島清心寡慾就對了。」班長最後說了這句話。他把剩下半包多的香菸送給我。

我走出連部辦公室，班上和我要好的幾個弟兄都在門口等我。晚餐開飯時間還有一個小時，連上還有人抽籤沒回來，已抽完的人擁有入伍後難得的自由活動時間。我向他們揚揚手中的香菸，六個人一起到營舍三樓頂陽台的曬衣場，坐在水塔旁抽菸。我們是第二排第六班，班上雖有十二個人，但我們六個人都排在前面，睡上下左右鋪，自然習慣有事沒事就聚在一起。其中和我交情最好的是排在我旁邊的062號，他是獸醫系畢業的，假日營區開放會客探親，別人盼的都是家人和女友，他卻只等他養的那條母黃金獵犬來看他，甚至叫家人不必每次探親就全家總動員，一次只要叫一個人把狗帶來就行了。「你知道嗎，狗是人類最好的朋友。」他不只一次跟我這麼說，接著便是一堆狗經。有次出完公差大家躲到福利社休息，他又用這句話開了頭。我聽煩了，回他：「這句話早用爛了，不必由你這個獸醫說吧？」他愣了一下，搔搔臉上被狗舔出的青春痘，然後說：「至少，我敢保證我這條狗絕對不會兵變。」「你這句話很有哲理，可見人不如狗，女人不如母狗。」讀哲學系的064號搖晃著頭說。「屁啦，你那條狗在你當兵期間被幾條公狗幹了你也不知道。」讀牙醫的065號反駁。「你們牙醫系的怎麼不替自己洗洗牙？嘴真臭。」062怒道，像狗一樣朝他齜牙咧嘴。062和065雖都學醫，但常常因為小事吵架。讀法律系的061號說這叫「人獸殊途」，但馬上被讀中文系的067號糾正。「別亂用成語，應該是『人鬼殊途』。」「沒錯，我是人，他是鬼。」065號拍手說。

我們六個橫成一排坐著，一起看著漸漸偏移到操場司令台旗杆上方的夕陽。他們剛才都已打聽出自己抽到什麼單位。律師和哲學家抽到花東，獸醫抽到關渡，牙醫在選兵時被軍醫院挑中，不必參加抽籤，中文老師還沒問到自己的單位，有人說他抽到傘兵，他說寧可到外島也不要去跳傘。他這句話還沒說完，就被坐在他旁邊的律師用手肘撞了一下。我知道他們心裡都認真在想著安慰我的話，但其實我現在心情已不像剛抽中籤時那樣難過，或說，原本十分難過的情緒，現在已有三分分散到班長身上，另有三分分散到即將離別的夥伴身上。我想告訴他們班長女友的事，但想想又忍住沒說。這件事班長從來沒提，而且明天大家就要散了，說出來對大家也沒啥好處。我抽著菸，和他們一樣，專心看著西方的落口。來金六結一個月，竟然要到離開的最後一天，才有機會細看蘭陽平原的夕陽。不過，我們這群大專兵倒是在中心過了一個月的快樂生活。入伍前就聽過「血濺關東橋、魂斷車籠埔、淚灑金六結」的恐怖傳言，沒想到進來後才發現比五年前上成功嶺還輕鬆。嚴格說來，我們還是有被操到，不過只有剛入營那三天。多虧七營二連的一個和我們同梯的新兵，他入伍第三天就中暑死了。隔天他媽媽來營區大哭大鬧，但根據檢察官和法醫驗屍調查結果，原來是那個新兵本來就有多汗症或狐臭之類的問題，他媽媽擔心他體味不佳影響到他在群體中的人緣，便在他入伍前給他服用抑止排汗的藥。結果在大太陽下連續操三天，他一滴汗都沒流，第三天晚上便休克死了。雖然沒涉及不當管教，但開訓三天就死了人還是讓師長冒了一身冷汗。於是師部下來一道新命令：只要戶外溫度超過攝氏三十二度，所有課程就改在室內舉行。命令剛下來的那幾天，每次我們戴上鋼盔繫好S腰帶領完五七步槍在走廊整好隊準備出操上戰鬥教練前，就會見到一個班長拿著溫度計在大太陽底下的連集合場跑一圈，然後回來向值星官報告溫度計刻度，之後全連就帶進中山室吹電風扇看錄影帶。我們這一梯是八月一日入伍的，正好是盛夏最熱的季節，一過上午十點，氣溫便很少低於三十二度。整個月下來，我們幾乎天天在中山室吹電扇，一邊看放了數遍的教學錄影帶，一邊偷寫信給女友。班長沒事就罵我們是大專豬，根據老家在新竹關西的061號說，他家的神豬還真的每天得吹電扇才養得肥。

「操！抽什麼籤嘛，大家好不容易才混熟，就要散了。」牙醫開口說。

「你又沒抽籤，學人抱怨什麼？」獸醫說。

「他說得沒錯，」律師提出仲裁，「這樣的確很不人道。」

「誰不能人道？」哲學家問。

「不用抽籤的都不能人道。」獸醫說。

「你在說誰？」牙醫怒道。

「說到哪去了？」律師很不高興說，「你們怎麼滿腦子歪思想。」

本來想好好安慰我的五個人又吵了起來，直到六點班長吹響集合哨音，他們還在爭論不休。我默默跟著眾人下樓去集合，走在樓梯上，只覺得腳步輕飄飄，體內好像有某個原本占有不少質量的東西逃逸出了。在我感覺哀傷的時候，總會像現在這樣變得漫不經心，整個人似乎一分為二。站在隊伍裡的我僅是軀體空殼，真正的我則遠遠站在一旁，冷冷看著面無表情、眼神空洞的自己。我又遠遠看著排在我身邊的幾位好友，雖只看一眼，難過的程度卻加深了十分。從明天開始我們將不會再聯絡，在大家都還不知道會分發到哪個連隊單位的情況下，就算想寫信也沒有辦法。留家裡的地址電話吧，但等兩年退伍，這個月的熟稔早已淡去，通訊錄上的人名資料可能只變成一串勾不起回憶的符號。然而這個月培養的情誼是如此真實，真實到我曾不只一次想過這些朋友如果能維持到退伍後所能得到的好處。牙齒壞了可以找065號醫牙，被人告了可以請061號辯護，心理若出現偏差也能找064號諮商，如果以後有養狗養貓的話就更棒了，有了062號當獸醫，等於為寵物辦了健康保險。062號這個人還真不錯，感情比要人張嘴硬生生拔出血淋淋牙齒的065號來得豐富。在抽籤之前我們放三天假，他到陽明山來找我，我和伊加上他三個人拿出撲克牌玩了一會兒大老二後，他突發奇想，想要先來測驗一下抽籤時的運氣。他把牌洗了又切，攤開來要我抽，說抽到黑牌就代表會抽到外島，紅牌則表示本島。而且，為求客觀準確，要我連續抽十張，看是黑的多還是紅的多。我依他的話抽了。第一張黑桃Q，第二張梅花十，再一次梅花三，又一張黑桃七，第五張黑桃A抽出來時，他把撲克牌一抹，連說不玩了，不讓我再抽下去。他窺見我和伊臉上都結了層霜，便說：「這是反兆，別在意，事情都是這個樣子的，你已把壞運用完了，後天抽籤肯定大吉大利。」

他應該讓我把十張撲克牌都抽完的。我無法不這麼想：如果命定要我連續抽中十張黑牌，第六張我抽中了外島，在這之後，還有四張未知的噩運在等著我。

2 韋昌嶺

抽完籤隔天一起床，感覺營區有種異樣的靜謐。沒有班長催促吼叫，沒有別連整隊踏步的軍歌聲，就連大夥在寢室整理內務也不像平日喧鬧。直到大家在中山室集合時，才發現連上少了一些人。幾個眼溜的人趁班長沒注意時偷偷從營舍窗外看出去，發現外面多了幾部將官的黑頭車。原來昨天半夜發生了兩件事，一是約在凌晨兩點的時候，營舍附近的崗哨有人開槍自殺；二是抽中南部軍團的人，已在清晨四點被叫起床集合出發離開金六結。我沒聽見夜半的槍聲，也不知道連上這些人什麼時候走的。有人說那個自殺的人是因為抽中外島，但這謠言不攻自破，因為我們這些新兵昨天根本不必站衛兵，就算要站，也只配拿刺槍術用的木槍，不會有真槍實彈。

我還是沒打電話給伊。班長給了我幾次機會，但我仍然沒有行動。要怎麼告訴她呢？就算我的口氣再平穩鎮定，她一聽到還是會哭的。她一哭，難保我不會跟著哭起來。昨天我已丟過臉了，不想再一次在眾人面前出糗。

中午開飯前，又有一些人集合走了，裡面有抽中關渡師的062號和我國中同學郭正賢。我站在三樓走廊向他們揮手道別，但他們似乎都沒有看見。到了下午兩點，換到我集合出發了。我揹著已整理好的黃埔大背包站在連集合場，出發到司令台前和別連一樣抽中外島的同梯弟兄會合。連上還有人沒走，他們全擠在三樓走廊欄杆前，揮手吼叫著和我們道別。我們經過昨夜出事的那個崗哨。黑頭車已經開走了，只剩兩個憲兵端著M16步槍站著，不讓任何人靠近。我們忍不住頻頻轉頭往出事地點窺視，但除了崗哨外一圈幡幡飄揚的黃色封鎖線，沒瞧見遺體或血跡之類的東西。

我們從宜蘭金六結出發，抵達基隆的韋昌嶺營區時，天已經暗了。我們和其他抽中馬祖各島的新兵一起在韋昌嶺的操場上整隊，有一位陌生的中年軍官站出來，要我們放下背包就地坐下，說了一些安慰或勉勵我們的話，不過沒人仔細聽。離開了中心，編入這個臨時的單位，加上即將去外島的不爽壞心情，使所有人都陰著臉，在隊伍裡三兩私下開扯，完全將紀律留在訓練中心。台上的軍官火了，罵了幾句髒話，要所有人起立立正站好。隊伍裡只有少數人被他嚇到，立刻五指伸直併攏直挺挺站著，多數人都懶懶散散起身，不甘不願站出三七步，斜眼睨視台上的中年矮胖男子。軍官說不下去了，又罵了幾句說從沒見過這種沒紀律沒教育的部隊之類的話，之後就把部隊交給一個士官長，自己氣呼呼走了。這個士官長沒揹值星帶，帽子也沒戴，草綠軍服最上緣的扣子有三顆沒扣，露出白條條沒穿內衣的胸膛，看似剛被人從床上挖起來臨時客串值星官。他沒斥責我們，分配過各單位今晚要住的營舍後，就叫伙房抬出幾大桶炒米粉，打發我們吃了算是晚餐，並宣布在晚點名前都是自由活動時間。「還有，很重要的一點，那就是明天上午八點營區開放探親會客。」他操著台灣國語說，「對了，再補充一點，明天營區會設立捐血站，請各位弟兄踴躍響應。」在大家的噓聲中，他下令隊伍解散。

我們這一梯抽中東引的共有六十二人，連上除了我，還有其他五位弟兄，他們和我不同排，雖不認識，但這一個月來彼此的臉都看熟了。隊伍解散後，我們便自然而然待在一塊。其中有個方臉大耳，表情似笑非笑的人，他叫沈詮，是第一排的，台大氣象系畢業。我之所以知道他讀的科系，是因為當我們圍成一圈蹲在地上抽菸抱怨自己的壞運氣時，他自己親口說的。抽籤時他和我不同組，他抽的是「專長籤」，全營只有四個人抽。「原本以為讀氣象或許有特殊單位需要，媽的，到抽籤場地才發現另外三個人有兩個是老師，另一個是讀心理學的。」他雖在抱怨，但臉上始終掛著自嘲的笑容。「沒想到這四支籤中竟然有一半是外島，真他媽的臭屄。」他字正腔圓脫口說出這句祖傳的髒話，立即曝露自己的籍貫，大家都知道他老爸是山東人。聽完他抽籤的經過，我的心情頓時更加低落，覺得自己的運氣比他差——他是在二分之一的機率下中彩，而我卻在本島籤多於外島的情況下摸中。不可否認，即使在一樣抽中外島、運氣看似一樣糟的一群人中，命運也有好壞之分。就像蹲在我右邊一直唉聲嘆氣的傢伙，我雖不知道他名字，但認出他是連上第三排那個會吹法國號的人，也記得他在選兵時被國防部示範樂隊挑中後整天笑嘻嘻的神情。奇怪的是，他也出現在我們這群外島兵的隊伍裡。他才是真正由天堂掉入地獄的人，使我不由得同情起他，主動和他親近起來。這是我的壞習慣，總喜歡和命運比自己乖舛的人在一起，害怕接近那些傑出、優秀、運氣強過我的人物。

這位天堂來的孩子提議去排隊打電話。我說我不想，其實是害怕，害怕聽見伊接起電話的聲音，但同情心還是驅使我陪他去了。電話亭有四具公用電話，每具電話前都排了十幾個人。我想轉身回去操場抽菸，但拗不過他央求的目光。排了十幾分鐘，前進到隊伍的前半截，開始能聽見前面的人講電話的內容。多數人都是聯絡親人明天來會客，並交代他們要帶來的物品。只有一位，不知道是哪一連的人，在三分鐘通話時間結束之前一直和家人扯不清。「媽，我阿龍啦，我抽到東引了……不是東瀛啦，是東引……對啦，要坐船啦……啥？沒有要出國啦，東引不是東瀛，還是台灣啦……什麼沒關係？妳以後要坐車來看我？……跟妳說我要坐船了，妳聽不懂？……不是去日本啦……喂……喂……？」電話斷了，他拿著話筒，茫然望了排在他後面的人一眼，掛下電話，默默走到隊伍最後面重新排隊。

我同情地看著他，旋即擔心等會伊接到電話的反應會不會和這個人的母親一樣。天堂小孩正在我前面，摀著話筒低聲說話，但我還是聽見他說的內容。「……對啦，我要去馬祖了……媽，妳快打電話給舅舅啦，叫他去查……對啦，是國防部示範樂隊……有啊，那時候有啊……我也不知道為什麼……快找舅舅，不快就來不及了……」他越說越焦急，到最後聲音已變成嚶嚶嗚咽。他伸手拉下話筒支架，轉身伸長手把話筒遞給我。我遲疑了一下，看見他鼻翅泛紅，眼角微濕。換我了。我深吸一口氣，用最快的速度，害怕按鍵會突然放出強電似的，壓下一連串按鍵。

嘟……嘟……

伊知道我抽中外島會有什麼反應呢？

嘟……嘟……

一定會馬上急哭吧？

嘟……嘟……

我該說什麼話安慰她呢？

嘟……喂？

不是伊的聲音。是她隔壁的樓友。伊不在，可能打工去了。「要留話嗎？」伊的樓友說。

「不……」我說，「啊，不……等一下，幫我留句話吧。」

「等等。」稍停片刻。「請說。」

「明早八時會客。韋昌嶺。帶暈船藥。兩包菸。」

我掛掉電話，回到操場加入我的弟兄們，一群人在操場上晃逛如遊魂。

3 捐血

隔天上午營區大門一開，伊就來了。她和媽一起坐火車到基隆，再換計程車到韋昌嶺。其實她並不知道韋昌嶺代表的意義，是看到「暈船藥」這三個字，才意識到我們最擔心的事已發生了。她哭著打電話到我家告訴我媽，約好天一亮就坐車到基隆。到基隆車站，她們問站前計程車司機說抽到外島的人在哪等船，司機便毫不猶豫載她們來韋昌嶺。

入伍的那一天，到松山車站送我的也是媽媽和伊。上了火車，我在窗口向站在月台上的她們揮手道別。「去啊，去摸摸他的手。」媽媽碰了一下伊的手肘說。火車開動了。伊遲疑了一下，上前兩步，但終究追不上火車前進的速度。媽媽後來到中心會客時說，那天火車一離開月台，伊便哭了，哭著離開車站。

那是一個多月前的事。現在，伊又笑嘻嘻地坐在我面前，完全看不出昨夜哭過的樣子。而我，這次要去的，是一個比宜蘭更遠的地方，是一個無法在假日搭火車來會客的地方。人家說，在外島兩年只有兩次休假的機會。如果平均分配，下次再見到伊，最快也得等到明年，至少是半年以後的事了。

「哈哈，抽到外島也好。」我對伊說。在新訓中心的時候，她每星期天都會來看我，坐的都是普通車。她大學還有一年才畢業，一個月的零用加上工讀的錢只有幾千塊，自然付不起莒光號或自強號的錢。每到星期天，她前一天晚上會先下山住在我家，再搭一早的普通車，花三個小時從台北到宜蘭，在營區陪我到四點，再搭三個小時火車回台北。「以後妳就不必那麼辛苦來看我了，可以省下不少交通費。」

「外島不能去嗎？」

「不行吧。」

「不是有交通船？」

「那是軍艦，一般人不能坐。」

「真的沒辦法過去？」

「可以啊，如果妳會游泳的話。」

「那你什麼時候回來？」

「半年後吧。」

她低著頭，看著漆成綠色的木桌，不說話了。

「吃啊，快吃啊。」坐在一旁的媽媽說。

媽媽照例帶來滷蛋、雞腿、蘋果、鱈魚香絲、可口奶滋和好幾瓶可樂，數量足以擺滿一個供桌。我一口也不想吃。部隊才剛開過早飯，這種時候也沒有享用美食的心情。媽媽總是這樣。我看向四周其他有家人會客的弟兄，每人面前桌上都堆滿食物零嘴。媽媽們都是這個樣子，老是喜歡拿東西塞我們的胃、我們的肚腹，好像我們隨時都會餓著一樣。我看著桌上擺著的媽媽連夜準備的食物，看著伊早上六點敲開西藥房鐵門買來的暈船藥，只覺空氣中似乎有什麼東西綿綿不斷滲入我的身體，把我像個氣球般灌得鼓脹飽滿。人家說，憋笑會內傷。我不知道現在我憋住的這種情緒有什麼危害，會不會在什麼時候把我吹爆撐裂。我很想站起來大吼大叫。

「啊，你在這兒，」有人拍了我肩膀，「我到處找你。」

我回頭看，一個黑臉雀斑矮個兒站在我身後。這個人瞇著眼笑著，眼角笑紋長得快延伸到耳朵。我愣了一下，才看出他就是那個從天堂掉下來的小孩，他的臉上少了悲哀愁容，害我差點認不出他。

「你家人呢？來了嗎？」我問，眼睛卻盯著他背上的黃埔大背包。

「來了，都來了，」他咧著嘴說，「我舅舅也來了。是他們搞錯了，我舅舅說。我本來就該被選到國防部示範樂隊，怎麼會跑到韋昌嶺？他帶了國防部的人來，現在我要和他們走了。」

「喔……」

「這是你女朋友？」他偏著頭，看向我身後。我跟著回頭，看見伊微微向他點個頭，笑了笑。「不錯哦，要好好把握，別讓她跑了。」他笑說，用手肘撞了我胸口一下。

「嗯……」

「對了，差點忘了。」他說，轉身卸下背包，從裡面掏出蝦味先、香菸、蘋果和魷魚絲，一股腦全堆在我桌上。「這是我媽帶來的，但現在我用不到了，全送給你。」他把背包綁好，重揹上肩。「我走了，你要保重。」他又拍了我肩膀一下，轉身走了兩步，又回過頭，伸出食指指著伊。「別讓她跑了哦。」

我看著他走向營區大門。門口端槍的衛兵喝住他，但旁邊樹下立刻走出兩個人，其中一位穿軍禮服戴大盤帽軍官模樣的人拿出一張文件，衛兵便放行讓他們出去了。他們上了在門口等待的一輛黑色轎車，車門砰砰關上，冒出一陣青煙走了。我左顧右盼。營區裡仍喧鬧不已，各角落坐著一堆堆的新兵和家屬，所有人皆忙著會客聊天道別，沒人注意到門口發生的事。我頹然坐下，看著桌上已變成兩倍的食物，只覺得剛才被他撞了一下的胸口還隱隱作痛。

「他是誰啊？」伊問。

「天堂來的孩子，」我喃喃說，「現在又回去了。」

「什麼？」

「沒什麼。」我說。「妳們坐一下，我要去捐血。」

「什麼？」

我站了起來，挽起袖子走向營舍的捐血站。當護士把針扎進我手臂肌肉裡時，我閉上眼睛，以為會聽見有氣體從我體內噗噗衝出的聲音。但沒有。沒有聲音，我只感覺有液體自我體內流出，不過不是從手臂，而是來自眼角。

4 交通船

我們站在海軍五二四號交通船船尾的甲板上，扶著欄杆，看著前方基隆港山上的白色觀音巨像。天色漸暗，山腳下港市的燈火已早早點亮，在港區的西三碼頭邊，我們聽不見市區的喧囂，只見到流動的車燈和倒映在港灣黑色水面上的鬧市霓虹燈火，像隔了一扇玻璃。這是我們第一次、也是最後一次落寞同觀這座港市的繁華。

「下次再看到這觀音像，不知道是什麼時候了。」一位同梯說，把菸屁股彈出甲板外。眾人的目光隨著他的菸屁股上升，下降，在空中轉了十幾個圈，從約莫四層樓高的甲板直墜入黝黑的水面。

我們是史上最倒楣的新兵，在韋昌嶺只等了半天的船，中午一過，營區便廣播結束會客要求所有家屬離開。我們打掃完營區，到了四點，所有人便被趕上軍用卡車，十幾輛閃著紅色警示燈的軍卡載著東引、南北竿、東西莒的新兵，浩蕩駛過基隆市區，開到西三碼頭。街上有許多行人往來，還有不少剛放學的高中女生，沒人多看我們一眼，毫不關心我們這些人將要去的是什麼地方。我們即將離開台灣本島好一段時間，雖然他們不認識我們，不知道我們是誰，但臉上的冷漠仍教我們寒心，似乎我們的離開是無關緊要的，就算我們就此消失也無所謂，所有人仍能好好各自過著各自的生活。

注意到我們的只有海軍的官兵。負責從金六結帶隊去外島的下士要我們排好坐在碼頭邊，交代過大家上船前一定要先去上廁所後，便去候船室領船票了。這時有四個穿灰藍色軍服的海軍人員抬了一蒸籠炸雞腿出來，在隊伍前叫賣。「剛炸好的雞腿！一隻六十！」隊伍中有幾個人抬頭瞄了他們一眼，又低下頭，沒人想理他們。我們剛剛才領到一罐排骨粥和礦泉水，背包裡還有上午留下來的幾包餅乾和蝦味先，今晚在船上食物根本不成問題。帶隊抬雞腿出來賣的海軍上兵見大家沒反應，便又喊道：「要買要快，到外島就吃不到了。」這句話像一句魔咒。昨晚在韋昌嶺，推著攤子在牆外賣臭豆腐的小販也是對我們這樣說。「到外島就沒臭豆腐吃了。」我們已知外島沒有女人，沒有休假，沒有電影院和臭豆腐，現在又得知外島沒有雞腿。隊伍中先有一人按捺不住，站了起來，掏摸口袋抓出一把零錢，上前從蒸籠裡拿起一隻雞腿。其他人仍在觀望。但那個海軍上兵又喊：「不吃就等明年吧！」魔咒的效力加倍了。前排有兩、三個人站起來，接著後面也跟著有四、五個人起立。於是，隊伍裡起了一陣騷動，慢起身的害怕吃不到今年的最後一隻雞腿，每個人都從口袋背包皮夾裡拿出鈔票銅板，擠向海軍為我們準備的炸雞腿。那四個海軍士兵笑嘻嘻抬著空蒸籠走了。我們幾十個人，包括我在內，蹲在碼頭旁倉庫月台的鐵軌邊，啃著硬邦邦的炸雞腿，完全嘗不出雞腿應有的香味。不是心情不佳，而是海軍的伙食太差。然而，在其他來不及掏錢或剛才心腸太鐵沒買到雞腿的同梯對我們投來的嫉羨目光下，我還是把雞腿啃個乾淨，還舔了舔手指頭。

我們在甲板上抽了兩小時菸，打算看看船怎麼出港，同時目送基隆港遠去。但在快啟航的時候，船上廣播器發出兩聲尖銳笛音，傳出「現在開始進出港管制」的命令。甲板上幾個穿灰色衣服的水兵突然匆忙快跑起來，接著就有憲兵上到甲板，把我們全趕進船艙。

我們六十二個東引新兵被打散分到各艙，我和幾個人的床位是在船尾的強十三艙。剛才上船的時候，船艙裡還沒什麼人，現在卻熱鬧非凡。除了穿著胸口繡有三角或四方等幾何圖形軍服的外島士兵外，還有許多老百姓，攜帶了大箱小袋的行李。我和兩位剛在甲板上認識的同梯一道，繞過各式電器蔬果雜物，跨過各色手提袋旅行箱，尋找床位。在強艙裡的都是帆布吊床，用四條鐵鍊掛在ㄇ字形鐵架上，左右各疊了好幾層。一排排掛著吊床的鐵架置列在如倉庫般的船艙裡，走在僅供一人通行的過道，擁擠度有點像走在圖書館開放式書架之間的感覺。這裡煙霧瀰漫，每條走道兩邊最下層的吊床上都坐了兩、三個老兵，脫了上衣皮鞋，叼著香菸聊天。他們嘴巴雖忙，眼睛卻沒閒著，在我們經過的時候，每個人都上上下下打量我們。

「喂，菜鳥仔，」一個老兵喊住走在我前面的同梯，「你從哪來的？」

「金六結。」我同梯說。

「操！跟學長講話不會立正站好嗎？」旁邊另一個老兵怒道，站了起來。他比我同梯還矮半個頭，但我瞧見他捲起的褲管下有塊刺青，是一條色彩斑斕的飛龍。我同梯立刻肅立站好。「立正五指不會伸直併攏嗎？」刺青老兵上前，用力把他的手揮開。我同梯被這力道帶得整個人踉蹌退了一步，但旋即恢復立正姿勢，中指貼齊了褲縫。

「怎麼辦？」我旁邊另一個同梯小聲說。我們本來也打算走這條通道，現在已遠遠退到通道口。

「不知道。」我說。

「他們不會想勒索吧？」

「不會吧，如果他們勒索他，我們可以找憲兵來。這裡一人一個床位，船上又沒地方逃。」

刺青老兵把手背在身後，在我同梯面前來回踱步。「你去哪個島？」

「東引島。」我同梯說。

「幹你娘！」他舉起右手，作勢要揮下。「跟學長說話不會加報告嗎？」

「報告學長，東引島。」

「再說一遍！」

「報告學長，東引島。」

「大聲一點！」

「報告學長！東引島！」

坐在吊床邊，最初喊住我同梯的老兵說：「阿德，算了，讓他過去吧。」他沒有把菸屁股按熄，便直接丟到床下。

「算你好運，你如果到我們西莒來，就保證給你好看。」刺青老兵說，「滾吧！」

我同梯馬上轉身，想往我們這走。

「回來！」

他慌忙轉身。

「沒敬禮就想走？中心怎麼教的？」

我同梯急急抬起手，朝他們行了個軍禮。

「滾吧！」

我同梯立刻掉頭想走。

「回來！」

「是。」

「學長叫你走不會說謝謝嗎？」

「謝謝學長。」

「我聽不見。」

「謝謝學長！」

「快滾吧。」

我同梯這次不敢馬上轉身，他看著那群老兵，後退了幾步，快撞上我們才轉過身。我看見他一臉受到驚嚇的表情，兩眼被忍住不溢出的淚水浸出血絲。「快走。」他低聲對我們說，聲音細得像個女人。我們三人匆匆走開。通道裡有人在我們身後喊道：「死菜鳥，菜到有剩！」幾個老兵哄然大笑。

我們三個揹著背包離開強十三艙，上上下下在船上亂逛。船上的走道都很窄，兩個人遇著都得稍微側一下肩膀才能通過。我們很快就發現為什麼走道會被設計成像鹿港的摸乳巷，當交通船一離港駛出外海，風浪頓時潑辣起來，把整條船搖得像停不住的不倒翁，偶爾還突然上升下沉兩下。在走道上，我們得張開雙手，先顛簸兩步撐住右邊的牆壁，然後又踉蹌偏左扶住另一側的牆。如果走道太寬，我們肯定會摔在地上。「幹嘛，喝醉啦？」我撞向經過的一個穿灰衣服的海軍，他抽出插在口袋的手把我推開，罵了一句，手又插回口袋穩穩當當地走了。我們看著他的背影，驚訝地說不出話。

經過一番探索，我們發現船上還有「莊」、「自」兩種艙房，都位在船的上層，有的雙人，有的四人，一扇扇門像旅館沿著走道兩側排列，出入的有校級軍官，也有一些不是軍人的民眾出入。我們在這裡和五、六個老百姓擦肩而過，他們都穿著一式的夾克，其中有個女人的臉還很面熟，好像在哪個電視台上看過。「勞軍團耶。」我同梯小聲說，還問我們該不該向他們敬禮。我說應該不用，他們只是平民，雖然他們也穿制服，但沒有軍階，我們只須向軍階比我們高的人敬禮。「可是，我們不是最小的嗎？」我另一個同梯說。他剛剛才在強十三艙被學長們「拉正」，現在說起話來還有些畏首畏尾。我們猜測船上應該還有個「敬」艙，但感覺這裡似乎不是我們該來的地方，便往回走下樓梯，回到船艙中層的餐廳。船已經開了一個小時。剛上船時餐廳還很熱鬧，左右五排長條鐵桌鐵椅都坐滿了從福利社買了熱食飲料的人，仰著脖子看著吊在餐廳前面的兩架電視。現在電視螢幕黑了，福利社售貨窗口的鐵板也已蓋下，餐廳裡只剩兩個人，他們的臂章顯示他們都是一等兵，不是和我們一樣的新兵。其中一個人趴在桌上睡了，另一個人則醒著，把在碼頭領到的礦泉水罐頭橫倒在鐵桌上，面無表情盯著它，看著它隨船身搖晃咕咚咕咚滾向左，又匡啷匡啷轉向右。

「我們還是回去睡覺吧。」剛被欺負的同梯說。

「等等……」另一個同梯說，他的眼睛也盯著那個一兵面前的礦泉水罐頭，跟著轉來晃去。

「我……我好像有點不舒服。」

「你怎麼了？」我問。

「不知道……」他伸手扶住牆壁，臉上已毫無血色，白得像一團壓扁的棉花。「我頭很昏，有點想……」

他最後一個「吐」字伴隨一道淡黃色黏稠物質如消防隊水柱從嘴裡直射而出，先以十五度角往上噴，然後以拋物線射向我們。我們驚叫一聲，向後跳開，但黑色大頭皮鞋還是濺上了斑斑穢物。

「靠！你就不能忍嗎？」我說。

「快走吧，被海軍的人看到就糟了。」剛才被欺負的同梯望著地上一大灘穢物說。

我們想扶他回去強艙，但通道的寬度不容許我們一左一右攙扶。我們讓他走在最前面，三個人排成一行跌跌撞撞往強十三艙走。經過廁所，他突然停了下來。

「又想吐了？」我問。

他的頭只點了半下，就推開鐵門奔進廁所去了。一股濃厚的氣味從慢慢掩上的鐵門後飄出，這味道和一般廁所的糞臭味不同，是一種不存在於我的嗅覺經驗裡的味道，彷彿裡面有人在煮一大鍋淋上酸醋的餿水和屎尿。這味道飄出來，只消吸入一口，便讓人整個肚腹開始噁心翻攪。我那被欺負的同梯摀住嘴巴，轉身看著我，兩邊臉頰都鼓脹了起來。

「怎麼……你也暈船了？」我掩著鼻子說。

「不，聞到那味道……我就……」他含含糊糊說。

「我好像也……」

話來不及說完，我們便一起衝進廁所，奔向最近的馬桶開始嘔吐。我的肚子像被鑿通的油井，不斷有溫溫熱熱的稀糊黏液從喉間冒上來。

「嘔……媽的……鱈魚香絲從我鼻孔出來了……」

「你別噁心了……我操……又來了……」

我們三人各占一個隔間，一手撐住面前牆壁，垂著頭，發出怪聲，邊嘔吐邊咒罵。馬桶裡冒著熱氣、混合了胃酸膽汁脾液的那一大灘黃褐爛泥，是我早上吃的滷蛋、蘋果、可口奶滋、下午海軍賣給我們的雞腿、剛上船吃的排骨粥。在我們的腳下，渾黃污水積了三、五公分高，上面飄浮著屎塊嘔吐物，隨船身搖擺而晃動。我們這時才明白帶隊的下士在碼頭為什麼一再提醒我們一上船就先上廁所。我們就像掉進一個大型餿水化糞池，浸泡在上百人從嘴巴鼻孔屁眼尿道噴出的穢物中，被濃烈騷臭腥酸味道嗆出了眼淚。

我們三個沒再多說話，白著一張臉，搖搖擺擺回到強十三艙，走向各自的床位。艙裡已安靜下來，所有人都脫了鞋，躺在一張張平行疊起的帆布吊床上，此起彼落發著鼾聲。幾盞昏暗的黃色燈球取代原來明亮耀眼的日光燈，啟航後開始運轉的空調冷氣也已將瀰漫的菸味排出，昏黃陰暗的船艙裡只剩一股淡淡的柴油味。在頭昏腦脹中，我試了兩次，拉著鐵鍊，從床中間和床頭兩個不同位置，才在下鋪被我踩醒的老兵的臭罵聲中爬上第三層吊床。我躺在凹陷的吊床裡，閉上眼睛，聽著從隔壁艙底傳來的隆隆柴油引擎聲，聽著海浪拍打船殼的波濤聲，聽著不知哪邊的繩索被繃緊拉扯的嘎吱咯嗒摩擦聲，覺得整個人不停下沉、旋轉、下沉、旋轉……

我忘了吃暈船藥了。

5 船上的夢

做了個夢。

我，郭正賢，以及中心同班弟兄062號，三個人揹著背包站在一個小島的沙灘上。062的黃金獵犬也跟來了，牠花不到半分鐘就繞島跑完一圈，回到062號身邊把前爪搭上他大腿，吠叫說起人話：「報告主人，我已經巡完這座島了。汪！汪！什麼都沒有。」062不像往常一樣撫摸牠扁平的大腦袋，只同我們一起茫然面向海洋，看著海平面上一艘像菸屁股大的灰色交通船逐漸遠去。郭正賢喃喃說：「這是哪裡？我們怎麼會來這？有沒有搞錯？我們不是抽中關渡師嗎？」我知道這個小島就是東引，但我沒告訴他們。我還知道他們被調到這座島的原因——國防部臨時把那個天堂小孩調回國防部示範樂隊，而條件是用兩個兵來換。天堂小孩除了把他原本準備好的零食都給我，還施予我一個小惠，他請他舅舅幫忙把我兩個好朋友一起換來東引陪我。面對他們的錯愕，我感到些許慚愧。但我慚愧的不是因為我的關係改變了他們命運，而是慚愧我心中對這件事竟完全沒有不好意思的感覺。

為掩飾我的不自在，我轉身離開沙灘。062的黃金獵犬說得對，這座島真的很小，就像我們在漫畫上常看到的荒島景象，島上只有兩棵椰子樹，樹下有一棟小茅屋，煙囪還裊裊冒著炊煙。我走向那棟小茅屋，只想先放好行李，換上短褲，再到沙灘挖蛤蜊。高中的時候我曾經挖過一次蛤蜊，那次是在新竹的海邊，郭正賢的鄉下老家，那次也是像現在這樣三個人，都是國中同學，一起到他家宿營。我們白天在海邊挖蛤蜊和捉彈塗魚，晚上就在他老家門前的田裡生起營火，砍下竹子煮竹筒飯配烤地瓜吃。郭正賢的爺爺，一個駝背的老人，提著可能是二次大戰前製造的煤油燈，來看我們在做什麼。我記得他的背很彎，頭部一直垂到腰，像從肚子長出來的。他看到我們用竹筒飯配地瓜吃，便嘮叨唸了郭正賢一頓，說家裡有雞有鴨，跑到外頭來吃這什麼東西。郭正賢三推四請才把老爺爺搞回去，當老爺爺轉身背對我們的時候，我們都嚇了一跳，因為從後面看去，他就像一個在野地提燈踽踽獨行的無頭鬼。

郭正賢的聲音從我身後傳來。他去慰062說，只要待會一退潮，海水就遠遠退去，一滴也不剩的退到地平線外，只剩堅實沙地。到時他們就可以走回台灣，去找中心的班長問清楚這到底怎麼回事。我心裡明白，這裡是東引，不是新竹的海邊。潮間帶的海水就算完全退光，走過去也只是到大陸，而不是台灣。我沒有把這件事告訴他，也還是沒有不好意思的感覺，逕自提著行李向茅屋走去。茅屋的門是開著的，屋內昏暗，僅有一盞微亮的燈光。我站在門口，聞到屋裡有一股氣味傳出，這味道有點辛辣嗆人，是煤油味，老油燈的味道。屋裡的那點光亮漸漸往門口飄來，一個人的臉慢慢在黑暗中浮現，我屏住呼吸，以為出來的是郭正賢的駝背爺爺，我記得他在我們讀大學的時候死了。光亮漸近，出現在門口的是一個女人的臉。她對我點點頭，似乎知道我是誰。而我的心裡也是這種感覺——這個女人我好像在哪裡見過。她帶我走進昏暗的茅屋裡，我看不清屋內有哪些擺設，只知道自己在她指定的一張木椅上坐下。她把煤油燈放在桌上，撥開垂至面前的幾絡髮絲，雖然沒有笑容，卻讓我想起來在哪裡見過她了。

「我的相片呢？」女人幽幽說。

「不在我身上。」

「我不信，你班長不是交給你了？」

「我還了。」

「他要你撕掉，對不對？」

我點點頭。女人的臉頓時變得哀戚起來。「為什麼？」她喃喃說，十指張開插進頭髮。我注意到她的手指仍相當纖細。「他為什麼要這麼做？」

「因為妳不給他寫信。」我說，有點替班長控訴的意味。

「我被關在這座島上，怎麼給他寫信？」女人的聲音微細到幾乎聽不見。

「他一星期沒收到信就撕掉一張相片，」我告訴她，「只剩最後一張了。」

「他為什麼不明白！」女人雙手抱頭，拚命搖晃。「拜託，千萬別撕掉那張相片！」

「為什麼？」

「撕了我就會死！」女人歇斯底里叫喊，「你不能撕，你不能撕……」她狂亂起身，碰翻了桌子椅子。煤油燈碎散一地，油料潑濺出來，火焰沿著牆壁瞬間引燃茅草屋頂。整個屋裡頓時火紅明亮，升起一陣陣令人呼吸困難的濃煙。

我睜開眼睛。

亮晃晃的是船艙頂又開啟的日光燈，嗆人的是重新彌漫在艙裡的淡青香菸煙霧。我轉頭往下看，已經有不少人下床走動，偌大的強十三艙又像回到開船前的狀態，滿艙喧鬧嘈亂。唯一不同的是，有幾個看起來和我一樣是新兵的人匆匆從艙外跑進來，大聲向他們的同伴喊。

「到東引了，看到東引島了。」

我隨眾人登上甲板，想從海上看看東引島——這個我將要度過兩年的地方的模樣。出來到甲板上才發現，外頭的天色竟比艙裡還黑。天空剛有些許亮光，被毛玻璃似的雲層包著，透出的光線還照不亮海面。空氣浮蕩著粗大的水氣，一顆顆像砂粒大的水粒子，隨著海風在人的身邊上下左右亂竄。清晨五點的海上，很像夢裡的景象。要不是甲板上已有許多人，我還真以為自己仍在夢境中。

甲板濕漉漉地，墨綠色的鋼鐵地板像漆上了一層亮光漆。地板很滑，若不小心跌倒可能會一路滑向船邊的欄杆，直接掉進海中。我順著船身起伏慢慢沿著艙壁移向船舷，緊緊抓住冰涼的鐵欄杆，空不出手點菸抽。站在我身邊的那個人倒是神色自若，嘴裡叼著菸，雙手插在口袋裡。他身形矮胖，額頭有幾道深深的皺紋，看似已過中年。我注意到他穿著昨天我們在「自艙」遇見那幾個勞軍團團員的藍色夾克，或許也是常在電視上露臉的人物，但我並不認識他。他看見我擻抖抖摸過來，好奇瞄了我一眼。「小兄弟，你不用抓得那麼緊，船又不晃。」他說。「是嗎？我怎覺得晃得很凶？」我喃喃說。他又上下打量了我幾眼，可能看出我是初到外島的新兵。「你要到東引？」我虛弱地點點頭。他嘆了口氣。我不知道他嘆氣是啥意思。他嘆完氣，把頭往船首一擺。「喏，那就是東引了。」

我順著他的目光看去。

在五二四交通船船首指向的北方海平面上，浮著兩座相連的小島嶼。在黎明的天光中，在島嶼後面像毛玻璃似的透光雲層襯映下，這兩個小島黯黯黝黝像海中莫名生出的兩塊肉瘤，似乎不應該存在於那個地方。

我身旁的這個陌生人沒再開口，他把菸抽完就下甲板了。我就這麼盯著這兩顆肉瘤，看它慢慢長大，逐漸高過船頭，看著天空由陰晦逐漸燦亮。

我還想留在甲板看船是怎麼開進東引島的，但擴音器傳來「現在開始進出港管制」的廣播。憲兵又出來趕人了。

6 中柱港

兩個小時後，我們六十二個新兵下了船，探頭探腦站在碼頭上。其他收假回來的士兵一下船，便三三兩兩逕自走向碼頭上的幾個檢查站排隊，一個個把行李打開放在小桌上，讓戴白帽子的憲兵檢查。而回鄉的老百姓則提著大包小包的東西由最旁邊的鬧門離開港口。帶我們上船的下士抱著一疊文件走過來，要我們排成四路縱隊，由他帶隊直接通過憲兵的檢查站，走到港口廣場上一棟水泥房舍前。帶隊下士要我們拉大前後左右距離站開，把背包打開放在地上，讓另外三個特別派來的憲兵檢查。

在等待檢查的時候，我們的腦袋像生了馬達，不停轉動張望。這棟水泥房舍——根據下士的說法，這就是港口的候船大樓——屋頂上立了三個白色紅字的招牌，寫著「中」、「柱」、「港」三個大字。房舍後方緊臨一面高大的崖壁，崖壁有數十公尺高，上頭寸草不生，唯有大塊大塊像被巨斧劈過的裸露巨石。港口右邊是一道陡坡，一條水泥馬路爬上坡頂。從我們站的位置望去，看不出這條路通往何處，只見到陡坡後的一片無雲藍天。此時我才發現今日的天氣好得出奇——才上午八點，我們站在太陽底下啥事也沒幹，就已經開始滴汗了。我立即懷念起船艙裡的冷氣。回頭望去，五二四交通船還停在港口唯一的碼頭上，和我在船上做的夢不同，這條船並沒有一把我們扔下就馬上開走。但是，看見這艘載我們渡過台灣海峽的交通船還停在中柱港唯一的、幾乎和船身等長的碼頭上，我的心情又沉重起來。

下次再上這條船，最快也得等到明年了。

現在才九月呢。

候船大樓湧出了兩批人。先出來的那群穿便服，跟在後面的那群穿草綠服，但同樣的興高采烈。穿便服的那群人喧譁得很厲害，他們一出候船大樓，就拿出香菸檳榔抽嚼起來。有兩個剛下船通過檢查站的士兵走向他們，和其中幾個人打招呼。「學長，要回去了？」一個士兵對一位穿花襯衫便服的說，看得出來他們還蠻熟的。

「廢話，難道還叫我留在這裡？」

「我的退伍菸呢？」

「發完了，誰叫你返台休假。」

「別這樣啦。」

「拿去吧。」穿花襯衫的人說。他打開手提袋，摸出兩包香菸丟過去。

「謝了。」說話的士兵把菸收下，也給旁邊那個沒開口的士兵一包。「退伍令拿到了嗎？」

「在口袋裡呢。」

「借我看一下。」

「想看，等你退伍再說吧，死菜鳥。」

「拜託啦。」

「好啦，你看看可以，小心口水別滴在上面就行。」

「你乾脆拿去裝框好了。」

「拗兩年就是為了這張，裝框也值得。」

憲兵走到我面前了。我轉回頭，蹲下來把背包裡的東西翻動幾下給他看。再回頭，那群穿便服的人已走上碼頭，拿到菸的兩個士兵也爬上了斜坡。憲兵檢查完我們所有人的行李後，有位臉很黑的中年軍官走到隊伍前，開始對我們精神講話。他沒戴小帽，腦門已禿得沒剩幾根頭髮。我看見他領章上有三顆梅花，在東引應該是官職不小的人物。他站在大太陽底下對著站在大太陽底下的我們講了幾分鐘話後，便叫人把軍卡開來，要我們把行李丟上車，自己也坐上吉普車走了。

下士發了口令，帶著隊伍往港口右邊走。少了大背包，行走的步伐頓時輕快起來。我們經過軍港邊的小漁港，走過一間寺廟，爬上石階，上到一個村莊。所有人左看右看，隊形散亂，惹來帶隊下士一陣吼罵：「看什麼！有兩年時間給你們在這裡慢慢看，現在給我好好走！」

這句話雖惡毒，卻也相當實際，而且立刻就發揮了效果。大家的頭都扳正了，乖乖跟著前面的人走。我們一路爬坡，離開村莊，經過一個滿是黃土的山谷，繞過圓環來到中正堂。休息五分鐘上完廁所，又繼續踏上階梯爬上一個要人命的陡坡，經過指揮部，最後抵達我們在東引的第一個住處——東引幹訓班。

7 幹訓班

我們在東引幹訓班開始為期三天的新兵銜接教育。

不知怎麼搞的，儘管已踏上陸地，卻仍覺得腳下不太踏實。走在路上，偶爾在跨出一腳踏下的時候，會感覺地面突然浮迎上來；在站立不動之時，也時常覺得地面在搖晃，彷若地震。

同梯中有人說這叫「暈陸」，是暈船的相反詞。也就是說，在海上經過長時間航行的人，習慣了船艦的起伏漂蕩，回到陸地上後，反而會覺得不動的地面在動。同梯還說，我們才坐了一夜的船，這種暈陸的不安定現象應該很快就會消失。

這個同梯的話說得很有道理，我們都深信不疑。但是，這種不安定的感覺卻一直持續，甚至還逐漸加重——在看見和我們住在一起的幹訓班學生後。

幹訓班的學生有近百名，他們穿著黑短褲，臉和皮膚的顏色也黑。我們和他們在同一個餐廳吃飯，一起下餐廳洗碗盤打掃環境，睡完午覺後一起在集合場整隊出操上課——他們出操，我們上課。在旁觀中，我發現他們的動作整齊而迅速，緊張卻不失秩序，每個人的臉上都沒有表情，沒有特徵，如果在頭頂裝上一對觸角，就與一群黑螞蟻沒什麼分別了。他們甚至會釋放一種叫做恐慌的費洛蒙，特別是在犯下什麼我們看不出來的差錯，遇到分隊長跳出來罵人的時候。還沒到晚上，這股恐慌的情緒就已感染上我們，而且蔓延的速度超猛飛快——有人不知從哪得來消息，說我們這梯大專兵全都得加入東引士官隊。

這個消息對剛到外島的我們而言，簡直是二次打擊。我們這些人在新訓中心就是不願意加入士官隊才去賭運氣抽籤，現在賭輸了，居然又要再次面對這個問題。若這消息屬實，既然躲不過士官隊，早知道在台灣乖乖簽了就算了。「有錢難買早知道」，我想起高中的教務主任在朝會訓話時經常掛在嘴邊的一句話。在他眼中，我們是一群阿飛，是一票終日吃喝玩樂不知上進的混混。雖然在操場上我們這一班站的位置不是很前面，可是當他說這句話的時候，我還是能清楚看見他嘴角總是往一邊斜斜上揚，似乎很得意自己的這句話。現在回想起來，我彷彿聽見藏在他快翹上耳根的嘴角後的那句未說出口的話：「有錢難買早知道……你們這群小王八蛋，等著瞧好了。」

晚點名後，幹訓班的值星官要我們坐到連集合場旁邊去，讓出地方給幹訓班的學生做體能。那群理了三分頭的黑螞蟻不知是體能太多無處發洩，還是故意想在我們面前表演，每個人都像彈簧一樣原地跳了三百下開合跳，接著立刻趴在地上做伏地挺身。我們目瞪口呆坐在一旁，十分鐘不到，他們已經壓了四百下伏地挺身，而且好像還沒有停下的打算。我們在新訓中心只做三十下，就可以解散去洗澡了。

「他們……他們是人嗎？」我旁邊一個同梯喃喃說。

「我不要參加幹訓班。」另一個同梯說，在黑暗中我看不清他的臉，但聽這聲音感覺他好像快哭了。

值星官終於出來說話了，但不是要幹訓班學生停止體能訓練，而是要我們這些新兵到中山室集合。

我跟著大家走向中山室，在進入室內前又回頭看向連集合場，那些士官隊學員已站起來了，不過又接著半蹲開始做傘兵操，邊做邊大聲答數。近百人的答數聲匯成一股巨大的聲浪，像千斤重的鐵鎚，一下一下撞擊我們的心臟，讓我們個個神情凝重，臉色泛青。

幹訓班大隊長進來了，手中抱了厚厚一疊資料，大小厚度都和這兩天帶隊搭船帶我們來東引的那個士官抱的那疊相同。早上我們在碼頭已見過一位臉很黑的中年軍官，整天又一直和那群黑螞蟻學生為伍，但現在看到大隊長，才知道原來光是「黑」這個不是顏色的顏色也是有階級差別的。先前我們看到的黑，黑得晦暗，黑得很淺，似乎只要幾天不和陽光接觸皮膚就又會回復被黑替代的白；但這個大隊長的黑是黝黝發亮的，是深深從骨髓透出的，就算叫一個血源純正的非洲黑人來站在他旁邊，怕也伯仲難分。

他站在中山室的講桌前，雙手張開往講桌左右一撐，以超過一百八十五公分以上的高度俯視我們。一樣是上尉，我不禁拿他和我們新訓中心的那位連長相比。我們中心那位連長高不過一七〇，唇紅面白，皮細肉嫩，雖聽說他剛從外島調回不久，但和眼前這位有虎視鷹揚之姿的大隊長比起來，簡直就像一隻剛孵出的黃毛小雞。

有次遇到師週會，新訓中心所有單位都必須以分列式正步通過司令台讓師長校閱，並有評審官打分數。成績最佳的單位頒發青龍旗，最爛的除了會領到一面黑旗，主官還得記申誡處分。我們只利用晚上天氣涼爽的時間在連集合場練了三天，正步踢得零零落落，隊形也老是走成像一條條蚯蚓。當我們的小雞連長看到隔壁兵器連那位正期班出身的連長親自帶隊練習，全連踢出整齊劃一踏聲震天的正步隊形後，竟然搖頭嘆氣說：「算了，算了，你們別給我踢到最後一名就行了。」儘管有幾個教育班長們臉上露出鄙夷神情，但操練還是終止了。師週會的前三天，我們坐在中山室看了三個晚上的電視，還覺得外面不時傳來的「向右……看」口令聲和數百隻腳掌用力踏地匯集而成的聲音太吵。

師週會那天，我們就以蚯蚓陣形正步通過司令台。走在隊伍中，我們不禁冷汗直流，雖然彼此不能開口說話交換意見，但從大家臉上的表情，可以知道所有人都在想最後一名非我們莫屬。

然而，在師長訓完話後，評審官公布成績，我們竟然得到青龍旗。

週會結束後各部隊帶回，兵器連走在我們前面。我們一回到營房，就看見兵器連那位官校正期生連長把鋼盔重重摔在地上，沒下令解散隊伍就走進了連長室。我們獲得一天榮譽假，每個人都直呼這是神蹟。可是，連上的教育班長卻一點也不興奮。他們板著臉，對我們一句好話也沒說。事後我們才知道，原來我們的連長在外島的時候，還沒撐到兩年輪調時間到期，就拿美工刀往自己大腿劃了好幾刀，因此才被調回台灣。這件事鬧得全師上下皆知。或許那些評審官是覺得連長心理有病，為了不刺激他或是想鼓勵他，才頒給我們第一名。

無論如何，反正只是當兵嘛，就算被人瞧不起，也寧可當這種小雞連長底下的兵。現在，看著台上這位雄鷹大隊長咄咄逼人的目光，人家同樣不須交換意見，便有一個共同的想法——千萬不能加入士官隊。

「你們這梯都是大專兵吧？」大隊長開口了，說的雖是問句，卻不等我們回答，便又自顧自說下去。「很好，很好。幹訓班最喜歡像你們這樣優秀的人才加入，這樣才能提升士官的素質。我明天就去向指揮官報告，想辦法將大家全留在士官隊。怎麼樣？各位，加入我們東引士官隊沒問題吧？」

謠言被證實了。噩夢果然成真。我只覺得眼睛發瘆。

「我點個名，順便認識認識大家，說不定我們還有機會相處三個月。」大隊長翻開桌上那疊資料，開始喊出人名。「陳朝龍。」

「有！」坐在台下的我們之中有一個人立刻站了起來。

「哪個學校畢業的啊？」

「報告連長，政大會計系。」

「別叫我連長，我是幹訓班大隊長，要叫大隊長。」

「報告大隊長，政大會計系。」

「很好。加入士官隊沒問題吧？」

「報……報告大隊長，我有問題。」

「什麼問題？」

「我有……我有氣喘病，不能跑步。」

「氣喘？沒關係，東引這裡空氣好得很，保證你氣喘不會發作。」大隊長伸手一揮，要他坐下，旋即點起下面一個人。「李秀雄。」

「有！」又一個人站了起來。

「哪個學校的啊？」

「報告大隊長，東吳社工系。」

「社工？社工是唸什麼的啊？」

「報告大隊長，社工就是社會工作，要為社會服務的。」

「很好，很好。你加入士官隊應該很合適，在為社會服務之前先為軍隊好好服務。」

「報告大隊長，我心律不整，醫生說我不能做太劇烈運動……我有公立醫院證明。」

「劇烈運動？我們幹訓班的運動一點也不會劇烈啊？你放心，坐吧、坐吧。下一個……趙東明。」

「有！」坐在我後面的那個人站了起來。「報告大隊長，我右腳骨折，不能參加士官隊。」

「我還沒問你要不要參加呢。先說你哪個學校畢業的。」

「報告大隊長，我是東海微生物系的，我右腳是粉碎性骨折，現在裡面還有兩根鋼釘……」

「說到骨折，我想起我在陸軍官校的時候，參加的是橄欖球隊社。那年我們和成功大學比賽……你們這裡面有沒有成大的呀？沒有？好，那年我們和成大比賽，他們有個後衛還真壯，高我一個頭，身體寬度是我的兩倍。我和他正面衝撞了幾次，在比賽中還不覺得怎樣，照樣跑跳傳球。等到比賽一完，我的胸口痛得讓我站不直。回去一照X光，操他媽的，我的肋骨竟然斷了三根。」大隊長左手摸向右邊胸口，右肩高起聳了幾下，眨了眨眼睛。「下一個，王定邦。」

我轉頭看向趙東明，在王定邦舉手答有站起來後，他還怔怔站著，隨後才緩緩黯然坐下。大隊長又一連問了四、五人，每個人都有大大小小或輕或重的疾病，全都無法承受士官隊的訓練，讓人訝異我們這六十二個同梯的身體狀況怎麼都這麼差。

「再來，李健行。」大隊長又點起一個人，他現在已懶得問我們讀什麼學校科系了，一叫起來就直接問重點。「說吧，你有什麼病？」

「報告大隊長，我有『阿斯提格米提森症』。」

大隊長皺起眉頭。「那是什麼東西？」

「是眼球的一種病變。這種病讓我的眼角膜開始退化，變得很薄，還向外凸出。」

「哦？情況很嚴重嗎？」

「是的。因為角膜有病，所以進入眼球的光線沒辦法集中在視網膜上，使我看不清東西，時常會感到頭昏。」

「哦？」

坐在我左邊的那個人轉過頭，小聲跟我說：「那不就是散光嗎？」

「噓！」我前面的人突然回頭，把食指豎在唇邊，瞪了我們一眼。

看來，在這種攸關未來的危急關頭，不急中生智是難以安然度過了。問題是，我有什麼藉口可以不參加士官隊呢？我的腳掌是有點平，但還不到扁平足的程度，而且在入伍前體檢的時候也和醫官說過了，但還是被蓋下「乙等」必須當兵的印章。我也患過氣喘，可那是在還沒進小學的時候。醫生說我這輩子注定要和氣喘共生了，我爸爸死不信邪，帶我換了十幾個醫生，答案都一樣。後來他不知道聽誰的介紹，改帶我去看一位據說是從成都來的老中醫生。我吃了三個月草藥，氣喘病就好了，而且快二十年了還不曾復發。不過，就算現在重新發作也沒用，剛剛第一個被點到的人就有氣喘病，這種病還不夠嚴重，無法成為不參加士官隊的藉口。為什麼我的身體這麼健康呢？在這種時候，健康的身體反而成為帶來悲慘命運的原因。我想起大學班上兩個不必當兵的同學。他們一個過胖，一個視力太差，全都是自己刻意造成的。過胖的那個從大四開始，每天都吃鮮奶油和起司醬；視力太差的那個，在體檢前半年就拔掉一邊鏡片，讓兩眼視差超過四百度的規定範圍。他們在體檢時被打入丙等體位，聽到的卻是一片恭賀之聲。沒有人過來對他們說「哎呀，你這麼胖，小心得高血壓或心臟病」、「你年紀輕輕視力就超過一千度，不會哪天突然瞎了吧」之類的話。真正受人同情的，反而是我們這些甲等或乙等體位，必須等待入伍令去當兵的這些人。

大隊長又點了幾個人起來。還是一樣，每個人都有病，而且每個人的病都不構成不能接受士官訓的理由。

「下一個。」大隊長拿起資料，唸出我的名字。

「有！」我站了起來，隔著幾排桌椅和大隊長精明四射的目光相對。

「哪個學校畢業的啊？」

「報告大隊長，文化大學英文系。」

「好，好。等你進士官隊後，有機會還可以教我講兩句英文。怎麼樣，你沒有問題吧？」大隊長說，和善地對我笑了笑。

這時候說沒問題，就百分之百得加入士官隊了。我想到了伊。如果她知道我在東引加入士官隊，她會怎麼說？為什麼不在訓練中心就參加？如此還可以留在本島。這下好了，害怕中心士官隊的操練而去賭運氣，結果抽到外島還不是一樣要加入。我彷彿看見她的目光，充滿責備、哀傷、無奈、心碎、怨恨。由我造成的錯誤，卻要讓兩個人來咀嚼。不！我不要加入士官隊！

我低下頭，看到自己垂在腿邊的手，正在微微顫抖。

「沒問題嗎？那就……」

「報告大隊長！」我抬起頭，再度與大隊長的目光碰撞。「我有問題。」

大隊長的笑容不見了。「有問題？既然你不想教我說英文，那就算了。也好，你就專心受三個月訓吧。」

「不，我的手有問題，不能參加受訓。」

「哦？」他深吸一口氣，寬厚紮實的胸肌在草綠短袖內衣下脹起。「我還以為總算有個正常人了，沒想到你也有問題。說吧，你的手有什麼毛病？」

「我手肘外彎。」

「是嗎？怎麼個彎法？」

我把右手掌按在桌面，扭轉手肘往外翻。

我的胳膊立刻像骨折一樣，向外呈十五度角以上的彎曲。

除了大隊長外，同梯中還有好幾個人好奇回頭往我這裡看，頓時有一、兩個人被我的手嚇得嘖嘖發出怪聲。這種「嘖嘖嘖嘖」的聲音我很熟悉，但也已很久沒聽見了。手肘外彎似乎不算什麼畸形，可是在小學時代，班上同學總喜歡圍著我，要我表演把雙手十指交叉、反轉、雙臂向前挺直，讓左右手肘關節碰在一起的特技。每當我做出這個動作，他們就會嘖嘖個沒停，有的人也會跟著試試這個動作，但他們的手總是綳得老直，像兩根球棒，就是無法向內彎曲。小學時候還不覺得自己哪裡奇怪，一到國中，當大家競相發育、每個人的四肢身體都不斷抽長粗壯之時，我的兩隻胳膊卻無法跟上其他部位成長的速度，始終和小學時代一樣，細得像兩根雙截棍。等到國二體育上鉛球課，我推出的鉛球飛不到三公尺時，我就開始自卑了。

「我看還好嘛，手肘外彎會有什麼影響嗎？」大隊長說，「你能不能自己洗澡？能不能拿筷子吃飯？」

「能。」

「那就坐下吧，不管你手肘彎不彎，士官隊都歡迎你加入。」大隊長說。

我洩了氣，重重一屁股跌坐回椅子上。為了逃避士官隊，在這最後的關鍵時刻，我出賣了自己多年來一直不願向人提及的缺陷，像乞丐般想以生理上的傷殘博得同情換取生存。但這位大隊長不像中心師週會上的評審官，他完全沒有悲憫的基因，就像使用流刺網的漁民，管你大魚小魚，只要你不小心掛上漁網，就算是海狗海鳥也照樣一網打盡，全部送入士官隊接受三個月的生烹活煮。

當晚，大家的心情極差，加上暫住在幹訓班裡不能抽菸，所有人只能睜著眼睛躺在黑漆漆的營舍裡，聽著從隔壁士官隊學員營房傳來連睡覺打呼都整齊劃一的鼾聲。

8 蜘蛛之絲

在幹訓班接受新兵銜接教育的第二天就碰上星期日，大隊長安排的科目是：由區隊長帶我們到島上各處參觀。

大家對參觀東引這座小島一點也不感興趣，唯一值得高興的，就是能暫時離開幹訓班這個怨氣沖天的地方，到外面找機會打電話回家。

區隊長帶隊從幹訓班出發，經過安東坑道、指揮部、中正堂，沿著我們昨天早上下船到幹訓班才走過的路線，來到了南澳村。區隊長帶我們在村裡的階梯斜坡走上走下，不到半小時，就把這個沿著山坡建築的村子逛了一圈，來到電信局前的廣場。

「好了，剛剛各位大致已把南澳村走完了。」區隊長站在電信局前高起的台階上說，「東引就只有三個村，南澳、北澳和獅子村，如果再加上西引，勉強算有四個。不過，老百姓大部分都集中在南澳，以後你們放假要吃要喝要玩上要都在這個地方。就這樣，我也不知道該介紹什麼了。你們有問題就問吧。」

沒有人有問題，我們全都目不轉睛盯著區隊長——後面的兩個電話亭。下船到現在，我們還沒有機會碰到電話。我想打電話回家告訴媽媽我已經平安到了東引，想打給伊告訴她我忘了吃她帶到韋昌嶺的暈船藥結果暈了船。

「等一下你們就待在這附近，不要跑太遠。你們剛到還不熟，要小心憲兵，別被捉到違紀。依我看，你們乾脆就集中到這兩家餐廳好了。」他指向我們左邊和後面。這兩家餐廳一間叫「香格里拉」，一家叫「滿天星」。香格里拉蓋得有點像地中海式的平房，牆壁是黃色的，但從緊閉的大門看不見裡面的情況；滿天星的外觀沒什麼特別，倒是雙扇玻璃大門敞開，可讓我們看見裡面的吧檯、桌椅，以及放置在餐廳最裡面的電視和卡啦ＯＫ設備。「如果你們想打電話，不要一次在這裡排太多人，小心憲兵過來找麻煩。依我看，你們一次五個五個過來好了。」

隊伍解散後，電話亭前立刻站了十幾個人。我看沒機會占到電話，便和其他人一起到滿天星，一下子就把這家店擠滿了。老闆娘是個四十歲出頭的婦人，她笑著招呼我們，口音有點奇怪，我在台灣從來沒聽過這種腔調。她把店裡的菜單全拿出來，但我們還是得四、五個人合看一份。反正菜色不多，她索性用喊的唸出餐名，要我們舉手統計數量。

「雞腿飯，要吃的人舉手。」她喊道。

我們愣了一下，彼此對望了幾眼。「不是說外島吃不到雞腿嗎？」坐在我旁邊的那個人喃喃說。

「別提了。」我說。

「怎麼？都沒有要雞腿飯呀？」老闆娘說。她不知道我們前天才在基隆西三碼頭吃過海軍賣給我們告別台灣的紀念雞腿，現在在這裡看到雞腿，只讓我們想到被人欺騙的惡劣感覺，覺得自己像個蠢蛋。

扣掉雞腿飯，能選擇的飯類已沒幾樣。我們幾乎都點排骨飯和牛腩飯，老闆娘庫存的分量不夠，但她沒叫我們改吃別的。她打了通電話，不久就有兩個十幾歲的小女生到店裡幫忙，她自己則匆匆出門，大概補貨去了。

飯菜一直沒上桌，外面電話亭排隊的人數也不見減少。我估計了一下，平均每個人講十分鐘，只要電話亭前面有五個人等候，就必須在外頭大太陽底下站一個小時。看來，打電話的希望又落空了。我們一群人坐在這家卡啦ＯＫ餐廳裡，沒人唱歌，光抽著菸，等老闆娘把我們點的飯菜帶回來。對於剛才走過一遍的南澳村，大家似乎沒什麼興致，談的話題全圍繞在何時下部隊、士官隊何時開訓、要不要乾脆簽下四年半賣身契，說不定可以馬上回台灣去當志願役軍官。

下午兩點集合的時候，區隊長調查了一下打到電話的人數。總共只有不到十個人舉手。「給你們快四個小時時間，怎麼才這幾個人打過電話？」他大惑不解。「算了，待會到點心世界，有機會再讓你們打電話好了。」

區隊長的話又讓我們產生希望。但我們花二十分鐘走到「點心世界」後，才發現這裡只有一具電話，而且排隊的人更多。我們只看了排隊的人群一眼，就上點心世界二樓看人打撞球和打電動玩具去了。儘管還沒真正下部隊或受士官訓，但從抽到外島的那一刻起，我們已連續接受好幾天的「失望」訓練，心理已經可以馬上適應，情緒也能立刻調節。

不過，在我們參觀完隊史館回到幹訓班後，又有新的傳聞讓「希望」在我們這群新兵中雄雄燃起——晚上將有「陽明小組」的人來選兵。

這種事很神奇，但你不得不承認，無論到哪裡，不管在哪個團體中，總會有一、兩個那種消息特別靈通的人。也不知他們從哪聽來的，明明大家整天都在一起，一塊在南澳吃午飯，到點心世界和隊史館參觀時也沒分開過，但他們就是有辦法知道。在金六結，我們還沒抽籤就已經有人知道外島籤有多少支；剛下船到幹訓班，馬上就有人知道我們這梯全部都會被送進士官隊。在人心浮動時，這種小道消息特別多，也特別引人關切。團體中的消息靈通人士只要裝出漫不經心的樣子，對身邊的人用「告訴你一個祕密，我聽說……」這句話開頭，立即就會圍上一大群耳朵豎直的人。這些人一得知這第二手消息，會馬上以最快的速度對不在場的人散播。當然，在轉述的過程中，他們絕不會冠上消息來源，說出「我聽某某人說……」之類的話，而會裝出一副像親自辛苦探聽出來的口氣，順便加上一些自己對此項不確定消息的臆測和推論。馬上找人轉述是必要的，若是遲了一步，很可能會碰上釘子，惹來聽完話的對方一句「哼，這消息我早知道了」的不屑神情。謠言本來有真有假，講究的是速度，不是準確。但氣人的是，這些消息靈通人士往往好事說不準，壞事倒特別靈驗。像這次要來選兵的陽明小組是什麼單位？他們說不出個所以然，只知道這個單位好像是專門搞電腦的，大概要研究計算飛彈的彈道射程。他們只說：「別管那麼多了，反正被選中的人可以確定一件事——不必參加士官隊，並且有兩年好日子可過。」

這個消息完全無法讓我開心，理由很簡單——我是外語學院畢業的，大學雖然修過一年電腦，但考試和作業都是靠班上對電腦有興趣的同學罩，才勉強以六十分過關。大學的電腦課被列為必修學分，有同學因為電腦一直沒過而畢不了業，讓我們全替他打抱不平：外文系學電腦做什麼？還不如學點英打。沒想到我還沒入社會，在當兵就先吃了電腦的虧。如果我懂電腦，現在不也有機會參加陽明小組了？

我們和昨天晚上一樣坐在中山室裡，我知道不干我的事，便逕自走到最後一排座位。陽明小組派了兩個人來，這兩個人的臉都很白，一看就知道他們很少曬到太陽。其中頭髮較長的那個階級只是上兵，幹訓班的分隊長對他卻十分客氣。他走到中山室講台前，和那些到訓練中心選兵的人一樣，都不介紹自己的單位是什麼，劈頭便問我們一些奇怪的問題。

「咳哼……你們……會電腦的舉手。」

中山室頓時響起轟隆一聲，數十張桌椅同時發出碰撞，至少有一半的人把手打得筆直。

「放下放下。」陽明小組的白臉上兵舉起雙手，手心朝下急急按了幾下，像教堂神父降福給眾人的手勢。「我這樣問好了，你們會寫程式的人舉手。」

又是乒乓一聲，剛才舉起的手一隻也沒少，甚至還多出了幾隻。有幾個第一次不敢舉手的人眼見舉手的人多，便大起膽子把握住第二次機會。

「算了，算了，都把手放下。」白臉上兵似乎被這股氣勢嚇到了，他轉頭和等在一邊的夥伴交頭接耳講了幾句話，可能在商量該怎麼從我們這群人中挑出真正合適的人選。討論完後，他又回身面對我們。「這樣說吧，你們有誰是資訊系畢業的？」

中山室一片死寂，只聽見天花板上吊扇嗡嗡轉動聲。沒有人舉手。

「都沒人嗎？」台上的上兵搔搔頭，臉上的表情和下午問我們有幾個人打過電話的區隊長一模一樣。

我一聲不響從頭到尾看著這一切，突然想起芥川龍之介寫的〈蜘蛛之絲〉。在這篇故事中，釋迦佛拿起蜘蛛絲，從玉般的白蓮之間放下去，一直垂到遙遠的地獄底層。而在地獄載浮載沉的罪人們，在寂靜的黑暗中一看見這根銀色發亮的蛛絲，立刻用兩手緊緊抓住，拚命向上攀爬。他們只想逃出地獄，說不定還能進入極樂世界。

陽明小組的人又問了些話，最後記下幾個人的名字走了，沒有講明選中的人是誰。我們默默去洗了澡，回到悶熱的寢室，心情比昨天晚上還要惡劣。如果陽明小組沒來選兵，我們的情緒也不會這麼糟。

9 二檔起步

東引第三天。大隊長帶我們到指揮部，等待指揮官一個個召見。

召見地點在指揮部的第一餐廳。這裡是本部連和指揮部山洞裡那些軍官用餐的地方，除了空間比幹訓班的餐廳大上兩倍外，窗戶上還有黃色繡花窗簾，後方還有大型空調冷氣。我們進入餐廳坐在排成一列列的鐵椅上，六十二個人還坐不滿餐廳四分之一的椅子。不過，餐廳裡可不只我們這些人。我們一就位完畢，立刻有二、三十個戴小帽，揹著洽公包的士兵圍上來，用家庭主婦在市場翻揀水果的眼神盯著我們，有幾個還迫不及待和我們之中的某些人說起話來。我注意到這些人都是上等兵或一等兵，每個人左胸上都繡有一個方塊圖案，方塊裡有的是一條斜線，有的有好幾條；有的人只有一道橫線，有的則像棋盤一樣直橫交錯。這些圖形各有不同，沒有一個重複。

大隊長帶我們進餐廳，把隊伍交給指揮部的值星官，自己就到最後面找朋友聊天去了。指揮部揹值星的軍官是上尉，一開口就先斥責那些戴小帽在我們身邊跑來跑去的人。「著急什麼？你們這些參一全站到後面去。指揮官馬上就來了。」

這些人退開了。我看見餐廳前面擺了一張鋪有座墊靠背的大椅子，寬度足以讓兩個人同時坐下。

椅子旁有張小茶几，上面已放著一杯蒸氣騰騰的熱茶。值星官和我們沒話說，不時跑到窗邊探頭向外看指揮官來了沒有。我們吹了十五分鐘冷氣，開始昏昏欲睡時，卻聽見值星官扯開嗓子喊：「立正——」在我們全體起立的同時，餐廳的大門開了，幾個軍官走進來，除了一位佩槍的少尉外，其他人的官階都在兩顆梅花以上，年紀也都上了中年，至少有四、五十歲。其中年紀最大，但個子卻最矮的那位，向值星官擺擺手，說「坐下、坐下」，自己逕往那張鋪有軟墊的大椅子一坐——整個人剛好塞滿。跟在他後面的那個佩槍少尉，急忙上前端起茶杯，遞給這個矮胖子。我猜他一定被杯子燙到了，因為他一端起茶杯，就皺著眉頭，對杯口吹了幾口氣才遞給指揮官，退到指揮官後面去後兩手還偷偷舉起捏住耳垂。

指揮官喝了茶，張口說話了。「孫大鵬……」他把「鵬」字足足拖長了兩秒。

「有！」餐廳後面傳來一聲響亮的答有聲。原來幹訓班大隊長叫孫大鵬，這名字跟他的體態還巒配的。他快步跑到指揮官面前，立正行了軍禮。

「都帶這些新進弟兄到島上四處看過了吧？」

「報告指揮官，昨天我派人帶他們看過了。」

「都看了哪些地方啊？等等，你別講。」指揮官以手勢制止正要回答的大隊長，轉頭看向台下，目光從我們身上掃過。「你，你起來說，昨天你去過哪些地方了？」他隨手點起一個坐在第一排的同梯。

「報告長官，我……」

「什麼長官？是指揮官！」大隊長鐵青著臉糾正。

「是……報……報告指揮官，」我這位同梯的說話聲開始顫抖了。「我們……我們去卡啦ＯＫ吃午飯，然後去點心世界打電動，回來的時候有經過一間博物館……」

「是隊史館。」大隊長說，一張臉變得更黑了。

「孫大鵬——你站到一邊去，別在這嚇人。」指揮官說。

「是！」大隊長退到牆邊，轉身時瞪了我們一眼。

指揮官揮手叫那個同梯坐下，改問大家。「各位剛到東引，在這裡還習慣吧？」「習慣！」我們齊聲說。「幹訓班的伙食吃得夠不夠？晚上有沒有讓你們洗澡啊？」「有！」聲音震耳欲聾。指揮官點點頭，又問：「都打過電話回家報平安了嗎？」「有。」音量驟減，只有零星幾個人回答。「還有人沒打過電話嗎？打過電話的人舉手。」幾個人怯生生舉手了，動作完全不像昨天陽明小組來選兵時那樣有氣勢。指揮官皺起眉頭。「這怎麼回事？他們下船兩天了，居然還有人沒打電話回家，孫大鵬——」大隊長急了，忙問我們：「昨天不是給你們時間打電話了嗎？你們到南澳都幹什麼去了？」當了一個月兵，我們學會如果沒辦法用幾個字回答的問題，最好別隨便開口。因此我們眼睜睜看著大隊長，又看看指揮官，沒人回答這個問題。指揮官瞄了大隊長一眼，沒再理他。「值星官——你現在讓他們兩個兩個去打電話，一個人打完回來，下一個再去。」

我頓時對指揮官升起好感。雖然指揮官每次喊人的名字，都會把最後的尾音拉高拖長，很有讓人神經緊繃的效果。儘管餐廳裡那些軍官面對指揮官時都露出謹小慎微、惶恐不安的態度，顯見指揮官不是什麼好惹的人物。不過，他既然能注意到我們渴望打電話的心情，就表示他這個人還算不錯，在不惡而嚴的外表下，可能還藏有仁慈親切的一面。

值星官叫坐第一排最右邊的那兩個人起立，帶他們出去打電話了。指揮官不等他們回來，便開始介紹剛才和他一起進來的那些軍官。他們是指揮部裡各參謀部門的科長，從參一到參四，政一到政四，總共十來人，領章上的梅花泡泡加起來有二、三十顆，全是中校級以上的人物。一次出來這麼多軍官，我根本無法讓人記住他們的姓名和官職——除了前天下船時到碼頭對我們精神訓話的那位禿頭上校外。我現在知道他姓唐，是政戰部主任。指揮官對他的態度特別客氣，可見政戰部應該是很重要的單位。唐主任是那種只看一眼就很難忘記的人，膚黑齒黃、凸額瘦臉，讓人聯想到歷史課本抗戰時期的黑白相片中被日本鬼子五花大綁等待處決的無辜百姓。這些人的長相很有特色，和現代人不太一樣，雖然還沒被活埋，但臉上已有種泥土的感覺，像是用土塑成的人像。他們似乎沒有表情，也許從出生到死亡的那一刻，都板著和相片上一樣的一張木木然的臉。

那個佩槍的少尉侍從官搬了張鐵椅放在指揮官面前不到一公尺的地方，我們開始一個個出列，輪流坐上那張椅子和指揮官面對面談話。我不關心指揮官想問什麼問題，心裡只想著待會換我去打電話時，我該和伊說什麼。今天星期一，這個時間她很可能在學校上課，也有可能在打工的地方當班，留在宿舍的可能性不大。但如果接通了，我要說什麼呢？她一聽到我的聲音，應該會馬上哭出來吧？我知道她愛哭，不過那只在私底下。每次在學校或打工的地方受到委屈，在眾人跟前她總會強忍住，回來見到我才哭，而且忍得越久，哭得就越傷心。上個月在松山車站她送我入伍的時候就忍住沒哭，直到火車開動前都還笑嘻嘻地。大前天在韋昌嶺她也沒哭，可是我知道她和媽媽一出營區，一定和上個月一樣，從基隆哭回陽明山。如果待會電話打通，在隔著電話線沒見著彼此的臉的情況下，她一定又會哭吧？而只要她一哭，我恐怕也會忍不住跟著抽抽噎噎，讓排在後面的同梯看笑話。

在指揮官和我們個別面談的同時，先前退到餐廳後面的那群參一又圍上來了，讓我無暇去想打電話的事。經過剛才指揮官介紹，現在我知道參一掌管的業務是人事，原來這些人都是各單位派來的人事士，打算從我們之中挑選專長符合他們需求的人。「有沒有會修車的？」「有沒有會蓋房子的？」「有沒有會鐵工的？」這些參一人事士以不干擾指揮官面談的音量，小聲地邊喊邊繞著我們的座位外圍打轉。我們也緊張地把頭轉左轉右，害怕漏聽哪個人事士唸到的專長。

其實我根本不必跟著大家一起緊張，因為我什麼都不會。大學時我沒參加過任何社團，完全沒學過什麼特殊才藝；儘管我家以前開過照相館，我也沒學會半點攝影技巧和暗房功夫。就連我剛拿到文憑的英文本科，我也不太敢大聲說英文是我的專長，因為我的英文能力簡直爛透了，連高中生的程度都不如，光是一科「大一英文」我就連續修了五年。不過，那錯不在我。大一被當掉是我自己不用功；大二被當是因為老師把我的名字和另一個很少來上課的同學搞錯；大三下學期我過了，而且分數很高，但教務處卻不承認這四個學分。他們說因為我大三上學期沒修，所以下學期修過了也不算。我提出抗議，既然不承認，開學選課時為何不早說？我在教務處大聲咆哮，可是他們只恐嚇我要找教官來處理，沒人願意賠給我損失的四個學分。大四我和小我三屆的學弟妹一起上課，全班沒有半個我認識的人——除了授課的老師之外。那個老師姓荊，我大二修過她教的「新聞英文」，而且成績還不錯。我自認和她關係很好，但還是很小心，下課後都會刻意留下和她聊聊天，籠絡一下感情。我幾乎每堂課都到了，就只缺課一次而已——而她居然就在我沒到的那天，宣布下星期要舉行期中考，真是夠意思了。在沒人通知的情況下，完全沒準備的我交了白卷，結果我就因為「大一英文」一科延畢。大五的時候，系主任也換人了。系主任一上任就約談我，說我已經破了全國英文系的紀錄，從來沒有一個英文系學生能連修五年大一英文。我把上述原因一五一十全告訴他，他耐心聽完後說：「那你就來修我開的大一英文吧。」我乖乖去了。系主任很夠意思，每次上課一定第一個問候我，點我起來回答問題。這次我終於沒在小我四屆的學弟妹面前丟臉，總算讓我拿到學分畢業。

總之，要講專長，我大可不必費心，反正結果一定和陽明小組來選兵一樣。不過，就在嘈雜如菜市場的餐廳中，卻有一個聲音冒了出來。

「有沒有人會打字的？」

我急忙轉頭向聲音來源望去。問話的是個矮個子一兵，胸前的方塊圖案裡繡著三條斜線。我仔細觀察他。他的臉生得白白淨淨，雖沒有陽明小組的人白，但也不像幹訓班的人黑。看來他這個單位應該不會操得很凶，再加上他要的專長是打字，說不定是哪個專門負責文書工作的部門。「有沒有人會打字的？」他又問了一次。

「我！」我舉手了。

「你？」他轉頭過來，瞇著眼睛上下打量我。「你會打字？我要的是中文打字哦，不要騙我。」

「我會。」我的手仍舉得老高，「我家有一台打字機，是中文的。」

我沒有說謊。我家確實有台中文打字機，那是我國中的時候，爸爸買來讓讀會計系的大姐練習中打用的。那台打字機至少有七十公分寬，扣掉四個揀字盒不算，光是機器本身就需要兩個工人才抬上我家閣樓。這種中文打字機很有趣，字盤上一格格密密麻麻擺滿了一千多個倒放的合金字。操作的方法很簡單，只要移動拉桿，把吸字孔對準想要的那個字，先輕輕按一下，讓字盤下的頂針將合金字頂起，送入吸字孔，第二下再用力把合金字打向夾有色帶和紙張的圓筒，白紙上就會出現一個方方正正的楷體字。這個人事士問我會不會打字，我沒有騙他，只要看人操作一次，任何人都會使用這種中文打字機。他沒問，我也沒告訴他的是——我一分鐘能打多少字。從國中到現在，我只碰過家裡那台打字機兩、三回，而且都集中在剛買回來的那段時間。我姐姐也好不到哪去，可能比我多摸過幾次吧，之後那台打字機的塑膠布上就落滿灰塵，剩下的作用就是讓媽媽的雞毛撣子多一個使用的地方。不過，打字機不是唯一爸爸買來而我們不用的東西，我家還有風琴、呼拉圈、南胡、畫板、顯微鏡、溜冰鞋、吉他、小神通電腦……每年過年媽媽都會把這些東西清出來，考慮要不要丟掉或送人，最後總是搖搖頭，說聲「好可惜呀」，然後換個地方繼續存放。

「把你的兵籍號碼給我。」這個人事士拿出紙筆，兩眼直視我的雙眼。

「字四二三六……」我飛快說了，眼睛眨也不眨，正面接過他的眼神。

他匆匆抄下我的兵籍號碼，又問了一句：「你真的沒騙我喔？」

如果他再問我第三次，我也許就會向他坦白說我根本不太會打字，可是這時指揮官叫到我了。

「好，你就到三營來。如果別人再問你有什麼專長，你可不要再說了。」這位人事士對我小聲交代完，又急急去找尋下一個想要的人才去了。

我走到餐廳前方，立正向指揮官敬禮。指揮官正拿著瓷杯喝茶，空不出手回禮。我有點緊張，沒人教過我當長官在喝茶的時候，你該不該等他放下杯子再敬禮。在中心的時候，我曾因為對躺在床上的班長敬禮而挨罵。他們說，若長官躺著，只要喊「報告」就行了，除非躺著的是死人才要行舉手禮。「你坐吧。」指揮官咂了咂嘴說，把杯子放回茶几，戴上老花眼鏡，翻看可能是我的檔案資料。我規規矩矩坐下了，兩手伸直併攏貼平放在膝蓋上，心裡還在想剛才敬禮的動作是否做錯。在軍隊中，我們隨時隨地都會犯錯，入伍一個多月，挨罵的次數早已超過從小到大的總和。像剛才指揮官問話時我們都說沒打過電話回家，看大隊長的臉色，等一下回去恐怕又會被罵一頓了。當上級問話的時候，你說的是真話或假話都是其次，最重要的還是得說對話。

指揮官微微抬頭，眼神從老花眼鏡上方看向我。「哦？你開過計程車？」

「報告指揮官，是。」

「開多久？」

「一年。」

「為什麼開計程車？」

「因為我大學延畢一年，大五那年沒什麼課，才到車行開計程車打工。」

我差點忘掉我有開車這項專長了。開車大家都會，但開計程車可不是人人都有的經歷，至少，在台北市開計程車就不簡單，你得要有像老鷹從高空撲向地面攫取獵物的本領，遠遠看到客人出現叫車，就得猛踩油門從快車道切向路邊，超過其他和你一樣發現客人的對手，擋住後面直衝上來的機車群，嘎吱一聲停在乘客的面前。若不這樣，就只有永遠空車在街上繞的分。

指揮官又看了看我，似乎沒什麼話好問了。他的目光越過我頭上，看向餐廳裡的那群人。「汽車連?汽車連的人來了沒有?」

「有!」立刻有人大聲應諾。我聽見有腳步聲快跑過來,但我不敢回頭,看不見跑來的人是誰。

「你馬上帶這個新兵出去試開小車,到指揮部廣場上測驗。」說完,指揮官又轉向我,「你跟他去吧。」

我跟著那個汽車連的人往餐廳外走,瞄見剛才抄下我兵籍號碼的那個人事士正看著我,眼神滿是埋怨,彷彿我是他見異思遷的戀人。我很想跟他說這不關我的事,是指揮官自己看資料做決定的。但我們距離太遠,而且我還真的有點想改變主意了,比起打字,我還是對開車比較有自信。如果真的被選去當駕駛也不錯,只要把長官載到定點,就可以坐在車上等,說不定能有很多看書的時間。

那個汽車連的人和我一走出餐廳,立刻有兩個人迎上來,我注意到他們的臂章上都是兩條勾,三個人都是一兵。「你帶這個菜鳥出來做什麼?」其中一人問。

「指揮官說讓他試開小車。」帶我出來的人說。

「可是,他們這梯是大專兵耶?」

「你去跟指揮官說啊。」那個人的口氣不太好,他轉頭對我說,「走吧。」

我們來到指揮部前的莒山廣場,廣場邊靠近軍官福利社的地方停了一排吉普車。那三個汽車連的人跳上其中一輛,叫我也上去坐在右前座,然後把車開到廣場中央。

「你開吧。」開車的人說,打開門下車了。我也轉身打開帆布車門準備下車。

「你幹嘛?」坐在後座的人說。

「去駕駛座開車啊?」我說。

「下車幹嘛?直接爬過去就好了!」

我還搞不清楚為什麼要用爬的,剛才開車的人就已從車頭繞過來擠上車,他推了我一把。「過去、過去，慢吞吞做什麼？」

我坐上駕駛座，雙手握住方向盤，試踩了一下剎車和離合器。老實說，這輛吉普車未免也太舊了些，雖然我才開過一年計程車，對汽車維修的知識僅止於通過職業駕照考試的程度，但我敢說，這輛車子還能動簡直就是個奇蹟。

「快開啊？幹嘛？還在摸什麼？」

我踩下離合器，右手將排檔桿打至一檔，油門一加，吉普車就立刻往前衝。

「停車，停車。」我旁邊的人叫了起來。「你會不會開車啊？哪有人用一檔起步？」

不用一檔？那要用什麼？難不成用推的？

「對不起，學長。」我說。不知道我為什麼要道歉。

「笨蛋！用二檔起步。我教你，不管是小車大車，開軍車就用二檔起步，懂嗎？」

「是，學長。」我把排檔改打到二檔，但離合器才一鬆開，吉普車抖了兩下就熄火了。我慌忙伸手摸向車鑰匙的位置，想趕快重新發動，但我的手卻摸了個空。低頭一看，這才發現軍車上竟然沒有鑰匙。這時，突然有一隻手伸過來按住了我的手。

「好了，你下車吧。」

測驗算是結束了。我跟著汽車連的學長走回指揮部餐廳，只覺得全身發熱，有種被羞辱的感覺。我是領有職業駕照的計程車司機，我會開車的時候，這些汽車連的人可能還在國中喝奶，如今我卻被他們看成智障，當成小丑。我忿忿不平走進餐廳，指揮官正在和我的另一個同梯面談，沒注意到我進來，而汽車連的人沒向他回報就走了。那個抄走我兵籍號碼的人事士學長也不見了，或許他已找足他需要的人選。我回到座位坐下，發現該輪流出去打電話的人已跳過我，輪到後面那排的人。

我又想起了〈蜘蛛之絲〉。

如果我死後真的到地獄受苦，而佛陀哪天心情好想用蜘蛛絲救人時，我希望祂一次只放一根下來，別同時降下兩根。

10 步兵第三營

總算下部隊了。

到東引島的第四天，我們六十二個同梯離開幹訓班，打散到島上的各營連單位。來了幾天，我才慢慢搞清楚我們反共救國軍的編制。島上共有四個步兵營和一個工兵營，再加上諸如保修連、通信連、砲兵連之類的特殊連隊，總人數大概三千人左右，約是一個加強旅的規模。一、二、三營駐紮在東引，四營在西引。東西引之間有一道長兩百多公尺的人工堤，聽說是前兩年才利用興建港口炸山挖下來的土石填入海中完成的。

這道堤岸雖壯觀，但和遍佈在地底下的坑道比起來，根本就算不了什麼。前天我們參觀過幹訓班旁邊的安東坑道，這座坑道的直徑約五公尺，一走入坑道口便以三十度角斜著向下一路延伸，據說可以直達海邊。我們沿著坑道左右兩邊石梯下去，走了三百多級還到不了底，這時回頭一看，洞口已變成一個錢幣大小的亮點。

坑道中央鋪有一條鐵軌，據說這座坑道當初是設計給勝利女神飛彈用的，平常把飛彈藏在一百多公尺深的地底，發射時再順著鐵軌升到坑口。但是後來這個坑道挖歪了，沒辦法用來發射飛彈，只好供給部隊居住使用。來東引才幾天，我已聽了不少謠言傳聞，就數這個最有根據，因為坑道中的鐵軌就是明證。敘述這傳聞的幹訓班區隊長還說，野戰醫院下面也有一座挖壞的坑道。那座坑道大到可讓船艦在漲潮時駛入，只可惜當初沒算好潮汐，挖好後才發現一漲潮整座坑道就被海水完全淹沒，最後只好荒廢。

「而且，那座坑道鬧鬼特別凶，」區隊長說，「當年坑道挖到一半突然塌了，負責構工的那一連沒人來得及逃出來。他們連長剛好不在，回來的時候看見整連的人全埋在裡面，一個人跪在洞口大哭了三天。」

不知怎的，當我走在坑道中，用手摸著坑道花崗岩壁上人工挖掘留下的痕跡時，居然有種想哭的衝動。不是感動，也不是難過，就是想哭而已。有時候想哭只須一點點觸發，不需要太實際顯明的理由。不過，我也感到一絲慶幸，幸好我是在這些坑道完工不知幾年後才來當兵，不必和前人一樣，終日拿著圓鍬十字鎬在暗無天日的地底敲擊堅貞如鐵的花崗岩。

昨天在指揮部餐廳的那些人事士，今天又出現在幹訓班，一一唱名帶走分發到他們單位裡的人。叫到我名字的正是那位問我會不會打字的人事士。我揹起背包跟他走，知道自己被分發到三營，同梯中和我同營的共有十二個人。我們走出幹訓班，下了一道階梯，經過一個小碎石地，再走下十幾級石階，來到一個有三棟平房的營舍，離幹訓班的距離不到一百公尺。「到了，三營就在這裡。」帶隊的矮個子學長說。現在我們已知道他的名字了，他叫李梓萬，是三營的參一業務士，足足比我們早來外島一年。李梓萬帶我們進營部辦公室，裡面有五、六張辦公桌和鐵櫃，但沒有人在辦公。「你們先把背包放下，在這裡等我，我去問營長要不要約談你們。想抽菸的話就到外面去。」

李梓萬學長離開營辦公室，留下我們這十二個人。我們坐在地上，有人拿出暗藏的香菸分給大家，我們走到營辦公室外，坐在牆邊抽菸。這就是下部隊的第一個好處，隨時可以抽菸，不像在訓練中心要躲到廁所，也不像在幹訓班連菸都帶不進去。我們開始聊天，這些同梯中我只認識那個叫沈詮的傢伙。我們在金六結同連，在韋昌嶺講過一次話，後來各有各自臨時的朋友而分開，現在又分發到同營。不過，我們還會再打散分到三營的各個連隊，再度同連的機率應該不高。

我們抽了兩根菸，李梓萬還沒有回來。這段時間我們有一搭沒一搭聊天，講的都是自己的籤運如何不好，到外島還要被迫參加士官隊之類的怨氣話。多半時間，我們只默默看著營辦公室外偶有軍車士兵經過的水泥馬路。有時候，當你無可奈何之時，就只能瞪著眼睛呆呆看著某個東西。這條馬路坡度很大，每個走上來的人都氣喘吁吁，邊走邊擦汗；下坡的人得把重心往腳尖移，才不至於越走越快。這座島上似乎都是這種道路，我們來了四天，還沒見到幾個平坦的地方。

唯一的一包香菸很快抽完了，就在我們開始四人一組輪流抽一根菸的時候，從斜坡路上走下來一個揹洽公包的上等兵。他像閱兵一樣從我們面前走過，目光滑過每一張臉。滑到我臉上時，目光停住了。我和他四目相接。

「老木？」這個人開口了。

我愣了半晌，才發出驚叫。「小吾？」

好久沒人叫我「老木」了，這是小時候眷村的朋友給我取的綽號。那時眷村小孩大都有個小名，像小吾本名叫張展光，他哥哥張展明的小名叫小山，和姓名完全不搭嘎。我沒有小名，也不懂他們的父母為什麼替他們取小名，只知道這些擁有小名的人很值得讓人羨慕，因為他們不會平白無故招惹來難聽的綽號。從小，他們就因為我有雙細瘦的手臂而喊我「竹竿」。喊久了，「竹竿」升格成了「木頭」，後來又去掉「頭」字，加上個「老」，就變成我小時候在眷村通行的綽號。這綽號跟了我好幾年，進國中後，眷村拆除改建，童年玩伴星離雨散，之後就再也沒人喊過。十幾年來，我完全忘了我曾經有過這個綽號，因此當小吾走來喊出這個名字時，讓我感到驚訝的不是在東引這地方遇見兒時好友，而是這個已忘卻多年的綽號。這綽號就像催眠大師植入的一個指令，在多年後突然有人對你喊出來之時，蟄伏在大腦皮質層底處的記憶便竄升而起，如同一群因槍聲驚飛出樹林的伯勞鳥。

小吾和我同年，在眷村我們共有五個孩子一樣大，扣掉其中一個女生，我們四個男生幾乎每天下課都在一起玩棒球。小吾總是最後出來的，他爸爸管他們兩兄弟很嚴，還請了一位家庭教師替他們補習。我們每天三點半下課，小吾總要拖到快五點才能出來，這對我們影響很大，因為他是快速球投手，在他沒趕來前，我們總會被鄰村的小孩得個十幾分。小吾一來，那些台客就拿我們沒辦法，因為小吾除了球速快得像國中生之外，最主要的是他那張臉，總是陰陰沉沉，一臉黑氣。他站上投手板，冷冷往打擊區一瞪，很少有人不被他的神情嚇著，尤其是被他的觸身球砸過的人。我們曾想過和他的家庭教師溝通，要他早點放小吾出來，但那個老師是村外的人，我們不認識。顯然他爸爸早料這點，才不請村裡的大學生，怕認識的人太好說話，對他們凶不起來。

國小六年，小吾在班上都是第一名，這給我們很大壓力。每次月考成績單發下來，在我爸媽的訓話中，總不忘提到他的名字。其實我覺得自己考得也不差，至少在十名左右，而且我還沒有家庭教師。不過，這是沒辦法的事，只要親朋好友中出了一號這種人物，你就只有被比下去的分。小吾的爸爸是中校，他家有錢請家庭教師，我爸爸只是士官長，家裡張嘴吃飯的小孩又比小吾家多，想請家教可能只有等光復大陸後再說。無論如何，儘管小吾家境好、功課佳、球速快，就連青春痘都比我們先長，但這都不影響我們的感情，即使我們從沒看過他對我們笑過也一樣。

只是，有件發生在我們升國一那年的事，讓我一直耿耿於懷。我們從國小升到國中，入學時學校舉行分班智力測驗，小吾和我同一個考場，位置就在我前面。我們在國小時已做過類似的模擬測驗，知道這種智力測驗的考題有一百四十題，因此我和他事先說好，我寫前七十題，他寫後七十題，兩人再交換答案。他答應了。考試的時間五十分鐘，我花三十分鐘慢慢寫完前七十題，然後踢踢小吾的椅子。他抬起頭，看了監考老師一眼，搖搖頭用後腦對我打信號，好像表示他還沒寫好。於是我轉著筆等了十分鐘，又踢了一下他的椅子，這次他連頭都沒抬。我看不到他的筆還有沒有在動，不知道他寫完了沒有。我急了，開始猛踹他的椅子，還趁老師不注意的時候拍了一下他的背，但小吾完全沒有反應。時間剩不到五分鐘，我絕望了，拿起鉛筆題目看也不看就隨便亂猜，填完後七十題答案時剛好時間到收卷。

成績揭曉，小吾智商一百二十幾，分到好班。我的智商只有六十五，差點編進啟智班。

一進國中，我們就突然疏遠了。疏遠的原因不是智力測驗，而是眷村拆遷。國防部把地賣給建商，眷村被拆掉一半，兒時玩伴全搬走了，只有我家沒被拆到。國中三年我和小吾都不同班，在學校很少機會見面。後來聽說他考上建中，又上了台大，而我讀的高中和大學都在台北市郊，國中畢業後我們再也沒見過面。

「老木，你怎麼也來了？」小吾說，他還是和小時候一樣，沒什麼表情變化，臉上的青春痘也一樣多。

「我……沒辦法呀。」我瞄向他草綠服胸口，那個金黃色方格內也繡著三條斜線。「你也在三營？」

「嗯，三營營部連，就在那上面。」他伸手指向斜坡上方，瞄了一眼。我知道他說的地方。我們在幹訓班出來早點名的時候，會看見山谷對面有個連隊也在同時間出來早點名。他們的連集合場很窄，蓋在近似懸崖的陡坡上，幾十個穿綠內衣紅短褲的人從營房慌慌張張衝出來，一下就擠滿整個空地。

「營部連涼嗎？三營哪個連比較好？」

「很難說。」小吾搖搖頭，又往斜坡上看了一眼，這次目光停留的時間比剛才久。「不要到營部連就好了。」

「為什麼？」

「哎，不知道該怎麼說。反正，別到營部連就好了。」

在小吾轉頭往斜坡上看時，我瞄見他左臂的盾形臂章上有三條勾勾。「小吾，你是上等兵了？」

「嗯。」

「你什麼時候來東引？」

「來很久了……」小吾沉默了一下，才說：「老木，你來晚了，我快退伍了，剩不到半年。」

我看著他，濃烈發酸的羨慕情緒讓我說不出話。小吾這傢伙，不只功課比我好，運動比我行，青春痘比我先長，就連退伍這檔事也搶先一步。他才剩幾個月，我卻剛開始將近一年十個月的外島生涯。而且，他是上兵，我則是最低賤的二等兵，光講階級我就遠不及他了。

小吾說還有事要辦，揹著公事包走下斜坡路去了。沈詮見他走遠，才上前拍了一下我的肩膀。「遇到熟人了？」

「我小學同學。」

「這下好，有人罩了。哪連的？」

「營部連。」

「營部連好像很操，你看他那張臉，從頭到尾沒笑過。」

「他從小就這樣。」

「你沒問他有沒有香菸？大家都沒菸抽了。」

我回頭望去，十張哈菸的臉正鬱悶地看著我。我雙手一攤，無可奈何對他們報以苦笑。我還不知道長大後的小吾抽不抽菸呢。

李梓萬回來了，他說營長很忙，決定改天再召見我們。他要我們揹起行李，帶我們到營辦公室後面的二連，先在二連的工兵排借住。

11 東引地雷

我們在二連住了兩天，也連拔了兩天草。軍中的規矩還真多，我們已在幹訓班接受三天啥事沒幹的新兵銜接教育，現在又在三營受了兩天純粹拔草的銜接教育。

九月的東引，整個島上似乎只有兩個顏色。抬頭望，一大片的藍，沒有半點白雲，陽光毫無阻攔射向我們的皮膚，每個毛細孔都變成一個個開關壞掉的水龍頭，無時無刻都有汗水汩汩湧出；低頭看，遍山遍野的綠，全是雜草，沒有半棵高過人的樹，草中不時有蚱蜢螞蝗蹦出，黏在我們汗濕的手臂上，儘管立刻撥掉仍癢得教人難受。

我們十幾個人穿汗衫短褲，戴小帽手套，手拿鐮刀和垃圾袋，在二連的班長帶領下蹲在營長室後的小山坡除草。我們割得有氣無力，一方面因為缺水，一方面因為知道憑我們這幾人根本割不完這滿山的野草，除草的目地根本是為了打發時間。班長說，還不讓我們下連隊的理由是要讓我們適應環境。他說得很對。畢竟這裡是前線，就算氣溫衝上四十度也得照常出操上課，不會有人出來看了溫度計後要大家進中山室休息。因此我們必須先適應氣候環境，在瀕臨脫水狀態下接受連續幾小時太陽曝曬。一整天下來，班長給了我們幾次機會派代表到福利社買東西，在中心我們一定會買可樂果汁，但在這裡沒人指定，代表買回來的清一色是特大瓶的礦泉水。我們在東引學到的第一課，是發現居然有比香菸更重要的東西。

另一個學到的課程是自然課，知道了在這世界上除了芒草會割人外，還有一種叫做「東引地雷」的東西。這種植物和其他野草雜生，尖細的葉片上長滿細毛，不管你有沒有戴構工手套，只要一摸到這種植物，立刻像被針扎中，讓人劇痛難當。被針扎一下算不了什麼，但如果用一根針以每秒三下的速度連續在你手上同一個位置扎三十分鐘，這種痛苦就不是那麼容易忍受了，而這正是不小心摸到東引地雷的後果。我們這梯大專兵多半在都市長大，壓根沒見過這種恐怖小花，問班長，他也不知道這植物的學名，只說大家都叫它東引地雷，要我們以後小心避開。儘管如此，要立即學會分辨這種植物並不是件容易的事。它混在野草中，長得較大、開了花的還好辨認，但那種剛生出來的，扁扁平平和短草一般高的，就很容易誤以為是一般的葉片型野草而一把摸下去。

原本以為離開幹訓班就算下了部隊，但兩大下來，恐慌的感覺仍一直持續。我們必須隨時小心，提防做錯事被班長吼罵，提防被暗藏在草地上的東引地雷扎到。這兩天，我被東引地雷刺中五次，被班長用髒話辱罵了七次。被東引地雷刺到還能用鐮刀狠狠把它砍個稀爛，但被班長處罰後，我們只能用微微泛紅滿懷恨意的目光偷偷瞪他。我原本以為小吾會常常過來看我，也許會和班長交代一下稍微對我們好一點，但這兩天他都沒出現。不只是他，在我們待在營區裡割草的這段時間，也沒看到幾個士兵走過。比起來，訓練中心熱鬧多了，經常有整連全副武裝的部隊唱著軍歌答數走向教練場。這裡雖然到處都是營區房舍，整天下來卻沒看到幾個人影。全營五、六百人都不知道上哪去了。

到了星期四傍晚，小吾終於出現了。這次他還是一樣戴小帽揹洽公包，一樣苦著一張臉。先前李梓萬已來通知我們準備下連隊，要我們回工兵排寢室整理其實還沒完全把東西拿出來的黃埔大背包。小吾走進寢室，一看到我就說：「老木，走吧。」

「去哪？」我說。

「營部連。」小吾似乎看穿我的心思，一臉無奈說，「我只是連參一，你們要分到哪一連不是我能決定的。」

「就我一個？」

「不，還有沈詮。」

坐在床沿的沈詮立刻站了起來，國字型的臉上露出了笑容。我知道他一定以為自己走運了，能跟我一起分到有熟人在的連隊。顯然那天他沒聽見小吾說別到營部連的事。

我和沈詮揹起背包，跟著小吾離開二連的工兵排。天色漸暗，太陽已落至幹訓班後方的山頭。我們走上斜坡路，經過發電廠、營長室和中央水站，走向山坡上的營部連。一路上小吾都沒開口，我也沒多問他話，沈詮頻頻轉頭看我，一副狐疑的表情。從中心出來，我就一直期盼快點下連隊，只希望早點安定下來。然而，當這個時刻終於來臨時，我卻沒有半分雀躍，只感到些許落寞。剛入伍進中心，連上有一百四十個同梯；抽完籤到東引，一起上船的還有六十二人；離開幹訓班到三營，還有十二個同梯一道。現在，就只剩我和沈詮了。這種感覺很糟，很熟悉，也很令人痛恨。從小到大，我們不斷經歷分班、改組和換學校，一群朋友好不容易混熟，沒多久又分開。新的名字不停被加入，舊的名字不斷被遺忘。像在金六結共處一個月的同班好友，那些在我抽中外島後陪我上頂樓陽台抽菸的傢伙，才分別一星期，我就已經忘了他們的名字，只記得他們的學號。而那天在船上和我一起在廁所嘔吐的那兩個同梯，我連他們叫什麼名字都來不及知道。日久年深下來，我已懶得去記一些人的名字，甚至連問都不想。

幸好小吾的名字我還沒忘記。不知道他是否還記得國中入學智力測驗的事，如果他還記得那時欠我一次，現在我到營部連，他應該會好好照顧我吧？

我看著他的背影，突然發覺，我居然長得比他高了。記得國中的時候他還比我高半個頭，現在我幾乎快比他高十公分。我是何時長高的？我一點印象都沒。不知道小吾的手臂是否還像小時候一樣有力，我想著，眼睛跟著瞄向他的手臂。他露在短袖草綠服外的臂膀黑鼓鼓隆起一大坨肌肉，手肘青筋浮凸盤結，完全是一雙成年人的手。七、八年不見，小吾的相貌沒什麼改變，手卻先一步老了。讓人更暗地驚心的，是他左手腕上的一道深褐色痕跡，有整根香菸那麼長，從手腕根部呈直線向手肘關節延伸。我本來不該看見這道疤痕的，要不是初秋傍晚六點天色還沒暗，要不是小吾的左手一直按在洽公包的背帶上不像右手那樣擺動，我就不會看見這道疤痕。

「我們到了，」小吾回頭說，「斜坡上面就是營部連。」

我們右轉走上一條小斜坡路，比我們剛才走來的大路還陡，斜度只比先前我們參觀過的安東坑道稍緩一點點。從二連走過來，距離沒幾百公尺，卻一路上坡，走到這裡時上衣已全濕了，每邁出一步便覺得膝蓋發一陣痠。我轉頭看向沈詮，他揹著帆布黃埔大背包氣喘吁吁爬坡的樣子相當狼狽，我知道我的模樣一定和他一樣，我卻暗暗偷笑。剛才在二連工兵排被點到名時他還樂不可支，現在的表情卻僵得發硬，整張臉大汗淋漓活像從冰箱拿出來的汽水瓶，若把他頭上小帽揭掉，肯定能看見蒸氣往上冒。不過，我立刻就知道他表情僵硬的原因了。順著他的目光往斜坡上看去，可發現在半山腰幾棟半露出地表的草綠色水泥營房前，有五、六個穿綠色內衣紅短褲的人。他們站在半山腰的水泥台地上，居高臨下往我們這裡看。這些人應該就是我們同連的學長了。

「新兵來了！」這群人中有人高喊。沒一會兒，營房裡又跑出更多人。現在站在高地上的學長已有十幾人了。

我們又左轉了一次，再爬上一道短坡，來到營部連的連集合場。前幾天在幹訓班，我就注意到這個連隊的集合場不很寬，如今實際走上來，才發現這個夾在陡峭草坡和營舍之間的狹長水泥空地，比我那時目測的還窄。草坡邊站了十幾個人，營舍前無水的溝渠旁也一字排開坐著二、三十人，有人嘴裡叼著香菸，有人把內衣翻起套在頭上露出肚皮。他們似乎剛用完晚餐，利用集合前的短暫時間在連集合場上吹風乘涼。

「幾梯的？」有人大聲說，不知道是不是在問我們。

「是大專兵喲……」有人替我們回答了，他把「喲」這個字拉得老長。

「喲……是大專兵耶，」另一個接口了，模仿上一個人說喲的口氣，「好久沒看到這種兵了。」

我和沈詮跟在小吾後面，從這群站著和坐著的學長之間走過。我低著頭，但從眼角餘光發現這群人全在盯著我們看。我們轉進兩棟營房間的通道，這裡還有另一群同樣穿著綠內衣紅短褲的人，有的蹲在地上拿菜瓜布圍著兩盆清水洗餐盤，有的拿掃把刷地洗水溝，每個人的動作都顯得匆忙慌亂，看見我們來了，這些人也沒吭聲。唯一出聲的是一位斜披藍白紅三色值星帶的班長，他站在這群人之中，不時高聲吼叫。

「連長呢？」小吾拉住值星班長問。

「不知道，」值星班長說，「大概去洗澡了吧。」

「他不是要約談新兵嗎？」

「不知道，」班長說，「你問排副吧。」

小吾帶我們走進通道一側的連部辦公室，選了兩張辦公桌讓我們坐下，又從自己的辦公桌抽屜裡拿出一些資料表格要我和沈詮填寫。外面的哨音響了，我聽見許多人的腳步聲蹬蹬從門外跑過，一下子外頭便安靜下來了。小吾並沒有出去集合，他默默坐在自己的座位前，沒和我們說話，也沒做別的事，怔怔像在發呆，只在室內光線漸暗後才起身把日光燈打開。沈詮悄悄瞄了我一眼。我對他聳聳肩，心底和他的眼神一樣迷惑。

我們填了半個小時的資料，安全士官才跑來，要我們到連長室報到。我和沈詮把文具收好，起身準備跟安全士官走。

「老木。」

「怎麼？」我止住腳步，回頭看著小吾。

「我……」他欲言又止。「我……我快退伍了。」

「我知道。」

「你要有心理準備。」

「準備什麼？」
「我就要退伍了……」
「我知道。」
「快點，連長在等了。」安全士官說。
「你去吧，」小吾說，「你已經來晚了。」
我又看了小吾一眼。他坐在辦公桌前，低著頭，背往後貼著椅背，左手插在褲袋裡，右手伸直擺在桌上握住一枝原子筆，沒在寫字，也沒有轉動。在桌燈照耀下，他身後出現一大塊陰影，投射在牆壁上，寬度和高度都多過他身材許多。
沈詮拍了我一下，我才收回目光，和他一起走出連部辦公室。
這時，外頭天色已全黑了。

12 島的傳說

東引島舊稱「東湧」。這個名字很容易理解，是指海中湧出來的島嶼。據說，福建閩江口的漁民在此海域捕了幾百年魚，從來沒見過這裡有座島嶼，然後，才在某一天，突然有人發現這裡多了兩座島，像憑空掉下來似地。因此，也有人說，馬祖列島是「天上撒落在閩江口外的一串珍珠」。
關於島嶼由來的神話，世界各個地方都大同小異，若不是浮上海面的大海龜變成的，就是莫名其妙突然在海上冒出來的陸地，歸納起來只有寥寥幾種。不過，比較起來，「東湧」這個名字特別沒創意，因為這裡沒有火山，不會在一夕之間噴發在海上形成一座島嶼。而且，這裡離大陸太近了，距離不到四十公里。在天候特別清朗的時候，站在島上能望見大陸，相對在大陸上的人也能望見這座島嶼。所以，東引是「突然湧出來」的島這個說法，可能只是古時候大人敷衍小孩的玩笑話。

既然有了島，就有人好奇想上來看看。於是，東引有了居民，都是就近從福建長樂一帶遷來的百姓。有了百姓，證明這地方還可以住人，加上這座島孤懸海外又有險可守，沒多久就被盜匪集團占據，成了海賊的大本營。滿清時代雖有施琅渡海平定澎湖，降了台灣，卻一時拿以馬祖列島為根據地的海盜沒辦法，東引甚至成為海盜打造兵器的兵工廠。到了民國，大家都只注意大陸上割據南北的幾個大軍閥，少有人關心東南海上還有海盜出沒，所以抗戰一到局勢一亂，東引就又成了海盜的樂園，讓國民政府無計可施。總算，在抗戰結束後，東引海盜的頭目也向政府輸誠，被收編成國軍的一支「海上保安第一縱隊」。在大陸被共產黨解放後，東引進駐了更多軍隊，先叫「東引守備隊」，後來又變成「反共救國軍」，也就是我現在所隸屬的單位。

這些資訊是我在連上中山室閱報架上的《東湧日報》上，一篇名為「東引島探源」的報導中看來的。雖然閱報架上還有《中央日報》、《青年日報》和《中國時報》，但日期都是十天前的，只有島上軍報社發行的《東湧日報》標註的是當天的日期。我沒有看舊報紙的習慣，於是自然而然就拿起《東湧日報》閱讀。這篇報導不長，可是我也沒時間細看，因為有位學長一看我拿起報紙，就急忙過來搶走我手中報紙放回原位，把我拉到一邊。

「喂！你想害死人嗎？」他左右張望了一下，很小聲地對我說。

「連上的報紙不能看嗎？」我問。

「是可以看，但不是給你現在看。」

「為什麼？」我問，「還有十分鐘才集合，現在不是可以自由活動？」

「你快去寢室整理內務吧，假裝一下都好，」他話說得很快，似乎擔心被人發現他在和我說話。

「如果讓學長看到你閒著看報，『我們』晚上就完蛋了。」

他話一說完，便匆匆跑開了，彷彿我是某種惡性傳染病的帶原者。不過，這幾天他已不只一次提醒我注意這注意那。我已知道他名叫江臨淵，足足大我十梯。如果小吾不算，他算是我在連上第一個比較熟的人。

江臨淵比我早來快半年，在我眼中是中鳥，可是他在連上菜的程度卻僅次於我，在我們相差的這十梯中都沒人。連長說，在我之前是來了幾個兵，但都支援出去了。有的支援軍郵局，有的支援政戰隊，有的派到南竿受訓，所以連上兵齡的架構是老兵多於新兵。江臨淵還好，他在連上至少還有個患難與共的同梯，名叫吳居安。而我，本來除了沈詮外，在連上還有另一個比我早來一航次名叫林忠雄的一般兵同梯，但我到連上不到三天，他們就都去士官隊受訓了。我沒被選進士官隊，這讓連長和所有人都覺得相當意外，聽說我們這一梯逃過士官訓的人不到十個。只有我知道原因出在哪，顯然那天我在眾人面前表演的手肘外彎發揮了功效，幹訓班大隊長確實被我畸形的手臂嚇住了。

但是，現在的我反而有點後悔沒去士官隊。在連上，我人單勢孤，連上七、八十個學長、班長和軍官，每個人都可以對我頤指氣使。小吾在連上雖然算老鳥，但從那天我踏出連部辦公室後，他就像隱形人消失了。除了早晚點名，我很少在連上看到他。由學長班長對待我的態度，我覺得他們沒人知道我是小吾的小學同學兼同村好友。

不過這些都沒有關係，至少，我總算安定了。現在我正式算是「陸軍反共救國軍」的一員，更詳細的編制名稱是「步三營營部連衛生排二兵醫護兵」。為什麼我會變成醫護兵，我不太清楚，但我還是依照班長指示，把這長達二十一個字的編制名稱背了下來，隨時準備接受多事的學長抽問。讓我記得更牢的是一串數字——九〇六七四附五二〇，這是我這個單位的郵政信箱號碼。有了這幾個數字，就表示在台灣的伊可以把信寄過來了，不必像過去一個星期那樣，不知道要把信寄到哪。

我迫不及待把這幾天利用午休時間犧牲睡眠偷偷在寢室床上寫好的信，交給負責採買的學長，請他幫我拿去寄。

「急什麼?交通船一個月只來三次，你等船出了基隆港再寄都來得及。」採買學長說，「你只要在船來的前一天，把信放在安全士官桌邊的信箱裡就行了。」

採買學長只收走我的幾件長短袖草綠服上衣，送到南澳老百姓那裡，繡上一個方塊和三條斜線。在他下南澳前，還仔細登記了我必須買的東西：牙膏、洗髮精、郵票、肥皂、銅油、鞋油、一套綠色長袖運動服和一件紅色短褲。我掏出身上所有現金，算算不到一千元，原本擔心不夠付這些日用品的錢，但他說不必先付，南澳的雜貨店裡都有我們的名冊，平常買東西都先記帳，等月初關餉連上的行政業務士會去幫我們把帳結掉。果然，到了晚點名的時候，真的有一輛車門漆有「亨裕超商」字樣的小貨車駛來連上，把一、二十個裝著商品寫有不同名字的塑膠袋放在廚房門口，車子就開走了。晚點名一結束，有買東西的人會主動過去，拿走寫有自己姓名的塑膠袋。

我的袋子是最後一個拿走的，因為晚點名解散後，我們這些在連上梯次較菜的，還得留下來出小操。部隊和訓練中心最大的不同，就是多了「梯次」這個東西。連長點完名訓完話，就把部隊交給排長；排長交代完該注意的事，又把部隊交給值星班長；值星班長通常沒什麼話好說，多半立刻要我們成運動隊形散開，做晚點名後的體能訓練。在訓練中心，晚點名後班長只要我們做三十個伏地挺身，十個仰臥起坐，而且還不是天天如此。下了部隊後才發現伏地挺身是按照梯次做的，梯次最大的上兵都得做五十下，然後每十下起立一梯次。算一算，大概要做四百五十下才會輪到我起立。我前十梯都沒人，所以大概從三百多下後，連集合場上就只剩我一個人還趴著。事實上，早在班長還沒喊到第七十個上下，我就已力不從心，只能勉強以抖得像按摩棒的手撐在地上。

「你這是什麼動作?強姦地球啊?」有學長貼著我耳邊喊。

「誰去拔幾根東引地雷來？」另一個學長說，「放在他肚子下，看他敢不敢不撐住。」

我大概做了快三百五十下伏地挺身吧，如果那種動作算是的話。最後，我看見這座島嶼的地面向我「湧」上來，我就再也動彈不得了。

13 打字

我隱約感覺到，似乎有股風暴逐漸在我身旁形成。或說，這個暴風圈早已存在，而我是被突然空投進還感受不到風力的颱風眼，只要暴風稍一移動，我就會被捲進最惡劣最駭人的風雨氣旋中。

「你要小心點了，」江臨淵以憂慮的眼光看著我說，「學長都在看著你。」

我才剛到連上幾天，什麼都還懵懵懂懂，每天都跟在連上第二菜的江臨淵和吳居安後面，看他們做什麼我就做什麼。

「這樣還不夠，」吳居安說，「你還要更注意些，做事要長眼一點。」

「是啊，」江臨淵說，「你沒聽過嗎？不打勤，不打懶，專打不長眼。」

我知道目前我的處境並不太妙。我跑步落隊，標準的伏地挺身做不到五十下，每天班長檢查寢室內務後，都會把我的棉被弄成粽子形狀吊在床柱上。更糟的是，我不知道哪裡得罪了班長賈立銘，在晚點名結束、梯次菜的人也出完小操後，他還會把我一個人留下，以歇斯底里的叫聲辱罵我，聲音大到我相信正在山谷對面幹訓班受訓的沈詮和林忠雄都聽得到。

「下星期換我揹值星，有你好受的了。」賈立銘狠狠撂下話。

江臨淵說，所有班長就屬賈立銘最愛操菜鳥，連上有一半以上的人吃過他的虧。「他連高中同學都操。」他說，指的是大我快二十梯的王業強。這個人前額既凸又缺髮，眼窩深陷，學長捉了這些特徵就叫他「小亨利」，要不就以他名字「強」字的英文諧音叫他「約翰」。他是基隆人，聽說是賈立銘的高中同班同學，但這點關係反而為他帶來噩運。「約翰被賈立銘踹下連集合場外的斜坡，翻了快十圈才滾到底，」江臨淵說，「全連只有他滾過那二十幾公尺長的草坡。」

我和王業強不熟，不好向他求證是否真的有這件事。雖然每天三餐下完餐廳他都和我們一起洗餐桶掃水溝，但很少聽他開口說過話，也沒見過他臉上有任何表情變化。算一算，已升一兵的他在連上被當成菜鳥操了九個月。換做是我，到時可能也和他一樣變得對什麼事都感到麻木。

王業強的例子讓我死了心。看來，當兵前在社會上的同學鄰居關係，到這個連隊是不管用了。還好小吾不是下士班長，否則我說不定也會有和王業強一樣的下場……不，我相信小吾不會這樣做，他絕不像賈立銘這種人。一定有某種理由，他才會一直對我不聞不問。

不過，我沒時間去想小吾的事。賈立銘還沒揹值星，我就先出了狀況。戰情室下了電話紀錄要我到營部打字室報到，開始擔任打字兵的工作。

我差點忘了當初被選來三營的原因。來連上一個多星期，我才習慣連上的作息：每天五點半起床，六點早點名，跑完步，七點鐘開飯，洗完餐桶掃完地，八點集合分配一天的工作。沒有承辦業務的人分成幾組出公差，到工材庫搬鋼筋、搬砂包、割草。中午十一點半吃中飯，兩小時午休。下午重複上午的事，傍晚五點半回連上集合，六點鐘開飯，七點鐘在中山室就位，擦槍、看電視或寫信，九點晚點名，體能訓練。晚點名完後菜鳥入列，聽班長訓斥，加強體能訓練或出基本教練。若提早解散還有時間可以去洗澡，十點鐘在大寢室掛好蚊帳躺平睡覺。

「快去吧，」挑我進三營的李梓萬學長瞇著眼對我笑，拍拍我的肩膀，「好好幹，知道嗎？」

我是連上最菜的兵，直覺告訴我，這時候還是跟著大部隊比較好，不要太惹人注目。「可以不去嗎？」我怯生生問。

「你說什麼？」學長李梓萬說，原本瞇著的眼睛睜圓了。

「打字室在哪裡？」我立即改口問。

「就在營政戰室旁。快去吧，後勤官有文件要你打。」

我戴上小帽，跟著其他去營部辦公的學長，找到了隱藏在山坡底下有點類似窯洞的打字室。打字室的門鎖著，我進不去，緊鄰在旁的營政戰室裡此時傳出有人咆哮的聲音。「飯桶！這麼簡單的事都辦不好！故意給我難看嗎？」

我站在打字室門口，隔著門縫偷看營政戰室裡的動靜。罵人的是上兵，戴付金邊眼鏡，雖坐著卻看得出他身材十分高大；挨罵的共有三個人，全站著，其中居然有兩個是中士。

「外面的！鬼鬼祟祟幹什麼？進來！」營政戰室裡的上兵喊道。

「報告……」我唯唯諾諾說。

「報什麼告？以後進來我這裡不用喊報告，知道嗎？」頂多兩坪的辦公室根本裝不下這上兵宏亮的聲音，外面的人一定遠遠就能聽見。「你幹什麼的？」

「我……我是來打字的……」

「哦？打字？」他又特別看了我一眼，拉開抽屜找了一下，摸出一把鑰匙丟給我。「自己去開門……對了，進去先把蜘蛛網掃掉。」

我現在知道李梓萬為什麼那麼怕我被汽車連的人選走了。由這間打字室的情況，看得出來我們步三營大概已經很久沒有人負責打字。蜘蛛網灰塵還好清理，但那股如古墓開棺的陰森霉味就很難去掉。打字機的狀況也很糟，字盤上不但沒附檢字對照表，許多鉛字塊還掉出字盤外，必須用鑷子一個個夾回原位。問題是，我根本不知道它們的正確原位在哪。

後勤官來的時候，我還面對著打字機發呆。他是上尉，官階比我們連長還高一級。他似乎很忙，沒和我多囉嗦，丟了一份文件在桌上，要我打好拿到二級廠給他。公文只有一頁，內容很普通，是一般主旨、內容、辦法的三段式公文。很不普通的是這份公文上的幾百個字，這些字並不難認，但個個都歪斜扭曲，很像好好的字被丟進洗衣機攪過再拿出來攤平，唯一可取之處就是證實了打字機的重要性。

我開始樂觀了。如果所有營級業務士的字都像這樣，需要我打的文件一定很多。儘管目前我還不太會打字，但這是可以訓練的，我打字的速度一定可以慢慢提升，足以勝任這份工作。到時，我就是營上專屬的打字兵，能脫離連隊擁有這一小間打字室，可以掙點時間在這裡寫信看書或偷偷睡上一覺，若有機會，說不定還能溜出去打電話給伊。到東引快十天了，我還沒打過電話給她，她一定急死了，不知道我現在到底在哪裡。當然，她知道我上船是去東引，不過東引這地名對她來說是全然陌生的，她在韋昌嶺才第一次聽說。其實我也沒早她幾天知道這個地名，畢竟我們在國高中的地理課上可從來沒學過和這座小島有關的任何事。如果我趕快把文件打好，待會回連部時，如果營長室外面的公用電話沒人排隊，說不定我能逮到機會打電話給伊，告訴她東引的面貌。為了讓她容易想像，我要告訴她島上的村落南澳像極了九份，告訴她我們駐防的這個山頭很像陽明山上的擎天崗……

我聽見背後傳來沉重的呼吸聲，轉頭才發現後勤官回來了，他站在我身後，不知什麼時候進來的。我慌忙想起身，但被他一手重重按回椅上。他看向夾在滾筒上的白紙，上面只打了「陸軍反共救國軍步三營」的單位名稱，以及「二級廠精實保養維修計畫實施辦法」的公文標題，加起來不到三十個字。他偏過頭，瞇起眼睛看著我，說話的聲音也變得尖尖細細。「你……兩個小時了，就打這樣？」

我想解釋其實我打的字不只這些。如果後勤官眼尖一點，他應該能看到擺在打字機旁那幾張打壞的文稿。我是花了點時間把字盤的字擺回鐵格子裡，不過這兩個小時我打的字絕對超過三十，我想，至少也有六十個字吧。是這台打字機太破，很難把行間字距對齊，一打錯又不能塗改，只能從頭再打。

「我……」

「你閉嘴，坐下來繼續打。」後勤官說，「你不知道我這份文件很急嗎？沒打完你別想休息。」他轉身朝外喊道：「藍傑聖，你過來一下。」

剛才罵人的那個上兵跑進來了，他必須微弓著背才不至於把頭碰上打字室的水泥屋頂。狹小的打字室一下多了第三個人，讓我感覺壓力頓時大了起來。「你替我盯著他，中午沒打完就叫他們連上送飯來。」後勤官說。

後勤官走了，藍傑聖卻沒有意思離開打字室，大概打算就站在這裡監視我打字。但就在我重新握著揀字桿，歪著脖子努力在倒置的字盤上尋找下一個字時，突然有隻夾了根香菸的手橫在我面前。

「別理他。」藍傑聖說，「抽根菸，休息一下。」

「什麼？」我轉頭看著他。

他把菸直接塞進我嘴裡，替自己早叼在嘴裡的菸上了火，然後把打火機丟給我。「你知道嗎，我們營上有三渣：人渣、後渣和作渣。」他看我一臉納悶，又解釋說：「就是人事官、後勤官和作戰官啦。人事官已經調走了，作戰官回台灣受訓還沒回來，現在只剩下後勤官。你別理他，搞不好在我退伍前他就調走了。」

我拿掉嘴裡的香菸，連同打火機拿在手上，不敢放肆點菸。入伍迄今，除了在中心剛抽完籤時班長在連部辦公室拿菸請我抽以外，我還沒有在室內抽過菸。尤其是我兩小時前才見識過眼前這位上兵罵人的兇惡樣子，現在怎麼也沒辦法在他面前放心抽菸。

「你好像很怕我？」他走過來，把那幾張被我打壞的紙張撥到一旁，一屁股坐在桌子上。「幹嘛？怕我罵你？」

我點點頭。

他笑了起來。「我是兵，你也是兵，我幹嘛罵你？」

「可是……」我遲疑一下，才鼓足勇氣說，「你剛才連那兩個中士都敢罵。」

「哈哈，我是不得已的。不對他們凶，怎麼壓得住他們？他們怎麼會服我？」

藍傑聖說得好像很有道理，但我還是很難調適，誰也不敢保證眼前這位和顏悅色的學長會不會突然又變成剛才火爆凶惡的那個人。他倒是不管我心裡在想什麼，自顧自說了起來。他說他是營政戰士，是高職畢業的一般兵，再過不到兩個月就要退伍。他又說現在營上就屬他最大尾，剛才那兩個中士算什麼，他們只是連級的政戰士而已，職務比他低一階。「就算是營長也動不了我，有膽來啊！」他走到門口，握拳朝營長室的方向吼道。「你知道為什麼嗎？」他又轉頭對我說，「我告訴你，是實力。沒錯，就是實力。當他們什麼都需要靠你的時候，就拿你完全無可奈可。你才剛來，這點一定要記住。」

我不明白藍傑聖說的「實力」指的是什麼。他和我拉里拉雜說了一堆，我只概略聽出營上的各級長官和連部單位之間似有錯綜複雜的恩怨情仇關係。不過這些都不干我的事，目前我眼前只有一個迫切的問題需要解決，那就是趕快把後勤官要的文件打好。我看了一下手錶，已經快十一點了。

「以後你有事情就來找我，有我罩你絕對沒人敢動你。」藍傑聖說得江湖味十足，看來他都忘了自己再兩個月就要退伍。「你知道嗎？我還很菜的時候，你師父……這樣說你大概聽不懂，就是在你之前的那個打字兵。他真的很照顧我。他在這裡打字，我在隔壁辦公，在我還沒有什麼實力的時候，都是他在挺我。你師父人真的很好……他退伍都快一年半了，但這之中都沒人接他的位置，現在你來了，我就當你是他的徒弟。他真的對我很好……」他話越說越小聲。我抬頭看他，才發現他好像想到過去發生的什麼事，說到眼眶都紅了。

藍傑聖一走，我馬上開始打字，沒時間揣摩他大起大落的情緒。該死的是，被他和後勤官一打岔，我又弄亂了費了一番功夫才調好的間距，重新開始的第一個字一敲在紙上，竟然重疊壓在上一個字上面。我罵了一聲，狠狠把紙張撕下，重新夾上第五張白紙。

中午連上派人送了便當來，我擺在一旁沒吃。午休時間過了，我也不敢睡覺。我大部分時間都花在找字，有些字怎樣也找不到，又不能先空下不打。打字機字盤沒有對照表確實是個麻煩，但我想起以前高中編校刊的時候，曾去打字行看那邊的小姐打字，她們使用的打字機和我現在用的這台一樣，上面也沒有揀字對照表，可她們還是能以每秒鐘一個字的速度打下去，四、五台打字機同時發出「咯啦咯，哆！咯啦咯，哆！」的聲音，很有節奏交織在打字房裡，充滿活力生氣。我想她們一定把所有鉛字的位置背得滾瓜爛熟，不像我，必須歪著脖子一格格一行行找。隔壁房間的藍傑聖如果耳朵夠尖，一定會發現我這間打字室每隔幾分鐘才會傳出聲響，而且最常聽到的是「咯啦咯……哆！……哎呀！」的聲音。

在吳居安送晚餐便當過來前，後勤官又來過兩次，而且臉色一次比一次難看。我知道他強忍住隨時可能爆發的脾氣，但真正讓我感到壓力的，是吳居安說的話。「吃飯了。」他說，把便當放在桌上，點上香菸深吸一口，漫不經心隨著煙霧吐出一句話：「學長都在問你上哪去了。」

如果讓學長們知道我離開連上一整天，只打了一份幾百字的文件，後果簡直不堪設想。我開始後悔那時為什麼要舉手說自己會打字，不管我怎麼努力，但目前看來誇大的報應馬上就要來了。我感到有些委屈，也有些憤恨不平。我想到中心和我同一班的066號，大家都叫他「魚王」，因為每次不管有什麼公差要出，他都舉手說會。畫海報他會、油漆他會、修電扇他會，連同樂晚會會場的燈光佈置工作他都會。一個月下來，我們這一班好像少了一個人，魚王出公差的時間，遠勝於待在班上出操的時間。儘管我們都瞧不起他，卻拿他沒辦法，更氣人的是，他的日子硬是過得比我們好，而且從來沒出過任何差錯。「這就叫運氣，」讀獸醫系的063號說，「人有人運，狗有狗運；這傢伙就是狗運好，我們學不來的。」

我後悔沒把062的話聽進去，來東引後才會自不量力，為了分到好單位而舉手說自己會打字，而且馬上就自食惡果。晚點名時間已經過了，後勤官沒再來，也沒人來找我回連上。我雖然逃掉一次晚點名後的體能訓練，但高興的情緒馬上被繼之而來的憂慮吞噬了。連上的班長和學長都知道我沒回去，一定更加看我不爽，不知他們想出何種整人的把戲等著我回去。想到這裡，我已顧不了那麼多，我得趕快打完字回連上。現在，就算打錯字我也不再整份重打了，直接用立可白塗掉再捲回來打過一次就算。

時間越來越晚，我覺得好累。整天我都坐在椅子上沒動，但不知道為什麼，疲倦的感覺比出操一整天還嚴重。算一算，我已經連續打字十六個小時了——用「連續」來形容似乎不太恰當，應該說，我已經動腦找字十六個小時了。腦部運動燃燒掉我身體所有能量。我記得以前看過一篇報導，專家研究證明：一個坐辦公桌動腦八小時的人，體能疲憊的程度勝過一個在工地做八小時粗活的工人。如果這個專家說得沒錯，我現在的狀況等於連續做了兩天工。

總算，凌晨兩點剛過，我終於把文件打完了。我站起來，大大伸了個懶腰，心裡正在想這麼晚了要怎麼把文件交給後勤官時，後勤官竟然就推門進來了。我連忙立正站好。

「我到過你們連上，他們說你居然還沒回去。」後勤官冷冷地說。我看見他左臂下夾著一本查哨簿。「你打完了嗎？」

「報告後勤官，剛打完。」我轉身把打字機上的紙張卸下，在遞給後勤官前，我再最後一次瞄了文件一眼。在這張劃有紅色線條的十行紙上，排了七、八行楷體方塊小字。這些字像喝了酒的士兵，隊伍排得歪歪斜斜，由於我拉打字桿的力道不穩加上打字機色帶老舊，使每個字的墨色濃淡不一。最糟的是那些打在未乾立可白上的字，像一腳踩進了爛泥，變成有陰刻效果的立體字。

「這是什麼？」後勤官雖然用雙手捧著那張十行紙，但紙張還是不停微微顫動。我雙腳也跟著發起抖來。「你要我把這種……這種東西交去指揮部？」他厲聲吼道。那張我辛苦十八個小時才打好的十行紙文件，在他手中變成兩片、四片、八片、十六片、三十二片……接著全朝我臉上飛來。

「滾！你馬上給我滾！」

14 七叔

打字事件讓我得罪了後勤官。但沒關係，反正他不是我直屬長官，我也不是營級業務士，平日在連上根本遇不到他。而且按藍傑聖的說法，後勤官很快就要輪調回台灣，就算遇上了，他也找不了我幾次麻煩。

比較麻煩的是連上的人，他們現在全知道我不會打字了。李梓萬為此挨了後勤官一頓刮，後勤官罵他「瞎了狗眼」。我覺得他的眼睛不像狗那麼圓，倒是瞇得像貓。他被後勤官罵回來後，只用那雙貓眼哀怨地瞪著我：「我不是叫你別騙我嗎？」

我不敢強辯。不過那天在指揮部餐廳選兵時，他只問我「『會不會』打字」，而沒問「有多會」。而且就在我想說明自己的打字程度時，就被叫到名字出列接受指揮官面談了。幸好，李梓萬只埋怨了我一句，沒多說什麼。這是因為我的梯次剛好差他二十四梯，入伍時間整整晚他一年，所以我算是他的「小同梯」，在情感上他理當有那麼一點點照顧我的責任。

然而，李梓萬在連上也只不過是破冬不久的中鳥，在連上還有一、二十個剩幾個月就退伍的老兵環伺下，他就像小吾一樣對我愛莫能助，只能任由我跟著大部隊一起過活。江臨淵不只一次警告我，要小心連上那些老兵，尤其是07和08這兩梯。這兩梯都是一般兵，而且人特別多，加起來共十幾個。聽說他們新兵時被以前的老兵操得很慘，好不容易媳婦熬成了婆，現在換他們來讓我們受苦受難了。

「很快就換你了，」江臨淵說，「我和吳居安來沒多久就被他們修理過了。」

「是啊，」吳居安說，「剛開始他們會觀察你，現在你的底被他們摸清了，大概沒多久就要請你吃火鍋了。」

根據他們的說法，平常白天在連上有連長排長盯著，這些學長老兵不敢太明目張膽對付新兵。但到了半夜，等連長排長都睡著，老兵們就會到寢室，跟安全士官說要請新兵「吃火鍋」，然後把新兵叫起床帶到山上的庫房。接著要怎麼玩，就看每個人的造化了。

我知道他們總有一天會找我的麻煩，由他們看我的眼神就知道了。從我和沈詮揹著背包爬上斜坡抵達營部連那天開始，這些學長就一直用充滿怨懟的眼光看我們，不懷一絲善意，似乎他們抽到外島或當年被人欺壓的噩運都是我們造成的。我開始懷念在金六結的日子，那裡的教育班長不比部隊的班長凶，也沒有「學長」這種動物。在訓練中心一個班長要吼叫十幾個新兵，到部隊卻是所有人都可以對我吼叫。在中心，我們不到一星期就混熟了，每個人的身世背景都一清二楚；但到了部隊，我卻很少有機會和學長說話，更別提知道他們叫什麼名字。到營部連一個星期，我只記住兩個上兵的名字，恰好兩個都姓陳，一個叫陳雙溪，另一個是陳俊良。

陳雙溪外號叫「七叔」，外號的由來我不清楚，因為這不是新兵能問的事。七叔不高，胸口的兩塊肌肉卻結實得嚇人，像縮小版的舉重國手。我剛來的那幾天，在晚點名體能訓練做伏地挺身時，他照梯次做完五十下起立後，就會跑到我旁邊蹲下。「喂，這樣就不行啦？還不到一百呢！」他衝著我耳邊喊：「屁股壓下去，再壓下去一點。真的不行啦？好，學長我陪你一起做。」他兩腿一蹬就趴在地上，和我臉對臉。「我做一下，你做一下。一、二……怎麼？這樣還不行？好，我一隻手讓你好了。」他縮起一隻手放在背上。「三……」

我用強姦地球的姿勢撐完該做的四百多下伏地挺身，七叔也用單手做完這個數目，而且沒有換手。「七叔的戰力果然夠強。」這引來其他老兵一片掌聲。「菜鳥你面子夠大了，讓學長陪你做完耶。」

剛到連上那幾天，晚點名過度運動的結果，造成我的手臂只要稍微一抬高就抖個不停，完全無法舉至肩膀以上的高度。這對我構成相當大的困擾，因為新兵的內務櫃全被排在最高的第三層，離地一百八十公分高，就算我的手沒受傷，也得踮起腳尖才搆得到掛在吊桿上的衣服。而在雙手已不受意志控制的情況下，我只能借助內務櫃旁的雙層鋁床，先奮力抬起一隻手扶住上鋪床柱，再提起一隻因五千公尺晨跑和交互蹲跳而和手臂一樣一動就痛的腿，踩在下鋪的床板上，想爬到上鋪去打開我的內務櫃拿莒光袋。

我的腳才一碰到下鋪床板，坐在床前的學長就一掌把我的腳揮開。「你幹什麼？」他叫道，「沒看這是誰睡的床嗎？」

我慌忙站好，看向貼在下鋪床頭的名條，上面果然寫著「上兵陳俊良」。

「報告學長，我想爬上去開內務櫃。」我說。

「我管你想幹嘛，反正你別踩我的床就好。」陳俊良說。

「也別踩到我的床。」另一位學長走過來說。我抬頭看上鋪的名條，同樣是上兵睡的床。「不過，踏板讓你踩沒有關係。」這位學長說。

雙層鋁床的床柱是有兩個踏板，但想不碰到下鋪床板直接踩上第一級踏板，就至少得把腳抬到腰部左右的高度。

「上啊？」陳俊良說，「學長踏板都願意借你了，還不快點上去？」

寢室裡的老兵停止聊天，全往我這裡看。我瞄見原本還在寢室裡的江臨淵和吳居安已從後門偷偷溜走了。寢室的氣氛變得有些緊張，老兵們沒人說話，全把注意力集中在我身上。我能感覺得出他們的情緒是興奮的，就像等待一場即將開始的儀式或祭典，而我自然是這場祭典中被獻祭的牲品。我知道他們在等待什麼，他們在等我反抗，只要我的態度有一絲不滿或略有懷疑，他們就有了教訓我的藉口。於是我不敢稍做停頓，立刻轉身往床柱上爬。然而，對現在的我來說，短短一根床柱竟像一面不可攀爬的崖壁。我的右腳只能抬離地面三十公分，必須靠兩隻手幫忙才能勉強搆著床柱的第一級踏板。光是這個動作，就讓我汗如雨下，全身關節痛楚難捱。我咬牙伸手抱住上鋪床柱，奮力往上一蹬，此時，從全身肌肉神經送來的疼痛訊息，同時往我腦中匯聚，讓我差點撒手摔下。我強忍住，右腳踩在踏板上，左腳懸在空中，感覺整張四人睡的雙層鋁床都因我身體的顫抖而晃動。

學長們有人哈哈笑了幾聲，就覺得沒意思，又各自聊天打屁去了。我掛在床柱上，休息了片刻，才緩緩伸出左手打開內務櫃的門，拿出莒光袋，叼在嘴上，再把內務櫃的木門關上。但我還沒爬下床柱，我的內務櫃又被打開了。

「你這是什麼內務櫃？」賈立銘不知何時進到寢室，身上披著紅白藍三色值星帶。「誰叫你內務這樣放的？」他踮起腳尖，把我櫃子裡的衣服雜物一股腦掃出來，散了一地。「你下來給我重新整理好。其他人到中山室集合！」他往寢室門口走去，在經過我的床鋪前時，又吼了一句：「這是什麼棉被？」他拐進床間走道，掀翻我的棉被，連同軍毯一起扯下丟在地上。他一腳踏在我的棉被上，留下一個清楚的腳印，然後頭也不回走出寢室。

寢室的人全離開了，只剩滿地散落的物品。幾件草綠襯衫和長褲落在內務櫃前，小帽和日記本掉在走道中央，飛得最遠的是塑膠內務盒，裡面的信紙、郵票、綁腿、刮鬍刀全撒了出來，剛買來的鞋油甚至快滾到了寢室門口。

我像一隻受了傷的猴兒，戰戰兢兢從床柱上爬下，蹲在地上把我的東西一一撿回來。賈立銘這種把戲叫做「大地震」，在訓練中心我也曾遇過幾次，不過那時是全連一起震，所有人的東西都會被翻出來丟在地上。但現在，大地震只震我一個，只因為我是最菜的新兵。連長約談我和沈詮的時候曾說，我們兩人是連上僅有的大學畢業生，年齡比其他士官兵都大上四、五歲。可是在部隊裡，年紀和學歷似乎都沒用了。沈詮去了士官隊，只剩我一個人成為這些老兵學長們盯住的焦點。在連上，我看到所有人都要敬禮，所有人的階級梯次都高過我，都能像捏死一隻螞蟻般將我壓碎。這種日子才剛開始，看看早來我半年的江臨淵和吳居安，我知道這種生活可能要持續到破冬之後。我知道部隊生活就是這個樣子，在下部隊前也做好了心理準備，沒想到在真正面對時，竟然還是如此難熬。我想到人在陽明山的伊，想到過去在山上悠遊的生活。她一定無法想像，平日從容自在慣了的我，現在居然像狗一樣趴在地上，承受這無理的磨難。這些事我該怎麼告訴她？不行，我絕對不能告訴她。兩地分隔已經夠悲情了，不能再因為我的遭遇而增添她的憂心……

「你這樣子就算摺一百次也不合標準。」有個聲音說。

我抬頭一看，站在我面前的正是七叔陳雙溪。他抱著鋼盔，手裡拿著掛有彈匣水壺的S腰帶，似乎正準備上哨站衛兵。

他的出現使我更加緊張。我入伍一個多月了，棉被卻沒摺過幾次。在中心，只有前幾天被班長掀過棉被，而且掀完後都是和同梯兩人合力把棉被摺回原狀，從沒有一個人單獨摺過。還沒下部隊前，我以為中心的棉被已摺得夠方正平整了，下到連隊後，我才發現以前摺的根本不是豆腐乾，而像中間鼓脹四周線條模糊的臭豆腐。這裡每個人床上的棉被就像用石膏灌出來的，一床床標齊對正擺在床頭，整齊得就像軍人公墓的大理石墳塚。

我把棉被攤在地上，雙膝跪在上面，以回教徒膜拜麥加聖地的姿勢，用力拍打棉絮凸起的地方。每拍打一次，汗水就從我額頭臉頰脖子飛下落在棉被上，渲成一朵朵淺灰色的圓斑點。

「你起來，」七叔站在我面前看了一會兒，似乎受不了了，「我摺一遍給你看，你要看清楚。」他隨手把身上裝備擺在一張床上，蹲下來，把我的棉被重新攤開。「一開始要先用手刀，把棉被側邊砍直拉撐，左右兩邊都要顧好。」他邊說邊做，在棉被上一下跳向這頭，一下跳向那端，動作俐落地像隻青蛙。「頭尾翻過來之前，要先在這裡捏出一條拱線，然後再用手刀切幾下。喏，像這樣，最後再修一下，捏出四個角，十二條線。」他沒兩下就把我的棉被摺好了，我雖然沒看錶計時，但感覺他花的時間不到一分鐘。

「看清楚了嗎？」他雙手在屁股後拍了拍，站起來，一臉得意的表情。

「謝……謝謝學長。」我不知該說什麼，感激得差點流下淚水。

「謝什麼？我最討厭聽到這個字。」他臉一沉，轉身拿起鋼盔和S腰帶，走進軍械庫取槍去了。

15 空心磚

我對七叔開始有了好感。

儘管他在晚點名做伏地挺身時，還是會過來趴在我旁邊逼我做下去，他給我的壓力雖大，但至少是正面的。我做多少下伏地挺身，他就做多少下，這對我除了有點激勵作用外，最大的好處，就是阻絕了賈立銘班長或其他學長的靠近。

「七叔，你先下去休息，這個菜鳥我來帶就行了。」賈立銘不只一次過來說。

「不用了，你去管其他人吧。」七叔仍把一隻手背在背上，雖已用單手做了將近兩百下，說起話來卻完全不疾不喘。我想此時若有人點根菸讓他抽，他一樣能用空著的手拿菸，邊抽邊做伏地挺身。

在部隊講的就是實力，我想起藍傑聖說的話。連上雖然有十幾個梯次的人資歷比七叔老，但我看得出來，連上的人都非常敬重他。這就叫「戰力」，他們這樣說，意思是，如果你沒別的專長，就只有靠體力服人。

以這道理來看，我現在的情況可說悲慘之至。我梯次最菜，體能又差，跑步會落隊，個人內務也達不到要求，原本讓李梓萬還有點期待的打字專長，也只試了一次就被戳破了。種種因素加起來，讓我在連上成為一無是處的廢物，撐到現在還沒被學長們請去「吃火鍋」，簡直可說是奇蹟。

不過，我覺得七叔這個人不錯，不是因為他的戰力，而是上次他教我摺棉被。在連上，我雖有小吾這個小學同學兼同村，但他總是神龍見首不見尾，來了幾天，我只在早晚點名才會看到他站在隊伍裡，連交談的機會都沒有，更別提對我有什麼幫助。至於營政戰士藍傑聖，那天在打字室他口口聲聲說要罩我，可是他在營部，我在連隊，壓根扯不上關係。到目前為止，唯一對我有實質幫助的人就是七叔。儘管他教我摺棉被無法解決賈立銘每天掀掉我棉被，把棉被掛在床杜上「吊肉粽」的問題，但我慢慢已可以按照他說的要領，自力把棉被恢復原狀。

除了七叔，其他老兵有的不理我，有的只會像陳俊良一樣，和下士班長一起對我吼叫咒罵，不會告訴我該怎麼做，讓人不得不懷疑這些人專門以欺負新兵為樂。至於早我十梯的江臨淵和吳居安，他們雖教了我不少事，但從他們畏畏縮縮的態度，我知道他們是害怕被我牽累受到連坐懲罰，才時時提醒我該注意這、該小心那。他們和我，就像兩隻大老鼠和一隻小老鼠，在連上必須時時刻刻提防如貓群般的學長。而只要有哪隻心情不爽的貓伸出一爪子，先溜走的總是大老鼠，被一巴掌拍中的老是還愣頭愣腦的我。

在打字事業不成後，我只能加入構工部隊，跟著學長們做雜工。而第一次離開連上，就是到南澳去打空心磚。

外島實施戰地政務，東引民間的工程也是由軍方包辦。我們這次奉命去打空心磚，為的是要蓋東引的幼稚園。連長在分派任務時說，昨天兵器連一天打了七百塊空心磚，我們要勝過他們一點，目標是八百塊，什麼時候做完，就什麼時候回來。構工部隊總共十個人，由班長帶隊。七叔和陳俊良都在隊伍中，他們兩個都沒接業務，是構工部隊的主力。江臨淵和吳居安一個是連上的彈藥士，一個是營部的參三，但在人手不足下，梯次比人菜的他們只能放下手中業務，乖乖跟部隊去構工。

我們帶了三把圓鍬、一打構工手套和一輛手推車，換好構工服裝——小帽、印有「陸軍」兩個黑字的內衣、紅短褲和運動鞋，繫S腰帶掛水壺。出發前，排副過來一個個檢查每個人的水壺有沒有裝滿水。構工要帶水壺是指揮部規定的，為的是怕我們在工地缺水中暑，不過我們裝的全是生水，沒人敢喝東引的水，即使煮開了也一樣。東引沒有河川溪流，倒有幾座大大小小的水庫，接的全是雨水。這種水我只喝過一次，那是剛到連上的第二天，採買學長還沒幫我買礦泉水，我看見安全士官桌旁有一個開飲機，便戰戰兢兢問安全士官能不能喝。

「可以啊。」安全士官說。

我拿了鋼杯，接了滿滿一杯水，正準備要喝時，才發現杯子裡浮了一圈白色泡沫。我以為杯子沒洗乾淨，趁安全士官不注意，把水倒了，洗了一次鋼杯，又跑回來再接了一杯水。但結果還是一樣。

「喝啊。」安全士官說，站了起來。我這才看清原來他不是士官，而是三條勾勾的上兵。「你不是口渴嗎？怎麼不喝？」

在學長注視下，我只得把水面的泡沫吹開，喝了一口。水的味道很怪，有點腥味，像冷掉沒放鹽的海帶湯，還有股濃濃的化學藥水味。我一口在嘴裡憋了好久，但在安全士官面前，我不敢把水吐掉，只得勉強吞進肚裡。安全士官看我一臉古怪的表情，便哈哈大笑：「菜鳥，告訴你，那些泡沫全是明礬，你喝死了可別怪我，是你自己說要喝的。」

事後我才知道，安全士官桌旁開飲機裡的水是給大家泡麵用的。在東引，不管什麼牌子的礦泉水一瓶都賣二十塊，泡一次麵就得去掉一半，為了省錢，加上泡麵的調味包可以蓋掉水的怪味，有些缺錢的人就會用開飲機的水泡麵吃，平常口渴喝的都是礦泉水。

不過，連長雖叫連行政抬出一箱礦泉水讓我們帶去工地，但是一到東引國中體育館空地，這些學長連礦泉水也不喝了。他們圍住騎摩托車賣點心飲料的小蜜蜂阿姨，每個人自己動手拿了油飯、炸雙胞胎或奶油包，又從摩托車後座的冰桶裡拿了冬瓜茶或花生湯，蹲到一旁大吃起來。七叔還買了一包檳榔，幾個學長立刻伸手向他討了，放進褲袋裡，打算等吃完點心再嚼。當然，這些都沒我的分，我只能呆站在一旁看他們買東西。讓我好奇的是，他們全都沒付錢，小蜜蜂阿姨拿了本簿子出來，一一讓他們在簿子上簽了名，這樣就算完成了交易。

「你呆在那裡看什麼？」陳俊良嘴裡嚼著七叔的檳榔，對我叫道，「沒事不會先去搬水泥？我們吃完就要開工了。」

「走吧。」江臨淵識相地拉了我一下，又對吳居安說：「我們搬水泥去。」

「你們別幫他搬，」陳俊良又叫道，「帶他去放水泥的地方，幫他上肩，叫他一個人扛上來。」

我們三個人往斜坡下走，到五十公尺外的東引幼稚園預定地。這裡有別單位的人在大興土木，堆滿了水泥砂包等建材。我們走到堆放水泥的地點，江臨淵和吳居安彼此望了一眼。「怎麼辦？他可以嗎？」江臨淵對吳居安說。「不行也沒辦法，學長就是要看他搬。」吳居安說。

「我可以試試看。」我說。其實心裡沒什麼把握。一包水泥五十公斤重，印象中，我打離開娘胎到現在還沒抬過這麼重的東西。

江臨淵要我蹲下，他和吳居安合力抬起一包水泥，放在我後肩上，一邊提醒我說：「待會如果你要停下休息，千萬別把水泥放下，一放下你就沒辦法自己扛上肩了，懂嗎？」

我已經沒辦法回答了。他們才一鬆手，立刻有股巨大的壓力由上直墜而下，我整個人被壓得向前傾，感覺脊椎快斷了。我大叫一聲，肩一歪，水泥袋便向旁砸下，差點砸中急向旁邊跳開的吳居安的腳。

「不行，不行，」江臨淵說，「你腰桿一定要打直，不能彎；你身子越縮，就越抬不動，而且還會受傷。」

他們又抬來另一袋水泥，剛才摔在地上的那袋已經破了。我舉高雙手，伸過肩膀向後抓住水泥袋兩角，按照江臨淵說的要領挺直腰桿奮力站起。這次是站起來了，但我兩腳一直發抖，根本邁不出半步。

「加油，加油，站起來就沒問題了，」吳居安推了我一把。「記住，千萬別放下。」

我扛著水泥，搖搖晃晃走出東引幼稚園，開始一步步朝斜坡上走。水泥的重量讓我腰桿挺直不了多久，越走越駝，越駝就感覺背上的水泥越重。才走十幾步，我的力氣就用盡了，五十公斤重的水泥把我整個人壓得快趴到地上。我無法再前進半步，只能鬆開一隻手撐住地，像缺了一條腿的陸龜，勉強馱住水泥不讓它掉落。

「快上來呀！」蹲在坡頂上吃東西的學長看我待在原地沒動，全站了起來，朝我這邊喊叫。「別休息，抬上來！」我抬頭往上看，發覺斜坡似乎突然拉長了數倍，剛才走下來時，還不覺得距離有這麼長。坡頂上學長的人影此時變得既小又模糊——小是因為距離，模糊是因為汗水不停流進眼角。我用力眨了眨眼睛，抓住背後快滑至腰部的水泥袋，咬牙又向前走，每走一步，就必須停下穩住重心，不讓自己跌倒。荒謬的是，我在此刻居然想到了薛西佛斯的神話。薛西佛斯推石頭上山的路可能比這條斜坡長，重複這種無意義勞動的時間也肯定比我久，但他畢竟是犯了錯才遭到如此懲罰，而且也不會有一群無聊的神仙學長在旁邊吶喊加油。

在大太陽底下，蒸騰起熱氣的斜坡顯得漫無止盡，學長的叫喊聲卻清晰可聞。我終於不行了，顫抖的雙手再也抓不住水泥袋，只能任由它不斷向旁滑落。最後，我和水泥袋一起翻倒，重重摔在斜坡路上。

「站起來！這樣就不行啦？」坡頂上的學長仍在叫囂。

就在我趴在地上喘息，怎麼樣也站不起來的時候，有個學長從斜坡走下來到我面前，一語不發俯身抓住水泥袋，扭腰一甩便上了肩，轉身小跑步憑單肩把水泥扛上坡頂去了。

七叔又幫了我一次。

不過我的災難還沒結束。

學長們吃完點心，江臨淵和吳居安也已把剩下的材料搬到體育場工地，我們便開始今天的工作。

打空心磚有台專用的機器。這台機器約有一人高，中央有個鑄模，右側有根長約一公尺半的拉桿和一塊踏板。打一塊空心磚需要七個人合作，兩個人拌水泥砂子，一個人把拌好的混凝土鏟上機器台座的鑄模，另一個人負責在鑄模下放承接用的模板，並把鑄模表面抹平，接著就由控制拉桿踏板的人把鑄鐵拉下，將鬆軟的混凝土壓實成形，這時便由另外兩個人輪流將打好的空心磚端起，排在空地上曝曬。在今天這種惡毒的陽光下，只要擺上一天就能凝固變硬。

我們的工作是按照梯次分配的，操作拉桿的是陳俊良，抹平鑄模放模板的是七叔，江臨淵被叫去和另外兩個比七叔和陳俊良稍菜幾梯的老鳥拿圓鍬敲盤，我則和吳居安一起端盤子，負責把打好的空心磚端去空地排列。至於剩下的三個人，一個是帶隊班長，兩個是快退伍的老兵，他們一起溜去南澳看漫畫打電動去了。

搬水泥我不行，端盤子我倒很有信心。入伍前我曾在西餐廳打工，也在浙寧菜館「泰豐樓」當過跑堂。鐵板牛排我一次可以端四塊，中菜用的大圓盤我也能同時端上五、六個。這種功夫不是一去就會的，而是經過特訓的成果。剛去泰豐樓打工的那星期，我兩手只能各端一盤菜，每次客人一多，就算以小跑步也應付不了堂口的出菜速度。「快，快，菜都涼了。」廚房的二廚總是這樣對我喊。他是個肥嘟嘟的胖子，一有空就會親自把炒好的菜端出來往堂口一放，然後把那顆油膩的大頭伸出不到兩呎見方的窗口，裝出無辜的表情看著來不及傳菜的我，似乎在說：「抱歉，我也不知道為什麼菜會出得這麼快。」看不過去的是邵師傅。他是廚房的總廚，聽二廚說，這家餐廳賣的就是他的名字。不過我從沒看過他炒菜，就算客人再多也一樣。平常只見他老人家一個人坐在餐廳角落喝茶，偶爾以標準的吳儂軟語和餐廳的上海人經理呱嘰呱嘰聊上幾句。有天下了班，我收拾好堂口正準備要走，邵師傅卻把我叫住，說：「來，你端幾個盤子給我看看。」我依他的話做了，雙手各拿起一個盤子，往左右一攤呈無奈狀。邵師傅笑說：「你這樣可不成，我教你怎麼一次端多點。」他拿起空盤，教我怎麼用虎口夾住第一個，怎麼把第二個盤子壓在第一個盤子下用小指和無名指托住，怎麼再把第三個盤子放在第二個盤子和手腕上。「好，你走幾步讓我瞧。」我左右手合起來共端了六個空盤子，這些盤子一個扣住一個，形成唇齒相依的關係，只要其中一個掉落，其他盤子也會一起打破。我戰戰兢兢走了幾步，發現手上這些盤子其實還疊得蠻穩的。「不錯，不錯，」邵師傅說，「你再小跑步試試。」我花不到半小時就學會端盤子的功夫了。

不過那是經過高人指點，而且是在以空盤子練習的情況下。

現在，既無人指點也沒時間練習，剛打好的空心磚又軟得像布丁。一樣是端盤子，但遇到這種非食物類的空心磚，我居然半點輒都沒有。我的手才碰到模板，才剛要施力想抬起，空心磚就整個分崩離析了。

「喂！你幹什麼？」陳俊良扶著拉桿吼道，「你端破一個，我們就要重打一次，你對得起我們嗎？」

「是……」我囁囁地說。

七叔示範了一次端空心磚的正確動作。端的時候不能完全蹲下，要用單膝以高跪姿就近機台，保持上身正直，再穩穩地站起來；端去空地曝曬的時候要凝視手上的空心磚，只用眼角餘光注意前方；放下時同樣要以高跪姿蹲下，確定空心磚放穩後才能鬆手起身。步驟的確很簡單，做起來卻不容易。端起的時候只要歪斜幾分，或晃動太厲害，未乾的空心磚就會崩破一角，或裂成兩半，甚至爛成一灘砂土。我四肢痠痛未癒，剛剛搬水泥時好像又把腰給扭傷了，現在要一直保持上身正直的動作，對我來說簡直就是一場酷刑。而且，空心磚越打越多，擺放的距離也越來越遠。未乾的空心磚含有水的重量，加上模板少說有三五斤重，我沒走幾趟，便已完全體會宋朝的陶侃確實是位了不起的人物。

我們的進度很不理想，兩小時過了，還打不到一百塊空心磚。其實學長們打好的空心磚不只此數，但其中有五分之一都被我端破了。陳俊良再也受不了了，他脫下手套往地上一摔，凶巴巴指著我：「你端破一個，就去旁邊交互蹲跳十下。」其他學長沒人反對他的意見，可是這樣一來，我們的進度更慢了。在我雙手抱頭在機械旁邊一上一下蹬腿蹲跳時，他們只能暫時停工，等我跳完才繼續工作。中午過了，排在空地上的空心磚還不到三百塊，離連長要求的數字還遠得很。七叔終於忍不住說：「算了，你別跳了，再這樣下去大家都會完蛋。你去好好端盤子吧。」

我很想好好端，可是手腳完全不肯配合。不過學長們已不在乎我把空心磚弄破了，他們越打越急，邊打邊對我吼叫，只希望我動作快一點，要我每放好一塊空心磚就快跑回機器這裡端下一塊。

到了下午三點，七叔數了一下空地上打好的空心磚，一共只有四百二十塊。

學長們緊張了。他們商量了一下，決定叫江臨淵去找溜到南澳的那兩個老鳥和班長。但江臨淵才剛走出工地，就又慌慌張張跑回來，揮手拚命大喊：「指揮官來了！」

一輛車頭掛著一塊紅牌子的吉普車從山坡上開下來，在工地旁停下。帆布車門打開了，下來的正是指揮官，後面還跟著替他帶槍的少尉侍從官。

「立……正！」七叔的反應很快，主動代替蹺頭的帶隊班長喊了口令，快步跑到指揮官面前行了軍禮。「指揮官好！」

「好、好，大家辛苦了。」指揮官擺手要我們稍息。「你們哪個單位的啊？」

「報告指揮官，三營營部連！」七叔大聲說。

「好、好。」指揮官說。他走進工地，隨意看了一下，目光最後落在我們打好的空心磚上。「你們今天打幾塊啦？」

「報告指揮官，五百塊。」七叔說，把數字稍微膨脹了。

「五百……」指揮官若有所思重複一次數字，轉頭瞄了侍從官一眼。那個少尉立刻跑過來，呈上一個卷宗給指揮官看。指揮官看過後，皺起眉頭，伸手揮開卷宗，顯得很不高興。他轉身往吉普車走，但才走了幾步就又回過頭，望了呆立在工地上的我們一眼。「你們怎麼就這幾個？不是要你們派十個人來嗎？剩下的人上哪去了？」

沒有人回答。

「說話呀，」指揮官對七叔說，「你是帶隊班長，對不對？」

「不……不是。」

「喔，那你是排副？還是排長？」

「我是上兵。」

指揮官上上下下仔細打量著七叔，然後說：「怎麼是上兵帶隊？班長呢？」

七叔答不出來。

指揮官似乎不想再問他話了，他朝南澳的方向看了一眼，便轉身往吉普車走。沒幾步，又再度轉過頭。「你們哪個單位的？」指揮官問。

「三……三營營部連。」七叔說，這次的聲音小得幾乎聽不見。

指揮官轉頭對侍從官說了句話。侍從官點點頭，打開筆記本在上面寫了些字，之後才和指揮官一起坐上吉普車離開。

工地的氣氛現在變得很僵，學長們不再開口罵人，每個人都一副憂心忡忡的樣子。溜去南澳的班長和老兵回來了，他們渾身酒味，但一聽說指揮官來過，就突然清醒過來，默默加入打空心磚的行列。我們一直做到傍晚七點，等天色差不多全黑了才收工。整理好工地後，我們數了一下今天打的空心磚。總數是六百五十塊，還比兵器連少五十。

我們回到連上，發現全連都換上了全副武裝，在連集合場上罰站。賈立銘雖然揹值星，但他也戴上了鋼盔紮上S腰帶站在部隊前面。我們放好工具，澡也沒洗，就匆匆換過衣服加入罰站的行列。這是部隊的連坐法，一人犯錯，全連受罰。不過沒人告訴我連上到底出了什麼事。我們一直站到晚上九點，連長一直沒有出現，賈立銘也不像平常那樣在部隊前鬼吼怪叫。晚點名時間到了，連長還是不出來，由副連長代替主持。他拿了點名簿，卻沒有點名的意思，只用意味深長的眼神從左至右掃過我們每一個人身上，然後說：「叫你們去打空心磚，怎麼溜去南澳了，還被指揮官抓到？」

我心頭一涼。原來害全連罰站的是今天去做工的我們。

「算了，你們解散去洗澡就寢吧。」副連長嘆了口氣說，「值星班長，今天晚上仔細查鋪，不准有人半夜起床離開寢室。」

部隊解散了，大家一哄而散。我走回寢室時，有個學長惡狠狠地用手肘撞了我一下。

「你死定了，菜鳥。」他說。

16 榮團會

學長看我的眼神，不再是怨懟，而是快噴出了火。

打空心磚鬧出的事件，讓指揮官回去後就打電話給營長，營長挨了訓便打電話痛批連長，連長掛了電話下令要全連全副武裝罰站。部隊從下午六點開始足足站了三個小時，眾人的怒氣全指向我們這些去打空心磚的人。但蹺班的班長和學長都是剩幾個月就要退伍的老鳥，他們連一聲道歉都不必，反怪我們這幾個人打空心磚速度太慢才讓指揮官注意到有人不在工地。而去構工的學長辯稱，影響構工速度最大的原因，是因為我老是把空心磚端破。

連坐和遷怒，讓位於食物鍊最下層的我，變成了全連公敵。

我必須想辦法自保了。

儘管渾身髒臭難捱，當晚我不敢去浴室洗澡。浴室的位置離連上約有五十公尺，我知道在這種情況下去洗澡無異自尋死路。我在廁所躲了半小時，等熄燈前才趕快跑回寢室，一上床掛好蚊帳就假裝熟睡，打定主意如果半夜有學長來叫我起床，我也要裝睡到底，死不理會。

幸好，一整個晚上都平安無事，我猜是昨晚副連長的話救了我。他是刻意對老兵說的，好讓他們不敢輕舉妄動。另一點值得慶幸的是，今天是莒光日，全連都要集中在中山室上一整天的課。有軍官在，想教訓我的學長一時很難找到機會，至少不能太明目張膽，畢竟那些志願役的軍官還是會擔心部隊裡鬧出不當管教的事，影響他們未來的仕途。不過，還是有學長不忘找機會對我撂下幾句嚇人的話。在我去打飯菜的路上，一位和我擦身而過的學長對我說：「昨天是你害我們罰站？」我去拿掃把掃地時，另一位學長說：「聽說你很混喔？」我進寢室拿莒光袋準備上課，至少有三個學長對我喊：「滾遠點！」

這種心理戰術確實對我造成了壓力。上午幾次下課時間，我不敢離開中山室到外面抽菸；中午吃飯打掃時，我不敢落單，緊緊黏著江臨淵和吳居安。我不指望他們能保護我，只希望在我真的被學長攔住教訓時，他們能趕緊跑去報告輔導長來救人。到了午休時間，我不敢回寢室睡午覺，又和昨晚一樣躲進廁所，把自己關在小隔間裡。

儘管廁所腥臭悶熱，我還是在裡面蹲了快兩個小時。臭味還好忍受，進來五分鐘就沒有感覺了，但燠熱就比較難耐。我雖然只穿內衣短褲，汗水仍不停滴下，更糟的是，淚水也快忍不住流出了。是害怕嗎？好像是。但我在恐懼什麼？頂多出去被學長打一頓，只要不死或殘廢，有什麼大不了？我知道我沒有犯錯，造成問題發生的是連上的氣氛。沒錯，那是一股怨懟之氣，我一來連上就感覺到了。這裡從軍官到士兵，有哪個人甘心自願來此，每個人不都是交了霉運才會抽中外島？即使他們平日會打鬧談笑，這種怨恨還是難以消弭，一找到機會就會發洩，現在我只不過是他們出氣的出口罷了。我知道我躲不了多久，這樣逃避下去也不是辦法，沒想到來外島下了部隊，竟會遇上這樣的問題。看來，我非得想個方法解決才行。先發制人，後發受制於人。我已經成功逃出士官隊，現在一定也能想出辦法逃過學長們即將發動的攻擊。只是，我該用什麼辦法呢？請小吾出面保護？他在連上算是排名很前面的老鳥，目前大家還不知道我是他的小學同學，如果我主動說出來，也許學長們就會賣小吾面子，改變對我的態度。不行，不行。這一個星期來，我發現小吾不怎麼理人，別人也不怎麼理他。他雖然生活在團體中，卻似乎關在自己的世界裡，憑他在連上的人際關係，就算我抬出他的名號恐怕也不會有什麼效果。找營政戰士藍傑聖幫忙如何？他在打字室信誓旦旦說要罩我，如果我去找他，也許他能透過他說的「實力」幫我解決問題。可是，現在的我連這間狹小的廁所都出不去了，哪有機會溜到營部找他？還是，乾脆向連上軍官報告好了？去找連長、找輔導長，向他們報告我這幾天來受到的待遇，要他們在部隊前對大家宣布，禁止任何學長來動我半根寒毛。不行，不行，這樣豈不就是向軍官打小報告了？我再無計可施，也不會白目到這種地步。

我還沒想出任何可行的辦法，下午上課的時間就到了。我打開廁所木門，畏畏縮縮走出來。少了廁所四堵牆壁的保護，恐懼的感覺又回來了。我隨眾人進入中山室，坐在隊伍裡面，前後左右包圍我的都是陌生的學長。莒光日下午的前兩堂課是分組討論，輔導長把題目寫在黑板後，全連就分成幾組各自搬了鋁桌鐵椅在連上找地方討論。我們衛生排十幾個人自成一組，留在中山室的一角，圍坐在一張鋁桌前。今天討論的題目是「反台獨，唾棄分裂主張，堅持以三民主義統一中國」，政戰士學長雖然發了一張考卷大小的報告紙要各組做討論紀錄，但沒人針對這題目發言，大家顯得意興闌珊，有人似乎還沒睡醒，有人自顧自拿出信紙寫信，或和旁邊的人聊天。負責記錄討論內容的是我們班長王煥聰，他拿到報告紙後就馬上推給我，要我寫今天的討論的紀錄，但想了一下後又改變主意。「今天我先寫一次給你看，以後就都由你寫了。」他把報告紙收回去，提起筆只花了五分鐘，就寫好洋洋灑灑一大篇討論紀錄。我接過來一看，不由得瞠目結舌。他一個人化成至少七個分身，寫了將近十條發言，其中還包括我的名字。我特別仔細看了那條「出自我口中」的發言內容。「以三民主義統一中國是很重要的，因為我們都知道共產主義比三民主義差勁，而且只要統一中國後，就不會有人搞台獨了。」

接下來的時間就無聊了，大家各幹各的事，偶爾有人聊天聲音太大，揹值星的排副就會衝進來吼叫要大家安靜些。我默默坐在兩個臭著臉的學長之間，不知怎的，想起金六結那些沒事就插科打諢的同班弟兄，想起在五二四交通船上一起嘔吐的同梯，想起已進士官隊受訓的沈詮和林忠雄。想著想著，我越來越後悔了，懊惱自己不該刻意躲掉幹訓班。原本我以為自己害怕的是幹訓班的嚴格操練、害怕去那邊過三個月每分每秒都掌控在分隊長手中的非人生活。但現在，我一個人置身在所有人都是我學長的連隊，才明白什麼才是真正令人害怕的事。

是孤單。

特別是在人群中的孤單。

分組討論過後，接下來是一個月一次的榮團會。榮團會的全名是「榮譽團結大會」，主席是由士兵中選出來的，開會時就屬他最大，連上軍官只能在一旁列席，偶爾針對問題提出說明和解答，地位有點像到立法院備詢的政府官員。這種會議我在金六結新訓中心時遇過一次，說好聽是榮譽團結，但那次根本就變成了放砲大會。從伙食太差、寢室太熱、休假太少到戶外蚊蟲太多，我們幾乎無所不怨，甚至還有人站起來抗議班長口令喊得不夠標準，害他常常聽錯而受到責罰。

榮團會上還有上級派來的指導員，用意是確保大家能安心大鳴大放，不必受制於連長的臉色。我記得在中心開的那次榮團會，是由副營長擔任上級指導員，但今天的指導員卻是從指揮部來的一位上尉，不知道和昨天打空心磚被指揮官抓到小辮子有沒有關係。當這位上級指導員走進來的時候，我看見坐在台上的連長的臉先是一沉，旋即露出滿臉笑容，叫道：「學長，好久不見。」他起身和這位指導員握手，殷殷勤勤接他到台上坐下，但指導員只淡淡點個頭說：「別管我，你們繼續、繼續。」

多了個指導員在旁邊，讓今天的主席賈立銘突然有點不自在了。他這星期當值星班長，現在又是榮團會主席，讓我免不了有種他無時無刻都站在我面前的感覺。他上星期說過他揹值星時會讓我好看，而且也以行動證明他說到做到。這幾天下來，我的棉被被他掀了三次，內務櫃裡的東西被他丟出來五次，蹲在地上聽他罵髒話的時間至少超過三個小時。他確實有本事把人的忍耐力逼到臨界點，有幾次我被他罵得渾身顫抖，必須縮起四根指頭用力把指甲摳進掌心，才控制住快爆發的情緒。「怎麼？很想打我？」他看我握起拳頭，便蹲下來在我耳旁小聲說：「來呀，你打我啊，為什麼不敢？站起來打我呀？」

不過，現在坐在台上的賈立銘，倒像變了個人，不但笑容可掬，平日話裡夾帶的髒字也不見了。榮團會在他主持下有模有樣地進行，我們順利選出了這個月的好人好事代表、有功官兵和下個月可以返台放榮譽假的人。到了最後的「問題與檢討」時間，輔導長預先安排的暗樁也很配合地適時舉手，提出浴室木門朽壞需要修理、寢室應禁止吸菸、到南澳休假簽帳不能太多之類雞毛蒜皮且容易裁示的問題。

坐在連長旁邊的上級指導員似乎顯得很無聊，一場會開下來，他喝了半杯茶，打了三次呵欠，直到問題檢討時間才有了精神，很認真地盯著每個舉手發言的人。只是，顯然大家不痛不癢的發言讓他有點失望。在主席最後恭請上級指導員講評時，這位指揮部來的上尉說：「很高興能來到貴連，過去就聽說三營營部連是我們東引島最有戰力、最有紀律的一支部隊，今天有機會認識大家，我覺得十分榮幸。」客套話說完，他話鋒一轉：「指揮官一向關心大家的生活，但他太忙了，沒辦法親自到每個連隊，所以才要我代表他參加貴連的榮團會。你們既然來到這個部隊，大家就是一家人，不管你們在職務上、在生活上有什麼委屈或不如意，都能利用這個機會講出來，我可以直接呈報給指揮官，用最快速度替各位解決問題。」

解決問題……

上級指導員說的最後四個字，在我腦中迴盪撞擊。

我看向台上。連長雙臂交疊在胸前，以難得一見的笑容看著大家；輔導長已闔上筆記本，動手收拾面前的東西。至於副連長和主席賈立銘，他們一個歪頭看向窗外，一個則無聊轉動手中的筆桿。那根原子筆不停在賈立銘的手中轉著轉著，我的大腦也跟著轉著轉著。

轉呀轉呀，有個念頭突然被轉了出來。

「各位請把握機會，有問題一定要反映。」上級指導員又說，以期待目光掃過連上所有人。我轉頭順著他的視線看去，台下有人抬頭看他，有人低頭看自己的腳，但臉上全是一副漠然的表情。

把握機會，反映問題。我的心跳加快了。

機會是稍縱即逝的，任你千呼萬喚也不會回頭。問題是必須解決的，拖延下去只會讓情況惡化，萬劫不復。可是，我沒時間好好考量剛才轉出的這個念頭，如果貿然決定，不知會有什麼後果。

「都沒問題嗎？」上級指導員又問了一次。

我只有這次機會了……

上級指導員拿起放在桌上的小帽，站了起來。「既然各位都沒問題，那今天的榮團會就到此……」

「我有問題！」我舉手了。

「很好，」上級指導員對我露出讚許的笑容，慢條斯理坐了下來，「來，你有什麼問題，說出來讓大家聽聽。」

我起身立正站好，十指伸直併攏貼緊褲縫。連長的笑容不見了，輔導長露出詫異表情，賈立銘的表情也變得有點僵硬。我用眼角餘光偷偷看了一下，發現台下所有學長全轉頭看向我這裡。他們似乎全都知道我要講的是什麼問題。

「你有問題幹嘛不早舉手？浪費長官時間。」連長冷冷地說。

「沒關係，沒關係。」上級指導員對連長說，然後又轉向我：「你說吧。」

我開口了。「主席、上級指導員、連上各位長官……」我吞了口口水，深吸一口氣，繼續說下去，「二兵這個月才剛來營部連，什麼都不懂，也經常犯錯，加上同梯全去幹訓班受訓只剩我一個，因此我一直很害怕，擔心表現不好會受到學長教訓。在我入伍前，就聽說軍中有學長學弟制，聽說每個新兵都會被老兵欺負得很慘……」我偷偷瞄了連長一眼，他臉上隱隱出現寒氣，讓我趕緊把目光別開。「但是，等我來到營部連，才發現這裡的學長都對我很好，大家都很照顧我，非常有耐心協助我適應軍中生活，完全沒有傳說中的恐怖。我想藉榮團會這次機會，在此向各位學長和連上長官表達我的感激之意，謝謝大家這一個多星期來對我的照顧。」我把手舉至眉間，從右轉向左，向中山室裡的所有人行了個軍禮。

學長們先是一愣，旋即爆出一陣掌聲，鬼吼鬼叫歡呼起來。連長的笑容又破冰而出。

「很好。」上級指導員又說了一遍，但整個中山室只有他沒笑。

部隊解散離開中山室，一個學長走過來拍了我肩膀一下，粗聲粗氣說：「嘴很甜喔。」我看不出他的表情與口氣是褒是貶，只知道自己的臉還在發燙，雙腳微微顫抖，感覺就像上次在幹訓班當著眾人面前，把自己雙手的缺陷展示給所有人看一樣。這次，為了保護自己不受到學長們即將施行的凌辱，我這輩子第一次說出這種連自己都覺得肉麻的話。為了不讓自己太難受，我只能這麼想：至少我說這些話的時候，心裡想到的人是七叔，是大我十梯的江臨淵和吳居安，我只是沒有指名道姓，只是把感謝的對象放大到全連的人而已。走出中山室，我心裡想的已不是我在榮團會上說的這些話能收到多少效果，而是在東引這座荒島、在未來的一年九個月，我究竟還會再做出多少醜事，才能全身而退，才能平安離開這個弱肉強食的世界。

當天夜裡，我還是被叫起床了。

來叫我的是一位和七叔同梯的學長。他搖搖我的腳。「學弟，起來、起來，學長要請你吃火鍋。」

我乖乖下床，跟著學長走出大寢室。寢室門邊的安全士官抱著槍坐在椅子上，一句話都沒吭，任由學長帶我往外走。我看了牆上的時鐘一眼，時間正好是半夜十二點。

學長帶我走出連集合場，經過廚房，爬上階梯，往山上的庫房走。山上一片漆黑，我只能低著頭，盯著一條條漆在每級階梯邊緣的白線，以免腳步踏空。我默默跟在學長身後，不想也不敢多問，心中瞭然其他學長一定全在上面等我。奇怪的是，此時我居然沒有恐懼的感覺。我想到那些在死牢裡夜半被叫起來執行槍決的囚犯，說不定他們的感覺也和此時的我一樣，在走向刑場的途中反而就不覺得害怕了。畢竟，真正令人恐懼的可能不是臨刑的那一刻，而是不知什麼時候要行刑。

庫房的門關著，從門縫下透出的光影閃動，裡面不知道藏了多少人。學長走到門邊停下，歪起嘴角，邪邪對我笑了一下。「你進去吧。」

我看了他一眼，深吸口氣，咬牙把門推開。

屋裡的景象讓我愣住了。

裡面沒有半個人。

庫房中央真的有一個火鍋，放在兩個礦泉水紙箱拼成的臨時矮桌上。火鍋旁的地上杯盤狼藉，七橫八豎十幾支竹葉青空瓶。庫房裡彌漫著濃厚菸味，看來剛才有不少人在此聚過餐。我張大嘴巴，一臉納悶看著帶我上來的學長。

「你把剩下的東西吃一吃，然後把這裡收拾乾淨。」學長說完，關上木門就走了，留我一個人在庫房裡。

我看向火鍋。鍋底只剩一粒蛋餃和半碗湯，還微微殘留一點餘溫。我坐在火鍋邊地上一頂剛才可能被學長拿來當椅子坐的鋼盔上，伸手拿起湯勺，撈起那唯一一粒蛋餃，緩緩送進嘴裡，仔細咀嚼、咀嚼。不知怎的，嚼著嚼著，我的淚水竟然自己流了下來。

17 南澳的假日

「哦？他們這樣就放過你了？」吳居安聽我說完夜裡被叫起吃火鍋的事，露出一副不可置信的表情。「你運氣真不錯，」江臨淵說，「為什麼我被學長叫去吃了三次，連個火鍋都沒看到，每次吃到的都是拳頭。」

不知道是剛好輪到我，還是我榮團會上那番話真有如此大效果，在接下來的這個星期天，我的名字竟被排入休假名單中，可以離開連上到南澳休一天假。更令人高興的是，江臨淵和吳居安也都在名單上。一大早，我們就擦好皮鞋，通過離營教育檢查，請總機學長打電話從南澳叫計程車上來，準備好好散一天心。

「喏，把這件衣服換上吧。」吳居安不知從哪搞來一件上兵的衣服，要我偷偷去廁所穿上。

「這樣行嗎？名條上不是我的名字，而且我也不是上兵。」我有點膽怯。

「安啦，你掛二兵臂章下南澳，會被憲兵抓好玩的。」江臨淵說。

我們跳上計程車，車子拐了三個彎，不到兩分鐘就到了南澳，收費一百元整。東引的計程車只有兩種價錢，上車就是一百，如果要到西引或燈塔那邊的一一七高地，就加收五十。我們下了車，走在南澳的街道上，看著一個接著一個的MTV、卡啦OK、撞球店、電動玩具店、漫畫店和小吃店的招牌，我突然有重獲自由的感覺。上次到南澳是由幹訓班的區隊長帶隊，同梯一大群人一起行動，除了吃了一客套餐哪都沒去。今天我有一天時間可以隨興閒逛，想進哪家店就進哪家店，好好吹上一整天冷氣，痛飲幾罐冰涼的飲料。

不過，在這之前，我還有件重要的事要做——打電話給伊。到東引已經兩個星期了，我錯失兩次打電話的機會，直到現在還沒打電話給她。對她來說，從那天上船前在韋昌嶺會客後，我就像蒸氣般憑空消失，十幾天來沒有半點消息。她一定急瘋了，等不到我的電話，收不到我的信，連我有沒有平安抵達東引都不知道。真不知道她怎麼熬過這半個月。

「你要去哪裡？」我才下坡走了兩步，就被江臨淵叫住了。

「去打電話。」我說。

「你要去哪裡打？」

「前面不是有電話亭嗎？」我說，伸手指向電信局前的小廣場。

「回來，回來。」吳居安急急跑過來，拉住我往後拖。「那裡不好，憲兵太多，萬一你被記違紀，我們就全都完了。你忍一下，今天我們會找機會讓你打電話。」

真令人驚訝，即使我們休假離營到了南澳，他們兩個仍表現出一副受怕擔憂的樣子。他們說現在時間還早，休假來南澳的人還不多，為了不讓憲兵找麻煩，最好別亂逛，先找個地方窩著。然而，他們連找能窩的地點也極其謹慎。我們像老鼠過街般，左顧右盼，躲躲藏藏經過香格里拉、碧麗宮、金帆船等卡啦ＯＫ。每到一家酒店，就由吳居安先進去看看裡面有誰在。但他每次都搖著頭出來，說裡面不是有太多別營的人，就是有我們自己連上的學長在裡面。幾間大路邊的酒店都不行，於是他們帶我走上石階，左迂右迴穿過石牆矮房夾成的僻巷，來到一間叫做「天方夜譚」的西餐廳。

「你們等等，我先進去看看。」吳居安又推門進去了。

天方夜譚的入口是玻璃門。透過深咖啡色的玻璃，我看見這間餐廳裡面有一大扇透明窗戶，坐在窗邊居高臨下可將海邊漁港的景致飽覽無遺，感覺氣氛很不錯。

但是吳居安又搖著頭出來了。「我們走吧。」

「怎麼，這間也不行嗎？」我大惑不解。「我看裡面沒幾個人啊。」

他小聲地說：「人是不多，可是張展光在裡面。」

「真的？」江臨淵緊張地說，「那我們快溜吧。」

「為什麼？有張展光學長在不好嗎？」在他們面前，我還是稱呼小吾為學長，沒把他是我同村兼小學同學的事說出來。知道他在裡面，我更想進去這家店了，平常在連上我們幾乎沒說過話，現在正好有機會可以好好聊聊。

「不好、不好，」吳居安說，「你沒跟他喝過酒，不知道他那個樣子。」

「怎麼？他也會欺負學弟嗎？」

「欺負倒不至於，」江臨淵說，「可是他只要一喝酒，就會一直哭、一直哭。難看死了，怎麼勸都停不住。」

「是啊，他每次都這樣。我們還是快走吧。」吳居安說。

我被他們拖著離開天方夜譚，在南澳街上再轉了一圈，又回到我們下計程車的地方。我們改朝斜坡上走，往東引鄉公所的方向。在這條街道兩旁嶄新的雙層紅屋頂洋房中，吳居安總算找到一家名叫「歡樂大亨」的卡啦ＯＫ餐廳。我們走去一看，裡面沒有半個人。「好，我們就在這裡混吧。」吳居安說。他招手叫來老闆娘，點了半打瓶裝台灣啤酒。

「一大早就喝酒？現在開始喝，下午不就醉死了？」我看了一下手錶，現在還不到上午九點。

「到下午就不喝了，我們喝咖啡。」江臨淵說，「如果你下午還喝酒，晚上收假保證被操到吐出來。」

面對滿桌的啤酒和小菜，我還真有點不習慣，過去從來沒這麼早喝酒的經驗。江臨淵和吳居安倒是自顧自斟酒乾起杯來。在只有我們三個人的卡啦ＯＫ中，他們兩人終於放開心情，拿起麥克風扯喉高歌，我還是第一次看見他們這副怡然自得的模樣。

我心裡還是惦記著打電話的事。剛才在南澳街上逛的時候，我每看見一具公用電話，就默默記下它們的位置。從亨裕超商前的階梯走上去，在東引特產店的旁邊有一具電話，旁邊大概有七、八個人在排隊。往前走到底，再上一個樓梯，打小巷裡轉個彎，那裡有家小雜貨店，店門口也有一具公用電話。店門口有椅子，排隊的人不多，地點也夠偏僻，是打電話的絕佳地點。我下定決心，待會不管怎麼樣都要找機會去那裡打電話給伊。

但是，我該和她說什麼呢？

入伍前一天的晚上，我和郭正賢在夜市的海產攤，立下誰被兵變誰就出錢請客的賭注。那天伊和郭的女友千慧也都在座，我們的確喝得有點醉，但在說出這些話的時候頭腦卻十分清楚。誰贏誰輸不是這場賭注的重點，重要的是在自己女友的面前，在酒的助力下以這種方式說出自己心中最介意的事。我們是有一點大男人，不肯當著女友的面承認自己的脆弱，無論如何也無法開口央求她們別趁我們當兵變心離去。在女人眼中，至少就表面來看，我們是堅強的，是有骨氣的。我們可以笑著說「連兩年時間考驗都撐不過的感情不要也罷」，心裡卻擔心得要死。來到外島後，這種恐懼突然被放大了好幾倍。那天連長約談我和沈詮，一聽到我們兩個都有女朋友，就一臉嚴肅地對我們說：「你們最好要有心理準備，因為在外島兵變的機率是十分之十一。」連長解釋，這多出來的一，是因為這十人裡有一人同時擁有兩個女友。

不敢想像如果伊離開，我會變成什麼樣。現在的我可說已一無所有。在連上，我沒有自己的空間，沒有自己的時間。我毫無隱私，連最基本的尊嚴也被班長學長和我自己剝奪了。從早到晚，我必須承受精神上和體能上的雙重壓力，這種壓力不是漸增的，而是在我還搞不清楚狀況的時候，一股腦排山倒海而來。我掙扎喘息，謀尋活路，到現在還能硬撐著不倒下讓我自己都覺得驚奇。我還有六百多個這樣的日子要過，六百多個沒有伊在身邊的日子。人在外島，感情的主控權已完全操在伊的手上。我真的沒有把握。算一算，我們交往到現在才兩年多，如果以數學去計算感情，用一天相聚抵掉一天分離，這段感情的總值在我退伍時恐怕已所剩無幾。

如果伊離開，我一定會崩潰吧？一旦失去支撐的力量，我肯定會徹底倒下，再也沒有能力與勇氣去承受面對軍旅生涯的一切。一想到這種結局，強大的恐懼便由黝黑幽邃的深洞而出，猶如想到了死亡，讓人在一陣暈眩中忍不住惶悚發顫。

「怎麼？冷氣太強啦？」江臨淵說。

「沒事。」我拿起酒杯，乾掉了一杯啤酒。

面對無法掌控的感情，我才真正體認到自己的脆弱與無助。然而，我不是一旦擁有感情就緊抓不放的那種男人，假如伊真的決定離開，我也只能衷心祝福。只是，現在的我免不了有種自私的想法。我想對伊說：如果妳真要離開，請暫時先別告訴我，請妳等到我退伍那天再說，算是幫我最後一個忙。

我真的，真的很怕撐不下去。

我們在歡樂大亨待到中午，然後到「長堤西餐廳」吃了一客牛排。西餐是江臨淵和吳居安請的，他們說按慣例酒錢平攤，但飯錢他們可以付。我看見東引特產店就在斜對面，旁邊的公用電話前仍站了五、六個人。吃牛排的時候，我一直盯著對面的電話，發現每個人插入電話卡後，大概講個十分鐘，卡片就自動跳了出來。講完電話的人抽出卡片，幾乎都往電話旁邊的垃圾桶丟，看來他們都把一張電話卡的錢講光才走。

我有點後悔，今天應該自己一個人下南澳才對。有江臨淵和吳居安兩人陪著固然很好，但如果我出去排隊打電話，就至少得把他們丟在餐廳一個小時。牛排是他們請的，這樣貿然離開實在過意不去。

但是，他們似乎忘了我想打電話的事。從長堤出來，他們又馬上鑽進漫畫店，一個拿起《北斗神拳》，一個抽出《城市獵人》，坐在書架前的板凳上渾然忘我進入漫畫情節。我發現他們除了處處小心謹慎外，還很能隨遇而安，可以馬上放鬆心情融入眼前的環境。他們說只看一、兩本就走，但兩人看書的速度不一樣，一個人看完，看見另一個還剩大半本，便又拿了下一集起來看，如此重複了幾次。收假的時間是六點，離現在只剩三個多小時，我忍不住又提醒他們我想打電話，他們才依依不捨放下漫畫。

在陪我去打電話前，吳居安說他想先去買一張CD。他是營級參二業務士，在營部有張自己的辦公桌，可以在辦公的時候聽隨身聽。我們往三義村的東引唱片行走，爬上樓梯，又經過我早上就盯住的那條有公用電話的小巷子。不可思議的事情發生了——這具電話的話筒竟然好端端地掛在電話上，前面沒有半個人。我興奮地差點出聲歡呼，但江臨淵卻比我先叫了出來。

「糟了。」他發了聲喊，拉了我和吳居安就想走。

已經來不及了。

從雜貨店裡，搖搖晃晃走出一位我們連上的學長。我認得他，他叫徐志遠，正是上次那個當安全士官逼我喝開飲機泡沫生水的老兵。「我說奇怪，怎麼下南澳一整天找不到你們，原來你們在這。」他一看見我們，便張開雙臂向我們走來，已紅至耳根的臉上露出親切笑容。「來來來，跟我喝酒去。」他拉住江臨淵，拖著他往我們剛來的方向走。

「怎麼辦？」我看著空無一人的電話說。

「沒辦法。」吳居安哭喪著臉說，「這次逃不掉了。」

現在我才知道他們兩個為什麼休假到南澳還得躲躲藏藏——連上今天只留三分之一的人戰備，其他人也全都到南澳來了。

我們被徐志遠連拖帶拉，連招牌都還沒看清，就被拉進了一家卡啦ＯＫ。一進門，就看見角落那邊有五、六個我們連上的學長。他們用三、四張桌子拼成一張大桌，上面擺滿十幾盤已見底的小菜，在桌上、地上和牆邊，至少有幾十支喝乾的台灣啤酒、玫瑰紅和蘋果西打空瓶。我估計這裡剛才至少有十個人以上，但現在人數剩不到一半，留下來的學長也都和徐志遠一樣，每個人的臉都紅至耳根，說起話來全用吼的。我們戰戰兢兢坐下。江臨淵陪出笑臉，示意我們舉杯敬學長酒。在座的學長有人舉杯回應，有人完全不理。桌上還有幾個盤子裡有小菜，可是我們沒有筷子，也不敢叫老闆娘拿新的筷子來，就連酒杯也是拿前面的人留下用茶水洗過的。徐志遠帶我們進來，自己又喝了一杯酒後，就趴在桌上動也不動了。我們三個坐在一塊，完全沒有早上在歡樂大亨的那種興致。呆坐了五分鐘，吳居安才開口向學長道歉，說他還有ＣＤ沒買，想趁收假前辦妥這件事。學長們沒留我們，只點頭默許我們離開。

我們回到剛才的雜貨店，電話前現在有四個人在排隊了。我們坐在椅子上，每個人的臉都很臭。吳居安說他不想買ＣＤ了，因為剛才那攤酒錢算一算，每個人恐怕要分攤七、八百塊。

「我們才喝一杯酒，也要出一樣的錢？」我嚇了一跳。

「是啊，不然他拉我們進去做什麼？」江臨淵說，「沒叫你全出就算不錯了。」

我覺得自己運氣實在差透了。從抽到外島籤的那一刻開始，發生在我身上的就沒有半件好事。連打電話這種再簡單也不過的動作，竟也能鬧出這麼多波折。我手裡揑著買來帶在身上快十天還沒機會用到的電話卡，心裡開始暗暗擔心，電話會不會在輪到我的時候剛好壞掉，或是打電話去的時候伊剛好不在家，或是伊的父親不讓她接電話，畢竟他還不知道有我這號人物哩。

在拿起話筒的時候，我發現自己的手居然在發抖，試了兩次才把電話卡插進縫隙裡。灰色公用電話上的小視窗顯現出「100」這個三位數字，我開始默數著電話的嘟聲。

伊，請在家吧。求求妳，快接電話。

錯過這次，我真的不知道下次是什麼時候。

話筒傳來咯嗒一聲，螢幕上的數字變成了「99」。

「喂？」

是女生的聲音。我感覺自己的心臟向外重重撞了一下。

「喂？你找哪位？」

她的聲調揚高了些，加重的尾音帶有警覺防備的意味。我該怎麼形容這個聲音呢？不，我不能。怎麼可能用簡單有限的詞彙描述這個複雜、親暱、讓人朝思暮盼，一聽就知道是誰的聲音呢？

我深吸一口氣。「是我。」

「你在哪裡？」

「我在東引。」

「東引那裡好嗎？」

「很好啊，這裡什麼都有。卡啦ＯＫ、ＭＴＶ、撞球場、唱片行……該有的都不缺。」

「你怎麼這麼久才打來，你媽一直問我你的地址，說要寄包裹給你。」

「呃……這裡就是電話不太多。」

沒講幾句話，電話小螢幕上的數字跳成了六字頭。我盯著不斷倒數的液晶數字，感覺到一股急迫的壓力。

「你什麼時候才能回來？」

「還是一樣啊。」

「還是一樣要等半年嗎？」

「嗯。」

她沉默了。電話卡殘餘的儲值點數無聲地跳了三下。

「東引那邊是什麼樣子？」

「什麼樣子？很難形容耶。我覺得有點像九份，又有點像擎天崗。」我用最簡短的話形容。

「是嗎？那應該很好玩吧？」

「我倒不覺得。」

「我不能過去看你嗎？」

「不能。交通船只有軍人和這裡的百姓才能搭，而且妳一來就得待一航次，將近十天妳根本沒地方可住。」

「真的不行嗎？」

「不行。」

電話上的數字顯現34。我想起還有最重要的事沒說。

「快點，妳拿筆抄一下我這裡的地址。」

「好。」

伊去找紙筆去了。這段時間數字又跳了好幾下。

「說吧。」

「東引郵政九〇六七四附五二〇號信箱。」

「好了。」

「交通船一個月只有三班，妳寄平信就好，別像在中心寄限時信了。」

「我每天都有寫信給你，但不知道要寄到哪。這十幾天寫完了一本信紙，我整本寄給你好了。」

「我也會寄信給妳，不過我剛來較忙，信可能寫得沒妳長。」

「沒關係。」

電話上的數字開始閃動了。

「我只剩十塊了，我要走了。」

「你再換一張卡呀。」伊焦急地說。

「不行了，後面還有好幾個人在排隊。一個人只能講一張卡，這是慣例。」

「你什麼時候再打電話給我？」

「不知道，有空就會打吧。」

電話卡只剩五塊了。

「我會等你電話。」

「嗯。」

「還剩多少錢？」

「三塊。」

伊哭了。

「妳不要哭了，這樣我會更難過。」

「好。」伊說。我聽見她吸鼻子的聲音。

剩兩塊。

「伊，我……」

「嗯？」伊仍在抽噎。

剩一塊。

「我……我……」

卡嗒一聲，電話斷了。

我拿著話筒愣在那兒，像風箏斷線飛遠手中僅剩線軸的小孩，直到下一個排隊的人過來拍了一下我的肩膀，我才放下話筒。轉身沒走幾步，我鼻子一酸，忍不住哭了起來。我還是沒把握住最後時間對伊說出那肉麻的三個字。

江臨淵和吳居安看見我哭了，連忙起身迎上來，但臉上並未露出驚訝表情，彷彿已司空見慣這種事。他們一左一右把我夾著，拖著我往計程車站走，只對我說了一句話。

「快走吧，憲兵來了。」

18 炸魚

交通船來了。

我在碼頭邊小山上的預拌場倒水泥時，看見灰色的海軍五二四交通船緩緩駛進了中柱港，看見又有一群揹著黃埔大背包的士兵，探頭探腦地下了船，在碼頭上集合整隊。

晚上發信。伊寄出的信件趕不及這航次，只怪我太晚打電話給她，現在只能乾瞪眼羨慕那些拿到信的人。輔導長在連集合場發信，七叔本來和一群自認沒人寫信來的老兵蹲在一旁抽菸，但當輔導長叫到他名字時，他先是一愣，接著才又吼又叫衝出來，從輔導長手中接過那封信。江臨淵小聲對我說，七叔已經當了六個航次的孤兒了，難怪今天特別高興。我聽不懂他的術語。

「什麼是孤兒？」

「沒人寫信給你，你就是孤兒。懂嗎？」江臨淵說，「像我就已經當了三航次的孤兒了。看看那些人幸福的樣子，你說，我們像不像孤兒。」

我不敢告訴他再過一航次，我就會收到伊寄來的一整本信，到時我就是全連最幸福的人。不過，還要再等十天，這十天將會多麼難熬啊。

晚點名的時候，連長宣布我從明天開始站衛兵。我聽了十分興奮，因為這表示我已結束兩個星期的新兵適應期，開始可以和大家一樣了。江臨淵不改他憂心忡忡的性格，看我一副開心的樣子，便過來警告我，說我一定會被排到最差的站崗時段，不是半夜十二點到兩點，就是傍晚六點到八點的二級廠衛兵。我知道半夜十二點到兩點那班剛好卡在睡眠時間中間，但六點到八點那班哪裡不好，我就不明白了。

「當然不好，因為八點以後才換雙哨，之前都是單哨，」江臨淵一臉嚴肅說，「還有，二級廠的崗哨常鬧鬼，你去之前最好先燒炷香。」二級廠位於隊史館後面，離我們連上有段距離。江臨淵說，如果我去那裡站崗，萬一聽見有女人叫賣鮮花的聲音，千萬別回應，在心裡唸阿彌陀佛就行了。「哪有這種笨鬼，在東引這種鳥地方賣花，不就一下曝露自己的身分了？」我笑著說。這種老掉牙的軍中鬼故事我還沒當兵就聽多了，根本嚇不倒我。「信不信隨便你。等你遇到了，就知道我說得準不準。」江臨淵說。

隔天，我果然被他說中，被排到傍晚六點到八點的二級廠衛兵。

安全士官打開軍械庫讓我取了五七步槍，抽問我用槍時機和衛哨兵守則後，便帶我上哨去了。我們沿著山邊小路，走過連上的浴室，經過陽明小組的坑道口，穿過一大叢比人高的芒草，才來到位於小山頭上的二級廠。漆成綠色的水泥崗哨就設在二級廠旁，右邊有條小路下到已廢棄多年的通信排碉堡，正前方是通往隊史館的碎石路。站在崗哨往下望，可以看見燕秀的海邊以及與這裡隔著山谷相對的東引鄉公所。

上一班哨兵把四個裝滿子彈的彈匣和哨子交給我，就和安全士官一起離開了。太陽已落至指揮部後面的山頭，但天色還很亮，白色浪花騎在寶藍色海水上，一波波湧向燕秀岸邊的岩石，間或有海鳥從水面低飛而過。我摸摸沉甸甸掛在腰間的彈袋，端起步槍，面對婆娑大海，隱然升起一股豪邁之氣。我喜歡這種感覺。我有槍，身上有六十發子彈，整個二級廠都是我的轄區，在這兩個小時中，是由我來守護這座山頭。我第一次覺得自己像保家衛國的軍人了。上個月在訓練中心，我們半夜也被叫起來站衛兵，但拿的是木棍，又只站在三樓的寢室門口，樓下樓梯口還有荷槍實彈的安全士官守著，和現在比起來，那簡直是一場兒戲。雖然白天還不用上刺刀，也不必對接近崗哨的人喊：「站住口令誰！」但我這時還真希望有哪個陌生人出現，好讓我能端起槍朝他喊一句：「你幹什麼的？」

第一個小時過了，二級廠沒有半個人出現過。

漸漸的，本來蔚藍的海水褪了色，顏色從藍變灰，又從灰變黑，到最後已經看不見了。我發現天黑的速度很快，七點才剛過，整個山頭就已完全沒入一片黑暗中。站夜哨必須上刺刀，但等我想到的時候，已經什麼都看不到了，我只能用手摸索，試了幾次好不容易才把刺刀安上槍口。再過不到半個月就是中秋節，現在晝夜的溫差相當大，白天在太陽底下站一、兩個小時就會中暑，到了晚上涼風吹來，卻冷得讓人發抖。海風呼呼吹上山頭，快速鑽過崗哨前後的樹叢芒草，發出忽高忽低的嘯聲，有時偶有一兩個音階像極了女人的哭聲。我這時才明白為什麼這個時段的衛兵沒人願意站，江臨淵告戒過的話一下子全蹦進腦海。

賣花女……不會真的有人見過吧？

看江臨淵那時一臉認真的樣子，好像不是在騙人，但我倒忘了問他是親眼看到還是道聽塗說。不可能，我哈哈笑了起來。什麼賣花女，這一定是謠言，嚇不倒我的。他們一定誤把風聲聽成人聲，稍用理智分析，就不難理解他們為何有這種聯想。一定沒有人看過什麼賣花女，這裡天一黑就伸手不見五指，就算真有鬼出現也看不見，除非鬼會發光。

但是，在風聲中，我的笑聲寖微寖滅。恐懼感一下子就把理智按倒在地，讓它連呼救的時間都沒有。萬一真的有賣花女鬼，她應該不會知道我白天笑過她，而刻意現身出來讓我看看吧？千萬不要。我開始後悔白天說了大話，忘了在部隊裡應該謹言慎行。陰間的鬼應該不會像連上的學長一樣，專找新兵的麻煩吧？我把頭探出崗哨，往二級廠的方向看，只希望安全士官快點帶下一班衛兵過來換班。現在幾點了？我的手錶沒有夜燈裝置，上哨又不能帶香菸打火機，無法知道我還得在這個黑漆一團的荒郊野外站多久。我縮進崗哨角落，蹲了下來，雙手緊緊抱著步槍，雄壯威武的氣概早已完全消失，整個人不知道是因為冷還是害怕而抖個不停。

就在這個時候，前方的樹林裡似乎有東西一閃而過。我倏地站起，端起上了刺刀的步槍對準崗哨外。那是什麼？我來不及看清，好像是某個會發亮的東西。是手電筒光束？還是汽車前燈？應該不是。我現在的位置是在高地上，剛才那個東西是從樹梢後面掠過的，高度幾乎和我平行，所以它是……是浮在空中的。

鬼火！

這兩個字讓我脊背一涼，剛剛才說鬼不會發光，現在馬上自己打了嘴巴。不可能，一定是我眼花了。世上哪來的鬼，多半是人嚇人，自己嚇自己罷了。沒錯，一定是眼花。

一陣風吹過，樹枝晃動幾下，那團火光又出現了。我屏住呼吸，目不轉睛盯著。這團火光是橘黃色的，慢慢從樹林後飄出，懸在半空中，上上下下微微飄移。我張大嘴巴，感覺自己叫了一聲，卻沒聽見聲音自喉嚨傳出。我嚥了口唾沫，只想重新再叫一次，但是，第二團火光比我的聲音更早出現，接著又是第三個。前方遠處的空中像通了電流的聖誕樹，火光一個接一個亮起，在短短幾分鐘內就已達到無法計算的數量。這不是鬼火，而是……

轟隆！

遠方的海上傳來巨響，一道震波由遠而近，整個地面不停晃動。接著，海岸那邊嗒嗒嗒響起機槍射擊的聲音。

大陸的漁船開始炸魚了。

19 預拌場

天氣好的時候，我們爬上山頂的對空哨，偶爾可以看見對岸的大陸。

東引島距離大陸約四十公里，這裡不像小金門或大二膽，抬起頭就能看見大陸，拿起望遠鏡就能看見對岸的人在晾衣服。在東引，想要看見大陸，就非得等這種好天氣出現。這種「好」天氣不是指晴天，當然也不是雨天，而是一種很特別的氣候條件。首先，不能有陽光，天上的雲層也不能太厚，不能有霧，也不能起風。當天空平平整整像一大塊半透光的毛玻璃時，當海面服服貼貼宛如被熨過的布匹時，大陸就會在西方的海上出現。它不像我在船上看見的東引島，只是兩顆浮在水面上的饅頭，而是一大片連綿不絕的灰色山脈，層層疊疊，橫亙遮蔽住我們向西的視野。

通常，在這種天氣特別好的時候，對岸的鐵殼漁船也會傾巢而出，星羅棋布在波紋不生的海面上。偶有幾艘因追逐魚群或被洋流帶得太靠近我們的岸邊，這時海邊據點的駐軍就會回報戰情室，得到上級允許後便可開槍加以驅離。開槍驅離是有規定的，不能隨便亂打。第一發射擊船頭前的海域，第二發射擊船尾海域，第三發射船左舷，第四發射船右舷。四發都射完，漁船還不肯離開，才可以直接朝漁船開槍。

我們把大陸的漁船稱為「匪叉」。「叉」是讀音，真正的寫法應該是「X」，這是指揮部參二科編寫訓練教材時的用語。例如，在我們山上的對空哨裡，就漆有這句回報戰情室的正確口訣：「報告戰情官，○兵○○在○○時○○分於○○方向發現○艘（架、員）匪X。」不知道為什麼，這句話前面可填空之處用的都是「○」，但到了最後用來指「匪船」、「匪機」或「匪兵」的地方，卻變成了「X」字。或許是大家太久沒見過敵人的飛機兵員，久而久之，「匪叉」兩字竟儼然成為大陸漁船的專有名詞，讓許多人搞不清它原本的用法。

「學長，中共的漁船叫匪叉對不對？」晚我一梯，剛來連上的新兵黃天福捉著我問。

「對啊。」

「那看見中共的飛機要叫什麼？」

「應該不容易看到吧。」

「我是說假如看到的話，要叫什麼？」

「還是匪叉啊。」

「不對吧，」他搔搔頭說，「飛機和船不一樣，應該有別的說法才對。」

黃天福八成是國文程度太好，把「叉」這個字想成「艖」了。我費了一番力氣，才讓他明白匪叉的正確意義。

載黃天福來東引島的那艘船，也載來伊第一次寄來的信。輔導長在中山室把信一封一封地發，把氣氛搞得有點像同樂晚會的頒獎活動。我被叫到名字，出列從他手中接過信，還沒走回座位，就又被他唱名點中。我來來回回走了七次，最後一次接到的是一個包裹，裡面是伊到登山用品店買給我的睡袋，還有她前半個月寫好沒地方寄的那一整本信紙。數一數，大概有五十頁厚。

我利用午休時間、莒光夜寫好作文後的時間，以及站完夜哨躺回床上前的一點點時間，花了五天才把伊寄來的信全部看完。其實我可以更早看完的，要不是黃天福一直纏著我，我也不會眼看下航次的船就要來了，卻連一封信都沒回。黃天福來連上報到後，不管我走到哪，做什麼事，他就像一隻找到新主人的流浪狗，死命黏住，始終緊緊跟著我。

「喂！你不要一直跟著我好嗎？」我終於忍不住說。

「為什麼？」

「我只比你大一梯，你跟著我不會有什麼好事。」

「可是我什麼都不懂，其他學長又不理我，不跟你跟誰？」他一臉無辜說。

「我不管，」我沒好氣說，「我看我們兩個還是分開比較好，在一起很容易成為學長的箭靶。」

說歸說，聽歸聽，他還是說什麼也不肯離開。我很能體會他的心態，他就像我剛來的時候，一直跟在江臨淵和吳居安後面一樣。但是，江和吳比我大十梯，他們在連上已待了半年，很清楚該如何在部隊生存。我雖然剛度過一次被學長群毆的難關，但目前的處境還是很糟，賈立銘和陳俊良仍不時會找我麻煩。現在多了一個新兵黃天福，等於把被攻擊的目標擴大一倍。

幸好，後面的學弟很快就來了。

跟在黃天福後面，又來了兩個小我兩梯的新兵。其中一個是住苗栗的客家人，另一個則是緬甸來的盧三輝。盧三輝是華僑，本來可以不必服兵役，他大概是想拿中華民國的身分證才決定入伍當兵。不過他下這個決定稍嫌晚了些，一來就成為我們連上年紀最大的人，在營上恐怕只有營長的年紀壓得過他。我比盧三輝早來一個月，已經知道年齡在部隊根本起不了作用，老鳥們絕不會因為比你小四、五歲而對你稍加尊重，下士班長在操課訓練時也不會有差別待遇。畢竟繡在軍服上的只有兵籍號碼、姓名和階級，沒有「出生年次」這個東西。

盧三輝一來，我和黃天福登時解除警報，所有學長老兵都把矛頭指向他了。他的個頭不高，兩頰削瘦凹陷，眼神充滿疑懼，很像從難民營出來的人，似乎隨時都會受到驚嚇。他不會說台語，國語也不太靈光。我們指揮卡車倒車時說「來、來、來」，他說出來就變成「雷、雷、雷」。光是這點，就讓喜歡欺負人的學長有了可乘之機，他們知道就算盧三輝想去告狀，也沒辦法用國語講清楚事情。盧三輝就像一台強力吸塵器，那張哭喪臉專門吸收學長們的怨氣。他來不到一個星期，就被打了三次，動不動就被學長拍頭、撞牆、幹拐子，使得我和黃天福，甚至他那個客家同梯，都盡量遠遠躲開他，免得被無辜牽連。

連上唯一能和盧三輝溝通的人，只有下士班長龔宗強，他也是緬甸華僑，但和盧三輝截然不同。他精通國台語，體態和相貌都慓悍得很，聽說他來台灣當兵前，曾在中南半島上打過游擊隊。龔宗強最痛恨構工，上次我們去打空心磚，蹺頭去南澳的帶隊班長就是他。他老是說，軍人是拿槍的，不是拿鏟子的。只可惜，我們在東引島，除了站衛兵會拿到槍之外，其他多半時間都是拿圓鍬十字鎬出外做工。為了構工的問題，龔宗強不只一次和連長發生衝突。有次連長真的被他惹毛了，抓了刺槍術用的木槍衝進寢室，見到龔宗強就給他一個「前進突刺」，沒想到龔宗強居然用單手就抓住連長的槍頭，讓連長刺不下去，也拔不回來，兩人僵在那兒好幾分鐘，直到輔導長趕來打圓場才結束這場鬧劇。

儘管龔宗強強悍過人，但碰上盧三輝，就像孔明遇上了阿斗，怎麼也無法讓他在部隊的日子變得好過些。盧三輝一有機會遇到龔宗強，就會嘰哩咕嚕說一堆我們聽不懂的話，說到激動時，眼眶都紅了。龔宗強雖然也會唧唧呱呱說一些話回應他，但等盧三輝一走，他就兩手一攤，對旁邊的人說：「我也沒有辦法。」我猜以龔宗強的個性，可能也看不慣盧三輝的軟弱，只是礙於同鄉情面，才不得不敷衍他幾句。

盧三輝被揍得最慘的一次，是在碼頭邊的水泥預拌場。那天是十月二航交通船抵達東引的日子。我們一早就到預拌場出公差，原本以為要倒水泥，但到了預拌場，負責管理預拌場的工材官才宣布，今天我們只要拿鏟子把砂石輸送道下堆積的砂石清掉就行了。倒水泥的滋味並不好受，當預拌機一開動，卡車源源不斷把水泥載來，我們就必須以人力把水泥從卡車抬到台座，用美工刀割破水泥袋，再倒入水泥漏斗中。一天下來，在以機械式動作倒完兩、三千包水泥後，我們全身上下都沾滿了水泥，頭髮和眉毛全變成白色，手指伸進鼻孔一摳就能挖出被鼻水凝結成團的水泥塊。原本我們都已抱了最壞的打算，像今天這種陰雨霏霏的天氣，雨勢不會大到達到停工的條件，只會打濕黏在我們身上的水泥，把水泥的鹼性釋放出來咬人。因此，大家一聽工材官這麼說，原本和飄著雨的天氣一樣暗澹的心情頓時明亮起來。

學長們照例圍上小蜜蜂，簽帳買油飯飲料去了，連上多了幾個新兵後，江臨淵和吳居安總算不必每次都出公差，終於有了自己的時間去營部和連部辦公。現在的我扮演起他們當初的角色，不等學長吩咐，便主動帶黃天福和盧三輝拿了圓鍬，鑽到輸送道下面開始清理砂石。

今天的交通船是先馬後東，可能因為返鄉百姓和台灣寄來的信件包裹特別多的關係，交通船到了十點半才緩緩出港，在中柱港轉了半圈攏止船頭，發出一長聲鳴響便開始啟航。

當鳴聲響起時，我們三個人都回過頭，看著交通船從預拌場旁的海域駛過，拖著一道長長的白色水痕，在細雨中漸漸遠去。我來東引已經四十多天了，這是第一次目睹交通船離開東引島返回基隆。這種感覺很糟，一想到自己得再等半年才能搭上這條船，還要一年八個多月才能永遠離開這個鬼地方，胸口就悶得像被一包五十公斤的水泥壓住，很想對著海面大吼大叫發洩一下。

我只是想想而已，真的發作的卻是盧三輝。

我和黃天福已回頭繼續鏟砂挖土，他卻仍呆呆看著越來越遠的交通船，整個人出了神。我知道他心裡難過，畢竟他才剛來東引島，家鄉又遠在幾千公里外的緬甸，對他來說，那艘離港的交通船就好像載走他全部的希望。但是，學長們就在附近，我們的梯次還不夠資格擁有感傷的時間。

「喂，盧三輝，別看了。」我說。

他動也不動，仍保持眺望的姿勢。

「快工作吧，你看也沒用，船又不會開回來。」黃天福說。

不知道盧三輝是不是被這句話刺激到了，他把圓鍬往砂堆上一插，蹲了下來，背對著我們的肩膀不停微微顫抖。

「你幹什麼……」我走過去搭他肩膀，卻被他一手揮開。我看見他淚水和鼻涕都流了出來，哭得全身晃動。我和黃天福面面相覷，一時不知道該怎麼辦。

「盧三輝，別哭了，你這樣被學長看到不太好。」我說。

「快起來，你想害死人啊？」黃天福說。

「你們在幹什麼？」工材官看見我們三個站在砂堆旁停止鏟砂，便走過來看我們出了什麼事。他好奇地瞄了蹲在地上的盧三輝一眼。「他怎麼了？」

「大概是想家吧。」我說。

「想家？男子漢大丈夫想什麼家？」工材官用腳輕輕踢了盧三輝一下。「你是不是男人？是的話就站起來，別哭了。」

盧三輝哭得更大聲了。我注意到這哭聲已驚動坐在控制室下面快吃完早餐的學長們。

「盧三輝，快起來。」我小聲說，但已經來不及了。學長們全圍了上來，包括帶班的下士龔宗強在內，工材官則搖著頭走了。「你哭什麼？」龔宗強問。盧三輝抬起頭，濕著雙眼，以緬甸語嘰哩咕嚕地回答了幾句。但龔宗強不像平常會用同鄉的語言回應他，反而用國語吼道：「站起來！我叫你站起來呀……我操你媽！」他飛起一腳，結結實實踢在盧三輝的腰上。盧三輝轉了半圈跌在地上，眨著眼睛，驚訝地看著龔宗強。「班長叫你站起來，你還給我賴在地上？」不待龔宗強下一個反應，陳俊良已搶先一步，左手勒住盧三輝的脖子，把他從地上拖起來，右手也沒閒著，朝盧三輝的肚子連揍了三拳。「放開他。」七叔說。陳俊良看了七叔一眼，放開盧三輝。他才向旁退開兩步，七叔就一腳踹來，又把盧三輝踢翻在地。

雖然不關我們的事，我和黃天福還是遠遠躲開，留下盧三輝一個人被七、八個學長團團圍住。學長們四拳八腿，把盧三輝揍得滿地亂爬，身體在沙地上拖出一道長長的痕跡。海上遠去的交通船此時又鳴起一道笛音，但聲音已很微弱，像極了盧三輝的哭聲。

20 月亮的臉

學長們的憤怒不是沒有理由的。

在外島，悲傷的氣氛就像瘟疫，容易感染，容易觸動啟發。不管誰犯了思鄉病，或女友兵變，或想到離島之日仍遙不可及而讓心情陷入低潮，都很難得到來自旁人的安慰。這種事不是拍拍你的肩膀，陪你默默坐上一會兒，或說幾句話就能解決的。相反的，由於大家處境相同，情緒失控的人只會讓旁人想起自己的遭遇，想到一些原本已遺忘或壓制在心底下的事，進而跟著掉進哀傷的黑洞中。因此，杜絕悲傷蔓延的唯一方法，就是用最野蠻強硬的手段，消滅任何剛冒出頭的悲傷情緒。

不過，還是有一種名叫「節慶」的東西，每隔一段時間就冒出來，讓大家的情緒變得起伏不平，讓台灣寄來的包裹塞爆軍郵局，讓南澳酒店的烈酒銷量倍增。

如果盧三輝再早半個月到東引，經歷過中秋節那天的事，或許他就不會在眾目睽睽下蹲在地上哭了。

那是我在東引過的第一個中秋。我們的作息一如往昔，沒有特別舉行晚會慶祝，預算定好的加菜金也因即將到來的高裝檢而省下了，每個人的餐盤上僅意思意思多了一隻雞腿。我們在同樣的時間排隊進入中山室，在板凳前就定位，同樣在值星班長的口令和髒話中重複幾次取板凳、放回板凳的動作，同樣等待連長進入餐廳，值星官喊完起立坐下開動後，打開中山室前方左右放在木櫃裡的電視，轉到同樣的頻道。

電視播放的是中秋節特別綜藝節目，男女主持人拿著麥克風胡扯一些和月亮有關的話題。

我對電視節目沒興趣，只顧端起飯碗，舉筷夾向已炸得熟透金黃表皮起泡的雞腿，一心只想以最快速度吃掉餐盤裡的東西，趕在頭幾個下餐廳，好搶到洗碗盆裡尚未被油漬弄黃的稀釋沙拉脫。吃得快是一種技術。在一間教室大的中山室裡，近百人同時進餐，每個人用的都是鋼碗鋼筷，難免會弄出一點聲響。當這些聲響匯集變大超過連長所能忍受的標準，他就會斜眼瞄向同桌的值星官一眼，冷冷拉長尾音說：「值星官……」這時如果值星班長夠機靈，就不等值星官指示，立刻站起來破口大罵，或要全連放下碗筷、起立或動作暫停。一頓飯吃下來，起立一、兩次，動作暫停三、四次，都是常有的事。有時，遇到連長心情不好，或值星官和班長反應太慢沒即時抑止漸漸擴大的聲響，就會見到連長的瓷碗或湯匙從長官桌起飛，砸向某個聲音太大的區域。閃躲連長丟來的餐具是另一種更高明的技術。我們閃避的動作不能太明顯，不能像敵機臨空時那樣就地臥倒找掩蔽，只能聽音辨位，在不明飛行物體快接近的時候，微微把頭一偏，讓還盛著半碗飯的瓷碗或滴著菜汁的湯匙一股腦全砸在隔壁同袍的背上。

如果有人閉上眼睛，在我們吃飯的時候走進中山室，他可能不知道這是一間容納一百個不能說話、不能發出聲音士兵的餐廳，而會以為自己走進了一座只有細微鐵器碰撞聲而無人聲的食品罐頭加工廠。也正因為眾人的聲音被壓抑消滅了，所以電視裡的那個女歌手的歌聲，才會如此清楚、完整地傳進每一個人的耳朵。

圓圓的，圓圓的，月亮的臉；
扁扁的，扁扁的，歲月的書籤。
甜甜的，甜甜的，你的笑顏；
是不是，到了分手的時間。

我轉過頭。電視正在播放一支ＭＴＶ，這是孟庭葦的新歌，和月亮有關的主題。畫面是柔和的黃色調，一個白衣長裙的女人，獨自一人走在起風的沙灘上。

不忍心讓你看見，我流淚的眼，
只好對你說，你看，你看，
月亮的臉偷偷的在改變，
月亮的臉偷偷的在改變。

我覺得胸口一悶，被這段歌詞戳中了要害。偷偷的在改變，可不是嗎？命定的那支籤，凶猛粗暴地插入我和伊如磁石相吸的感情間，把我們硬生生地剝開。隔在我們之間的，除了海洋，還有更難以踰越的時間。我還要多久才能再見到伊？半年？一年？我不知道，也沒人能告訴我。現在伊還只是個大四的學生，很快就要畢業入社會工作。等我下次再見到伊時，她會變成什麼樣？她會開始化妝？會認識更多人？等我回到台灣，是否還能見到她那張純真、稚嫩且充滿靈氣的笑臉？偷偷地在改變，沒錯，這段時間她一定會有所改變，人怎麼可能在兩年中都不發生任何變化？但是，這個改變卻是遠在外島的我無法參與、無權限制也無力掌控的。我承認我是有點自私，不希望有太多變化發生，但說穿了，其實我在乎的只是一個最根本的問題。

她會變心嗎？

想到這裡，我嘴裡的雞肉已完全變了味。這首歌已進行至間奏，但螢幕裡的那個女人仍在月光下的沙灘不停地走著，走著，不知道要走到什麼地方。接著，女歌手又開始唱了。

圓圓的，圓圓的，月亮的臉；
長長的，長長的，寂寞海岸線。
高高的，高高的，蔚藍的天；
是不是，到了離別的秋天。

這餐飯我已經吃不下了。我放下碗筷，把頭別開電視，只想等值星班長快點下令離開餐廳。然而，就在我把視線移開螢幕的同時，我發現中山室裡出現了一個奇怪的景象。幾乎是所有人、所有動作都暫停了，有人嘴裡叼著雞肉，有人筷子還舉在半空中，有人剛捧著湯鍋站起來準備到中山室後面舀湯，所有人就像突然變成了石頭，全僵在那兒，睜大眼睛，呆呆地，面無表情地凝視著電視螢幕。中山室裡變得安靜無聲，連原本存在於長官容忍範圍內的鋼筷鋼碗碰撞聲響也都完全消失。要不是電視機裡的歌聲仍持續進行，否則真會以為時間突然暫停了。

我們已走得太遠，已沒有話題，
只好對你說，你看，你看，
月亮的臉偷偷的在改變，
月亮的臉偷偷的在改變……

就在孟庭葦唱到這裡時，連長突然唰一聲站起來，沒說半句話，轉身大步走出了中山室。
這個舉動讓大家面面相覷，一臉錯愕。
「把電視關掉。」輔導長說。
離電視最近的兩個人立刻站起來，上前關掉了電視。中山室現在真的完全無聲了，但氣氛變得更加詭異。
「吃飯，吃飯。」副連長說。

21 亞哈船長

在連上，唯一能自由表達內心情緒起伏的人，只有連長一個人而已。雖然我們連上還有副連長和輔導長這兩位尉級軍官，但他們一個總是成天笑嘻嘻、一個老是木著一張臉，情緒反應總不像同是中尉軍官的連長一樣激烈。

當然，連長也有心情愉悅的時候，只是這種情況就和能看到大陸浮現在海面上的好天氣一樣不多見。大部分時間，連長的表情都冷冷的，流露一種陰鬱憂悶的文人氣質，和他陸軍官校正期生的身分完全不符。一些已破冬破百的學長總愛私下抱怨，哀嘆自己運氣不佳，都快退伍了還得忍受新連長的鳥氣。據他們說，連長是四月分才調來的，他前一任的連長是個陽光燦爛、直來直往型的人物，完全沒有這位現任連長的陰陽怪氣。

連長一旦心情惡劣，就是我們受苦受難的時候。像中秋節的MTV事件，隔天我們就經歷了一場因連長心情惡劣所造成的風暴，所有人不分士官士兵，在寢室被連長足足操了兩個小時。不過，連長的情緒雖然說變就變，但並非全無徵兆，而是有跡可循的。平常時候，我們從寢室擴音器播放的音樂就能輕易分辨。

寢室的擴音器是連長裝的。他不久前才花了七、八千塊在南澳的東聲唱片行買了一台最新型的CD床頭音響，或許因為大家聽的都是隨身聽，他趁剛買新機器的興頭，叫人從連長室拉了線出去，在大小寢室各裝了一個五百瓦的喇叭，好讓全連一起分享效果極棒的音樂。在剛買音響的那個月，每次連行政到南澳辦事，連長總會請他帶一、兩張CD回來。「不管國台粵英語都行，只要有歌詞就好，純音樂的我不要。」他交代連行政說。連長對音樂不怎麼挑剔，而且還有反覆播放同一首歌的習慣，一張CD頂多整張播放過兩、三次，之後他就使用音響的單曲播放功能，固定放其中一、兩首歌。因此，沒幾天下來，除了耳朵重聽的鄒鈞忠外，我們全連都會唱連長反覆播放的流行歌曲，就算歌詞再長也能背得爛熟透徹。

不久後，我們便發現一個恐怖的事實。每當連長反覆把諸如林憶蓮的〈愛上一個不回家的人〉、或娃娃的〈飄洋過海來看你〉之類的歌曲連續放過五、六遍後，音樂就會戛然而止。接著，連長便拿著木槍走出連長室，霜著一張臉，每走一步，便以木槍柄敲擊一下地面發出叩、叩、叩的聲音，四處尋找連上任何讓他瞧了不合心意的事。我不知道連長有沒有看過《白鯨記》，但是他這招讓我不由得聯想起《白鯨記》裡的亞哈船長。他們兩人的差別僅在於，亞哈船長不會掄起自己的木頭義肢向船員招呼，而連長的木槍卻會。不過，自從上次連長的木槍被龔宗強夾住差點搶去後，他已很少用木槍戳人了，取而代之的是下令所有人三分鐘內全副武裝緊急集合。總而言之，我們就像斐圭特號的船員一樣，一聽見木頭敲地的規律叩嗒聲逐漸向自己接近，就會膽顫心驚、頭皮發麻，想要趕緊找個地方躲起來。

因此，盧三輝在預拌場被揍後的第二天晚上，當安全士官通知我到連長室報到時，我已不像初來營部連那般不知天高地厚，一聽說連長要約談就和沈詮直往連長室奔。現在的我是手心冒汗，在連長室門口站了好一會兒，揣摩好連長可能問的問題，才業業兢兢喊了聲報告。

「進來。」門後傳來連長的聲音。

連長室位在大寢室和小寢室夾成的走道底端，是一個順著山勢挖進山裡開闢出來的房間，和打字室一樣有點類似黃土高原上的窯洞。這個房間比連上其他營舍高出許多，從走道過去得踏上幾級台階，是連上地勢最高的地方。連長室門口左邊有個蓄水池，我們每天三餐下了餐廳，就從這裡打水蹲在台階下的水溝旁洗餐盤。好幾次我們洗餐盤的聲音太大，連長就一腳踹開大門衝出來，雙手扠腰高高站在台階頂端，一聲不吭就足以把我們嚇得暫停動作。就地形上，這點倒和斐圭特號捕鯨船有某種巧合。亞哈船長喜歡站在後甲板上，眺望整個屬於他的海上王國，而那裡也正是船上地勢最高的地方。

不過，現在我已無心比較連長與亞哈船長的雷同了。連長今天約談我，八成為了盧三輝，可能已有人把他昨天被揍的事告上去了。連上雖有明顯的學長學弟制，但學長要揍人總不能太明目張膽。在預拌場打人是很嚴重的，萬一被指揮官看見，連長絕對承擔不起。根據我這一個多月來的觀察，連長對待那些老兵相當嚴厲，可能忌憚他們人數太多，非得用高姿態把他們壓制住不可。看來，這次連長找我，大概想要我作證供出幾個學長。這可不成。在推開連長室房門的同時，我暗自惴忖，這得小心應付才行，我才不會傻到出賣學長呢。

進了連長室，我才發現裡面不只連長一人。連長坐在辦公桌後，旁邊站著一位學長，此人是連上的政戰士，和七叔同梯的胡尚智。他笑瞇瞇地看著我，顯然已經進來很久了。

「好了，你先下去吧。」連長對胡尚智說。

「謝謝連長。」胡尚智畢恭畢敬向連長行了軍禮，轉身離開。出門前，又回頭對我笑了一下。

「坐吧。」連長對我說。

我遲疑了一下，才往連長辦公桌前的藤椅上坐下。屁股只敢占據三分之一張椅子，腰桿打得筆直，十指伸直併攏放在雙膝上。

連長笑了。「你不必繃得那麼緊，放輕鬆點。」

「是，連長。」我說。但仍保持這個姿勢。

「你來多久了？」

「報告連長，四十幾天了。」

「都還習慣嗎？」

「報告連長，習慣。」

「好了，好了，你不要每句話前面都加報告，這裡只有我們兩個，你就當成朋友聊天。坐輕鬆點，你這樣坐我看了都難受。」連長看我仍文風不動，便站起來走到我面前，伸手把我的手從膝上拉開，又按住我的肩膀往椅背推。他似乎把我當成模特兒，調整好他想要的姿勢後，才滿意笑了笑，走回辦公桌後坐下。「這樣坐不是舒服多了？」

現在我的屁股已坐滿整張椅面，背部也舒適地靠著頗有彈性的藤椅背，兩腳向前伸直，活像準備接受心理醫生問診的病人。不過，我的姿態是放鬆了，心中的防備仍未放下。

「女朋友還好嗎？有沒有寫信來？」

「有，每航次都有接到信，還有一個包裹。」

「那很好啊，要繼續加油。」

加油？要怎麼加油？我心裡這麼想，但沒把話說出口。我已經盡可能利用所有時間寫信給伊，把握任何一個能自由活動的時間到營長室前面的公用電話亭排隊打電話。可是，幾張信紙和一星期打兩、三次十分鐘的電話，怎比得上過去兩年來的朝夕相處？每次接到伊的信，雖是快慰，也痛如刀割。伊仍然每航次都寄來七、八封信，寫的都是日常瑣事。我知道伊的個性，她愛逞強，就算心裡痛苦，也總在別人面前裝得若無其事，不肯顯露內心的軟弱。她的信上很少有露骨肉麻的字眼，而是像過去一樣，叨叨絮絮說一些發生在學校和家庭裡的事。這種信讀來分外讓人覺得痛苦，即使她已竭力隱藏，我卻在她字裡行間感受到強烈的悲愁和思念。

女性似乎都有這種特質，擅長以一些小動作、一句看似平凡無心的話來讓男人感動。就像上航次我接到媽媽寄來的信，在短短七、八行潦草歪斜比一元銅板還大的字上，她叮嚀我要安心當兵，要聽部隊長官的話，要我別抽菸、少喝酒，還有「打麻將不要碰」。我看到這句話忍不住笑了出來。打麻將不碰，光靠吃牌，想胡牌恐怕不太容易吧？旋即，我斂起笑容，把這封信小心翼翼收好，放進內務櫃中。我當然知道媽媽的意思是要我別碰麻將，或許這是因為外省老兵父親給她的觀念，讓她以為當兵的人就是整天抽菸喝酒打牌。這是僅有小學學歷的母親第一次寫信給我。我彷彿看見她坐在餐桌上，戴起老花眼鏡，歪著頭，握著筆桿，努力在這張從筆記本撕下來的紙上一個字一個字寫下要告訴我的話。我在感動之餘，覺得自己真的好像離家很遠、很遠。

「其實在外島，心態上的調適很重要，」連長看我沉默不語，便自顧自說下去。「一切最好都看開點。才兩年嘛，就當做你欠國家的，還一還也就算了。你來連上這段期間，我一直沒時間再找你談。不過，依我的觀察，你應該沒什麼問題，適應得還算不錯。」

「還可以，連上的學長和班長都很照顧。」

「照顧你？誰照顧你了？」連長哈哈笑了兩聲，「我清楚得很，連上有哪個老兵會照顧人？你沒被他們揍已經福大命大了，誰會好好照顧你？拜託你，現在你不要把我當連長了，我找你來聊天就是把你當朋友，你別把這裡當成榮團會……咦？你臉紅了？別介意，我沒別的意思……不過，那時候還真被你嚇了一跳。」

「對不起，連長。」

「又喊連長。再叫，我就翻臉了。」

「是……」

「還有，別說什麼對不起了，如果我是你，恐怕也會說出一樣的話。四營有個新兵死了，這件事你知道嗎？」

「聽說了。」

四營死了個兵，是上星期發生的事。這種事《東湧日報》不會刊登，莒光日的電視節目不會播報，連上長官更三緘其口。不過，我們還是全知道了，消息來源全靠人面廣資歷老的學長。聽學長說，四營那個新兵下部隊還不到十天，就莫名其妙失蹤了。他們營上駐紮在西引，營長沒敢驚動指揮部，動用自己人馬在島上找了兩天，第三天才在連接東西引的中柱島連堤海邊的「肉粽」堆裡找到。學長說，聽他在野戰醫院負責收屍的朋友描述，那個新兵在水裡泡了三天，變得又白又腫，像極了吸飽水的饅頭，整個人滑不溜丟，卡在消波塊裡怎麼拖也拉不出來。根據四營的說法，那個新兵可能是自己不小心落海的，要不就是走在連堤上時被突然打上來的大浪拖進海裡。不過我們都清楚得很，這個新兵一定是跳海自殺的。他還沒開始站衛兵，拿不到步槍子彈，又找不到高度足夠上吊的樹，當然只能跳海。在東引，跳海是一個很不錯的選擇，由於洋流的關係，浮在水面的屍體很難漂遠，不必擔心會漂到大陸去。像上次在老鼠沙打驅離，就有個槍法不準的菜鳥一槍射死兩個大陸漁民，結果一具屍體往南漂，一具往北流，繞島一圈仍徘徊不去，讓指揮官想賴掉都沒辦法。聽說後來是指揮官親自坐上海龍的船，到海上賠給大陸漁民二十萬元才擺平這件事，化解一場可能引起大陸漁船圍島的危機。

「其實這種事誰也不想見到，」連長說，「但部隊每年都會死人，當兵嘛，每天跟槍砲子彈為伍，想不出事也難。你知道嗎？去年國軍總共死了三百多快四百人，平均一天一個，總數快等於一個營的兵力。」

我想起剛到金六結時那個中暑死掉的同梯，以及離開金六結那天凌晨在崗哨開槍自殺的衛兵，再加上這次四營的意外，我入伍三個月周遭就發生了三次死亡事件。我腦海又浮現江臨淵那張憂心忡忡的臉，突然覺得想平安退伍似乎不是件容易的事。

「當然，在各種意外中，最難搞的就是自裁事件。本來帶得好好的部隊，一有人自殺，就變成你不當管教了。天知道，一樣的管教方式，就是有人抗壓性特別差。如果受不了嚴格訓練就鬧自殺，那我在官校早就自殺上百次了。還有，就算再輕鬆的單位，也會發生自殺事件，真的防不勝防。」連長推了一下他的金邊眼鏡，看著我說：「我看，你應該沒有問題吧？」

「連……呃……長官這次找我來，是怕我去自殺嗎？」

「哈哈，叫你別喊連長，你居然自動改成長官。這樣叫關係豈不是更遠了？我知道部隊裡不能講你我他，不過那是在外面，在我這裡你就放心吧，再叫我真的會不高興了。話說回來，從這點就知道你的反應很快，是個聰明人。剛才說的話你別誤會，我一點也不擔心你，我知道你適應得很好，非常好……

老實說，你剛來的時候我還有點不放心，不過我看你現在根本沒問題。你很會求生存，比我當初所想的要堅強多了。」

堅強？我暗忖連長的話。我是嗎？這個問題我倒沒想過。這一個多月來，我置身在這群窮凶極惡、動輒對我怒目橫眉的班長學長之中，只感到自己的微小與脆弱。我並未因上個月的榮團會事件而忘記自己的地位，反而更加小心，不犯下任何錯誤。我知道一個小錯誤就是一連串噩運的開始，因此必須時時刻刻繃緊神經，細察周遭情勢。在一些野生動物紀錄片中常有這樣的鏡頭：一群悠閒在非洲草原上吃草的羚羊，不時會有一隻突然抬起頭來，似乎察覺到什麼危險氣息，伸長脖子東顧西盼。有時，現場並沒有虎豹豺狼之類的狩獵者接近，牠們察覺到的只是攝影者的氣味。此時，這隻探起頭來的羚羊就會凝視攝影機的方向，動也不動在鏡頭前靜止一、兩秒鐘。按理講，羚羊這種動物的臉應不會有明顯的表情變化，可是每次我看見這種鏡頭，總會感覺到強烈的驚慌與警覺的情緒。在部隊中我無法攬鏡自照，不知道這時候的我是不是也有和羚羊一樣的臉。不過，我倒從不同人的眼神中看見這兩種情緒——充滿警覺的是江臨淵，只有驚慌的是盧三輝。只要你看過幾部這種紀錄片就知道，被捕食的往往是後者。

「我沒連長說的那麼堅強啦。」我低著頭說，一出口便發現自己又提到「連長」這兩個字。我抬頭偷偷瞄了連長一眼，幸好他沒有翻臉的意思。「我只是盡量小心不給大家添麻煩罷了。」

「麻煩？你怎麼會給我添麻煩？老實說，你來我連上我高興得很呢。盼了老半天，好不容易才來你和沈詮兩個大學畢業生。我原本以為你們兩個都留不住，一定會被調去支援別的單位，沒想到你竟然連幹訓班都沒去。現在你跟部隊都快兩個月了，我想，也到了該讓你接業務的時候了。」

「業務？」我眼睛一亮，這時才明白連長約談我的原因。我心中的防備登時撤除，完全被興奮的情緒接管。

「我想讓你接政戰業務。」

「政戰？」
「怎麼？你有問題嗎？」
「不，沒有、沒有。」
「沒有嗎？那好，不過……」連長翻開一個卷宗，低頭看了一會兒，好像要再確定什麼東西似的。
「我看過你的資料……你……你好像還沒入黨吧？」
「沒有。」
「那就有點麻煩了。」連長說，似乎忘了剛剛才說過我不會給他添麻煩。「因為政戰士的業務比較……比較……敏感，所以……」
「要加入國民黨才能當政戰士？」
「沒錯。」
「我願意入黨。」
我求生存的本能又自動發揮了。
「是嗎？那就好辦了。」連長笑了，啪一聲闔起手上的卷宗。「你去叫胡尚智……啊，你應該可以叫他師父了……去叫你師父進來。」

22 黑牌政戰士

於是，我變成營部連的政戰士了。
按正規編制，政戰業務是中士缺，應由受過政戰學校專業訓練、領子上掛有蝴蝶徽章的正牌政戰士擔任。但這種人似乎不太多，我們三營裡好像只有兩個政戰中士，沒政戰士的連隊只好找士兵代替。根據我師父胡尚智說，這叫做「以兵代士」，我們都是「黑牌」政戰士，地位有點尷尬，不太能公開在檯面上說。

我還不知道政戰士要辦理什麼業務，就已先享受到一點福利，周圍的氣氛也起了一點變化。胡尚智拜託連上擅長木工的同梯，釘了一張七呎長的辦公桌，打算重新佈置輔導長辦公室。連長也放了我一天假，要胡尚智帶我到南澳照相，繳交入黨需要的相片。我說我在中心曾照過一張，但他們說中心那張不能用，因為申請入黨用的大頭照必須穿便服，不能穿軍服。胡尚智說我們可以早一點去南澳，要我早上一吃完飯，就向值星班長報備離開。這讓我有點為難。這星期揹值星的班長又輪到賈立銘，前天晚點名後我還莫名其妙被他罰蹲了二十分鐘，現在要我主動找他，在他面前報備說出離開部隊的理由，真不知道他會用什麼方法刁難我。我不敢吃完早餐就走，還是和以前一樣，和一群梯次較菜的弟兄一起緊緊張張清洗湯鍋飯桶，打掃水溝廁所。一直撐到八點，等賈立銘吹了哨子，大家在連集合場上整好隊後，我才畏畏縮縮出列走到他面前。

「報告班長……」我微低著頭，只說了四個字就接不下去了。根據以往經驗，就算我有一堆話想說，都會被賈立銘打斷，接著就是一頓夾雜三字經的亂罵鋪天蓋地而來。但今天的狀況有點奇怪，我低頭等了幾秒，居然沒聽到他開口罵人。

我抬起頭，發現他正瞪大眼睛看著我，似乎在等我說下去。

「我……我想報備離開……因為……因為……」

「好，好，請離開。」賈立銘說，伸手往右邊一擺，不等我說完理由便讓我離開，口氣和態度都極其親切，一反平常盛氣凌人的樣子。我邊往輔導長室走，邊詫異地頻頻回頭看他。他剛才做出的那個動作我很熟悉，讓我想起以前在浙寧菜館打工，常見到一些穿西裝的大肚子中年男人，他們在入席前就經常彼此鞠躬哈腰做出這種動作，嘴裡直嚷著「請……」「不，你先請……」，儘管如此，賈立銘的態度還是讓我有點不習慣。畢竟，從我來營部連到現在，這還是第一次有人對我說「請」字。

「這沒什麼好奇怪的。」胡尚智聽我講完賈立銘的轉變，馬上露出神祕的笑容。「這傢伙還有五個月才退伍，八成很想再放一次假。」

「放假？放什麼假？和我有什麼關係？」

「別急著問，我會慢慢教你，以後你就知道了。」胡尚智說。他打開抽屜，拿了一張外出證給我，要我小心保管，接著又從櫃子裡拿了一個已褪成淡綠偏黃的舊洽公包，說他不久前才買過一個新的，這個舊的就交接給我。我掩不住內心的興奮，以顫抖的雙手接過來，彷彿這兩樣東西是某種神聖的法器。外出證——這一個多月來我只在休假日領過幾次，每次都得通過層層服裝儀容、環境內務的檢查與考驗，才能從連行政手中接過這張獲准外出的令牌，而且一收假就必須馬上繳回，沒想到我居然能自己擁有一張。洽公包——俗稱打混包，我剛到三營遇見小吾那天，他肩上就揹這種袋子。我不知道他袋子裡裝了什麼東西，也不知道他揹著打混包要到哪裡，只能以羨慕眼神看他一路晃呀晃走下營部辦公室前的斜坡。雖然這兩樣東西沒有希臘神話故事中戴達羅斯翅膀的魔力，無法讓我飛出這座荒島，但至少，在東引這個小地方，我可以高興上哪就上哪了。

不過，目前我還是得乖乖跟著師父走。我們戴上小帽，揹起打混包，別上外出證走出輔導長室。賈立銘仍站在部隊前面鬼吼亂叫，我們不想經過連集合場，便從輔導長室旁的小石階路走下山坡，離開了連上。

胡尚智帶我去的第一個地方，就是營政戰室。這地方我仍印象深刻，上個月在打字室闖的禍我記憶猶新，一走到營政戰室前的通道，便感覺後勤官似乎會突然跳出來指著我的鼻子亂劈亂罵。

「我們又見面了，」藍傑聖一見到我，便熱情迎上來，「看來我們還真有緣分，你師父說，我不是指你現在這個師父，他說看我的樣子，就知道我這兩年一定會混得不錯。我現在看你這樣子，也有這種感覺。當政戰沒什麼，還是兩個字，實力。把業務辦好，沒人敢動得了你。」說到這裡，他似乎想到了什麼，突然轉頭朝辦公室裡吼叫：「喂！老師，要你寫的文件你到底搞定了沒有？」

藍傑聖的吼聲提醒了我。我這才注意到，在這個陰暗無窗、和我們連長室一樣同屬半山洞式掩體建築、只夠擺下兩張辦公桌的狹小營政戰室中，有個面色枯黃，個頭矮小的生面孔正埋首在六十燭光的燈泡下書寫文字。他的軍階和我一樣，都是二等兵。

「對了，忘了向你們介紹，這是我徒弟，名叫蕭嘉恆。他入伍前在國小當老師，所以我們都叫他老師。以後你們罵髒話要小心點，因為一不小心就會罵到他……喂！講到你了，不會站起來嗎？」

被藍傑聖一吼，蕭嘉恆立刻把筆放下站了起來。從他起身的樣子看來，他並不是個動作迅速的人。他一站直身子，我便發現他倒也沒那麼矮，身高差不多有一百七十公分。只不過，他待在有籃球隊員身材的藍傑聖身旁，很容易讓人產生這種錯覺。對他身高的看法我是修正了，但他那張臉卻給人更糟糕的印象。他的臉頰削瘦，眼睛深陷眼窩凹洞中，他一起身，頭部超過辦公桌檯燈高度，光源由下往上打來，頓時讓我想起大學時代迎新露營的膽量訓練遊戲，想到那些躲在墳場草叢中突然跳出來拿手電筒抵住下巴往臉上照的學長。老實說，如果上個月我來這裡打字遇到的不是藍傑聖，而是蕭嘉恆的話，我一定會像大學同班那些女生一樣被嚇得咯吱怪叫。

「你徒弟？」我師父臉上露出奇怪表情，小聲地問，「上次那個呢？」

「那個不行，已經滾回他們連上了。不過我看這個也沒什麼慧根，這兩年肯定過得辛苦。」藍傑聖說話完全不遮掩音量，說到興起又轉頭對蕭嘉恆喊：「我告訴你，反正我剩不到一個月退伍，到時我拍拍屁股走人，你業務沒學好是你家的事。」這話說完，藍傑聖又轉身回來，一把勒住胡尚智的脖子，指著我粗聲粗氣地說：「喂，你要好好照顧他，別想欺負拗他。」

「我怎麼敢欺負他？他不要欺負我就好了。」胡尚智沒掙扎反抗，順順服服任由藍傑聖擺佈。藍傑聖勒著他的脖子，拖他到外面談事情去了，似乎有什麼事不想讓我們知道。

蕭嘉恆一直目送他師父和我師父走出門外，才坐回椅子上，呆望著桌上文件說：「好累，真的好累，真不想幹了，這星期每天都睡不到三個小時。」

我突然有點同情他了。雖然營級政戰士的職位比連級高，接下這個職務，就由營部管轄，不必再受連隊班長學長的氣。但他師父馬上就要退伍，扣掉待退時間，他必須在一、兩個星期內就得學會全部功夫。和蕭嘉恆比起來，我似乎幸運多了，因為我師父還有半年才退伍，我有足夠的時間慢慢學習交接。不過，同情歸同情，在我師父和藍傑聖到外面去說話的這段時間，我只能尷尬地和蕭嘉恆待在同一間小辦公室裡，不知道該和他說什麼話。我們才剛認識，主動打破陌生與沉默不是我的專長。而且，根據我以前打工得來的經驗，當一個人抱怨自己工作累的時候，並不代表他一定真的那麼累。有時候，喊累的人是別有用意的，說不定是想讓別人知道他有在做事，或者藉此彰顯自己這份工作的重要性，或者為掩飾自己的心虛與缺乏自信。無論如何，他雖然和我一樣是二兵，但畢竟大我一梯，以我的地位來安慰他似乎不太恰當。

藍傑聖和我師父談完話走進來了。一聽見腳步聲，原本還在發呆的蕭嘉恆突然彈了起來，抓起筆又開始抄抄寫寫。我又轉頭看了他一眼，才跟著師父離開營政戰室，繼續往南澳出發。

我們沿著斜坡一路往下走，經過保修連，從旁邊一條嵌在滿山人高芒草間的小石階路下山。我們營部連駐紮的地點是一四〇高地，這個數字代表海拔高度，也就是說，從連上走到港口附近的南澳，相當於從一棟三十層樓高的大樓頂樓走下來。但這種相似只是數字上的，實際上，這段山路比走大樓樓梯還累人，因為石階路走完，來到勝利據點附近的東湧水庫後，我們又得開始往上走一段數百公尺長的斜坡，才能走到南澳最高點的東引鄉公所。前幾次坐計程車下來還覺得司機好賺，東甩西甩過幾個急彎，就有一百塊錢進帳。現在走起來，才覺得天遙路遠。

還好，一路上胡尚智的話都沒停過，讓這段路在心理上縮短了不少。他說剛才藍傑聖告訴他，原本藍傑聖一直希望由我去接他的位置，他向營長和政戰官提了幾次，但營長不管，政戰官又管不動不肯放人的連長，撐到這幾天才找了蕭嘉恆來接。「光是這點你就得好好感謝連長了。」胡尚智說。

「為什麼？」我大惑不解。「到營部不是比較自由嗎？」

「那是因為你沒見過營輔導長，你沒見過那種人。」

我注意到當胡尚智說到「那種人」三個字時，臉上的表情突然陰沉下來，像是講到了什麼不祥的名字。從他的口氣聽來，他對「那種人」似乎充滿輕蔑與憎惡，又隱含些許畏忌和恐懼。

「營輔導長？我以為營上只有政戰官而已。」

「他回台灣受正規班訓去了，明年四月才會回來，所以你沒見過他。這幾個月來，是我們三營最平靜的日子。」胡尚智說。

「他比後勤官還壞嗎？」我想到已輪調回台灣的後勤官上次罵人的樣子，他幾乎已把語言的力量發揮到淋漓盡致，光用言語就讓人覺得窒息，難以呼吸。記得小時候在眷村，我們不小心把棒球打進村長家，小吾自告奮勇爬牆進去撿，翻進院子才發現村長沒把他養的雜種狗小黑綁好，想閃已經來不及了。小黑撲了上來，一張嘴就在小吾的手臂上連咬十幾口。小吾逃出來時，左臂從手腕到肘部一路皮開肉綻，把旁邊幾個年紀較小的孩子嚇得嚎啕大哭。從此我們都把小黑視為瘋狗，一找到機會便用石塊棍棒招呼。我常想，如果當時小黑不這麼歇斯底里，而只是警告性地咬小吾一口的話，或許我們就不會這麼恨牠，說不定還把牠視為會保家衛主的忠狗。無論如何，後勤官的確讓我聯想到小黑，只可惜他官拜上尉，不容許我這個二兵有任何意見。

「後勤官算什麼，他雖然是『三渣』之一，但也只是壞而已。營輔導長就不一樣，他是……」胡尚智頓了一下，想了想才說：「……賤。」

我沒問我師父壞跟賤有什麼差別，因為我們已快走到南澳，我知道他一時難以用言語釐清。而且，營輔導長回東引是明年的事，對我來說還遠得很，眼前有更多重要的事情要做，例如，找機會打電話給伊。

今天不是假日，南澳的街頭有些冷清，偶爾遇見的幾個阿兵哥都是和我們一樣揹打混包出來辦事的人。在沒人排隊的情況下，我接連用掉兩張電話卡，和伊好好聊了二十分鐘。一個多月來，我和伊都已慢慢學會控制情緒，電話卡告罄前螢幕上的閃動數字也很難再逼出我們的眼淚。她接到我的電話十分詫異，因為這是我第一次在白天上班上課的時間打電話給她。然而，就在第一張電話卡快講完之時，她也告訴我一件讓我驚訝的消息。

「千慧到英國唸書了。」伊說。

「真的？什麼時候去的？」

「前幾天，她打電話給我，第二天就走了。」

「正賢知道嗎？」

「她說她有告訴他。」

我迫不及待想追問下去，但話筒已傳來電話卡用光的嗶嗶警示聲。「等等，我換張電話卡。」

郭正賢抽中關渡師，我上航次才收到他寫來的信。他在信上說，他下連隊沒多久就接下營參一業務，因為部隊在林口，可以經常上台北洽公，有時還能溜回家睡個午覺，洗過澡才回部隊。他的際遇讓我羨慕得要死。我甚至懷疑，說不定他的部隊根本沒有老兵新兵問題，因為他們的駐地在台灣本島，隨時可以放假回家。不像外島，所有人全被關在一個地方，不斷累積的怨氣很容易就一股腦發洩在新兵身上。在換電話卡的同時，我的腦海掠過郭正賢的笑臉，是那天他抽完籤後的表情。接著，這張笑臉變了，變得迷惑與茫然，一副摸不著頭腦的樣子。我想起我在船上做的那個夢，夢中的他莫名其妙被送到我命定該去的那座荒島，臉上的表情就是這樣。我一個一個按下電話上的數字鍵，重撥一次電話給伊，幾個號碼還沒按完，我心中的情緒就已轉了幾轉。和上次的夢一樣，我先感到慚愧，慚愧自己竟然在獲知這消息的同時，閃過一點點幸災樂禍的情緒。而後，慚愧的情緒轉為憤怒，氣惱千慧不該選擇在這個時候出國唸書。

電話接通了，我和伊繼續剛剛的話題。

「千慧說，正賢並不反對她出國唸書，甚至還鼓勵她趁這兩年空檔追尋自己的理想。」

「蠢豬。」

「你罵誰？」

「兩個都罵。」

「你不贊成？你不覺得這是一種信任嗎？」

「這是風度，不是信任。他當然得這麼說，難不成要正賢哭哭啼啼，央求千慧別走嗎？」

「去國外唸書又沒什麼大不了，何必哭哭啼啼？」

「唸書是沒什麼，但她可以早去，可以晚去，就是不應該選在這個時候去。」我說話的聲音越來越大，越來越快，到後來幾乎是用吼的了。

「怎麼？你擔心千慧會變心？」

「這我可沒說。不過，妳等著看好了。」說到這裡，我突然覺得有什麼東西從心底陰暗處爬了出來。「妳……妳也贊成千慧這樣做？」

伊沒說話了，似乎在認真思考這個問題。我知道伊不善於說謊，但此時我真希望她能立刻給我一個否定的答案，至於虛假與否，倒不是這麼重要。

沉默了一會兒，伊才又開口。「你說過，縮短空間不一定能解決時間的問題。這是你在信上寫的，記得嗎？」

我當然記得我說過這樣的話。入伍前，我常和伊說，最好我能分到駐守在擎天崗上面的那支部隊，這樣她沒事就能從華岡上來看我，送個便當飲料之類的東西來慰勞。我以為拉近空間就能讓感情抵抗時間，這種想法既天真又單純。不過，顯然有不少人抱持和我一樣的想法。前兩個星期學長才說過一件事，工兵營有個一等兵，他在台灣的女友因為耐不住寂寞而想出了辦法，不知道去基隆的什麼地方接洽，成功跑來東引一家卡啦ＯＫ酒店當吧檯。結果，人是搬來東引了，但她在工兵營的男友卻不能天天放假，只能等到星期天才有機會到南澳看她。該來的男朋友不能常來，反而引來一堆平常有機會溜去南澳的好色軍官，天天擠爆那間卡啦ＯＫ店。即使到了假日，他們也難得有機會獨處，因為女的不能放下工作不管，而吧檯又擠滿想和她搭訕的軍官。那個工兵營的一等兵只能默默坐在一旁，生自己和女友的悶氣，醋意配著啤酒一起下肚。不到兩個月，他們兩人就大吵一架分手了。

在上航次的信中，我告訴伊這個故事。我覺得這個故事有點宿命的色彩，命運把兩個人的距離拉遠，刻意打破距離的結果，竟造成感情的加速覆亡。事實上，我早已不再認為空間和時間有必然的關係，那天，抽完籤，我在金六結的班長便已用一張相片駁斥了這個想法。我被他說服了，或說，我必須強逼自己被他說服，否則我可能無法承受，可能會有一天承受不住空間和時間的雙重壓力，而像四營那個夾在中柱島連堤肉粽裡的新兵一樣，抗拒不了海洋的誘惑。

但是，我還是無法忍受因人為而造成的空間疏遠。

「我沒忘，但是空間拉長一定會造成問題。」

「這麼說來，你也不信任我囉？因為我們現在就隔得這麼遠。」伊幽幽地，以有些哀怨的語氣說。

「我沒這麼說。」

「所以，你不希望我明年畢業後出國唸書，是吧？」

「妳想去嗎？」

「我爸爸最近提過，他希望我去法國唸碩士。」

「妳的意思呢？」

「不知道，還早得很呢……這個問題我還沒想過，到時候，你再幫我決定好了。」

「我怎能幫妳決定？腿長在妳的腳上。」

「聽你的口氣，你還是很不放心我。」

「我當然放心。」

伊又沉默了。話筒只剩微細的沙沙聲，像有無數砂粒在這條電話纜線中流動。東引的電話通信品質還不是很好，我才來兩個月，就遇過幾次全島公用電話都不通的干擾狀況。有時辛苦排了老半天隊，電話接通後講不到幾句，便聽見原本細如蠅翅的沙沙聲慢慢變大，接著爆出一連串巨大怪聲雜音，電話線路像突然搭上高壓電，又像已接收太多人的哀怨憤恨的情緒而發出歇斯底里的叫喊，抗議說它受夠了，需要好好讓耳根清靜一下。伊這次沉默的時間有點久，讓我擔心電話是不是已在無預警的情況下斷線了。還好，等了一會兒後，在纜線裡沙沙流動的砂粒又載來伊的聲音。

「如果我告訴你，昨天有人在我門上插了一束鮮花，你還會放心嗎？」

「誰插的？」

「一個新聞系的。」

「他為什麼送花給妳？不知道妳有男朋友嗎？」

「他知道。他說幾個月沒見到我們在一起，以為我們分手了。」

「妳沒告訴他我去當兵嗎？」

「說了，但他還是照樣送花。」

現在換我不說話了。我聽見自己呼吸的聲音，又重又用力，每一下都是深呼吸。

「你不高興？」

「有人送花給妳，難道我應該高興嗎？」

「我曾告訴你這件事，你應該高興才對。這代表我沒有保留，不怕讓你知道。你不覺得這就是一種信任嗎？因為你信任我，所以我才告訴你。如果你老愛猜疑，或是我自己心裡有鬼，我當然就不會說了。」

我不知道該說什麼。在認識伊的前兩年，我追過同校的另一個學妹。我約了她到新店碧潭划船。在船上，她拿出一封信讓我看，說是之前的男朋友剛寄來的。我不想看她的信，只問她信上寫什麼。她說是一些希望她回心轉意的話。我問她看完信有什麼感覺。她笑了笑，慢慢把這封信摺成一條小紙船，放在船邊讓它順流漂走了。這個動作讓當時的我十分感動，要不是在小船上不方便更換位子，否則我會馬上過去緊緊摟住她。但是，我們划船回來不到一個月我就被她甩了。她又回到過去那個男友身邊。

我沒在電話中告訴伊這個故事。雖然我現在思緒很亂，但還不至於笨到為了反駁她說的話，而抖出自己過去的情史。

「如果你不信任對方，是否代表你對自己的信心不夠？」在掛下電話前，我聽見伊的聲音說。

我已無心思考自信和信任之間有什麼必然關係，剛接連政戰士業務的喜悅也煙消雲散了。在拍完相片和胡尚智一起走回連上的路上，我很少開口，心中只反覆出現一個暴戾的想法——我想立刻插上戴達羅斯的翅膀，飛回台灣找到新聞系那個想趁虛而入的傢伙，扭斷他的脖子，把他打倒在地上，連同他送來的花一起用力踏碎。

23 東引老大與不能問的祕密

天氣漸漸轉涼。才十一月天，我就已領教夠了東引的前線滋味，不僅僅是戰略位置上的前線，也是地理位置上抵抗東北季風南下的第一線。九月「到引」的時候——我們習慣把到達東引的那一天稱為「到引日期」——時序理應是秋天，但整個東引島還熱烘烘的、無半點雲朵，讓人以為回到了六月盛夏，或來到的是赤道上的某個小島。不到兩個月，島上的風向改了，冬天的冷鋒一波接連一波而來，強勢霸道擠掉秋天的位置。部隊發下防寒大衣，起床時間從五點半改為六點。讓人最難以忍受的是，站衛兵的時候也得開始戴上防毒面具。

根據學長的說法，戴防毒面具是為了防範對岸的敵人利用冬天的風向往島上施放毒氣。我覺得這個說法很可笑，但沒敢講出來。可笑的原因在於——如果中共真的施放毒氣，那我們整連全中毒死了，獨留一個戴防毒面具的衛兵有何用處？沒敢講出來的理由是——大家都傳說島上確實有人碰過這種案例，此人正是無人不知無人不曉的「東引老大」。

東引老大姓什麼叫什麼，很少人知道，也沒人想知道，就連這個綽號是誰取的也已無可考證。我們只知道他是老兵，不是連上那種比人早當一年兵就專門欺負人的那種老兵，而是真正在部隊裡打滾混了一輩子的那種老兵。他的年紀大概五、六十歲，蓄平頭，體型略瘦，脊背微駝，但看起來還相當硬朗。我們不知道他住哪裡，只知道他每天在營區逛來逛去，餓了就上指揮部餐廳吃飯，連指揮官也管不了他。

我第一次遇見東引老大，是剛來那個月去獅子村出完公差走回連上的路上。我們經過中正堂旁的好漢坡時，發現石階邊樹林中的芭樂樹上結滿了一粒粒小小的果實。帶隊班長叫隊伍裡面最菜的江淵、吳居安和我留下，上樹偷摘芭樂拿回連上。就在我跨坐在樹杈間，一手挑選摘取已泛黃的芭樂，往攬在懷中的構工膠盔裡放時，突然聽見中正堂那邊傳來一聲中氣十足、震耳欲聾的「幹！幹！雞悲！」我嚇了一跳，差點把懷中的芭樂撒了一地，以為這些芭樂樹是中正堂的人種的，我們偷摘水果的行徑已被發現了。罵聲一起，我便立刻暫停動作，倉皇看向隔壁樹上的江臨淵和吳居安，打算他們一有動作就一起跳下樹逃走。然而，他們兩個臉上完全沒有異樣表情，江臨淵小聲跟我說：「別緊張，那是東引老大啦。」接著又朝坡底下喊道：「老大，要不要吃芭樂？」我看見東引老大似乎此時才發現樹林裡面有人，他走近石階路入口，抬頭往我們這邊看了看，溫溫和和地說：「不用，不用，你們自己摘來吃就好。」說完，他轉過身子，罵了一聲：「幹！幹！」往中正堂沒走兩步，又大吼一聲：「雞悲！」

第一次遇見東引老大的人，很少不被他嚇到。有人是在第一次坐船來東引的時候在船艙裡抽菸，突然聽到身旁傳來一聲「幹」，以為是哪個高級將官來了而慌忙把菸丟掉。有人是在中正堂看電影，當情節正要進入精采之處時，觀眾席後方卻有人站起來大罵「雞悲」，讓他以為有人電影看到一半吵起架來。當然，事後他們都知道遇上的是剛好返台探親回來和中正堂有節目必到的東引老大。

東引老大有這種間歇性罵髒話的習慣，怪的是，島上沒人因此排斥他。相反的，他在東引還可算是最受歡迎的人物，大家看到他一定會上前和他說話，省去「東引」兩字而親暱地直接喊他「老大」。我想，箇中道理可能有兩點。第一，他是島上唯一能當著指揮官的面罵髒話的人。第二，是因為流傳已久、經過大家繪聲繪影的四霜島事件。

沒人知道四霜島在哪裡，甚至連這個島的名字是不是這樣寫，或這個島是否曾經是國軍的駐地，都無法證實，也無處證實。反正，故事是這樣說的：東引老大年輕的時候是四霜島上的駐軍，擔任採買的職務。有一天，他照例划船到附近的島上買菜，菜買好回來，才發現中共在這段時間朝島上施放毒氣，全島的人都死光了，僅剩他一個人。當時，他手中還提著菜，走在高低起伏的碉堡壕溝間尋找倖存者，但看到的只是一具又一具或俯或臥、七孔流血的同袍屍體。他越走越急，越急就越覺得胸口有股氣悶著，越憋越重。最後，他再也忍不住了，顫抖的雙手握成了拳頭，仰頭朝天大吼出了一句：「幹！幹！雞悲！」

就這樣，這句口頭禪跟了他一輩子。我們都相信，每當老大非自主性罵出這句髒話，八成是四霜島上的那些鬼魂又回來纏他，讓他腦海又浮現當時恐怖的景象。雖然我們都好奇，卻沒人敢問他是否真有其事。萬一事情是真的，恐怕會再度刺激他，對他而言便構成了二度傷害；要是根本沒這回事，這個問題就變得極不禮貌，脫不了訕笑嘲弄的嫌疑。這種尷尬，很像我們連上負責管水資源分配的「放水兵」林魯良遇鬼事件。聽說他還是菜鳥的時候，有天晚上在野戰醫院的路上撞了鬼，見到一團無頭無腳卻又略具人形的白影筆直朝他撞來。他驚叫一聲，整個人朝一旁跳開，差點沒摔下路邊的陡坡。從此，天只要一黑，他在戶外絕不肯用走的，而是以跑步縮短自己待在外頭的時間。每次我們待在小寢室，只要聽見頭上傳來蹉蹉蹉有人跑步奔上奔下石階的聲音，就知道林魯良又去山上的水塔放水了。當然，我們只見到他跑步的事實，前半部撞鬼的事仍屬於傳說。林魯良不像東引老大德高望重，自然免不了有些好奇的人會去問他是否真遇到鬼？遇到什麼鬼？但只要我們當他的面提到這件事，他就立刻翻臉，立刻用髒話問候你的祖宗。

「有很多事情別多問，也不能問。」胡尚智一邊說，一邊把破布撕成條狀，往門下的縫隙塞，以擋住不斷從海上吹來、翻過野戰醫院山嶺、掠過保修連谷地，一路爬上坡灌進輔導長室的寒風。輔導長到指揮部開會去了，辦公室裡只有我們兩個人，由他指導我繼續學習進一步的政戰業務。「別人可以不知道這點，但你既然當了政戰士，就不能和別人一樣。未來你會接觸很多祕密，看到很多奇怪的事。記得，什麼都別問，也別說出去。問了對你不會有好處，說出去的代價會更高。」胡尚智一臉認真地說。

我不知道是不是這兩個星期來我提出的問題太多，他才會對我說出這樣的話。我已知道政戰業務最重要的，就是兩本黃皮書：《政戰資料冊》和《政戰工作日誌》。上級長官來督導業務時，第一件事就是要看這兩本簿子。胡尚智說，《政戰資料冊》還好處理，只要定時在連上有人退伍或補進新兵時刪減或增添一些資料就行了。比較麻煩的是後者，需要每天填寫。

「今天開始教你寫《政戰工作日誌》。」胡尚智說，「本來這應該是輔導長寫的，但他信得過我，才會交給我這個政戰文書兵寫。你以後如果表現好，說不定他連個人安全資料都讓你寫。我看，這個月工作日誌還是由我來寫，你在旁邊仔細觀摩，等下個月就全交給你了。」他翻開簿子，接在昨天的日誌後面另起一頁，先寫好今天的日期，然後開始記錄。

○六三○　早點名。連長主持，實到人數六十二名。政令宣導：保密防諜與國家安全。抽問二兵黃天福，知道。

「學長，」我發現他第一行就寫錯了，連忙提醒他，「今天早點名好像是副連長主持的吧？」

「你以為我記性這麼差嗎？」胡尚智把筆放下，轉身看著我，臉上帶著神祕的微笑。「我當然知道早上主持早點名的人是誰。我問你，萬一來督導業務的長官看到上面寫副連長主持，便問早點名連長上哪去了，你教我怎麼回答？」

「這……」

「連長既沒生病，也沒休假，難道要說他賴床不起來？」

「我懂了。」

胡尚智點點頭，提起筆繼續往下寫。他的字工整歸工整，但一個個小得像撒在白飯上的黑芝麻粒。我必須把頭湊得很近才能看清他書寫的內容。

○八一○　體能戰技教育。科目：刺槍術。實施地點：連集合場。副連長主持。

一○一○　政治保防教育。科目：以辛亥革命精神，完成三民主義統一中國。實施地點：中山室。輔導長主持。

「對不起，學長。」我忍不住又開口了。

這次胡尚智沒停筆，頭也不回地說：「我知道你要說什麼。你一定覺得奇怪，為什麼刺槍術課程的主持人就改成副連長。我告訴你，因為有時候連長會去營部或指揮部開會，這時就由副連長主持。如果你整本日誌都沒寫到副連長，那麼督導官就會問『怎麼你們副連長都不做事？』到時你該如何解釋？」

「我知道為什麼要寫副連長主持，可是……」我努力說出自己的想法，但聲音越來越小，到最後變得像喃喃自語。「可是……我們八點鐘集合完畢後，營部、連部和二級廠的業務士就報備下去辦公了，剩下的人全到工材庫出公差，根本沒人上刺槍術啊？」

他把筆一丟，再度回頭看著我。這次我發現他臉上的笑容不見了。

「我問你，早上我們點完名就去跑步了，有沒有做政令宣導？」

「沒……沒有。」

「這不就對了？大學生，你想搞好政戰業務就要多動點頭腦。有些事一看就明白了，問那麼多幹嘛？」他說著說著，似乎察覺自己的口氣有些激動，便大口吸了幾口氣，把情緒緩和下來。「好，我看你好像還有其他意見，有的話就說吧。」

「不是意見，是有點不太懂……」

「快說。」

我放膽說了。「日誌本這麼大，為什麼你的字這麼小？」

「寫得越密越滿，督導官才不會仔細看啊。」他回答。

「既然要寫滿，為什麼你每條項目之間又都空了　行？」我再問。

「這是為了預防，萬一疏漏了什麼，以後才好補進去。」

「你寫錯字就直接打叉重寫，為什麼不用橡皮擦或立可白塗掉？」

「千萬不能用立可白！一用督導官就會認為你是在事後修改資料，沒按實際狀況記錄。」

我啞口無言了。

胡尚智等了一會兒，看我已提不出問題，便慢條斯理帶點得意地轉過身，先喝了口茶，才拿起筆繼續往下寫。我默默坐在旁邊看著，心裡充滿驚訝與佩服，沒想到只是像流水帳般簡單記錄一天行事內容的《政戰工作日誌》，竟藏有這麼多學問。不過，剛才我好像傻瓜一樣，挑出的問題立刻就被我師父堵回來，似乎顯示出我的智商不高。儘管現在辦公室裡的溫度大概不到十度，我的耳根還是熱了起來，感覺椅子上似乎長出了東引地雷，令我坐立難安。

胡尚智很快就寫滿了三分之二頁，在這之中我又發現了幾個問題，卻不敢隨便亂問。他邊寫邊注意我的反應，中間稍稍停了幾次，看我沒再提出問題，才提筆寫下最後一段紀錄。

二一〇〇　晚點名。連長主持。實到六十五名。政令宣導：到南澳休假禁止喝酒簽帳。

二一三〇　輔導長約談時間。約談二兵黃天福。

問：到連上一個月後各方面適應狀況是否良好？

答：生活作息已能完全習慣，體能狀況也已慢慢跟上部隊。

「咦？今天晚上輔導長要約談黃天福嗎？」我興奮地說，彷彿偷窺到一個天大的祕密。「這傢伙最怕和長官談話了，如果他知道晚上會被約談，一定緊張個半死，說不定連晚餐都吃不下。」

胡尚智嘆了口氣。

「你來連上多久了？」

「兩個月。」我說，「為什麼問這個？」

「輔導長約談過你嗎？」

「呃……好像沒有。連長倒是和我談過兩次。」

「看來你還完全不懂什麼叫做政戰工作，你把整本日誌拿去好好研究吧。」胡尚智闔上日誌，往我懷裡一塞，自己起身整理公文櫃去了。

我不懂他為什麼嘆氣，但還是乖乖坐在辦公桌前，抱持著一種窺人隱私的心態把日誌翻開。才往前看了幾頁，就發現我的名字出現在上星期的約談紀錄中，而我卻完全不知道有這回事。我再快速往前看，讓人驚訝的是，沒想到我到連上這兩個月來，在紀錄上我竟然已被輔導長約談了三次。

「這……」雖然我已隱約知道這是怎麼回事，但還是想向我師父證實一下我剛剛產生的想法。可是，此時輔導長室的大門突然被人急急敲了幾下。

「電話紀錄。」門外有人喊道。

「你去簽收吧。」胡尚智臉上露出不悅神情，不知道是在生我的氣，還是不高興他剛剛費了一番力氣用布條塞好的門縫現在全白幹了。

我把門打開，在一股寒風迎面灌進輔導長室的同時，我看見值班的安全士官揹著六五步槍，弓身駝背，雙手緊緊環抱胸前，手掌握拳插在左右腋下，脖子全快縮進了肩胛骨裡。「快點、快點，冷死了。」他一手抽出抱在懷中的電話紀錄簿遞給我，另一手仍死黏在腋下不放。

各連政戰士請於今日一六〇〇前，將本月分高自財人員名冊繳交營部政戰室。

我在電話紀錄簿上簽了名，順便瞄了一眼發話人的名字。發話人那欄裡寫的是「營部政戰士蕭嘉恆」。看來，船來就走的藍傑聖已經待退去了。這陣子藍傑聖都在營裡閒逛，不時還晃到我們連上，到輔導長室找我和胡尚智聊天。上星期他來串門子時，神祕兮兮地對我說他退伍前要幹一件大事。「這件事我只告訴你。」他要我伸出手，然後從夾克口袋裡摸出一顆東西放在我掌心。「你猜，這是什麼？」那是一顆橢圓形的透明珠子，不到一公分長，材質好像是塑膠。「不知道，這是什麼東西？」我說，把這顆珠子還他。「這是牙刷柄，你看不出來吧？我已經磨了兩個星期了。」他用拇指食指夾起這顆珠子，對著光源照看幾下，像在欣賞什麼稀世珍寶。「幹嘛用的？」我問。「入珠用的，」他瞇起眼睛看著我，「你應該知道吧？」我說我還是第一次聽說入珠這回事，幸好藍傑聖臉上不可異議的表情只維持了幾秒，接著便興致勃勃講起他在營部找到一個會幫人入珠的人，說服他替他幹這件事。「很簡單的，只要等我把這顆珠子磨好，那傢伙就會用削得很薄很利的竹片，輕輕在我老二中間表皮劃開一道小縫，然後把這顆珠子塞進去，塗上紅藥水，繃帶纏兩圈，三天後就成了。」他說得很輕鬆，但聽講的我卻覺得褲襠底下起了一陣哆嗦。「這樣不痛嗎？」我問。「痛？哈哈哈，以後有人會比我更痛。」他淫淫邪笑起來：「又痛又爽，哈哈哈。」

我想到一個人待在山洞般暗無天日營政戰室中的蕭嘉恆，彷彿看見他拿起軍用電話，以槁瘦無肉的指頭轉動搖柄半圈，生硬結巴要各連安全士官抄下電話紀錄的景象。剛剛為了一本《政戰工作日誌》的記載方式，我可以抛出一連串問題，直問到我師父生氣為止。但老是哭喪著臉的蕭嘉恆，在慌亂應付陌生而繁瑣的營級政戰業務時，一定沒想到他師父只關心自己的「鳥事」。

我隱約感覺這好像是東引島或咱們步三營的一種風氣，一些船來就走的「紅軍」學長，會趁待退這段時間替自己的老二修飾整容，結伴上野戰醫院免費割包皮。像現在，連上小寢室的角落就並排躺了三個割完包皮回來的學長，其中包括在我剛來連上時逼我喝下東引明磬水、在南澳強拉人進酒店共攤酒錢的徐志遠。沒想到這個如惡煞般讓我兩個月來每次看到就想遠遠躲開的學長，如今也會躺在床上咿咿啊啊喊痛，還沒脫下軍裝恢復平民身分，就已失去咄咄逼人的氣勢。昨晚小他十梯的七叔還騎到徐志遠身上，攤開從南澳租來的《花花公子》，把一幅跨頁金髮裸女相片舉在徐志遠臉前。這個外國馬子一手虛掩私處，一手撩起及肩長髮，兩顆硬挺如椰子的奶子和微露在唇邊紅彤彤的濕濡香舌，立刻讓徐志遠激起他這幾天不該有的生理反應。「滾開！」他叫道，但礙於胯下傷口，不好用大動作把七叔推下床。「你他媽的欠扁！哎喲喂呀……快把這本他媽的雜誌拿開。啊娘喂……我的媽喲！」

把眼睛閉上不就沒事了嗎？我心想，覺得這個事件實在有趣極了。

「你站在門邊笑什麼，」胡尚智問，「電話紀錄說啥？」

「不知道什麼意思，」我把門關好，順腳把剛才被門板拖至一旁的破布踢回門下縫隙，「高自財是誰？」

「是高自財人員名冊吧？那是營政戰下電話紀錄用的密語，『高自財』就是『高度自裁傾向』的意思。」我師父說，「這份文件很簡單，你馬上拿十行紙寫一寫，等一下就送過去。」

「隨便寫幾個人嗎？」我笑著說，不小心把剛剛隱約成形的想法講了出來。「就像《政戰工作日誌》一樣造假？」

我師父偏過頭看著我，一時說不出話。他重重地吸氣吐氣了幾下，然後才蹲下身子，從公文櫃中挑出一個檔案夾遞給我。「你照裡面的資料抄，」他嚴肅地說，「還有，有些事最好別隨便開玩笑。」

我猜，我師父大概又被我惹毛了。不到半天功夫，我已經知道政戰工作的兩項要點：一、有些事情別問；二、有些事情不能開玩笑。我一邊翻開胡尚智交給我的檔案夾，一邊把這兩項要點謹記在心。說真格的，我師父整理資料的功夫真是一流，在這本厚達十公分的檔案夾中，他整理歸類出十幾種必須按月或按季呈繳營部政戰室的表格資料。我翻看這些名目各異、填報內容千奇百怪的文件，不由得想起那天蕭嘉恆對我說的：「好累，真的好累。」我的目光停在檔案夾中的一份「助浮游器材盤點統計清單」，心裡完全理解蕭嘉恆為什麼覺得累。這張清單詳盡列出了我們連上的門板、木桌和板凳等會漂浮的物體的數量，甚至連那兩顆擺在公文櫃中早已洩了氣的籃球也包括在內。我知道這張清單的用意，為的是防止有人游泳投奔到對岸的老共那裡。問題是，我們連上的駐地正好在東引島的中央，如果有人真的卸下門板，還得扛上肩走一、兩公里路才能到達海邊。更離譜的是，我在清單的最後一欄，看見我師父工整秀氣的筆跡寫道「乒乓球一打」。

我很想認真問我師父，過去是否有人只靠十二顆乒乓球就從東引游四十公里到大陸去，卻又怕他以為我又想開玩笑。老實說，不開玩笑還好做到，但要人忍住不發問，簡直像拿繩子綁住一個全身發癢者的手腳。我偷偷瞄了師父一眼，他還蹲在公文櫃前，一一把檔案夾抽出來，用抹布擦拭，順道清掉積在公文櫃裡層被檔案夾遮住的看不見角落裡的灰塵。我覺得他一定有某種潔癖，才會把部隊的辦公室當成自家客廳打掃。依照過去經驗，要和那些生活上或精神上有潔癖的人相處，最好的策略就是少觸及到他們最敏感的那條神經。我忍住到嘴巴邊想說出的話，暗暗叮嚀自己牢記剛剛才學到的那兩項要點。我繼續翻閱檔案夾，從裡面找到了蕭嘉恆要我們繳交的「高度自裁傾向人員名冊」。

但是……

胡尚智站了起來，走到我身後。「寫啊，怎麼不動筆？照抄都不會嗎？」

我轉過頭，張著嘴，以疑惑的表情看著他。

「不要懷疑，」胡尚智似乎早已準備好地說，「名單上第一個名字就是張展光，你的小學同學。」

24 鯨魚的眼淚

政戰工作果然不容小覷。

這兩個月來，我還以為連上沒人知道小吾是我小學同學，沒想到我師父他們早就知道了。而且，我壓根不知道小吾鬧過自殺這檔事，他們卻早已記錄建檔，暗暗觀察他的一舉一動。

我把《政戰工作日誌》一頁頁往前翻。張展光的名字先是每星期出現，接著是每三、五天出現，翻到今年四月分，離現在已有半年多時間，他的名字連續七天出現在輔導長的約談紀錄中。我睜大眼睛、眼鏡快貼上了《工作日誌》，細看我師父當時寫下的一行行芝麻小字。「二一三〇約談上兵張展光。問：手部傷勢復原情況如何？答：早晚都有去營部醫務室換藥，大概過兩天可去野戰醫院拆線。」又「二一三〇約談上兵張展光。問：返台休假回來心情是否已調適過來？答：部隊作息繁忙，沒時間想本島的事。」

手部傷勢？返台休假？以日誌記載的日期來看，小吾是返台休假回來才受傷的吧？我想起剛分發到三營那天，小吾揹著公事包從營部辦公室門口走過，我的確注意到他左手腕上有道香菸般長的深褐色疤痕。那是他割腕留下的痕跡嗎？看來不像。至少，我在電視電影裡看到的割腕畫面，演員們都是拿刀橫切過手腕，小吾那道疤痕卻是從手腕根部呈直線向手肘關節延伸，所以我才完全沒朝自殺方面聯想。我又重翻一遍《工作日誌》，這次是由前往後翻，但整本日誌上都沒提到「自殺」這兩個字。

「學長，日誌上沒說張展光鬧過自殺啊？會不會搞錯了？」

「《工作日誌》是寫給督導官看的，上面全是屁話。真正的東西要看這個。」胡尚智打開辦公桌抽屜，摸出一小串鑰匙。他先走到門邊，聽了一下外面的動靜，接著才以極快動作躍至公文櫃前，打開櫃門蹲下。我這才注意到公文櫃的底層還有一個用五分板釘成的小木櫃，櫃身寬約兩呎半，外頭加了鎖。胡尚智開了鎖，沒怎麼挑揀，就直接從裡面一大排尺寸大小相同的黃色塑膠資料袋中，抽出一個內容物顯然比其他資料袋厚很多的資料袋。「這是個人安全資料，裡面記載的才是真正的祕密。這種資料每個人都有，你從小到大，幹過什麼好事壞事，裡面全記載得一清二楚。個人安全資料是輔導長填寫的，按規定我們政戰士不能碰，因為這資料等大家退伍後還得送回台灣去。今天是輔導長信得過我，才把鑰匙交給我保管。先說好，你才剛接政戰業務，我不知道輔導長什麼時候才會讓你保管鑰匙……反正你不能向任何人說你看過安全資料，甚至有安全資料這件事。」

胡尚智拉里拉雜說了一大堆，張展光的那本安全資料還被他緊緊抱在胸前，一時沒有交給我的意思。我知道他想給我看，這是一種誇耀心態，唯有展露自己知道其他人所不知道的事，才能突顯自己的重要性。我也看得出他心底一定在想這件事非同小可，害怕我在知道祕密後會洩露出去而影響輔導長對他的信任，甚至追究責任。然而，他的態度已讓我感覺到這個叫「個人安全資料」的東西確實真有那麼點嚴肅與重要，也已吊足了我的胃口。我很想看看自己的安全資料上面究竟記載了什麼，不過，眼前我更想知道小吾半年前發生的事。

「你想當好政戰士，就得再敏感一點。」胡尚智說，似乎還想拖點時間，遲遲下不了給我看的決心。「依我看，你的個性太遲鈍了。張展光和你同年次，卻比你早來當兵，難道你一點都不覺得奇怪嗎？」

「因為我大學延畢，比他晚一年入伍啊。」我說。

「就算早你一年，他也應該才一兵吧？但他下個月就要退伍了。」

胡尚智說得沒錯，小吾足足早我一年半入伍。這兩個月來我竟然沒想過這個問題。

「他為什麼提早入伍？」我還是不理解。

「你真的什麼都不知道？虧你從小和他一塊長大。」胡尚智說，口氣像在怪我。我不知道他想怪我警覺心不足，還是不夠關心自己的朋友。「他大學沒畢業，你知道嗎？」

「不知道。」我覺得心情開始沉重了。「他為什麼沒畢業？」

「你問我？我又不是台大校長，怎麼知道他為什麼畢不了業。反正資料上說他是大學四年級的時候被退學的，好像有很多科不及格，結果就來當兵了。」

「不可能吧？他從小成績就很優秀，而且，怎麼會唸到四年級才被退學？大四的課業又不重，這種情況也太少見了吧？」

「我沒讀過大學，不懂你們大學幾年級功課重幾年級不重。我只知道，他沒把書讀好，應該也是和那個女的有關係。」

「哪個女的？」

「他女朋友啊，你沒見過嗎？」

我很想跟我師父說，我打從國中畢業後就再也沒見過小吾，別再問我知不知道他最近幾年的事。但臨到嘴邊我還是換了一句話。「沒見過，小吾……張展光從來沒對我提過他女朋友的事。」

「他當然不會提，在我們連上不會有人提這件事。他們寧可去問林魯良有沒有見到鬼，也絕對不敢問張展光女朋友的事。」

「到底怎麼回事？」我有點急了。就算是開場白，我師父繞的圈子也夠多了。

「好吧，我就把張展光的事講給你聽，不過你可別找他求證。他就快退伍了，我不想惹出什麼麻煩。」胡尚智拉開椅子坐下，把張展光的安全資料放在辦公桌上，但一隻手仍壓在上面，好像怕被我搶過去。「他讀大學的時候有個女朋友，好像是四年級才認識的。他們怎麼認識的我並不清楚，反正感情好得很就是了，兩個人焦不離孟，孟不離焦。」

我忍住糾正我師父錯用成語的衝動，繼續聽他說下去。

「我新兵來的時候，就是張展光到營部帶我來連上的，那時他可不是像現在這副死氣沉沉的樣子。他業務辦得好，做事也夠勤快，雖然才比我早來營部沒幾個月，可是好像已在部隊待上三年似的。以前的連長器重他，連上老兵也都服他……你沒遇過以前那些老兵，他們真是夠狠夠變態，我們還是菜鳥的時候有哪個人沒被他們玩過揍過？哎，講這些你也不知道，反正你們運氣比我們好太多。現在學長想教訓學弟，還得等大家就寢後才到山下的庫房，以前的老兵天天在大寢室揍人，也不見連長排長出來管過。扯遠了……還是回到張展光身上。

「我剛接政戰的時候，那時兵源不足，以前的營參一又剛好退伍，張展光就被營長找去當了一陣子營參一。他是同時兼任營級和連級的參一喔。他就是那樣的人，可以一個人當兩個人用，而且一句抱怨的話都沒說過。是真的，那陣子船來的時候，我經常和他下南澳。我去領信領包裹，他去碼頭發船票發假單，他不是話很多的人，但幾次下來，我們也聊了不少事。我從沒聽他抱怨過營上連上的任何人、任何事，聽最多的，就是他講他那個女朋友的事。」

講到這裡，胡尚智打開放在桌上的個人安全資料袋，從裡面揀出一張相片。「這是從張展光的莒光日作文簿上撕下來的。喏，你看，這就是他女朋友。」

我伸手接過相片，心裡已隱隱猜測到這個故事的結局。這種看別人相片的經驗，我在訓練中心抽完籤那天已有過一次，那是我們班長最後一張未撕掉的相片，上面是那個讓我在船上做了怪夢的女人。來東引後，幾次出公差把連上垃圾坑的垃圾鏟上軍卡送去老鼠沙倒時，也總會在坑中發現一堆撕碎的信紙和相片。公開相片不是吉兆。在感情穩固的情況下，很少人願意輕易將這種私密、親暱，如個人財產寶貴的女朋友相片拿出來給人看，大家都小氣得很。因為只要一拿出來，恐怕就得經過十幾雙色瞇瞇男人的眼睛傳看，沒過五分鐘不會回到自己手上。在金六結，我同梯那個中文系畢業的067號，他珍藏的女友相片就被隔壁班的班長借走，不知道結訓時有沒有還他。067號每次都哭喪著臉說：「感覺就像馬子被人強暴了。」

我身上也帶有一張伊的相片，那是在我入伍前一個月拍的。我們騎摩托車去北海岸玩，我在海灘上替她拍照。伊不喜歡照相，一舉起鏡頭她便閃閃躲躲，扭捏半天，才抗議似地把手舉至耳邊，扮了一個兔子臉。相片洗出來，她直嫌這張相片醜，但我還是偷偷把它護了貝，帶進軍中，沒敢讓她知道。入伍不像搬家，可不能把相片整疊整疊帶進營區。之所以選中這張相片放進皮夾，是因為我一看見相片中對著鏡頭耍寶的伊就想笑。當兵總是件苦事，不管有沒有被操到，我需要一些快樂的事來支撐。金六結班長最後一張沒撕掉的相片是陽光燦爛型，而伊被我挑中帶在身上的相片是逗趣搞笑型，多少反映出一丁點個人在部隊中所渴望的事。可是，在小吾帶來東引的這張女友相片中，我卻完全看不到這種渴望。她——我還不知道小吾的女友叫什麼名字——穿著淡粉紅素色套頭毛衣，站在一道綠色欄杆前，雙手交疊擱在欄杆上，枕住一側臉頰，就像小學生午睡的姿勢。拍攝相片的人是站在右前方取的景，他可能在按下快門前才喚醒這位趴在欄杆上小憩的女子，因此女人略微斜抬起頭，眼睛迷離朦朧，烏亮長髮嘩啦啦全滑向左臂膀向下傾洩。這個女人長得沒有我的伊漂亮，可不知怎地，一看見這張相片，便教人一顆心直往下墜落，盪起一陣抑塞鬱悶之氣。

「很漂亮。」我把相片還給胡尚智。「不過，越看會讓人心情越差。」

胡尚智把相片放回個人安全資料袋裡，繼續說下去。「他們感情真的很好。好到那種……我不太會形容。我記得張展光有一次說過，他自己也覺得奇怪，一認識那個女生後，就什麼事也幹不成了。他無心讀書，坐在教室腦子裡想的都是她，後來乾脆連課也不去上了。他說也不知道為什麼，明明感情穩固得很，甚至兩個人都一起在校外租房子同居了，根本沒什麼好擔心，可是他就是離不開她，是那種二十四小時的離不開。他自己有課不去上，而那個女生去上課時，他就坐在教室外面等，就這樣過了半年，最後落到被退學的下場。」

「那個女生沒勸他嗎？」

「這我就不知道了，或許有，或許沒有。你說這種事該怎麼勸？感情是兩個人的事，要陷也是一起陷下去。兩人之中只要有一個清醒，張展光就不會提早來當一般兵了。不過，我聽張展光說，在他抽到東引的那一刻，他居然笑了出來。」

「笑？應該大哭一場才對吧？」

「你抽到外島的時候有哭嗎？」胡尚智突然問我。

「這……」

我覺得耳根一熱，不知該怎麼回答。要承認自己那天當眾淚灑抽籤會場，確實很讓人難為情。幸好，他沒等我回答，就又繼續說下去：「我也不信他抽到外島還會笑，因為連我這種沒女朋友的人，抽到東引都還會兀卒到現在，何況是他？不過他是這麼說的，如果留在本島，他三不五時休假離開營區去找女友，難保有天忍不住就不回部隊，怕兵會永遠當不完。他說，這是上天的安排，故意叫他到外島補修一門叫做分離的課程。所以他要認真把兵當完，退伍回去看要插班大學還是找工作，生活穩定了就可以考慮結婚的事。但是……」

「但是對方兵變了。」我說。

「不。」胡尚智抬起頭，眼神專注凝視我的眼睛，兩邊眉毛微微向中央聚集，沉默不語。這是他說話的習慣，每次只要講到什麼嚴肅的話題，他就會這樣子看人，非逼得你把視線別開不可。足足過了至少十秒，他才又開口。「比兵變還慘，她死了。」

「死了？」

「死了。」胡尚智先點了一下頭，然後又無比惋惜地搖了搖頭。「這種事很難教人相信，但就是會真的發生。她出了車禍，今年四月的事。」

我想起剛才在《政戰工作日誌》看到的記載。「所以，張展光四月分才會休假，返台參加他女朋友的喪禮？」

胡尚智又用那對嚴肅的眼睛凝視著我了。冷冽寒風颼颼自門板下隙縫灌進來，凍得我雙腳像結了冰，兩邊肩膀也黏上了脖子，恨不得把頭縮進胸口裡。胡尚智畢竟是老鳥，儘管天冷，他還是正襟危坐，還是一臉專注、不改其憂傷面容看著我。「如果是這樣就好了。你知道什麼叫上帝開的玩笑嗎？告訴你，這就是了，最恐怖的一種玩笑。她出車禍的時候，張展光還在船上，在收假回東引的船上，那是他最後一次返台休假。一小時前，他們才依依不捨在基隆西三碼頭分手，一小時後，她卻被一輛十輪砂石車輾過，卡在車底下被拖了一百多公尺，整個人就這樣變成了肉泥。」

「不……不會吧，」我喃喃說，「張展光從沒告訴我這件事，怎麼可能……他應該會告訴我……」

「不只是你，張展光誰也沒說。要不是我們政戰系統即時發揮功能，後果恐怕會更嚴重。」

「什麼意思？」

「不懂？我順便考你一下，『政四』的業務是什麼工作？」

「保防？」

「沒錯。大家都知道有安全互助組，這是每個人都要參加的公開組織活動。但還有一種組織叫『保防佈建』，這就沒人知道了。」

胡尚智很快解釋了保防佈建工作的內容。原來，我們連上每七到十人中就有一個人是輔導長的佈建人員，也就是俗稱的「線民」。他們各有一個代號，可以直接對輔導長報告蒐集到的情報內容。佈建人員之間並沒有橫向連繫，因此沒人知道其他線民是誰，如此才能徹底發揮互相監視的功能。

「發現這件事的是五三總機，裡面有我們的一個佈建。」解釋完保防工作，胡尚智繼續說張展光的事。「張展光下船回連上，當晚就到總機室打長途電話回台灣到他女友的租屋處，電話當然沒人接。他連打了三個晚上，後來按捺不住，才改撥到他女友家中。接電話的是那個女生的大哥，他的口氣很不好，對張展光說她死了，就把電話掛了。張展光再打一次，得到的還是一樣的答案。在這個時候，我們的總機佈建人員就覺得苗頭不對了。他戴起耳機假裝接聽軍用電話，其實早就把線路切換過去竊聽了。張展光不死心又打第三通電話，這次是對方母親接的，她耐心向張展光解釋，說她女兒三天前出車禍死了，請他別再打電話來打擾他們。我們總機一聽就知道事情是真的了，因為那個母親的聲音聽來很沙啞，沒說幾句話就吸一下鼻涕。他對輔導長說，除非她剛好感冒，否則絕對是哭了太久才會變成這樣。我們這位佈建很有概念，他老早就在張展光撥電話的時候，偷偷把那女生家裡的電話號碼抄下來了，所以輔導長決定親自打電話過去問看看。

「就這樣，大家都知道張展光的女友出車禍死掉的事了。問題是，唯一不相信的人，就是張展光自己。他雖然沒再打電話到他女友家，但每天晚上還是會找機會進總機室打電話到他女友租的房子那裡。總機說，張展光的樣子跟過去完全沒兩樣，他走進總機室，坐下，拿起話筒，按下電話號碼，默默聽著嘟聲。大概響了十次，掛斷，重撥一次。第二次響完十聲後，他放回話筒，起身，跟總機說了聲謝，便推門出去了。總機那幾天跑來找輔導長好幾次，拜託輔導長勸張展光別再來打電話了，他在一旁看著都覺得壓力好大，精神已快崩潰了。可是，輔導長也沒有辦法啊！張展光的表現完全沒有異狀，他照樣集合點名，照樣洽公辦業務，照樣站安全士官——那是連長指示的，他和輔導長討論後，決定先按兵不動，暗中觀察張展光的舉動再說。不過連長也怕張展光想不開，找了藉口說彈藥要盤點，叫彈藥士把衛兵和安官的子彈全收進庫房了。那幾天我們連上的衛兵安官上哨帶的全是空彈匣，幸好沒被衛哨督導官發現。」

「他就這樣一直打電話下去嗎？」我問，腦海同時浮現小吾的一個影像。那是我到連上報到那天的小吾，他帶我和沈詮到連部辦公室填寫資料，在連長找我們去談話時，我看見他低著頭坐在辦公桌前，手裡拿著原子筆，一動也不動，桌燈把他的影子投射在牆壁上，好大的一塊陰影。我突然覺得胸口很悶，感覺有股氣憋著無法呼出。

「不，下一航次的交通船來了以後，他就沒再進過總機室打電話了。這都是我的錯，是我太大意了。」

「為什麼？和你有什麼關係？」

「因為那航次他沒收到半封信，以前他總會有五、六封。」胡尚智搖搖頭，嘆著氣說，「還有，我忘了先檢查那航次運來的十天份舊報紙，沒想到報紙的社會版竟然刊出他女朋友被砂石車撞死的新聞，有名有姓，而且還附上相片，根本就錯不了。有人跑來問我為什麼報紙開了個天窗，我才發現那則新聞已經被張展光剪走了。」

「你怎麼知道是他？既然你沒看到那則新聞，怎知道報紙上寫什麼？」

「這些當然是後來才知道的。張展光割腕自殺的時候，那則新聞就放在他面前的桌子上，整張紙都濕透了，全是他手腕噴出來的血。輔導長把那張剪報丟了，只留下那時他寫到一半的信，幸好那張信紙只沾上幾滴血，我們才能將它保留下來。」胡尚智又打開張展光的個人安全資料袋，拿出一個A4大小的透明塑膠袋，裡面裝著一張淡藍色的信紙。這封信上的字跡大概只占信紙的一半，下方的空白處則有大大小小好幾塊暗紅色的斑點，不仔細看，還以為那是印在信紙上的花卉裝飾圖案。

「這是遺書？」

「不，是寫給女友的。他不承認自己想自殺。」

「不承認？」

「是啊。其實我也覺得不太像，可是他的確拿刺刀往自己的左手腕捅。那天他站的是半夜兩點到四點的安全士官。站在外頭的衛兵本來靠著牆壁在打瞌睡，突然聽見安官桌那邊連續傳來砰砰幾聲，好像有人在猛敲桌子。他進來一看，便大吼大叫起來，整個寢室的人都被吵醒了。那時我也睡在大寢室，離安全士官桌只隔幾張床位。我爬下床的時候，還來得及看見那把刺刀就插在張展光的左手腕上，他的右手則被衛兵死命抱住，不讓他再碰那把刺刀。我們圍上去，大家都慌了，不知道該不該把刺刀拔出來。其實拔不拔都一樣，因為刺刀上有血槽，鮮血會從那條溝不斷噴出來。當時的情況就是這樣，他左手肘平放在安官桌上，擺出像我們去捐血時候的姿勢，桌子被他的血染紅了半張，我看見壓在他手腕下的就是那張剪報。不過，張展光那時倒是很平靜，好像那隻手不是他的一樣。說實話，我那時彷彿看見張展光的臉上帶有一點微笑。我不敢肯定，畢竟安官桌晚上的光線不太好，不過他的表情真的蠻詭異的。沒有半點痛苦表情，也沒有掙扎，他只是很客氣的，請衛兵放開他的手。衛兵看向我們，有人點了點頭，衛兵就退開了。張展光自己把刺刀拔出來，從口袋掏出小方巾，先把刺刀上的血跡擦掉，才用這條方巾把左手腕包紮起來。大家都看傻了，呆了一下，才有人去叫醫護兵，有人去向連長和輔導長報告。我那時一直罵他笨，怎麼想不開做這種傻事。結果他竟然說了一句讓大家都很生氣的話。」

「他說什麼？」我問。

「他說：大家別緊張，我只是做個實驗而已。」

「實驗？」

胡尚智點點頭。

「什麼實驗？」

「他沒說。當時我們急著送他去野戰醫院，沒人追問下去。」胡尚智繼續說，「不過，我和輔導長看了好幾遍他那時寫了一半的信，都覺得也許他真的不是想自殺……只是『也許』而已，畢竟這只是我們的猜測。在紀錄上，還是必須把他列入高度自裁傾向人員名單中。」

「不是自殺是什麼？」我問。

「你先看過這封信再說吧。」胡尚智把那個裝有信紙的塑膠袋放在我面前，然後站起來又去擦拭公文櫃了。

我打開塑膠袋，用拇指和食指捏住信紙一角輕輕抽出，小心不碰到沾在這信紙上的，那早已乾涸的血跡。我的手雖避開，眼睛卻無法不看這些血跡。小時候我常流鼻血，當血從鼻孔落下滴在桌面時，血滴會濺成一個邊緣呈放射狀的正圓形，像壓扁的紅色菊花。但在小吾這張信紙上的血跡，卻是一個個細長的橢圓形，有點像兩頭都被拉尖的水滴形狀，而且全由左下往右上的方向，排成好幾個線條。可以想見當時鮮血噴出的速度。

想到這裡，我不由得先深吸了一口氣，才開始把這封信讀下去。

蕙：

這航次沒收到妳的信，有點不適應。想想，自己已經習慣利用站安全士官的時間寫信給妳，今天也就別破例吧。現在是凌晨三點，整個東引島白茫茫的全是霧。風大得很，站在外面的衛兵冷得直打哆嗦，可是我一點也不覺得冷。很奇怪，妳知道我最怕冷了，現在居然沒什麼感覺。

那天上船前，妳問我在海上有沒有看到鯨魚。我搖搖頭說沒有，妳卻若有所思說：「不知道海裡的鯨魚會不會流眼淚？」那時我笑妳腦袋瓜裡裝的都是一些稀奇古怪的想法，可是這幾天我卻一直思考這個問題。我想來想去，覺得鯨魚應該會流淚吧？否則海水怎麼會是鹹的呢？

我在報上看到妳的相片了。妳什麼時候照的學士照？怎麼沒寄一張給我？是嫌照得不夠好嗎？我倒覺得妳這張相片拍得不錯，應該是在學校外的相館照的吧？唯一的缺點，就是妳笑得有點僵，左右嘴角上揚的高度有點不平等。早就告訴過妳要常笑，別每次看到我都哭哭啼啼。這次，妳是不是因為哭得太傷心，讓淚水模糊了視線，才會沒看見那輛大卡車呢？不，一定是那個司機沒看到妳，因為妳是如此嬌小，如此弱不禁風。奇怪，卡車呼嘯而來捲起的狂風，應該把妳吹至路旁才對，怎麼反而把妳吸進去呢？會痛嗎？還是沒有感覺？我希望妳當時沒有感覺，真的。我也希望自己沒有感覺，可是，現在的我卻

這封信寫到這裡就沒了。

他為什麼停下不寫了？

我想像那個晚上，想像他拿起刺刀，往自己的左手腕刺下的情景。刺刀的刀刃太鈍，無法像一般刀子可用橫切的方式割腕，只能用刀尖猛刺。

這樣一定很痛吧？可是胡尚智卻說他臉上沒有痛苦的表情。

在那個時候，他心裡在想什麼？

我看著落在信紙上那乾涸的，如枯萎紅玫瑰花瓣般的血跡，再看了一遍小吾以原子筆一個個用力刻下的字，感覺心口凝聚糾結了一團陰晦鬱悶之氣，壓得我透不過氣。我想起那天江臨淵說的話：「他只要一喝酒，就會一直哭、一直哭。」現在，我總算明白為什麼連上的人都害怕和小吾一起喝酒了。悲莫悲兮生別離，分離的痛苦我知道，我現在還在慢慢咀嚼。但是，像這樣永遠的分離呢？我不敢想像。別說最後一面，小吾連她的喪禮都無法參加，還有什麼痛苦能勝過這種傷痛？

想到這裡，對小吾那天晚上的行為，我心裡忽然隱約浮出了答案。

「學長，」我轉頭對胡尚智說，「我也覺得張展光那天好像不是想自殺。」

「是嗎？」

「你可以告訴我，你和輔導長是怎麼想的嗎？」

胡尚智看著我，眉毛又往中間聚攏了。過了好一會兒，他才又開口。

「有些事情……還是別隨便亂問比較好。」

25 卸載

十一月二航的交通船延了兩天才來。這個月海軍的航報是「五六六」，意思是交通船和補給艦會在這個月的五號、十六號、二十六號從基隆港開航。不過這次由於東北季風的關係，一連兩天海上最大陣風都超過九級，船就不開了。

船來的那天中午過後，胡尚智便帶我去南澳軍郵局領信，這是政戰士最快樂的工作。電話紀錄下的領信時間是兩點半，可是兩點不到，全島幾十個掛有蝴蝶領章的正牌政戰士以及和我一樣只是士兵階級的黑牌政戰士，就已經在郵局還沒拉開的鐵門前等了。我看見蕭嘉恆也在人群中，笑嘻嘻地和別營的政戰士聊天。今天他的心情似乎很快活，我想是因為藍傑聖早上已經上船退伍回台灣的緣故。

藍傑聖對自己徒弟毫不留情面，對待朋友倒是相當熱情，但有時他的熱情會讓人感受到壓力。他後來把那顆磨了一半的塑膠珠子送給我，重新磨了一顆自用。他退伍前至少又跑來我們連上三次，關心我琢磨的成果。儘管我只把那顆珠子供在桌上，根本沒時間、也不想去磨它，藍傑聖卻總是煞有介事地拿起那顆珠子，對著燈光照了半天，然後說：「不行、不行，還得再磨。慢慢磨下去，等你退伍就能用了。」

幸好其他老兵都不像藍傑聖一般熱情。如果徐志遠和他一樣，跑來檢查他送我的東西有沒有使用，那可就尷尬了，因為徐志遠那天拿退伍菸到輔導長室給我時，另外特別送我的禮物是——「東引茶室招待券」一張。

一開始我還搞不清楚，原來「東引茶室」就是我們叫習慣的「八大」的全名。八大的位置在點心世界附近，地點頗為偏僻，後面的山上就是養雞場，養了幾百隻三天兩頭就被雞場主人施打荷爾蒙，專門用來生蛋的老母雞。入伍前我已知道外島有代號叫「八三么」的軍中樂園，聽說這稱呼的由來，是因為軍中通信單位使用的中文電報明碼，女性生殖器官「屄」的電碼是8311，於是831才流傳成為「軍中樂園」的暗語。奇怪的是，在東引我們都叫八大而不叫八三么。我問了幾個學長，他們都不知道為什麼，只說：「去就對了，管它叫什麼？」

第一次去八大是在一個月黑風高的晚上，目的是滅火。滅的不是慾火，而是八大真的失火了。東引好像還沒有消防車，每次只要有哪個地方失火，附近營區的人就會全員出動，以人工接力的方式，把裝滿水的鋁盆一個接一個往火場傳。因此，當安全士官接到戰情室命令，叫全連集合去八大救火時，大家全像瘋了一樣，鬼吼鬼叫抓起鋁盆，把裡面的牙膏鋼杯往床上一倒便衝去連集合場集合。連長連人數都沒清點，隊伍也不整理，就帶著所有人摸黑跑下好漢坡，跑過點心世界，一路往八大狂奔，急得就像自己家裡著了火。上個月五一六工兵營也失過火，可是我們表現出的態度卻完全不是這個樣子。那時是大白天，他們發生火災的營舍就在我們連上斜對面的山頭，有時我們出公差經過那裡還會彎進那棟營舍的福利社買麵包飲料。雖然我們一到連集合場便看到對面山上烈焰沖天火勢熊熊，嗆鼻濃煙也已順風吹至我們連上，大家仍慢吞吞地集合，整好隊緩步慢搖夾著臉盆往火場走。等大家排好臉盆接力隊形，那棟營舍也差不多燒完了。雖然有個工兵營的一兵戴上防毒面具，冒死衝進火場抬出兩桶瓦斯而在事後得到指揮官放他一航次榮譽假的褒獎，卻仍阻止不了營房被燒得一乾二淨的命運。

但這次就不一樣了。我們臉上全帶著笑意全速往八大狂奔，邊跑邊想像抵達火場時將會看到一群衣衫不整的妓女與嫖客狼奔豕突奪門而出的情景。可是，當我們衝到八大時，才發現整個八大靜悄悄地，門前沒半個人影，連半點火星煙霧都沒見到。

「火呢？」這時剛好有位軍官從八大推門出來，連長抓住他便問。

「早滅了，」那位軍官露出譏誚笑容，「你們到得太晚，剛才我們二營的人過來把它滅了，部隊都帶回去了。」

我們瞠目結舌。二營的戰力和機動性之高，令我們既詫異又深感佩服。我暗想，如果撲滅這場火的是我們，不知道會不會每個人都領到東引茶室贈送的招待券一張？

無論如何，我還是把徐志遠送的這張如名片大小的招待券，壓在辦公桌的透明塑膠墊下，捨不得丟掉。我不知道徐志遠從哪搞來這種東西，也沒想到上妓女戶這檔事居然和看電影一樣，不但有門票，而且還有沒寫有效期限的免費招待券。

不過，怕伊多想，這些和八大有關的事我當然不敢在電話或信上告訴伊。

趁等待郵局開門的空檔，我到小廣場邊的電話亭打電話給伊。今天這裡相當安全，因為憲兵隊的政戰士也夾在人群中等著領信。有他在，大家便安了心，大大方方地在廣場上抽菸嚼檳榔談天，相信憲兵這時絕不會來找我們這群政戰士的麻煩。

上次正賢和千慧的事讓我和伊起了點爭執，現在我們已絕口不提這件事。一張電話卡的時間有限，加上怕她聽了難過，所以小吾的故事也被我保留起來沒說。我很想問她那個該死的插花客有沒有什麼後續舉動，卻怎麼也說不出口，一張電話卡講的全是伊在學校和家裡發生的雞毛蒜皮瑣事。

這樣也好。掛下電話時，我心中洋溢著溫溫暾暾的幸福感。有時候，平平淡淡寧寧靜靜的生活也有其好處。如果時間是一個巨輪，那麼情緒就是這巨輪滾動其上的道路。快樂的時候，時間過得特別快，就像一路狂飆衝下坡去；痛苦的時候，時間過得特別慢，就像吃力爬上一條崎嶇不平的上坡路。在東引，我巴望日子快點過去，軍中卻少有什麼快樂的事能讓時間加速轉動，因此只好讓情緒保持平靜。只希望不要發生任何干擾心情的事，好讓時間能平平穩穩、不留痕跡地順暢前進。

郵局的門開了。鐵門只拉起一半，卻有幾個迫不及待的政戰士低頭鑽進去了。蕭嘉恆站在郵局門口的台階上，招手要我們過去集合。等五個連的政戰士都到齊，郵局的鐵門也已完全拉開，原本在廣場上的人一下子全擠了進去。「別推！別推！」郵局的郵務兵喊道，「媽的！你們在急什麼？怕信長腳跑了嗎？安靜點！這裡是郵局，不是魚市場。」

沒人理他。我們五、六個政戰士殺進重圍，找到裝有我們營上信件的幾個塑膠籮筐，隨便挑了塊空地便蹲下來開始分信。我們營上的信箱號碼是東引郵政九〇六七四附五二〇號信箱，若要寄到各連還得在後面加上「之一」、「之二」等數字。這讓很多人搞不清楚，他們要嘛沒寫，要嘛寫錯，外加營上常有人單位調動，因此非得各連政戰士到齊，依信件上收信人的姓名分信不可。

從成堆的信件中，親手揀出伊寄來的信，這種感覺很好。伊總是用標準信封，總是把我的名字大大地寫在中央的紅線框中，深怕被郵務士遺忘似的。有幾封她寄來的信被壓在如山信件下，只露出半邊一角，我也能一眼認出，立刻將它抽出來，寶貝般放進斜掛在胸前的打混包中。伊的信件有如被放在樹脂塗覆的草筐裡順流飄下的孩子，被我親手撈起。我想到米蘭昆德拉的《生命中不能承受之輕》，胸前已裝進伊這航次寄來的七封信，心裡烘烘融融全是暖意。

回到連上，亨裕老闆已用小發財車把我們剛才搬去他店裡託他運上來的包裹載來了，一、二十個包裹就堆放在伙房門邊的地上。離晚餐集合時間還有十幾分鐘，連上梯次較菜的人正忙著排餐盤打飯菜，七、八個上兵階級的學長則叼著菸，圍在伙房門邊的包裹旁，好奇翻動這航次寄來的包裹。

「幹什麼！」胡尚智遠遠就對他們吼道。他也是上兵，跟圍在包裹旁的這群人差不了幾梯。「你們不會幫忙把包裹搬去輔導長室嗎？」

「操！你幾梯的啊？死菜鳥。」一位學長笑著罵道。

「我菜？不然你是多老？」我師父說。

「今天起我就是黑軍了啦！哇哈哈，你會癢嗎？」

我沒資格參加他們的嬉笑怒罵，便拉了和我一樣是二兵的黃天福和盧三輝幫忙搬運包裹。原本蹲在包裹旁抽菸的七叔見狀把菸蒂一丟，主動過來幫我們搬。進了輔導長室後，他才開口問：「有沒有我的信？」

「學長的信……」我不敢怠慢，立刻翻出信件。「七叔，你是陳……陳……」

「陳雙溪。」

「對不起學長。平常叫七叔慣了，一時忘了你的名字。」

「沒關係，」他淡淡地說，「有沒有我的信？」

我記得剛才在郵局並沒看見這個名字，不過還是把袋子裡的信全倒在桌上，仔細翻過一遍。

「沒有。」我說。

「沒有嗎？」

「沒有。很對不起，真的沒有你的信。」

「喔。」

七叔怔怔站在那兒，一時沒離開的意思。我想起剛來連上時第一次看輔導長發信，因為來不及告訴伊我在東引的郵政信箱號碼而和江臨淵一起當孤兒時，曾看見當時七叔像隻大猿猴似地又吼又叫蹦出來，從輔導長手中領過那一小封淡藍色的、帶有濃厚化學香水味的橫式信封。記得那時他心情一連好了好幾天，我們去打空心磚或倒水泥時，都吃過他請的檳榔油飯飲料。然而，現在的他卻面無表情，不知想什麼事出了神。我覺得有點尷尬，感覺這航次他沒收到信似乎全是我的錯。我結結巴巴解釋：「很對不起，學長，也許下航次會有吧……也許你的信沒趕上這航次……也許……」

「沒你的事。」七叔說。轉身推門走了。

我把這航次伊寄來的信拿出來，依照郵票上蓋的郵戳日期排好順序，整疊放進辦公桌加了鎖的小抽屜裡。眼前不是看信的時機，馬上就要集合開飯了。現在的我已不必像剛來連上的那個月，看信寫日記想心事都得躲進廁所。現在我的隱私空間已從那一小塊半坪不到臭氣熏天的茅坑，擴大到這一整間由輔導長、胡尚智和我共用的辦公室。不過，我也不想在他們面前讀伊的信，打算等晚上自由活動的時間，趁辦公室沒人時再拿出來慢慢看。

可是，在下餐廳前，連長卻宣布今晚的自由活動時間取消，全連在七點鐘前回寢室熄燈就寢完畢。學長們嘴裡不乾不淨地離開中山室，拿了睡袋便往寢室走。我搞不清楚為什麼全連今天要提早就寢，洗完餐盤湯桶後，還想到輔導長室去辦點業務，卻被抱著睡袋的江臨淵一把攔住。

「你去哪？」

「去輔導長室辦公啊？」

「你不用去卸載嗎？」

「什麼是卸載？」

在不耽誤他自己的睡眠時間下，江臨淵很快又為我上了一課。原來跟在交通船後面，還有滿載物資的海軍補給艦進港。我們之所以提早就寢，就是準備半夜到中柱港去把船上的物資搬下來，這就叫卸載。「在我們東引叫『卸載』，但在東西莒就叫『清運』，這是聽我西莒的同梯說的。」

「為什麼卸載要在半夜？」

「你問我？那我是要去問國父囉？」江臨淵眨眨眼睛說。

這是最近在連上流行的口頭禪。在疑問多於答案的情況下，自然就會有這樣的回答出現。很多事情不必追問，也不能追問。這點我早已習慣，完全不影響我在攤開睡袋五分鐘後便立即熟睡的能力。

我們在晚上十一點被叫醒，只睡了四個小時。連上所有人，除了電台總機伙房和幾個留下來站衛兵的老鳥之外，其他人全扣好黃色膠盔，戴上構工手套，繫了S腰帶掛起裝滿生水專供指揮官檢查用的水壺，排成四路縱隊摸黑往中柱港出發。

老實說，夜裡的中柱港還蠻美的。至少，在天一黑就實施宵禁和燈火管制的東引，我還沒看過這麼明亮的地方。只幾盞架在候船大樓頂上和碼頭邊燈柱上的探照燈，就把整個港口染成澄澄璨璨一片橘黃色調。每次一到中柱港，我們就免不了心生歸鄉的渴望，就免不了期望自己能登上港口的任何一艘船隻，交通船也好，補給艦也行，甚至連漁船菜船都無妨，只要能載我們離開這座荒島便行。現在我們站在預拌場邊的高處往下看，只見那艘從台灣開過來、幾乎和碼頭等長的補給艦，就靜謐地泊在港邊。在一團迷離蒼茫的黃色霧氣中，朦朦朧朧析出的，正是一種將鄉愁加以燃燒過後的美。

然而，也總和過去一樣，在部隊中的我們永遠沒有讚歎、感懷或悲戚的時間。我們才走下中柱港的斜坡，一波波與這景象完全不協調的噪音便直撲而來。哨音聲、卡車柴油引擎聲、堆高機叉架撞擊聲、吆喝聲、跑步聲、發電機馬達聲，層層密密錯綜複雜隨著那團黃色煙霧——現在我們已經發現那不是霧氣，而是浮懸在碼頭空氣中的水泥灰粒——向我們直撲而來。除此之外，向我們衝過來的，還有另一個人影，一個小帽上繡有兩顆梅花的傢伙。

「搞什麼！部隊這麼晚才拉過來！」營長一看到我們便破口大罵。

「是！」連長馬上立正站好。在營長面前，我們的亞哈船長氣勢盡失，只能像繳了械的戰俘一樣俯首聽命。

「趕快派人到船艙去！今晚要卸十萬包水泥，不趁滿潮用卡車搬完，剩下的我叫你全用人力扛！」

我向碼頭那邊望去，那艘海軍補給艦的船首已像門扉般往左右開啟，一道鋼製跳板如古城門吊橋般降下，搭在被浪花打得濕漉漉的碼頭斜坡上，露出一個長方形的開口，寬度足以讓兩輛軍用卡車通行。在管制人員的指揮哨音聲中，一輛接一輛軍卡緩緩倒車滑下斜坡，駛上跳板，倒進亮晃晃、燈火通明的補給艦船艙中，像一口被吞進鯨魚肚腹中。

鯨魚……

鯨魚應該會流淚吧？否則海水怎麼會是鹹的呢？

我想起小吾在信中寫的這句話，整顆心像一腳踏了空，驀然一沉。在我知道發生在他身上的故事後，已經歷過一次星期日休假，我卻和過去一樣，不敢闖進他常去的天方夜譚西餐廳。白天交通船載著屆退官兵走了，從現在起，小吾已成為連上的紅軍，開始為期一航次的待退生涯。他在連上已可說完全自由了，有很多時間可讓我找他好好談談。但是，我該和他說什麼呢？問他上次「實驗」的結果如何嗎？我能給他什麼安慰？不，我想小吾並不需要安慰，也沒有人能給他任何安慰。他現在一心渴望期盼的，應該就是十一月三航那艘過來載他回台灣的交通船吧？

「發什麼愣！該走了！」江臨淵叫道，塞了一個口罩到我手中。

「去哪？」我問。

「你那麼菜還想跟人去哪？當然是進船艙囉。快點，動作太慢，當心連長回去發飆。」

在江臨淵帶隊下，連我在內一共八個人，快步向那道鋼鐵城門跑去。我還不知道我們進船艙做什麼，但一看這八個人裡面最老的就是江臨淵，而且沒有班長入列，心裡已明白這次又絕對不是什麼好差事。果然，還沒跑下碼頭靠海邊的斜坡，我便發現剛剛在山坡上看見的那道籠罩整個港口的霧氣的來源——這艘補給艦的船艙裡全裝滿了水泥，一陣又一陣的泥灰塵粒，隨著一輛輛載滿水泥的軍用卡車飄出船艙。我們八個人衝進船艙中，像　頭栽進了陽明山的大霧。在華岡唸書的那幾年，我們常有這種經驗：早上離開宿舍走出大門，才發現眼前白茫茫一片，連平日抬頭就能看到的隔壁人家圍牆後的櫻花也不見蹤影。那是冬季的晨霧，學生的最愛。在這種時刻我們總是故意彎進美軍眷區，漫步在霧中，吸著那潮濕、沁涼、教人忍不住淡淡感傷的空氣。然而，現在我們在船艙裡，吸的卻是乾燥、陰森、味道有如千年古屍的水泥微粒。踏進船艙沒跑幾步，我的眼鏡立刻滿滿鋪上一層水泥灰。「口罩戴上！」江臨淵向我們吼道，「靠邊點！靠邊點！別被卡車壓到了。」

我們貼著艙壁兩側往裡面跑，直到遇到一堵由載滿水泥袋的棧板疊起而成的高牆為止。在這堵高度至少十公尺、幾乎快抵到船艙頂的水泥高牆前，有兩輛被我們稱為「豬哥」的堆高機，一左一右用貨叉叉起棧板，迴旋半圈，將滿載五十包水泥袋的棧板送上軍用卡車的車斗。我們每四人一組貼著左右艙壁站著，唯一的工作便是盯著地上，一旦有水泥袋從棧板落下，我們就必須像溫布敦網球賽在網前撿球的球僮那樣衝上前，兩人合力抬起五十公斤重的水泥袋，用力甩上卡車。漲潮的時間有限，那兩輛豬哥必須趁卡車還能開進船艙的時候，盡可能將所有棧板叉上卡車載走，沒時間停下等我們撿拾東西。因此我們得全神貫注，在夾縫中求生存，避免被在艙內有限空間中大跳華爾滋的那兩輛豬哥如利刃般上舉下移、左橫右掃的貨叉削去腦袋或斬斷膝蓋。

在構工的時候受傷是常見之事。上星期我們衛生排的王煥聰班長去西引搬石頭，就被一顆從山坡上滾下、如籃球大的花崗岩壓斷了右手中指。野戰醫院的醫官把他整隻右手掌包紮成「凸」字形，使他成為連上唯一能在早晚點名時用左手舉手答有的人——連長在被他豎了幾次中指後，便不准他再舉起右手。

和王煥聰班長比起來，一營兵器連那個傢伙的遭遇就悲慘多了。同樣在上星期，一營的人去東湧公園卸鋼筋，在把鋼筋從卡車上扛下來的時候，不知怎的，就把一根鋼筋插進了某個倒楣鬼的左眼。事情發生的時候，我剛好在山頂的對空哨站衛兵。安全士官接到戰情室的電話紀錄後，便跑到連集合場，朝山頂大喊：「一〇三〇，一個好朋友！」意思是等一下會有自己人的飛機過來，提醒哨兵別開槍誤擊。不到二十分鐘，我便聽見天空噠噠噠傳來直升機的螺旋槳聲，看見海鷗部隊的直升機從東南方飛來，低空從我們頭頂掠過，飛到西邊的野戰醫院降落，把那個眼睛受重傷的傢伙後送回台灣。

雖然這是返鄉的最快途徑，我們卻不願意用這種方式回家。在燠熱、佈滿柴油味和水泥微粒的船艙中，我們黑色的短髮已變成灰色，白色的口罩也變成灰色，唯有那對謹小慎微的眼睛仍黑黝黝骨溜溜地轉著，深怕一閃神，再醒過來時就已在基隆的軍醫院裡。就連盧三輝，那位緬甸華僑，也知道被豬哥貨叉掃中腦袋的後果。他剛到東引的時候看見交通船離港便哭，現在真的讓他上了船，他卻學東引老大不時罵一聲「幹幹雞悲」，恨不得自己能趕快下船，離開這個要命的地方。

兩個小時後，艙裡的水泥還沒卸完，倒是來了八個戴著潔白口罩，衣服帽子和頭髮都還分得出顏色的人來和我們換班。我們灰頭土臉地走出船艙，發現艙口的跳板已呈三十度角傾斜，載滿水泥的軍用卡車得衝一小段路，才能爬上這個因潮水退去而形成的坡道。

我們在中柱港邊的高牆底下找到連上其他人，他們裹著防寒大衣，七橫八豎睡在地上，身邊散落著菸蒂、檳榔渣和喝過薑湯的鋼杯。我不知道他們被派去什麼地方工作，每個人的衣服都變得髒兮兮的，不過和原地跳動幾下就能抖出半包水泥的我們比起來，他們先前的工作環境顯然乾淨多了。凌晨兩點，中柱港寒風砭骨，我們這幾個剛從溫熱如暖被的船艙出來的人，只能緊緊靠在一起瑟縮在港邊油庫牆邊。連長招手要我們去舀點伙房送來的薑湯喝，但我們只對他點頭笑了笑，不想離開位置破壞了這個剛排好的取暖陣形。連上已經開始有人偷偷使用懷爐，他們會把懷爐灌滿揮發油，點燃後塞在背部衣領底下，說這裡有個人體大穴，只要這個部位暖了，全身上下都不會冷。我去山頂站對空哨時，也曾借來一個懷爐依照他們說的方法使用，不過感覺不像他們說的這麼神奇。一個熱烘烘的懷爐貼在背部頸子底下，只讓我不停扭頭聳肩，沒兩下就滑到腰際去了，得費一番功夫才能把它掏出來。比較起來，還是頭套實用些，而且妙用無窮。頭套摺起來可以當帽子，整個往下拉讓頭部露出洞口時就變成圍巾，但絕大部分時間，我們都像現在這樣把整個頭部罩住，有如電影裡的特勤小組或恐怖分子，只露出一對黑黝黝骨溜溜、謹小慎微的眼睛。

因此，七叔得在我們面前來回走了兩遍，才在我們這幾個全戴著一模一樣頭套的人中間認出我來。「你過來一下，我有些事想問你。」七叔說。

我以為全連的人都已把握短暫休息時間就地躺下睡覺了，沒想到七叔居然還醒著。我看見他是從油庫後面走出來的，似乎在我們從船艙出來前，他就一個人離開隊伍躲到那個地方。我站了起來，忐忑不安跟著他往油庫後走了幾步，脫離眾人的視線。「學長，有事嗎？」我說，同時拚命回想今天一整天做了什麼錯事，讓七叔等不及回到連上就在碼頭邊教訓我。

「你坐吧，」七叔說，掏了根香菸給我，「我同梯沒出來卸載？」

七叔指的是我師父，他今天留守連上，因為按慣例政戰士可以不必跟部隊出來卸載。我雖然也接了政戰業務，但仍處於實習階段。胡尚智說，遇到像這種需動員全連兵力的時候，我們最好還是能有一個人出來跟部隊，我們兩個人可以輪流出來卸載，以免被人說閒話。「沒有，」我說，「他好像還有一些業務要辦。」

七叔點點頭。「沒關係，他沒來，我問你也一樣。」

「什麼事？」

「我問你，現在入黨還來得及嗎？」

「入黨？」我不知道七叔在說什麼。「學長為什麼突然想入黨？」

七叔似乎沒聽見我的話，仍自言自語似地說下去。「如果我現在入黨，下個月就可以返台吧？」

「返台？入黨和回台灣有什麼關係？」我記得上個月我為了當政戰士而加入國民黨時，是在中正堂旁邊的志清圖書館裡面宣的誓，根本不必、也不能回台灣。

「你是真的不知道還是裝迷糊？」

「知道什麼？」

「你不知道下個月初要選立法委員嗎？」

「知道啊。」

「我知道這種事要保密，但你老實告訴我，如果我現在馬上加入國民黨，下個月我能不能放選舉假回台灣？」

「選舉假！」我叫了起來。「你是說，我們可以回台灣投票？」

七叔瞇起眼睛看著我，久久不發一語。過了好一會兒，他才長長嘆出一口氣。「學弟，我能不能拜託你，下個月無論如何一定要讓我回台灣。要入黨，要任何條件，我都願意幹。求求你，一定要再放我一次假。」

我突然明白為什麼我一接政戰業務，連上的人對我的態度就馬上一百八十度改變了。我想起那天，向來喜歡刁難新兵的賈立銘在全連面前，用鞠躬哈腰形容也不為過的態度讓我離開的景象。我隱約感覺到，當政戰士除了能知道一些不為人知的祕密外，似乎還掌握了些許權力。我不知道藍傑聖說的「實力」是否就是指這些事情，但從七叔現在的態度——我從來沒見過他如此低聲下氣，即使在營長面前，甚至在我第一次打空心磚那天在指揮官面前，他都沒用這種態度說話。這種態度讓我覺得很難受，雖然他是大我超過三十梯的學長，是剩不到半年退伍的老兵，可是他的口氣卻卑微地像個哀求醫生拯救罹患絕症親人的家屬。

我的心思頓時複雜起來。

七叔剛才提到選舉假，讓我不由得先想到自己。在外島，我們每個人只能休兩次梯次假。如果平均分配，我第一次休假應該在明年的三月，來東引七個月後才能第一次回台灣。我還得再苦撐四個多月，才能見到我朝思暮想的伊。但現在，如果七叔說的真有其事，說不定下個月我也可以回台灣，畢竟吸收黨員和搞組織活動本來就是我們政戰士的業務，我返台的機會應該高過其他人才對。可是，看七叔這副樣子，顯然想得到這次返台休假的機會並不是件容易的事。說不定，我師父自己也想回台灣，他和七叔同梯，最後一次梯次假也已放完。如果他自己想要，我又怎麼好意思開口和他搶？以他凡事小心翼翼怕惹人非議的性格，說什麼也不可能讓我們兩個同時回台灣吧？

你想當好政戰士，就得再敏感一點……你的個性太遲鈍了。

我耳畔響起胡尚智說過的這句話，想起他要我處處提高警覺，注意周遭不尋常的人事物。我看著面前的七叔，腦海中浮現傍晚他在輔導長室怔怔站著不知想什麼出神的樣子。七叔如此渴望回台灣，必然有什麼要緊事吧？我覺得我有必要探聽一下，雖不知道我有沒有能力幫忙，但至少在我師父面前可以有個交代。

「七叔，你上次返台是什麼時候？」我問。

「八月二航。」他抬起頭看著我，哀求的眼神中掠過一絲防備。「你問這幹嘛？」

「沒……我是說，七叔下個月想回台灣，應該是有什麼事情吧？」

「我是有點事想回去處理，不過你放心，我以人格保證，我一定會回來的。我剩不到半年就撐完了，不會笨到在這時候逃兵。」

「不、不，我沒這個意思，」我雙手急揮連忙解釋，「我只是隨便問問。我想……呃……如果七叔出了什麼事，不管是家裡有困難，還是感情上出了麻煩，都可以告訴我。也許我能……」

「告訴你幹什麼？」七叔打斷我的話。

「說不定我可以幫……」

「幫忙嗎？」七叔說，「你要幫我什麼忙？如果我告訴你我媽跟人跑了，我馬子被人強暴了，你要怎麼幫我？是報告輔導長發慰問金給我，還是報告連長要他們像上次那樣把全連的子彈都收起來？你告訴我啊？」

「這……」

「我已經請你幫忙了，就是讓我趕快入黨，下個月放選舉假回台灣。能不能辦到就請你回去和我同梯商量，請輔導長在選人的時候把我考慮進去，就這樣而已。你不必問東問西，不管我回台灣想幹什麼，都是我自己的事，和你沒有關係。你幫不了我，我也不要你幫！」

七叔朝我劈頭蓋臉把話說完，便起身大步離開了。我手上那根七叔請的香菸還抽不到一半，我們的談話卻戛然而止。也許我問話的技巧不太高明，但出發點是誠懇的，可是七叔卻毫無保留地表現出一般人對政戰士普遍的觀感，把我當做專在上級面前打小報告的「料北阿」。我覺得自己整張臉發燙，有種被羞辱的感覺。

我把菸頭丟掉，走回油庫牆邊。剛才我空出的位置已被他們自動補滿了，因此我只能在最旁邊坐下，成為他們的人體擋風板。

「七叔跟你說什麼？」坐在我旁邊的黃天福問。他來東引已經快滿兩個月了，卻還經常好奇問東問西，每天都有提不完的問題。

我冷冷瞪了他一眼，拿起頭套從上往下一罩，把整顆頭連同脖子一起裹在頭套裡。

「你不講？」黃天福討了個沒趣，低頭咕噥了一句，「那我去問國父好了。」

26 孤兒

我們一直補睡至中午，才被外面傳來的爆炸聲驚醒。

「怎麼搞的？大白天就炸魚，太囂張了吧？」我揉著眼睛說。

自從上次開槍驅離打死兩名大陸漁民後，指揮官已變得有點投鼠忌器。他下令各據點準備拳頭大小的石頭，若大陸的鐵殼漁船太靠近岸邊，就扔石頭趕走他們。乍聽之下有些荒謬，但根據二連駐守在安東坑道裡的人說，石頭的效果比子彈還大。大陸漁民根本不怕島上駐軍開槍，因為槍有準星，而且他們都知道我們不會直接朝漁船射擊。可是石頭就說不準了。一顆從幾十公尺高懸崖往下擲的石頭，經過重力加速度，若準頭一偏湊巧落在鐵殼船上，據說力道足以貫穿甲板，造成漁船極大損害。因此，只要位居高處據點的人扔出幾顆石頭，就會聽見懸崖底下的大陸漁民用閩南語求饒喊道：「賣膽啦、賣膽啦，昧早啊、昧早啊。」

「這不是炸魚，死菜鳥，」睡在我下鋪的陳俊良說，「是工兵營在炸山啦。」

我注意聽。的確。爆炸聲來源果然距離我們連上不遠，而且地面也沒有抖晃震動，確實和炸魚有點不一樣。

昨晚我們出去卸載，一直到清晨五點才回到連上。在我和七叔到油庫後面抽過那半根菸後，休息不到一個小時，便開始第二階段的工作。潮水已退，軍用卡車無法再從傾斜超過四十度角的艙口跳板出入，幸好補給艦載來的水泥也已全部卸完，接下來的工作只剩把那些原本載了水泥來的空棧板搬回船艙。各連到碼頭卸載的人全動了起來了。我們每四個人一組，從候船大樓旁的空地合力扛起一塊棧板，以大隊接力的速度奔向碼頭邊的補給艦。棧板的木質粗糙，我們的手必須戴上構工手套，並把棧板舉高過肩，以免奔跑時被木頭擦傷頸子或肩膀。但幾次來回後，我的手已無力再這麼做，只能任憑棧板壓在肩上，讓木板每跑一步便隔著衣服刮擦一次皮膚。無法想像一艘補給艦竟能載來這麼多水泥。我們數百人投入搬運，居然也花了快兩個小時才把空棧板搬完。到最後，補給艦艙口跳板已逼近四十五度角，好幾組人一跑上濕濕滑滑的跳板，就連人帶棧板一路摔進船艙中。逼得不知哪個軍官下令，要海龍的人泡在跳板兩旁冰冷的海水裡待命，以隨時撈起那些不小心落海的人。在渾身疲憊疼痛中，我們邊跑邊罵「幹幹雞悲」——運這麼多水泥來東引要做什麼？

想不到一覺醒來，這個問題便有了答案。

吃過午飯，我們又換上構工服裝，到營長室旁邊的大馬路上集合。營上五個連的人都到齊了。幾個連長從營長室出來，便忙著下令指揮部隊，要所有人沿著馬路移動，面向山壁排成一字形橫隊。我們從來沒有排過這種陣形，各連的連長和排長費了一番功夫，才把全營喧囂吵鬧亂亂騰騰的幾百個人調度好，隊伍一路綿延伸展過了保修連上方的彎路，大家全站在水溝邊，面對路旁那道約與人同高的花崗岩石牆。

「排成這種隊形想幹嘛？」站在我旁邊的龔宗強嘀咕說。

打過游擊隊的龔宗強最近又鬧了亂子，不知何故與衛生排的下士方興隆吵了起來。兩人在寢室裡打了一架，最後他搶過衛兵的刺刀，朝方興隆的臉劃了一道五公分長的傷口後，刀一扔就逃到山上去了。事情發生在晚點名前的自由活動時間，那時連長和副連長都在輔導長室裡聊天。連長一聽完慌忙衝進來的安全士官報告，原本還有說有笑的他立即變了臉，一句話不吭便掏出身上的四五手槍，把裝了子彈的彈匣塞進彈倉裡。

「學長，你想做什麼？」副連長急問。

「我要斃了他。」連長說。他把槍機一拉，起身便往門外走。

副連長和輔導長同時跳了起來，一起撲向連長。「不要！學長，別這樣！」

「放開我！」連長吼道，「我要斃了那個混帳東西！」

副連長和輔導長瞭解連長的個性，知道他在情緒失控下真有可能這麼做，兩人拚了老命抱住連長，伸手想奪下連長握在手中的四五手槍。他們三個人在門口拉扯，每個人嘴裡都在大吼大叫，而那把已上了膛的手槍被三、四隻手的力道牽動，槍口忽上忽下，左右亂指。我和胡尚智慌忙推開椅子站起來，深怕槍枝一走火就會射中倒楣無辜的我們。但輔導長室空間不大，門口又被這三個軍官阻住，我和胡尚智左閃右閃，在無處可躲之下，最後兩人一起鑽進了胡尚智特別請連上木工釘造的那張七呎長的辦公桌底下。

連長來輔導長室串門子的時候，不只一次對我說，在外島前線如果有哪個士兵不聽命令，他有權力可以把人先槍斃，再向上級報告。「大不了官不當了，我就不信他們能拿我怎樣？」連長總這麼說。我們以為他只是說說而已，但聽輔導長講，連長還沒調來東引前，在台灣真有過在試圖硬闖營區的老百姓面前開槍的紀錄。因此，輔導長一面拖住連長要他把槍放下，一面朝早已躲到門外去的安全士官喊道：「你去叫龔宗強快跑！快去啊！」

鬧過這次事件後，龔宗強的下士階級被拔掉一個月，地位與一般士兵相同。這是副連長的主意。儘管每次吃過飯，我們就會看見副連長叼根牙籤，心滿意足地走回寢室休息，也聽他不只一次說過「上有連長，下有排長，出事情找輔導長」的至理名言，可是，每次連上一有大事發生讓連長情緒失控的時候，副連長就會跳出來安撫連長，擺平部隊，伶透俐亮地解決問題。

現在龔宗強就站在我旁邊，黑黝黝的臉上滿是鄙夷神色。他剛出過事，現在已比較少說「軍人拿的是槍，不是拿鏟子」這句話，可是我們現在連鏟子也沒拿，人人都空著一雙手面對花崗岩石牆，不知道接下來要幹什麼。

連長們又跑進營長室了。幾分鐘後，他們才把營長的命令傳達出來。

「現在所有人開始拆牆壁。」

沒人有任何動作。

大家全呆站著，狐疑看著剛從營長室出來的幾個連長。

每次幹部一下達命令，不管我們聽到命令後的反應快或慢，都經常聽見他們不分青紅皂白吼道「還懷疑啊！」一次數頻繁到已快變成了口頭禪。但這一次，我們是真的懷疑了。

「全連一共只有兩把十字鎬，破碎機和發電機又沒帶出來，用什麼東西拆牆壁？」龔宗強低聲咕叨。他索性離開隊伍，走到一旁和他的同梯一起蹲下來抽菸。

幾個連長倒也沒強逼我們，他們仍聚在一起交頭接耳，似乎在商量該用什麼方法執行營長的命令。

就在這個時候，營長推開營長室大門走了出來，他一看見全營部隊都呆站在原地，整張臉立即皺成一團。「操你媽的屄！你們全愣在那幹嘛？」營長指著部隊大罵，連站在隊伍最末端的人都聽得見。「叫你們拆牆，你們把我的話當屁？」

各連連長立刻魚潰鳥散，邊跑向各自的連隊邊喊道：「拆牆壁、大家開始拆牆壁。」

我們還是沒有動作。

這堵石牆是用花崗岩糊水泥壘起的，最下面的石塊像桌面大，最上面的石頭也不比足球小。營長八成還沒睡醒，否則就是存心整人開玩笑，才會要我們空手對付這些石塊。

「你們快拆呀。」連長急了。我猜他現在一定恨不得自己變成孟姜女，哭一聲就把這堵花崗岩石牆推倒。他用幾近哀求的口氣喊道：「大家幫個忙，做做樣子也好。」

蹲在地上的七叔抬頭瞄了連長一眼，才把菸丟掉，緩緩站了起來。他跨過水溝，走到石牆前，伸手在石牆最上端摸了幾下，選定一顆鬆動的石頭後，使勁搖晃起來。沒幾下，這顆石頭便被七叔搖下抱在懷裡。他後退兩步，舉起這顆石塊用力往石牆上端砸去。在一陣泥灰石屑飄散飛落中，又有兩顆石塊從牆上掉了下來。

「對！就是這樣幹！」連長喊道，「大家快照七叔的方法做！」

一群人全動了起來。我們幾百個人用手劈、用腳踹、用小石塊砸中石塊，再用中石塊砸大石塊，沒一會兒功夫，這堵石牆居然也被我們拆掉了一大半。

回連上後，連長在部隊面前大力稱讚了七叔一番，說他有頭腦，做事夠機警勤快。我偷偷瞄向站在隊伍中的七叔，他低著頭，認真看著自己的雙腳，似乎覺得連長誇獎的是別人而不是自己。一會兒後，他才把頭抬起，臉上完全沒有平日那種開朗的表情。不過，其他人的臉色也好不到哪去，因為連長接下來便宣布，島上從今天起開始進行一項重要工程，在未來半年中，我們將把全東引島的馬路拓寬，重新灌漿鋪上水泥。全連人力都必須投入構工，因此明天起各級業務士白天停止辦公，所有人全面配合工程進期。

「操！這下日子難過了。」

「實在夠衰，剩不到半年退伍還碰到這種事。」

部隊一解散，一些上兵學長便紛紛開罵。但幾個更老的學長則幸災樂禍數著自己退伍的船期說：「船來船走，船來船走，船來我走。拍謝啦，我要先回台灣了，沒辦法陪你們做工了。」

「幹幹雞悲！」

山坡下，遠遠傳來東引老大的招牌罵聲。

我走到連集合場邊，看見老大背著手，弓著身，緩緩爬上斜坡往指揮部走。已經十一月了，雖不到天寒地凍，但海風吹來已足以讓人耳根刺痛。老大身上只穿一件印有「陸軍」字樣的綠色短袖內衣，似乎一點也不怕冷。

「老大，要炸山了，還慢慢走啊？」連上有人朝他喊。

東引老大停下腳步，抬頭往我們這邊看。「炸山？炸山做什麼？」

「拓寬道路啊，我們要開始做工了，很苦的。」

「苦？苦什麼？胡說八道。」東引老大搖搖頭，邁開腳步繼續往斜坡上走。「幹！幹！」

老大好像不覺得做馬路算什麼苦，還是菜鳥的我也無法想像，只能從學長們陰沉的臉色中隱隱猜測這並不是件輕鬆的差事。不過，眼下我最關心的還是七叔昨夜提到的選舉假，急著想找我師父問個明白。

我走進輔導長室，發現胡尚智正蹲在地上，面前有兩個印有「台灣省菸酒公賣局」字樣的大紙箱。在他身旁的辦公桌、椅子和水泥地上，放了七、八堆一模一樣的黃色和白色的長壽香菸。

「來得正好。快來幫忙，晚上就要關於了。」

和關餉一樣，我們每個月也會關菸一次，開放大家登記購買下個月所需的香菸。菸是公賣局出的軟殼黃白長壽菸，一包九塊錢，價格不到原來菸價的一半，有抽菸習慣的人都會買個五、六條藏在內務櫃中。這種菸和商家賣的唯一不同之處，只在於菸盒左右各印有一排紅字，右邊是「軍用香菸」，左邊是「禁止轉售」。不知是否出自心理因素，大家總覺得花九塊錢買來的軍用香菸味道比較差，還替它起了個可笑的綽號：「紅對聯」。

原來關菸也是政戰工作的一環。我看著滿桌滿地的香菸，又看著我師父蹲在地上，從紙箱中拿起一條條香菸，對著光照一下，然後放到身旁不同的香菸堆上，不知他在檢查什麼。

「你在做什麼？檢查保存期限嗎？」我說，踮起腳左迂右迴地閃過地上的香菸。「抬出去發了就算了，大家菸都抽得很快，用不著那麼麻煩吧？」

「誰管什麼保存期限。你快過來，幫我把一號菸都挑出來。」

「一號菸？」

我又被師父上了一課。沒想到軍用香菸也暗藏玄機，按胡尚智的說法，若把整條香菸拿起來對著光看，可以在透明塑膠包裝紙上找到一個小小的阿拉伯數字，那就代表香菸的品質。一號代表等級最高的香菸，其他依次類推，最差的到九號、十號都有。

「軍菸分等級的事千萬別說出去，」我師父不忘叮嚀我，「萬一大家知道了，所有人都來找我要一號菸，那就難擺平了。」

「既然大家都不知道，我們又何必把這些香菸分類？」

「傻瓜，整箱香菸一號菸沒幾條，我們拿兩條給連長，剩下的留下來自己抽。」

我師父說一號菸可以拿來做公關，和連長打好關係，比較好推動政戰業務。至於等級最爛的十號菸，也全部留下，當做大家出外做工時免費提供的構工香菸。我心想，難怪每次去打空心磚或倒水泥分到的香菸都苦澀得要命，抓住香菸濾嘴在手錶玻璃鏡面上敲彈幾下，整支香菸就少掉四分之一，有時撕開菸紙，還能在菸草中找到小枯枝或已死的菸蟲。

提到構工，又讓我想到七叔和選舉假的事。我耐著性子，等我們把軍用香菸全部依等級分類完，將挑出來的七、八條一號菸和二十幾條十號菸分開放進貯藏櫃後，才把今天下午在工地和昨夜在中柱港發生的事告訴我師父。我邊說邊注意他臉上的表情，發現他的兩道濃眉又一點一點往中央聚攏，到最後已完全碰在一起，差點擠出一個圈。

「下個月確實有選舉假。」胡尚智說。

「真的嗎？」我盡力掩飾內心波動，裝出我認為應該是很自然的口氣問，「那是怎麼回事？」

「這是機密，極機密。」輔導長室裡只有我們兩個人，但他還是壓低聲音說，「可能再過幾天就會開始作業了，我們會選一些人放假回台灣投票，算特別假，因此這些人事前絕不會知道。等投票前兩天，交通船從基隆港開出來後，才會在半夜把這些人叫起床收東西準備上船。」

「名額有多少呢？」

「不一定，大概上面會視選情決定吧？我看一個連頂多放二十來人就了不得了。」

「投完票馬上回東引嗎？還是可以休假一航次？」

「有一航次假。」

我說不出話了。

一航次休假，這是多大的誘惑啊。來東引快三個月，島上的環境已慢慢熟悉，但台灣的一切卻漸漸陌生。忘不了的只有上船那天，我們站在甲板上默默看著基隆港山上觀音像的情景。清楚記得的只剩那根被同梯彈上空中，旋轉著，從四樓高的甲板落入黑黝黝海水，一星點紅光聽不到嗤一聲就熄滅了的香菸。

在夜半，最怕的事不是被挖起來站衛兵，而是夢見台灣。在夢中我還挽著伊的手在西門町漫散亂逛，醒來時卻發現自己一個人躺在硬邦邦的木板床上，而第一次返台之日仍遙不可及。這種感覺很糟。異鄉遊子，最怕的事便是被問及歸期。「你什麼時候回來？」伊不只一次在跨海電話中提到這個問題，而我只能支吾以對。可現在，我又看見了佛陀降下的蜘蛛之絲。我有機會放下個月的選舉假嗎？我該怎麼對我師父或輔導長開口？

「七叔大概有什麼事才急著想回台灣吧。」我說，決定先按捺住自己的渴望，把話題引到七叔身上。「我試過問他了，但一講他就翻臉，完全不想告訴我。」

「問題出在你身上，你套話的技巧太差了。」胡尚智笑了起來。「七叔是我同梯，他的個性很硬，不是那種會隨便把心事說出來的人。你到連上才幾個月？和七叔說過幾句話？一下子就想問出人家心底私密事，也不想想自己是幾梯的？」

我感覺耳根子又熱了起來。雖然他是學長，是業務上的師父，但老是被一個比自己小四、五歲的人教訓，心底總覺得有點不服氣。

「那麼，你知道七叔為什麼想回台灣囉？」

「那當然。」

「為了什麼？」我緊盯著他，追問下去。

「七叔的馬子來了封信，說她想開泡沫紅茶店，要他拿點錢借她。她知道七叔當兵前做了幾年事，銀行裡有一、二十萬存款。問題是，他馬子可能老早就變心了，七叔還沒破冬就再也沒收過他馬子寫來的信，隔了半年，再收到的就是這封借錢的信。但七叔沒有多想，就把所有積蓄全匯過去，結果那女的再也沒回信，打電話也找不到人，連有沒有收到錢都不知道。七叔急著返台，是想回去看看他馬子拿了他的錢到底有沒有開泡沫紅茶店。」胡尚智似乎看出我心中的懷疑，像背書一樣，一口氣說完整件事的來龍去脈。

「這種事沒什麼大不了嘛。」我說，心裡有些失望，也有些不服。失望的是七叔發生的事有點平凡，在報紙社會版或八點檔電視劇都經常出現這種劇情。不過，我只對我師父說出心中不服的理由。

「再說，他是你同梯，當然什麼話都會對你說。」

「不，這些事他從來沒對我說過。」

「怎麼會？」

「我說過了，七叔個性很強，而且也不是個傻蛋。他顯然盤算過，如果把這件事說出來，大家一定都會勸他千萬不能把錢寄給那個女的，所以他沒告訴任何人。」

「錢都寄了，還不夠傻嗎？」

「錢很重要嗎？」胡尚智瞪了我一眼。「我倒不這麼認為。如果今天換成你，如果你女友突然寫信來要錢，不管她的理由是什麼，你會不會拿錢出來？」

「這……」

「如果你女友快跑了，而你把錢蚰出去，就有機會喚回一點點感情。不管是真感情也好，假情意也罷，這種錢你花不花？」

我一時無法回答這個問題。十幾二十萬，不是小數目。像我這種二等兵一個月薪餉才三千九百元，就算加上「外島加給」九百元，不吃不喝當完兩年兵恐怕都存不到這麼多錢。更何況，來東引到現在我每個月都透支，薪餉一半拿去買電話卡，一半花在礦泉水上，還欠亨裕老闆娘一屁股債，如果伊真有事急需用錢，我連一毛錢也拿不出來，而七叔卻一次就把幾年積蓄全砸了出去。胡尚智說得沒錯，七叔一定仔細想過了，知道他這筆錢有去無回的風險很高，但他還是滙過去了。他圖的是什麼？想用錢喚回感情嗎？如果我師父的假設真的發生，伊在我當兵的時候變心，而後又寫信來說她需要錢，如果我有錢的話——雖然這種可能性不高，我會把身上所有的錢全匯給她嗎？

我低下頭，閉上眼睛，假想了一下這個我最不願意見到的狀況。

幾種相互矛盾的答案在我腦海中拖拉推扯。思考和感情有關的問題，似乎比空手劈倒一面石牆還困難。

然而，最後還是有個答案勝出了。

「我想，我應該也會花這個錢吧。」我說。

「所以說囉，道理就是這麼簡單。」我師父馬上接口說，語氣透露出他還是覺得我很鈍。

我忍住心裡的話，沒把這個答案形成的過程告訴他。我自己心裡清楚得很，如果事情真到了那種地步，如果我對伊還有愛的話，就應該摒除種種刁惡、恚恨、報復的心態。不管對方吃不吃這套，但證明真愛的方法只有一個——永遠的付出。只是，這種話說出來會太肉麻。鈍就鈍吧，我懶得解釋了。

「好吧，那麼，你是怎麼知道七叔的事？」

「方法，」胡尚智朝天豎起右手食指說，「有些事講究的就是方法。反正今天已讓你知道好多機密了，乾脆再教你一招絕活。你看著。」

他打開抽屜，拿出幾封昨天我們從軍郵局領來，但收信人剛好返台休假而沒取走的信。他隨手拿起其中一個標準信封，放在桌上用左手壓住，右手則拿起一枝祕書型原子筆，用拇指頂開筆蓋，丟下筆桿，把筆蓋倒過來揑在手中。他小心翼翼用筆蓋上突出的那根扁平筆夾，在信封背面中央黏合處挑開一個小洞，再輕輕把筆夾推擠進去，左右頂了幾下，印有郵遞區號對照表的信封背面便裂出一道六、七公分長的開口。他放下筆蓋，用拇指和食指輕輕從這道開口中抽出裡面的信紙，熟練得就像菜市場裡剖開魚肚挖出胃腸內臟的魚販。

「你看，就是這麼簡單。」胡尚智說。他把信紙攤開，瞄了一眼，又馬上摺起來。「這叫做安全檢查，不是例行工作，卻屬於政四保防業務的一環。」

我盯著信封背面上裂開的大洞，心中想的不是拆人信件與保防工作的關係，只擔心這名收信人收假回東引發現自己的信破了個大洞時，負責領信的我們該如何處理。

「這……這樣會被人發現吧？」

「絕對不會。你再看好。」他把信紙塞回信封，手指沾了一點透明膠水塗在信封開口上。他邊壓平信封邊說：「因為我們挑開的本來就是信封黏合的地方，所以再黏一次也不會被發現。記住，膠水用一點點就好，用太多就會留下痕跡了。」他拿起黏好的信封甩了幾下，把膠水吹乾，便遞給我檢查。我拿著這個信封翻來覆去細看，果然，信封上完全沒留下任何痕跡，若不是剛才親眼目睹，根本不會相信這封信已被動過手腳。

這麼說來，胡尚智之所以知道七叔的事，應該就是透過信件安全檢查。印象中，七叔已當了連續好幾個航次的孤兒，唯一收到的一封信，是在我到連上不久，才剛打電話告訴伊東引的郵政信箱號碼，第一次當孤兒的那天。我想到那時吼叫著衝出來從輔導長手中接過信件的七叔，如果他知道自己不是第一個讀到這封信內容的人，不知會不會再吼叫一次？還有，我自己每航次至少七、八封信，我和伊的一些私密事是否也已成為政戰工作的檢查對象？

「我們可以隨便看別人的信嗎？這樣好像有點不……」我脫口而出，雖察覺這樣講可能太直接，但還是收不住已到嘴邊的話。「……不太道德吧？」

「你有別的好方法嗎？」胡尚智又用他那種正經嚴肅的表情看著我了。「道不道德得看你的動機，如果存心窺人隱私，那就是不道德。但如果發現有可疑跡象，檢查信件就成為知道答案的一種不得已的方法。像七叔，他是和我一起坐船來東引的，如果你像我一樣熟他的脾氣，就不會笨到在他面前問那些話。別說是你，就算指揮官來拿槍抵住他，他照樣一個字也不會吭。你以為我喜歡拆我同梯的信？我又不是成天吃飽沒事幹，只會關起門來偷拆別人的信。」

我覺得我師父這次真的生氣了，不由得在心中暗罵自己笨。接了政戰業務後，每次被江臨淵或吳居安開玩笑說我是料北阿，我臉上雖不發作，心裡總有點不高興。現在我竟然質疑我師父的道德問題，尤其是在還沒決定放誰回台灣投票的這個節骨眼上，簡直是個不可饒恕的錯誤。

一時之間，我們都沒說話，輔導長室裡只聞歐傳出水珠滴落聲。水滴聲是從我師父自製的濾水器傳來的。他把兩個空寶特瓶攔腰切開，用紗布包住幾張衛生紙套在瓶口上當濾心，再將兩個帶瓶口的寶特瓶疊起來，倒插進一個有底座的寶特瓶裡，就成了簡單的濾水器。這種土製過濾器和咖啡廳那種滴式冰咖啡很像，一杯五百C.C.的水從上面倒下去，大概得等兩、三個小時才會完全滴進最下方的寶特瓶中。至於濾水效果，我覺得多少能濾掉一些我們心理上對中央水站水質的不安。

數了十五次水滴聲後，我才又開口。

「輔導長知道七叔的事嗎？」

「知道了。」

「他怎麼說？」

「我和輔導長討論過了。我們認為，可以給七叔機會回台灣處理一下感情的事情。如果那女的存心騙他，就讓他早點知道真相，也好安心把剩下的兵當完。」

我點點頭，很贊同他和輔導長的決定。換做是我，也一定迫不及待想回台灣吧？我想到我和伊再也沒提過的門上插花事件，那時自己恨不得馬上插上戴達羅斯的翅膀飛回台灣。雖然我很想告訴伊，如果她對我的感情真的已到無法堅守下去的時候，希望她能暫時瞞著我，直到我退伍的那天再說。可是，我太清楚伊的個性了，若真的有事，她一定無法藏住。「萬一」有人在這兩年空檔期間切入……不，以我對伊的瞭解，這個機率應該是「億一」，是「兆一」。無論如何，如果這個「一」真的出現，而伊又無法遮掩的話，我反而希望她明白告訴我。痛苦或許一下子就會過去，猜忌和不確定才是最磨人、最消折心神的東西。只是，如果真讓我回台灣目睹我所不願意見到的事，不知道我接下來會走上哪條路去。

「萬一，我是說萬一，」我說，以剛才想到的事設想七叔的狀況，「七叔跑掉的話怎麼辦？」

「以七叔的個性，他不是那種會躲避責任逃兵不回來的人。不過，我們也不是大膽到完全沒有防備。」胡尚智說到這裡便停住了。他看著我，臉上忍不住露出了笑容。

我茫然看著他。

「所以，下個月你回去的時候，千萬要把七叔盯好。不管他出了什麼事，你用一切方法都要帶他回來。」

27 二鍋頭

我可以回台灣了！

這是天大的消息，如果事情沒有變卦，我即將在來東引島的第一百天，在十二月中旬搭船回去投票。不過，這是祕密，我必須守口如瓶。我不能告訴江臨淵或吳居安，也不能對七叔說，就連打電話回台灣給伊也必須留意口舌，忍住告知她這個好消息的衝動，只怕一旦這祕密被截聽曝光，返台的美夢就會因而破碎。

等待的日子總是難捱。在某種程度上，就像在師週會上突然腳板發癢，在隔靴搔不著以及站在隊伍中不能搔的情況下，感覺台上指揮官的訓話時間一下子突然拉長數倍，似乎永遠不會結束。日子難過歸難過，但如果等待的是百分之百確定的事，倒也能勉強讓人沉住氣。只是，輔導長和我師父也說不準下個月的這艘船到底會不會開過來。他們說，根據過去經驗，不到上船前最後一個小時，誰也不敢確定我們能不能回台灣。因此，就像我們看工兵營的人炸山，等待的結果便有了兩種可能。在工兵營的人用鑽孔機在山壁上洗出一個直徑有杯口大的深洞，插入雷管火藥，拉好引線，管制淨空現場，倒數三二一揿下爆破按鈕後，便有兩種截然不同的結果：一種是在轟然巨響中，岩屑土泥大小石塊如林中驚鳥齊飛上天；另一種則是毫無聲息，現場安靜得可以聽見隔壁臥倒在地的同伴心跳聲。眾人面面廝覷了幾分鐘，才有一個倒楣被長官欽點中的工兵營菜鳥哭喪著臉爬近洞口，以顫抖的雙手拆解不合作的雷管火藥。

不過我們這些步兵連，也快變得和工兵差不多了。在卸過水泥、拆了石牆、炸過山後，整個東引島突然變成了一座大工地。前兩個月我們除了出公差倒水泥打空心磚或辦業務，偶爾也會按表操課，做一些射擊訓練或刺槍術操演，但現在全部都暫停了。早上的跑步和晚上的體能訓練也完全取消，以便把體力保留至工地上用。每天天一亮，不到七點，全連就換上髒兮兮的運動服裝，套上防寒大衣，戴上頭畚，拿起圓鍬手推車到工地挑砂搬石扛水泥，開始把不久前為拓寬道路被我們拆掉的石牆，換個位置再壘回去。當兵至此，我總算見識到軍隊為達成任務而不顧一切的厲害。我們三餐都在工地吃伙房送來的微溫便當，中午一小時的午睡時間也不回連上，為躲避寒風，大夥全躺進路邊乾涸的水溝裡。即使下雨也不停工，我們穿上雨衣，儘管雨衣外淋著大雨，雨衣裡下著汗水熱氣無處排放而凝成的小雨，也得繼續幹下去。因為我們知道，若天黑了仍未達成當天工程進度，就得搬來發電機架上探照燈，絕不可能將今天該完成的工作拖過明天。

我在忙碌操勞中等待著回台灣的日子。儘管昨日的疲累未除，就又得回到工地面對那堵壘不完的石牆，但「返台」這兩個字確實提供我源源不絕的氣力。一想到即將能重回基隆港，直奔陽明山和伊相會，竟讓我在來到外島後產生第一次幸福的感覺。比起在本島關渡師當兵但女友已去英國的郭正賢，比起船一來馬上就要退伍回台灣但女友已不在人世的小吾，我這一百多天的分離又算得了什麼？我甚至又開始慶幸自己沒去幹訓班了，儘管沈詮和林忠雄再過不了幾天就會結訓，儘管他們不在連上的這兩個月我過得有點辛苦，可是他們回連上時已趕不上這次選舉假，這是當初我們都沒料想到的。

七叔這幾天的心情也明顯好了起來。我猜胡尚智可能已偷偷向他暗示過可以回台灣的消息。構工的時候，七叔不斷展現駭人的旺盛精力。即使到了休息時間，當大家都累倒在地時，他竟然還有力氣和同梯打賭扛水泥，讓旁人在他肩上疊了五包水泥，扛起兩百五十公斤的重量站起來，在眾人吆喝哄鬧聲中，顫顫巍巍走了七步，贏了兩客南澳快餐店一百八十元一客的雞腿飯。

和我們比起來，小吾的等待就顯得安靜多了，安靜得就像蹭伏在角落裡的影子。要不是十一月三航的交通船是「東馬東台」夜泊馬祖，我恐怕就會錯失和他最後一次說話的機會。

趁船來下南澳領信的機會，我師父約了小吾，到三義村的青葉海產店替他餞行。退伍應是快樂的事，但不知怎的，我覺得心情有點沉重，感覺像去參加喪禮後的喪宴。我師父似乎也有一樣的感覺，在我們把領到的包裹搬到亨裕後，爬上階梯往二十棟走去時，他特別提醒我：「待會別亂說話，我們祝他一路順風就好。」

我們到青葉海產店的時候，小吾已坐在裡面等了。外頭天色漸暗，這還是我第一次入夜後仍留在南澳。島上營區實施燈火管制，一過七點宵禁時間，所有門窗都得緊閉，透明或半透明的玻璃全得糊上黑紙或蓋上窗簾，防止任何一絲光源外洩。只要在夜間一離開營舍，就得用手電筒或打火機照路，而使用手電筒也有禁忌，絕不可以往天上照，否則一定惹來班長學長一頓臭罵。不過，南澳的百姓顯然無須理會軍隊的宵禁規定，這裡家家戶戶都恣肆無忌點著燈，街上也每隔幾步路就有路燈照明，和本島市鎮唯一不同之處，只在於這裡因入夜後阿兵哥全被關在營區不會上街，而少有吸引顧客用的霓虹燈招牌。儘管街燈暗澹，商家過半已拉下鐵門歇息，但對已習慣了東引無光黑夜的我而言，還是能從這白森森或黃璨璨的燈火中，感受到一絲熱鬧過後的餘溫暖意。

胡尚智一坐下，便打開綠色洽公包，抓出一只透明玻璃瓶，啪一聲放在桌上。

小吾一看便笑了。「喲，怎麼有這種好東西？哪弄來的？」

「來源是祕密，」胡尚智神祕兮兮說，「我就這麼一瓶，藏了半年，今天拿出來喝正好。」

「這是東引高粱酒吧？」我看著在玻璃瓶中微微晃動的透明液體說，覺得興趣缺缺。每次去預拌廠倒水泥經過酒廠，就會聞到那股濃酸帶點臭味的發酵味兒。很難像想，東引既不產高粱小麥，水質也令人不敢恭維，卻能生產讓返台退伍的人一箱箱扛回台灣去的高粱酒和大麴酒。

「錯，」我師父又糾正我，「這是二鍋頭。」

「二鍋頭不就是高粱嗎？」

「差遠了。」他向老闆娘要來玻璃杯，斟了半杯放在我面前。「來，你先喝一口看看。」

我遲疑了一下，才緩緩拿起酒杯。酒我是可以喝，但向來對烈酒沒什麼興趣，尤其是專門釀來燒人喉嚨的高粱酒。在華岡讀書的時候，夜裡我們總喜歡提了酒到學長住處串門子聊天，夏天喝啤酒，冬天喝的是竹葉青。算一算，我大學時代打工賺來的錢竟有一半花在酒錢上。高粱我們是不喝的，除非有人失戀了想以最短的時間醉倒。來東引後，儘管這裡有酒廠專門釀造高粱大麴，但我們假日到南澳的卡啦OK酒店都喝啤酒或玫瑰紅加蘋果西打，回連上則喝免費的竹葉青——在屬於我們三營營部連戍守範圍內的陽明坑道裡，有一個庫房堆滿不知陳放了多少年，瓶底都已出現沉澱物的竹葉青。聽學長說，這本來是指揮部的戰備庫存酒，但不知是帳卡掉了還是怎麼搞的，滿庫房至少上萬瓶竹葉青全變成無主沒人管了。我剛到連上不久，就被學長們帶來參觀這個地方。「以後要喝酒，你就到這裡拿。」其中有位學長這麼說，可是主要目的只是讓我知道有這個地方，好在半夜開小伙時多一個人替他們拿酒。「這些酒我們喝了快兩年了。我新兵來的時候就是這麼多，現在呢……還是這麼多。」另一位學長說。

「光用看的會醉嗎？」我師父催促我說，「快喝吧。」

有點搞不清楚今天餞行的主角是小吾還是我。第一杯酒應該先敬小吾才對，我師父卻急著要我先喝。我偏頭看向小吾，他正笑瞇瞇看著我，彷彿也知道這酒裡藏有何種玄機。怪是怪，但這兩個人都不是那種愛開玩笑的人。想到這點，我又看了手中的酒杯一眼，才緩緩把杯子移至唇邊，輕啜了一小口。

意外，這口酒居然沒遇著任何阻力，一下就溜進喉嚨裡了。

「怎樣？」胡尚智迫不及待問。

我想敷衍他說個「好」字，沒想到才一張嘴，從喉間便升上來一股香氣，剛才滑進喉嚨裡的那一小口酒，此時全化成鬱郁酒氣迤邐不絕而出。我趕緊閉上嘴巴，只覺得這股香氣一離開喉嚨，便沿著口腔左右兩側旋繞而上，不像一般高粱酒不知節制辣嗆衝進鼻頭，而是慢慢匯聚在口腔頂端，又緩緩沉降收攏，把所有味覺嗅覺細胞整治得綿綿軟軟的，舒服極了。

「這是什麼東西？」我睜大眼睛看著手中的酒，詫異到忘了原本想說的「好」字。

「不是說過了嗎，這是二鍋頭。」胡尚智又得意起來了，這才開始替小吾和自己斟酒。「來，我們慶祝展光學長榮退。」

我們三個人互碰過杯子。這次我不遲疑了，一連喝了好幾口。真是怪，這酒聞起來明明是高粱的味道，但怎麼喝都不辣。「學長，你這瓶酒從哪弄來的？」我本想接著說下個月我返台也打算帶幾瓶這種酒回家孝敬老爸，但突然想到這件事還不能公開說，就及時住了嘴。

「這酒好喝嗎？」胡尚智沒直接回答我的問題。

「好得很，夠香。」

「你知道這種酒和一般高粱有何不同嗎？」

我搖搖頭。

「所謂二鍋，就是經過二次釀造，二次蒸餾的酒。這種酒起鍋時有分頭尾，頭段的是陳高，後段的是高粱。至於最前段的，就是你現在喝到的酒了。告訴你，這種酒一鍋釀不出幾瓶，而且任你跑遍南澳也買不到。」

「為什麼？」

「因為酒廠一釀出來，就全送進指揮部去了。」胡尚智說，「這可是指揮官的貢品，送禮自用兩相宜。你這個二兵想喝這種酒，慢慢想吧。」

「可是我現在不就喝到了嗎？」我說。

「那是你託展光學長的福……來，學長，我敬你一杯。你多喝點，看我徒弟哈成這樣，你再不喝待會就全被他喝光啦。」

小吾從剛才到現在一直笑瞇瞇的，沒說什麼話。看他拿起酒杯呷了口酒，努起嘴唇轉了幾下，才把嘴裡的酒吞進去，一副行家識貨的模樣。我心想，難怪陽明坑道裡的那些竹葉青沒人要。指揮部有了這種二鍋頭，誰還會想喝那種廉價竹葉青？

老闆把菜端上來了。菜不多，三盤而已。顯然今晚的主角是二鍋頭，這幾盤海鮮只不過是用來下酒。不過，胡尚智還是點了一尾一斤半重的清蒸黃魚。今天在座的一個是我師父，一個是我兒時玩伴，因此這條魚一上桌，不必客套推讓，我便很自然拿起筷子挑起一塊魚肉放進嘴裡。說也奇怪，東引是個海中孤島，也有一個漁港和幾艘漁船，可是我們在連上從來沒吃過鮮魚。這三個月來，總是一天炸秋刀魚、一天炸白帶魚輪流交替，而且全是從台灣運來的冷凍海產。我對魚沒啥研究，但由以前在浙寧菜館打工得來的經驗，我知道魚就算不新鮮，也可以煎、可以炸、可以煮湯，可就是經不起蒸。

「魚一蒸就像女人剝了衣服，是什麼貨就是什麼貨，瞞不來的。」這是在泰豐樓廚房裡專門負責蒸魚的老周說的。廚房裡有大廚、二廚、三廚和幾個大小學徒，但五十來歲的老周一個人似乎獨立於這種編制之外，從沒見邵師傅管過他。老周蒸魚的地方是在廚房的角落，七、八個大蒸籠高高疊起，從四面八方噴出白煙，像一艘待發升空的胖火箭。不過，我很少看見老周乖乖待在蒸籠前，他總是在脖子上掛條白毛巾，鑽出廚房到外面和吧檯管酒的老陳聊天。聊著聊著，也不用看錶，時間差不多了他才慢條斯理走進廚房，爐火一關，蒸籠蓋子一揭，整個廚房頓時漲滿鮮魚香氣。有次外場經理禁不起客人催促，跑進廚房大聲嚷道：「老周，老周，你的魚呢？」忙著炒菜的三廚說：「老周在外面和人聊天呢。」經理搖搖晃晃像沒穿冰刀便踏上滑冰場般跑過油膩滑溜的廚房地板，奔到吧檯找到老周，劈頭便要他把蒸魚端出來。「還沒熟。」老周不疾不徐說。「怎麼會？平常這個時間不早就好了嗎？」「今天不一樣，這次魚貨肉質比一般緊了些，得再等上一會。」「是嗎？」滿頭大汗的經理臉上露出懷疑表情。「我看應該好了吧？再蒸就老了，去揭開蓋子瞧瞧吧。」「我不揭，要揭你自個去。」老周說。經理在這一行也幹了一、二十年，他狐疑看了老周一眼，可能被老周的態度惹毛了，才又蹣跚歪斜滑溜過廚房，找了條毛巾便揭開蒸籠蓋子。和往常一樣，廚房頓時魚香四溢。經理抓起一根筷子，找了個不明顯的地方探進魚肚，這才得意地大聲宣告：「魚好了！快端出去。」老周一直待在吧檯不肯進廚房，冷眼看著經理指揮我們忙著把魚端出廚房。等魚都上桌了，他才對我說：「一女不事二夫，一魚不蒸二回。等一下經理回來你就這麼告訴他。」他扯下脖子的白毛巾，穿上外套走了。不到五分鐘，經理果然回來了。我看見他額上的汗珠比剛才還多。「老周呢？」「走了。」「什麼？」經理叫了起來，「他走了？客人抱怨剛才的魚都還沒熟，怎麼辦？」「老周說……」我差一點真的說出老周要我說的話。「……老周說他也沒辦法。」

魚沒熟透確實是很尷尬的事。嚴格說來，魚肉靠近表皮的地方鬆軟多油，吃進去的多半是蔥薑配料味，唯有一路開挖進去，快接近中央魚脊椎骨的地方，那裡才是精華所在。骨髓滲出的汁液與靠熱力蒸進來的佐料味兒在此巧妙結合，滋味美極。有人吃魚專挑魚頭魚尾，吃的就是骨頭的味道。可是，往往蒸不熟的也是這個部位，在魚肉去了大半時才發現筷子挑不起黏在骨頭上的魚肉，回鍋再蒸肉就硬了，煮湯又不夠味道，真是左右難為。

所幸，青葉餐廳老闆今天蒸出的這條魚完全沒有這個問題。在二鍋頭助興與小吾不多說話的情況下，我們很快就毫無阻礙掃光魚的一個半面，接著我伸出筷子插進盤底，把這條魚翻了過來。

「笨蛋！展光學長明天就要上船了，你還翻魚！」我師父立刻吼道。可能是已喝下幾杯二鍋頭，他現在說話的聲音變得好大。

「不能翻嗎？」我被他嚇了一跳，不知道自己做錯什麼。「不翻怎麼吃？」

「翻魚就是翻船！你知道嗎？大學生！」

「是嗎？那我再翻回來好了。」

「你還翻！」

「沒關係，我沒有這些忌諱。」小吾說話了。他可能想替我緩頰，筷子還來不及放下，便以左手拿起酒杯敬我師父。「尚智，前陣子替你惹了不少麻煩，真不好意思。」

「別這麼說。」我師父說。

在小吾仰頭喝乾杯裡的二鍋頭時，他衣服的袖子滑了下去，露出手腕上那道深褐色香菸般長的疤痕。直到現在，我才第一次以如此近的距離，看見小吾手上這道半年前留下的傷疤，而且也仔細看清了，這道傷疤除了刺刀造成的主傷痕外，還有當初縫線拆掉後留下的點點痕跡，沿著傷口兩側排列，很像面前桌上盤子裡的魚骨。我不由得起了一陣顫慄，感覺就像有根魚刺落進了心臟，梗著，刺得胸口隱隱作痛。我偷偷瞄向我師父，不知道是否是二鍋頭的效力，還是豐富情感作祟，我看見此時他雙眼都佈滿了蛛絲般細的血絲。他沉默了一會兒，我發現他的眉毛又緩緩向中央聚集，臉上逐漸出現平日打算對我說教時的那種嚴肅表情。

「學長，有句話我一直想說。」胡尚智終於開口了。「感情這種事就像補給品，每個人都有固定的配給。上天注定你們能在一起幾天就是幾天，提早用完，就提早分別。」

小吾低著頭，黑著一張臉沒說話。

我有點擔心他會突然哭起來。江臨淵說過，連上沒人願意和小吾喝酒，因為他只要幾杯酒下肚，就會一直哭、一直哭，讓在座的人尷尬得沒辦法收拾。胡尚智剛剛還要我別亂說話，現在自己居然主動提到這件事。我很想趕快把話題轉開，一時卻又不知該和小吾說什麼。在連上我們的交集並不多，過去的共同記憶僅局限在升上國中以前，最後一個鮮明的回憶還是那次我被當成白痴差點被編進啟智班的智力測驗作弊事件。我知道他此時心裡一定很不好受，畢竟明天離開東引島後，他有太多破碎零散的事情需要一一補綴。然而，看他現在這副消沉模樣，實在不知道他要怎麼面對未來的事。我好希望再看到那個站在投手板上用凌厲眼神瞪人的小吾，希望再見到他對我投來一個快速球，就算觸身砸在我身上都好。

「你這個樣子，教人看了就生氣。」胡尚智還繼續說下去，「我知道你不好過，但這又不是你的錯，你再怎麼想，再怎麼自責也改變不了事實。是她命該如此……你別介意我這麼說，這就是命，是你的命，也是她的命。就像我們都注定要來東引這個鬼地方，命運在你抽到籤的那一刻就已經決定好，改變不了了。」

「學長……」我拿起酒杯碰了一下胡尚智的杯子。

「幹嘛！」他轉頭對我大吼，「你要我別說了是嗎？我告訴你，今天我不說，就沒機會說了。不過，如果你是想敬我酒，這酒我喝。」他舉起杯子，一口氣把酒喝乾，放下杯子時卻不小心把筷子碰落下地。「展光學長，我老實告訴你，不管你看得起看不起我，你都是我在部隊最佩服的人物。但是，我不希望你變得讓我看不起……你懂嗎？沒什麼大不了的。半年，你難過了半年，真的夠了。你聽我說，別再想了好嗎？」

「他醉了。」我沒發出聲音，偷偷以唇形對小吾說。

小吾點點頭，默默拿起杯子喝了一小口。

胡尚智沒注意到我們交換訊息的動作，也不撿起地上的筷子，只顧著繼續說下去：「聽我說，明天，我要你明天從離開這座島的那一刻開始，就不要再想這件事了……不對，現在就不要想，就從我上完廁所出來開始。」他站了起來，碰翻屁股下的圓凳，搖搖晃晃走去洗手間了。

餐桌上只剩我和小吾了。很意外，我師父一離席，我的話匣子居然自動開了。我們很自然地「聊」了起來，雖然多半是我在說話，小吾只扮演聆聽點頭和偶爾回應兩句的角色，但和他這種聊天模式確實是我從小就習慣的。他似乎一點也不詫異我的話還是這麼多，我也不覺得他的沉默有何不妥。我們的話題從小學開始，說到國中，提及眷村拆遷後一些童年玩伴的現況，再談到我來連上後發生的一些趣事。我口沫橫飛講起在中正堂旁偷摘芭樂結果被東引老大嚇到、大家把八大失火當成自家後院被燒拚命衝去搶救的狠勁，以及待退學長去野戰醫院割包皮後在寢室慘遭戲弄的事。

聽我描述七叔騎在徐志遠身上，翻開《花花公子》雜誌裸女給他看的情景，小吾也忍不住跟著笑了起來。但當我說出徐志遠應該把眼睛閉上，就能解決問題的結論後，小吾卻斂起笑容，一副若有所思的樣子。

「把眼睛閉上就好？有那麼容易嗎？」

這是我們在把瓶裡剩下的最後一點二鍋頭喝光前，小吾說的最後一句話。出人意料的是，小吾這次喝了酒竟然沒有哭。

倒是我師父，他從剛才開始就一直沒出來。我們準備離開餐廳回連上時，才發現他已經倒在廁所裡抱著馬桶睡著了。

28 大灌漿

交通船載走了小吾，也運來了一些新兵。

連上突然熱鬧了。沈詮和林忠雄已從幹訓班結訓，幾個被送去馬祖受訓的人也回來了。他們的階級仍然是二等兵，必須等明年一月才能升下士，因此連上的二兵一下子便多了起來。當晚點名結束，老愛出新兵小操的賈立銘高喊「XX梯以後入列」時，留在連集合場的人竟然超過了二十個，多到可以排成三列橫隊。人一多，規矩也來了。現在我們這些二等兵在連上已經不能走路了，不管到哪裡都得用跑的。必須行舉手禮的對象也擴大了，除了軍官士官外，看見上兵一兵也同樣得畢恭畢敬喊「學長好」。當有班長或學長站出來喊「兩名公差」時，不論任務內容性質，也不論當時大家在做什麼事，我們這些梯次較菜的人都必須立刻舉手答有，還得馬上衝至班長面前。誰反應慢，誰就倒楣。

人多了，難免有人做事不合學長的意。偶爾有覺得自己沒受到尊重的上兵學長會在我們出小操時，像下士一樣站出來，在隊伍前面教訓我們。

「你們越來越不長眼了！」可能是我們到伙房打飯菜時吵得太過火，伙房的一位身材胖碩的學長跳了出來，用拇指指著自己的鼻頭說：「你們知道我是誰嗎？」

「學長。」隊伍中有人說。

「我是誰！」

「學——長——」我們齊聲喊道。

幸好，島上道路拓寬工程一發動便做得如火如荼。在工地上人人有事做，而且每天都是連長親自帶隊，誰也沒時間氣力或機會去找菜鳥的麻煩。不過，對那些才剛下船分發至部隊，到連上背包一放下就被抓來工地做工的新兵來說，他們一定覺得自己不是來當兵保家衛國，而是被送來北邊這個偏遠小島勞改。這一梯來的也是大專兵，李梓萬從幹訓班帶回來三個人，翁柏昌、董昌平和趙哲昌。這幾個人的名字裡都有個「昌」字，身高體型也都差不多，而且彼此還互有關係：翁柏昌和董昌平是國中同學，趙哲昌是翁柏昌的五專學長，而董昌平又是趙哲昌的鄰居。這讓連長一時搞得有點迷糊，老分不清誰是誰。「李梓萬！你是故意的嗎？」在工地上，連長看著這三個一掄起十字鎬就整個人往後倒的新兵說。「我怎麼了？」「沒事你幹嘛全挑名字差不多的兵回來？」「這……」李梓萬瞇起貓咪般的細眼，一副無可奈何的樣子。

除了新兵和結訓歸建的人外，李梓萬一口氣還帶回來三個少尉排長。掛軍醫的邱排和掛運輸的余排都是預官，掛通信的楊排則是中正理工學院專科班畢業生。看得出來還是受過幾年軍校教育的楊排比較有概念，因為邱排第一天來就想和連長一起去軍官浴室洗澡，而余排才來兩天就向邱排借了電話卡，從工地溜去打電話回台灣。不像楊排，當連長請他來輔導長室聊天時，他從頭到尾都只坐三分之一沙發，脊背頂得筆直，兩手伸直併攏緊貼在膝蓋上，僵硬得像一尾剛從冰庫拿出還沒解凍的魚。

「拜託你別繃得那麼緊好嗎？」連長說。

「是！連長！」楊排以嘹亮聲音喊道。

「大家是自己人，叫我學長就好。」連長又說。

「是！連長！」

「夠了，你把坐姿放輕鬆點，」連長說，「你這樣讓我看了難受。」

「是！連長！」楊排說，但坐姿完全沒變。

坐在我旁邊辦公桌看報的副連長放下報紙，轉頭偷偷對我說：「他是不是有毛病呀？」

依我看，楊排正常得很。因為他來連上不到一個星期，就拿走我壓在辦公桌透明墊下的那張東引茶室招待券，跑去八大遊玩了。

楊排在連長面前總是一副硬邦邦的樣子，但和我們這群菜鳥倒熟得很快，尤其是剛從馬祖受完通訊士訓回連上的孫幼民。他和江臨淵同梯，個頭和年紀卻是全連最小的，是剛滿十八歲便申請提前入伍的娃娃兵。楊排沒事總愛摸著他的頭說：「是誰的父母那麼殘忍啊？把這麼小的孩子送來當兵。」孫幼民也不甘示弱頂他：「是哪來的排長這麼好色啊？沒事就去八大，還買軍官票。真傻，票價不同，進去還不是同一個人？」楊排急了。「不一樣啦。」「哪裡不一樣？」「呃……我是軍官，所以她會和我聊天。你們去就不會吧？」「哎唷，我可沒去過，怎麼知道？」「你不信的話，下次我們一起去，看她會不會和你聊天。」「抱歉，我當你排兵已經夠倒楣了，你還要我當你表弟，想都別想。」

連上多了他們這些人，感覺日子變得趣味多了，孤獨和恐懼的感覺也慢慢褪去。我剛來連上時，因為二兵人少，所以大家必須盡量分散，避免聚在一起成為學長的箭靶。但現在狀況不一樣了，我們這十幾個二兵不管到哪都湊在一塊，落單反而才有危險性。我們甚至敢在私底下開班長或學長的玩笑了，黃天福就經常模仿那位跳出來修理我們的伙房學長。

「我是誰？」這次他衝著林忠雄指著自己的鼻頭說。

「我操你媽！」

「吼！對學長不恭敬，你給我蹲下！」

「蹲你媽啦，你幾梯的？死菜鳥！」我同梯林忠雄舉起手中的圓鍬，作勢往黃天福頭上掄去。

「有種你用這種態度對付學長啊。」黃天福叫道，人早已一溜煙跑開了。

我們現在幾乎每天都待在工地，終日與水泥砂石和花崗岩為伍。壘了快一個月，石牆終於完成了，這道石牆從指揮部開始，一路經過戰備坑道上面，繞過保修連前方彎道，再經過戰備坑道的另一個出口，一直綿延至中正堂前的交管哨，幾乎把整個一四〇高地繞了一圈。構工經驗豐富的七叔帶領我們，刻意在石頭與石頭縫隙間糊上大量水泥，好讓以後的人絕對不可能徒手拆掉這面牆。「下次想拆這道牆，就拿炸藥來吧，哈哈哈！」七叔在工地上放聲大笑，顯然很滿意他的傑作。我看著他，想到再過半個月就要開來載我們回台灣的那條船，感覺自己的嘴巴似乎也被封上了一層密實的水泥，不能把這個祕密向任何人透露。

就在幾天前，營上五個連的政戰士已在政戰官命令下，攜帶那本黃皮封面的《政戰資料冊》悄悄至營部集中作業。我們攤開所有人的戶籍資料，匯集統計出各選區的人數，由政戰官算出各選區應動員的人數，再把名額分配給五個連隊。我們連上分到二十個名額，動員的多半是住在台北市南北兩個選區的人。政戰官說，這次動員的名額是依選情而定，要我們回去和輔導長討論，考量各人忠誠度，挑選出務必能執行命令的人員。然而，我們這些政戰士卻異口同聲說可以直接造名冊，不用回去討論了，因為各連的連長和輔導長早就決定好該放誰不該放誰。政戰官說各連主官、主管和擔任重要業務士的人都不能放選舉假。我們知道主官是指連長，主管是指輔導長，重要業務士是包括總機、電台那些必須日夜值班少了一人就幹不下去的單位，但我們卻發現政戰官竟把自己也排進了名單之中。三連那位資歷最老的政戰士揪住這點，立刻用話開個性溫和得簡直不像軍官的政戰官的玩笑。政戰官解釋說，營上的主管是營輔導長，他回台灣受訓，我只是暫代他的位置，不算正式主管。三連的政戰士說，想回台灣抱老婆就明說嘛，講那麼多理由做什麼？

我發現連長開出來的這份名單，除了我和七叔，裡面多半是有女朋友或已結婚的人，與是否入黨倒沒有多大關係。剛來連上被連長約談時，他叫我隨時要有心理準備，因為在外島當兵被女友兵變的機率是十分之十一。可是現在從這份名單看來，感情能撐過一年半載的人也不在少數，其中包括已訂婚的副連長。副連長說他還剩半年就輪調回台灣，多一次假少一次都沒差別，不如跟政戰官講一下，應該讓結婚不到一年的連長回去才對。連長說，他老婆肚子已經大了，挺個籃球想偷跑可能也沒辦法，還是讓我們這些感情活會但隨時可能被倒會的人回去比較實在。連長說得豪爽，但晚上就寢前連上擴音器又響起林憶蓮的〈愛上一個不回家的人〉。音樂一響起，連上的班長全繃緊了神經，小聲催促大家趕緊安靜洗澡上床睡覺，千萬別惹連長拿木槍走出連長室。

相對於副連長的謙讓，我想到沈詮和林忠雄這兩位同梯就覺得慚愧。沈詮和我一樣，有個從大學時代開始交往的女朋友。林忠雄是結過婚才來當兵，以前在花蓮賣魚的他，兩個小孩都已經會走路了。他們回連上的時間太晚，和剛來的余排一樣，雖然都有女友或妻子，卻來不及排進這次選舉假的動員名單中。我們感情雖好，但選舉假的事我必須隱瞞不提，只能趁關菸的時候，偷偷從我師父那裡拿來幾條一號香菸塞給沈詮和林忠雄，只希望能彌補一下當他們一覺醒來發現我已上船離開島上的那種愧疚感。可是，等我返台投完票回來，我該怎麼和他們說呢？我是政戰士，若編謊說我事先不知道這件事，根本沒人會相信；說決定權不在我，雖是實情，卻無法解釋為何我的名字也在名單中。我想來想去，總覺得處處為難。如果第一個攀住佛祖降下蜘蛛絲的大盜犍陀多知道他還會再墜回地獄，他應該就不敢用腳踢開跟在他身後爬上來的人吧？

無論如何，就算還是得再回到這座島上，能夠得到短暫的逃離總是好的，尤其是在這段全島官兵都投入大灌漿的時期。

和過去出過的公差比起來，不管是倒水泥、打空心磚或剛完成的壘石牆，都無法與大灌漿相提並論。鋪設馬路路面其實可以使用預拌鼓或預拌場攪好的水泥，但指揮官要求施工品質，認為非得用人力一鏟鏟拌出來的水泥才夠紮實。可是我們都不免這麼想：他老人家一定是覺得大家平常都沒事幹，才會想用這個辦法來整整我們。石牆一壘完，整座島的馬路便被模板隔成一格格方塊，裡面鋪上鋼筋編成的鐵網。我們的任務是用圓鍬均匀和好水泥、砂子、水和石頭，再一鏟鏟倒進這個長十公尺，寬五公尺，深度達五十公分的方格子中。沈詮頭腦動得快，他馬上計算出每一個模板圍起的方塊容積是兩千五百萬立方公分，若以水泥和砂的比例一比七計算，需要用到六十包水泥，和兩萬一千多公斤重的砂子和石頭。連長的計算方法比較簡單，他要我們在四個小時內就灌完一塊方格。「我們的目標是一天兩塊，」連長宣布，「什麼時候灌完，部隊就什麼時候帶回連上休息。回連上整個晚上自由活動，不必晚點名。」聽到可以自由活動，大家的精神就來了，因為這代表晚上可以離開連上去中正堂看電影，去點心世界打撞球，去龍門村看漫畫，甚至可以再走遠一些，早點到八大排隊，免得當了其他人的表弟。

連長才把話說完，楊排便不知道在急什麼，吆喝著大家各就各位開始動手。七叔和那群老兵因為體力好，都被叫去拿圓鍬擔任拌水泥砂子的敲盤手，而我們這一、二十個菜鳥，就被編進傳運材料的搬運組。水泥一包五十公斤，砂袋一包二十公斤，石頭因為有手推車可用所以還算輕鬆。但這些材料全堆在離工地五十公尺外的地方，而且我們搬運時能走的路只有一條：用兩塊模板搭建在路邊漆成黃黑條紋的防護石墩上的臨時棧道，寬度不到五十公分。我們扛著水泥走在棧道上，只怕重心不穩摔下旁邊的山坡，速度慢得讓學長不時對我們吼叫。「水泥！快點！」「石頭卡緊咧！」「混蛋，水又不夠了！你們如果再讓我的鏟子停下來等，回連上你們就等著瞧。」

連長的預估只對了一半。我們確實在四個小時內灌完第一塊，可是第二塊卻花了六個小時。而且，由於一整天在工地都沒休息，回到連上後，有人澡也沒洗便倒在床上，沒幾個人還有多餘的氣力走下好漢坡的幾百級階梯到點心世界玩樂。就算他們有力氣走下去，也沒有力氣爬回來；即使有力氣爬回來，可是一想到明天又得再灌兩塊馬路，什麼玩興也都沒了。

我倒在床上，屬於第一類那種累到不想去洗澡的人。此時，寢室的擴音器又響起娃娃〈飄洋過海來看你〉的歌聲。

> 為你，我用了半年的積蓄，
> 飄洋過海的來看你；
> 為了這次相聚，我連見面時的呼吸，
> 都曾反覆練習。

我躺在床上，看著已被島上濕氣染成黑一塊白一塊的天花板，心裡只想著那艘即將飄洋過海而來的交通船。再過兩天，來到中柱港的是十二月二航，接著，再過三天，就是那艘搭載我們二十個人回台灣的特別航次。交通船將在半夜悄悄從基隆港開出，以全速駛向東引島，在天亮前入港。我們會在睡夢中被喚醒，匆匆收拾行李或乾脆連行李都不拿就下碼頭。有些人，我敢肯定，到時一定以為自己在做夢，以為是誰一大清早惡作劇尋人開心。在他們揉完眼睛，發現這一切真是事實時，說不定，會有人高興得流下眼淚。

伊還不知道我即將回台灣，我開始幻想我會在什麼地方遇到她，帶給她這個從我入伍以來的最大驚喜。等我下了船，回到山上的時間應該是晚上了吧。也許她正在宿舍房間裡安靜地看書。我會屏住聲音在門口偷聽一會兒，然後再輕敲房門。她在毫無心理準備下把房門打開之時，會不會驚呼出聲呢？絕對會的，我敢這麼說。愛哭的她，接下來一定會大哭起來吧？這時我要將她擁入懷中，溫柔摸著她的頭髮，告訴她：「沒事了、沒事了，我不是回來了嗎？」不對，這種重逢的模式太公式化了，像八點檔電視劇，一點也不夠浪漫。等我回到華岡，應該繞點路，刻意走過伊宿舍旁的郵筒。也許她正好拿了寫好的信出來，信封上剛黏好的郵票膠漬未乾。在山上的霧中，她一定看不清楚從霧中走來的人是誰。我會剛好趕在她把寫給我的信投入郵筒的那一刻，抓住她的手，說：「不用寄了，直接交給我就行了。」

真是美啊。

可是，會不會發生別的狀況？出現我所不願見到的事實？例如，在我敲開伊的房門後，站在面前的會不會是一位我不認識的男人？或者，在彌山遍野的濃霧中，伊的手會不會不是拿著準備寄給我的信，而是被另一個男人牽在手中？

不會的，我敢這麼說。伊是金牛座的，這種星座沒別的缺點，就是固執而已。過去我總笑她死腦筋，什麼事都想不開，做起事就像頭蠻牛，頭一低就朝著鬥牛士的紅布衝去，不懂得轉彎閃避。但現在，我知道這段感情唯有靠她的固執才能延續下去了。兩年時間，真是何其漫長啊。如果把兩年役期比做一天二十四小時，目前才服役四個多月的我，即使加上成功嶺可抵扣的兩個月，我的「軍中時間」現在才清晨六點剛過，連早點名都還沒開始。我始終想不透，國防部為什麼只給我們這些外島兵兩次返台休假的機會，為什麼交通船一個月只開三班而不是六班。指揮官在召見我們的時候便安慰過大家，要大家耐心等待，說不定以後休假的制度會有所調整。我想起他那時說過的話：「其實你們都還比我好，至少還有兩次假能回台灣。不像我，身為指揮官，我整整三年都得待在這座島上，一步也不能走。」指揮官知道我們難受，似乎想用這種比較的方式來讓我們好過一些。

音樂聲不知何時停了，娃娃的那首〈飄洋過海來看你〉早已唱完，迴盪在寢室裡的，只剩一陣低沉微弱的柴油引擎聲。那是從連上旁邊的發電廠傳來的，一到晚上，當其他聲音都安靜下來後，我們就會聽見這個絡續不斷的隆隆聲。

我想起了郭正賢，想到入伍前一天晚上在夜市海產攤上的那個賭注。在金六結抽籤的會場上，當他抽中關渡師，轉身向我比出勝利的V字型手勢時，一定沒料到千慧會在兩個月後出國唸書。到英國的機票可不便宜，娃娃剛才唱的那首歌不就說過，她得花掉半年積蓄才能飄洋過海見到身在國外的情人，千慧出國後，這兩、三年內恐怕頂多回台灣一、兩次吧？在感情已被強迫移交至時間的手中後，我們只能同樣無奈、沮喪、束手無措。時間的壓力，就像現在迴盪在耳邊的隆隆聲響，總是在心境沉靜下來時，便會驀然出現。

轟嗡……轟嗡……

這聲音真像交通船的引擎聲。單調、規律、無止無境。

轟嗡……轟嗡……

我閉上眼睛，一整天體能的勞累已逐漸壓倒所有繁雜紊亂的思緒。恍惚間，我以為自己是躺在五二四交通船強十三艙的吊床上，感覺船體正隨著波浪上下起伏、搖蕩，緩緩朝東南航向基隆港。只是，這艘船上好像多了一個聲音。在我坐船來東引島時，並沒有聽過這種奇怪的聲響。

叩、叩、叩。嘎……嘰……

這聲音由遠而近，然後消失在一聲木頭紗門彈簧繃緊又鬆弛的聲音後。但只不過片刻功夫，這聲音又再度出現。

叩、叩、叩。

聲音越來越大了，似乎正往我這個方向而來。

已昏昏欲睡的我，一時忘了自己在什麼地方，也記不起這個似乎熟悉卻又遺忘了的聲音。我的思緒開始奮力掙扎，一些凌亂片斷的名詞從我的意識中流過：引擎、柴油、海浪、船艙、甲板、水手……叩聲突然停止了，隆隆的引擎聲響又奪回它優勢的地位，就像剛才那樣取代戛然而止的音樂。

戛然而止的音樂……

亞哈船長！

我猛然驚起，轉頭往寢室門口看去。

連長就站在寢室門口的安全士官桌旁，手中拿著一根木槍。呈現在他面前的，是滿地的鋁盆、雨鞋、沾滿水泥的運動褲、內務盒、構工膠盔、鋼杯、吃了一半的泡麵、掛在床頭還在滴水的毛巾、香菸蒂、揉成一團的襪子，以及包括我在內還沒到就寢時間便已七橫八豎倒在床上的人，整間寢室簡直和工寮沒兩樣。

連長又往前走了兩步，手中的木槍也跟著敲了地面兩下。他停下來，白著臉，一腳把一個擋住他去路的鋁盆踢開。

「值星官……」他冷冷地，把語調拉得老長地，對剛接到溜出寢室的人通知從中山室急急趕來的排長說，「五分鐘後，全連全副武裝連集合場集合。」

29 選舉假

這一天終於來了。這個我守了快半個月的祕密，連上只有少數幾人知道的返台投票部隊，就要在今夜被喚起床，摸黑下南澳，在月黑風高中上船離開東引島。

儘管又灌了一整天漿，在工地扛了五十包水泥和兩百包以上的砂袋，我躺在床上卻怎麼也睡不著。到了十一點，一過連上規定可以下床的時間，我便溜出寢室去敲總機的門，向值班的學長打聽交通船到底開出基隆港沒有。

「我幫你問問。」總機學長說，放下吃到一半的泡麵，把電話線插頭接進指揮部的總機。「來了，確定開來了。」他摘下耳機說。

「真的嗎？」

「百分之百肯定。指揮部的人說，剛才基隆港開出兩艘船，一艘去南竿，另一艘來我們東引。」他端起泡麵，呼嚕一聲把一撮麵條吸進嘴裡。

我謝過他，離開總機室，打定主意今晚不睡了。既然船已開來，明天白天可以在船上睡個夠，而且就算現在硬逼自己回寢室睡覺，也只是徒然失眠而已。我溜進輔導長辦公室，扭亮辦公桌檯燈。連續做了快一個月的工，許多業務都沒認真辦理，正好趁這段時間好好整理一下。

我拉開抽屜，一眼看見三個半月前伊帶來韋昌嶺的暈船藥。我拿出藥包，看了一下保存期限。還好，過期時間還有半年。那天坐船來東引時忘了吃這包藥，結果上船不到一小時就把整天吃進去的食物全嘔了出來。不過，忘了吃也好，這兩天東北季風正強，剛好留到現在用，我可不想再吐得全身虛脫白著一張像殭屍的臉和伊重逢。

雖說要辦公，可是情緒一直靜不下來。在辦公室呆坐了一個小時，什麼事也沒辦成。很想找個人好好聊聊。

我離開輔導長室，砭骨寒風迎面而來。我雙手插在腋下，縮著脖子走到大寢室門口，門口掛的溫度計顯示現在的氣溫只有六度。從這個十二月以來，東引島白天溫度超過八度的日子沒幾天，到了半夜更不用說了。原本應該站在連集合場山坡邊空曠處的衛兵，這時早已躲進大小寢室之間的走道上避風。

聽見我的腳步聲，裹在及膝軍用防寒大衣的衛兵緩緩轉頭看我。站十二點二這班衛兵的是緬甸華僑盧三輝，看來他尚未脫離被學長班長欺負的地位，老是被排到最差的時段。我有些失望，本來想找衛兵聊天，沒想到這班衛兵竟然是國語說不出幾個完整句子的盧三輝。如果站衛兵的是沈詮就好了，我心想。這傢伙蠻能聊的，自他從幹訓班回來後，每次我們湊在一起就有抬不完的槓，我們會引經據典爭辯一些芝麻蒜皮大的小事，例如切成頭中尾三段的秋刀魚哪段最好吃，或哪種牌子的礦泉水最適合泡麵。前兩天我們去廚房搬麵粉，又因為講到同性戀的話題而吵了起來。

「你怎麼可以反同性戀？」沈詮睜大眼睛，以一臉不敢置信的表情看著我。

「我沒有『反』同性戀，我只是不贊成這種行為而已。」

「不贊成和反對有什麼差別？你根本就是異性戀沙文主義者，就是有你這種人，那些同性戀才會受到迫害。」

「誰迫害他們了？我只不過說出個人意見，哪來這麼大一頂帽子？是你沒搞清楚，我是『不贊成』同性戀行為，不是『反對』或『妨礙』這些人。這就像宗教或政黨一樣，我可以不喜歡你信的教、討厭你支持的黨，可是你不能把我和宗教迫害者畫上等號。」

「這和宗教或政治不一樣，他們生下來就是這種性向，是無法選擇的，就像膚色一樣不能由自己決定。就本質上來說，你的反對和那些種族歧視者是一樣的。」

「誰歧視他們了？你這種心態很值得懷疑，自以為是自由主義開明派，其實只是倒向政治正確那一邊的政客。每次我講出個人對同性戀行為的想法，就會招來你這種假博愛分子的攻擊。」

「如果你對一個黑人說：『我不贊成你的膚色』，這樣還不構成歧視嗎？」

「我當然不會在同性戀者面前表達我的想法，這是禮貌問題，我還不至於這麼沒教養。可是，現在我們討論的是對同性戀的觀感，根據憲法賦予我的言論自由，我總有權利表達自己的看法吧？」

爭辯至此，我和沈詮都已面紅耳赤了。在庫房裡等卡車把麵粉載來的其他人剛才全悶不吭聲在一旁聽著，從頭至尾沒插進半句話。在伙房當伙夫的許坤元見我們都不說話了，便央求我們：「你們再說下去啊，雖然我都聽不懂你們在說什麼，可是我真的好喜歡聽你們講話。有差，有差，果然是讀過大學的人，說起這種『學術語言』就是和我們這些高中沒畢業的不一樣。」

許坤元的話讓我有點心虛。什麼學術語言？有時候連我也不知道自己在說些什麼。

我在連上晃了一圈，除了盧三輝以外，找不到還醒著的人，就連安全士官都抱著M16步槍睡著了。於是我頂著寒風跑到山上的新連部辦公室。這裡原本是庫房，兩個月前，我就是被學長請來這裡吃只剩一粒蛋餃的火鍋。自從這個月連上的人變多後，連長便下令把原來的連部辦公室改成寢室，而連級業務士便搬到山上這個庫房辦公。島上燈火管制執行得很嚴，站在連集合場往上看，根本見不到連辦公室裡有無燈光，非得親自爬上去看才知道。我邊走邊點打火機照路，循漆著白線的階梯爬上半山腰的辦公室。裡面黑魆魆一片，業務士都睡覺去了。找不到可以聊天的人並不令我訝異，甚至連一點失望的情緒都沒有，自從大灌漿開始，即使他們想熬夜加班，大概也沒這個體力，就連那些老兵學長半夜也很少下床開小伙吃火鍋了，所有人的精力剛好只夠灌滿那一天兩塊的道路水泥模槽。

好不容易捱到十二點半，我又去敲總機室的門。

「怎麼，還沒睡嗎？」總機學長說。

「剛才去輔導長室辦了點業務，」我說，「今天浪很大吧？交通船會不會開到外海，就因為浪太大而折回去？」

「好像從來沒發生過這種事，」學長說，「不過，想確定船開到哪裡很簡單，我再問指揮部的人就知道了。」他又接通了指揮部總機的電話，和那邊的人聊了好一會兒。值夜班的人似乎都很無聊，隨便一有個話題就像饒舌歌手那樣講個沒完。「船已經開過海峽中線了，還真快。」他轉頭對我說，然後又繼續和指揮部的人聊天。

我不打擾他，這次連道謝都沒說便離開總機室。

原本打算今晚不睡的，但實在無聊得不知到哪打發時間，午夜氣溫又冷得讓人只想到被窩睡袋。於是我又回到了寢室，想想，就算睡不著，裹在暖暖的睡袋想點心事都好。灌漿開始的那天晚上，情緒老是陰晴不定的連長結結實實發了一頓脾氣，之後索性把寢室的床位做了調整。我和胡尚智和其他十二個人一起搬進新的寢室，總算不必像過去三個月來那樣，上下床都得擔心不小心碰到睡在我下鋪的陳俊良。這位和我師父、七叔同梯的學長，上個月不知怎地突然生了菜花，把全連所有人，尤其是住在我們這間寢室的人，嚇得人人自危。梯次和陳俊良差不多的老兵還可以在他快靠近時對他喊：「走開點，別碰到我！」但我們這些菜鳥就不能吭聲，只能自己想辦法躲避，免得無端被傳染了性病。連長下令把陳俊良的內衣褲全燒掉，要他從此改穿紙內褲，還規定他連續幾天在午休時間陽光最強的時候把褲子脫了，到總機室前的台階上「曬鳥」，用紫外線來殺死病菌。我們幾個二兵覺得好奇又好笑，約好趁安全士官不注意的時候，溜出寢室，從電台旁的小路跑到山上，悄悄爬到總機室頂上偷偷往下看。可惜，我們的距離太遠，看不見長在他生殖器官上的菜花到底生得什麼模樣，只看見陳俊良一個人光著下半身坐在水泥台階上，雙腳打開呈大字形，在陽光底下哎唷咦喂地哭叫，哀嚎的情況和割完包皮躺在小寢室喊痛的徐志遠等人沒兩樣。

「最好賈立銘也得個梅毒，這樣就太棒了。」趴在我身旁的黃天福小聲對我說。我知道他的意思。很奇怪，連上幾個最會欺負人的學長，到快退伍前他們的老二多少都會犯點毛病，不知道是不是吸收了太多由我們口中咒罵出的「絕子絕孫」惡言的結果。

只可惜，賈立銘的身體健康得很，就算灌了一天漿回來，也影響不了他操新兵的氣力。另一件會讓連上這些菜鳥憤恨不平的事是：待會交通船來的時候，他也在被喚起床的名單中。

賈立銘的戶籍地並不在這次選舉動員的重點區域，但我師父還是將他的名字造進了名冊中。為了這件事，他還費了一番功夫開導我。「我知道你們都痛恨他，說實話，連我們這些上兵也不喜歡這個人。但是，有些人是不能得罪的，尤其是那種鼻子眼睛生來就比別人小的人。」我聽懂我師父的意思，明白點說，他這樣做也是為我好。自從我當了政戰士，連上對我最客氣的就是賈立銘，和善的程度幾乎已到畢恭畢敬的地步，待遇上的差別讓我在連上這群菜鳥之中顯得很不自在。經過胡尚智這麼一講，我才明白他這麼做的目的，也馬上想像到當這種利益交換無法成功時，他接下來會用什麼態度對付我。

我躺在睡袋中，睜眼看著天花板，硬把賈立銘從我腦海中排除，不願再想和他有關的任何事。一點半了，我還是無法入睡，即使有一絲恍惚出神的跡象，也被隔壁床上這個月剛來的新兵翁柏昌震天價響的鼾聲給趕跑了。他的鼾聲恐怖得嚇人，以他剛過一百六十五公分的身高、未達五十五公斤的體重，竟然能發出勝過幾噸重大象吼叫的聲音，而且時間持續一整夜，沒有間斷的時候。比翁柏昌晚入睡，成為我們這間寢室的共同噩夢。剛開始，有學長受不了了，索性翻身下床登上翁柏昌的鋁床踏板。「學弟、學弟，你起來一下。」「有什麼事嗎？學長？」翁柏昌迷迷糊糊地說。「沒什麼，只是想請你到寢室門口站一下，等我們都睡著了再回來睡覺。」

幾天下來，或許學長們覺得天天讓翁柏昌睡前罰站也不是辦法，便紛紛縮短晚上加班辦業務的時間，只想趕在剛接小吾連參一位置的翁柏昌回寢室前入睡。可是，總有上床時間早入睡時間晚的人。每當翁柏昌的鼾聲一響起，在黑暗中，就會聽見有人嘆氣的聲音：「雞悲！今天又比他晚睡著，這下完了。」

我躺在床上聽著翁柏昌的鼾聲，很想解下長褲腰帶抽他一鞭，或跳上他的床鋪勒住他的脖子，要他停止發出這種恐怖的呼嘯聲。如果哪天有人受不了了，拿槍進來往翁柏昌的床上掃射，我恐怕也不會覺得意外。

忍耐到兩點，我真的再也受不了了，只好穿上衣服下床，再度逛進總機室。

「你又來了？」學長一看到我，睡眼惺忪的臉上露出驚訝表情。

「睡不著。」我說。

「這很正常，想當初我第一次返台休假，也是整個晚上失眠。」學長說，「不只是你，政戰官也沒睡，剛剛他才打電話來問船開到哪了。我猜，他早已經把行李收拾好了在等船吧。」

「你知道政戰官要返台？」

「誰不知道？」學長說，「這是祕密嗎？全營的人都知道了。你沒發現嗎，這星期以來，大家最關心的話題就是誰能放選舉假。」

「是嗎？我倒沒注意呢。」

「對了，連上誰能返台？現在應該可以講了吧？」

「這……」雖然這位總機學長是我們政戰保防工作的佈建人員，我還是不敢在天亮前洩露這個祕密。

「我……我記不太得了……」

「連長選這些人有沒有什麼標準？還是全憑個人喜好？」

「呃……我只知道，除了主官主管和總機電台不能放以外，其他人應該是看地區需要吧？」

「我就知道，」學長哀怨地說，「我早就認命了，我們總機的編制雖然在連上，可是連上有什麼好康的事永遠輪不到我們。別說選舉假，包括什麼榮譽假、有功官兵返台假，只要你一進總機就什麼也別想得到。」

學長開始對我大吐苦水，抱怨自己在連上沒有半點福利。他說自己來東引一年多，只去過三次南澳，每天都窩在這個山洞中，和另一個人輪流守著這具從二次世界大戰用到現在的老舊軍用電話交換機，連陽光都見不到。「你知道嗎？在連上膚色白是一種恥辱。別以為我不知道，他們在背後都笑我是

『白豬』。你以為我願意這樣嗎？我也想出去曬曬太陽、出公差做工，可是我一講這種話，他們全當我在放屁。」

我在連上倒是聽慣了這種事。營部連是業務士最多的單位，除了營連級業務士、保修二級廠業務士，還有總機、電台、營長副營長傳令、駕駛，甚至營上的KTV福利社也得由我們連上派人去管。一連滿編是一百二十人，但連上實際人數卻不到八十。我覺得外島籤已經夠多了，連上的缺額卻怎麼也補不滿。連上沒接業務的人不到二十個，他們幾乎天天出公差做工，每天搞得灰頭土臉地回連上，看到那些業務士乾乾淨淨地比他們早回連上等開飯，難免心生不滿。至於業務士，他們白天受夠了指揮部幕僚、營長、營上參謀官和別的單位業務士的氣，回到連上同樣灌飽火氣。於是，每到傍晚開飯前，經常可以看到出去構工的人和出去辦業務的人吵了起來。「說我茫？不然你是多累？」「我在工地從早曬到晚，哪像你整天躲在辦公室納涼。」「你以為業務那麼好辦嗎？不懂就別亂吠。」「不然我們來換啊。」「好啊，有種你就跟我換。」

他們吵起架來個個理直氣壯，但說歸說，卻沒見過誰真的跟誰交換自己負責的工作。

總機學長的苦水仍沒完沒了。從他在連上處處被人瞧不起，說到營上軍官的不是，從營長、副營長、作戰官和人事官，每個長官都數落到了。「幸好你接的是連政戰，不必天天和他們打交道。你知道嗎，這些軍官都是狗！是屁！沒……」話沒說完，軍用電話突然響了。總機學長伸手接通電話，邊戴耳機邊回頭把剩下的話罵完。「沒半個有人樣……營長好！是！是！」雖然營長遠在電話那端，但總機學長還是挺直了身子，就像楊排報到那天被連長找來談話時一樣。

我瞄了手錶一眼，已經三點多了。營長竟然這麼早起床，難道他想親自下碼頭為我們這些放選舉假的人做離營教育？交通船應該快開到了吧？

「是……是……謝謝營長！」學長摘下耳機往桌上一丟，剛才繃緊的身體現在又鬆軟下來。「這混帳傢伙。」

「怎麼了？」

「營長喝醉了，剛剛才從南澳回來。他交代我明天不管誰找他，都說他不在，我看他沒到中午不會起床。」

「就算指揮官找他也一樣嗎？」

「他才不怕指揮官呢，你沒聽過我們步三營的外號叫『太子營』嗎？營長是指揮官的乾兒子，誰也動不了他。」

電話鈴聲又響了。

「又來了！他怎麼醉不死呢？」學長罵道，但還是挺起身子，回頭看向交換機。「咦，不是營長？」他戴上耳機，朝著話筒說，「五三你好。」

在他報完總機的代號後，就沒再吭聲了。我看他低著頭，面向左邊牆壁，不停點頭。聽了幾句，他摀住話筒，轉頭對我說：「船開來了！」接著又回頭繼續聽下去。

我興奮起來了，就知道這通電話一定和我們的選舉假有關。開了六個小時，交通船也應該到了。想必這通電話是打來通知總機，可以叫醒輔導長了，可以請他拿出鎖在公文櫃裡那份早已造好的名冊，點亮手電筒到每間寢室，一一叫醒那些可以回台灣的人。我忍不住笑了。在來東引島一百零五天後，大概再過十二小時，我就可以渡海回到那塊讓我魂縈夢牽日思夜念的地方了。

但是，學長已講完電話，陰沉的表情把我嚇了一跳。

我斂起笑容，以為自己忍不住露出的情緒刺激了不能回家的他。

「學弟……真不知道該怎麼說。」

「說什麼？」

「我也不知道怎麼回事，」學長說話的速度突然變慢了，有點困難地一個個吐出下面這些字，「不過……你好像可以去睡覺了，不必再等了。」

「為什麼？」我不太明白他的意思。「船不是已經開到了嗎？」

「開是開來了……剛剛的確快到中柱港外了，可是……」

我睜大眼睛看著他。

「交通船沒進港，轉了九十度，開往南竿了。」

30 平安夜

天氣越來越冷了。

白天的氣溫已低於六度，凍得我們在工地灌漿時都很少說話。口一開，體內的熱量就多流失一分，在這種一整天下來得靠兩包一百元只有七顆的檳榔禦寒的氣候裡，說話竟成了很不符合經濟效益的事。

為了道路灌漿工程，就在那艘從台灣開來的祕密交通船進港的前一刻，指揮官臨時決定全島取消選舉動員，以免打擊那些沒放到假的人的構工士氣。事後我們才知道，原來那天晚上遲遲沒睡的，不只是營長而已。

說也奇怪，儘管選舉假的美夢破碎，我卻不怎麼難過，也不怨恨做此決定的指揮官。是我自己沒學會教訓，不小心在這次事件上擺放太多的期待，才讓老天爺在最後關頭發現而即時加以阻擋。期望越高，失望的可能性就越大，而落空的感覺也就越不好受。這件事和指揮官無關，我早該知道結果一定會是這樣的，062號並沒有讓我把所有黑牌抽光，我幾乎快忘記這件事了。

忘記不了的，是隔天早上七叔的表情。在整理連上環境內務的時候，我看見他不停眨著眼睛東張西望，一副無法相信「我還在連上」的樣子。受打擊更大的是從頭到尾參與策畫的政戰官，他盼了快一個月，那天也整夜沒睡在寢室等著上船。只因為指揮官的一句話，他又得把綁好的行李拆開，將收拾好的東西一一放回原位，包括幾個包裝精美的聖誕節禮物。

只是少了一艘船，所有人就只能留在這座島上，哪裡也去不了。

然後，聖誕節就來了。不需要靠交通船。

為慶祝行憲紀念日，難得灌漿工程停了一天，全連留不到十個人戰備，其他全部放假下南澳。這次值星班長不敢用檢查服裝儀容、宣導離營教育的理由多拖時間，八點不到就發下外出證放我們走了。我們已將近一個月沒休假，也不知道下次休假是什麼時候，於是所有人都瘋了，一跳下計程車，便衝向南澳的撞球店、卡啦ＯＫ店、漫畫店、ＭＴＶ店、電動玩具店。我和大家一樣，在從上午八點放假到下午六點收假整整十個鐘頭時間，把南澳能吃能玩的都玩過一遍，只一天就把這個月的薪餉花掉一半。我並不心疼。反正，這筆錢本來是要帶回台灣用的，現在正好花個痛快。

七叔大概也抱持和我一樣的想法。有人說，他這一整天下來，在金帆船酒店喝掉的酒，即使用上兵一個月的薪餉加上外島加給也不夠付。他是被抬回連上的。在這之前，他在金帆船砸爛了一張桌子，又和隔壁桌四營的人幹了一架，然後在酒店門口被接獲報告趕來的憲兵記了違紀差點被帶回憲兵隊。

連長抓狂了。六點一收完假，全連便戴上鋼盔紮Ｓ腰帶水壺，全副武裝在連集合場緊急集合。這次，我們沒有罰站，而是在寒風中罰蹲了兩個小時。七叔並沒在罰蹲的隊伍中，因為他早已不省人事，回連上後就一直躺在中山室裡。到了八點，連長霜著臉出來了，他要大家起立，給我們一分鐘按摩已沒有知覺的雙腿，然後要我們排成一列淮中山室，參觀躺在地上酒瘋還沒發完的七叔。我們沒人敢說話，魚貫進入中山室，安靜得像走進一座博物館。連長已叫人把長條鋁桌放倒，在中山室後圍出一塊空地，把醉得迷迷糊糊的七叔圈在裡面。七叔坐在地上，身上只穿一件內衣，胸前被不知道是汗水口水還是嘔出來的啤酒浸濕了一大半，身旁還有幾灘剛才吐出來的穢物。他就坐在這幾灘穢物中，扶著一張板凳，想站又站不起來。試了幾次，他放棄了，頭部無力地歪靠在那隻伸長搭在板凳上的疲軟手臂，喉嚨間斷斷發著怪聲。這聲音不像乾嘔，也不像哭泣，倒是像對某個看不見的人說話。儘管全連一個跟著一個，陸續從他面前走過，他卻完全沒有感覺，只抱著板凳，已啞掉的嗓子不停發出咿咿啞啞的聲音。我聽不清楚他喃喃說些什麼，只和眾人一樣，不忍心再看下去，一心想趕快離開這個地方。

「看啊！」連長吼道，「你們誰敢把頭別開！全給我仔細看清楚！」

連長不只要我們看清楚，十分鐘後，我們又在中山室集合。連長要我去輔導長室拿稿紙發給大家，要每個人限時交出一篇六百字作文，題目是：〈觀看上兵陳雙溪酒醉後心得感想〉。

我把稿紙發下去後，回到座位上，轉了五分鐘筆桿，一個字也寫不出來。從小學的作文比賽，國高中的國文模擬考，到入伍後的莒光夜作文，我寫過的作文題目少說也有上百個，可是就屬今天連長突發奇想出的題目最棘手。第一個棘手原因在於，這次我們書寫的對象是一位天天和出題者相處的人，內容無法摻進半分虛構杜撰，不像寫〈我最難忘的一件事〉或〈我最懷念的一個人〉之類的題目，可以隨便編一個閱卷老師不熟悉的人或事，高興怎麼寫都成。第二，題目中有「感想」兩字，若文章要切題，勢必得對這件事發表一點看法。如果七叔是像國父蔣公這種偉人，要寫下感想就不是什麼難事，只要大鼓舌簧歌功頌德一番就行了。可是七叔畢竟是平凡人，我們對他的感想不免會有正反兩種立場。七叔今天喝醉酒違紀是事實，可另一個全連都已知道的事實是，七叔那個女友根本沒打算開店，而是看準七叔一時回不了台灣，騙了他的錢跟另一個小白臉花天酒地逍遙去了。寫七叔壞話，只怕日後見到他會不好意思；替七叔說話，又怕順不了正在氣頭上的連長的意，平白替自己惹來麻煩。

想來想去，總算讓我想到一個折衷的辦法。我決定從健康與經濟的角度，分析酒精對現役軍人造成的影響，完全不針對人，也不提七叔的感情問題。

九點到了。我把作文收齊，捧著去敲連長室的門。

「報告連長，作文收來了。」

「全連都交了嗎？」

「除了陳雙溪以外，就只有看不懂國字的盧三輝沒交。」

「交了就好。你拿回輔導長室放著，我不看了。」連長說。

我離開連長室，把這堆作文帶回輔導長辦公室。好奇心驅使我趕緊關上房門，迫不及待坐下看看別人怎麼寫這篇作文。不出所料，全連果然口徑一致同聲討伐七叔，說他忘形違紀、破壞團體榮譽、是害大家罰蹲的害群之馬。我一張又一張翻看這些文章，把七十份文章看完，總共只找出兩篇作文為七叔說話，而這兩篇都是他同梯寫的，其中一篇居然還是經常和七叔吵架、染上菜花性病的陳俊良。

我突然覺得有些慚愧。

三個月前，身為連上唯一二兵的我，在寢室解下被賈立銘吊在床柱上的棉被，一個人跪在地上不知該如何把棉被恢復原狀時，是七叔放下鋼盔水壺彈袋，主動過來幫我解決了難題。在南澳東引國中前的那條斜坡，當我在大太陽底下像隻缺了腿的陸龜，只能勉強駝住我生平扛的第一包水泥，卡在斜坡上動彈不得時，是七叔放下吃到一半的油飯飲料，過來幫我解除那五十公斤重荷。我想起七叔在連集合場，像隻大猿猴似的又吼又叫蹦出來，從輔導長手中領過那一小封淡藍色的、帶有濃厚化學香水味的橫式信封。想起他知道沒有人寫信給他時忸怩站在輔導長室，不知想什麼事出神的模樣。想起他在卸載的那個夜裡，在中柱港碼頭邊要我替他辦入黨手續時說的話。

而現在，七叔躺在寢室裡，還不知道自己已成為作文的題目。擺在我面前桌上的，是六十八份字數加起來超過四萬字用各種言詞謾罵他的文章。

我懊悔自己沒有勇氣，不敢忤逆連長的意思，沒種寫出自己真正的想法。

不知怎的，我腦海突然浮現了一個畫面。那是上個月的某天清晨，我們一共十個人提著塑膠桶，到南澳的小廟下面提水。就在我們走下好漢坡，經過中正堂，繞過交管哨，走上斜坡停在東引鄉公所前休息時，突然一陣大霧從勝利據點外的海上飄來，越過東湧水庫，漫過東湧公園山谷，一路往燕秀飄去。這陣霧雖濃，卻飄得低低矮矮，只勉強蓋過淺淺的山谷，淹不掉島上的幾座山頭。我們站在東引鄉公所前，回頭看向連上所在的一四〇高地。隔著東湧公園的山谷，我們可以清楚看見一四〇高地上凸出在山頂像布丁杯的對空哨，看見二級廠下面像復活島巨石像的廢棄碉堡。在茫茫濃霧襯托之下，長滿芒草的一四〇高地顯得格外鮮明、卓絕和巨大，像一座懸浮在白色海面上的島嶼。

七叔這次返台休假的希望落空了，等他清醒過來，還得再過一百零五個日子，才能真正永遠離開這座島嶼。而我，也許能在明年的四月排第一次慰勞假，說不定到時可以和在四月二航退伍的七叔和我師父一起回台灣。

除了等待，沒有別的方法可想。

然而，等待中的人卻不只我一個。除了來到島上的這些人，還有活在另一座島上的那些人，包括伊，包括女友已去了英國的郭正賢。

就寢的哨音響了。連長規定業務士晚上不能加班，必須準時床上躺平，明天一早全連都得拉到工地灌漿。

我站起來，把桌上的整疊稿紙放進公文櫃，塞在櫃子最底層的角落，不想讓任何人看見。

《下卷》

31 時間

在孤島上的人，很容易聯想起和時間有關的問題。

時間有兩種計算方法。一種是算已過去的，像漂流到荒島的魯賓遜。這是不得已的做法，在不知何時能離開荒島的情況下，他只好一刀刀在岩壁刻下他在島上度過的時間。另一種是算未來還沒過的時間，例如當兵和蹲苦窯的人共有的數饅頭習慣。數饅頭是心理層面的問題，三兩口吞下饅頭，彷彿吞掉漫長的一天，如此一想就好過多了。

在我們連上這種方法卻不適用，因為我們想吃饅頭還得看伙房臉色。我們的早餐通常是一天豆漿饅頭，一天稀飯醬菜，不是每天都有饅頭可吃。於是我們改用船期來計算時間。除非海上的風浪連續七天超過九級，讓交通船持續延航直到併入下一個航次，否則固定一個月三班的交通船確實是很好的時間計算工具。至少，它可以讓總數字顯得很低。一年十個月將近七百個日子，換算起來只不過六十六個航次，而且一個月只要數三次就行了。

時間還有另一種特性。它就像一列火車，在離站和進站的時候速度都會變得特別慢。以兩年役期來說，最難捱的就是剛入伍和快退伍的那幾個月，時光列車慢得像用正方形的輪子滾動。

冬天最冷的時候，東引島上的氣溫低於零下二度。那幾天斷斷續續下了幾場雨。有次雨一停，我們頂著寒風走去陽明坑道，打算拿幾瓶竹葉青回來藏在內務櫃裡。大家縮脖低頭走過浴室前的小路，卻發現一件怪異的事。浴室旁的空地上積了一大灘水，奇怪的是，風雖然大，這灘積水卻完全不起波紋漣漪。有人蹲下去用手一摸，才發現這灘積水表面已結了薄薄一層冰。當晚十二點左右，島上便飄下了雪花。那時全連都已就寢，站哨的安全衛兵凍得躲進大寢室，還關上了大門，沒人知道雪是什麼時候落下的。五三總機一接到指揮部總機的通知，一通電話便搖進了連長室。「全連起床！」連長衝進寢室，中邪似的大吼大喊，還連踢了好幾個人的鋁床。「起床！下雪了！全連起床看雪！」我們有人裹著睡袋，有人披上防寒大衣，有人只穿內衣內褲，便衝到連集合場去了。對面的山頭傳來歡呼大叫的聲音，那裡是通信連的營區，我們看見好幾道光束從地上射向天空，完全不理會島上一到天黑就必須嚴格遵守的燈火管制規定。於是我們也跟著這麼做了。在手電筒的扇形光束中，稀稀疏疏的雪花一顆顆歪歪扭扭地飄下。我們全仰著脖子，半天說不出話，但黑暗中卻傳來有人哭泣的聲音。我們把手電筒往聲音來源照去。「盧三輝！你又哭什麼？」「媽的，你們緬甸會下雪嗎？」盧三輝來不及回答，就被學長拖回了寢室。

春天在東引島上駐留的時間不長，卻帶來令人難受的霧季與濕氣。同樣是霧，感覺東引和陽明山的霧就是不一樣。陽明山的霧裡有櫻花，有杜鵑，有男男女女遊客和青年學子。走在霧中，迎面而來的是一個個被霧裹住的灰影，但一接近到能見度可及的範圍，這團灰影就如含苞花朵般綻放出各種鮮豔的色彩。東引島的霧裡只有一種顏色，除了綠，還是綠。而且，迎面而來被霧裹住的灰影，一接近能見度可及的範圍，這團灰影可能就會突然變成營長或指揮官，讓嘴裡叼著香菸口中嚼著檳榔的我們閃避不及。至於濕氣，更是業務士的天敵。我們辦公的地方多半都在山洞中，一到春季反潮的季節，整個山洞就像拔掉電源退冰中的冰箱，天花板和牆壁發了疹子似的結滿一顆顆渾圓飽實的水珠，地上也得鋪上木板或報紙吸水才方便行走。當我們利用道路灌漿的空檔，搶時間加班抄寫公文的時候，這些像吸血蝙蝠般倒掛在天花板上的水珠，總會在文件快完成時跳下，不偏不倚落在十行紙中央，把寫好的文件染出一大塊淺藍色墨漬。

夏天從北方召來一群輪調回來的燕鷗，牠們盤迴飛舞在海邊的懸崖邊，數量可能多過島上的士兵人數。在天氣晴朗，波浪不大的時候，這群燕鷗部隊會集合至中柱島旁的海灣，操練覓食科目。這時，天方夜譚西餐廳就變成絕佳的賞鳥地點，隔著透明玻璃窗，可以隨時看見燕鷗在海面上起降，彷彿來到一座大型國際機場的候機室。

夏天也是操練體能的季節。天氣穩定了，晨跑變成每天例行的第一個苦差事。早點名一完，我們由排副帶隊跑步，從連集合場斜坡下去，上坡跑過莒山廣場、隊史館，下坡跑過靶場、軍報社，再跑過一段碎石路經過中正堂、點心世界，彎過交管哨，上坡順著剛灌完漿拓寬完成的馬路，繞行我們連部所在的一四〇高地一圈，才回到連上。沒人算過這距離有幾公里，但聽學長說，在金門跑慣平路的海龍部隊來東引受訓時，都受不了這種起起伏伏的地形。晚點名結束，我們會做伏地挺身、仰臥起坐、交互蹲跳和傘兵操。每個人做的次數不同，上兵只要做五十個伏地挺身就可以起立，剩下的人按梯次來，每梯加十下，體能最差的新兵永遠也達不到這種公式計算出的數量。來到東引後，我突然喜歡起仰臥起坐這項運動，因為在雙手抱著頭躺在地上準備下一次坐起時，呈現在眼前的是滿天乾淨透亮的星空，那條亮燦燦白粉粉的銀河就在我們頭上蜿蜒而過，感覺近得勝過我們離家的距離。

32
採買

在東引島上，我已度過了一個秋天、一個冬天、一個春天和三分之一個夏天。

我師父退伍了，七叔和陳俊良退伍了，下士班長龔宗強和賈立銘也退伍了。我的小同梯學長，去年在指揮部餐廳裡挑選我當打字兵進三營的李梓萬，也在昨天送來了他的退伍菸。

宋有義的女友跑了，謝永泰的女友跑了，周漢哲的女友也跑了。他們的女友都沒撐過破冬。最悲慘的是王思堂，他在二月十四號情人節當天收到女友寄來的分手信，成為眾人同情和嘲笑的對象。

扣掉剛來東引島沒多久的二兵，以及不算結了婚才來當兵的人，現在連上中鳥級以上還有女朋友的，只剩我、沈詮和佘排了。我們三個人的女友像說好要比賽似的，每航次都會寄來一個比一個大的包裹，裡面塞滿牛肉乾、洋芋片、魷魚絲、全麥餅乾、蠶豆酥、綜合麥片粉、方塊酥、茶葉和一兩本書。這些零食的分量多到無法塞進寢室的內務櫃，我和沈詮只好趁著夜色掩護，在其他人不注意的時候，偷偷運到辦公室的公文櫃藏放，以免被連上那群餓狼般的貪食鬼盯上。只是，不管我和沈詮怎麼小心，難免還是會損失幾包我們愛吃的零嘴。這些人總在我們拆包裹的時候，像蒼蠅一樣黏上來，眼睛盯著我們手部的動作，每從包裹裡拿出一樣東西，他們就在旁邊像誦經一樣喃喃唸道「好幸福喲」、「好羨慕喲」，逼得我們非得拆開幾包零食分給大家。

佘排就沒有這種困擾。儘管這些人都知道佘排每次收到的都是食物，因為他女友總喜歡在包裹外收件人姓名旁寫著「阿娜達，愛就是把東西吃光光」，可他們就是吃不到。佘排是預官，住的是排長室，包裹一旦進到他房裡，就再也沒有出過門。別說是他女友寄來的珍貴食物，平常他帶隊出去構工，也從來不會向小蜜蜂買點油飯飲料之類的東西請大家吃。

我同梯林忠雄總不死心，一有機會就想逼佘排掏出皮夾。

「排長，我們口很渴耶，買點飲料請大家喝嘛。」

「為什麼要我請？」佘排瞇著眼睛說。

「你是排長，你不請誰請？」

「你是班長，你也可以請啊。」

「可是，楊排每次帶隊出來做工都會請客。」

「他是他，我是我。」佘排說，伸出食指把順著汗水滑下的膠框眼鏡推回鼻梁。「而且他是志願役軍官，領的錢比我多。」

「你是排長，領的錢也比我這個下士多，而且楊排又沒來，現在當然是你請。」

「這……」余排一時語塞，膠框眼鏡又滑了下來。他想了一下，旋即露出了笑容。「如果國軍教戰守則有規定排長要請客的話，我就請。」

余排除了不請客，還想盡辦法省錢。在東引，就算假日不去南澳花天酒地，平常外出構工也不向小蜜蜂買檳榔飲料，不能不花的還有礦泉水錢和電話費，但余排從來不打卡式公用電話，我也從未見過余排買礦泉水，他要嘛喝別人的，要嘛就喝開飲機裡的水。

有次我把剛領到的營養口糧拿到寢室內務櫃存放，正好遇到余排從排長室推門出來，拿著鋼杯又打算到安全士官桌旁的開飲機裝水喝。

「排長，這水你敢喝啊？你不覺得有怪味道嗎？」我想起徐志遠半騙半逼我喝下的那一杯東引明礬水，儘管從那次以後我再也沒生飲過中央水站打上來的水，但那股混雜了化學藥劑和腥氣的臭味迄今仍牢靠固執盤據在我腦袋裡的味覺記憶庫。

「不會啊，我在鋼杯裡放了兩個茶包，這樣喝起來就不會有味道了。」余排瞇著眼睛說，「你不覺得東引的礦泉水賣得很貴嗎？這樣可省下不少錢呢。」

「是啊，東引可不只是礦泉水貴哩。」我隨口說，對他的省錢祕訣不感興趣，抱了營養口糧就想走。

「等等，」余排叫住我，「你不喝口糧裡附的那包咖啡粉吧？如果你不要，可以全部給我。」

「排長，你不會連這種東西都喝吧？這哪叫咖啡？一點咖啡味都沒有，喝一口就甜得讓舌頭整根麻痺。」

「越甜越好。」余排說，「我晚上泡牛奶放兩包進去，就可以省下買方糖的錢了。」

余排節儉出了名，連南澳亨裕超商的老闆娘阿嫂也注意到他這個人。當我坐在亨裕超商店裡的小玻璃櫥櫃前的高腳凳上，抄寫連上今天委託我採買的日用品時，阿嫂攤開封面寫有「三本」兩字，裡面有我們全連名冊的灰色帳本，翻到余排的那一頁。「你看一下。」阿嫂突然叫我。她年紀約四十出頭，是東引在地的居民，說起國語有種獨特的黏黏膩膩腔調。我看過她和老闆咿咿啞啞說過一種方言，猜想他們說的可能是福州話。「你們連上有余家德這個人嗎？他是不是支援到別的單位去了？」

「他是我們排長啦，」我說，「他一直待在連上，從來沒調動過。」

「哦？因為他幾個月來的帳簿都是空白的，我還以為他調走了呢。」阿嫂笑著說。

阿嫂這麼一問，我才發現這一個月來，余排從來沒找我幫忙買過任何東西。我現在是連上的採買，每天都得到南澳採買副食品和連上同袍需要的日常用品。自從七叔和我師父那梯退伍後，連上突然一下少掉快二十人，許多業務士都得一人身兼兩職，而我除了政戰業務外，也被連長指派擔任連採買的工作。採買工作並不複雜，上一任的採買學長在退伍前，交接了一本非常完整的手抄本食譜給我，裡面分門別類註明各種菜名，以及需要準備的材料。我只要根據這本食譜，控制好預算，擬出菜單讓連長批示，隔天再到南澳向菜商、菜農和亨裕報到便行了。根據前任採買學長說，菜農是固定的，只提供四、五種他們在島上自己種的青菜；菜商每個月換一家，向他們採買的東西就多了，每天固定要買的有雞肉、豬肉、魚、紅蘿蔔、馬鈴薯、玉米、青椒和調味料等副食品。至於日常民生用品就是向亨裕買了。島上雖然還有長虹、東湧等幾家超商，可是也不知道是誰分好的，反正我們連上就是固定向亨裕採購。每天傍晚亨裕的老闆都會開著那輛藍色的小發財車，一一到各連，把裝了貨物寫有姓名的塑膠袋丟在連集合場邊。貨款不必先付，到月初發餉時，連行政自然會去亨裕報到，把大家欠的錢結清。我們在島上買東西很少付現金，不管是小蜜蜂或酒店，他們都有好幾本厚厚的簽帳冊。反正島上就這麼大，他們根本不擔心我們跑掉，只要特別注意那些欠帳太多又快接近退伍日期的人就行了。

當採買最大的好處，就是可以天天打電話給伊，這是當初剛來島上找不到機會打電話的我所想像不到的福利。非假日的南澳，街上的阿兵哥不多，我可以在任何時候高興打哪支公用電話就打哪支，現在的我到了假日已懶得去和別人排隊了。每天和伊講完電話，心裡便覺得踏實了些，做起事來也有勁多了。儘管每天到南澳一趟得走好幾公里路，但只要不下雨，這趟路走起來倒挺舒服的。而且，在這段來去南澳的時間，我可以完全脫離連上，享受部隊中難得的獨處時間。

不過，今天我不能久留，必須馬上回連上。

「阿嫂，我要回去了。」我收起記事本，戴上小帽站起來。

「這麼快？還不到十點，急什麼？」阿嫂說，「坐下來聊聊天嘛，天氣那麼熱，我請你吃支冰棒。」

「不了，我得趕快回去了。」我說。推開亨裕的店門，一股熱風立刻迎面灌進這個冷氣房裡。

「等等，」阿嫂叫住我，「我只是隨口問問余排長的事，沒別的意思。」

我猜阿嫂可能以為我不高興了。南澳的菜商和超商難免對我們這些採買有些猜忌，擔心我們突然破壞長期合作的關係，分散一些商品到別家購買。阿嫂大概認為我把她剛才問的事當成探口風，才會動了氣急著走人。我知道阿嫂沒這個意思，但也不想為了余排的事而多做解釋，連上還有更麻煩的事在等著我。

一回到連上，我便直接走進伙房。已經十點半了，但伙房裡只有二等兵施吉安一個人蹲在地上洗菜。

「怎麼只有你一個？其他人呢？」我問。

「邵朝陽學長待退，許坤元學長和蘇明宏學長還在庫房補睡，我不敢去叫他們。」施吉安哭喪著臉說。

果然不出所料。剩不到一個小時，部隊就要來打飯菜了，而我這個採買必須負責的伙房卻連米都還沒煮。我衝進庫房，一眼便看見許坤元和蘇明宏兩個人睡在麵粉袋上鼾聲正響。「兩位學長，該起來了，」我忍住怒氣，輕輕搖醒他們，「拜託幫個忙，快來不及了。」

「幾點了？」許坤元睡眼惺忪問。

「十點半了。」

「喔，」他翻個身，踢了睡在他旁邊的蘇明宏一腳，「喂，你先去準備，菜切好再叫我。」

我感覺自己好像又回到當年打工的泰豐樓餐廳，看到這些伙夫自動以梯次分成了大廚、二廚和三廚等階級。只是，我的定位在這裡變得十分奇怪，完全不會煮飯菜的我被連長叫來擔任採買和管理伙房，就好像突然叫一個外場跑堂去當廚房總管一樣。還不到一個月，我已經因為伙房出菜時間超過規定而被連長罰站了三次，因為伙房太髒亂而被營輔導長處罰在星期天割了一上午的草。可是，伙房裡的四個廚師有三個梯次比我老，我一直想不出辦法來管理他們。

我氣呼呼回到輔導長辦公室。輔導長正埋首桌前，手裡拿著雕刻刀，專注刻著夾在木頭架子上的石頭印章。從我接政戰士到現在，八個月內連上的輔導長已換了三位。我和第一任輔導長沒什麼交情，因為那時業務主要由我師父胡尚智負責，而且他在辦完那次未能成功的選舉動員業務後就輪調回台灣了。第二任輔導長掛的是步科，他是官校正期生，來連上接輔導長只是為了歷練，三個月期滿就調到二營擔任副連長了。他幾乎什麼都不管，放手交給胡尚智和我去搞，我也是在這三個月內完全學會了所有政戰業務。第三任輔導長已在台灣當了一年半的輔導長，他調來連上的時候，我師父已經退伍，經驗豐富的他只盯了我半個月，發現我已能獨撐大局，便效法第二任輔導長，什麼事都不管，每天只盯著他眼前的那顆小石頭。

我摘下帽子和外出證，連同打混包一起丟在辦公桌上，聲音大得連我自己都嚇了一跳。

輔導長抬起頭了。

「你的臉怎麼這麼臭？」他笑瞇瞇說，「怎麼？和女朋友吵架了？」

「沒事。」我說，不想提伙房的事。

不告訴輔導長的理由很簡單。他成天都像這樣笑嘻嘻地刻印章修身養性，從沒管過連上任何事情，跟副連長兩人簡直就是一對活寶。他甚至改了副連長的詞：「上有連長，下有排長，誰有事情就去找政戰士。」我早就盤算過了，如果我把管不動伙房的事告訴他，除了自曝能力不足外，恐怕得不到輔導長任何幫忙。就算我請出輔導長教訓他們，以那些人牛皮的程度，效果維持不了多久，而且會讓我和伙房那幾個學長之間的關係更加惡化。

「我覺得你最近火氣好像有點大。」輔導長站了起來，尊嘴雖張，但三句話仍不離印章，「年輕人，做大事要沉住氣慢慢來，別心浮氣躁。就像我刻印章，只能一刀一刀慢慢雕。只要一時貪快下錯一刀，整個石頭就報銷了。」

就定性來說，我這位第三任輔導長確實展現出過人的能耐。他每天晚上都會拉開抽屜，把一個個大小形狀花紋顏色各異的石頭排在辦公桌上，像晚點名一樣一個個檢視。有時，他拿起一個石頭，舉至眉間對著光源左翻右照；有時，他會把石頭捏在手心，閉上眼睛，一副若有所思的樣子；有時，他甚至把頭壓低至桌面高度，瞇起眼睛看著這些和他視平線等高的石頭。「這叫做賞石，」輔導長對在一旁看傻眼的我說，「每顆石頭的材質、硬度、溫度和特性都不同，必須透過這種欣賞的活動反覆研究，掌握了它們的優點和缺點後，才好構思刻字。」輔導長光是欣賞這些石頭就可以花一個小時，之後還不是馬上刻字，而是挑出一顆石頭，將砂紙攤平在桌面上，把石頭平坦的切面按在砂紙上細細磨動。這一磨又是半小時。接著他才收起那顆剛磨完的石頭，把另一顆已刻了一半的石頭，夾在正方形的小木頭架子上，拿起雕刻刀，弓著身子，把臉快貼近到石頭表面，開始一刀刀慢慢刻了起來。看他刻得一副陶然自得的樣子，我的心也不禁為之嚮往，便央求輔導長教我刻印章。他爽快答應了，挑了一塊約拇指根大，表面有點像西瓜皮黑綠條紋的石材送我。他說這塊石頭比較軟，適合初學者用，但印面還沒琢磨過，要我先拿五號砂紙把表面刨光，再用一號砂紙細細打磨，直到表面完全平滑了，才能開始刻字。我每天一有空就磨這塊石頭，到現在已經過了半個月了，但輔導長卻還沒有意思教我刻字。

「輔仔，我連第一刀都還沒開始刻，怎知道該如何沉住氣？」我沒好氣說，「你給我的那塊石頭，我都磨了快一個月了，到底什麼時候你才願意教我刻字。」

「喔？都一個月了嗎？時間過得還真快。」輔導長驚訝地說，沒發現我偷偷把時間誇大了。「你那塊石頭磨得怎樣了？拿出來看看吧。」

我拉開抽屜，把那塊石材拿出來遞給輔導長。「上次請你看，你說還磨得不夠，所以我又多磨了五天，現在總該行了吧？」

我這些話是用來唬他的，其實這幾天我忙得要死，被政戰和採買兩項業務搞得喘不過氣。營輔導長四月分受完訓從台灣回來，從政戰官手中取回營上政戰業務的監督大權，而他只安靜了兩個月，現在已開始成天督導我們連級政戰士的業務，每天都至少會下三個以上的電話紀錄。採買的工作更不用說了，我花了一個星期才大致搞懂什麼菜該配什麼料，另外又花多一倍的時間學會算帳。東引的菜價高過台灣，而我們外島兵的伙食費卻和本島部隊一樣，每個人一天只有四十二塊，這讓我絞盡腦汁東摳西減，才能勉強不讓伙食費出現赤字。至於磨印章？算了吧。現在我連寫給伊的信都變少了，哪有時間花在這種單調無聊的動作上。

輔導長瞇起一隻眼睛，以拇指和食指夾住這塊石頭，很認真地湊近燈光仔細查看。我剛才說的那些話似乎完全沒進到他耳裡。過了好一會兒，他才放下石頭，嘆了口氣，臉上的表情活像剛從手術房出來準備宣布噩耗的醫生。

「不行，這顆石頭還不能刻字。你還得繼續磨下去。」

「我已經磨了一個月了！」我叫了起來。

「你還沒學會磨石頭的功夫。石材印面要磨得像鏡子，要比嬰兒的屁股還細。你看你磨的，上面的紋路多得像我祖母的臉。就算我勉強讓你在上面刻字，印出來也不會好看。」

「輔仔，別這麼嚴格嘛。」我哀求他，「讓我先學一點基礎刀法，下顆石頭我一定會好好磨。」

「門都沒有，等你把這顆石頭磨好再說吧。」

「真的不能刻字嗎？」

「不能。」

「那我到底還要磨多久？」

輔導長又拿起石頭，重複一遍剛才的動作。不過，這次他倒是很快便做出了結論。

「依我看，你這塊石頭還有得磨了。」

33 神祕事件

部隊裡磨人的事還真不少。我們花了將近半年時間，犧牲了無數次休假，才把島上的幾條大路拓寬、重新灌漿，鋪成即使坦克車開上來也壓不壞的路面。接著指揮部裝備檢查又讓我們累了一個月。現在，又要開始演習了。

平日閒慣沒事幹的沈詮這下可忙壞了。他在年初升了下士，現在是營參三作戰士，最近連續幾天晚點名都沒見到他，應是留在營部和作戰官一起熬夜加班草擬作戰計畫。不過，我也不見得輕鬆。為了這次演習，營輔導長已下了幾次電話紀錄，要各連政戰士製作文宣傳單和準備心戰喊話擴音器材。我還得抽空到伙房，看他們是否已找到據說藏在庫房深處的行軍鍋和戰備用噴燃機。

沈詮回連上了，我們這群從入伍到破冬還沒碰過演習的中鳥全圍了上去，興奮地問東問西，一副好戰分子的模樣。

「早就該演習了。」黃天福說，「來東引島只學會做工，連靶場都沒去過，我們步兵第三營乾脆改名工兵第三營算了。」

「是啊，以前還可以打打驅離，現在只能扔石頭。步槍再不使用，我看每支步槍都要麻膛了。」林忠雄說，他現在是連上的槍械士，整天只想找時間叫全連的人擦槍。

「演習又不會開槍。」沈詮說。

「我知道，我是指打靶。」林忠雄說。

「要打仗了嗎？」盧三輝一臉惶恐說。現在他也快破冬了，國語已能講上幾句。

「是打靶，不是打仗。」林忠雄啪一聲切了盧三輝後腦一個芭樂。

「沈詮班長，演習的時候我們要幹嘛？」翁柏昌問，他在不打鼾的時候，關心的總是比較實際的問題。

「關於演習的作戰計畫嘛……」沈詮清了清喉嚨說，「由於我們步三營是預備隊，而我們營部連又沒有海邊的據點，因此基本上只有兩種方案。」

「哪兩種？」

「方案一：攻擊開始時，全連立刻以最快速度跑向連部對面的安東坑道，在裡面等待敵人砲擊完畢，當共軍開始登陸或空降時，我們才出來掃蕩敵軍。」

「那就是先躲起來嘛。第二個計畫呢？」

「方案二：攻擊開始時，全連立刻以最快速度衝進莒山廣場前的陽明坑道，在裡面等待敵人砲擊完畢，當共軍開始登陸或空降時，我們才出來將他們殲滅。」

「唁！還不是一樣！」大家一齊叫了起來。

聽說參謀總長會親自過來視察，因此指揮部對這次演習相當慎重，整個島上的部隊都動了起來，一副進入備戰狀態的模樣。但這都不關我的事。步三營是預備隊，我們營部連又是預備隊中的預備隊，而我所隸屬的衛生排更是預備隊中的預備隊的預備隊。所以，演習開始時，我換好戰鬥服裝，戴上鋼盔紮好S腰帶水壺和彈袋，右腰插了一把四五手槍，左肩別上根據日內瓦公約任何人都不能對我們攻擊的紅十字醫護兵臂章，胸前左斜揹一個醫療急救包，右斜揹裝有《政戰資料冊》和《政戰工作日誌》的打混包，脖子上再吊著剛剛才修好的心戰喊話擴音器，就這麼一副三分像軍人七分像郵差的模樣，跟著衛生排長躲進陽明坑道裡，在那個堆滿竹葉青的庫房隔壁的臨時指揮所裡補睡了一個下午。當他們用無線電通知說演習已經結束時，我身上的裝備卻變得更重了，因為背包裡多了半打的竹葉青酒。

沈詮跟作戰官去指揮部開會，回來的時候臉色很不好看。我們問他有沒有見到參謀總長，他說見到是見到了，但也聽到一個恐怖的消息。他臉色凝重對我們說：「參謀總長離開的時候，拍著指揮官的肩膀說……」

「說什麼？」

「他說：『老弟，你們沒問題吧？有信心達成戰略任務嗎？』指揮官說：『報告總長，沒問題！我們島上兄弟士氣很高，不但有信心達成任務，而且可以超越目標，支持一個星期絕對沒有問題。』」沈詮說完便嘆了一口氣。

「才一個星期？」

「不，你們沒聽清楚，一個星期是超越目標後的結果。後來我問作戰官，才知道我們反共救國軍在東引島的任務是守……」沈詮比出三根手指頭。

「三個月？」

「不，三天。」

「什麼！」大家又一齊叫了起來。

被沈詮這麼一講，我們才明白為什麼山頂的對空哨碉堡裡，會漆有「獨立作戰，自力更生，與陣地共存亡」這幾個字了。如果共軍打過來，我們不會有援軍，也沒有撤退的計畫，只能在坑道躲上三天，然後出來看看戰爭結束了沒有。一時之間，大家突然有股悽涼悲切之情，覺得我們是一群被遺棄在荒島上，任其自生自滅的孤臣孽子。

不過，悲切歸悲切，飯還是得照吃。

我脫下裝備，走進伙房。已經四點半了，伙房裡竟然空盪盪的，還沒有半個伙夫出現。未洗未切的菜堆在濕漉漉的地板上，兩隻尾巴長度超過二十公分的黑老鼠從我腳邊竄過，溜進庫房裡去了。在還沒升火的大灶旁邊，至少有兩個班以上的蟑螂在搜索爬行，我都走到牠們面前了居然還沒有任何一隻打算撤退。我順手拿起一塊破抹布丟了過去，這十幾隻不知好歹的蟑螂才嚇得亂了陣形，以比我們剛才演習開始時衝進陽明坑道還快的速度，瞬間便全鑽進瓷磚爐灶右邊底下的小櫃子裡去了。

我火極了。這麼多蟑螂，萬一哪天掉進我的菜裡去，我免不了又會被叫去罰站或割草。牠們居然就藏在離爐灶這麼近的地方，而且完全不怕人。如果哪天被來督導伙房的上級長官看見，我在連上一定馬上比黑人還黑。

坦白說，我很少想到誰紅誰黑的問題，可是在連長宣布我不必站衛兵和兼任連採買後，他們都說我是連長眼前最紅的人。政戰士本來就不應該站衛兵，而兼任採買只是平白無端多了一份累人的工作，拿這兩件事來說我紅根本就是冤枉。沒錯，在晚點名後，連長經常到輔導長室或叫我去連長室泡茶聊天，我們私下交情還算不錯。但這種交情完全和公事無關，每當連長發飆，我也是得跟著大家一起全副武裝出基本教練。上次伙房出了差錯，把煤油當成沙拉油倒進高麗菜裡炒，我也馬上被連長叫進中山室，在牆邊罰站全程看完部隊少一道菜吃的可憐樣。連長說過，他之所以喜歡找我泡茶聊天，是因為我們只差兩歲，講起事情比較沒有代溝。他還說他欣賞我「公私分明」，不會因為多和他說過幾次話，就在別人面前拿翹或忘了分寸騎到他頭上。就這點而言，我自己也覺我拿捏得很好，但當連上的人說我紅時，口氣總不免夾雜了那麼點「不知道你每天進連長室又抖了誰」的味道。

在男性群體中，再也沒有比「耙子」這兩個字更污辱人的字眼了。我們可以動不動就用髒話問候別人父母或被人關懷自己的祖宗，可以接受任何因個性缺陷而招來的批評，被人說懶、說髒、說自私都無所謂，然而一旦被人指著鼻頭說「料北阿」時，就會忍不住跳起來和對方拚命。男人什麼事都可以隨便，唯獨一個「義」字，有如女人的貞潔不容人恣意侵犯。但是，當我在連上被他們明著嘲笑或暗地批評為料北阿時，我只能吞下所有委屈，沒什麼立場替自己辯解。當了政戰士，就像住進八大的女人，就算真的沒有接過客，也不會有人相信妳是良家婦女。更何況，我也不是完全沒幹過這種耙人的勾當。不過，我敢發誓，只一個，從我接政戰士到現在，就只這麼一個而已。

那是今年三月分的事。那天全連都拉去中柱港卸載，只留下包括我在內不到十個人在連上留守。我們既要輪流站衛兵安官到隔天中午部隊卸完載補睡完畢，半夜兩點還得派四個人抬宵夜點心到碼頭去。部隊帶走後，我們留守的人聚在一起商量，每人都排了兩班衛兵，而且還請總機和放水兵林魯良出來幫忙補一班衛兵，但衛兵班表還是湊不齊。就在我們幾個人聚在大寢室傷透腦筋時，劉英傑正好拿著睡袋回來睡覺。他是小我十二梯的菜鳥，剛接營長傳令，這兩天正跟著他下個月就要退伍的師父實習。林魯良立刻上前找他商量，請他幫忙站一班衛兵，而且是十點到十二點最不影響睡眠的這一班。

但劉英傑卻說：「學長，我好累。」

林魯良顏面全失，整個臉漲得通紅。我們在一旁全呆了，沒想到一個新來的二兵竟敢當眾拒絕大他超過二十梯的學長的要求。可我們一時也拿他沒辦法。劉英傑的師父即將退伍，他下個月就會正式成為營長傳令，會搬離連上住進營部，整天在營長身邊跟進跟出，現在惹他等於是找自己以後的麻煩。但是，這口氣我實在很難吞下。我想到自己剛來連上的時候，休息時間大部分都躲在廁所裡，哪可能像他這樣大模大樣躺在空無一人的寢室床上？

於是，等天亮部隊卸載回來後，我便迫不及待把這件事向連長報告。儘管那時林魯良去找劉英傑商量時寢室已熄燈，黑暗中我看不清劉英傑臉上的表情，但我還是憑想像力，仔細向連長描述劉英傑那種目中無人的態度。

連長發作的速度超過我的預期。部隊做了一整晚的工，剛剛才洗完澡正準備開始補睡。沒想到連長一聽完我報告，立刻一通電話搖進總機，要總機通知值星官所有人五分鐘後在大寢室集合。我見苗頭不對，便趕緊離開連長室加入部隊，跟著眾人在床頭立正站好。我偷偷瞄向劉英傑，看見他被挖起床，一臉睡眼惺忪地夾在隊伍間，還偷偷張嘴打了個呵欠，完全不知道自己馬上就要大難臨頭。

連長猛然推開大寢室的紗門，氣呼呼走了進來。不等值星官向他敬禮交過部隊，他便叫道：「劉英傑，出列！」劉英傑愣在原地，但立刻被旁邊的人給推了出去。「你給我跪下！」連長吼道。劉英傑有點遲疑，他的一邊膝蓋才剛觸地，接下來整個人就倒在地上了。「起來！」剛踢了他一腳的連長說。劉英傑爬起來了，連長立刻衝上來，經過助跑後正正式式踹出一個飛踢。「我操你媽！」連長的罵聲還沒消失，身高不到一百六十公分的劉英傑就已在地上打了兩個滾，整個人撞向寢室後方內務櫃的三夾板櫃門，砰一聲發出巨大聲響。劉英傑睜大眼睛驚訝地看著連長，不知道自己犯了什麼錯。「起來！」連長又吼道。但這次劉英傑說什麼也不肯爬起來了。「混帳！你以為當了營長傳令就不是連上的人了嗎？」連長又踹起一腳朝倒在地上的劉英傑踢去，這次把他的鼻血踢出來了。

劉英傑摸了摸臉，被自己手上的血嚇著了。我也嚇著了。這不是我的原意，我只想讓連長出面警告他，要他下次小心一點，沒想到連長會發這麼大火氣，更沒想到連長竟然出腳踢人。連長雖然經常發脾氣，可是每次當他發火時，只要動口下幾道命令，就足以把我們操翻天。自從上次他的木槍差點被龔宗強搶過去到現在，這還是他第二次動手教訓人。我不禁有點心虛，也許那天劉英傑白天真的很累，也許我們那時再好好跟他講，他就會答應起來接一班衛兵。可是連長問也沒問，只聽我的一面之詞，完全沒給劉英傑辯駁機會就狠狠把他教訓了一頓。而且，在部隊解散後，連上老兵同樣沒給他辯駁機會，跟著又狠狠把他揍了一頓。

儘管這次大家都認為是劉英傑自己該死，沒人怪我向連長打小報告，我卻得到一個教訓——在長官面前講話得千萬小心，在沒辦法操縱兵官反應與舉動的情況下，隨便講話是會害死人的。

所以，即使伙房現在狀況百出，我也不願意向連長或輔導長報告。更何況，向上級報告自己底下的人不合作，只會反映出我的能力有問題，無法勝任管理伙房的工作。

我想憑自己的力量解決，雖然還沒想出來該用什麼辦法。

我站在爐灶前，盯著剛才扔在白瓷磚上的抹布，耳邊有蒼蠅嗡嗡飛舞，擾得我思緒一直靜不下來。一隻蟑螂從爐灶右下方的櫃子門縫間探出兩根觸角，也許發現我還站在櫃門前，便立刻縮了回去。這些傢伙！大概知道這個櫃子是廚房的禁忌之地，竟大搖大擺把這裡當成安樂窩。從我接任採買開始，就想打開這個髒兮兮的櫃門清理，但是廚房最老的學長卻說，這個櫃門千萬不能開，否則會發生不吉利的事。他說，這個櫃子是我們營部連伙房的罩門，從他新兵開始就被以前的伙夫告戒過了，只要這個櫃門一開，就會有一連串災禍跑出來。他說，幾年前有人開過一次，結果伙房隔兩天就失火了；更久之前還有一次，聽說那次全連食物中毒，伙房的人全被送進了禁閉室。他幾乎用哀求我的口氣說，如果我執意要開這個櫃門，至少也得等到他退伍後，因為老兵八字輕，他可承受不起任何災禍。

可是，既然這個櫃門不能打開，當初又何必在這爐灶旁邊設計這個櫃子？還有，若真有什麼邪門事，應該到南澳的白馬尊王廟請個符咒回來貼上才對。這個傳說只憑口傳方式一梯梯交接下來，說不定哪天就被不知情的新兵給打開，平白無故讓伙房受到傷害。不對……這道門或許早被人貼過符咒，說不定留有封條之類的痕跡。

我在爐灶前蹲了下來，仔細研究這個櫃門。我沒發現門上有任何紙張字條黏貼過的痕跡，只瞧出來這扇我一直以為是棕色的櫃門，原本居然是紅色的。一天三餐經年累月的油煙堆積，門板上凝結了一層瑪瑙色的油脂，遮蓋住了它本來的顏色，一些積得較厚的地方油脂還如熔燭般流下，在門板上形成一條條黏膩的油蠟。我敢說，只要把這櫃門拆下平放，就可以取代庫房裡那些永遠黏不到老鼠的黏鼠板。如果指揮部來督導伙房的長官注意到這扇櫃門，不管櫃門開或不開，我都一樣死定。更別提裡面還住有一群每天遊走在大鍋旁，隨時可能跌進湯裡犧牲性命替部隊加菜的蟑螂了。

才盯著這個櫃門沒幾秒鐘，我就覺得噁心想吐了。

不管了，我一定要把這個櫃子打開，把裡面的蟑螂殺乾淨才行。

我強忍住噁心的感覺，慢慢把手伸向櫃門上的圓鈕。

可是，萬一這個櫃子真的是潘朵拉之盒呢？裡面除了蟑螂，會不會真的關住了什麼惡靈，會在我打開櫃門的一剎那化成一道煙霧飛出？

我本來是不信邪的，但來到東引島後，扣除那些諸如賣花女之類一點也嚇不到人的鬼故事不提，我的確親眼目睹或親耳聽聞幾次不可思議的現象。最早是蔡榮里的起乩事件。那時我剛來連上，不知道蔡榮里犯了什麼錯而被連長罰在午休時間扛五〇機槍在整容鏡前罰站。他在大太陽底下站不到半小時，便突然把五〇機槍往地上一丟，一屁股坐在地上，口吐白沫，身體開始猛烈抖了起來。安全士官飛奔報告連長，所有人也從寢室衝出來看蔡榮里起乩。連長撥開人群進來，冷冷看了盤腿坐在地上嘴裡喃喃有詞的蔡榮里，罵了一句「裝神弄鬼」，便叫兩個人去把他拉起來。兩個學長上前了，蔡榮里完全沒抵抗掙扎，但那兩位平常能扛兩包水泥跑步的學長竟然拉不動他。「你們搞什麼？」連長罵道，又叫了兩個人過去幫忙。以他們四個人的力量，就算蔡榮里是頭牛也得乖乖被扛起來，但這四個人雖從左右兩邊抱住蔡榮里的雙手雙腳，他的身體卻重得怎麼也抬不動。「再去四個！」連長吼道。圍在蔡榮里身邊有八個人了，結果還是一樣，他的屁股像生了根，始終沒離開過地面。連長沒轍了，因為就算他想再加派人手，第九個人也擠不進蔡榮里身邊了。

這件我親眼見到的事雖然邪門，卻比不上這個月發生在安東坑道，被我親耳聽到的事件。安東坑道本來是二連的駐地，但他們全連已在兩個月前搬至營部旁的地面營舍，只在坑口留了一個衛兵駐守。事情發生在半夜，那時我剛加完班，一時不想睡，便到總機室和學長聊天。快一點鐘的時候，總機的電話響了，是安東坑道的衛兵撥進來的。學長懶得戴上耳機，便直接用小擴音箱把對方的聲音放了出來。

「是……是……五三嗎？」我聽見安東坑道的衛兵說。

「不是五三是哪裡？」學長沒好氣地說。

「五三……麻煩你……把電話轉到我們連長室。」

「什麼？」學長凶巴巴說，「半夜一點你叫我打電話吵醒你們連長？想害我挨罵嗎？」

「那……拜託你把電話轉給我們連上的安官。」

「這還差不多。」

電話轉過去了。一聽見二連安全士官的聲音，安東坑道口的衛兵竟然哭了起來。

「班長……快……快來，他們……他們……要衝上來了。」

「什麼要衝上來？你在說什麼？」

「我不知道他們是誰……你快點來……他們就要上來了……」

我和總機學長面面相覷，不知道安東坑道那裡出了什麼事。但由這個衛兵說話的樣子，我敢說他已離崩潰不遠了。

「好，好，你別哭了，」二連的安官大概也聽出事情有點不對，連忙安撫他，「你再撐一下，我馬上叫人過去看看。」

十分鐘後，總機的電話又響了。還是從安東坑道口打來的，不過講電話的人換了一個，是二連的士官長。

「五三，你馬上幫我接我們連長室。」二連士官長口氣嚴肅。

「這……」學長仍有些為難，但這次他不敢凶了。

「叫你接就接！」士官長吼道。

學長把插頭塞進電話交換機上寫有「二連連長室」的圓洞中，把話機猛搖了好幾圈。一聽見二連連長拿起電話喂了一聲，學長劈哩啪啦便說「報告連長，士官長電話」，話一說完便把擴音箱的插頭拔掉了，彷彿電話線染了什麼惡性傳染病。

「怎麼不聽了？」我問。

「還聽？半夜叫醒連長，不用聽也知道是一頓臭罵。」

「可是……這次好像真的不太對勁。」

「說得也對。」學長搔搔頭想了一下，又把電話線接了回去。但是，顯然士官長沒幾句就講完了，我們來不及竊聽到任何對話。我們等了一會兒，卻已沒有人再打電話進來了。這種感覺很糟，好奇心就像擊出安打後一口氣連衝過三個壘包準備得分的打擊者，最後竟然被觸殺在本壘之前。

「我出去看看。」我忍不住說。

安東坑道就在我們連上對面，走到連集合場就可以居高臨下看見坑口的情況。我摸黑走到連集合場，看見安東坑道口有五、六個黑幢幢的人影。他們在坑口只停留了一下，接著就排成一列，拿著手電筒走下坑道去了。我在連集合場上站了一會兒，半天不見他們上來，便又回到總機室。

「怎麼樣？」學長迫不及待地問。

「二連好像來了幾個人，全進坑道去了。」我說。

「三更半夜下坑道做什麼？」學長說。

「不知道，」我聳聳肩說，「大概連長帶隊下去抓鬼吧。」

「胡說八……」

學長的「道」字還沒出口，電話便響起來了。仍是安東坑道搖來的，但這次傳出的竟然是二連連長的聲音。「五三，你通知戰情室，說安東坑道撤哨。還有，叫查哨官不必查這個哨了。」二連連長說話的聲音有點喘，顯然才剛從安東坑道底下爬完五百級階梯上來。

「可是……」學長又支支吾吾起來。

「你就說是我講的。你告訴他，有事明天再說。」二連連長講完便掛斷了電話。

隔天一早，安道坑道半夜撤哨的事便已傳遍了整個營區。我綜合了幾種不同版本，加上自己昨晚親耳聽到的電話通聯內容，大致拼出事件的原貌。原來那個衛兵聽見坑底有千軍萬馬發出吶喊殺聲，嚇得打電話回連上求救。他們士官長起先認為衛兵聽見的是從坑洞底下傳上來的海潮聲，一個人蠻不在乎地衝去坑口想把衛兵訓斥一番，沒想到一到安東坑道口他也呆住了，才急忙打電話要總機叫醒他們連長。聽說二連連長有修過什麼茅山道術，連長室裡還掛著一把桃木劍。他們說，二連連長昨晚帶了五個人，提著那把桃木劍衝下坑道去了，最後卻臉色慘白地上來，一回到坑口便決定撤哨。

問題是，沒有人知道他們究竟在坑道底下看到了什麼。我們問了幾個二連的人，他們都絕口不提。於是連上慢慢又流傳出另一派說法，他們認為安東坑道撤哨是因為二連人力不足，什麼夜半衛兵哭訴電話，什麼坑底吶喊殺聲全是假的，因為根本沒人能說出安東坑道底下鬧的是什麼鬼。

若依我平日凡事不信邪的個性，如果那天半夜沒親耳聽見那幾通電話，我可能也會加入「無鬼論」

那一派，駁斥那些繪聲繪影加油添醬的言論。然而，不管那些不信鬼的人如何振振有辭，安東坑道口的確從那天開始再也沒人去站過衛兵，就像從我接任採買到現在，確實沒看過這幾位伙夫打開爐灶旁的櫃門一般。在眼睛看得到的表象背後，或許真有某些科學知識無法解釋的事實。

這個櫃子裡到底放了什麼東西呢？

越不讓我打開，我的好奇心就變得越強烈。

我很清楚這是很要不得的心態。由這半年多來的政戰工作經驗，我知道有些事最好別多問，省得惹上麻煩。可是，好奇心可不像噁心這麼容易鎮壓。感覺噁心時只要把眼睛閉上，把頭別開，屏住呼吸便成了。好奇心卻像七叔攤在剛割完包皮躺在床上的徐志遠面前的那本《花花公子》雜誌，教人捹著疼痛也想多看它一眼。

管他的。

反正現在伙房裡只有我一個人，我只要用最快的速度打開櫃門，看一眼，就立刻關上。這樣就算伙房真的因而出了什麼事，也不會有人知道是我打開了這道禁忌之門。反正現在伙房的狀況已經夠糟了，我已做好最壞打算，如果真的因此出事，我就坦然接受處罰或交出採買一職。在我負責的伙房裡，絕不容許有我不能碰觸或改變的忌諱，就算我從此變黑也無所謂。

我已下定決心，再度伸出手，緩緩握住門鈕。

然而，我的手竟然微微地顫抖起來，突然使不出力量。

沒用的傢伙！我暗罵自己。

好，閉上眼睛，深吸一口氣。默數三下就打開吧。

一……二……三！

我聽見櫃門發出啵一聲，像瓶塞被拔開似的，脫離原本被食油緊緊封黏住的位置。接著，是一陣清脆的叮咚匡噹聲，有東西如雪崩般從櫃內坍塌而出，滾落四散一地。我嚇了一跳，慌忙睜開眼睛，只看見自己置身在滿地空竹葉青酒瓶中，同時，也看見睡過頭的二兵施吉安正好急急奔進伙房。

「不關我的事。」他看著愣在地上的我，慌忙解釋，「這些都是學長喝的，他們喝酒怕被連長發現，才把空瓶子丟進這個櫃子裡，還叫我不能跟你說。」

我漲紅了臉，走到庫房拿了一個大塑膠袋出來，一語不發將這幾十支空酒瓶一支支撿進袋子裡。

34 麥可

本來以為，這次在伙房鬧的笑話一定很快傳遍全連，沒想到除了伙房的人，外頭好像沒人知道這件事。奇怪的是，在這件事發生後第二天，我在伙夫們炒菜的時候，一聲不吭拿著蒼蠅拍在伙房裡拍死上百隻兵力超過一個連的蒼蠅後，這幾個伙夫學長似乎有點怕我了。

當我在晚點名後把隔天的菜單拿進伙房時，儘管單子上早餐開的是豆漿和饅頭，他們也沒像平時那樣大呼小叫或給我幾個白眼。按照慣例，我們的早餐是一天豆漿，一天稀飯，偶爾夾雜幾次米漿或綠豆湯。伙房的人不怕部隊吃饅頭，反正麵粉是伙房裡最菜的施吉安揉的。但黃豆要浸、要磨、還得經過紗布過濾後才能倒入鍋裡煮，這些事一個人幹不來。因此部隊一喝豆漿，就表示伙房的人必須比平常提早一小時半起床。過去他們在菜單上一看見「豆漿」兩字，便會立刻學起東引老大罵兩聲「幹幹雞悲」。但這次，他們居然一個字也沒吭，就走進庫房抬黃豆出來泡水了。

我知道要不了多久他們就會故態復萌，恢復先前那種完全不受我指揮的狀態。不過，至少這兩天他們會收斂一些，因此我今天不必急著趕回連上，可以在南澳待久一點。

我坐在亨裕的小玻璃櫃檯前，一口一口吐著煙圈，思考下一步該怎麼做。阿嫂歪著脖子夾住電話，一手按著計算機，一手忙著抄寫工兵營採買打電話來訂購的物品，一時沒空和我聊天。野戰醫院的採買匆匆奔進亨裕，和我點頭打了個招呼，便鑽進店內右邊的貨架區去挑選信紙了。

自從當上採買，我就比較少給伊寫信了。時間不夠是個理由，更大的原因是因為每天都能打電話給她。一百元的電話卡只能講十分鐘，一個月下來的電話費超過我這個一等兵薪餉的一半，但值得，我每天都能聽見伊的聲音，光是這點，就比連上其他有女朋友的人幸福太多太多。

剛剛我已和伊通過電話，她說學校這星期剛舉行過畢業典禮，她爸媽都到山上參加了。伊說，雖然在畢業典禮上她和同學有說有笑，但心裡總覺得不快樂。我不知道是因為我無法回去參加她的畢業典禮，還是因為她即將入社會工作，面對未知多少有些忐忑不安。她說想要留在台北找工作，不想搬回家。我問她想找什麼工作，她說不知道。我問她在台北工作打算住什麼地方，她也說還不知道。她問我什麼時候才能放假回台灣，我說不知道。她問我千慧有沒有寫信給郭正賢或說什麼時候會回來，我說我人在外島，什麼都不知道。

「有錢難買早知道。」我又想起高中教務主任的這句口頭禪，但「不知道」似乎可以免錢大放送。我轉頭看著坐在亨裕店門外的麥可，牠吐著舌，歪頭看著我，彷彿很想知道我什麼時候才會離開亨裕。牠已經在店門外坐了快一個小時了，至少和五個以上的連採買打過招呼。大家都認識我們連上這隻輩分已相當於士官長階級的土狗，亨裕的阿嫂說，麥可從我師父的師父的師父開始，就喜歡跟著採買下南澳來逛逛，因此南澳的商家都認得牠。在島上，每個連隊幾乎都有一隻「連狗」，或許單位裡養的狗不只一條，但夠資格當連狗的只有一隻。我們都認得附近各連的連狗，例如兵器連的蘇珊、二連的大白，以及本部連的麥斯。這些連狗的地位很高，不但完全沒有被宰殺烹煮的危險，還受到全連弟兄的疼愛保護。若有哪個搞不清楚狀況的新兵膽敢欺負這些連狗，即便是輕輕踹上一腳，也會立刻被老兵揪出來，狠狠教訓一頓，甚至要他當著眾人向狗道歉。

麥可雖只是一條狗，卻也沾染上一點學長學弟制的習性。牠從來不跟新兵打交道，任他們拿了肉塊骨頭引誘，趴在連集合場上曬太陽的麥可也不會把頭抬高半吋。牠還咬過許多新兵。我師父胡尚智說，被麥可咬的人多半有過前科。我本來對這個說法存疑，但有次有批新兵來連上報到，在他們揹著背包，排成一列站在寢室門口聽值星班長訓話時，我看見麥可就在他們腳後踅來踅去，一個個嗅了嗅，然後突然張口咬向其中一個新兵的小腿。事後我查閱這個新兵的安全資料，他果然在入伍前便進過感化院，證明胡尚智所言不假。

不知道麥可會看階級，還是因為業務的關係，在我升上一等兵接了採買後，牠突然和我變得親近起來。在我出發去南澳買菜時，只要對牠喊一聲「走！麥可，去南澳了」，牠便會從地上跳起，晃著長尾巴搶先走在我前面，像熱心帶路似地，從連上一路走到南澳。每到一個道路交叉口，牠就回過頭望望，看我有沒有跟上來，儘管民生社區斜坡上有幾隻大得像羊的狗想找牠玩玩，牠也從不停留。更令阿嫂誇讚的是，麥可總是很有禮貌，若沒受到邀請，絕不會主動踏進商家半步。

麥可的人緣就是好，連東引老大偶爾經過我們連上，也不忘摸摸麥可的頭，不像營長養的那隻狐狸狗小白，讓每個人見了都咬牙切齒。當然，是小白自己先對全世界咆哮，除了營長和他的傳令兵以外。連上最恨小白的就是吳居安，只要營長不在而傳令又沒注意的時候，他一定會用石頭向小白招呼。他的行為讓我有點心驚，差點誤以為吳居安雖然個頭不高，內心卻殘暴不堪。但江臨淵說，吳居安之所以這麼恨小白，是因為有次他因營參二業務出了問題而被叫進營長室，挨了好一頓刮。那時他才來連上不久，見到營長彷彿見到了閻王。他立正站了沒幾分鐘，一時緊張就昏倒了。再醒來時發現自己躺在地上，脖子熱呼呼濕黏黏地還有點痛，他睜開眼睛一看，發現小白竟然把他當做死人，把他脖子上的皮肉咬下了一小塊。

「難道營長沒有阻止嗎？」我覺得很不可思議，就算營長是指揮官的乾兒子，如果放任自己養的狗咬死底下的兵，不管怎麼說都交代不過去。

「他根本來不及，」吳居安憤恨地說，「我才一倒下，小白就撲上來了。」

客觀說來，小白是條忠狗，但只忠於營長一個人，把營長室視為自己的領土，任何侵入牠地盤的人都是敵人。麥可比小白廣博多了，除了新兵之外，牠對連上的人一視同仁，就算連長來了，牠的尾巴也不會多搖動幾下。比較起來，我覺得麥可比小白聰明。至少，麥可在整個東引島上可以來去自如，小白卻沒膽離開營長室一步，只敢隔著營長室紗門向外面的人吠叫。

「咦？今天留得比較晚喔。」阿嫂已講完電話，有些詫異我還沒有回連上。「快中午了，留下來吃個飯吧。」

阿嫂這麼一提，我才注意到店裡早已瀰漫飯菜香氣，店後面也傳來乒乓鍋鏟聲。「不用了，我馬上要走。」我說，卻又好奇阿嫂明明坐在櫃檯接電話，是誰在店後面炒菜。「阿嫂，誰在後面煮飯啊？」

「老闆啊。」

「老闆會作菜？」

「我炒的菜可好吃呢，要不要嚐嚐？」老闆從後面走出來，手裡拿著鍋鏟，身上還圍著圍裙。平常我只見到亨裕老闆開著貨車到處送貨，沒想到他還懂得炒菜。看他魁梧奇偉的身材裹起圍裙的樣子，頗有泰豐樓大廚的那種架式。不過，他接口說的第二句話就讓他漏了底。「對了，我忘了妳說糖醋排骨要不要用太白粉勾芡？」他轉頭對阿嫂說。

我想起泰豐樓的另一個人，小張。他比我晚一個月到泰豐樓，沒有任何餐飲經驗，進廚房從學徒開始幹起。那時廚房裡有三個學徒，讓我印象深刻的只有小張一人，因為他已年過三十，足足比其他兩個學徒大了一倍，就連二廚、三廚的年紀也沒他老。聽二廚說，小張以前是職業軍人，還當過連長，退伍後找不到工作才想學廚藝。「邵師傅可能是一時心軟才收了他，」二廚跑來堂口偷偷對我說，「從來沒看過這麼老的學徒，我看他待不了一個月。」

儘管小張一聲不吭，在廚房被那兩個比他早來半年的學徒吆喝使喚，一點也沒有當過百夫之長的架子，但我的看法和二廚一模一樣。學徒領的錢比我們跑堂的還少，要做的事卻多過我們許多。廚師可以在外面吹飽冷氣，等客人點好菜才進廚房，這些學徒卻得在蒸煙瀰漫燠熱難捱的廚房裡待上八個小時，從洗菜、切菜、排菜一關關學起，不知何年何月才能摸到炒勺，炒出一盤端得上桌的菜餚。讓人想不到的是，小張不但撐過了一個月，而且還摸到了炒勺，站上爐前炒出了幾道簡單的青菜。平常只在外面泡茶聊天的邵師傅這個月來頻頻進廚房，親自指導小張做這做那，最後還教他炒起菜來了。這讓三廚有點不平衡，他嘟噥說：「我都來一年多了，邵師傅還沒教過我半點功夫。」二廚說：「你要小心了，按照小張學東西的速度，再過一個月你的地位就不保了。」三廚說：「這麼說來，我得留一手了，不能這麼快就讓他把我的本領全學去。」大廚說：「你們在胡說八道什麼？小張都幾歲了？他來學炒菜是打算出去開店做個小生意，你們在那邊吱吱歪歪什麼？」

小張當然不可能擠掉三廚，畢竟浙寧菜式種類繁多，光憑幾個月時間的確難以出師。不過，他倒是擠掉了廚房裡其中一名學徒。那傢伙國中剛畢業，進廚房這半年來一直愛學不學，態度不是很積極。小張才來半個月，邵師傅就請那個小學徒回家了，這讓剩下的那位小學徒開始緊張，之前他的工作態度只比被辭退的那傢伙好一點點，現在整個人卻脫胎換骨，連替大廚拿杯開水都用跑步的速度了。

想到這裡，我突然跳下高凳，戴上小帽，轉身推開亨裕的玻璃大門。趴在亨裕店門口的麥可也立即站了起來。

「怎麼了？一叫你吃飯就溜啦？」阿嫂急急從後面叫我。

「我突然想起連上還有事，得馬上趕回去。」我回頭叫道，又向麥可喊了一聲：「麥可，我們跑步回去！」

我想到一個可以解決伙房懶散問題的辦法了。

35 磨刀

「這樣不太好吧？」施吉安瞪大眼睛看著我。

「有什麼不好？我如果學會煮菜，伙房就多一個人手。大家早點做完，早點休息，這樣不是很好嗎？」

「可是，你又要買菜，又要忙政戰的事，哪有時間學煮菜？還有，如果學長進來看見你在幫我做飯，我就……」

「這些你都別管，有事情我會幫你擺平。」我很清楚施吉安的顧慮。在我和他一樣還只是二兵的時候，也是諸事都得小心謹慎，深怕一不小心就惹得學長群情激憤。但現在我已經破冬了，晚點名的體能訓練，當我做完該做的伏地挺身數目起立時，連上還有快三分之二的人趴在地上。夜間熄燈後，我們只要和安全士官講一聲，就可以到山上黃天福管理的倉庫去開小伙，煮個羊肉爐、燒酒雞之類的東西替自己進補。就連寢室裡的內務櫃都已換到中間那層，取放衣物再也不必踏在別人的床上。以我現在的「坎站」來說，除了軍官以外，誰也別想找我伙房裡的人麻煩。

「但是，等到你學會，也差不多要退伍了吧……」

「我有那麼笨嗎？再說，我只要學一些簡單的。每餐四道菜，我只要學會炒其中兩樣就好了。」

「再簡單也得從基本學起。」

「我知道。我入伍前在餐廳待過幾個月，你就把我當做學徒，從最基本的洗菜切菜開始教吧。」

「學長……」

「怎麼？」

「最基本的不是切菜。」

「不是嗎？那你說是什麼？」

「是磨刀。」

施吉安這個人平常看起來悶悶的，沒想到一講到廚房的事，他的話突然就多了起來。他先從怎麼挑選菜刀開始，替我仔仔細細上了一課。他說菜刀的柄要有點沉，刀刃要有點厚度，但也不能太厚。選刀的時候可用拇指和食指輕輕捏住刀刃上緣靠近握把的地方，試試整把刀的重心是否落在中間。還有菜刀的重量也很重要，太重的刀切久了會手痠，太輕的刀切起來則太費氣力。他拉里拉雜說了一堆，後面的我就記不清了。反正伙房的菜刀就這麼兩把，一把切菜，一把切肉，而且根據我所知道的連上財務狀況，目前根本沒有再買一把菜刀的預算。施吉安大概講了五分鐘的菜刀經，之後才開始講磨刀的要領。他說磨刀石有兩面，一面粗，一面細，如果刀不是鈍得很厲害，每天用細的那面磨就行了。磨的時候菜刀要和磨刀石呈十五度角，太斜會把刀鋒磨得太短，切沒幾下就會變鈍；太平則會把刀鋒磨得太薄，很容易切出缺口。至於磨刀的動作也很重要，要以左手握住刀背，右手以兩根指頭按住鋒口，施加的力道要恰到好處，貪快用力會使刀刃變得凸凹不平，怕傷了刀子而不敢施力，則完全達不到磨刀的效果。此外，清水的使用也是一門學問。水澆多了磨刀石變得太滑，磨擦度不夠；水少澆了又會讓鐵鏽石粉積在磨刀石上，磨起來會造成鋒口不平。還有鋒口和刀刃的比例也要注意，最好是……

「等等，我記不起來了，」我聽得頭昏腦脹，不得不打斷他，「你別用說的，還是示範一遍，我照著做就是了。」

軍中的階級倫理在此時發揮了功效，比我小十六梯的施吉安不敢再多說什麼，立刻蹲在磨刀石前認真磨起刀來。我只看了一會兒，便躍躍欲試要他起來換我來磨。

「學長，」施吉安站了起來，滿臉憂心地說，「我們能用的刀就只有這兩把，要是都被你磨壞，我們就只好用手切菜了。」

「放心吧，我又不是笨蛋。」我說。

磨刀一點也不難，我早就看熟伙夫們磨刀的動作了。上次蛋雞場淘汰了一批老母雞，指揮部強迫各連採買按單位人數比例認購。我上午才接到通知，下午蛋雞場的人就開著貨車把二十幾隻母雞趕進了我們連上的伙房，還拿了一塊木板擋在門口，不讓這些母雞溜走。等我趕來伙房時，只見這群母雞在滿地灰白相間的雞屎堆中亂竄，空中翻浮著或粗或細的雞毛，連麥可都跑來隔著木板朝裡面狂吠，真正把伙房搞了個雞飛狗跳。伙房一下子塞進來這麼多雞，伙夫們連事都沒辦法做。我不知道這群被淘汰的母雞還能不能下蛋，也想不出連上還有哪個地方能養這群雞，想來想去，為避免麻煩，還是請伙夫動手宰了這些雞，全塞進冰箱了事。一聽說要殺雞，伙房最老的兩個伙夫就逃走了。他們說老兵八字輕，最好不要見太多血，這種事還是留給較菜的人做。留下來的蘇明宏和施吉安只得無奈地燒了一鍋熱水，花了五分鐘把廚房裡僅有的兩把菜刀磨利。平常我們吃的都是冷凍雞肉，從來沒宰過活雞，不過蘇明宏說他當兵前經常殺雞，這種事交給他辦就行了。我雖然是採買，但也躲得遠遠的，和五、六個沒事趕來伙房看熱鬧的人站在一塊。蘇明宏擺出表演架式，只見他優優雅雅放好砧板，挽起袖子，左手伸出順手抓來一隻母雞，把雞頭按在砧板上，右手持菜刀往雞脖子一劃，然後便把雞放開，整個過程不到二十秒。

但是，這隻母雞卻拍拍翅膀奔進雞群中去了，牠連一滴血也沒流，看起來和旁邊待宰的母雞完全沒兩樣。

「咦？」蘇明宏臉上露出奇怪表情。他站了起來，跑去把那隻母雞抓回來，撥開脖子上的羽毛看了半天。「怪了，怎麼連一點刀痕也沒有？」

「你沒把刀磨利啦。」圍觀者中有人叫道。

「不可能啊？」他搔搔頭，接著又想把母雞按在砧板上。但有了剛才經驗，這隻母雞說什麼也不肯屈服了，牠不知從哪裡借來了力量，厲聲尖叫著拚命扭動雙翅雙腳，像一尾剛拋上岸的活魚。「誰來幫忙壓住這怪物！」蘇明宏吼道，剛才那種從容不迫的態度全沒了。圍觀者沒人敢幫忙，最後上前的還是伙房最菜的施吉安。他張大手掌用力裹住整隻雞，好讓蘇明宏抓住雞頭，把雞脖子拉長。看得出來蘇明宏這次多用了些力道，揮刀的動作已不再優雅，變得有點像在鋸木頭。菜刀在雞脖子上一連拖拉了三五下，好不容易才見到一點點雞血噴出。

「真奇怪，」蘇明宏用衣袖猛擦額頭，他淌出的汗水比雞血還多，「沒見過脖子這麼硬的雞。」

「有什麼好奇怪，這些蛋雞不知道打過多少針，肉老早就硬掉了。」和我一起站在圍觀者中的林忠雄說。上次他帶隊去老鼠沙倒垃圾，回來的路上居然和黃天福潛進蛋雞場，拿了個空砂袋胡亂罩住一隻雞偷回連上，偷偷在連部寢室養了三天，逮到機會才約了幾個人到庫房煮燒酒雞吃。據那天吃過雞的人說，這種雞怎麼也煮不爛，咬起來像啃橡膠，丟在地下還會反彈跳起來。「你們有二十幾隻雞，像這樣割脖子割到天黑也割不完，還是直接把頭剁掉比較快啦。」有過殺這種雞經驗的林忠雄說。

「真的要這樣嗎？」蘇明宏遲疑了一下，但還是接受了林忠雄的建議。伙房的氣氛一下子刺激了起來，畢竟大家活到二十歲，還沒幾個人親眼見過斬雞頭。大家屏氣凝神，目不轉睛看著蘇明宏抓來一隻母雞，右手高高舉起菜刀。在菜刀喀嚓揮下的同時，在雞頭脫離母雞身體的同時，一注白色糞便自雞屁股射出，往我們這裡飛來。站在最前面的我立刻本能地抬起右腿，差點沒閃過那注白色糞便。「哎呀！」站在我後面的黃天福發出一聲驚叫，被那注雞屎射中小腿。他來不及罵聲髒話，便和眾人一起轉身逃跑，因為那隻無頭母雞正拍著翅膀、脖子狂噴著鮮血，衝向我們所在的地方。「抓住牠！」蘇明宏叫道，但大家怕被雞血噴到，全衝出了伙房。我跳到灶上，站在高處看著那隻無頭母雞滿地亂竄，撞了幾次牆壁後，竟然躲到冰櫃底下，說什麼也不肯出來了。「死了嗎？」蘇明宏喘著氣說，他大概也沒料到被剁了頭的雞還這麼有生命力。「大概死了吧。」施吉安蹲下來壓低了頭往冰櫃底下看，然後又對我說：「學長，還要繼續嗎？」我從灶上爬下來，環顧一下四周。伙房現在地上左一灘右一灘濺了滿地雞血，白瓷磚牆壁也被噴得腥紅，活像血淋淋的命案現場。原本還在伙房四處遊走的雞群，在目睹同伴發生的慘劇後，嚇得聚成一團，全躲到水槽邊的角落去了。「都搞成這樣了，就繼續幹吧，待會我去找幾個菜鳥來幫忙清洗。」我說。

我們斬了二十幾隻雞頭，感覺有點浪費，因為一下子想不出這麼多可以賭咒發誓的事。而那些生了一輩子蛋的母雞死得也毫無價值，林忠雄說得一點也沒錯，不管我們用炒用炸用煮用蒸，就是無法讓肉質軟化到足以用牙齒咬斷的程度。從伙房抬出的幾十斤雞肉在餐廳被印上一些齒痕後，又一斤不少抬了回來，直接倒進餿水桶裡。就連偶爾半夜潛進伙房偷叼一、兩塊生肉的麥可，也不屑一顧這次的橡皮雞。

唯一值得慶幸的是，伙房僅有的兩把菜刀畢竟還是略勝雞脖子一籌，刀刃在那場大屠殺中沒有砍出任何缺口。

我舀了一勺水淋在磨刀石上，繼續扶著刀刃來來回回磨動。我已經蹲在地上磨了五分鐘了，原本色澤暗沉的刀刃，現在已耀眼得像一塊剛擦亮的腰帶銅環。

「行了，大功告成。」我舉起菜刀，在空中試砍了幾下，很滿意自己的傑作。

施吉安沒說話，他把菜刀接過去，翻來覆去仔細察看，偶爾還把菜刀舉高過頭，利用光線反光來檢查刀刃的平整度。

「如何？可以教我切菜了吧？」

「呃……」他面有難色說，「還不行耶，學長。」

「不行？」

「這把刀還要再磨。」

我說不出話了。「還要再磨……」這句話去年退伍的老兵藍傑聖說過，連上第三任中尉輔導長也這麼說過，而此時從伙房這個菜鳥二兵的嘴裡又蹦出一模一樣的話。再磨、再磨……我有小珠子要磨，有印章石材要磨，現在又多了這兩把該死的菜刀！

施吉安見我半天不吭聲，便自動蹲在水盆旁開始俐落地磨起刀來。

「你幹什麼？」我朝他吼道。

「我……」

「把刀放下，」我說，「再給我一點時間，我一定會把它磨好。」

36 營長和營長的狗

也許施吉安怕我生氣，在我蹲在伙房角落磨了一星期刀後，他同意開始教我切菜。現在我連南澳都不去了，早餐完畢後，我先進輔導長室辦兩小時業務，然後趕到伙房準備中午的飯菜。我一樣一樣學，從最簡單的把秋刀魚剁成三段、把青椒切丁、把高麗菜對剖切成八塊再撕開，然後進階到把紅蘿蔔和白蘿蔔切成不到零點五公分厚度的薄片。不知道是我有慧根還是身為師父的學弟不敢對我要求太嚴，我覺得學煮菜比學習政戰業務輕鬆愉快多了。伙房不像輔導長室有一堆祕密，飯菜也不像《政戰工作日誌》那樣必須天天造假，硬要說有危險性的話，就是偶爾會不小心切傷自己的手指頭。

「哇啊！」我把菜刀一丟，右手立刻緊緊握住左手中指。

「怎麼了？」施吉安湊過來說。

「我切到手了！」

「這要恭禧你了。」施吉安笑了。

「恭禧什麼？」我痛苦皺著眉罵他。「我切到手你還幸災樂禍！」

「不……我沒這個意思，」他馬上解釋，「切到手就表示你出師了。」

「什麼意思？」

「我們廚房都是這麼說的。因為你切得夠快，才有可能削到自己的手指。像你剛開始那樣慢慢切，手指頭不敢貼在菜刀邊，永遠也不可能切到手。」

我半信半疑，不知道這是不是他安慰我的話。不過，他果然從那天開始便教我煮大鍋飯和炒一些簡單的青菜，讓我圍上白圍裙，拿著比圓鍬還長的大鏟子站上了爐灶前。

這下蘇明宏和許坤元開始緊張了。當他們睡眼惺忪走進伙房，看見我拿著鏟子在炒中午的最後一道菜「三色雞丁」，施吉安在一旁炸魚，而營部的人已經進來開始打飯菜時，兩人不禁驚訝地說不出話。他們馬上把施吉安抓到一邊。

「誰讓你要學長炒菜的？」蘇明宏指著我說。

「是……」

「放開他，」我說，「是我自己要學的。」

「別這樣嘛，」許坤元陪著笑臉說，「你身兼政戰和採買已經夠累了，幹嘛還跑來煮菜？如果來不及早點叫我們就好了嘛。」

「我喜歡炒菜，我有興趣炒菜怎麼樣？」我左手扠腰，右手拿著半人高的炒菜鏟，一副充滿自信霸氣十足的模樣。

隔天我一樣時間走進伙房，發現廚房的四個人一個不少，全早早到齊，連提早待退的邵朝陽都出現了。許坤元站在爐灶前一邊炒菜，一邊幹勁十足吆喝施吉安和蘇明宏做事，而施吉安在捧著一盆洗好的青江菜到炒鍋前時，偷偷對我眨了一下眼睛。

效果已經達到了。看來他們也會害怕，明白自己在兵員不足的連上隨時有被調出伙房的危險——如果讓連長發現伙房不須四個人就可以搞定的話。我知道從明天開始，我又可以放心下南澳買菜了。

可是，當天晚上我就被營長找去了。

當總機接到營長電話，請安全士官來伙房通知我去營長室報到時，我還連問了安全士官幾次：「總機沒聽錯？你確定營長沒找錯人嗎？」基本上，我們營長不是那種會熱中於約談士兵的長官。就連我剛到三營時，他都懶得約談我們這群新兵，再加上政戰業務和採買工作都不屬於他管轄，就更難得有當面談話的機會。我來到三營都快一年了，這還是第一次被營長找去講話。

我有點忐忑不安，狐疑瞄了邵朝陽和許坤元幾眼。難道是他們這麼有辦法，到營長面前告我的狀去了？

我仔細想想自己好像也沒做錯什麼，便硬著頭皮離開連上往營長室走。營長室位在中央水站旁，剛好坐落在幹訓班和我們連上之間的谷地中央。那是一棟大房子，裡面有會議廳、辦公室和一間臥房，面積比我們幾十個人睡的寢室還大，但裡面只住了營長一個人和他的那隻狐狸狗小白而已。

無論有事沒事，平常我們都不太敢晃近營長室，即使是去中央水站邊的公用電話亭排隊打電話，也都遠遠避開那棟面向指揮部的營長室。這是經驗給我們的教訓，但不是害怕營長，而是害怕那隻惡犬小白。不管營長在不在，只要一有人從附近經過，小白便會撲向大門把前爪搭在紗門上猛對外面的人吼叫，完全不管外面的人是什麼階級。

有次連長經過營長室，小白照例露出尖牙朝他吠了幾聲，惹得他立即彎腰從地上撿起一顆大石頭。「我操你媽！」他大吼一聲，手中的石塊也同時飛出，砰磅一聲砸中營長室大門。連長愣了一下，但反應很快，馬上若無其事地走了。不到五秒，營長的傳令兵便推門從裡面衝出來。「是誰？是誰？」他左右張望，當時在附近割草的我們全露出一副無辜樣。他瞄了幾眼，看見咧嘴微笑的吳居安，便衝上去一把揪住他的領口。「石頭是你丟的對不對？」「不是我！」吳居安慌了，連忙否認。「不是你是誰？大家都知道你和小白有仇，跟我進營長室去。」「不是我，真的不是我。」我看見吳居安都快哭出來了，但就是沒辦法辯解，因為那顆石頭是連長丟的，而聰明的人都知道，與其說出來還不如被叫進營長室。

我來到營長室門口，心裡想著倒楣的吳居安，戰戰兢兢喊了一聲：「報告！」

「進來吧。」一個讓人充滿不祥預感的聲音說。

我推門進入營長室，看見營長坐在他辦公桌前的沙發上，小白就趴在他的腳邊吐著舌頭。我一進門便緊貼著門邊立正站好，不敢太靠近這一人一狗。

「坐吧，坐吧。」營長笑著說，露出讓人意外的親切態度。我服從命令，在離門口最近的一張沙發上坐下後，才發現營長辦公室裡還有一個陌生人也咧出一口白牙對我微笑著。我注意到這個人腳邊擺著兩個大手提紙袋，裡面裝了用紅色包裝紙精心裹好的東西。

「你是營部連採買吧？」營長說。

「報告營長，是！」

「很好，你說，營長什麼時候管過你們買菜的事啊？」

「報告營長，從來沒有。」

「很好。」他轉頭對那個一直咧嘴對我微笑的人說：「你看吧，我說過了，這種事情我是管不著的。不過，話說回來……」他又轉頭對我說：「買菜這檔事就是這樣嘛，該向誰買，就向誰買；該買多少，就買多少。當然，有時候剛好需要用到這家菜商沒有的菜，那麼偶爾變通一下，去向有這種菜的菜商購買，這樣也不算破壞規矩嘛。規矩是他們定的，但吃飯的人是我們，還是要以部隊的福利為主，你說對不對？」

「是！營長。」我說，但根本不知道營長這一大段話的重點是什麼。

「好了，沒事了。」營長把手一揮。「你回去吧。別說營長干涉你們買菜的事喔。」

我滿頭霧水離開營長室。原本以為我炒菜給部隊吃的事被告到營部去了，沒想到營長半夜叫我去報到，竟然只講了一堆沒頭沒腦的話。我一邊爬坡從營長室往連上走，一邊思考剛才那段談話的含意。那個咧嘴微笑的陌生人肯定是南澳的菜商，他來找營長談的自然是買菜方面的事。這種事並不奇怪，我接採買不到兩個月，就有好幾家菜商摸來連上找我，拜託我挪出一部分副食品向他們採購。對於菜商這一類的請託，我一概不予回應。原因很簡單，島上的副食品就那一、二十種，每家賣的東西都一模一樣，價格也差不多，而且指揮部早就和菜商做好協調，讓他們像標會一樣排出班表順序，而各連隊則以一個月為期輪流向不同菜商購買副食品，根本用不著採買去傷腦筋。

在我走過柴油引擎隆隆作響的發電廠，轉彎走上連部前的陡坡時，心裡已有了主意。儘管有幾家熱中賺錢的菜商會偷耍小動作，想辦法擴大自己的生意，但我大可用不著理會他們。當然，這些菜商都曾明示或暗示會給我一點好處，不過這根本引誘不了我。連上每個人一天的伙食費只有四十二塊，這點錢要吃三餐，偶爾卸載或加班構工還得送宵夜，光是控制預算不出現赤字就夠讓人頭疼了，就算昧了良心甘冒貪瀆判軍法的危險，也沒辦法從這一點點副食費中榨出多少油水。

走回連上，衛兵發現有人接近，便扭開手電筒把燈光照向我。我正準備答出今晚的口令，但衛兵看到我的第一句話竟是：「學長，連長叫你一回來就去找他。」

連長知道我被營長找去了？我吃了一驚。沒想到掛步科的連長消息竟然如此靈通，絲毫不遜於我所負責的政戰業務。

我不敢多耽擱，馬上去連長室報到。和剛才的營長室一樣，連長的辦公室裡也有一位訪客，但不是南澳的百姓，而是營上的作戰官。作戰官的階級是少校，比連長大了一級，他們好像在陸軍官校時代就認識了。自從作戰官去台灣受完正規班訓返回東引，就經常在晚點名後來找連長聊天。每次作戰官一來，連長便把原本在他房裡的人全部支開，彷彿要談什麼重要事情。儘管我們偶爾壯起膽子躲在門後偷聽，但他們總是把聲音壓得很低，完全聽不清楚他們談話的內容。

今天狀況倒有點奇怪。我竟然被叫進去參與他們的談話。

「營長對你說了什麼？」連長劈頭便問，表情冷得像蓋了一層霜。

我有點緊張，但還是一五一十把剛才營長說的話重複一遍。在這段期間，作戰官一直睜大眼睛直挺挺看著我，那副警探偵訊嫌犯的氣勢讓我莫名其妙心虛起來，還不小心結巴了幾次。

「那個人一定是笨伯，」作戰官聽完我的話，轉頭對連長說，「最近營長經常在南澳和他一塊喝酒。」

「媽的，他該不會想管我連上買菜的事吧？」連長咬牙切齒說。

「報告連長，營長倒沒這麼講，」我壯起膽子回答，「他指示說該跟誰買就跟誰買，還說他從來不管這種事情。」

連長和作戰官一起轉頭看著我，表情讓我突然想起我那已退伍的師父胡尚智。每次只要我問出什麼讓他覺得簡單或明顯到根本不該問的問題時，他就會把眼睛睜大，兩道眉毛也漸漸往中央集中，然後呼吸聲變得越來越大，露出一副突然缺氧的模樣。連長和作戰官現在的表情雖然沒像他那麼誇張，但看得出來他們都覺得我說的是不可思議的笨話。

「小朋友，是你太年輕了……」作戰官哈哈笑了起來，聲音雖宏亮，但聽來讓人覺得刺耳。我最討厭部隊那些長官叫我們「小朋友」了，尤其是這些只有階級比我大，實際年齡卻差不了多少的尉級軍官。「營長的意思再明白也不過了，難道你不懂嗎？」

不待我有所反應，連長便白著臉，冷冷對我說：「你喜歡跟誰買菜我都不管，但就是不准你去跟笨伯買。」

37 苦瓜與西瓜

事情突然變得有點尷尬了。按照作戰官的說法，其實營長是在暗示我可以去找笨伯採買一部分副食品，但連長卻把話說得很明，不准我踏入笨伯的店裡一步。連長的態度讓我聯想起上次他拿石頭丟小白的事件，進而推敲出這兩位長官之間可能相處得不太愉快。這個發現實在讓人驚訝，因為不久前營長夫人來東引探望營長時，連長還下令全連早早到營長室門口沿著剛拓寬擴建過的水泥道路排成一長列，等營長夫人下船從中柱港坐吉普車上山到營上，連長便要我們用力鼓掌歡迎，同時還親自帶動部隊高喊：「營長夫人我愛妳！」當時，滿面春風的營長帶著老婆推開紗門走進營長室時，一定想不到紗門角落那個被石頭砸破的大洞就是這位營部連連長的傑作。

夾在兩位長官中間，我只能選擇往一邊靠攏。事情是有點尷尬，卻不至於難以決定——我當然要站在連長這一邊，完全聽從他的指示，不能讓他吃到笨伯賣出的食物。做這個決定根本用不著智慧。營長雖官拜中校，是營上五個連隊的大老闆，但在連上早晚拿點名簿唱名的人卻是已升上尉的連長，是他指派我接下政戰業務和採買工作，他才是直接主宰我這兩年命運的人。上次他用腳狠踹準營長傳令劉英傑的事件，除了讓我學到不能隨便打小報告之外，也看清楚不管在營長面前有多紅，回到連上也只是一條蟲而已。更何況，我已從別連的幾個採買口中，探聽到笨伯這個人的事蹟。老實說，就算連長沒下達禁令，我也不太想跟這個人買東西，因為他的風評實在是太差勁了。聽說他老是喜歡直接找各單位主官，有事沒事便告上指揮部，對不合他心意的採買絕不會有好臉色看。而且，根據野戰醫院的採買偷偷告訴我，也不知道是他們伙房的秤子壞了還是怎樣，笨伯送來的菜總會缺斤短兩。

「好了，別一臉苦瓜樣了，現在向笨伯買菜的是我又不是你。」野戰醫院的採買說，我們正揹著打混包一起走過南澳軍郵局前的廣場，準備到肉嫂那裡買豬肉。肉嫂是台灣過來的，說話沒有東引當地的口音，而且她與其他菜商的不同點是，她在島上殺豬，是唯一販賣溫體豬肉的商家。如果我們需要用到豬血、內臟或新鮮一點的豬肉，便可以打破菜商之間的默契向肉嫂購買。不過，即使沒東西買，很多採買也喜歡往她店裡鑽。肉嫂總是笑逐顏開，待人親切，讓人感覺不到商人的市儈之氣。我們這些採買總喜歡聚在她店裡聊天抬槓。

「你說了一堆笨伯的壞話，我還笑得出來嗎？下個月就輪到我向他買菜了。」我愁眉苦臉說。

「說得也對，我快解脫了，哇哈哈。」野戰醫院的採買幸災樂禍嘲笑我，「苦瓜臉，苦瓜臉……」

「夠了吧。」

我們已走到肉嫂的店門口。今天我們來得較早，裡面只有兩個採買站在店裡的貨架前。

「苦瓜！」

「你還說。」

「真的是苦瓜！」

我在野戰醫院採買的驚呼聲中望去，果然在肉嫂店裡的貨架旁，看見一籠黃澄澄的苦瓜。這籠苦瓜個個結實飽滿，泛著黃玉一般的光澤，數量約有二、三十條之多。我這位採買朋友會驚叫出聲不是沒有原因的。島上菜農種的蔬菜只有青江菜、高麗菜、大白菜和小白菜幾種，而菜商只敢從台灣運來一些耐得住久放、多半當配料用的馬鈴薯、紅白蘿蔔、青椒、番茄、芹菜、四季豆、茄子和絲瓜。我來到東引都快一年了，還沒看過苦瓜這種東西。

「我差幾個月就退伍了，這還是我第一次在島上看到苦瓜。」野戰醫院採買說。他一進到肉嫂的店裡，眼睛睜得大大的盯著那籠苦瓜，一秒也沒離開過。

他那副表情讓我想到上個月的西瓜事件。那次林忠雄不知從哪變出一個小玉西瓜，而且想一個人躲起來獨吞。眼尖的黃天福一瞧見，便像發現匪叉似的在連上大聲嚷嚷起來：「有西瓜、有人有西瓜！」霎時，寢室一下子衝出了十幾個人，全緊緊圍著林忠雄不放，臉上露出的正是野戰醫院採買此時的表情。「你白痴啊，亂叫什麼，你一個人發現就算了，我們還可以一人一半，你說現在怎麼辦？」林忠雄痛罵黃天福。「誰叫你這麼不夠意思，有西瓜竟然想一個人躲起來吃。」黃天福說。「西瓜耶……西瓜耶……」盧三輝像中了邪似的不停喃喃白語，但我們那時實在太專注在林忠雄的西瓜上了，壓根沒想到國語不靈光的盧三輝在這個從來沒出現過西瓜的島上從哪學會這個水果名字。「現在怎麼辦？」沈詮問。「切來吃啊，還能怎麼辦？」大家異口同聲說。「人那麼多怎麼分？西瓜是我的，我切一半，剩下的你們拿去分好了。」林忠雄說。「幹訓班沒教數學喔，你數看看這裡有幾個人，半個小西瓜夠分嗎？」孫幼民嗆聲說。

其實外島並不是完全沒有水果可吃。剛來東引不久，我就在中正堂好漢坡石階旁上樹摘過野芭樂，也在那裡被首度見面的東引老大嚇了一跳。可是，野芭樂一年才熟一次。休完梯次假準備返回東引的人，絕對不敢不在基隆的西三碼頭買兩箱蘋果蓮霧之類的水果扛回連上孝敬大家。可是，那些水果小販可能都與在韋昌嶺牆外騙我們買臭豆腐吃的傢伙有血緣關係，打開這些水果箱總會挖出半箱以上的報紙。部隊的伙食費雖不足以支付購買水果的費用，不過庫房裡有成堆的荔枝罐頭和鳳梨罐頭，而且在保存期限快到之前一定會搬出來分給大家。但是，就和陽明坑道裡的竹葉青一樣，只有菜鳥會對這種東西感興趣。大家寧可把酒倒出來燒著玩，或把外表已生鏽的荔枝罐頭當鉛球丟進老鼠沙的垃圾場，也不願浪費力氣把這些東西吞進肚裡。

也有一些愛心過剩但頭腦簡單的女人，擔心她們剛分離的情人在外島缺乏水果補充維生素，會買幾斤水果塞在包裹中一起寄來。但是，她們從來沒有算準過外島捉摸不定的船期。這些包裹在港口的倉庫裡待了十天，又在燠熱的貨艙中悶了一夜，結果只成為我們這些政戰士領信時最痛恨的東西——一大包淌著臭水、弄污了包裹內的衣服信件零食相片、染糊了牛皮紙上收件人姓名和部隊代號的燙手山芋。

林忠雄這顆西瓜的來源當然是個謎。同時兼任採買和政戰士的我，幾乎控制了一大半外界物資流入連上的管道。西瓜不可能隨包裹寄來，他也沒委託我向南澳的商家購買水果，而且為了趕著灌漿拓寬通往一一七高地的那條馬路，連上的人又好幾個星期沒休假，根本沒機會下南澳。但我那時沒時間思考連上的政四保防工作何處出了漏洞，只和大家一樣睜大眼睛盯著那顆深綠色的小圓球，打定主意就算和這位同梯撕破臉，也非得吃到西瓜不可。

「是我先看到的！」

「誰說，是我先進來這裡的！」

「你先進來沒錯，但不是你先看到的。」

「笑話，看到就是你的喔？肉嫂，妳說，天下哪有這種道理？」

「幹，你幾梯的啊？敢在我面前嗆聲？」

通信連和一營二連的採買一左一右蹲在那籠苦瓜前，兩個人的手都緊緊抓住竹籠筐緣，誰也不肯放開。

「怎麼回事？」我小聲問肉嫂。

肉嫂說：「他們一個想煮苦瓜蒸肉，一個想煮苦瓜炒鹹蛋，但苦瓜只有一籠，分一半就不夠炒出一道菜了。」

「肉嫂，妳說這籠苦瓜應該是誰的？」蹲在地上的兩個人轉過頭，異口同聲說。

「我也沒辦法。」肉嫂雙手一攤，苦笑躲到店後面去了。

各連採買陸續進來了，才一會兒功夫，肉嫂的店裡就又擠進了五、六個採買，每個人的眼睛全因這籠苦瓜而為之一亮，而且可能也因為心中抱持相同想法而浮現一模一樣的垂涎表情——如果把這籠苦瓜搞回去，讓它出現在平日菜色變化不大的餐桌上，絕對可說是大功一件。

「肉嫂，這籠苦瓜怎麼賣啊？」

「不賣了，你們太晚來了，」野戰醫院的採買說，「這籠苦瓜已經被我們三個人分了。」

「啥？我們什麼時候答應要跟你分了？」店內的空間不大，原本蹲在地上的兩個採買現在已經站起來了，但又再度同聲說出一樣的話。

我扯了一下野戰醫院採買的衣袖。「喂，我們是一起進來的吧？要分也是四個人分。」

「要分就大家一起分！」

「沒錯，這樣才公平嘛。」

晚到的採買一齊鼓噪起來。

「我不管了。」肉嫂說。

店裡的氣氛突然變得很僵。最早進來的那兩名採買想整籠全拿，我和野戰醫院採買希望分成四份，而比我們晚進來的那些採買全賴著不肯離開，他們雖然不敢大聲宣示自己對這籠苦瓜的主權，卻也不願眼睜睜看著這籠難得一見的寶貝被人抬走。平日總是充滿談笑聲的肉嫂商店，此時彌漫一股凝重的氛圍，大夥吵了半天討論不出結果，只能抿著嘴、雙手抱胸，彼此怒目而視。這時，我看見店門口竟然出現了兩個憲兵，正好奇地看著我們這群人。按規定，除非有人鬧事，否則憲兵不能擅闖商家民宅，因此他們只能鬼鬼祟祟在門口張望。一會兒後，這兩個憲兵忍不住了，對我做了手勢要我出去。「你們在裡面幹嘛？談判想打群架嗎？」他們問。

「是在談判沒錯，」我笑著說，「至於打群架，我看差不多也快了。為了那籠苦瓜，待會搞不好大家真的會打起來，你們等著抓人吧。」

「苦瓜？」憲兵納悶地說，探頭向店裡看了一眼。

「沒事的話，我要進去繼續談判了。」

我掉頭走進店裡，繼續和店內的十個採買撐在那籠苦瓜前。但是，不到五分鐘，店門口突然衝進來一個人，高聲喊道：「苦瓜在哪裡？」

我們回頭一看，這個人竟然是憲兵排的採買。沒想到剛才那兩名憲兵通風報信的速度這麼快。現在，想分這籠苦瓜的人有十二個人了。

林忠雄的那顆小西瓜不到三斤重，但總共分給了十六個人。幸虧入伍前在市場賣魚的他有一手切生魚片的好刀法，才讓我們每個人都拿到一片厚薄相當的西瓜而不至於發生爭吵。在正午高懸在對空哨上方的烈日底下，我們手中這片不到兩公分厚的小玉西瓜是如此晶瑩剔透，散發淡淡誘人香氣。我們用雙手把這一小片西瓜捧近嘴邊，黝黑的臉霎時被這片發出光芒的西瓜給照亮了。在張嘴咬下前，大夥彼此遲疑地互望了一眼，似乎不忍用嚼慣檳榔的牙齒傷害這片玉潔冰清的寶貝。然而，當那股冰涼甜蜜的滋味穿透味蕾傳過神經直抵腦門之時，大家立刻鬼吼鬼叫起來。「甜！」「讚啦！」「這是我這輩子吃過最好吃的西瓜！」大家用各自所能想到最貼切的話語大聲讚歎這滋味的美好，但沒人能贏得過盧三輝。他三兩口便把整片西瓜吞下肚，西瓜子沒吐，倒是滾下兩行眼淚，忍不住嚎啕大哭起來。還好，現在他已經是一等兵了，那群窮凶極惡的學長都已退伍，再也沒人會把他拖進寢室飽以老拳了。

「好了，都別吵了，全都聽我的。」肉嫂從店後拖出一大袋冷凍排骨，氣喘吁吁說，「現在你們一人拿兩條苦瓜，然後到我這裡領一包排骨回去煮湯，兩樣東西都不用錢。是我不對，不該進這籠苦瓜，這次就算我請大家喝湯好了。」肉嫂雙手扠腰，一副霸氣十足的樣子。

當天晚上，東引島上共有十二個連隊喝到了肉嫂請客的苦瓜排骨湯。

38 荒島之狼

真的很令人沮喪。好不容易才到手的兩條苦瓜，在煮成排骨湯後，竟然沒半個人發現他們送進嘴裡的是什麼東西。不過這也不能怪他們，想憑兩條苦瓜熬出七、八十人份的排骨湯，我只能多撒點味精，然後把苦瓜切得很薄很薄，製造出有苦瓜漂浮湯面的假象。但我失算的是，大部分的苦瓜經過熱水一滾，就無影無蹤消失在熱湯裡了。

雖然部隊以後吃到苦瓜的機會微乎其微，但我還是翻開已退伍的採買師父交接給我的「葵花寶典」——好幾任採買傳承下來的手抄本食譜，在「湯類」那一頁寫上「苦瓜排骨湯」，然後括號加註：苦瓜兩條，排骨三斤，記住苦瓜千萬不要切得太薄。

肉嫂大概再也不會進苦瓜了，但野戰醫院的採買卻念念不忘這個字眼，一見到我便嬉皮笑臉喊：「苦瓜，好大的苦瓜啊！」我很想用「在醫院工作的人都像你這樣沒同情心嗎」這句話虧他，但我根本笑不出來，因為這個月已換我向笨伯買菜了，而且我才去過笨伯的店裡幾次，就完全能明白野戰醫院採買此時興高采烈的心情。

我在南澳走了一圈，先去菜農家買青菜、去亨裕超商找阿嫂寫下連上弟兄要買的日用品雜貨、去漫畫租書店替連部的業務士歸還幾本《花花公子》和《閣樓》雜誌，又去肉嫂那兒和各連採買聊了半小時。最後，才勉強一級級走下石頭階梯，慢吞吞繃著一張臉走進笨伯的店裡。

笨伯的商店緊鄰菜市場，或說，緊鄰一個看起來像是菜市場的地方。這地方有水泥頂篷，有十幾個整齊排列的水泥貨台攤位，儼然像個迷你的小傳統菜市場。但是我在東引待了快一年，下南澳亂逛了幾十次，卻從沒見過有哪個商人在此擺過攤賣過菜。這座顯然是因為政策錯誤而誕生的市場，現在的唯一功能就是變成一座大雨棚，替笨伯遮去店門前的陽光，使他的商店永遠顯得陰陰暗暗的，讓人尚未接近便能感覺到裡面冰冷冷射出一股寒氣。這間店面約有半個中山室大，憑良心說，比起南澳其他菜商，笨伯店裡的貨物算是較齊全的。角鋼拼成的貨架上整整齊齊排列著各式貨品，上層是我們經常採購的醬油、沙茶醬、豆腐乳、菜瓜、麵筋、花生米以及各種特大號裝的魚罐頭和水果罐頭，下層擺放的是一大包一大包的乾辣椒、粉絲、米粉、乾香菇、豆皮、車輪、木耳和蒜頭。裝在濕漉漉地上的幾籠籮筐中的，是紅蘿蔔、白蘿蔔、青椒和馬鈴薯。笨伯不賣活體豬，但在店裡的兩個大冰凍櫃中，倒是囤積了不少魚排、豬肉、大骨、雞胸、雞腿、排骨塊、貢丸、魚丸和甜不辣。對平均一個月只分配到五、六個連隊的菜商來說，這些貨物的數量未免太多了些，即使全島三千人都來向笨伯採買，恐怕他也能夠完全供應。

然而，這些琳瑯滿目的貨品吸引不了我的興趣，我的注意力只放在那位坐在角落餐桌邊的女人身上。她是笨伯的老婆，看起來大不了我幾歲，臉色卻憔悴得看不出任何血色。和往常一樣，忙著四處打關係的笨伯並不在店裡，但商店裡那股讓人極不舒服的氣氛並未因此而有任何改善。打從我走進店門開始，笨伯的老婆雖然一手推著搖籃，發出哼聲輕哄咬著奶嘴的嬰孩入睡，但那雙冰冷的眼神從來沒離開過我身上，目光銳利且充滿戒心，彷彿一隻蹺縮在洞穴角落護著幼子的母狼。

我一邊偷瞄她，一邊拿起原子筆把今天該採買的副食品寫在白紙上。她的臉真的很白，和臉孔總是黑黝黝泛著亮光的東引島民完全不同，一看便知道她不是島上的人，應是從本島嫁過來的。按理說，來到這座甚少有樹蔭遮蔽日頭的島上，用不了兩個月，膚色就會曬得不輸給這些海盜的後裔，可是笨伯的老婆完全沒有這種現象。她的臉不僅白，彷彿還敷上一層哀怨的面膜。幾綹瘋散在臉前的髮絲，讓我不禁憶起去年在交通船上的那個夢境，聯想到那個被困在荒島上的長頭髮女人。我想，笨伯老婆的白皮膚和壞臉色都是可以理解的，她從台灣這個有好多地方可去的小島，嫁來東引這個完全沒地方可去的小小島，除了整天悶在這洞穴般的店裡，怕也無計可施。

但是，我對她的體諒並未得到對等的回應。當我寫好菜單，起身打算離開時，卻聽見角落裡傳來一聲狼也似的低吼聲。

「等一下。」笨伯的老婆叫住我。

剛才她離我至少有三公尺遠，令人驚訝的是，我才一轉身，她就已經把我剛才寫的那張紙抓在手中了。「雞胸肉十斤、五花肉八斤、秋刀魚三十尾、紅白仁三斤、青豆兩斤……就這樣？這麼一點點東西夠你們連上的人吃三頓嗎？」

我知道我採買的東西不多，但這並不是針對笨伯。我每天晚上都要拿伙食支出表請連長簽名，連長通常不會管明天部隊吃的是什麼菜色，只會直接瞄向總支出那欄。如果有結餘，他便直接批個「閱」字；如果出現紅字，他就會抬起頭，狐疑看我一眼，這時我就得慌忙解釋，提出「是因為營部有十個新兵在連上搭伙，伙食費還沒加進來的關係」之類的理由。根據連行政董昌平告訴我，連長雖然沒有明說，可他希望連上的副食費能多結餘一點錢下來，好在指揮部舉行一年一度的裝備檢查時挪來運用。因此，我們當採買的人當然只好絞盡腦汁東省西省了。

「我問你，你們營部連有幾個人開伙？」笨伯的老婆冷冷地問。

「我不能說。」我拒絕回答這個問題。告訴商人連上開伙人數，等同於洩露部隊的兵力。雖然一心想賺錢的笨伯不太可能是中共派來的間諜，但我身為政戰士，對於保防工作比誰都敏感。

「為什麼不能說？你心虛嗎？你一定還有去別的地方買吧？」她把頭往右後方一撇，明顯指的是肉嫂的方向。

「我沒有，不信妳可以去查。」

「你以為我沒辦法查嗎？告訴你，你別太跩，你們營長我熟得很，別以為我……」

她接下來的話我已經不想聽了。我匆匆離開笨伯的商店，覺得心情惡劣極了。我知道笨伯的老婆並不是隨便嚇唬我，如果沒有意外，待會部隊吃完中飯，營輔導長肯定又會打電話上來叫我下去報到了。

我爬上階梯，回到軍郵局的小廣場前。時間還早，但到南澳該辦的事都已做完了，該去的商店都已拜訪過一遍，南澳就這麼丁點大，該上哪兒去呢？連上每個人都羨慕採買這份工作，說我可以天天下南澳「怕盲」，但他們哪裡懂得一個人待在非假日的南澳有多無聊？撞球？一個人不能玩。漫畫？店裡值得看的就那幾套，早在半年前就看完一遍了。喝酒？那是不可能的，帶著一身酒味回連上等於是自尋死路。喝咖啡？天方夜譚靠窗的座位，倒是欣賞中柱港海灣內燕鷗的絕佳地點。但這個地方會讓我想到小吾，記得胡尚智說過小吾以前休假到南澳，總是一個人在天方夜譚坐上一整天。儘管他已經退伍離開東引半年多了，但這地方還是一直讓我感覺到一種莫名的不祥氛圍。

再打一通電話給伊？一百元講十分鐘的電話，已成為支持我每天下南澳的唯一動力了。但是，今天我一下南澳就打過了。現在她的身分已不是養尊處優的大學生，而是剛出校門屈居一家小貿易公司當小助理的社會新鮮人。離開了學校，又不見男友陪伴身邊，想必她四周一定環繞了不少追求者吧？她的公司會不會要求她化妝上班？穿短裙高跟鞋？走在街上一副引狼注目的粉領女郎模樣？這些她在電話上都沒說。最近打電話給她，兩人沉默的時間居多，最常聽她說的是：在公司裡講話不太方便。其實她並不知道，我在這裡講話也不太方便。東引屬於外島前線，一切都置於「戰地政務」的管轄之下，說不定公用電話的線路也得經過軍方的機房。別說部隊裡發生的事情不能說，一想到我和伊中間可能有一位戴著耳機的總機人員竊聽，我就連一句普通的情話也說不出來。今天例行的問候已經做過了，如果沒別的要緊事，最好省下這一百元吧，畢竟以我現在一兵階級加上外島加給不到六千元的薪餉，一個月的電話費就占去一半以上，剩下的錢還得買礦泉水喝呢。

不過，口腹之慾卻一時難以忍耐。三義村樓梯下的雜貨店旁開了一家新的早餐店，老闆賣的是我來東引快一年沒見過的煎餃，必須趁鮮去吃。實施「軍政一元」戰地政務的指揮部雖有責任照顧島上百姓的生活，卻沒有義務保障百姓開的小吃店不會倒閉。前一陣子東湧超商旁邊出現了一個賣蚵仔煎的小吃攤，但這個月就沒做生意了。看來是生意不佳，賣蚵仔煎的老闆娘另謀賺錢的方法去了。

我走過十二棟，爬上階梯，鑽進鑽出一條窄巷，溜進了這家新開的早餐店。店裡沒有半個軍人。這是很正常的事。南澳就像某個偏遠的旅遊聖地，唯有假日的時候才會擠滿從島上各個山洞坑谷爬出來的綠色螞蟻大軍。我走進這家店時，店裡頭的五、六張桌子全空著，於是我便揀了角落的位置坐下，點了一盤煎餃和冰豆漿。

我實在很不想回連上。連續四天了，當所有人都在寢室午休時，我卻被營輔導長處罰站在他辦公室門口的烈日底下。他處罰我的理由不是因為政戰業務出錯，而是為了伙食問題。他受完訓回東引已經三個月了，也在營部吃了三個月從我們伙房煮出去的食物，但直到最近才不知怎麼搞的，突然關心起我們連上的伙食菜色了。我從來沒見過這麼婆婆媽媽的人。他除了眼睛瞇了些、鼻子塌扁了些，身材還算魁梧的他穿上領子繡上一顆梅花的草綠服還算是個堂堂武武的軍人模樣，但卻像御膳房的太監一樣挑剔的全是蒜皮小事。配菜不能用甜不辣、肉丸、魚板等熟食；四道菜要注意配色，要有紅有黃有綠，不能全是一種顏色；雞肉要剁得大小均等；魚不能炸焦，蛋不能煎老；飯粒不能太軟，又不能煮出鍋巴……現在我每天中午的例行公事便是被叫到營長室，營輔導長一手扠腰一手指著軍官餐桌上剩下的飯菜，說，你自己看看這是什麼食物。

這就是一天四十二塊錢連上弟兄所能吃到的東西。我拿起筷子，忿忿不平把煎餃一粒粒送進嘴裡。光是現在我吃的這盤煎餃和豆漿就不只這些錢，四十二塊錢還想吃到什麼好東西？營長都沒說話，你營輔導長未免也管得太多了。我管的是步兵連隊的伙房，又不是開五星級大飯店。如果你夠帶種，最好到外面的餐廳也照這樣挑剔看看。

這些話只能在心裡想，憑我的階級，要是說出口恐怕會有當不完的兵。而且，我也不想給營輔導長這樣的忠告。根據入伍前我在浙寧菜和牛排館打工的經驗，我知道上餐廳吃飯最好對店裡的服務生客氣點，只有傻瓜才會自以為花了錢就是老大，擺出帝王的架式對服務生大呼小叫，或自以為是食神而對菜色口味百般挑剔。廚房的師傅有太多對付難纏客人的辦法，這些方法多半祕而不宣，但我們負責跑堂端菜的人都學會了一種最簡單的招數。我們會親自把菜餚端至目中無人的客人面前，親切地說一聲「請慢用」，然後面帶微笑站在一旁，看著客人一口一口吞下我們五官的分泌物。

但在部隊裡我不能使用這一招。伙房煮的是大鍋菜，如果往營輔導長吃的飯菜裡加料，也會讓連上七、八十位弟兄跟著受害，其中還包括我的同梯沈詮和林忠雄。在部隊什麼關係都是虛假的，唯有同梯之間的情感是真的。想看看，除了同梯，還有誰會和你禍福同享，從開始便和你一起飽受折磨，完整伴你走過這兩年受苦受難的日子？

兩年，實在是太遙遠了。才二十歲出頭的我，軍中的日子算起來就占掉我過去生命的十分之一，真是恐怖、難以想像的漫長。每當有人在抱怨什麼，連上就有人會說：「這兩年就當做是欠國家的，還一還就算了。」但是，我總覺得我們好像還得太多、太早了點。如果要用兩年的光陰來還，為什麼不等到我五十歲以後再還呢？或許到那個時候我就會覺得兩年時間算不了什麼了。

我再次想到我的「軍中時間」。如果把服役這兩年時光當成二十四小時，剛破小冬的我，此時的軍中時間總算好不容易移動到下午一點鐘左右的位置。前兩個月我忙著學炒菜、全心投入整頓伙房那些人的紀律，整天忙得不可開交，感覺指針一下子便向前跨了兩大步。如今伙房裡面的事已不必我操心了，然而，就在這該是陽光最盛烈的時刻，指針似乎完全停滯不前。這個月才開始不到七天，想到還得和笨伯再打二十幾天交道，我便感覺面前一片黑暗，就像正午時分發生了日全蝕。

我想起我師父胡尚智說過的，即使是把營裡三位惡名昭彰的幕僚軍官「三渣」加起來，卑鄙下賤的程度也遠不及營輔導長。當營輔導長三月分受訓回來時，還剩一個多月退伍的胡尚智便急急把政戰業務全交給我，自己跑出去跟部隊一起構工灌漿去了。我一直搞不懂，他本來可以悠悠閒閒在輔導長室待到退伍，何必每天一早就跟部隊出去，晚上搞得全身水泥回來？沒錯，營輔導長看起來是有點惹人厭，但幾個月都過去了，我們不是一直都相安無事嗎？

現在想想，我實在是太天真了。以前營輔導長沒特別「照顧」我，只是因為我沒惹到他而已。如今他對我的態度一百八十度轉變，肯定是因為笨伯的關係。逢迎獻媚慣了的他，一定是看準了營長不方便說話，才主動跳出來替營長修理我。大部分的輔導長都是這個樣子的。就制度上，營、連長是部隊的「主官」，而營、連輔導長則是「主管」，一般人搞不清主官和主管有何分別，但我這個政戰士卻很清楚，部隊的這種設計乃是抄襲自俄國共產黨，平白無故多個「主管」的用意，是讓負責政治思想的輔導長監視營連長的一舉一動，好在他們思想產生偏差時立即向上級回報。我記得前兩年看過《獵殺紅色十月》這部電影，在片中，擔任潛艇艦長的史恩康納萊，投奔自由的第一步，就是先把艇上控制政治思想的輔導長幹掉。不過，這種事不太可能在我們國軍部隊中發生。輔導長只會替營連長掩護，甚至幫忙他們一起修理阿兵哥。像營長幾乎每天晚上都下南澳喝酒，也不見營輔導長向指揮部的政戰主任告過狀。我的老闆連輔導長也一樣，他雖只知道整天埋首刻印章，不像營輔仔那般阿諛諂媚，卻也懂得和連長保持良好關係，把上級規定的敏感差事丟給我做——每月按時寫兩條連長的優缺點，以密件繳交至營輔導長室。

那是三個月前的事，當時第三任輔導長剛到任不久，而我師父又已退伍。當輔導長一臉輕鬆地把表格交給我，要我隨便寫兩條連長的壞話交出去時，我頓時直覺這件事非同小可。要寫連長的壞話太容易了，光是他打兵、體罰、躲在連長室泡茶和把伙食費挪做裝備保養之用，就足以讓營部好好調查他一陣子。但我當然不能打連長這種小報告，一方面是連長待我不薄，我們年齡才差兩歲，他把我當成朋友，幾乎每天晚上都找我去泡茶，對我推心置腹，什麼事都願意講，我可不希望他因為我不知輕重寫了什麼不該說的話，而影響到他這位官校正期生在軍中的升遷速度。另一方面，寫連長壞話等於是擺道，而由我過去親自承辦士兵申訴事件的經驗，我知道上級雖會認真看待任何提出申訴的人，可是一旦申訴案件調查結束，該受到懲處的人都得到應有的懲罰，但申訴人和被控訴者都還留在同一單位的話，那麼這位白目的申訴人的黑暗生活才正式開始。好的話他會被當成空氣，被視為病媒，沒有人敢靠近他與他親近；壞的話他會成為公敵，成為背叛者，原本只受到少數人欺壓的他，將會遭到多數人用各種更高段、絕對不會被捉到申訴把柄的手段折磨他。即使把申訴人調到別的單位也沒用——因為他的安全資料會跟著他轉到新單位，上面明明白白記載一切他之前擺道的詳細過程。這種事在部隊中屢見不鮮，各種不斷重演的案例一次又一次證明了合群的重要性。

可是，輔導長交代的事情卻不能不做。連長的壞話還是要寫的，拒絕輔導長的要求只會讓這位新來的長官對我失去信任。這件事真是左右為難，不過我已經不是菜鳥了，還不至於被這種鳥事逼至絕境。我只抽了兩根菸，便想出妥善的解決辦法。在當天晚上和連長泡茶的時候，我便盡量裝出一副自然的樣子提起這件事。

「連長，有件事我想向你報告一下。營輔導長要我們寫兩條你的優點和缺點，明天就要交上去。」

「喔？是這件事啊……」連長瞇起眼睛，微笑地看著我。我一看他的表情就知道他早就知道政戰部門有這種規定了，而且，由他笑得不太自然的樣子，我也看出其實他心裡相當好奇我們政戰部門會寫他什麼壞話。

「輔導長因為剛上任，對連上還不太熟，所以要我來寫。」我說，先撇清過去我從來沒參與過這件事，也順帶替輔導長打點關係，讓連長知道這位新輔導長並不會對他產生威脅。

「沒關係，隨便你寫好了。」連長仍笑笑地說，但很明顯，這不是自然的笑容。

「我想，」我試探說，「就寫連長規定大家不能在寢室抽菸，自己卻在連長室裡吞雲吐霧，沒有達到以身作則的良好示範。」

不能在寢室抽菸是連長最近的規定，因為之前有人把菸頭丟在床底，被來連上檢查內務環境的督導官發現記了缺點，連長才火大禁止所有人在寢室抽菸。至於軍官部分，就我所知，從營長、各連連長到幕僚軍官，才沒有哪個人笨到不在自己房間裡抽菸。

「我無所謂，你怎麼寫都行。」連長還是大方地說，但我看得出來他現在的笑容是真心的了。

現在想來，我覺得自己處理這個難題的方式還蠻得體的。不消幾句話，不但替自己解了套，也幫輔導長打了關係，甚至還提醒連長在寢室抽菸的重要性。果然，從那天起，連長就開始睜一隻眼閉一隻眼，不小心叼香菸進寢室的人，再也不必扛著五〇機槍對著整容鏡罰站了。

不過，我並不因此而沾沾自喜或狂妄自大。部隊裡的人太多了，這種讓人左右為難的鳥事經常發生，就像樹木一樣沒有哪天不掉葉子的。在軍中吹噓這類事情，就像清潔工在園丁面前吹噓自己今天掃掉了多少樹葉，不但讓人覺得無聊，還會招來一聲「菜到沒剩」的不屑評語。

39 戰地政務

我已吞下了七顆煎餃，打了個飽嗝，盤中剩下的那三顆，是無論如何也嚥不下了。我是吃過早餐才下南澳買菜的，鑽進這家新開的小店點了煎餃和冰豆漿，除了嘴饞外，有大半因素只是想找個地方窩一下，拖點時間，免得一回連上就被營輔導長叫去夾卵蛋。

擺在眼前的情況十分明顯，除非我馬上開出分量讓笨伯滿意的菜單，否則就只有繼續被營輔導長找碴的分。搞不好，再過幾天營長恐怕也會親自跳出來，用他最擅長的曖昧手段整肅我。

想不到笨伯竟然如此厲害，可以串連一個中校和一個少校，一起來修理我這個一等兵。他甚至不必親自露面，該給我看的壞臉色，都由他那整天窩在黑漆漆店裡的婆娘代勞了。我不由得怨起天尤起人來了。如果只是單純卡在營長和連長間的矛盾，我或許還有方法解決，但加進了老百姓，又涉及敏感的錢財往來，問題便打了死結，我的腦袋也打了死結。都是戰地政務的關係，我低著頭，拿著筷子戳著煎餃，憤恨地這麼想。什麼軍政一元制度，指揮官為了照顧外島百姓，部隊的福利都被犧牲掉了。在南澳的商人眼中，我們這些採買沒有半點尊嚴，個個都像欠了他們錢似的。我們的血被他們吸得還不夠嗎？戰地政務實施幾十年下來，這個島上的海盜已不知從這些抽中金馬獎的倒楣阿兵哥身上榨出多少財富。想想看，阿兵哥的錢這麼好賺，誰還會想去當海盜呢？

如果我是指揮官，才不理會這群商人的死活呢。本來應該自由競爭的商人，卻在戰地政務保護下實施什麼輪流採買制度，才會造成外島副食品的價錢居高不下，而外島部隊的伙食費卻沒有加給，完全和本島官兵一樣。指揮部怎麼沒人替我們這群採買想想，在這種不合理的菜價之下，一天四十二塊錢能讓連上的人吃到什麼好東西？

沒錯，問題全出在指揮部，因為他們的政策錯誤，我現在才會坐在這兒苦悶地戳著煎餃出氣。我看指揮官八成很少下南澳。好大喜功的他，一心只想著防區的工程建設，只會計算一天道路灌漿多少面積，打了幾塊空心磚，才不會管到廚房買菜之類的娘娘腔瑣事。他應該多下來逛逛的，應該多關心一下菜價物價，看看我們阿兵哥花了比本島貴一倍的價錢，吃的卻是這種皮硬得難以下嚥的煎餃。他應該……

店裡的光線突然暗下來了。我抬起頭，在逆光中，看見一高一胖兩個黑影站在門口。我瞇起眼睛，還沒看清楚進來的人是誰，但原本在廚房擀麵團的煎餃店老闆卻衝了出來，一個箭步在這兩個人面前立正站好。「指揮官好！」老闆朗聲喊道。

指揮官？我眨了眨眼睛。

真的是指揮官！

我丟下筷子，抓起擱在桌上的小帽和背包，急忙站了起來。慌亂中，我感覺有隻手伸過來壓住我的肩膀，用力把我按回座位上。我轉頭一看，是那位個子較高的，跟著指揮官一起進來的侍從官。「繼續吃你的東西。」侍從官說。

我左顧右盼，一心只想快點逃出這個地方，但唯一的出口已被指揮官堵住了。以他的身材，光是他一個人就塞滿了整個店門口，根本不可能有空隙逃脫。我只能坐在小小的店家角落，心臟噗突噗突狂跳。平常在島上，當指揮官乘坐的紅牌吉普車遠遠出現時，不管他有沒有坐在車上，我們都得舉手行禮喊指揮官好，否則就得趕緊閃開。這是我第二次和指揮官如此接近，距離近到不超過兩公尺，而上一次是我剛到東引在第一餐廳接受指揮官新兵約談。不知道指揮官這次會問我什麼話？「這是什麼時間？你怎麼會坐在這裡吃東西？」「你哪個連的？買完菜怎麼不快點回連上？」我感覺額上冒出冷汗，想不出任何一個巧妙的回答，而煎餃是無論如何也不可能吃下了。

幸好，指揮官似乎對我視若無睹，以嘹亮嗓門和煎餃店老闆聊起天來。

「老鍾啊，開店啦，恭禧、恭禧。」指揮官轉頭左右四處打量，我連忙把頭低下，夾起一顆我已吞不下的煎餃假裝要吃。「我聽說你做了生意，就一直想下來看看。但沒辦法，你看我這陣子忙的，實在沒空下來呀。」

「哎喲喝，俺這間小店有啥好看的？不敢勞指揮官大駕。」我聽見老鍾樂呵呵說。

「我看你這店還蠻乾淨的。不錯，不錯，非常好。」

「全託指揮官的福。」

「怎樣，生意如何？」

「馬馬虎虎過得去啦，」老鍾中氣十足地說，音量和指揮官不遑多讓，「您是知道的，俺這種小店生意好壞，全和部隊休假有關。部隊放假，俺就有得忙；部隊休假管制，俺也有得忙——趁閒忙著拍拍店裡頭的蒼蠅。」

好厲害的老鍾，我坐在角落裡暗想，他幾句話就點出要害，埋怨最近指揮官為了趕工灌漿道路，連續幾次取消了官兵的星期天休假。

「指揮官您請坐，俺煎盤餃子讓您嘗嘗。」

「不麻煩了，我吃過飯才來的。」

「您甭客氣。坐、坐嘛，人都來了，不吃盤餃子怎麼能走……」

「我怎會和你客氣？待會還得趕去幼稚園工地，看看工材的事情解決了沒有。這樣吧，改天，改天我一定專程下來試試你的手藝。」

「不行、不行，您一定得坐。」

「真的不用了。」

不知道是幾十年軍人的鍛鍊，還是他那油桶般的肚子造成的效果，指揮官每句話說得都宏亮非凡，使店裡迴盪著嗡嗡的聲音，讓人不由得肅然起敬，對他的話不敢產生絲毫違抗的想法。

「既然這樣，俺包點餃子給您帶走，拿回去請弟兄們吃都好……」老鍾拉高嗓門朝廚房裡喊，「阿月呀，指揮官來了，快煎幾盤餃子讓指揮官……」

「阿月？」指揮官說，「她什麼時候回來的？我怎麼不知道？你快叫她出來讓我看看。」

「她上航次回來的。您瞧瞧，您多久沒下來逛逛了。」老鍾呵呵笑著又將了指揮官一軍，才轉頭對廚房喊：「阿月呀，妳還愣在裡面幹嘛？麵團待會我來擀，妳快點出來給指揮官瞧瞧。」

廚房那兒響起開門聲，跟著是幾聲輕輕淺淺的腳步聲。這個叫阿月的女人八成是老鍾的老婆，我心想，但還是忍不住好奇心想抬頭偷瞄一眼。基本上，只要是不太老的女人，別老到滿臉皺紋體態佝僂的樣子，在外島生活久了的我們都是願意看上幾眼，或找機會說上幾句話的。說過這輩子最大心願就是「戰遍」全國知名酒家的林忠雄，就是最典型的例子。每次離開連上出外構工，他都不願意向開小貨車賣好吃奶油包的小蜜蜂先生買點心飲料，非得等騎摩托車的小蜜蜂阿姨出現，他才笑瞇瞇迎上去買檳榔和油飯，順便和年紀足足多他一倍的阿姨哈啦聊天。開小貨車滿山跑的小蜜蜂先生就曾向我抱怨，說他的貨色夠齊，飲料種類夠多夠冰，但生意老是做不過騎著摩托車，後座小小箱子裡只有檳榔、油飯和三四種不夠冰的飲料的小蜜蜂阿姨。只要那個女人的摩托車一出現，他就只有摸摸鼻子關上後車門，換到下一個地點做生意的分。

我十分同情小蜜蜂先生的狀況，儘管我非常愛吃他獨家販賣的東引奶油包，卻對他的處境愛莫能助，因為如果小蜜蜂阿姨來了我也是和大家一樣一起擠上去買。這是男性本色，我同梯林忠雄總愛這麼說，尤其是在男性遠遠多過女性的地方。

所以，現在當這個叫阿月的女人從廚房走出來時，我顧不得指揮官還站在店門口，冒著視線與這位中將接觸的危險，很男性本色地自動抬起頭來。

我偷偷窺看的視線還是被逮住了，但那不是指揮官深埋在風霜皺紋中的嚴厲眼神，而是一雙汪汪水水清澈透亮的眼睛。沒想到，在我抬起頭的那一瞬間，剛好走出廚房的阿月竟也往我這裡瞄了一眼。我慌忙低下頭，繼續假裝吃我的煎餃。老鍾的老婆未免也太年輕了，她看起來根本還不到二十歲。不對，老鍾壓根沒說過這位叫阿月的女人是他的老婆，那全是我自己的臆測。依我看，阿月八成是他女兒才對。

「指揮官好。」我聽見阿月說。她的聲音柔細細的，沒有島上聽慣了的那種大嗓門，傳進耳裡還蠻讓人覺得舒服。

「阿月啊，妳回來了怎麼不來指揮部看一下伯伯呢？」

「爸爸說您最近工程太忙，叫我別去打擾您。」

「我那點小工程算什麼，妳爸爸最近才忙呢。」真令人詫異，指揮官說話的語氣竟然變了。在阿月面前，他原本剛強威猛如虎一般的氣勢突然消失了，聲音溫和得像一隻被閹掉的大貓。「老鍾，不是我說你，阿月才剛回來，你怎麼就把她拖到店裡來呢？」

「是她自個兒要來幫忙的，俺怎講都不聽。」

「反正閒著也沒事嘛。」阿月笑著說。

站在店門口的這三個人開始聊起天來，店裡面只剩我和那位侍從官一坐一站杵在那兒，既不能開口說話，也不敢隨便離開，就這麼足足聽了快十分鐘的閒話家常。我以為指揮官向來深居簡出，沒想到他竟然對南澳百姓生活的八卦傳聞如此滑熟，簡直像一個專好探聽消息的老里長。誰家的媳婦有了身孕，誰家養的豬仔長大了準備宰殺，誰家的老人生了重病送進基隆的軍醫院……這些非關軍國大事的街頭巷語，沒一件難得倒指揮官，彷彿他的宿舍不是位於指揮部莒山廣場後的山坡邊，而是在南澳的十二棟。若非我剛才已經抬過頭，確認走進這家煎餃店的確實是這位平日八面威風的二星中將，否則還真會以為是誰家悶慌了的大伯上門找老鍾串門子呢。

我對這些吸慣我們鮮血的百姓日常瑣事不感興趣，但因為阿月也在場，基於男性本色，我還是豎起耳朵盼能聽到一些和阿月有關的事。這點指揮官並沒有讓我失望，他很快便把話題轉到阿月在台灣的生活狀況，幾句問話下來，我已經知道阿月還是學生，目前在台北唸商專三年級，學校放暑假才會回到島上。

阿月細細的說話聲柔柔滑滑地飄來，聽在耳裡甜滋滋的，卻又不會讓人覺得膩煩。島上不是沒有年輕姑娘。像東超那對姐妹花、金帆船和碧麗宮的吧檯小姐也都是二十歲左右年紀，但她們的聲音可能因為和軍官打情罵俏過度而沙啞，或因在卡啦ＯＫ店工作太久而染上了風塵味，就算她們說上百句也沒有阿月一句話動聽。我覺得自己的情緒安定下來了，剛才壓在心裡的滿腔怒氣，已被阿月的聲音融化得無影無蹤。我很想抬頭再看阿月一眼。剛才我只看見一雙清澈的眼睛，至於臉部其他部位，不知道從廚房開門出來的她是否剛好帶出一團蒸氣，讓我覺得眼前迷迷濛濛的，只隱約感覺到那是一張素素淨淨的臉，是美是醜根本還來不及分辨。剛才那匆匆一瞥實在太短暫了，這只能怪我運氣不佳，一抬頭就和她的目光撞個正著。我很想好好把阿月那張迷濛的臉龐仔細打量一番，卻又不敢這麼做。在已被對方發現的情況下，該如何用最不經意的方法偷看一名女生呢？這對我來說可是個難題。我低頭一邊苦思，無意間又把一顆煎餃夾起塞進嘴裡。很奇怪，早已冷掉的煎餃突然變得美味多了。我的胃部似乎又有了容量，好奇心卻快從腦門滿出來了。

指揮官和老鍾還在閒聊，固執的老鍾又把話題扯回和他的煎餃店生意相關的休假問題。「說真格的，咱們那些阿兵哥好像連續兩個星期沒放假了吧？」

「快了，就快了，」指揮官說，「要不了一個月，等道路灌漿完成，我保證一定全島連放三天大假。」

「哎喲喝，不知道那時候俺的煎餃店是不是還開著呢。」老鍾呵呵笑著說。

聽見指揮官親口說出準備放全島大假的消息，我卻一點也不覺得興奮。島上的道路拓寬灌漿工程從去年進行到現在，已經過了半年多了，類似這種的放話鼓勵我們不知道已聽過了多少次。這七、八個月來，我們幾乎把島上的道路都翻修了一遍，從指揮部前的莒山廣場開始，往南繞過精神堡壘、鄉公所一路灌到南澳；往西經過保修連、公墓，直抵野戰醫院；往北經過列女義坑和東引燈塔，一路修到一一七高地。儘管我們是外島最前線的步兵連隊，但都快忘了槍要怎麼拿了。我們不用出操上課打靶，早點名完吃過早餐便換上構工服裝，扛起圓鍬推著獨輪車到工地去，一整天雙腳都泡在深達半截小腿的混凝土裡。晚上回到寢室，把運動長褲脫下來往地上一栽，被水泥漿得硬邦邦的尼龍褲便直挺挺站著，裡面像有個看不見的隱形人似的。為了趕工達成進度，指揮官最拿手的辦法就是管制休假。去年底原本要開來東引載我返台投票的交通船，只因他金口一開，就硬生生轉了個直角開到南竿去了，搞得南北竿的所有輔導長和政戰士雞飛狗跳，連夜補造了另一批投票部隊的名冊，才勉強讓一群不敢相信好運降臨自己頭上的士兵把那艘空船塞滿。我早已不期待休假了，任何聰明的外島戰士也都跟我一樣。會企盼休假的只有菜鳥，因為他們不知道等待只會讓日子變得更難捱。我們不需要休假，只需要休息。我們哪都能睡，乾水溝裡、水泥袋上、木材堆中，只要能找到時間躺下來睡個幾小時好覺，就是最大的福利了。這些老鍾可都不知道，一心以為只要部隊一放假他的煎餃店就可以起死回生。其實這個月來連長已偷偷分批放我們幾次假了，但大家一輪到休假便抱著睡袋躲到庫房睡上一整天，誰也沒氣力像以前一樣下南澳花天酒地。

話說回來，阿月的相貌肯定不怎麼樣，否則老鍾也不必開口閉口就向指揮官抱怨部隊休假太少的問題了。如果阿月稍具姿色的話，只要她往店門口一站，以島上官兵強烈的男性本色和喜愛呼朋引伴虧妹的性格，就算部隊沒休假，這間煎餃店也會大排長龍，多得是想辦法從工地蹺頭來一親芳澤的散兵游勇。

經過這番邏輯分析，我的好奇心一下就退了潮，覺得自己剛才彆彆扭扭不敢抬頭看人的心態實在荒謬可笑。沒錯，阿月的聲音是很甜美，但臉蛋一定長得很抱歉。雖然剛才我已瞄了她一眼，但那不到十分之一秒的目光交會，頂多僅能證明她大概只有一雙眼睛還過得去罷了。想到這裡，我心裡坦蕩多了，剛才那種不自然的態度也去得無影無蹤。於是，我決定大大方方把頭抬起來，驗證一下自己的推斷。

但這次，與我接觸的眼神變得嚴厲了，而且數量多了一倍——我往店門口拋去的目光被指揮官和老鍾兩人接個正著。阿月不見了，兩個閒聊中的老男人不知在何時停下言談，說好似的一起望向我所在的角落，而且好像已經看了好一會兒了。我吃了一驚，急忙把頭低下。

「過來！」

指揮官雷鳴般吼聲響了起來。

我的心差點連同剛才吞下去的煎餃一起從嘴裡蹦了出來。我在幹什麼？這位二星中將就在離我不到三公尺的地方，我竟然還滿腦子想著女人的事。本來我有足夠時間，可以編出一個我在全島忙著構工的時刻坐在這裡吃煎餃的理由，但現在可好了，一切都完了。

「還懷疑啊！就是你！」我聽見侍從官幫腔的聲音。

我站起來，畏畏縮縮把頭抬起，卻立刻像鬆開的彈簧一樣坐回椅子上。感謝上帝，這時我不由得想起這位被我遺忘許久的神祇來了。指揮官叫的人不是我，而是兩個身穿紅短褲草綠色陸軍內衣，好死不死剛好從煎餃店門口經過的倒楣鬼。他們一個手上捧著一疊剛從租書店借出來的《花花公子》和《閣樓》雜誌，另一個拎了一袋飲料和檳榔，兩個人的小腿、雙臂和臉上都濺滿了斑斑點點的水泥，顯然是剛從工地溜下南澳的。看見指揮官突然出現，這兩個士兵像被雷劈中，一臉愕然呆站在煎餃店門外。

「現在是什麼時間？這裡是什麼地點？你們來這裡幹什麼？」指揮官厲聲問。

那兩個衰鬼早已駭得說不出話了。我看見其中一個人雙腿還擻擻抖了起來，眼淚差點噗碌碌滾下。

「你們哪個單位的？」

侍從官從口袋裡掏出了筆記本。

我很能體會這兩位即將去憲兵排禁閉室報到的可憐蟲此刻的心情，但我自己的危險狀況也尚未解除，沒時間同情他們。我把頭垂得低低的，不敢再抬起來免得引起指揮官注意。幾分鐘後，我聽見有腳步聲從煎餃店門口出去，而外頭立即此起彼落傳來「指揮官好」的問候聲。聲音有男有女，但都帶點島上的口音，想必其他溜下南澳的士兵老早就都躲起來了。

「老闆，多少錢？」我等向指揮官問好的聲音漸漸遠到聽不見了，才起身向老鍾說。

「不用，」老鍾擺擺手，「你小子運氣好，剛才指揮官替你把錢付了。」

看來戰地政務也不是沒有半點好處的。至少，由於指揮官巡視南澳，我才得以白吃一盤煎餃和冰豆漿，價值新台幣七十五元，遠超過一名士兵一天三餐的伙食費。

40 尊嚴

聽說笨伯真的告到指揮部了。

這是連長跟我說的。當然，他的情報來源是我們營上的作戰官，當年在陸軍官校大他兩期的學長。至於作戰官的情報來源，又是從他在指揮部裡當參謀的學長那裡聽來的。儘管我每隔幾天就要在《政戰工作日誌》上頭寫一遍「政令宣導：嚴禁學長學弟制，預防老兵欺負新兵」。但實際上，這些軍官幹部的學長學弟制比我們義務役士兵還嚴重，學長在離開校園後仍具有影響力，讓人感覺這些讀軍校的似乎永遠也沒有畢業的時候。

「別擔心，我們又沒貪贓枉法，光明磊落的，還怕笨伯去指揮部咬人？」連長毫不在乎的說，接著又瞇起眼睛看著我。「呃……我說，你的茶好像該倒出來了吧？」

「哎呀！」我驚呼一聲，急忙提起連長的紫砂標準壺把茶水倒入茶海。來不及了。這是第一泡茶，但原本該是金黃色的茶湯，已濃成了熟茶的深棕色。

「輕點、輕點，」連長說，「別把我這支寶貝茶壺敲破了，很貴的。」

「抱歉。」我沮喪地說。第一泡茶浸太久，苦澀味一出，接下來幾泡不管怎麼修正也救不回來了。

我知道笨伯到指揮部絕對是去抗議我買的菜量不足，控訴我破壞成規，私下跑去找別的菜商購買副食品。他手上肯定不會有證據，因為我根本沒這麼做。連長希望能從伙食費中結餘一點錢作為應付指揮部裝備檢查的費用，而憑我幾個月來採買經驗和已學會炒菜的本領，我知道如何開出能讓部隊吃飽又花不了多少錢的菜色，其中又以「黃豆滷豆皮」和「螞蟻上樹」為最基本的省錢利器。黃豆是補給品，庫房裡要多少有多少，豆皮買來時根本沒重量，但泡了水就變沉甸甸一大塊，只要醬油下得夠重，光是一塊滷豆皮就能讓連上弟兄配掉兩碗白飯；粉絲幾十塊錢就有一大包，又和豆皮一樣泡了水會膨脹，一大鍋粉絲變成的螞蟻上樹只須加入一斤絞肉和一斤豆腐乾炒一炒，只要辣椒醬不吝嗇使用，一樣能讓那些不挑食又愛吃辣的弟兄扒下兩碗白飯，絕對不會有人出來挑剔這道螞蟻上樹為何只見樹而不見螞蟻。

除非笨伯當兵的時候也管過伙房，否則任憑他和他那冷眼冰冰的婆娘想白了頭，也絕對不會知道我們這些採買個個皆有一套省錢的絕活。若島上有基督教會，我們這群採買一定會是最虔誠的信徒，因為我們最需要的就是耶穌在曠野裡用二條魚和五片麵包餵飽五千人的神技。

我忐忑不安等了幾天，卻不見指揮部有半點動靜。這讓我對指揮官更加有好感了。那天離開煎餃店後，我對指揮官的觀感就有了轉變，從他與老鍾的閒聊中，我發覺這位階級足足高過我十二級的中將指揮官，並不如我們過去所想像的那樣霸道和不明事理。至少，從他一聲不吭就替我買了單的這個舉動來看，足以證明他在關心百姓之餘，也是會照顧一下他的子弟兵的。笨伯在南澳百姓間的風評不太好，這點指揮官多多少少一定也有所耳聞。對於商人為了賺錢而對我們採買的無的放矢，我相信指揮官是絕對不會加以理會的。

就在我撐過半個月，欣慰地估算向笨伯買菜的苦日子已進入下半場之際，營長突然派傳令下達了指示：即日起，各連採買每天八點必須在營部集合，等營長點過名後，才能出發下南澳買菜。

我們步兵第三營向來有「太子營」之稱，因為營長好像在很早以前就認了指揮官當乾爹，但是，我們營長似乎沒從他乾爹那裡學到這種英明。我有不祥的預感，營長這次一定是衝著我來的，但不知道他會用什麼理由找我的麻煩。我特地做了準備，把皮鞋和銅環都擦得雪亮，仔細整肅了儀容，才和其他四個連的採買一起在營長室門前排成橫列立正站好。我們足足在太陽底下站了二十分鐘，營長才黑著一張臉推開房門走出來。他沒開口，也沒正眼瞧我們，只低著頭在我們面前來來回回走動，一副若有所思的樣子。就這樣左左右右走了十來趟後，他才收住腳步，突然轉身過來用手指著我。

「你！你伙委幹多久啦？」

「報告營長，三個月。」我戰戰兢兢說。

營長沒吭聲，只把手背到身後，又繼續剛才的漫步。我的雙手緊貼著褲縫，全身上下唯一能自由活動的便是從太陽穴滲出的兩道汗水。它們沿著臉頰一路滑到下巴，搔得我惶惶不安。

「三個月……都三個月了還這麼不會買菜？」營長咕噥說，一邊像鐘擺一樣在我們五個人的面前踱來踱去，一副陷入苦思的樣子。「你！」他突然回過頭，指著矮我一個頭的兵器連採買說，「你說，連伙委的任期應該是多久？」

「報告營長……」兵器連採買小聲地說，「是……是三個月吧？」

「什麼三個月！」營長吼道，一個箭步跳到兵器連採買面前，瞪大眼睛看著他。「我告訴你，是一個月！你回去把規定看仔細點。」兵器連採買被他嚇著了，一張臉登時白得全無血色，讓我以為他下一步就會像在營長室被小白咬的吳居安一樣昏倒在地。

營長似乎覺得自己太激動了些。他後退兩步，雙手疊在胸前，改用哀求的口氣對我們說：「我拜託各位、求求各位，別讓我堂堂一位營長還要像女人一樣出來管菜市場裡頭的事，你懂我意思吧？我不是整天沒事閒在這間破辦公室裡嗑瓜子泡茶，你們可以去問問營部連的業務士，看我是不是忙得很，你懂我意思吧？你們可好，現在部隊一天到晚忙著構工，你們這些採買每天悠哉悠哉到南澳逛，這樣還辦不好伙食，對連上弟兄可就說不過去了，你懂我意思吧？」

我專心聽著營長說出的每一個字，做好心理準備，等待他隨時講出重點，把焦點轉到我身上。但營長越說越來勁，好像忘記了我們全都站在大太陽底下。現在是七月天，太陽不到六點就升起了，天氣熱到光是起床刷個牙就讓人汗濕半條內衣。島上看不到幾株高度足以遮蔭的樹木，營長室門前的水泥地在烈日下積攢了幾小時能量後，像長出了尖牙，毫不留情啃咬我們塞在大頭皮鞋中的腳丫子。我眼角餘光瞄見兵器連採買一副搖搖欲墜的樣子，不免替他擔心起來。說真的，與其昏倒在這熱鍋般的水泥地被瞬間煎個半熟，我還寧可他昏倒在陰涼的營長室裡被小白咬。

「採買工作不是什麼難事，又不是叫你們上戰場，但這種工作也不能隨隨便便交給一個不靈活的人去做。買菜要動頭腦、要求變化、要有彈性，你懂我意思吧？別以為你們營長我不懂廚房的事，以前在官校的時候，我也當過學生營伙委。我們辦的可是幾百個人的大伙食團，光是廚房伙頭就有二、三十個人，那些菜呀肉呀每天都是一籮筐一籮筐抬進營區。你們在連上辦的是什麼？一天就那麼幾斤肉幾斤菜，小兒科、真是小兒科。那是家家酒，不是辦伙食，你懂我意思吧？我們做事情要大器，不要縮頭縮腦，小鼻子小眼睛的。你們看我什麼時候去過各位連上檢查環境內務？你們看我什麼時候集合過大家講話？不是我不管事，而是各位素質高，聽話好帶，不需要我說太多，懂我意思吧？」

營長說得倒沒錯，我在營裡待了快一年，除了諸如營週會或指揮官集合部隊講話的一些正式場合，平日竟難得見到營長幾次。儘管島上道路灌漿工程如火如荼進行，儘管我們還得支援興建東引幼稚園和一一七高地上的飛彈基地，但營長出現在工地的次數絕對比指揮官還少。「沒見過營長當得比他輕鬆的。」常在工地為了調度工材而忙得團團轉的作戰官不只一次這麼對連長抱怨，「他官不大，僚倒是不小。」

客觀說來，雖然我見到營長的次數直到最近才稍稍變多，但我一直認為他是整個營裡最像軍人的人。他的身材高大，胸膛厚到即使用五〇機槍也打不穿。如果說幹訓班的大隊長像一隻雄鷹，那麼我們營長就是一頭猛獅，唯一的差異只在於他頭上的毛髮不像獅子那麼多而已。不過，營長顯然毫不在意自己的這點小小缺陷。幾次在營區裡見到他，包括現在他召集我們談話的這個場合，營長都不願意戴小帽，而這就苦了他腦袋上那些歷經三、四十年風吹日曬雨淋而碩果僅存的頭髮。話說回來，光是營長的頭髮，也足以作為我們反共救國軍的表率，它們就像我們栽種在連集合場邊惡土裡的小松樹一樣，長不高，也枯不死，比誰都具有「獨立作戰、自力更生、與陣地共存亡」的精神。

營長堪稱全軍模範之處還不只此點。隨便舉個例子，我們從來沒看過他喝酒，也沒見過他在士兵面前抽過菸。但這不表示他從不碰這兩樣東西。替營長開小車的駕駛林飛鴻說，營長幾乎天天晚上都叫他出車下南澳，到南澳後就叫他把車開回營裡，不必留在那裡等他；每次去關菸，營政戰士蕭嘉恆申購香菸的總數並不輸給我們一整個連隊的量，而營部的軍官和士兵加起來頂多也才十幾個人而已。儘管我們心中納悶，但從種種線索推斷，可以想見營長白天大概都悶在房裡一根接一根抽著香菸，天黑了就坐吉普車下南澳喝酒，過著萎靡頹廢的生活。但這並不能怪營長，根據作戰官的說法（有時候我覺得他更適合當情報官才對），營長是出了名的好戰分子，愛打架勝過愛女人，他在官校打過正期生學弟，下部隊打過憲兵，打過指揮部的幕僚，天生便具有軍人的戰鬥性格。按理說，他輪調到外島最前線，應當可以意興風發，好好幹出一番事業才對，但實際的情況卻不是如此。這真的不是我們營長的錯，只能怪大環境使然。外島早就沒有戰爭了，早已不復見當年那種緊張對峙局面。現在沒有砲戰，沒有半夜上岸摸哨的水鬼；過去從大陸過來的是空飄傳單，如今是堂而皇之擺在老百姓的商店裡各種寫有簡體字的貨物；去年還可以開開槍驅離太靠近岸邊的大陸漁船，今年只能丟石頭嚇嚇他們了。既然沒有戰爭，怕我們太閒沒事幹的指揮官順理成章讓我們變成了工人，讓我們這位猛勇如雄獅、渾身滿是戰鬥氣息的營長，每天踏出房門，看見的竟是幾百名全身髒兮兮、扛著圓鍬十字鎬、扶著手推車在工地構工的部下。面對如此景象，怎能不教他胸悶鬱結，怎能不教他回到房間裡把門關上抽起悶菸呢？

榮譽是軍人的第二生命，而再也沒有人比營長更努力維繫其身為軍官的榮譽與尊嚴了，他從來不在士兵面前叼著和大家一樣的香菸，也不想讓他應該只染上敵人鮮血的軍服沾上一點點水泥砂土。不過，營長還是被我們這些低賤的士兵拖累，在年初的寒冬深夜裡徹徹底底被剝奪了尊嚴。

那是發生在今年二月的事，沒差幾天就要過農曆新年。其實事情也沒什麼特別的，只不過是個和平常一樣寒冷的夜裡，剛好下了一場雨，而那天我們連上灌漿的速度慢了點，負責拖漿收尾的六個人必須在工地等到半夜才能開始作業。可能是下雨又起了點霧的關係，讓開著照明燈在寒風中拖漿的人顯得悽涼了些，從遠處望去，像極了一個個在寒夜中遊蕩的鬼魂。這景象把碰巧坐吉普車經過的政戰部唐主任嚇了一跳。「你們在這裡幹什麼！」唐主任跳下小車，抓住帶班的上兵鄧秋豐問。其實這根本不干營長的事，若要勉強找出關連，也只能說這個工地剛好位在營長室旁邊而已。而且，如果鄧秋豐把事情說清楚也就沒事了，因為是他一心急著把事情做完回連上睡覺，才懶得派人回去拿雨衣。「拿雨衣幹嘛？穿上了也是外面下大雨、裡面下小雨。」但鄧秋豐不知道是被凍呆了還是被這位上校主任嚇壞了，他竟然一個字也說不出來，只站在那兒不停發抖。唐主任轉頭看去，只見其他五個人也一樣在細雨中窸窣抖個不停。這可把主任的怒火給激起了，他不明白我們只要開始工作就不能停下，否則渾身冒汗的身體就會迅速流失熱能而開始發抖，看起來很容易讓人誤以為受到誰的凌虐。「你們營長呢？」主任吼道。他已經氣炸了，不待鄧秋豐或誰回答，便逕自衝向一旁的營長室。「李盛恭，你出來！」他舉腳猛踹營長室大門。身為職業軍人，營長可說絲毫不愧軍人本分，一聽見主任的聲音，從睡夢中驚醒的他連夾克也來不及披上，就急著奔出來向主任報到，完全忘了自己身上幾乎什麼也沒穿。「你給我立正站好！」主任吼道。其實在夜深人靜的午夜，他大可不必如此費勁嘶吼，應該好好控制自己的音量免得驚擾旁邊山上的連隊裡已就寢的我們。「你竟然敢這樣對待我的阿兵哥啊！」主任喊道，平常愛聽京戲的他，用的是老生的哭調。

就這樣，當我們被唐主任的聲音吵醒，跑出連集合場看看到底出了什麼事時，見到的景象實在很難不讓人記在心裡。一位年近四十歲的中校營長，被只大他一級、年近五十歲的上校主任訓斥，在六、七度左右的低溫中，僅穿著一條內褲在寒風中足足站了二十分鐘，附近的山頭上還有好幾個連的士兵在黑暗中不出聲看著這場好戲，同時默默在心中記住：再也沒有哪一種職業比軍人更容易失去尊嚴了。

「我們軍人講的是紀律，上級有什麼任務規定，無論如何都要遵守與執行。話說回來，不管是什麼法令也有例外開恩的時候。有時候為了把事情辦好，為了顧全大局，一些太雞毛蒜皮的小規小節，我偶爾睜眼閉眼就讓它過去了，你懂我意思吧？你們要知道，我這個人是粗線條，但不表示我糊塗。人家說『秀才不出門，能知天下事』，我告訴你們，我這個軍官不出門，也一樣能知天下事，何況這座島才這麼丁點大而已。這個島太小了，沒啥地方好去，大家左轉一圈碰個頭，右轉一圈也碰個頭，所以在這兩年最好和和氣氣相處，別太死心眼，別因為一點小事而看不開。你給別人方便，別人自然也會給你方便，你懂我意思吧？」

儘管我心中想的是營長在寒夜裡光著上身罰站發抖的樣子，但無濟於消解此時的暑氣。夏天的風一下從燕秀那裡吹來，一下又從北澳翻上山巔，海風吹得和營長的話一樣毫無定向，卻同樣令人感到濕黏燠熱。按照軍人的禮節，當長官說話時，我們必須目不轉睛看著他。但我看著看著，竟又發現營長另一項奇怪的特質來了。他沒戴小帽，在大太陽底下努力講了這麼多話，可是黑漆漆的臉上居然一滴汗也沒流下。在不得不佩服他的耐力之餘，也不禁讓人懷疑他體內流的到底是人還是爬蟲類的血。

「所以說，凡是越要緊的事，看起來就越不重要；而看起來不要緊的呢，其實也就不是表面上看來的那麼不重要了，你懂我意思吧？我知道各位都不是笨蛋。怎麼說呢？因為我知道我的五個連長都夠精明，他們絕不會從百來個人中挑出傻瓜來擔任這麼重要的職務。你們天天都要和南澳百姓接觸，我知道他們並不好惹，但有時候也很好擺平。當採買的人要有頭腦，尤其是商業上的頭腦，該省的要省，該用的就要用，懂我意思吧？相信各位一定能夠完全懂我說的話。好了，我今天就說到這裡，你們去買菜吧，不敬禮解散。」營長擺擺手，轉頭往房門走了兩步，又回頭補了一句，目光刻意看向遠方，沒針對我們之中哪個特定的人。「法之外不外乎情，但對那些冥頑不靈的人，我們就只好按規定來辦了，懂我意思吧？」

我們五個連的採買排成一列走下斜坡，往保修連那裡走去。保修連旁邊有一條好幾百級的石階小徑，往下可以走到東湧水庫，是我們從一四〇高地走去南澳的兩條主要路線之一。走在這條石階路上，很少人敢不低頭盯著地面，因為這裡經常有五色斑斕的大蜈蚣從兩旁的雜草叢裡爬出來做日光浴。不過，我發覺今天大家的頭垂得特別低，人人一副若有所思的樣子，直到離開營區夠遠了，二連採買才忍不住問兵器連採買：「你懂營長的意思嗎？」

「不懂。」兵器連採買說。

「我也不懂。」

「管他的，買我們的菜就對了。」三連採買說。

我知道他們一定都滿頭霧水，但一路上我一句話也沒吭，只默默低頭走著，小心閃過橫在石階上的蜈蚣。營長的意思再明顯也不過了，他是衝著我來的，我根本不須浪費心力揣測他剛才的那些話。也許是出自潛意識的報復心態，儘管現在日頭曬得讓人發昏，但營長穿著內褲在寒夜細雨哆嗦中罰站的畫面，仍一直盤據在我腦海裡，教我不由得也跟著起了一陣寒顫。我想，要是我到了四十歲還被人叫出來在大庭廣眾下全身光溜溜罰站的話，我絕對無法忍受，肯定會拒絕這種懲罰，說不定還不管後果跟處罰我的上級硬幹上一架。但是，一向重視軍人榮譽和尊嚴的營長卻忍耐下來了，看他平日一副火爆脾氣，教人難以想像他是如何吞下這口來自僅大他一階的上校政戰主任的鳥氣。軍人確實是最容易喪失尊嚴的職業，我想，在營長這十幾二十年身為職業軍人的日子裡，來自各方的羞辱一定多得不知凡幾，但他全都忍耐下來了，否則他就無法掛上那兩顆梅花的階級。這點足以證明，營長除了外表粗壯的體格之外，腦袋裡必定還是有某些我們無法輕易瞧見的智慧，就像越王句踐，懂得忍辱負重、服膺天將降大任於斯人的哲學。主任是讓營長失去尊嚴了，在阿兵哥面前大大削了他的面子，但未來的事情還很難說。再過幾年，說不定晉升將軍的就是我們這位太子營的營長，而那位島上官職第三大的政戰主任或許只有黯然退伍的分。想到這裡，我不禁有些動搖了。我應該接受營長的暗示，順他的意向笨伯多買一點東西嗎？辛辛苦苦幫連長省下菜錢對我有何益處？多花點錢讓部隊弟兄吃好一點不也是件美事嗎？再說，萬一我再忤逆營長的意思，我實在不敢想像未來我會有什麼悲慘的下場。我記得有人說過：「越是經常失去尊嚴的人，就越會剝奪他人的尊嚴。」而讓人失去尊嚴的方法太多了，我想以營長自己的經驗，他肯定有用不完的方法來羞辱我。我還有一年才退伍，而連長再過幾個月就要下連長了，憑我這幾個月訓練出來的買賣頭腦，這種簡單的利害關係根本不需要按計算機，就能馬上計算出答案。

就這麼妥協吧。待會走進笨伯的商店時，我應該先對笨伯那位冷眼冰冰的婆娘露出微笑，然後寫下一份讓她眉開眼笑的採購單。

我們已走過東湧水庫，爬了一大段上坡路來到東引鄉公所。這裡是南澳的最高點，一到了這裡，任何人不必靠地標也知道已來到老百姓的地界，因為外觀仿羅馬神廟式建築的鄉公所的牆面是全白的，而且嶄新得還沒沾染上半點污痕。敵人若從空中俯瞰，絕對會發現這是個極醒目的攻擊目標。我們從營區來到這裡，大概已走了兩、三公里山路，但沒人敢在鄉公所前多做停留，因為對不時乘坐吉普車從大馬路經過的指揮部各部門參謀和神出鬼沒的憲兵來說，在鄉公所大片白色牆面的襯托下，我們身上的草綠服也成為極顯著的目標，沒人願意為了在此歇息喘口氣而冒上被記違紀的風險。各連採買除了買菜之外，每個人都還有各自的雜事要辦，有的人要去民生社區的洗衣店幫排長拿衣服，有的要去三義村的唱片行替連長買唱片，於是大家在此解散。按過去的習慣，在大太陽底下走了一大段路來到南澳後，我會先去亨裕超商，在裡面抽根菸吹吹冷氣和阿嫂聊上一會兒天。不過，今天我決定直接走向笨伯的商店。

過了鄉公所路就好走多了，從三義村到忠誠門，整條路不是平地就是下坡的階梯。這裡已是老百姓群居之地，沒有可供蜈蚣躲藏的雜草樹叢，因此我們不必再像剛才那樣盯著地面走路，目光可以大大方方抬起，飛向下方忠誠門外的海洋。剛才在保修連那段令人垂頭喪氣的石階路上，我心裡一直在盤算待會該加買多少菜量才會令笨伯滿意，也許最貴的豬肉和雞肉都該多買五斤，甚至一些原本習慣向亨裕叫貨的調味料也可以改向笨伯購買。我已經快算計好了，只差一點點就不會讓預算透支達到讓連長變臉的程度，但是，我走在十二棟時卻分了心，不，應該說我是被嚇到了。嚇到我的是海水的顏色，儘管從十二棟的街道望下去，只能從石屋矮房間看到窄窄一片海洋，但光是這一小片，就足以懾人魂魄了。這實在是件很奇怪的事。對我們這些因為一時壞運氣而被判放逐荒島兩年的衰鬼來說，雖不敢誇口自己像長年於大洋漂泊的水手一樣熟悉海的脾性，但對於海水呈現出的表象，例如說它的顏色、味道和形體，絕對比一般人有更深入的瞭解，畢竟海洋是我們每天上哨站衛兵時得直接面對的東西。無庸置疑，海水的顏色是多變的，而且只要認真觀察記錄，就會發現海水沒有哪兩天的顏色是一樣的。甚至在一天之中，海水可能會出現十幾種顏色的變換，可以呈現出各種色系、亮度和質感，而且這種變換即使是在黑漆漆的夜裡也不會停止。不過，儘管海洋每天每夜對我們展現其千姿百媚的色彩，卻不足以讓我們改變對它的恨意，不會因而忘記誰是把我們困在這座荒島上的仇敵，就像猶太人絕對不會歌頌集中營的鐵絲網圍籬。對於海洋這種無定性的色彩變換把戲，我們早已習以為常，視若無睹。如果要硬擠出浪漫一點的形容，也頂多說愛拿我們的命運開玩笑的上帝最近迷上了作畫，而海洋只不過是祂拿來洗滌畫筆的一個大水桶而已。

但是，上帝今天似乎固執地只選用了一種色彩，此時海面呈現出的是一大片深湛的藍色。當然，海水的顏色固然多變，但主要仍以藍、灰和綠色系為主，而其中最不引人注意的就是藍色，因為它符合大眾對海水顏色的認知，普遍到即使是啟智班的孩童也知道在畫大海時要拿起藍色的蠟筆。不管海水再怎麼藍，最多只能讓我們瞄上一眼，說句「哎，今天天氣不錯」的評語，話題便轉向他處去了。然而，今天的藍和以前截然不同，宛如兩種不同的顏色。此時橫亙在我眼前的大海藍得如此強烈，藍得如此硬朗，藍出了懾人氣勢，霸道得讓平日愛在波浪上頭造次的白色不敢現跡。波濤不興的海水藍得完全純粹，藍出了個性，藍得毫不妥協，容不下其他色彩雜質。這種顏色的藍已不像藍了，藍得令人驚訝，藍得教人願意用心體會。就連熾烈的陽光也全被這片藍給吞沒、咀嚼，反芻出令人心驚而不敢逼視的藍。

我愣在十二棟前的階梯上，只看了一會兒的海，便黯然低下了頭。

接著，就像是故意和自己也和營長過不去似的，我走進笨伯的商店，一眼也沒瞧笨伯的老婆。然後，我開了一張分量比平日還少的採購單。

41 不生氣

衛兵揹著五七步槍，慌慌張張衝進了輔導長室。

「學長、學長，有一個老百姓跑進伙房了！」

一聽見這消息，我忘了自己的政戰士身分，也沒注意輔導長就在旁邊，跳起來抓住這位學弟的衣領。「混帳，你衛兵怎麼站的？怎麼可以讓老百姓跑進營舍？」

「我……我攔不住他，」衛兵學弟哭喪著臉，「他說他是菜商，硬要進我們伙房看看。」

「可惡！」我推開衛兵，拔腿便往伙房奔去。

不須多想，就知道這個闖進伙房的人是誰。野戰醫院的採買早提醒過我了，說笨伯有擅闖部隊廚房抄菜單的紀錄，沒想到他今天真的不請自來跑進了我的伙房。這種事情沒遇到還真教人不敢相信。到目前為止，敢不向我報備而直接闖進伙房的，也只有指揮部的政戰部唐主任一個人而已。當然，並非所有的不請自來都是不受歡迎或讓人生氣的，像主任的突然造訪就讓我一點也沒有不高興或拒絕的理由，因為他是前來突擊檢查伙房的環境衛生，無論他的職務或理由都具有絕對的正當性。而且，當他視察完畢，很滿意地給我記了一個嘉獎後，我樂得幾乎把他當成另外那個一樣喜歡不請自來、在聖誕夜晚上從煙囪爬下帶來禮物的紅衣老人，完全忘記了主任在推開伙房大門時所扮演的監察者角色。然而，笨伯是什麼東西？只不過一個普通老百姓，一個小商人，一隻靠吸食部隊的血液維生的蚊蚋，竟也敢大搖大擺像回自家客廳似的擅入我的伙房？

我火極了。我知道來外島當兵後我的火氣變得很大，以前我不太會生氣的。記得在中心抽完籤，班長請我去連辦公室抽了菸，最後對我丟下一句話：「到外島清心寡慾就對了。」寡慾是必然的，一般兵想不寡慾也沒有辦法，畢竟不是每個人都有辦法像楊排一樣有錢有閒三不五時溜去八大向老相好報到。

至於清心，按字典的解釋是「去除雜念，使心情恬靜安寧」，這部分我很努力，但一直沒有做得很好，而且我發現連上好像沒有哪個人能做到這點。可能是當初那支噩運之籤的魔咒，來到外島的人多多少少帶點暴戾之氣，只要稍有機會，我們就會把氣發在小狗、老鼠、蛇、癩蛤蟆或菜鳥身上：小狗會被推下山坡，老鼠會被纏上電線用直流電加以電擊；蛇不管有毒無毒，一律先剝了皮再說；爬在草地上的癩蛤蟆，則會莫名其妙被鐮刀唰一聲削去腦袋。至於菜鳥，整他們的方法可就多了，每個人只要貢獻一點自己當初被整的經驗，就足以寫成一本比《聖經》還厚的教戰手冊。

一些東西雖不具生命，卻一樣是我們發洩火氣的良好對象。我們會砸鋼盔、摔鋁盆、拍床板，甚至用刺刀在水泥牆上挖出一個窟窿。像現在，我就用力一腳把伙房的紗門踹開，像鬥牛場上撞開柵門衝進場中的大公牛，呼哧噴著鼻息奔進濕漉漉的伙房。果然，在廚房的流理台前，我看見有個人鬼頭鬼腦地站在那裡。

「幹什麼！」我大喝一聲。

笨伯連頭都不轉，理都不理我，只顧著拿著紙筆抄寫我貼在瓷磚上給伙夫們看的菜單。

「你抄什麼抄？」

我撲過去把菜單扯下，笨伯這才把抄了一半的紙張塞進口袋，後退兩步，緊抿起嘴巴瞪著我。在昏暗的燈光下，他的臉鐵黑得像五〇機槍的槍管，讓人完全無法把他和上個月在營長室從頭到尾咧出一口白牙微笑的那個人聯想在一起。不過，我知道自己的臉色一定也好不到哪去，已不是當時在營長面前那副唯唯諾諾的樣子。笨伯一語不發，站在流理台邊與我對峙。此時若有不認識我們的人在場，他絕對看不出我們之間存在買家和賣家的關係，肯定會以為我們是窄路相逢的仇敵。

眼前的情況很難不令人動怒。俗話說「花錢的人是老大」，換成現代漂亮一點的說法，就是「顧客永遠是對的」。按理講，我的身分是買家，按照商業倫理，作為賣家的笨伯就算不奉承討好我，至少也該對我客客氣氣才是。但他今天的作為，就像一名把人家大門打開，強行進入檢查你有沒有購買他的產品的推銷員，態度囂張得有如登門討錢的債主。我在盛怒之餘，不免又有點委屈的感覺。我忽然想到，百年前活在滿清時代的先人，面對渡洋而來做生意的歐美列強的蠻橫霸道，一下子強迫五口通商，一下要求關稅最惠國待遇，他們心中的感受大概和此刻的我差不多。

我忍住火氣，不發出聲音偷偷深呼吸幾下，讓自己冷靜下來。我沒必要動怒，如果他是來找我攤牌談判，那我就得保持理智，發脾氣等於先輸了一半。更何況，那天笨伯在營長室裡是坐著的，這半個月來我又沒在他的店裡見過他，如今面對面站著，我才發現他足足高過我半個頭，手臂也粗過我兩倍。萬一打起架來，我肯定不是他的對手。再說，憑他和營長的關係，如果為了把他趕出伙房而撕破臉，那絕對是最不明智的行為。當年滿清政府不就是沉不住氣，自不量力惹出了什麼義和團事件，才搞到割地賠款無法收拾的地步嗎？

經過幾秒鐘飛快盤算，我決定暫時委屈自己一下。「很抱歉，這裡是營區，老百姓不能進來，如果讓連長看到就不太好了，請你趕快出去吧。」我說，盡量用禮貌的態度把他攆出伙房。

「我送菜進來不行嗎？」

笨伯一開口就教人忍不住動氣。伙房裡空盪盪的，連一片青菜葉子也找不到。什麼送菜進來？根本是在扯謊。他身上除了算計人的計算機、除了專門打小報告用的紙筆，還會帶什麼好東西來我的伙房？

不能生氣……

「別人送菜都是放在連隊門口，」我裝傻說，「衛兵會幫忙搬進來。以後你不必親自送進來了，別這麼麻煩。」

「別人是別人，我是我，我就是喜歡直接把菜搬進伙房。怎麼，你伙房有什麼見不得人的祕密嗎？」

「我哪有什麼祕密見不得人？」

「誰知道？你如果不是做賊心虛，為什麼剛才一進來就急著把菜單撕掉？」

笨伯瞪大眼睛看著我，兩道呈「ㄏ」字形的眉毛一高一低，一副理直氣壯咄咄逼人的模樣。我從來沒見過像他這樣能把眼睛睜得這麼圓滾鼓脹的人，眼白灌了氣似地把眼珠直往外頂，彷彿隨時都會從眼眶爆開。別說笨伯的話句句挑釁，光是他那兩顆凸眼睛，就讓人很想衝上去一拳把他打倒在地、騎上他身體、掐住他的脖子，然後把那兩顆不安分的死金魚眼壓回它們原本應該躲藏的洞裡。

但是……

不能激動、不能失去理智。

「如果你是來找祕密的話，那就走錯地方了。你應該去指揮部，那裡的祕密可能還多一些。」

「你以為我不敢去指揮部？告訴你，這島上還沒有哪個地方是我不能去的。我高興進指揮部就進指揮部，那裡的衛兵從來不敢攔我。你想拿指揮官壓我？省省吧你。」

「那你去呀，」我冷冷地說，「快點走吧，你留在這裡真的會讓我很為難。」

「是啊、是啊，我讓你感到為難了，是嗎？但你有沒有想過，憑你每天買的那一點點菜，會不會教我這個菜商為難呢？」

「很抱歉，但我也沒辦法。我們連上就這麼點人，食量就這麼大，我總不能為了讓你滿意而讓部隊一天吃四頓吧？」

「你們全連七、八十人加上營部有上百人開伙，憑你買的那點菜量，我看連一頓飯也不夠。這可讓我好奇了。我今天是特地來請教你的，看看你用什麼辦法只靠那幾斤肉餵飽這麼多人？」

「我用什麼方法不干你的事，我只管我連上的人能吃飽就行了。」

「你們吃得飽，我可要餓死了。」笨伯說道，「我不跟你浪費時間，你把菜單拿出來，我抄完就走。」

「出去！」

一聲不知從哪傳來的低吼，把我給嚇了一跳。我張目四望。在伙房陰暗的空間中，沒見到笨伯和我以外的人，旋即才意識到這吼聲是從我自己的喉嚨深處發出來的，彷彿在笨伯的刺激下，我突然擁有了自主性腹語術的能力。不能生氣，不可被激怒，要有耐心，但我已忍不住開始渾身顫抖了。我瞥見流理台上的菜刀，施吉安教我磨刀時說「還要再磨」的聲音依稀在耳邊響起，接著，我又聽見入珠的藍傑聖說的「不行，還得再磨」，然後是愛刻印章的輔導長的聲音，「不行、不行，你還得繼續磨下去」。好吧，既然大家都要我再磨，我只好耐著性子和笨伯磨下去。但是，怎麼沒人告訴我該用什麼方法讓自己不生氣呢？

「請你出去吧。」我稍稍把口氣放軟。

「我為什麼要出去？」

「因為這裡是營區，不是你家裡。」

「你很凶喲，你以為你是誰啊？只不過是個兵，口氣居然大得像軍官。」笨伯上上下下打量我，左眼的眉毛不停跳動。「你以為這個地盤是你的嗎？你看清楚，這裡是東引島！幾百年前我祖宗就在這裡當海盜了。在島上我愛上哪就上哪，沒人管得了我。」

「那你請自便吧。」我轉身想走，不願再和他糾纏下去了。

「等等，你上哪？」

「既然我管不了你，你愛待就待吧。」

「要走？先把菜單留下。」

我深吸了一口氣。「你憑什麼抄我的菜單？」

「為什麼不能抄？你怕我抄？果然是做賊心虛。採買那套我清楚得很，你不敢讓我抄菜單，對吧？怕被我揪出來你吞掉部隊多少錢？」

不生氣……我握緊了拳頭。

別跟這種人計較。

「別以為我們老百姓好欺負。告訴你，我注意你很久了，」笨伯看我不吭聲，又繼續說，「你敢說你的手是乾淨的嗎？像你這種採買我見多了，就沒看過哪個人沒多多少少污過幾塊錢。你敢說你一毛錢都沒拿？」

不生氣……我咬住了嘴唇。

當他是瘋狗吠月。

「好，好，既然是做生意，大家撕破臉也難看。你說吧，別家菜商給你多少回扣？這種錢我也出得起。」

不生氣……我開始用指甲尖掐手掌心的肉。

保持理智，想想八國聯軍的教訓。

「幹嘛？裝清高啊？少跟我來這套。」笨伯把手伸進褲袋，掏出一個厚鼓鼓的皮夾。「說吧，你開個價，我一毛也不會少給你……」

「滾出去！」

我那剛學會的自主性腹語術又出現了，彷彿有個看不見的布偶躲在我的肚腹裡替我發聲。在此同時，我聞到一股淡淡的腥味，感覺手掌濕黏黏的，轉頭一看，才驚覺流理台上的那把菜刀不知何時自己跑到我的手中了。不，是我的右手也自己生出了意識，自動抓起那把我磨了好幾個星期的菜刀，高舉過頭頂，正準備朝笨伯掄下。我連忙用左手握住刀柄，制止已失去理智的右手。

笨伯畏縮了一下，但馬上又挺起胸膛。「想嚇唬我？」他喘著氣說，鼻翼一掀一闔，ㄏ字形的眉毛也不停上下跳動。「信不信我能讓你的兵當不下去？」

「出去！出去！出去！」

我的左手也叛變了，與右手合力握著菜刀往笨伯揮去。

笨伯不愧是身手矯捷的海盜後裔，他只愣了半秒，及時把肩膀一偏躲過我的攻擊。接著，他便以驚人的速度推開紗門衝出伙房了。

我提著菜刀追出伙房，發現門外已圍了一群人，而那位揹著五七步槍的衛兵學弟也夾在人群裡。

「衛兵！下次他敢再闖進來，就對空鳴槍；不聽，就開槍打死他！」我惡狠狠說。這次，完全是我自己發出的聲音了。

42 校長的女兒

很好，現在事情已被我自己弄得不可收拾，再無轉圜的餘地了。

我又坐在亨裕的小玻璃櫃檯前，抽著悶菸，暗暗生著自己的氣。在海水藍得不像藍色的那天晚上，我在非出於自由意識的情況下，很英勇地用菜刀把笨伯趕出了我的伙房，但實際上，我很清楚這種行為傻得很，無異當著營長的面拿石頭丟小白，而且石頭還反彈回來砸中自己的腳。

這兩天營長不跟我們囉嗦了。八點一到，當我揹起打混包準備下營部和其他採買一起集合時，便看見營長早已雙手扠腰站在營長室大門口，一見到戴著小帽的我從山頭這邊露出臉，就遠遠指著我吼道：「滾回去！」

營長祭出法規，認為我已超過伙委應有的任期，不准我再下南澳買菜。我想這樣也好，儘管和社會上動輒上百萬上千萬元交易的商業行為比起來，買百來人吃的菜正如營長所說只是小兒科、是家家酒，卻已夠讓我厭煩，讓我對一切糾葛盤結在商業活動背後的複雜關係倒足了胃口。我想趁此機會把採買工作交給別人，但連長並不同意。他說營長雖然不讓我幹採買，卻沒有直接下命令告訴他，因此他堅持讓我繼續下南澳買菜。我哭喪著臉說，營長已經不准我和各連採買一起集合了，想繼續買菜恐怕會有困難。但連長很快就想出了辦法，他要伙房的蘇明宏每天早上代替我去營部集合，等營長點完名後再回連上，換我偷偷溜去南澳。

現在，我不但是黑牌政戰士，也變成黑牌採買了。

我不明白營長和連長之間究竟是怎麼了，搞不懂這兩位長官若要鬥法，幹嘛還拿我這個小兵隔在中間。總之現在的情況惡劣透了，我只要一離開連上，就必須小心注意營長會不會出現在附近。他有辦法從一、兩百公尺外就認出我，以嚇死人的音量叫我跑步過去，然後找個頭髮太長、銅環太髒、皮鞋不亮之類的理由狠狠臭罵我一頓。營輔導長對我的挑剔也變本加厲了，以前每個月例行繳交的資料從未出過問題，現在總要被他退回來重寫三、四遍才過得了關。更惡劣的是，營輔導長吠人完全不須任何理由，他似乎只要再裝上一條尾巴，就可以和營長養的小白以兄弟相稱了。

儘管我有滿肚子委屈，卻找不到人傾訴。軍官的部分不必多說，因為他們總是正襟危坐在辦公桌前，雙掌交握抵著下巴，眼神嚴肅地凝視訴苦的人，然後千篇一律以「辛苦了，有機會我一定會向上級反映……」或「委屈你了，再多擔待些吧……」作為結束談話要你起立敬禮離開的暗示。同袍的部分也好不到哪去。連上能聊天的人雖多，可人人都有苦水要吐，就算他們表面裝出認真聽你講話的樣子，但只要一逮到機會，就會以「你這樣根本算不了什麼，不像我……」這句話為開端，然後主客易位，訴苦的人變成聽人訴苦的人，必須伺機再把失去的發言權給搶回來。至於伊，即使我敢冒在可能有人竊聽的電話中洩露軍機的危險，即使我捨得多花幾張一百元只能講十分鐘的電話卡，也無法說清我在部隊中的艱難處境，反而只會讓她白白操心。「別擔心，我在這裡過得很好。」除了這句話，我還能說什麼呢？說我被營長罰在地上像蜥蜴一樣匍匐前進，雙肘磨在炙熱的水泥地面上的感覺？說我被營輔導長惡搞到通宵未眠，辛苦寫成的公文報告，卻在體力不支瞌睡蟲入侵的幾分鐘內，被手中停住不動的藍筆一點一點渲染開來的墨水毀掉熬夜成果時的感受？不，有些事情是沒辦法說的。文字和語言的能力畢竟有限，除非你親身經歷，否則永遠也不會瞭解。例如說，如果不是和我一樣看過那天海水顏色的人，就永遠也想不透我為什麼突然改變已打定的主意，決心與營長和笨伯硬幹到底。

「怎麼啦？看你愁眉苦臉的，是不是和女朋友吵架啦？」阿嫂說。

我抬起頭，沉默地對阿嫂露出苦笑。阿嫂對我們這些採買雖好，總不忘噓寒問暖找話題和我們聊天，但她畢竟也是南澳的商人，不適合成為我傾吐心事的對象。

「咦？你真的有女朋友啊？」阿嫂睜大眼睛，一副責怪自己的模樣。「真是的，你當採買都這麼久了，我竟然沒問過你女朋友的事。」不待我回答，她又自顧自說下去，「哎呀，那怎麼辦呢？我都跟人家說了，本來想介紹一個女生給你認識……」

「介紹誰？」我的耳朵豎起來了。

「一個女生呀，長得很漂亮喔，」阿嫂看著我，突然心領神會露出了笑容，「哎呀，其實有女朋友也沒關係，只是交個朋友嘛。你如果有空的話，不妨去看看人家，現在她放暑假回來，下午都在馨園打工……」

「阿嫂，」我打斷她的話，「在卡啦ＯＫ店打工……還是算了吧。」

「你別亂想，她可是校長的女兒喲。」阿嫂的表情嚴肅了起來，大概想替那個女生辯護，但這時電話鈴聲響了。「喂，亨裕……是，本部連……」她歪著脖子夾住電話，側身從身後櫃子上的一長排帳簿中飛快抽出一本。「好，你說，要什麼東西？……」

不想耽誤阿嫂工作，我拿起櫃檯上的小帽打算離開。

「去看看嘛，人家可是個好孩子呢。」阿嫂摀住話筒對我說。

我向阿嫂擺擺手，出了店門走上階梯。

我知道阿嫂一定在和我開玩笑。什麼校長的女兒？想介紹給我認識？在東引當兵的男生有三、四千人，這種好事怎麼可能落在我的頭上？論外貌，現在的我頭髮還沒有菸屁股長，整張臉被太陽曬得坑坑疤疤醜不拉幾，讓人怎麼也生不出帥哥的信心。論階級，現在的我只是一等兵，隨便一個小士官就能叫我過去夾卵蛋了，再怎麼也比不過那些終日衣裝筆挺英姿煥發的軍官。阿嫂一定是搞錯了，沒有女人會青睞我們這些士兵的。根據楊排的說法，就連八大的小姐也不願在士兵面前多翻個身、多說一句話或露出半點笑容，但一遇到軍官，她們卻變得嗲聲嗲氣一副親切體貼的樣子，彷彿這些戴藍色小帽的恩客全是趕來替她們贖身的情郎。就算阿嫂真有介紹的意思，那個什麼校長的女兒也不會看上我的。話說回來，在卡啦ＯＫ店那種地方打工的會有什麼好女孩？還不是喜歡招蜂引蝶享受眾星拱月感覺的騷貨？阿嫂真是太不瞭解我了，對於這樣的女孩我當然不會去自討沒趣，也不可能喜歡。但這也不能怪阿嫂，畢竟她是一片好意，而且她不知道我目前正在煩悶的事，不知道我正卡在營連長官和南澳菜商們的角力場上——武俠小說中經常有像這樣的場景：兩大高手對掌拚比內功，中間卻不小心夾進了一個武藝低微的傻蛋；高手全力發功，拚得額頭冒汗難分勝負，中間的那個倒楣鬼卻被震得口吐鮮血幾欲昏厥。可想而知，那個命在旦夕的可憐蟲腦中尚未被內功殺死的細胞應該很一致地想著如何逃過高手們黏在他身上的手掌，不可能還有心思去想任何女人。

我已經走到計程車招呼站的空地了。馨園的位置就在招呼站旁的高地，從底下看上去，綴在黑漆漆玻璃門內的聖誕燈飾一閃一閃的，像在跟我打招呼。老實說，我們對馨園早已熟得不能再熟了，它一共有三層，一樓有吧檯和卡啦ＯＫ伴唱機，二樓是播放電影的用餐休息區，三樓則是ＭＴＶ，擁有七、八間可以把門關起來看三級片的小包廂。和其他幾家卡啦ＯＫ比起來，馨園的生意算相當不錯，因為它就在計程車站旁，占有地利，坐計程車下南澳休假的士兵左腳還留在計程車上，右腳就已跨進了馨園，如此既把握了珍貴的休假時間又完全免除碰到麻煩的憲兵。

我走來這裡當然是有理由的，實在是因為最近被營長盯得太緊，寧可花一百元叫輛計程車直接坐回連上，也不願像以前慢慢散步回去而增加遇見營長的風險。我敢賭咒發誓，我真的只瞄了馨園一眼，心中完全沒有進去的念頭。今天並非假日，深怕被人說閒話的我，在平常時間絕對不會踏進這種只有休假才能去的地方。問題是，我的雙腳居然脫離了意識的控制，本來應該往計程車走去的，竟自行拐了個彎繞上了馨園前的階梯。我知道這種說法實在很不漂亮，一看就像在找藉口推託，但我的雙腳卻振振有辭，它們以響亮的鞋音告訴我，既然先前我的雙手能違背大腦，自己抓起菜刀向笨伯揮去，那麼現在換它們來個小小叛變有何不可？接著，我聽見那個躲在我肚子裡的布偶也說話了：「去看看嘛，看看又不吃虧。」

然而，當我一推開馨園的黑色玻璃門，與一陣夾雜菸味與酒氣的冷風相遇之時，我就馬上後悔了。想不到外面街頭冷清清的，馨園裡面居然坐了幾十個穿著乾淨軍服、胸前別著外出證的士兵，原來島上會搞偷偷分批放假這套的不只我們連長而已。

出於低階士兵的本能警覺反應，我的目光飛快掃過店裡所有人。還好，店裡拿著麥克風唱歌的、划著酒拳的、叼著菸打撲克牌的大都是士兵，少數幾個坐在吧檯前的軍官也都不是我們營上的人。在搜索觀測的同時，我發現店內所有桌子都被人占據了，唯一的空位只剩吧檯角落靠近廁所門邊一個被香菸櫃、花盆和收銀機擋住的座位，孤零零懸在那兒像專門保留給哪個有自閉症傾向的酒客。我很委屈地走向這個座位，心不甘情不願地點了一杯曼特寧咖啡。說「委屈」已經是很客氣的形容了。在東引喝咖啡應該到天方夜譚或長堤西餐廳去，天方夜譚雖不免讓我想起經常在那裡呆坐一整天的小吾，但在那邊隔著大片玻璃就能以ＶＩＰ的待遇觀賞在中柱島旁飛翔覓食的燕鷗；長堤西餐廳雖沒有景觀，但裡面的裝潢和音樂都有西門町老咖啡館的氣味，能讓人暫時忘記待在荒島上的感覺。馨園畢竟不是喝咖啡的好地方，它沒有風景可看，也沒有引人幽思的裝潢，充斥耳中的全是那些喝得微醺的士兵拿著麥克風鬼吼鬼叫唱出的台語情歌，而且歌詞全不離什麼海呀、港邊呀的詞彙。

不過，我倒是很快便發覺這個座位的好處了。這個位置有點像我們構築在一四〇高地上的碉堡，看出去的視野雖只有小小一道縫隙，卻擁有良好的地形地物掩蔽。有了香菸櫃、花盆和收銀機的遮護，我可以在完全不被人注意的情況下，偷偷觀察馨園中所有酒客的動態，包括站在吧檯裡面的那三個女生。我注意到伴唱機前的那個傢伙已經連唱三首歌了，但台下沒人跟他搶麥克風，也沒人在聽他唱什麼。每張桌子上都有七橫八豎的空酒瓶，也都有幾個人耳根通紅不省人事地趴在桌上。這是東引的卡啦ＯＫ司空見慣的景象，休假的人必須用最快的速度在中午過後喝醉，然後花幾個小時醒酒，如此才能在一八〇〇收假前回到各自的連上接受點名。和士兵比起來，坐在吧檯上的那幾個軍官便清醒多了，他們不唱歌，一杯啤酒要加好幾次冰塊才喝得完，但他們的嘴巴可沒閒過，每個人都像電視益智節目的競賽者一樣，目不轉睛盯著吧檯裡的那三個女生，一逮著機會便搶著發言，說上兩句充滿挑逗性的曖昧笑話。

我覺得心情惡劣透了，咖啡越喝越苦，只能猛吸著香菸。這裡根本不是我應該來的地方，什麼校長的女兒？我連她是長髮短髮、圓臉方臉、高矮胖瘦都不知道，怎麼能從這三個只顧著對軍官媚笑的女生中分辨出誰是誰？早說過卡啦ＯＫ裡面的女生都是一個樣，看著她們和階級比我高的軍官打情罵俏，讓我覺得自己的身體似乎不斷縮小、縮小，彷彿回到了國小一年級的教室……那時候老師突發奇想，要全班同學把最喜歡的玩具帶到學校來，向大家展示介紹自己珍藏的寶貝。天啊，誰能忘得了那個景象呢？有可以發射軟木塞的雙管獵槍，有可以從飛機變成機械人的超合金戰士，有動力足以爬上好幾本書的遙控坦克車……你呢？老師說。你要向同學介紹什麼玩具？我……我沒有玩具。連一個玩具也沒有嗎？老師驚訝地問。那你在家裡都玩什麼？我……我摺紙飛機玩兒。很好，老師說，那你就摺一台紙飛機，向大家好好介紹一下這架飛機好了。

難堪的記憶就像狗一樣，養久了，想拋棄便困難了。即使你把牠帶到遠方，揮舞石塊棍棒將牠趕跑，但只要一不注意，回過頭便又看見那條討厭的癩皮狗吐著長舌頭活蹦亂跳跟在你後面。就像現在，我又看見自己拿著用作業簿撕下的白紙摺成的飛機，低頭站在教室黑板前的情景。

說話呀，呆在那裡做什麼？老師說。奇怪了，你怎麼都不說話……

「你怎麼都不說話啊？」

我聽見一個細細的聲音，溫柔得不太像是老師粗聲粗氣的嗓音。在此同時，我感覺似乎有個人影站在我的面前。我倏然抬起頭，看見的是一雙汪汪水水清澈透亮的眼睛。

「我見過你耶，」這雙眼睛的主人微笑說，「你就是三營營部連的採買，沒錯吧？」

43 告解

她說你錯了，我叫心悅，近悅遠來的悅，不是月亮的月。

她說你錯了，煎餃店的老鍾是我爸爸的拜把兄弟，他從小看著我長大的。

她說馨園是我阿姨開的，她去台灣辦點事，才會要我暫時在她店裡幫忙兩個航次。

她說你看起來怎麼一副很悶的樣子啊？上次見到你也是這種表情。

她說……她還說……

我們所有人都集中在寢室擦槍，外頭正刮風下著大雨。這已經是第三天了。從颱風暴風圈接近東引的前一天晚上開始，戰情室便下令所有人員管制，構工暫停，業務擱置，任何人都嚴禁外出，不准離開營房一步，對空哨和二級廠的衛兵也不用站了，彷彿一個中度颱風就把前線變成了後方。

颱風來了，交通船提早兩天決定延航，使這航次要返台休假的連長又一個人關進房裡。風雨吃掉了他五天假期，原本長達十一天的梯次假去掉頭尾航程後僅剩四天，讓連上的氣壓比外頭還低，也讓連上的擴音器一遍遍反覆播放黃鶯鶯重唱阮玲玉的〈葬心〉這首歌。「幹！我受不了了，」林忠雄丟下通槍條，拉住值星的余排說，「排仔，你去叫連長別再放這首鬼歌了啦。」「想找死不會自己去啊？」余排瞇起眼睛看著他，「我倒覺得這首歌蠻好聽的呀……蝴蝶兒飛去，心亦不在，淒清長夜誰來，拭淚滿腮……」他竟然搖頭晃腦尖聲尖氣跟著節拍唱起來了。

我完全聽不見連長放的是什麼歌，也沒注意自己擦的是五七步槍還是六五步槍。在我心裡，也有一台隱形放音機反覆播放著那天在馨園的談話，音量強度蓋過了黃鶯鶯的歌聲，壓過了外面呼呼大作的風雨。

她說，不知道是不是太久沒回東引，總覺得前天的海水好藍喔。

妳也注意到了？我說。

怎麼了？你臉上的表情那麼驚訝？

沒什麼……大概是颱風快來了，海水才會這麼藍吧。

你喜歡看海嗎？

本來喜歡，但現在不喜歡了。

為什麼？

還能有為什麼？妳問問島上其他阿兵哥，看有誰喜歡看海。

是天天看的關係嗎？

大概是吧。

那很命怪耶，我從小在這裡長大，卻怎麼看也不會膩。

因為這裡是妳的家，妳住在這，而我們不是。

不是這樣的。我在台灣唸書，只有寒暑假才會回來，但平常一到假日我也經常跑去淡水看海呢。

有什麼不一樣嗎？

當然不一樣。每次到淡水，我就覺得那裡的海水好像心事重重……跟你現在的樣子倒有點像……你別露出那種笑容好不好？我不是胡說八道喔。如果你也和我一樣從小在海的環抱下長大，你就會知道大海其實會和人說話的喲。

心悅的話讓我有點激動。在海水藍得不像藍色的那天，我以為自己是故意和營長嘔氣，才臨時改變心意拒絕對笨伯妥協。事後想想，總覺得當時這個決定既非突如其來，也未經深思熟慮，感覺很像有人在我耳邊下了個指令，而我便如受催眠奉行不悖。心悅的話看似天真，卻讓我恍然大悟。她說得沒錯，從我踏上這座島嶼開始便被我視為寇讎的大海雖沒開口說話，卻在那天以身體做樣本、以色彩為示範，讓我從片刻的駐足凝視中感應出了一些道理。這種感應是頓悟的，是先行於思想的，有點像我們因喜劇電影而發笑，卻總得在事後才爬梳出究竟是哪些因子牽動了我們的笑感神經。看看那天的海水藍得多麼明亮啊！如果說「藍」是海水所固執的一種本色，那麼那天大海便以最強硬、純粹、排擠掉其他色彩雜質的藍，嚴肅地為我樹立了一個榜樣。儘管對顏色千變萬化的海水而言，那種藍或許只是片刻的，純屬曇花乍現似的驚豔，卻足以讓我明白，即使是一點點的妥協，也會讓一個人的尊嚴受到傷害，無法容光煥發地見人。

是受到海的啟示，原本已打算妥協的我才會突然強硬起來，決定與營長和笨伯繼續對抗下去，以維護採買職務的尊嚴。不過，也正因為這是出自海的催眠，讓我在事後不免有些三心二意，反覆思量這樣做是否有點傻。當然，關於尊嚴，只要一個人有能力，多多少少總會加以維護的。若完全沒有後顧之憂，那麼花點精神和別人賭賭氣倒也無所謂。然而，我的處境卻讓這麼一個單純的決定變得有點複雜。在我氣餒地正式與笨伯決裂後，營長和營輔導長也不再掩飾了，他們隨手一捻，就有用不完的方法讓我在眾人面前出盡洋相，飽受羞辱。幾天下來，這個為維護尊嚴而做的決定，竟讓我的自尊大片大片地淪喪。弔詭的是，我所維護尊嚴的這個職務卻又是眾人所一致不屑的。笨伯那天在伙房對我的輕辱代表的正是一般人對採買的想法，沒人相信採買不會偶爾把幾塊錢放進自己的口袋，就像沒人相信政戰士不會偶爾打個小報告一樣。

既然沒任何好處，又何必這麼做呢？

我很想找個人來問問。

我第一個想到伊，卻也第一個將她排除。在一百元十分鐘的通話時間中，光是一些軍中名詞都無法講清楚，怎麼可能讓她明白我的處境與想法？我第二個想找的人是連長，但現在被延航的他可沒這個心情，而且他多多少少扮演我壓力的來源，不管我說什麼都可能會被他視為抱怨或示弱的表現。扣除他們兩個，剩下的人就只有沈詮了。但我在沒釐清思緒前不敢去找他，怕說得太拉里拉雜讓他皺起眉頭露出不耐煩的表情。可話說回來，如果我自己先把思緒釐清，那麼我也沒有找他討論的必要了。

在這種時候，我不禁懷念起教堂裡的告解儀式。記得小時候上教堂，總會在主日學修女的堅持下，一群小鬼頭在告解室前排隊，準備一個個進去向神父懺悔我們這一星期來所犯的罪過。那時我們恨死告解了，誰也不願對神父坦白自己真正幹下的壞事，深怕抖出偷了爸媽的錢、和表哥一起偷抽香菸、爬上樹把鳥巢裡的蛋拿出來當棒球打爛之類的惡行後，會破壞自己在神父心目中的好孩子形象，因此只能編造杜撰一些不痛不癢的罪過，例如和姐姐搶電視、上課不專心和同學偷偷傳紙條之類只有神父才會相信的蠢事。告解沒什麼好玩的，不過教堂後面的那間告解室卻是個有趣的地方。以紅木釘成的告解室很像一座有三個門的大木頭衣櫃，我們每次從告解室前經過時，都不免升起玩抓迷藏或祕境探險的念頭，特別是想進入中間那個只有神父才能進去的密室。修女說，唯有透過告解，重新與主和好，才能感受到神的恩寵，重享平安喜樂。說也奇怪，在進告解室之前我是萬般不情願的，但一進到這小小密閉的空間，在黑暗中跪在柔軟的皮墊上、嗅著好聞的木頭香味時，還沒開始告解的我倒覺得舒服極了，很想在這裡面多待一會別那麼快出去。只可惜，神父總會突然把木頭牆壁上的小柵門拉開，頭一偏，把耳朵貼在柵欄上，此時我們就必須慌慌張張報出自己的聖名，然後把嘴湊近神父那隻尖尖長長的大耳朵，把先前在心中默唸過好幾遍的假罪過一股腦對神父傾吐。

也許是長大後犯的錯事越來越嚴重，而可以編造讓神父相信的蠢事則越來越少，從青春期開始，我就再也沒進過告解室了。現在回想起來，我突然產生了思慕之情，很渴望東引島上能有一間告解室可讓我進去安安靜靜待在裡面。並不是說我覺得自己做錯了什麼需要找個人傾訴悔罪，而是渴望那個隨時會打開的柵門，那隻會偏過來貼在柵欄上的耳朵。

所以，當心悅一提到海的祕密，觸及我的心事時，我藏在心中的話、那些未經過整理的思緒，便像蜂窩被捅開似的一股腦全衝出來了。確實，馨園此時的環境、我所在的這個吧檯角落的位置，倒像一間無形卻具體的告解室。在酒醉士兵刺耳的歌聲與好色軍官不時的藉故打岔中，心悅必須把耳朵偏過來，湊近隔在我們之間的壓克力香菸櫃、收銀機和盆栽，才能聽清楚我說的話。我記得外國神父的耳朵粉白粉白，怪形怪狀，上面生滿一根根的細毛；心悅的耳朵小巧可愛多了，嫩紅光滑，晶瑩剔透，小小的耳垂圓滾滾的像一粒水滴的形狀。儘管這兩隻耳朵外觀大相逕庭，卻同樣具有不可思議的聲音吸引力，像一具專門吸人心事的強大真空吸塵器。於是我毫無保留，從笨伯提著禮物到營長室開始到那天營長召集採買的訓話，把這件深深困擾我的事，把心中想來想去不得其解的矛盾，全都鉅細靡遺講述一遍。

但心悅畢竟不是神父，而我邊講述，邊像小時候對神父說謊般心慌，深怕小格窗後面的那隻耳朵會突然關閉，不願再聆聽我的贅言贅語，或根本只是為了敷衍我，說不定心裡正在想別的事（也許神父低頭聽我們懺悔，其實在看放在膝蓋上的科幻小說）。不過，當心悅以那雙清澈透亮的眼睛認真看著我，以甜甜嗓音再度開口說話時，我的疑慮便一掃而空了。

她說，我覺得你這樣做很對呀。

真的嗎？

當然是真的呀。

我剛才拉里拉雜說了一大堆，妳都聽懂了？

怎不懂？這個島上採買和商人之間的問題又不是什麼新鮮事，我們早就見慣了。

妳不覺得我傻嗎？

不會呀，哪裡傻？

我為了顧及採買的尊嚴，卻把自己的尊嚴丟掉了。

我不懂。你維護了職務的尊嚴，不就維護了自己的尊嚴了嗎？

不一樣的。現在我在營上的地位跟狗一樣，只要一遇到營長或營輔導長，就……哎，這些事妳很難想像啦。

他們都想盡辦法欺負你，對不對？

欺負？欺負是妳們女生的說法。正確的講法是，他們用盡各種方法來羞辱我，像跟我有什麼深仇大恨似的，一心只想讓我在大家面前出醜。他們不敢挑剔我的工作，卻用盡各種辦法羞辱我這個人。悲哀的是，大家都覺得採買這個職務是肥缺，所以就算我堅持操守，也不會有人知道，只白白喪失了自己的尊嚴而已。

我覺得一個人受點委屈是很正常的嘛，和尊嚴有什麼關係？

臉都丟光了，怎能說沒失去尊嚴？現在是因為我還年輕，所以忍得下來。如果我到了營長那把年紀還光著身子在眾人面前罰站，被人指著鼻子破口大罵，我一定會不顧一切和那個人拚了。

我不覺得你們營長在阿兵哥面前罰站是失去尊嚴的事。

妳不覺得他受羞辱了嗎？

他當然是受羞辱了，但受羞辱不代表失去尊嚴。

不是嗎？

當然不是。

可是，如果所有人都能欺負妳，把妳像狗一樣叫來叫去，這樣還能說有尊嚴嗎？

還是有的。

哎呀，妳不懂啦，因為妳不是我，不用當兵，所以才這麼說。等哪天妳親自碰上這種狀況妳就知道了。

你的意思是，如果你和那些爛採買一樣貪污的話，就能維護自己的尊嚴了？

大概是吧……不對，好像也不是這樣。哎，我不知道該怎麼說，現在我腦子很亂。也許我們營長說得對，我一定是當兵當到變笨了。

我不覺得你笨啊。

這麼說好了，假設……我只是假設，如果妳的男朋友剛好在島上當兵，而妳看到他被人當成小丑一樣玩弄，甚至被當成沙包踢來踹去，妳不覺得丟臉？不覺得尊嚴盡失嗎？

我會覺得心疼，但不是丟臉。

為什麼？

因為一個人的尊嚴是別人沒辦法奪走的，除非你自己把它丟掉。

是這樣嗎？

是這樣的。

不知怎的，和心悅聊了天，感覺像喝了幾杯酒，心情飄飄然的，覺得舒坦多了。雖然那天一離開馨園，沒走幾步路便很倒楣的在計程車招呼站遇到正要下南澳喝酒的營長，當街挨了一頓臭罵，但營長那些難聽的話似乎不像過去那般銳利了，沒幾句話能真正扎進我的心裡。幾天下來，我感覺營長和營輔導長對我造成的壓力好像變輕了，讓我一邊擦槍，一邊忍不住思索為何會有這樣的轉變。當然，這兩天的颱風是很大的因素，當所有人只能待在連隊營舍足不出戶的時候，營長即使想找麻煩也苦無對象，一切都得等颱風過去再說。另一個重要的原因，我想應該是心悅說的「一個人的尊嚴是別人沒辦法奪走的」這句話。嚴格說來，這句話平凡極了，我敢說這種老生常談我絕非生平第一次聽聞。奇怪的是，她這句話和我在告解室中聽到神父說的最後一句話頗有異曲同工之妙。每當我洋洋灑灑編出一長串雞毛蒜皮的罪過後，耐心聽完的神父總會安慰我們幾句，然後說：「現在我因父及子及聖神之名，赦免你的罪過。」自然，神父這句話也是老生常談。平日我們在街上不小心踩了別人的腳，或不留神撞翻他人手上的杯盤，在連聲道歉後得到也是同樣寬恕赦免之類的話語。不過，這些發自常人口中的話就沒這麼大的效力——儘管神父原諒的是我編造出來的那些假過錯，但在聽到他那句話後，那些藏在心中的、那些難以啟齒的罪過，感覺像也一併得到了赦免，心情也就頓時開朗起來了。

說也奇怪，心悅的這句話也有類似的神奇效果。來到島上已快一年，我從沒像現在這麼輕鬆過。營長和營輔導長對我造成的壓力突然消失了，他們就像一對魔咒被破解的巫師，像我手中這把麻膛情況嚴重到不能用來打靶的步槍，他們在我眼中已變得一無是處，對我起不了任何影響力。

然而，聽著從連長室一遍遍播出的〈葬心〉，我的心情又黯淡下來了。我抬起頭，看見那幾個預定在這航次休假、此時應該待在台灣繁華鬧市或溫暖家中，這時卻苦著臉在寢室有氣無力擦著槍的學長學弟，我突然強烈地感同身受體會到他們苦苦等待颱風過去的心情。

颱風快點過去吧。

我不想把採買工作交出去了。

44 逢源

颱風用一連三天的風雨把原本快見底的中央水站注滿了水。放水兵林魯良不必再提著羊肉爐到水站賄賂分配各連水量的管理員，向來節流成性的他豪爽地扭開水塔水龍頭，早早燒起鍋爐，準備大大方方讓全連好好洗一頓熱水澡。

颱風也幫了這航次休假弟兄的忙。交通船在延航五天後已達跨航標準，原本延誤休假的人雖晚了幾天回台灣，卻平白多出了三天假期，這是可遇而不可求美到極點的好事。

連長不在，出來主持晚點名的是平常難得見到站在部隊前面的副連長。他只象徵性從各排點了一、兩個人的名字，便把點名簿闔上，交代楊排長今晚體能訓練暫停，好讓大家提早進浴室。

「大家要用力把身上污垢洗一洗，」楊排接過部隊後大聲宣告，「待會所有人都進浴室，沒洗半小時不准出來。看看你們的寢室，味道臭得簡直跟老鼠沙的垃圾場差不多。今天洗好澡後，明天大家把棉被床單全搬出來曬……還有，趁這陣子小多，派個人把麥可也洗一洗。」

楊排常說，這島上最缺的就是水和女人，此兩者對健康男子的身心都有很大的影響。我覺得女人的部分還可以忍受，營區裡不會有女人出現，至少眼不見為淨，但水這方面就不同了。待在四面都是水的地方，卻無水可用，世上再也沒有比這更悲慘的事。我們營部連的位置在幹訓班對面的高地上，站在連集合場就能見到安東坑道右方的中央水站，即使我們不刻意眺望遠方的海洋，視線卻無法不落在下方的水庫，而且難免會被水庫的貯水量搞得心頭有點壓力。

中央水站說是水庫，其實也不過是個游泳池大、石壁上漆著紅色數字和刻度尺規的池塘。水庫深達十來公尺，一年中少見它滿過幾次，而靠這水源過活的士兵少說也有五、六百人。枯水期間，隨著水位漸低，露出水面的數字越來越小，我們就知道晚上浴室供水的時間也會越來越短。大雨一個月不下，全連洗澡的時間也從原本的二十分鐘，減為十分鐘，然後剩五分鐘。到最後，當水站底部的石頭露出來，池底的烏龜也囂張地爬上石頭曬太陽時，林魯良就會在晚點名時面色凝重地走到部隊前，和值星班長講兩句話，旋即班長便宣布：「部隊解散後去洗澡——每人兩臉盆水。」然後在眾人譁然聲中，林魯良總會黑著臉再補一句：「不爽洗的別來，人少也許一人可以有三臉盆。」

林魯良比我大六梯，在連上只能算中鳥，但壓在我們上面的那些學長絕對不會找他的麻煩。除了他，另一個梯次不高但也同樣不會被學長欺負的人是董昌平，他小我六梯，幹的是負責發餉的連行政。無論再怎麼凶狠的學長，也知道在這座島上最好別找管錢的和管水的人麻煩。林魯良幾乎把水當成了石油，吝嗇的程度連把營養口糧咖啡粉當糖包的余排也沒得比。他管制水的嚴格態度有目共睹，寧可把女人分給學長（聽說他把入伍前認識的女生的相片和電話全都給了連上學長，才得以安然度過菜鳥時期），也不肯多給他們一臉盆水。

每到這種時候，新兵們聽到只有兩臉盆水，大都唉聲嘆氣直接走回寢室，認定洗不乾淨比不洗澡更難受，寧可裹著一身水泥砂土上床睡覺，也不願為了那一點點水而冒著被學長教訓的風險到浴室去，因為浴室和庫房一樣離連上有點距離，同樣屬於老兵每天秋後算帳的場所。我在二兵時期也是抱著這種心態，但到破冬後，我反而特別喜歡在這種缺水的時候去浴室洗澡。連上的浴室裡只有六個淋浴間，六個蓮蓬頭共用一條長長的水管。平常水源足的時候，按照慣例，老鳥洗的是水最熱最強的頭兩間，中鳥洗中間兩間，菜鳥們只能擠在最後兩個淋浴間裡。那裡已是管線末端，就算他們把水龍頭扭到最大，蓮蓬頭的水也只比我們撒尿的尿柱稍粗一些，而鍋爐的熱水流到那裡已涼了一半，溫度也和尿液差不多。缺水的時候，這種階級差異就消失了。在林魯良的堅持下，不管老兵新兵，就算是待退的紅軍，一樣都只有兩臉盆水。當然有些學弟會趁這個時機巴結學長，把自己的兩盆水送給他們，這就不在話下了。

用兩臉盆水洗澡是需要技巧的，一般人可沒這種本領。有人先用半臉盆的水刷牙洗臉，然後豪邁粗獷地把剩餘的水從頭往下揮霍一倒，如此就算洗好澡了事。也有人會仔細些，刷牙這件事省了，留待明天早上，肥皂也免了，兩臉盆水剛好夠以毛巾沾水把全身上下擦拭兩遍。老實說，這種做法只是把身上的污垢平均重新分布一遍而已，心理上是覺得洗好澡了，但隔天還是和沒洗澡的和隨便洗的人一樣，一有空便撩起汗衫或拉開褲頭往腋窩胯下抓癢。

「拜託你們別抓了，看得我都癢了。」在某次枯水期間的晚上，余排經過寢室看到大家一致的動作便忍不住說，「不是都去洗澡了嗎？怎麼還癢成這樣？」

「雞悲！」我同梯林忠雄罵道，他現在是中鳥班長了。「兩臉盆水，洗我的雞雞都不夠。」

「怎麼不夠？」余排說，「我只要一臉盆水就能洗得乾乾淨淨。」

「你少唬爛了。」

「騙你們幹嘛？」

「我看你是牙不刷、臉不擦、頭也不洗吧？」

「誰說，我沒一樣漏的。」

「不可能、不可能！」所有人都嚷了起來。

余排瞇起眼睛看著我們。「那我們來打賭好了。」

我們都知道小氣成性的余排絕對不會輕易跟人打賭，但用一臉盆水就把身體洗乾淨？這種事實在太匪夷所思了。於是，我們立刻決定用礦泉水跟他打賭。「等等，我先拿紙記一下。」余排掏出原子筆。「你賭兩瓶，好的……你三瓶，好的……你真的要賭一箱？要不要再考慮一下？先說好，礦泉水都要折現喔。」

在眾人簇擁下，余排身穿內衣短褲，脖子掛著毛巾，抱著臉盆便往浴室走。我們總共押了五箱礦泉水，這可不是小數目，雖然大家都認為余排辦不到，林忠雄還是小心地要求檢查余排臉盆裡的東西，結果發現臉盆裡多了一個鋼杯。

「你幹嘛帶兩個鋼杯？」林忠雄叫道。

「又沒人規定不能帶兩個鋼杯去洗澡，」余排說，「鋼杯又不是水，多帶一個不影響我們打賭吧？」

大家互望了一眼，沒人說話，算是默認多一個或少一個鋼杯和賭局無關。

「看好了。」余排把臉盆接滿水，放在洗手檯上。「我就只有這一臉盆水喔。」余排先從臉盆舀了半鋼杯水，拿起牙刷沾了點水擠上牙膏，嚇嚇嚕嚕仔細把上下兩排牙齒刷了一、二十下，拿起鋼杯含了滿滿一口水仰頭咕囉囉漱了口，低頭把滿是泡沫的水吐出。他總共漱了三次口，卻沒讓半滴水流到洗手檯上，髒水全被他吐在另一個鋼杯裡。「這不就刷好牙了？」余排放下牙刷，像拍牙膏廣告的明星一樣轉頭對我們齜出兩排牙齒。

接下來的景象是我這輩子看過最噁心的畫面。余排拿起表面浮著泡沫的鋼杯，搖了幾下，高舉過頭便往自己的腦袋澆下。

「噁！」浴室裡所有人都發出驚叫。

「叫什麼？」余排抬頭說，那半杯混合了牙膏泡沫和唾液的髒水立即從他髮間流下。穠稠的白色液體分成好幾路，幾路從耳後流至下巴，幾路從額頭流下繞過眼窩、順著鼻梁滑至嘴角。好幾個人馬上把目光別開，彷彿見到頭頂被打爆流出腦漿的人。沒把視線移開的人立刻就後悔了，因為余排竟然張開雙掌移至臉前，把垂在臉上的黏糊液體當成洗面乳，用力搓揉起來。「你們都沒有資源回收的觀念。用刷牙的水洗頭不但可省水，又可以省下洗髮精的用量。」他從容不迫壓出一點點洗髮精在掌心，搓了兩下，抹在已用髒水澆濕的頭髮上。余排只用了兩鋼杯水，分成四次就把頭髮沖乾淨了。洗頭的水同樣一滴也沒浪費，全讓他歪著頭以極精確的角度接回到鋼杯中，四個半杯洗髮水剛好用來澆濕手腳四肢。至於第五個半杯水他拿來洗臉，這次不回收了，他站著洗，直接讓水往胸背流下。

我們全看得目瞪口呆。算一算，他只用了三鋼杯水就刷了牙洗過頭臉，現在已經開始往身上抹肥皂了，而一臉盆的水還用不到三分之一。

「接下來是最有技巧的部分，你們平常都做錯了，」余排說，「水不夠，肥皂只能用毛巾擦掉，但毛巾絕對不能放進臉盆裡……」他舀起一點點水，輕輕往脖子澆下，然後馬上拿起毛巾順著下流的水勢迅速擦去身上的肥皂。他像澆花一樣一點一點澆，毛巾吸飽水後便擰回鋼杯裡，回收用來沖掉兩條腿的肥皂。一臉盆水用完，他居然真的把身體擦得乾乾淨淨了。

「喏，澡洗好了……」他把毛巾往空掉的臉盆一丟，拿起放在水槽上的黑膠框眼鏡戴上，轉過頭來精光四射地看著我們。「其實你們都賺到了，只花幾瓶礦泉水的錢就學會了正確的洗澡方式。」

「等一下！」林忠雄還想做最後掙扎，他指著余排臉盆裡那條已變成黑色的毛巾說，「你沒把那東西洗乾淨，這樣不行吧？」

「喔，你說毛巾啊，」余排眨眨眼睛說，「等到明天早上再洗就好啦。你們沒注意到吧？每天早上起床刷牙時是不會限制水量的。」

我們垂頭喪氣走出浴室，沒人說得出話。大家一致的結論是，若要學余排洗澡，我們寧可不洗。

這次颱風來襲前，我們在島上已忍耐了好一陣子的半枯水期。老天爺降雨的方式比林魯良還吝嗇，即使烏雲密佈也沒落下幾盆雨水，讓最近兩個月的澡洗得很不痛快。中央水站的水位雖未低到讓林魯良採取只有余排才能忍受的兩臉盆限水措施，但他對水源的管制也一直沒有放鬆。平常他非得等所有人進浴室就位完畢脫光衣服，才把鍋爐龍頭扭開兩分鐘，讓大家把身體打濕、抹好肥皂洗髮精，才又再開五分鐘讓大家搞定一切。時間一到，不管你身上還留有多少肥皂債務，水龍頭就像三點半的銀行鐵門自動關上，任憑浴室裡的人喊破嗓子罵盡髒話，在浴室後方鍋爐間燒水的林魯良把爐火一滅便跑得不見蹤影。

不過，今天的情況就完全不同了。我抱著臉盆才從連集合場走上通往浴室的小路，就遠遠看見蒸氣從浴室門縫洩了出來。門一推開，只見裡面白煙彌漫，林魯良不等所有人到齊便開始放水，就連沒人占據的淋浴間都嘩啦啦噴出足以把豬皮燙熟的熱水。

「爽啦！」一站在蓮蓬頭底下的人個個仰著脖子大叫。

「魯良讚喔，」有人朝浴室後面喊，「水放得這麼阿沙力。」

「對嘛，平常照這樣放不就得了。」

「那你也得看水庫答不答應，」浴室裡白茫茫一片，分不清誰在說話，「魯良寧可見鬼也不願見到水庫沒水。」

「喂，魯良，你一個人在鍋爐間會不會怕啊？要不要叫個菜鳥過去陪你？」

「雞悲！快洗啦。再嘴賤看我會不會把水關掉。」浴室牆後傳來林魯良的咒罵聲。

颱風帶來了雨水，交通船帶走了連長，讓浴室中的我們宛如歡度潑水節的泰國人，個個渾身濕透，充滿喜氣。我們足足用了比平常多三倍的洗澡時間，才心滿意足穿回短褲內衣抱著鋁盆沿小路走回寢室，每個人身上都冒著白煙，活像一批剛出籠的饅頭在列隊遊行。

回到連集合場，亨裕老闆已把今大大家訂購的商品送來放在伙房門口了，一群人立刻擁上，在幾十個小塑膠袋堆中東翻西揀，尋找寫有自己名字的袋子。突然，蹲在地上的林忠雄轉過頭，狐疑看向趴在一旁的麥可。「麥可？沒搞錯吧？」他喊道，手裡高高舉起一個寫有「麥可」兩個字的紅白條紋塑膠袋，裡面裝的是一大包雞骨頭。

眾人立刻喧鬨鬧了起來，嘖嘖稱奇。

「麥可，你也會買東西喔？」

「骨頭一包多少錢？」

「真是神犬啊！」

我本來不應該驚訝的。想也知道那一定是亨裕的阿嫂送的，不外乎是他們晚餐吃剩的骨頭。但是，在大家嘖嘖稱奇聲中，我竟然也盯著這堆商品塑膠袋，驚訝地說不出話。

我和麥可一樣，沒有訂購任何東西，但地上的塑膠袋堆中，卻有一包東西寫著我的名字。

45 東引國中

東引國中就在南澳旁，校地不大，就只有那麼兩棟校舍和一座籃球場，也沒有明顯的校門。從三義村下來走過十二棟，右轉爬上幾級階梯，不知不覺便進入這個國中國小同舍的校區。

學校小雖小，但換個角度，以本島一般國中校區的規模來看，可說幾乎全南澳的百姓都居住在校園內。地方小的好處是，你可以聽見上課鐘敲響了，再從家裡出發都趕得及。壞處是，由於學生人數太少，一個年級學生不到二十人，島上難以開辦一座夠規模的高中。因此東引的學生在國中畢業後，就必須離鄉背井到馬祖的南竿升學，每個人都非得經歷這麼一段從極近到極遠的改變不可。

若不是心悅告訴我這些事，我永遠也不會注意這些學生的處境。誰有閒功夫關心他們呢？我們畢竟不是教育改革家或田野調查者，只是命運乖舛抽中爛籤不得不戍守外島的戰士。即使南澳百姓和我們的假日生活休戚相關，但我們只會注意哪家卡啦ＯＫ有新來的女生，哪個公用電話排隊的人較少，沒人吃飽噎著去管起島民教育的事。就像現在，儘管心悅已講了一點她在外地的求學史，儘管我們已轉了彎踏上階梯，看見了東引國中的紅色校舍，但我心裡想的仍是自己的事，想著前天晚上那包塑膠袋裡的東西。

當麥可叼著骨頭躲到連集合場的角落去時，我也拿著那包寫有我名字的塑膠袋，溜進伙房，躲到裡面儲放白米和麵粉的倉庫。庫房裡有張舊辦公桌，是我平日擬訂菜單和計算帳目的地方。採買的文書工作不多，也很簡單，但平常晚點名結束後，如果政戰工作不忙，我總習慣進來這裡辦點公，寫信寫日記或做點私人的事，順便監督一下伙夫準備明天的早餐。庫房沒有窗戶，為了避免穀物麵粉發霉，牆面地板和天花板都釘上了一層防潮板，待在裡面既溫暖又舒適，而且不會有人進來打擾。為了防止誰嘴饞或半夜餓慌而跑進庫房偷罐頭吃，連長早已宣布過任何人都不能隨便進伙房，而經常把「君子遠庖廚」這句話掛嘴邊的他，也很少進伙房查看。連上再也沒有比這裡更隱蔽、更舒適、更適合藏匿祕密的地點了。

祕密。沒錯，這個塑膠袋裡的東西不是別的，正是一個天大的、不能對任何人說的祕密——一盒包裝精美的巧克力。袋子裡除了這盒巧克力以外沒任何字條信件之類的東西，但我無須提示，就知道巧克力是誰送的。阿嫂是個精明幹練的女人，在我幾個月來的採買任內，還沒見過她裝錯哪個人採買的貨品，因此這盒巧克力肯定是給我的。這盒巧克力裝在漂亮的紙盒裡，盒上有兩隻臉對臉的天鵝圖片，兩條長長的脖子彎成心型，而側面的標示則註明巧克力的產地是比利時。我在亨裕只看過那種裹在糖衣裡或夾有花生核桃的廉價巧克力，沒見過這種牌子，而且阿嫂知道我連在她店裡吃根冰棒都會付錢，所以不可能送我如此貴重的東西。當然，我也閃過一絲提防之心，想到笨伯和他那位總是待在陰暗處白著一張臉的老婆。對我恨之入骨的他們也許起了惡念，這盒巧克力或許是他們匿名送的，裡頭早已下了毒，想置我於死地。不過，阿嫂可是和我站在同一陣線的，塑膠袋外確確實實是她的字跡，光是這三個字便足以讓人安心。

我還是趁就寢前溜進總機室打電話問阿嫂。阿嫂一聽到我問是誰送我巧克力便嘻嘻呵呵猛笑，和她平常爽朗的笑聲不同，電話中她的笑聲像年輕了十歲，興奮地像是參與密謀了什麼神祕的詭計。她不肯直接回答我的問題，只說等明天莒光日過完，後天我務必下南澳一趟，因為某人有重要的事情想找我。

「謝謝妳的巧克力。」我對心悅說。本想說，為什麼送我巧克力呢？但隨著我們併肩踏上階梯，這句話自動轉了調。

「好吃嗎？」

「好吃。」我誠心說。

除了上次林忠雄的西瓜，在外島還有太多不容易吃到的東西，巧克力就是其中之一。當然，本島永遠不乏那些空有愛心但缺少頭腦的寂寞女生，只知道把思念緊緊裹在包裝精美的巧克力裡，託付郵局飄洋過海送給在前線當兵的男友。她們的情意確實濃得化不開，純度一如她們所挑選的巧克力，卻沒考慮到這些巧克力必須在郵局裡待上的天數和船艙裡的溫度。幾乎每航次都會發生這種慘劇，特別是在東西洋情人節前後，我們這些政戰士去軍郵局領包裹，總會看到一些包裹像被搗爛的蜂窩滲出黏稠的棕色液體，連帶殃及旁邊好幾個無辜的包裹。這一年來，我只見過收到這種巧克力的人苦著臉丟掉包裹裡被巧克力汁液滲透的零食和日用品，沒見過誰嘗過一口這些珍貴卻不耐久放的東西。

我同梯沈詮自詡為甜食專家，對那種外表裹有糖衣，即使丟在日光底下曬一整天也不會融化的巧克力，他打的評價極低，甚至還給它起了「健素糖」的外號。「好的巧克力根本不需要動到牙齒，要我用牙齒咬破硬殼才吃到巧克力，我寧可把錢拿去買檳榔。」沈詮這麼說。我們平常聊天，食物往往是我們幻想和抬槓的主題，在外島能看到吃到的東西不多，我們卻經常仔細講起各種美食的正確吃法。「只消把巧克力擺在舌頭上，閉上嘴巴，完全不要驚動它，它自己就會慢慢一點一點融化……下次你們自己感受看看。要注意，融化的速度是很重要的。那種太熱情，一下子就在你舌頭上癱軟掉的，或是太矜持，讓你像含了一塊石頭半天嘗不出味道的，都不是什麼好貨色。真正的極品會配合你的溫度和濕度，一點一點散發香氣，很平均的讓自己慢慢融化。它不會太甜，也不會有苦味。記住，這時候你一定要閉起眼睛，因為它們是有生命的，眼睛閉上才能仔細感覺它們被你輕輕含住後所做的回應……」沈詮還沒說完，口水流滿地的我們就哀求他別再講下去了。

心悅送的巧克力像十二顆泛著光澤的棕色蠶蛹，在紙盒底整整齊齊分成兩行，靜靜窩在各自的矮牆隔間中。揭開盒蓋時，我聞到的不是奶油或巧克力味，而是一股淡淡的花香。我不記得沈詮有沒有說過高級巧克力是否會有花香味，雖很想找他來鑑賞鑑賞，卻又捨不得和人分享。我應該不是這麼小氣的人，巧克力有一打，讓他吃掉幾個也無所謂。只是，即使僅讓他吃一顆，他也會知道這盒巧克力的全部祕密。

不知道是不是我一口氣把整盒巧克力塞進肚裡的關係，當我和心悅併肩走上斜坡時，在一陣從海面吹來的側風中，我竟聞到同樣的花香味。我驚訝地轉過頭，發現海風先拂過心悅的衣裳才飄來我這裡。無須細辨，這股花香自然是心悅身上的味道。在東引這一年來，我沒見過半朵叫得出名字的花，也沒聞過花的味道。島上土質窮惡，野地只會長出割人臉的芒草和刺人雙手的東引地雷，少數能開墾的耕地全用來種植能在最短時間生長收成的蔬菜，沒有一吋土地會浪費在種花這種事上。但現在，當我看著近在咫尺的心悅，我彷彿見到一朵盛開在野地上的鬱金香，嗅到她身軀所散發的芬芳。

這是心悅今天讓我感到的第二次驚豔，第一次是剛才在老鍾的煎餃店外。當我探頭探腦，想看看心悅或指揮官有沒有在店裡面時，身後卻有個柔細細的聲音，隨著海風傳來，呼喚的竟是我的名字——我的名字有多久沒被人這樣呼喚了？我說的不是每天連長那種短促剛強、力道足以令人耳朵嗡嗡作響的早晚點名，而是發自女性，尤其是年輕女生的那種微甜滑膩，拖長了尾音的呼喚。在外島快一年，我差點忘記我的名字還有另一種發音方法，還有另一種不會讓人繃緊神經的呼喚方式。這個呼喚讓我的名字突然有了意義，變成特殊獨有的符號，不再只是排在點名簿第三頁中間，淹沒在眾多我所熟悉的名字中的一個沒有個性的字眼。光是這點就足以令人感動了，然而，當我在這呼喚聲中轉身，看見心悅正從計程車站沿著斜坡走下來時，我竟忍不住激動地微微顫抖起來。朝我這裡走來的心悅，身上穿的並不是在老鍾的煎餃店裡所穿的運動長褲和圍裙，也不是在馨園打工時所穿的牛仔褲和T恤。今天她穿的是一襲純白的洋裝，在大藍天底下，她像一團被陽光照得發亮的白雲向我飄來。她這身裝扮讓街上所有穿綠衣服或紅短褲的男性都扭過頭來，每個黝黑臉上的雙眼都綻出晶亮亮的光芒。但讓我激動的並不是她這身在島上罕見的穿著，而是心悅此時的姿態。從斜坡走下來的她，一手橫在眉頭上遮蔽陽光，一手壓住裙襬抑止海風的撩動。那隻與眉齊高，微微弓起的手掌在她臉部鼻頭以上的地方擋出了一小塊明顯的黑影，但她的眼睛仍被盛烈的光線刺瞇，或許因為眼部肌肉的牽動，我看見她的嘴角也拉高了，剛呼喚過我的名字的雙唇仍輕啟著，形成微笑的唇形。她把臉正面迎向島嶼七月的烈日——她不該這麼做的，應該把頭低下或別開以躲避那銳利如刺刀尖的赤辣陽光——她的視線固執地逆向穿越萬縷金光，投向我這裡，惹得那些把頭扭過死死盯著她看的男生撥出了一、兩秒時間，把好色的眼光改成好奇，打量接受這位白衣女生視線的傢伙究竟是何方神聖。試想，島上有誰能抵抗得了這種恩寵，有誰能不因這陽光下的奇景而感到驚訝激動呢？

「怎麼突然不說話了？」心悅說。我發現她正瞇著眼睛看我。「在想什麼啊？」

「沒什麼。」我說。但心悅的微笑讓我心虛，我怕被她看出什麼，連忙找別的話說。「我想到去年在這裡蓋這棟房子的事。」我指著她左邊的那棟大樓說。

「東引幼稚園是你們蓋的喔？去年暑假我離開時這裡還是空地，過年回來就看見這裡突然多了一棟大樓。」

「不只是房子。妳沒發現東引的馬路也都拓寬了，鋪上了新的水泥，這都是我們在這一年中做的。」我說，「我來東引一年了，拿圓鍬十字鎬的時間比拿槍還多。」

「你們阿兵哥真的好厲害，房子蓋得又好又快。」

「應該說很好用，又不需要付半毛工資。」

「做工很辛苦吧？」

「那還用說？」我說，「妳沒辦法想像的。」

雖然我們連上只負責製造蓋幼稚園大樓所需要的空心磚，並未實際參與大樓結構建築工程，可是我每次看見這棟嶄新的房子，仍會想起去年在這裡扛水泥的情景。那時我到島上還不到半個月，是連上梯次最低、菜到沒剩的新兵，在學長命令下，江臨淵和吳居安把重量直逼我體重的水泥壓在我的背上，讓我感覺自己似乎扛起了整個地球。我搖搖擺擺往斜坡上爬，像蝸牛一樣在身後拖出一道汗水的痕跡。那時的陽光熾烈，我眼前卻是一團霧氣，學長們的吼叫聲忽近忽遠，而這條斜坡似乎不斷拉長。然後，我肩上的負荷突然消失了……

我想起了七叔，但在對心悅訴說這段經歷時，我並沒有提到他的名字，只說有位個子很矮的學長替我扛完了這包水泥。七叔已經退伍半年了，我很驚訝自己竟然在這時才想起他，才掛念起他回台灣後必須面對的殘破愛情。

一定是那沒完沒了的業務和構工讓我忘了這些事，我很快替自己找到了具有說服力的藉口。去年我在此扛起生平第一包水泥，一日一日熬到破冬，那些在我們眼中窮凶極惡的學長大都已退伍，島上的工程卻永無止盡地進行。幼稚園剛蓋好，接著是灌漿鋪路；道路還沒鋪完，又跟著蓋起飛彈基地。儘管我們人在前線，卻沒有身為戰士的感覺。我們眼前沒有敵人，只有扛不完的水泥和卸不完的砂包，整座荒島早已變成了一個大工寮。

「妳知道嗎？當初我連一包水泥都抬不動，不到一年，現在我最多可以扛三包水泥了。」我說。

「水泥很重嗎？」心悅問。看得出她對工程的事情完全沒有概念。

「比妳整個人還重呢。」我說。

「你怎麼知道我多重？」

「妳應該沒超過五十公斤吧？」

「誰說的？」

「一定沒有，」我肯定地說，「我水泥搬太多了，這雙手都快可以當砝碼用了。不信的話，妳讓我抱一下，我馬上可以知道妳差不多有多重。」

「哎唷！」心悅的臉頓時紅了。

「對不起，」我急忙說，「我沒別的意思。」

我尷尬地走了幾步，感覺幾縷汗水從耳邊流下，彎彎曲曲向下鑽進領子後方去了。

「做工好像真的很可怕。」心悅打破沉默說，「要是你早兩個月來東引就好了。」

「早兩個月？為什麼？」

「你不是去年九月來的嗎？」

「是啊。」

「早兩個月我還在島上，也許你就不必做工了。」

「為什麼？」

「不過也不一定啦，」心悅若有所思說，「待會你見到我爸爸就知道了。」

「什麼！妳要帶我見妳爸爸？太快了吧？」我脫口而出。

「是他有事情想找你啦，」心悅把臉低了下去。「我也沒有別的意思喔。」她輕聲說。

46 不可說

指揮部各參謀辦公的地點在莒山廣場後面的山洞裡，是個戒備森嚴，非一般閒雜人等可以隨意進出的地方。這個地方不包括在新兵銜接教育的認識環境活動裡，若不是營級以上的業務士，可能在島上待到退伍也無緣一睹這個山洞的神祕面貌。因此，當我在坑道門口向面無表情的安全士官說明來意，押了證件換得通行證後，心情立刻波瀾起伏起來。

關於坑道的故事很多，但最常被我們討論的就是指揮部的坑道。這是種很奇怪的經驗。我們營部連是全島離指揮部最近的單位，從連集合場沿小路往浴室走，連坡都不用爬，只要下幾級階梯就可直抵莒山廣場前的小花圃。但距離完全無助於消弭神祕，我們就像毗鄰大戶人家高牆而居的窮苦百姓，只能繪聲繪影談論牆後的種種逸聞祕辛，難得有誰能有機會真正窺睹其中堂奧。

然而，這座坑道的傳說雖然神祕，卻總脫不了一些悲情色彩。譬如，他們說這個坑道口有兩道厚實鐵門，同時關上後密不透風，連螞蟻也鑽不過，目的是抵擋戰時敵人施放的毒氣。又如，他們說島上有兩門傳說中的八吋砲——我們這些步兵在軍旅生涯中雖僅能與一支五七或六五式步槍為伍，但對大型火砲的好奇倒是從不衰減，熱情參與討論的程度，宛如一群騎單車的少年對雜誌上的重型機車品頭論足。

有的人還能模仿砲兵，有模有樣地在連集合場跳起砲操，換得眾人一致崇敬。無論如何，聽連上的老兵說，這種八吋砲的射程極遠，一發就能打到江西，甚至還可以發射核子彈頭。由於威力太強，美國施加壓力逼國防部把這兩門砲硬是鋸短幾吋，但儘管被鬮掉半截，這種砲仍能打到對岸的福州。他們還說，島上的這兩門八吋砲一門朝外對準大陸，另一門則朝內對著指揮部坑道口。萬一我們真的抵擋不住共軍，瞄準指揮部坑道的那門八吋砲就會發砲射擊，炸毀坑道口讓巨石封門，阻止共軍進入取得珍貴的國防情報資料。

似乎是經年累月在這種悲情又帶點失敗主義的傳聞中浸泡太久，指揮部坑道雖是島上所有坑道位置最高的，但一走進那兩道漆成綠色的大鐵門（在親眼印證第一個傳說的真實性後，我不禁祈禱共軍千萬別在此時發動攻擊，我可不想陪同那些寶貴的軍事資料一起被八吋砲封存在這不見天日的坑道中），便能聽見從岩壁縫中滲出匯集的潺潺流水聲。與安東和陽明兩座坑道截然不同，這裡的地勢是完全平坦的，坑洞兩側地上有水溝，牆上每隔十步便裝有單管日光燈，照得整座坑道水冷冰清，感覺就像走在某個年久失修、不時有水滴下的城市地下人行道。奇怪的是，原本以為指揮部內應該人來人往，不時有捧著公文資料的校級或尉級軍官神色匆匆從這個辦公室奔向另一個辦公室，但我從坑道口一路走來，除了不知從哪冒出來的陰風迎面撲在我臉上外，我什麼人也沒瞧見。

儘管如此，我的心情仍是雀躍的。當然這與我來指揮部的目的有關。下電話紀錄要我到指揮部報到的是參一科，主掌全島人事的最高單位。電話紀錄上並沒說明事由，可我心知肚明——今天要談的，一定是心悅那位校長父親半個月前與我見面所說的事……

「學校的暑期輔導快開始了，我們還缺一位英文老師。」

完全省去基本寒暄問候，校長比我這個軍人還像軍人，一見面就單刀直入劈向重點。

「島上的師資向來不足，幸好過去指揮官願意支援，提供幾名阿兵哥來國中擔任義務教師。前兩個月，那些阿兵哥都退伍了，我向指揮官反映這個情況，他一口答應幫忙，要我自己從島上的官兵中挑選適合的人選。」

聽到這裡，我不禁轉頭瞄了一眼心悅。原來這就是她帶我到東引國中見她父親的目的，我果然想太多了。

「我問過參一科了，他們查遍了島上官兵資料，三千多個官兵，就你這麼一個英文系畢業的。」校長繼續說，「如果可以的話，你願意到敝校擔任義教嗎？」

「他當然願意啊。」心悅搶先說。

我以為她那嚴肅的校長父親會立即賞給她一個白眼，但出人意表，在這個小小的東引國中校長室裡，這對父女竟一起轉頭對我和煦煦地微笑，像共同完成什麼密謀似的神會心契。

誰會不願意接受這種好差事呢？當初在新訓中心、東引幹訓班和指揮部的幾次選兵，皆是百中選一，所有人都想攀著天上降下來的蜘蛛絲往上爬。但現在，佛陀果真聽見我當初的祈求了，雖然時間遲了些，這次祂不但真的垂下了我專屬的救贖之絲，還特別派了一位仙女親自送到我面前。這下可好了，我總算可以脫離部隊了。儘管我早已適應連上的作息，遠離了擔驚受怕的菜鳥生活，甚至接的採買業務也令人嫉羨，但誰會滿意軍中的生活呢？到東引國中擔任英文老師，代表我再也不用參加早晚點名，不用三餐跟部隊開飯。光想到這點，我的心就雀躍不能自已了，更別提我未來的教師宿舍離心悅的住處只有一街之隔。我的未來充滿了無數可能，突如其來的恩寵，讓我只能愣然看著面前的這對父女，完全說不出話來了。

軍中人事方面的調動程序相當複雜，我不熟悉參一的作業內容，但知道這是件曠日彌久的工作。去年我剛到連上，大我幾梯的學長鄒鈞忠就因罹患中耳炎而失聰，完全符合驗退標準，但他的退伍令下來是什麼時候的事？是上個月！他足足在連上無聲地待了一整年，直到破冬才接到那張允許他提前退伍的人令。我不知道是因為申請驗退的太多，還是軍方故意耽擱這種申請，以阻絕其他同樣具有驗退資格者的非分之想。鄒鈞忠這一年來的日子飽受欺負，光是夜半被請去庫房吃火鍋的次數，就把手肘外彎同樣具有驗退資格的我給嚇壞了。他像條瘸了腿的狗，活在一大隊身強體健的狼群中，大家只嫉妒他可驗退的身分，沒人同情他生理上的缺陷。他撐到中島卻仍交著菜鳥的命運，就連夜晚蜷縮在睡袋裡的嗚咽音量，也早已被學長的拳頭調整到不至於擾人清夢的程度。

前車之覆，斷了我申請驗退的念頭，也鉗噤我與人分享調單位喜悅的衝動。這兩個星期來，我一顆心就這麼祕密地懸在半空中，攀附在心悅親手送來的脫離苦海之絲上，不敢讓連上的人知道。我沒對連長報告，沒告訴無話不說的同梯好友沈詮和林忠雄，更難以對伊啟齒。這種事不容易解釋，即使把來龍去脈說得纖芥不遺，也很難讓人信服我不是個一心想脫離部隊、利用採買職權之便搞男女關係、欺騙少女感情換得茫缺的投機分子（或許我的確是，現在的我對自己屬於哪種人已沒那麼有把握了），但這並不是我縫緊嘴巴隻字不吐的主要理由。面對尚未塵定的好運道，任誰都免不了疑神疑鬼患得患失，深怕好事禁不起言說，一旦落實成了話語就會破了功。當然也有說了就算的例子。上帝說：「要有光！」於是就有了光。《創世紀》開頭都是「上帝說」如何如何，然後「事情就這樣成了」。但咱們畢竟不是上帝。平凡人，尤其是命中帶衰，運勢悖逆抽中外島下下籤的人，只能謹記佛祖教誨——不可說。這是避免事情成不了，尊嚴盡失外加白白被摔不幸後果的最佳選擇。

不過，現在可好了，參一科終於下電話紀錄召我至指揮部報到了。我雖走進這條陰森幽暗的坑道，實際卻是一步步邁向亮晃晃的光明。可不是嗎？坑道兩側每間木門緊密的辦公室，門縫底下都滲出皎潔亮眼的光芒，而我期盼已久的人事命令，就待在其中一扇深掩的門後。（到底是哪一間呢？）我覺得自己宛如闖入某座古代皇家墓穴的尋寶者，那神奇、具有不可異議魔力的寶藏，就藏在這地下走廊中的一個祕室裡。（怎麼搞的？每間辦公室木門都一模一樣，也沒有掛上牌示。）我越往前走，情緒就越在興奮和狂喜之海中起伏翻滾。我幻想抵達藏寶室門前的時刻，那種感覺一定很像通過煉獄歷經苦難艱辛才來到天堂大門的負罪者。我將會伸出顫抖的手，輕敲那扇即將為我開啟的救贖之門。我會看見開門的聖彼得左右肩上各繡著兩顆金色梅花，手捧著一對羽毛翅膀化成的白色卷宗，上頭鋪著那張寫有我名字的特赦令。（雞悲！剛才忘了問門口的安全士官參一科該怎麼走了！）

「逛大街啊？」一個雄厚低沉的聲音從我身後傳來。

我回頭，看見營上的作戰官，霎時如同見到救星。「作戰官好！」一放下敬禮的右手，我便急問：「請問參一科在哪？」

「你去參一科做什麼？」他瞇起眼睛看著我。

「呃……」我一時語塞，「不可說」三字像三顆石頭壓住了我的舌頭。「我也不知道……是……是參一科長下電話紀錄要我來的。」

「好吧，」作戰官側身伸手往旁一指，「參一科就在那，快去吧。」

沒有儀式般的輝煌應門程序，深怕還在坑道中的作戰官盯著我的一舉一動，我急忙敲了門，聽見門後傳來微弱一聲「進來」後，我連報告也沒喊，便急急閃進參一科的辦公室。

僅僅一門之隔，只是一開一關如此簡單的轉折，我的心情便從走進坑道的興奮、遇見作戰官的驚慌，陷入未曾預料到的失望情緒。與我先前燦爛的想像完全不同，指揮部參一科辦公室的大小居然還不及營上的新政戰室。同樣是四張辦公桌，我們營上的政戰室可以鬆鬆散散擺成「器」字，而這個全島人事最高單位的參一科，竟小到只能讓四張桌子緊緊密密排成「田」字。桌與桌之間的過道小到必須側著身才能通過，而且連一張多餘的椅子都沒有。

「你坐吧。」坐在「田」字左上角辦公桌後的一位軍官抬頭瞄了我一眼，短短吐出三個字，便又埋首於散亂在桌面上的公文卷宗中。他的語氣很輕，即使在這個空間狹小的洞穴辦公室內，這個聲音也細微到難以激蕩起任何回音。我在「田」字右下角的辦公椅上坐下。與其說這是順服長官的命令，不如說是受到這個空間的壓迫，而只想讓自己的腦門盡量遠離頭上的岩頂，免得沒兩下子就感到呼吸困難。我敢說，無論誰進來這裡，第一個念頭必定是快找張椅子坐下，而原本在裡面的人一站起來就會急著離開。我會這麼說是有根據的，因為就在我坐下的那一刻，我的屁股感覺到這張座墊還留有餘溫，足以證明這張椅子在一分鐘之前有人坐過，而且當他從這張椅子一站起來，就毅然轉身推門走出了這石頭密室，不願在此多待上一秒鐘。奇怪的是，剛才在坑道裡，我除了作戰官外沒見到其他人。此事頗值得推敲，我卻沒把注意力往那兒放，畢竟是眼前這位軍官喚我過來的，決定我未來在這座島上的命運的文件，可能就在他面前的那堆卷宗之中。另一個原因是，觀察面前的陌生人，絕對比推想一個看不見的人來得有趣。

但我面前的這位軍官，無論由哪方面觀察都不是個有趣的人。他的腦門有如剛被摩西走過的紅海，僅餘幾根頭髮像敷衍的通信兵埋設的纜線，孤零零裸露橫越過枯瘠的地皮，而瑟縮退至左右太陽穴上的頭髮也已斑白。他的眼睛凸得厲害，像兩顆尺寸過大的義眼，令人擔心一直低著頭的他，眼珠子會突然脫眶而出落在底下那付金邊眼鏡的鏡片上。事實上，從我進來這間辦公室後，這位科長都還沒抬起頭過。他一份份仔細審理批閱桌上的文件，彷彿很不樂意因我突然造訪而中斷未完成的工作。他對文書工作所展現出的高度興趣，讓我有種錯亂的感覺，覺得他根本就是一個不小心穿上軍服的銀行襄理。他領口上的那兩顆梅花，應該繡在果敢剛毅的東引國中校長身上才對。

我靜默坐著，聽著門縫底下呼嘯灌入的風聲，連癢到鼻頭的噴嚏也不敢打出來，以免騷擾了科長的工作興致。指揮部坑道像一條大型的冷氣通風管，不斷有冷風梭梭颯颯而過。坑道外是盛夏，氣溫直逼人體血液的溫度，待在坑道裡卻令人想起愛斯基摩人的冰屋。寒意醒了我的腦，讓人心生不祥的預感，剛才進坑道時的雀躍情緒已破了產，一股腦被冷風颳到老鼠沙的垃圾坑了。面對完全不理人的科長，我感覺自己既卑微又鄙賤，彷彿一個前來借貸乞憐的人。

顯然，不好的預感總比好的預感容易成真。當參一科科長終於把頭抬起來時，竟霎時從銀行裏理變回了威嚴十足的中校軍官。

「你是我下電話紀錄叫來的？」

「是！」我起立說。

「好、好，你坐下。」科長從桌上抄起一份文件，攤開擺在我面前。坐得筆正筆直的我沒膽伸手碰，只敢用餘光斜瞄上面的內容。我發現這份文件上頭密密麻麻蓋滿了各式各樣的紅圖章，像極了落入盤絲洞的豬八戒的臉。「你聽我講，別開口打岔。」科長說。

……你這份公文在指揮部轉了好幾圈。

……東引國中校長隔兩天就打電話來要人，我們壓力很大。

……現在本島在開一年一度的自強會議。

……各科室主任都看過，你自己看這些圖章。

……指揮官回台灣開會，這個月不在島上。

……副指揮官不敢批，參謀長不敢批，政戰主任也不敢批。

……我怎麼跟校長解釋他都不聽。

……你們營裡又不放人。

……沒辦法。

……再等等吧。

……………

科長說的話，零零碎碎，伴隨著涼風陪我走出指揮部。一出坑道口，外頭刺眼的陽光，讓我一連猛打了好幾個噴嚏。

47 亞哈船長的漫長初戀

晚點名後，參一兼傳令翁柏昌跑進伙房，要我去連長室報到。

我有點忐忑不安，不知道白天去指揮部的事是否已傳進連長耳裡。他對連上人員控管甚嚴，寧可對上級翻臉，也不願把手下的士兵借出去支援別的單位。儘管我和連長交情匪淺，這一年來我們至少一起喝掉二、三十斤茶葉，但他的個性我也知之甚詳。我可以想像，若我向他提起支援東引國中這件事，他必然立刻發火暴怒，即使前一刻還沉浸在泡茶心靜神寧的祥和氛圍中。

我喊過報告，逕自推門走入連長室。原本高懸在半空中的心，在見到室內的幾個人後，頓時又安全降落地面——圍坐在連長室小茶桌前的，是我兩個同梯沈詮和林忠雄。

「你來的時間恰恰好，喏，第一泡茶剛出手。」連長微笑說，「坐下、坐下，嘗看看。」

我坐下捧起小瓷杯，將熱呼呼的茶湯湊至嘴邊，同時瞄了旁邊的兩位同梯一眼。他倆不懂茶，拿杯子的動作有點笨拙，似乎不知道該把手指放在哪個位置才不會被熱透的杯子燙到。「你們別那麼拘束，輕鬆點，」連長說，「今天找你們來只是純聊天而已，別太緊張。」他拆開一包一號菸遞給我們，一時之間，連長室裡漫起煙霧與茶香。連長雖要我們別拘束，但我發現沈詮和林忠雄呼出的煙霧像從吸管噴出般，筆直筆硬地，一點都不輕鬆。

我們喝茶抽菸，閒扯一些無關緊要的瑣事。兩泡茶過後，連長室的電話響了。趁連長起身接電話的空檔，沈詮和林忠雄默默對我使了個眼色，意思是想知道這場茶聚究竟是怎麼回事。我無聲地把雙肩一聳，意思是我也想知道連長找我們來的企圖。

連長講完電話，瞇眼微笑回到茶桌前。「是我老婆打來的。」他旋開寶特瓶蓋，往電湯匙茶壺裡注滿礦泉水。「她一個人在台灣帶小孩，替我照顧爸媽，實在很不簡單……真是難為她了。」連長深深吸了口菸，把剛才的笑容也吸進了肚裡，臉上開始出現霜氣。我們偷偷瞄了他床邊的CD音響，擔心他下一步動作就是轉身播放那首恐怖的〈愛上一個不回家的人〉。幸好，剛才消失的笑容只在他肚裡打個轉，便又隨煙霧浮現回來了。「你們也很不簡單，是我見過最奇怪的一梯，」連長把話鋒轉到我們身上，「你們三個都有老婆或女朋友，來東引快一年了，居然一個都沒跑掉……」

連長不提，我倒沒發現這件事。我想起去年剛到東引，連長曾一臉嚴肅要我和沈詮做好心理準備，「因為在外島兵變的機率是十分之十一」。如今一年快過了，我和沈詮還是每航次都會收到台灣來的信件和包裹，沒當過任何一航次的孤兒。當然，信件收得多並不一定是好事。上航次連上電台的葉安清就收到女友寄來一共十五封信，成為該航次的收信冠軍。在大家鬧鬨下，他當著眾人的面按郵戳日期依序拆信。第一封信裡面只有一個字——「我」。他急急拆開第二封，上頭的字多了一倍——「有話」。第三封好多了，但也只有一行——「想要跟你說。」看到這裡，圍觀起鬨的人立刻識相散去了，只剩他一個人躲在寢室陰暗的角落拆開那十五封信，看完最後一封信上寫著的「分手吧」三個字。

不知怎的，連長今晚興致似乎特別好，幾杯上等春茶下肚讓他耳根泛紅，眼神迷離。我知道他話匣子就要開了，沒想到在這之前，他竟出人意表來了個提議。「今晚在這裡喝茶的，都是感情上有牽絆的人。這樣吧，由我先開始，咱們輪流講講自己的初戀故事……」不待我們表示意見，連長便自顧自說了下去。「別露出那種表情，我知道你們心裡在想什麼。你們以為我要發表美滿婚姻生活感言嗎？錯了，我初戀的對象可不是現在的老婆。先說好，這是男人之間的祕密，以後你們如果有機會見到我老婆，可千萬別在她面前提起。」

連長呷了口茶，又遞給每人一根一號香菸。在飄散的煙霧中，他的思緒漸漸凝聚，開始了以下的故事。

「從國中畢業的那年暑假，到我官校畢業的那一天，整整七年，我可說全為了一個女孩而活……你們又露出那種表情了，我還是知道你們心裡在想什麼——又一個年少青澀情竇初開的老掉牙愛情故事。沒錯，說到愛情，我可不是什麼上尉，或許你們都比我還身經百戰。天底下無鮮事，但我就只能活那麼一次。發生在我身上的事，就算它和別人的故事相似好了，就算早已重複了千萬次，也改變不了對我造成的殺傷震撼力。這道理很簡單，就像你在戰場上已親眼見到千百個人中彈倒下，而當哪天你也挨中一槍時，你就比較不會感到疼痛嗎？錯！因為你是你，別人是別人。就算你是第一千零一個中彈的人，就算你的遭遇和之前的一千個人完全一樣，但你還是會抱著傷處唉唉大叫。

「抱歉，我扯遠了，應該快點讓女主角上場才對。說到女主角，我知道你們一定會期望登場的是絕世美女，長相一定要美如大仙，皮膚要吹彈可破，身材要玲瓏有致，這樣才能讓故事顯得淒美，才會有看頭。對不起，恐怕讓你們失望了。我只是一個平凡的人，而我的女主角也一樣是個平凡人物。剛才我說，故事是從我國中畢業的那個夏天開始的，但我從小就認識她了。她和我同屆，住在同一個眷村裡，而我到十六歲那年才開始喜歡她，可見她有多平凡了。她不是那種從小就光芒四射，讓人不得不注目的類型，若要說她有什麼地方和別人不同，大概就是她的身高了——國中畢業那年她的身高就足足長到一百七十二公分，我站到她旁邊還矮她半個頭。她爸爸是山東人，全家都是北方人塊頭，個個孔武有力。她擲來的躲避球像灌了鉛，沒人敢正面用雙手去接。若想和她打架，那更是自討苦吃，她一拳就可以像打陀螺一樣輕輕鬆鬆把你打在地上亂轉。總之，在我們小時候，不管是打躲避球或打架，全村的男生全都吃過她的苦頭。

「但我後來還是喜歡上她了。別誤會，我可沒有被虐待狂傾向。我說過，我是在十六歲那年、國中畢業之後才開始喜歡她的。國中那三年……抱歉，我沒辦法回憶我國中三年過的是什麼樣的生活。也許你們也有同樣的經歷，和我一樣待在升學班，像少林和尚一樣理個大光頭，整整三年在老師的木板和藤條逼迫下往自己光禿禿的腦袋裡塞、塞、塞，塞進一堆灌進去後就馬上漏出來的無聊東西。我沒有思想，沒有表情，像植物人一樣渾渾噩噩過了三年。我的人生，我是說真正可以自由呼吸，總算在鏡子中看見變長的頭髮終於蓋掉頭上被同學笑了三年的金錢禿，是在踏出國中大門的那年暑假才開始的。

「我永遠也忘不了那一天，愛情發生在我身上的奇妙時刻。十幾年過去了，可是直到現在，我只要一閉上眼睛，那天的情景仍會鮮明無比浮現眼前，好像有卷錄影帶存放在我腦袋中一樣。那是火車上的場景，開往宜蘭像龜爬般的慢速普通車。那時高中聯招剛放榜，我同學約了同校的女生一起去宜蘭郊遊。我是被硬拉去的，原本沒意思參加。我幹嘛去呢？這群人裡面只有我沒考上學校，未來對我來說還是一片茫然。看著他們霸占了整節車廂，開開心心在火車上說笑話玩撲克牌唱著民歌，我卻完全感染不到歡樂的情緒，只一個人悶在角落裡思考我的前途未來。我的感覺差勁透了，尤其是當火車經過福隆，開進一個很長很長的隧道時，我一路繃緊的心情更是惡劣到了極點。那座黑漆漆的隧道彷彿永遠也走不完。柴油煙味從敞開的窗戶灌進車廂，嗆得我無法呼吸；火車輪子鏗隆鏗隆的聲響，像兩根鐵棒一左一右連續戳著我的耳膜。我受不了了，我只想逃開。我真的打定了主意，管他誰辦的郊遊，火車到了下一站我就下車回家。

「就在這個時候，火車出了山洞。你猜我看到了什麼？……是海！一大片的藍色的汪洋！從窄小山洞鑽出來的我們，彷彿一頭撞進了浩瀚的太平洋裡。他們丟下吉他，撲克牌撒了滿地滿座椅，鬼吼鬼叫擠向窗邊眺望眼前的壯闊景象。海有什麼稀奇？你們一定會這麼想。在這島上，隨便把頭往哪個方向擺，看到的都是海、海、海。但是那天的情況真的不一樣，大海是在毫無預期中蹦出來的。不只是海，還有陽光，燦爛耀眼鋪天蓋地而來的陽光！把剛從隧道中鑽出來的我刺得睜不開眼睛。我完全忘了幾秒鐘前才下定的決心，只怔怔地，發傻瞪著那片波濤滾滾的湛藍大海。多奇妙啊！大自然的力量。我心裡好像有塊冰融化了，只感覺全身暖洋洋的。就在這一刻，這一剎那，不知是自然還是命運的力量，讓我的眼睛睜開了。我看到了她，那個從小和我同村的女孩。她當然一直在火車上，可我直到這個時候才看到她，彷彿我從來沒見過這個女生似的。我永遠忘不了那個畫面。她和其他人不一樣，不跟他們發瘋起鬨，只默默的，一語不發的，凝神專注看著那片海洋。那時候，陽光從左邊的窗戶射進車廂，像一盞聚光燈打在她身上，讓我必須瞇起眼睛，才能直視她在強光下隨風飄蕩的亮麗短髮、那張像瞬間吸收了陽光熱力而變得紅撲撲的側臉。火車鑽出隧道後，在長長的海岸線上奔馳了好一段時間。她面無表情，像著了魔，動也不動凝望著大海，我則偷偷看著她的側影。看著看著，我覺得自己有點不對勁了。我感覺眼睛灼熱，胸口鬱鬱悶悶地像有什麼東西梗在那裡。我發現自己在她面前開始塌陷、收縮，不停變小，感覺火車的硬皮座墊就要把我給吞沒了。最後，不知怎麼回事，我居然流下了眼淚。

「那不是我唯一的一次流淚。七年，整整七年，我從一個隧道爬出來，又掉進另一個漫長的洞穴裡。那次郊遊我一句話也沒跟她說，好像完全不認識一樣，可是那天在火車上我所見到的畫面，開始像夢魘般糾纏著我。我懷疑那天的景象根本就是出自我的幻想，於是我開始在她家門外徘徊，想再仔細看她一眼，好證明火車上的美景只是我在情緒激動下美化後的產物。但我已經沒有這個機會了。她考上一女中，為了她的學業，加上眷村即將拆遷，她父親決定舉家搬到台北。那天的郊遊其實是一場惜別會，是她最後一次和家鄉的朋友同學相聚。我站在她家門前，透過斑駁朱門縫隙看著她家空空盪盪已成廢墟的庭院，我的心全慌了。從小到大，除了身高，這是我第一次感受到我和她之間的差異是如此巨大。說來可笑，為了能稍加填補這種差異，我當下便打定主意去唸軍校，因為我無法忍受一旦重考隔年就會矮她一屆。別忘了，那時我才十六歲，滿腦子都還是天真的念頭。當年在我們村裡，子弟去唸軍校仍是一件會放鞭炮慶賀的光榮大事。這種風氣也洗了我的腦，讓我覺得穿上軍服多少能讓我看起來雄壯威武些，或許可以縮小一點我們身高上的差距。

「就這樣，為了一個女孩子，我變成了中華民國的革命軍人。我壓根沒想到，直到坐上往南部的火車才發現，這個決定讓我們的距離更遠了。小小一座島嶼，我們竟然很極端地分踞一北一南。可那時已來不及後悔了，而且初入伍的生活也沒時間讓我後悔。我說過我不想回憶國中三年的生活，同樣，我也不願再回想剛進軍校的那段日子……從一個地獄出來到另一個地獄，還有什麼好說的呢？

「直到半年後，我才寄了第一封信給她。我說的是『寄』，不是『寫』，天知道這半年中我已寫了多少信給她，但全被我自己送進了垃圾桶裡。我不是教徒，可是我仍要感謝上帝賜給我們聖誕節……一年中唯有這個時刻，才不會讓貿然的信件聯絡顯得唐突。不過，在這張聖誕卡中，我還是做了件貿然的舉動——我隨信寄上了我穿軍裝的相片。我的用意很單純，一方面是怕她不記得我是誰，另一方面，大概是想讓她知道我現在不再是個小孩，而是個堂堂正正的軍人了。話說回來，貿然的嘗試有時也會有意想不到的收穫。兩星期後，我收到她回寄的賀年卡，裡面也附上了一張相片。相片中的她身穿白短裙和淺綠色軍裝——她參加了學校的儀隊，而且還當上了分隊長。我突然覺得我唸軍校的決定是正確的。我把我們兩人身穿軍裝的相片擺在一起，彷彿相片中的人是活生生的獨立個體。我讓他們朝夕相處，好像這樣做就能拉近我和她在現實生活上的距離。

「就這樣，我們開始通信。不用多說，我想你們比誰都清楚，除了發餉和休假，收信是軍中最令人期待的事。但我敢講我那時的期待一定比你們還強烈，我寧可永遠不領餉、不休假，只要能每天收到她寫給我的信。她寫來的信雖不長，卻摺得很漂亮，有時摺成一片葉子，有時摺成一隻蝴蝶，每次的摺法都不同。她用的信紙上總有淡淡的花香味，你們會說那是廉價的香水味道，但在我聞起來是多舒服啊！我甚至把這味道當成她身上的香味，把信紙壓在枕頭下，讓這個味道伴著我入眠，彷彿這樣做我就可以在夢裡見到她。

「每到假日，我的同學們都和附近的女校學生辦聯誼，一群群郊遊踏青去了，可我一次也沒有參加。不是我不愛玩，而是我死心眼放不開，明明知道我們還算不上男女朋友，卻總覺得和其他女生去郊遊就會對不起她，是感情上的背叛。很可笑吧？我甚至還沒向她表白，就已經認定她是我的女朋友了。人家都去烤肉了，我卻留在學校寫信，而且寫的是不敢寄出去的信。我羨慕那些已經有女朋友的同學，他們可以光明正大在信中寫下肉麻的字眼，直截了當透露自己的愛意。而我呢？我沒膽子向她表白，怕一這樣做就會嚇跑人家，讓我以後連信紙的香味都聞不到。我不敢想像這種後果，所以只好寫兩種信。一種是我真正的情感和思緒，這占據了我絕大部分有限的自由時間，但寫完只能撕成碎片，投進垃圾桶裡。真正扔進郵筒的，都是一些不痛不癢、記載軍校生活點滴、連自己看了都會生氣的無聊事情。我知道我在壓抑自己。同學們都覺得我陰陽怪氣，是個難相處的怪人。我沒辦法對他們傾吐心事，告訴他們假日我留在學校都在幹些什麼。不是我愛批評，他們都是粗線條型的，若我說出心中苦惱，他們肯定這麼回答：『啥？虧你還是個堂堂革命軍人，喜歡一個女生有什麼不敢講的？你就大聲告訴她，她願意接受就算，不要就拉倒換一個。』他們不懂感情這種東西是脆弱的，是必須小心捧在掌心呵護培養的。

「直到第二年暑假，我才第一次找她出來看電影。我約她的時候還戰戰兢兢的，深怕她找藉口拒絕，沒想到她竟然很開心地出來了。她的態度真的很大方，忸怩扭捏的反而是我，我緊張到連那天看的是什麼電影都不知道。那天我們聊了很多，她學校的事，我學校的事，我們小時候的事……不過她顯然還有許多事情要告訴我。回學校後，我們繼續通信，而她的信開始越寫越長。慢慢的，我知道了她的心事。我知道她所有好朋友的名字，誰最近跟誰比較要好，誰要脾氣兩個星期不跟她說話。我知道她當初想參加的其實是樂隊，不是儀隊，是學校的教官看中她的身高硬把她拉進去的。我知道她母親要她唸商學院，但她想要唸文學，為此她們彼此鬧了快一個月的彆扭。她說儀隊的經驗讓她學會堅持自己興趣的重要，她寧可離家出走，也不要勉強接受不是她衷心想要的選擇。

「高二的那年春假，她甚至帶了幾個好朋友一起到南部找我。這些女生的名字我早在信上看熟了，而她們顯然也很清楚我這個人，一見面就圍著我吱吱喳喳毫不怕生，一路聒噪到墾丁。她似乎把我融入她的生活圈了，這讓我滿心歡喜。她毫無保留讓我見她的朋友，在我看來，簡直與見她的家人無異。可是我轉念再想，萬一她只是把我當成普通朋友怎麼辦？我在她心中的地位，也許和那幾個聒噪女生一樣，只是朋友中的一個，也許連前幾名都排不上。於是我的情緒便開始低落了。她的同學……大概有兩個吧，回去後也開始寫信給我。基於禮貌，我一一回了信，她知道後卻好像不太高興。她當然沒明說，只在寫給我的信裡拐彎抹角扯了一堆讓人摸不著頭緒的話。我顛來倒去看了幾遍，才揣摩出她的心思——她這分明是在吃醋啊！她是私心作祟，想說我是『她』的朋友，而不是『她們』的朋友。看出她的心意，我樂得差點手舞足蹈。但那快樂只是一下子，我很快又墜回壓抑鬱悶的情緒，擔心自己只是她的『朋友』而已……你們別笑，別忘了那時我還沒向她告白，誰知道我在她心中究竟處在什麼位置？我始終找不到機會，也鼓不足勇氣，只能任由這種關係持續，持續到她高中畢業考進大學，持續到我升上陸軍官校。我讀官校是沒得選擇的決定，可她卻出人意料進了商學院。她說她不忍心見母親難過，但也口氣強烈地向我保證，這是她最後一次妥協，再也不會有下一次了。

「我一直在等待，等待一個最適合告白的時機。我們年紀差不多，我猜你們應該看過《軍官與紳士》這部電影吧？老實說，這部電影可說是我們軍校學生的戀愛聖經。官校生活比預校更操，我是咬緊牙關苦撐下來的，那時我只靠一個美夢支撐——等到我畢業那天，我會穿著軍裝出現在她的大學校園。雖然我沒有哈雷機車，也沒有雷朋太陽眼鏡，但我會帶上一大把鮮花，以軍官的身分正式向她求婚。我可以一直耐心等待下去的。可是，當她的信中開始重複出現一個男生的名字時，我緊張了。她說那是社團的學長，很風趣的一個人，對她們這群學妹相當貼心照顧。她在信中不只一次誇讚這個人，雖然還沒提到誰向誰表露愛意之類的事，卻已讓我亂了方寸。萬一那個男的開始追她該怎麼辦？萬一她漸漸喜歡那個男的該怎麼辦？我慌了手腳，只知道自己不能再默不吭聲，必須提前採取行動。軍校的教育告訴我，防衛的最佳方式之一就是攻擊，在敵人集結成形之前，我必須搶先登陸占領她感情世界的灘頭。

「我真的這麼做了。我溜出官校，連夜搭車北上……別問我怎麼辦到的，為此我真的付出相當大的代價。我當然很清楚這麼做的後果，但一想到我將要做的美事，我什麼都不在乎了。真的，我一路上都掛著幸福的微笑，興奮到根本睡不著。車到台北，我一大早便敲開花店大門，把銅環皮鞋擦得雪白雪亮，只差沒一路踢正步走進她唸的那所學校。按照原本擬好的劇本，我應該手捧大束鮮花撞進她上課的教室，在她全班同學面前大聲向她表達愛意。可是其中有些環節出了差錯，首先是我在她那所大學裡迷了路，費了點時間才找到她上課的地點——那時學校已敲過下課鐘了。更嚴重的失誤是，當我遠遠看見她和同學一起走出教室時，我不但忘了原本想好要說的話，也忘了上前向她走去，只呆呆的，像個白痴一樣，穿著軍服捧著鮮花站在校園裡的椰子樹下。倒是她……她看到我了，而且好像只一眼就明白了一切。她露出驚訝表情，只是一下子而已，旋即便在同班同學的目光注視下向我走來。『你怎麼會在這裡？穿這樣跑進校園多奇怪啊。』她說。我還是說不出話。我努力想說出寫好的台詞，卻只聽見喉嚨發出呃啞呃啞的聲音。但她還是都明白了，她從我手中接過花束，然後淡淡說了一句：『我以為你會永遠是我最好的朋友。』

「就這麼兩句話，我知道我把事情全搞砸了。那次她還是陪了我一天，也苦勸我快點回學校去，可是我耳邊只迴響著『多奇怪啊』、『最好的朋友』這兩句話。說真的，連我同學都不忍看我回學校後所受到的處置，但和這兩句話比起來，那些根本算不上真正的懲罰。果然，從那次之後，她寫信給我的次數減少了。告白的代價是多麼高呀！我同學說得對，或許當初一開始我就應該表白的，但現在說什麼都來不及了。我知道她想疏遠我，正在漸漸飄遠，這下我真的慌了。她寫給我的信越來越短，我寫給她的信卻加倍變長——不過那是不敢寄出的那種，記載我心中真正情緒的那種。我開始珍惜這些信件，不再把它們撕毀，全部藏在我內務櫃的夾層裡。為了挽留她，我寄給她的信仍是過去的樣子，我想裝出什麼事也沒發生過，寧可回到當初那種曖昧不明的關係。但完全沒用，兩個月後，我就再也沒接到她的信了。

「那時我已升上三年級，離畢業不到兩年，可是那根撐住我度過軍校生活的支柱已經垮掉了。我開始對軍服感到羞恥，假日再也不願意穿軍服出校門。軍服有什麼用呢？在她眼中，我只不過是穿了軍裝的侏儒罷了。『多奇怪啊！』這句話像個鬼魂般如影隨形緊跟著我，而『好朋友』那句話卻消失無蹤，現在我們什麼都不是了。我的身體開始漸漸變差。人家唸軍校越來越壯碩，我像是得了瘟病，動不動就報病號。我母親前來探視，一見到我那副憔悴模樣，便哭著對我父親說咱們就算了吧，賠點錢給國家，別讓我死在軍隊裡。老實說，我還真想死在軍隊裡，而且差點就成真了。

「那是梅雨季節的一次長行軍，雨不大，可是連下了一星期，學生部隊拉出去到山上，活像走進熱帶雨林裡。行軍出發前我就有點感冒了，但這次我不想報病號，半年多沒收到她的信讓我萬念俱灰。行軍就行軍，出發前我在第十本寫給她但只藏在內務櫃中的信裡寫道，最好讓我走死算了。我邊走邊咳，在雨中泡了三天，渾身上下全濕透，只有喉嚨是乾的。走到第四天，我什麼都看不清了，意識開始模糊，只記得最後我好像咳出了不少鮮血。我應該是昏過去了，感覺全身輕飄飄的，痛苦的感覺全沒了。後來他們告訴我，我染上急性肺炎，差點死在軍醫院的加護病房裡。這些我全沒印象，也不知道自己昏迷了多少天，只知道當我清醒過來時，以為自己又回到當年那班開往宜蘭的火車裡。我又看見她那張紅撲撲的側臉，看見她那襲烏黑發亮的短髮。我滿心激動，卻虛弱地說不出話，只覺得雙眼被病房的燈光刺得發痛。她和當年一樣沒注意到我睜開的眼睛，只默默的、著了魔似地面無表情，凝神專注低頭不知道在看什麼東西。我順著她的視線望去，忍不住發出一聲慘叫——我看見她放在膝頭上一頁頁翻動的，竟是我藏在內務櫃的那些未寄出的信。聽見我的聲音，她緩緩轉過頭，凝視著已清醒的我。然後，她就哭了。

「從那次起，她對我的態度就改變了。她又開始寫信給我，而且每次都很認真地至少寫滿兩頁。我放假的時候她也願意讓我上台北找她，願意陪我看電影、喝咖啡，甚至願意讓我牽她的手走在鬧區的街上。她幾乎成為我的女朋友、我的愛人了。我說『幾乎』，是因為我心裡還是有種奇怪的感覺。問題不在她，她真的做得很好，和我在一起的時候沒有心不在焉，沒有半點勉強。我們真的像一對男女朋友，和別人的差別只在於，每次我們約完會說完再見，我都忍不住會流下淚水。她真的很好，雖然她說完再見後一次也沒回頭，但那還是我自己個人的問題。

「我參加了她的大學畢業典禮。她還是一樣成績優異，得了商學院第一名的獎狀。她上台領獎，我在台下拿相機替她拍照。回去後，相片洗出來，我把相片攤在桌上整理，卻找不出一張她露出笑容的相片。在台上捧著獎狀的她，始終抿著嘴，沒有一絲高興的表情。我拿出她高中時代的儀隊相片，才愕然發現，相片中的她一樣抿著嘴，沒有半點笑容。

「那天晚上，我痛哭了一晚。官校的畢業典禮已近，就在典禮前一星期，我寫了一封信給她。不是邀請她來參加，而是告訴她，她就像一個天使，沒有她，我不可能撐過七年的軍校生活……」

連長站了起來，走到房間角落，在存放礦泉水的紙箱堆前站了好久，才從中抽出一瓶水，回來倒進水壺裡。我們三個人的目光跟著他移動，深怕他又去碰他那台ＣＤ床頭音響。

「那是我這輩子寫給她的最後一封信。」

他低頭看著噗噗作響的熱水壺，自顧自點起一根菸，長長吸了一口。

「就這樣，我放棄了。」

48 下士沈詮的選擇

連長室突然安靜下來，只剩電熱水瓶的鐵蓋被蒸氣抬起又落下，咯嗒咯嗒發出惱人噪音，我才意識到連長的故事已經說完了。趁著房裡幾人都沒開口的空檔，連集合場旁發電廠那酷似交通船單調規律的柴油引擎聲響，也轟嗡轟嗡闖了進來，讓我又產生航行的錯覺。換個角度想，這時的我們也確實是在航行，四個人搭在同一艘船上，在這個寧靜的夜晚，航向遙遠的記憶深處。

「接下來換誰說呀？」連長面露微笑，目光橫掃過我們三人。

「我來說好了。」沈詮開口了。我和林忠雄便立即調整坐姿，把椅子稍稍挪斜幾度，正面朝著沈詮擺出一副準備聽講的姿態。

「剛剛我們聽的是初戀的故事，我可以體會連長在最後那段期間的心情……我並不是說連長這段感情的其他階段就不值得一提，我沒這個意思。讓我最有感觸的，是連長從參加他初戀對象的畢業典禮到決定放棄的這段時間。連長把這個階段描述得很快，沒幾句話就帶過了，但我敢說他那時的心路歷程絕對相當曲折，也極端痛苦。怎麼說呢？因為那牽涉到選擇，必須在要與不要之間做出決定。我相信，命運之神很難得把選擇權交到我們手中，而當祂偶爾必須這麼做時，祂一定很不甘心，必定會把我們擺在一個極其艱困複雜的處境裡。

「不過，我還是很羨慕連長，儘管命運捉弄他七年，但最後也給了他很長的時間去思考和選擇。不像我，當我處在感情上的這種關鍵時刻時，你們猜我得到多少時間？……一首歌。當命運之神拋出權力，讓我自己挑選時，祂只給我一首歌、不到五分鐘的時間！

「直到現在，我仍不時回想起當年那個五分鐘，不知道自己那時的決定究竟是對是錯。這樣吧，我努力還原一下當年的情景，讓你們來設身處地思考一下，假如是你們遇到這種狀況，你們該如何選擇。

「和連長一樣，我的愛情故事也是發生在大學時代，不過我的女主角有兩位……別用那種眼光看我，我可沒那麼花心，不是那種腳踏兩條船的傢伙，否則就不必選擇得這麼痛苦了。先說說我那時都在做些什麼好了。大學四年……不，大學五年，我被當掉的科目太多，延畢了一年，差點連畢業證書都沒拿到。你們都說我唸氣象系，其實我唸的是大氣科學系，不過我對各種天氣圖和監測資料一點興趣也沒有，倒是每週的告示板和錢櫃排行榜讓我百看不膩。是的，我只對音樂感興趣，大一開始便和學校的幾位朋友組了一個團，玩起重金屬樂。請別把重搖滾和重金屬搞混，兩者雖只有一線之隔，對我們來說卻是完全不一樣的東西。覺得金屬音樂太吵？錯！那只是重金屬的一種面相而已。有機會的話，我建議你們聽聽Meatloaf的情歌〈I Would Do Anyting for Love〉，那才是世界上最完美的音樂。可惜南澳買不到他的任何CD，否則我敢保證你們一定會改變對重金屬的成見。

「不過沒關係，反正我們早就被人誤解慣了。在別人眼中，我們是一群披頭散髮、身穿皮衣皮褲，渾身上下叮噹作響的怪物。那時候，校園裡流行的是已經過時的民歌和晚人家十年的西洋情歌，只要你會彈幾個破和弦唱上幾曲，就算你是個歪嘴暴牙的醜八怪，身前身後總會跟著一群花痴加上音痴的女生。我們呢？算了吧，我們差點就改名為『絕緣金屬』樂團了。不管是吉他手、鍵盤手或鼓手，沒人交到過女朋友。女生見到我們皆避之唯恐不及，彷彿我們是凶神惡煞，彷彿把我們手上的樂器當成殺人凶器了。

「別以為我當的是主唱異性緣就會比他們強，一點也沒有。沒錯，後來我的確面臨選擇，但那兩個女生都沒聽過我唱歌。她們唯一知道的重金屬，大概就是溫度計裡的水銀——她們是我的同班同學，和我一樣都是學大氣科學的，而她們兩個的共同點大概也只有這樣。

「先說第一個女生……怕你們搞混，我給她們一人起一個代號好了。第一個女生，我們不妨把她叫做『冰山女』吧。說到冰山，你們一定馬上想到『冰山美人』這四個字。我承認，她確實長得很漂亮。

新生訓練的第一天，當我走進教室時，一眼就看見她了——她和鐵達尼號撞上的那座冰山可不一樣。鐵達尼號的那座冰山是夜間的冰山，藏在濃霧裡面根本看不到；我撞上的這座冰山可是大白天出現的，全身發散著耀眼的光芒，亮得教人耳目一新。別看我平常懶懶散散，一到假日整天抱著睡袋像抱著樹幹的無尾熊一樣，但只要讓我遇到喜歡的事情或對象，我的反應可是積極主動得很。我在踏進教室的第一秒鐘見到了她，下一秒就坐到她旁邊的位置，還沒下課便已知道她的名字、宿舍地址和電話。兩天的新生訓練還沒結束，班上男同學都已接收到我對她的主權宣告，知道這個女生是我要追的人了。

「冰山女給人的第一印象是耳目一新，而再看一眼，你就會發現她幾乎無懈可擊。她的聲音細細的，但不嗲聲嗲氣。說話時，她喜歡一隻手撐住左頰，微歪著頭看著你，讓你有種很舒服的感覺。她的動作從來不會太大，不像有些女生，幾個冷笑話就能讓她們捶胸頓足，像泡沫紅茶店通了電的自動搖奶茶機，大笑的德行會讓你後悔講出那個笑話。她什麼都好，就只有一個缺點，正如我給她起的代號，她的個性就像冰山一樣，露出來的就那麼一點點，其他全藏在水底下教人看不見也猜不透。我同學全說我搞錯對象，像她這種氣質的應該配上一個穿燕尾服拉小提琴的古典樂家，而不是我這種看起來像暴力集團分子的傢伙。

「坦白說，我一直搞不清楚她心裡究竟在想些什麼。她的父親是外交官，也許她從小見慣了正式場合，才會養成她事事拘謹不輕易表露情緒的個性。我經常約她下了課去禮堂看電影，或到學校外面吃碗冰。每次我問：『待會要不要一起去看電影呀？』她都只回答一個字：『喔。』我得追問一次『喔是要還是不要啊？』她才會回答『喔，好呀。』或『喔，我不行去耶。』她看恐怖片不會尖叫，喜劇片也很難得讓她牽動一下嘴角。我找了幾張非常經典的重金屬樂唱片借她，其中當然包括我最愛的Meatloaf，隔幾天問她聽的感覺如何，她還是只說了一個字『喔』。我同學開玩笑說她上輩子一定是隻母雞，這輩子才會『喔喔喔、喔喔喔』叫個不停。『你有看過這麼漂亮的母雞嗎？她上輩子一定是孔雀，孔雀也是這麼叫的。』我雖笑著回他，心裡其實在意死了。你說她不擅表達感情也罷，自尊心強也罷，我一進大學就積極展開攻勢追她，好歹她也給我個承諾什麼的。沒有。從她那裡我接收不到任何訊息。別人今天交了女朋友，隔天就搬去住在一起了，但我們一直到大學三年級，關係還停留在新生訓練那天的階段。幸好那段時間我還有個重金屬樂可以依靠，否則不被這種若即若離的關係折磨死才怪。

「無論如何，我真的很喜歡她，也沒想過去追別的女生。倒是我們班上有另一個女生好像喜歡上我……現在我要講第二個女生了。比照剛才辦理，我們就叫這個女生『火山女』好了。聽起來很像『火山孝子』對不對？其實她的朋友都笑她是『火山孝女』，這當然是因為我的關係，所以就讓我們拿掉難聽的那個『孝』字吧。憑良心講，火山女的條件其實也不差，只是她有一種特質太強——被人忽略的特質。她很少引人注意，在人群中你很難一眼把視線落在她身上。但這並不是說她沒有異性緣，剛好相反，她總是和我們男生打成一片。我們去打籃球，她會幫我們買礦泉水；我們去打撞球，她會在旁邊幫我們計分。做觀測實驗的時候所有人都搶著和她同一組，因為只有她會每小時去打開校園裡的氣象箱，一筆一筆詳細記錄溫度和濕度的變化。當然，我們期中期末考前臨時抱的佛腳，也都是她平常在課堂上仔細抄下來的筆記。

「我不知道她從什麼時候開始喜歡上我。所有人都知道我要追的人是冰山女，她當然也不例外。我以為她是那種陽光型女孩，喜歡和男生稱兄道弟，壓根沒想到她為我們做的那些事情，主要都是為我做的。我說過，她具有強烈被人忽略的特質——後來想想，這可能是她自己偽裝出來的。無論如何，她做得真的很成功，一直成功到大學三年級，直到她最好的朋友，我們班上另一個女生，再也看不慣她為了一個我們都不知道的原因而任勞任怨為我們這些臭男生做這麼多事。她跳出來，在校園裡堵我，劈頭便指著我說：『難道你看不出來有人喜歡你嗎？』我訝異極了，根本摸不著頭腦。她邊說邊跺腳，一副氣急敗壞義憤填膺的樣子，彷彿我做了錯事，好像我弄大了人家的肚子又終棄不顧。我正想追問這個人是誰，她卻掉頭掩面哭著跑開了，讓旁人對我投來意味深長又頗帶有譴責性的目光。

「由女性看似複雜但其實相當單純的人際關係，我很容易就猜出她說的人是火山女。我雖感覺事態嚴重，但也只能默默觀察。果然，我發現當我和冰山女在一起的時候，火山女一定遠遠地躲開，唯有在冰山女不在的場合，她才笑臉盈人過來與我們談天說笑。我想起她連續三年都送我生日禮物。第一次是一條手織的圍巾，第二次是有哈雷圖騰的Zippo打火機，第三次是一條鑲滿圓釘很有金屬風的寬皮帶。我以為其他男同學也從她那裡得到喜歡的禮物，但事實並不然。幾個人對質下來的結果，大家都只收過她的生日賀卡，唯一一位承認收到她禮物的男生，得到的只是一大袋用亮光紙包裝起來的洋芋片。

「其實火山女做的已經夠明顯了，只是那時我的心思全被冰山女和重金屬樂占據，完全沒注意她一聲不吭的付出。而當我看出她真的對我有好感時，心情簡直比抽到外島這支籤還要複雜。我第一個念頭是，為什麼這些關心和付出不是來自冰山女呢？我感覺哭笑不得，我對待冰山女的方式，就好像火山女對待我，這根本就是愛情的食物鍊嘛。我的狀況比火山女好一點，至少我表白過了，也昭告了全世界。但她可就不同了，不求回報的結果，可能是永遠也得不到回報。我同學警告我，勸我最好跟她說清楚，否則壓抑日久的火山一旦爆發，後果一定是毀天滅地的災難。不過我倒沒採取任何行動。畢竟人家從來沒開口表白，如果我沒頭沒腦跑去叫她對我死了心，不但沒禮貌，搞不好還惹來自作多情的譏笑。另一個理由是，那時我們的樂團剛好面臨危急存亡之秋，我實在沒心思去處理另一段莫須有的感情事件。

「那時候，我們的樂團已練了三年了。不是打一天魚曬三天網的三年，而是紮紮實實每週至少兩次團練的三年。我們團裡每個人的手上都長了厚繭，只有我這個主唱例外。他們笑說『老沈，你可千萬不能長繭，否則我們就全玩完了』，但即使我的聲帶沒長繭，我們這個重金屬樂團也還是玩不起來。沒人看好我們，沒有人認為我們會成功。校園只有民歌大賽，而校外又沒人知道我們，儘管我們練得再強也沒有表現的機會。大家覺得這樣下去不是辦法，便決定在學校辦一場破天荒的演唱會。那真是一次悲慘的經驗。我們借了場地，租了燈光音響，印了海報四處張貼，結果你們猜開唱時台下有多少觀眾？……零！沒有半個人。免費入場的演唱會，可以容納上百人的小禮堂，但我們在舞台上看見的只是一排排空盪盪的椅子。我們當場起了內訌。鼓手怪團長不該選擇期中考前一週的時間，吉他手怪貝斯手海報設計得太沒吸引力。吵到最後，我們才發現一個事實，大家若不是天真的以為會場將座無虛席，要不就忙到沒時間通知親朋好友前來捧場，我們全忘了樂團成功的最重要的元素——基本聽眾。這時我們花錢請來的燈光師走上舞台問我們還要不要唱。『當然唱呀！』團長朝他大吼，又轉頭對我們說：『就當做奢侈一次，花錢租一間超大型團練室好了。』既然台下沒有觀眾，我們便乾脆把大門鎖上，要求音響師把音量調到最大，打算讓我們的重金屬樂穿出禮堂，轟炸隔壁大樓圖書館裡那些平常不用功到考前才唸書的傢伙。於是，我生涯第一次演唱會就這麼開始了。大夥過足了癮，彷彿台下坐了滿滿觀眾，我又跳又吼一首接一首唱到嗓子發啞，鼓手狂噴汗水打斷了一根鼓棒，直到教官帶了工友破門而入切斷禮堂的電源為止。

「我們雖沒說出口，但心底都認為這第一次的演出大概也就是最後的告別演唱會了，大夥的樂團夢可能就此走到盡頭——我們砸光了所有團費，而唯一趕來會場的只有氣急敗壞的教官。他把我們趕出禮堂，還要所有人隔天到教官室找他報到。我們做了最壞打算，了不起就是記過什麼的，一群人就這麼吊兒郎當地擠進了教官室。教官板著臉，先問我們有沒有抽大麻，吸強力膠，為什麼把頭髮蓄得不分男女，幾句諷刺惡毒的話便讓我們恨得不由得捏緊了拳頭。幾個問答交換後，他從抽屜摸出一張名片交給我們。『以後混到校外去記得別學壞，別丟學校的臉。知道嗎？』他說，接下來的話讓我們差點向他撲過去……不是上前揍他，而是想擁抱他。那張名片上印的是一家西餐廳老闆的名字，根據教官的說法，名片上的那個人昨晚牽了狗進來校園遛，經過禮堂聽到我們的鬼哭神號，本想推門進來又推不開，便把名片留給趕來驅離我們的教官。

「我們簡直樂翻了。餐廳老闆說，他覺得我們很有活力，願意給我們一次試唱的機會，不過他餐廳客人的口味沒那麼重金屬，希望我們改練搖滾一點的東西。我敢說，要是在一個月前我們聽到這種話，一定會一人賞給對方一根中指然後哈哈大笑而去。但這時我們剛經歷過挫折，而且這個老闆擁有的是台北最有名的現場演唱西餐廳，在那兒駐唱的都是赫赫有名的團體，好些還被唱片公司相中出了專輯。我們全體幾乎無異議接受了老闆的建議，畢竟重金屬和重搖滾只是一線之隔，表演機會卻是三年才遇上一次。於是我們又閉門苦練了一個月，每個人都亢奮極了。這是我們樂團踏出的第一步，雖然演唱時間只有四十五分鐘，但誰知道呢？也許從此我們會有接不完的場子，也許會在滿場噓聲中下台。無論如何，我們都記取了上次的教訓，這回絕對不能『座有虛席』，說什麼都得把場子搞熱才行。他們把親朋好友全找來了，只差沒動員家鄉父老包遊覽車北上助威。我的想法和他們不一樣。我雖然也希望台下高朋滿座，但更希望有一個人能出現在那裡。不用說，你們一定知道我指的是誰，這個人自然是在入學當天就被我奉為天人的冰山女。沒錯，我是對音樂有興趣，但她並不知道，連我自己也是到這個時候才發現，我這幾年來的努力其實只是為了在她面前證明自己的能力罷了。如果這次演出有榮耀的成果，我希望她能親眼目睹；如果我們不幸失敗，我希望她能給我慰藉，講兩句好聽的話安撫我。

「可是，冰山女的態度讓人失望透了。對我來說，這是何等重要的大事，但當我把西餐廳免費入場的門票交給她，口沫橫飛講了一遍此次樂團的奇遇，熱情邀她無論如何一定要來聽我唱歌時，她竟然還是只說了一個字——『喔』。『喔是要還是不要啊？』『你說星期幾？』『星期五晚上。能來嗎？』『喔。』『喔到底是要還是不要啊？』……和以前不一樣，過去她只會喔一次，接著便會出現『要』或『不要』的答案。但這次我們的對話一直在原地踏步，像圍繞著『喔』字打轉。她這種態度真的令我心灰意冷。『所以……妳不會來囉？』我替她下了結論。『或許吧。』她說，連給人絕望的一擊都是不確定的。

「我必須還原一下當時的情緒，才好解釋我接下來的行為是怎麼發生的。當冰山女冷冷丟下那句『或許吧』，然後轉身離開時，我簡直驚訝極了，完全沒料想到會有這種可能性發生。她怎麼能不感到興奮？怎能無動於衷呢？是了，答案很明顯，她根本不在乎我，這就是她冰冷的原因。如果她不愛我，我的成功與否與她有什麼關係呢？就像你們現在……當然這件事已經過去了，可是你們在聽我重提的時候，臉上可是一點也沒興奮的表情啊。我沒怪你們，因為大家只是朋友，如果你們太過興奮反而會讓我心生疑竇……所以，冰山女和我也只是朋友而已嘍？這是我當時一個人愣在校園中所產生的想法。說真的，那時候我快哭了。感覺三年的心血，就像鐵達尼號在一夕之間撞冰山沉沒了。鐵達尼號也是造了三年。你問我怎麼知道得那麼清楚？別忘了，我是唱重金屬曲的，而鐵達尼號可說是當年海上最大的金屬結構體啊！

「就在我的情緒由驚訝、納悶，然後轉成難過之時，火山女出現了。她走來的時間是如此湊巧，如果再晚個五分鐘，等我情緒發洩過了，或許就什麼事也沒了；或者，她別那麼眼尖，沒看見我握在手裡的東西，這樣也就什麼事都沒了。但是，她看到了，也問了，而我也老實地把剛剛說過的話又說了一遍，熱情度當然是降了好幾級。我從未料到……我沒料到我會在這麼短的時間遇到兩件沒料到的事情。當她知道我們樂團獲得試唱的消息時，竟然放聲尖叫了起來，彷佛剛才我對她說的是一些性騷擾的字眼，驚人的叫聲爆發力之強，令人聯想到一座爆發中的火山……我這個字用得有點不對。根據我們教授的說法，火山是不會『爆』發的，熔岩不會爆炸，是受到壓力擠壓才狂噴出來，所以我們要說火山『噴』發。我不知道火山女受到什麼壓力，不過她這種噴發方式倒是蠻讓人舒服的，舒服到讓我不假思索，手中那張西餐廳門票便很自然地傳進了她的手中，而且當她又叫又跳離開後，我還沒意識到這樣做是把自己逼至絕境，我即將面對那次人生中最殘酷的一場選擇。」

說到這裡，沈詮停下點了根菸。我們都聽得太聚精會神了，這才回過神來點菸伸手拿起面前的茶杯。杯裡的茶早已涼了，連長一沾唇便全呸了出來。「沒想到冷掉的茶還真苦。這壺別喝了，我重泡過。」他以手勢要我們也把剩下的茶給倒了。

「是連長您剛才泡得太濃了，」我忍不住說，「要不然擺再久也不會那麼苦。」

「是這樣嗎？」

「大概是吧。」

「沈詮你說呢？你覺得苦不苦？」

「苦味還好……我喝起來倒是有點酸。」

「你現在喝什麼都是酸的吧。」林忠雄說。

「那你先別喝，把故事講完好了。」連長說。

沈詮深深吸了一口氣，把煙霧像消防隊的水柱般筆直吐出。青白色的煙霧長長遠遠地延伸、擴散，瞬間把房裡的四個人籠罩在一股淡藍色的氛圍裡。

「選擇，真的是世界上最殘酷的一件事啊。我說的不是午餐要吃雞腿便當或排骨便當，不是站在十字路口要往左或往右的那種對事不對人的選擇。我說的是兩個女人，一個是我愛的，一個是愛我的。很好笑，對吧？你們一定會覺得既幼稚又可笑，覺得我居然會為這種八點檔連續劇必定出現的情節而苦惱。對此我只能說抱歉，可是我希望你們能站在我的立場，設身處地思考一下我當時所面臨的處境。我很想知道如果你們是我，會做出什麼樣的選擇。但我得先提醒各位，你們可以考慮的時間只有五分鐘。我說過，只有一首歌的時間！

「那天的演唱應該可說相當成功吧，西餐廳雖沒爆滿，但至少也坐了八、九成客人。當然，其中大概有一半是我們自己找來的觀眾，例如火山女，她從一開始就坐在舞台左邊的小圓桌，不停鼓掌、尖叫，很盡責的扮演歌迷的角色。開場第一首歌我還有點緊張，不過馬上就順了，那種感覺就像你用磨豆機磨咖啡，開始難免咯吱咯喳，但後面就平滑順暢了，冒出的咖啡香味也跟著越來越濃。我們那時候的情況就像這樣。說台下的觀眾聽得如癡如醉是有點誇張，不過我們到底已練了幾年，知道這次的表現還算不差。我們拿出上次在學校小禮堂的那股瘋勁，又唱又跳一路來到終場最後一首歌。我握著麥克風，聲音有點顫抖地向觀眾宣布我們要唱的最後一首歌：外國人合唱團的〈Waiting for a Girl Like You〉。

「那是一首很慢的歌，當鍵盤手緩緩彈出前奏第一個小節時，我回頭和幾個樂手相視而笑，知道今天這場表演即將成功。那時的我簡直樂歪了，只想上前和這些同志們擁抱，渾然不知最殘酷的一刻就要到來。就在我心裡數著節拍，轉過頭，把嘴湊近麥克風準備唱出第一句歌詞時，我差點被自己的口水嗆到——我看到餐廳門口有人捧了一大把花束走了進來……沒錯，這個人正是冰山女！她逕自走到舞台右邊的小圓桌坐下，左手擱在桌上支著左頰，微歪著頭，衝著台上的我甜甜地笑了一下。

「原來她還是在乎我的。看看她帶來的那束鮮花，幾乎占滿了整張圓桌，顯見她早有準備，當初沒直接答應其實是想給我一個驚喜，並非如我所想的完全不當一回事。我興奮極了，就像困惑多年的難題一夕之間得到解答，感覺簡直如同神龍降臨。然而，那只是在一秒鐘之內出現在我腦海中的想法，在接下來的那一秒，一個恐怖的念頭像電擊般讓我為之一震——火山女還坐在舞台左邊那裡呢！

「第一段歌詞還沒唱完，我便發現自己陷入棘手又尷尬的處境。照慣例，演唱結束後，我們應該下台向前來捧場的好友致意，坐下與他們喝杯酒聊聊天。可是，等一下這首歌唱完，我該走去哪一桌呢？是從開場便一直坐在左邊的火山女？還是在最後捧花進來想給我驚喜的冰山女？若按情感衝動，我當然二話不說該奔向右邊的冰山女。我努力了三年，等待的不就是這一刻？還有什麼比現在更好的機會讓我們的感情穩穩固固？可是，左邊的火山女是我邀請來的，我能不管她，在獲得她整場忠實又賣力的支持後，把她像喝光的寶特瓶隨意往旁邊一丟嗎？

「我看看左邊，又看看右邊，臉上帶著微笑唱著這首要命的情歌，心中卻暗暗叫苦，知道有團熱帶性低氣壓正在這間西餐廳裡快速成形。很明顯，她們已經發現對方的存在了。不得不佩服，那是女性的直覺，儘管餐廳燈光昏暗，她們還是能像花豹一樣遠遠嗅出獵物或敵人的存在。我發現自己可以很自在的觀察，因為這時她們大部分時間都沒把目光往前投向舞台，而是一左一右橫移，打量彼此。就在那時候，我看到了一個不可異議的現象——我在冰山女的眼睛中看到烈焰熊熊的火光，在火山女的臉上看到寒冷如冰的霜雪。糟糕的是，我發現自己一直反覆唱著I've been waiting這句歌詞，不是我唱錯，而是整首歌就這句話重複最多次。我過去從沒注意到這句話在這首歌中出現這麼多次，更該死的，最後一句竟然是Won't you come into my life?這句一唱完，我就必須走向台下兩個女生中的一個。

「我知道，不會有彌補的可能了。我只有一次機會，只能選擇一次，而無論我走向哪一邊，對另一邊都無法解釋，肯定會造成難以修復的傷害。突然，我好希望這首歌能唱久一點，最好永遠也不要結束。」

說到這裡，沈詮又停住不說了。他臉上浮出微笑，一派輕鬆地看著我們。他的表情讓我想到我高中那位習慣把「有錢難買早知道」當口頭禪的教務主任，他同時也是數學老師。每次在課堂上，當他故意出了難解的幾何習題整我們後，臉上也會露出類似這樣的微笑。

「好了，我已經把那時候的情景重建完了。」沈詮說，「如果你們是我，你們會走向哪一桌呢？」

49　不放手

「當然是去你愛的人那桌啊！」林忠雄大聲說，「有那麼難選嗎？」

「年輕人，做事不是全憑一股衝動的。」連長說，故意把尾音「的」字拉長了幾秒，才轉頭對沈詮微微一笑，彷彿把自己當成拈花的佛陀。「你說得沒錯，這真的是個很難抉擇的處境。如果我是你的話……唔，一時還真拿不定主意……」連長轉過頭看著我。「你呢？你怎麼說？」

「我想……我應該會走去我帶來的人那桌吧。」我對連長說，同時用眼角餘光偷偷瞄了一下沈詮的臉。也許因為剛剛說太多話的關係，他那張方臉正漲得通紅，但看不出贊同或反對的表情，好像剛才他說的是別人的故事，完全與自己無關。

倒是林忠雄不服氣，認真辯駁起來。「我搞不懂你們在想什麼。碰到喜歡的人，不就要排除萬難勇往直前嗎？還有什麼好懷疑的？」

「是你結婚得早，沒有遇過那種情況，」連長說，「感情這種事，不是你自己說好就行了，有時候環境會複雜到逼你做出情非所願的選擇。」

「環境複雜？我覺得你們都是書讀太多了，事情想太多遍才會這樣。」林忠雄激動地說，聲音大到讓我暗暗驚心，害怕連長會突然翻臉。我用腳輕輕踢了一下林忠雄，但他只轉頭看了我一眼，卻不止住已湧上嘴邊的話。「沒錯，我大學是沒唸過啦，但我猜你們一定沒有上過漁船鏢過旗魚。你們只要跟船出海一次，就會知道什麼叫做環境複雜。」

「喔？你倒是說說看。」連長頗感興趣地說。

「每次東北季風一來風浪超過九級，交通船不就都延航嗎？可是在我們那裡，這種天氣才是出海鏢魚的好日了。我跟過我大伯的船去過幾次，我是不夠格站上船頭鏢魚的頭架啦，不過我大伯讓我上去玩過一次。一次就夠了。你們只要站上頭架一次，就會知道再也沒有比那裡更複雜的環境。你站在船頭，手裡握著比你身體還長、重量差不多等於半包水泥的魚鏢。每次浪打來，船頭被抬高再掉下去，落差至少十幾公尺，而你腳底只有兩條布環勾住腳掌。旗魚游得比箭還快，漁船在追牠們的時候，你耳裡聽到的是引擎聲、狂風聲、浪花聲和人的喊叫聲，每個聲音都大到讓你想摀起耳朵。可是你不能，因為你手裡還拿著魚鏢。我大伯說，站上頭架就不要想太多，只要專心看著海面就可以了。但是你站在船頭，海水像瀑布一樣打過來，鹹汗像針一樣往你眼裡鑽，還有水面反射上來刺眼的陽光，讓你想把眼睛睜開都很難。我大伯說，什麼都不要管，當魚群出現的時候，只要看準其中一條就夠了。我有聽他的話。當旗魚出現的時候，你會看到幾十條尾鰭像彎刀一樣露出水面，會看到一大片紅通通的魚背在你面前左閃右晃，上下跳躍。可是海上在跑的可不只旗魚而已，還有從水面飛過的白翅膀海鳥，還有黑得像煤炭的浮木。出現在你眼前的東西太多了，你只能看準其中一個，否則你什麼也射不到。」

「結果你到底射中了沒有？」沈詮問。

「當然射中啦……射中一團水草，還有全船人的笑聲。」林忠雄說，「旗魚我是沒射到啦，你們自己去試試就知道了。沒三年五年經驗，想射中旗魚？沒那麼簡單。不過，我大伯的話我倒是沒有忘記，所以當我第一次看到我老婆的時候，我就牢牢盯住，目光再也沒有落到別的女人身上。」

「你該不會因為在市場賣魚，就把所有女人都看成某種魚類吧？」連長笑著說，「我看，你一定把你老婆當成旗魚了……不對，應該是當成美人魚吧？」

「她不是美人魚啦，魚市場裡沒有那種東西。她也不是旗魚，太大隻了，又凶悍，我老婆是很乖的，她才不會隨身帶著彎刀。不過連長你說得沒錯，我大伯真的就把女人都當成魚看了。他常說，你別看女人細皮嫩肉的，哪個女人身上不帶刺？萬一遇上沒刺的你更要小心，她們要不是像章魚緊緊纏住你讓你沒辦法呼吸，就是像水母一樣帶毒，輕輕一碰上便搞到全身都是傷痕。」

「你大伯也太悲觀了吧？」

「所以他到現在都還沒討老婆啊。」

「但也不無幾分道理。」連長說，轉頭看向沈詮。「我們身上不都還帶著舊傷嗎？」

「我就沒有。」林忠雄又抗辯了。

「好呀，你倒是說說看，你怎麼一次就射中這條美人魚，又怎麼全身而退。」

「阿就……阿就……她不是美人魚啦，她家也不是打魚或賣魚的。她媽媽在魚市場門口擺攤賣泡沫紅茶，她就在攤子上幫忙，然後就被我相中了，然後我們就在一起了啊。」

「喂、喂，你說得太快了，事情哪有那麼簡單。你士官隊受的訓都還給幹訓班隊長了，報告事情怎麼可以這樣？人時地物的原則你懂吧，我給你五分鐘，你得好好把來龍去脈仔細講一遍。」連長說。

林忠雄看向我，一臉求救的表情。

「你就先說你喜歡她哪一點嘛，」我鼓勵他，「你剛才講鏢旗魚話不是很多嗎？」

「我喜歡……我喜歡看她搖泡沫紅茶的樣子……」他低著頭，腳板在地上磨來蹭去，身子扭得像屁股下面長出了東引地雷。「不知道為什麼，她搖出來的紅茶就是特別好喝……可能是她做得很認真的關係吧。我很喜歡看她搖紅茶，跟她媽媽完全不一樣。她媽媽倒了紅茶加了冰塊，蓋上蓋子，用一隻手隨便甩兩下就倒出來了。可是她不會，她會很小心用雙手捧住雪克杯，姿勢就像我從水桶裡抓起活魚一樣。她會微微歪著頭，咬著下唇，然後就開始搖啊搖的，搖到臉都紅了，好像很吃力的樣子。我看了幾次，有次忍不住對她說，喂，妳不必搖得那麼用力啦，小心把嘴唇咬破了。結果她回我說，那你殺魚最好也小力點，小心十根指頭也不夠餵你那把魚刀。我嚇了一跳，連忙把我還包著繃帶的左手藏到背後。她那時候正要升高中三年級，放暑假才剛來幫她媽媽顧攤子，怎麼會知道我在市場裡面賣魚？還知道我不小心切掉手指一塊肉？」

「你這個白痴，」連長搖頭嘆息，「說什麼看準口標，根本是人家早看準你了嘛。」

「是啦，可是我不知道啊，那時候我以為她一定是聞到我身上的魚腥味了。你們不知道，我從小就因為這個味道被同學嘲笑，即使我還沒進市場幫家裡賣魚，我的身上就是這個味道了。所以我才想跟大伯上船。漁船上的人身上也有魚味，但和我們賣魚的不一樣，他們的味道是新鮮的，是活的，充滿大海和陽光的味道。賣魚的人身上的味道是死的，是魚血和內臟的味道。我高中畢業就想跟大伯出海鏢旗魚，可是他說這行業沒前途，玩玩可以，想過好生活還是乖乖去市場學做生意。

「你們沒看過我那時候的樣子。我身上穿的是連身防水衣，腳上穿的是雨鞋，頭上戴的是漁會送的棒球帽，活像一隻大青蛙。市場裡沒有鏡子，你問我怎麼知道自己像大青蛙？大青蛙是她說的。我和她說過幾次話後，她就這麼叫我了。我難過死了，覺得她話裡面有別的意思，一定是在說我想吃天鵝肉。但我沒忘記我大伯說的話，他說上了船就不要想太多，什麼都別管，只要看準目標就對了。所以我還是天天去買泡沫紅茶，一有時間就溜出市場站到她家的茶攤前看她搖紅茶。她媽媽說，你這麼愛看人做紅茶，乾脆把魚攤移出來到市場門口賣好了。我說好啊，我回去跟我老爸說說，看他能不能把魚攤改到門口來。她媽媽笑說，你乾脆去問你爸爸什麼時候要來提親算了。一聽到這句話，原本還在搖紅茶的她叫了一聲，杯子一丟就蹲下躲在攤子後面，說什麼也不肯站起來了。

「我還真的去跟我老爸說了。他說你是太早起丘還是想查某想到起笑，兵都還沒做就想要娶某，人家黑白講講你就青菜相信。他邊說邊揮下魚刀剁掉一個魚頭，我來不及閃開，被噴了一臉紅紅白白的黏液。我老爸大笑說，你緊去便所洗洗，順便自己照照鏡子，小蝦米想要吞鯨魚？別再傻了。

「我幾天沒去買紅茶。不是我放棄喔，是因為船一下子回來太多，漁貨多到從早到晚也處理不完。市場裡像淹了水，洗魚的水和冰塊化掉的水積在地上，又濃又黑，像是從臭水溝流出來而不是要流進臭水溝的水。我整天泡在水裡，跟一箱又一箱大大小小的魚為伍，覺得自己都快要變成一條死魚了。我蹲在地上低著頭猛刮著魚鱗，我爸忽然跑過來叫我停一下，叫我先去把那條鯨魚處理處理。我不知道他在說什麼，市場裡從來就沒有進過鯨魚。結果我一抬頭，就看見她站在魚攤前，手裡提著兩杯冰紅茶。她看我站起來，就說她媽媽看我們這幾天很忙，要她送喝的進來給我們，然後轉身就跑走了。我呆在那兒不知道該說什麼，只看著她瘦瘦長長的細腿踩在市場的水坑上，腳上的白布鞋，本來乾乾淨淨的像一對小白兔，被污水染得一點一點的，變成了兩條石斑……就這樣，後來我們就在一起了。」

「就這樣？」

「不行啦，要講點精采的。」

「是啊，你前面說得那麼好聽，什麼盯住目標，結果也沒看見你的行動啊？」

「有啦，我很努力追她啊，有事沒事就會帶她去逛夜市看電影什麼的。」

「講點浪漫的事，你知道浪漫是什麼嗎？」連長說。

「不知道。」

「少來這套！」我和沈詮叫道。

「算了，我也不勉強你，」連長嘆口氣說，「這樣吧，你再說一段最難忘的事。光是兩杯紅茶不能代表什麼。你們總有定情之夜什麼的吧？再說一段，然後就換人講。」

「最難忘……最難忘……」林忠雄拚命抓頭，整張臉皺成了一團，老半天只重複這三個字。我們三個人都熱切地盯著他，但其中應該算我最希望他再多講一點，因為接下來可就要換我了。我該說什麼呢？太空泛的事說來不精采，太過私密的事又讓人說不出口。若要我說最難忘的事，我只想到入伍當天的車站月台，媽媽對伊說：「再去摸摸他的手呀。」難忘的事情這麼短，幾個字就講完了，肯定無法讓連長和我這兩個同梯滿意。可是，不知怎的，在林忠雄還沒開口之前，我想著去年約莫此時的松山車站月台，心情頓時黯淡下來。

「有了，有了，」林忠雄說，「我講講我帶她去看雪的經過好了。」

「看雪？你帶她去合歡山喔？」

「不用跑那麼遠啦。今年初島上不是下了雪嗎？看大家大驚小怪成那樣，其實我早就看到不要看了。她說她沒看過雪，我就說我要帶她去看，結果她和你們一樣，說現在是夏天，合歡山要下雪還早得很哪。我說不必等到冬天，想看隨時可以去。結果你猜我帶她去哪？哈哈，我把她帶去貯藏漁貨的冷凍倉庫了。那裡面比一個籃球場還大，一年四季溫度都低於零下二十度，走進去大概跟去到北極差不多了。你們別以為貯放漁貨的倉庫會很臭，一點也不會，那裡面乾淨得不得了，味道絕對比你家的冰箱還好聞。為了帶她去看雪，我可是做了一番準備，特別找了一個工人都放假的下午，要她把毛線帽和手套帶著，我還在身上藏了一根紅蘿蔔準備當雪人的鼻子。她蹦蹦跳跳來了，居然給我穿短袖的，什麼防寒衣物都沒帶。冰庫那裡是有防寒衣，可是帽子和手套就得自己準備了。沒辦法，我只好把我的帽子手套給她戴。她一進去就興奮極了，像小孩一樣又叫又跳。我把冰柱折下來給她當飛標射，帶她在結了冰的地上滑冰，還用鏟子堆了一個大雪人給她。我們在裡面差不多玩了快一個小時，出來的時候，我的耳朵和雙手都紅得像煮熟的蝦子。她一看到就尖叫起來，說你的耳朵和手怎麼紅成這樣。我說大概是空手摸太多冰了，不過沒關係，一會就好了。她看我邊說邊流下鼻涕，就握著我的手，一直揉、一直揉。揉到後來她就哭了，她跟我說對不起，是她以為我在開玩笑，不可能在夏天帶她去看雪，才會什麼也沒有準備，害我沒戴手套帽子就跑進這麼冷的地方。我嘴裡說不要緊，其實痛得要命，覺得耳朵好像快要掉下來了。她握著我的手一直揉，一直揉，想用摩擦生熱讓我好過一點，還把臉貼在我的耳朵上。不知道是不是我的手已經凍僵的關係，我覺得她的手好小，好軟，好溫暖。她的眼淚一直滴下來，她不停向我道歉，說我一定氣死她了，她應該相信我，應該相信我說的話才對。我叫她不要哭，頂多只是凍傷而已，死不了人的，可是她還是一直揉著我的手不放，一直揉、一直揉、一直揉……」

林忠雄的話越說越快，說到後來竟好像快喘不過氣了。他漲紅了臉，胸脯劇烈起伏著，每說一遍「一直揉」就用力吸吐一口氣。最後，他發不出聲音了，整個連長室裡只聽見他用力吸鼻子的聲音。

我們面面相覷，不知該如何是好。

「咳、咳，」連長清清喉嚨說，「那麼……接下來該……」

……該換我說了。

在林忠雄的吸氣聲中，在煙霧繚繞、四個男人都靜默無語的斗室裡，我突然有種感覺，彷彿又回到小時候教堂的告解室，正跪在軟皮墊上等待神父把窗格上的小柵門拉開。先前我是多麼渴望告解啊，在另一個煙霧繚繞的地方，隔著壓克力香菸櫃、收銀機和盆栽，我渴望心悅那隻小巧可愛的耳朵。但現在，或許是已聽了前面三個人的告解，我竟然退縮了。我突然害怕起斗室裡這六隻同為雄性的耳朵。

我躊躇著，感覺童年那顆在告解室裡噗噗狂跳的心臟又躍進了我已成年的胸膛。我低著頭，在不知該如何開口之際，耳邊卻傳來令人心驚的咿啞一聲。

告解室的木柵門被拉開了？

不對，這個聲音不一樣……是連長室紗門被推開的聲音！

我看見其他三個人全站了起來。緊接著是與跑步聲、喘息聲、步槍背帶扣環與水壺袋的撞擊聲中同時傳來的驚慌嘶喊。

「緊急狀況！」慌張衝進來的是安全士官，他一看見連長才驚覺自己剛才忘了敲門喊報告便闖了進來。不過，他立刻說出足以替這大不敬行為辯護的最佳理由。「報……報告連長！戰……戰情官下令，全島緊急進入戰備狀態！」

50　戰爭來了

從來不曾遇過這種情況。

半夜的緊急集合，全連從睡夢中進入戰備狀態，過程雖慌亂，卻也只花了十分鐘時間。我們聽從命令，魚貫進入軍械室取出自己的步槍，然後回到床邊坐下，等待戰情室的下一步指示。

「怎麼回事？」我聽見有人悄聲問。

「對岸好像有驅逐艦開過來了。」另一個聲音小聲回答。

寢室內燈黃光暗，外頭發電廠的隆隆引擎聲從黑暗中傳來。我們把步槍夾在雙腿之間，默默坐在床沿，感覺燥熱的寢室宛如密閉的機艙，而我們則是一群等艙門一開就要往外跳的傘兵。

「來了幾艘？開過中線沒？」

「我哪知道這麼多？你不會去問連長？」

「還聊天！」楊排蹦出來喊道，「要打仗了你們還不知死活啊？」他吼得青筋畢露，聲音卻有點尖，感覺好像快哭了。

要打仗了……

我腦中嗡嗡反響著這幾個字。

真的嗎？

剛才還穿著短褲內衣與我們一起泡茶的連長，此時也和所有人一樣，換上了全套戰鬥服裝，戴上了鋼盔，在寢室鋁床之間的甬道上來回踱步。所有人的目光都跟著連長移動，這現象頗為反常。平常大家對連長多少懷點怨恨或畏懼，多少抱有「閃遠一點才不會中彈」的心態，就連視線最好也少跟連長接觸才不會倒大楣。可是現在的情況完全不同了，突如其來的緊急戰備，讓再麻木的人也嗅出了不尋常氣味，感覺到了危險。我們忽然顯得軟弱無助，完全不知所措。儘管不久前曾演練過「方案一」和「方案二」兩種不同戰備動作，但沒有人下令，我們誰也不敢輕舉妄動，只能把視線緊緊箍在連長身上，期待他能說句話或做個指示。

連長陰陰沉沉一語不發，偶爾抬頭瞄向寢室門邊的安全士官桌。牆上時鐘的指針重疊在十二點的位置，我這才發現剛剛在連長室我們大概聊了兩個小時。兩小時，一部電影的播放時間，在隔壁那間煙霧繚繞電茶壺蒸氣噗噗掀動鐵蓋的斗室，上演了三部不同男主角主演的愛情故事。在這一百二十分鐘裡，我們忘記了還有敵人……不，應該說在外島前線的這一年來，我根本就沒意識到敵人的存在。唯一一次感受到對岸的壓力，是剛來島上在二級廠站衛兵眼見海上萬船齊發的漁船燈火而被嚇著的那次。我們和共軍雖只隔著不到四十公里的海域，和戰爭卻離得遠遠的，彷彿那只是記載在歷史課本上的事。誰知道，戰爭這座死火山今天竟會在我們面前爆發？

我想起已退伍半年的龔宗強班長。他是唯一見過敵人的人。當然，被他看見的敵人多半已腹破腸流，變成躺在地上的死屍。我想，如果他還在連上，此刻定會血脈賁張，擦掌欲試，畢竟全連只有他穿梭過槍林彈雨，而且還很了不起的存活下來。以前他帶隊構工的時候，我們曾圍著問他在緬甸打游擊時有沒有殺過人。他說有沒有殺過人他並不知道，因為子彈上沒刻名字，誰也不知道誰是誰殺的，不過，被殺死的人他倒是見過不少。他被我們擡得興起，嘴角冒著泡沫描述死者的慘狀，我們則掩耳驚叫，直說等我們吃完小蜜蜂的油飯再說。

連長踱步到安全士官桌邊，這時彈藥士畏畏縮縮上前。

「報告連長，要把子彈發下去嗎？」

連長沒有馬上回答。在眾人凝視下，我感覺到他的胸部起伏了一下，似乎深吸了一口氣。

「先等等。」連長說，旋即轉頭對安全士官說：「叫總機接戰情室。」

聽見可能會發子彈，寢室裡的氣氛登時凝重起來。大家眨著眼睛彼此對望，以視線傳遞緊張的費洛蒙，每個人都明白這次事情真的大條了。想想，今晚真的是個很不尋常的夜，沒有炸魚聲，夜空沒有半點星光。就連喜歡跟部隊出去玩的麥可這時也不見蹤影，或許嗅著危險躲到山上去了。

我轉頭想尋找麥可，目光卻驚訝地落在斜前方的沈詮身上。一開始我以為燈光太暗，再仔細看一眼，才確定那個從容自在蠻不在乎的表情，此時已從沈詮臉上消失了。他身為作戰士，比誰都清楚我們可能會遇到什麼情況，他現在的表情讓我覺得這次我們真的完蛋了。沈詮不是個容易緊張的人，無論連上發生何等大事，總是一副事不關己的模樣。記得去年剛來島上，一群人臭臉輪流抱怨抽中金馬獎的經過，只有他帶著微笑描述自己是怎麼從四張專長籤裡抽中外島。剛剛在連長室，即使他訴說的是一次面臨選擇的困境，臉上也仍是一派輕鬆蠻不在乎的樣子。

印象中，我只見過一次沈詮臉上出現如此沉重的表情。那是在南澳的卡啦ＯＫ餐廳。平常休假他總是抱著睡袋躲進庫房睡覺，那次難得跟大家下南澳攪和，大家久聞他曾在西餐廳駐唱過，便起鬨拱他上台露一手，說什麼也不肯放過他。沈詮禁不住已有幾分醉意的一桌酒鬼要求，便翻開歌本，慢條斯理揀了一首歌。

我已忘記那次是在「香格里拉」還是在「金帆船」，只記得當沈詮走上卡啦ＯＫ餐廳的小舞台，坐在電視機前的高腳椅拿起麥克風時，他彷彿變了個人，臉上慣有的笑容不見了，取而代之的是我從未見過的嚴肅表情。開放式的卡啦ＯＫ餐廳約有十來張方桌，來自各營不同連隊的人正或坐或站划拳敬酒，把整間餐廳鬧得像夜市的海產攤。但是，奇怪的事情發生了，當沈詮的歌聲透過擴音器傳出來時，我們這桌的人立刻停止聊天，不約而同往台上瞄了一眼。沈詮唱歌的方式果然完全和我們不一樣。我們是把麥克風當成一條活蛇緊緊掐住，同時還聲嘶力竭破音鬼吼，而沈詮的表情雖然用力，可是聲音出來卻是輕輕鬆鬆的。他才唱了幾句，還沒進入副歌，餐廳裡的人就一個個放下酒杯，停止划拳，瞪大眼睛看著台上這個眉頭深鎖雙手捧著麥克風的傢伙。沈詮似乎沒發現台下的情況，仍專注於他的演唱。他遇到了幾個高音，但只稍稍把眉角一揚，便毫不費力地攀了上去。我們如何也想不透他怎能在這麼短的時間把每個音符都處理過，他的喉頭好像有一道閘門，從腹部升上來的聲音來到這裡全被一股腦攔下，先在喉間被刷洗熨燙一遍，才自自然然釋放出去。當沈詮的歌聲結束時，整間餐廳竟然變得鴉雀無聲，原本發自四面八方的吵鬧聲彷彿被他吸得一乾二淨，大家連拍手都忘記了。好一會兒後，才有人開始划拳敬酒。卡啦ＯＫ機器繼續放出下一個人點播的歌曲，卻沒有人敢上去唱。老闆娘問了幾聲，沒人承認，便把歌切了，可是再下一首歌還是一樣無人認領。連切了三首歌後，老闆娘也懶得問了，索性讓電視兀自播著沒人演唱的歌曲。

我看著第二次露出嚴肅表情的沈詮，好奇這時候的他心中會想著什麼事。我突然想到，剛才我們忘了問，那時他面對兩個女生，最後究竟選擇了哪一邊？不過，我猜沈詮這時心裡想的可能是另一個選擇——萬一待會真的進入戰鬥狀況，身為作戰士的他會向上級建議採取「方案一」或是「方案二」呢？顯然，因選擇而產生的決定不是最重要的，因為這兩個方案根本沒有什麼不同，但是決定卻會讓我們時時想到當初的選擇。沈詮直到今天仍不知道當初的決定是否正確，我猜，萬一我們真的將與陣地共亡，在他中彈倒地的那一刻，心中也一定還有許多事情想不通吧？除了想不通射中他的這顆子彈是從哪飛來的，想不通「方案一」和「方案二」會不會有不同的命運差別，更有可能的是，當他在閉上眼睛思緒消散之前，一定還會想著當初自己在兩個女生面前二擇一的選擇是不是做對了吧？

「還沒接通戰情室？」連長在寢室來回走了兩巡，又回到安官桌。

「通了。」

「戰情怎麼說？」

「還是狀況二，等命令下達就進入戰鬥位置。」

「嗯……」

「連長，要發子彈了嗎？」楊排急問。

「再等等。」連長說。臉上仍毫無表情。

我看見楊排跺了一下腳，背著連長表達他的反對意見。我很不希望子彈發下來，因為這表示情況無可轉圜，代表我們手中的步槍真正變成一把致命的武器，把我們的命運推向生死關頭。但我也和楊排一樣，不知道連長為何還不肯下達發放子彈的命令。

連長在等待什麼？是否一定要等到最後一刻，當共軍的航艦駛近島嶼岸邊，等敵人或我們的第一發砲彈發射後，他才願意接受事實同意把一箱箱致命的彈藥交給我們呢？一定是的，我這麼認為。就這一年來對連長的瞭解，我知道他是個很沉得住氣的人。他和亞哈船長的相似點，不只是同樣脾氣火爆，不只是同樣愛拿木頭敲地板嚇人而已。他不像楊排那樣躁動，決策對他來說就像音韻之於沈詮，一個看似在瞬間完成的決定，其實已在連長腦海中來回滾過了幾遍，早已把得失利害都計算過了。越是長程的計畫，他越是能耐住心性運籌帷幄。譬如說營長的愛犬小白吧，恨營長和小白深入骨裡的連長，早在半年前就已觀察與擬定好復仇計畫，只等營長下個月一輪調就動手。和亞哈船長一樣，凡事他絕對不會輕言放棄，即使不擇手段也務必達到他想要的目標。但是，像這樣堅定固執的一個人，為什麼會在最後一刻放棄追求了七年的夢想呢？我想起剛才在連長室聽到的故事。就像林忠雄專心一意把女人當成旗魚追逐般，這個讓連長傷神七年的女人，在他心中的分量肯定龐大如亞哈船長的白鯨。小說中亞哈船長的下場令人唏噓，但如果換個結局，改成亞哈船長終於征服白鯨，然後鬆開捆綁住牠的繩索說：「好，我放棄了。」這樣的結果可以接受嗎？我不知道。眼前的緊張狀況讓人無法專心思考，但在不能說話必須保持安靜的命令下，又只能不停胡思亂想。連長最後放棄了他的白鯨，我相信林忠雄一定不以為然，只是囿於階級，他不敢像嗆沈詮那樣對連長表達不贊同的意見。這時候的林忠雄在想什麼呢？我沒見到他。也許他還待在軍械室裡，身為軍械士的他，正在考慮要不要找人把火箭筒和五〇機槍搬出來吧？也許他的眼睛還紅著還濕著，只好躲在軍械室裡不想讓別人看見？

外頭傳來一大群人奔跑的步伐聲，由遠而近，讓我們緊張地豎起耳朵。楊排推開紗門衝出寢室，幾秒後又蹦回來。

「兵器連開始行動了！」他喊道。

寢室裡立刻有幾個人站了起來。

「誰下的命令？」連長問。

「不知道，我看見他們全連都往坑道移動了。」楊排氣急敗壞說，「我看我們也……」

「戰情沒指示，誰也別輕舉妄動。」連長吼道，「全部給我坐下！」

說起來，我該感謝敵人正朝島上開來的驅逐艦才對，他們把我從連長室救出來，讓我免去面對講述自己故事的尷尬場面。可是，如果今晚沒有這突如其來的緊急集合，我該說些什麼才好呢？和連長與沈詮比起來，我和伊的交往過程是如此無奇，沒有千迴百轉的你追我跑，沒有高潮迭起的分分合合。愛情的出現雖然意外，卻又如此自然，彷彿是個被裝在草篋裡一路順流飄來的孩子。可是我不能這麼對他們說，這不是他們想要聽的。每個人都喜歡聽別人的悲戀苦戀，無此遭遇的人慶幸自己不是故事主角，有類似遭遇的人得以安慰自己不是世上唯一的傻蛋和倒楣鬼。至於我們能為這些悲哀的主角做些什麼？什麼也不能！小吾和七叔就是最好的例子。沒有人可以阻止小吾一喝酒便痛哭流涕，也沒人敢在聖誕夜裡站出來扶起躺在中山室的七叔。這麼說來，敘述這些故事還有什麼意義呢？

外頭的跑步聲由近而遠，漸漸聽不見了，但百來個裝滿水的水壺與臀部的撞擊聲，仍與發電廠隆隆的引擎聲交織響亮著，把我的情緒一上一下地搖晃。我感覺汗水沿著鋼盔帶滑到了下巴，心中卻清清涼涼的，因為水壺的聲音讓我想到那個講林忠雄凝視不放的泡沫紅茶搖搖杯。林忠雄說他不會形容，但我可以想像。從他所愛慕的天鵝手中倒出來的冰紅茶，一定鋪滿了柔細的泡沫。那個在魚市場外的紅茶攤，搖出的是海浪的泡沫，從中誕生了緊握林忠雄的手不放的維納斯。

突然，我也想起了伊的手。去年車站月台的情景幻生眼前。再去摸摸他的手呀。我聽見媽媽的聲音說。

我訝然抬頭，看見的是一群全副武裝、和我一樣不能發出聲音的士兵。我納悶，在等待命運宣判的這個時刻，大家的心裡都在想些什麼呢？燈光拖長了每個人的影子，彷彿拉出了每個人的心事。若細數這些深藏心中的故事，得到的或許只是一堆平淡、重複、老套又八股的劇情，但在昏黃的燈光下，這些長長的影子在每個人身後疊出一大片黑暗，感覺沉甸甸的，沉重得超過我們手中步槍的重量。

安官桌的電話響了。連長一個箭步上前拿起話筒。

「是、是，全連都集合好了。」顯然是戰情室打來的電話。「是、是的，沒問題。」連長不停點頭，胸口一起一伏用力呼吸。

接下來，我聽不見連長說什麼了，迴響在耳邊的全是媽媽的聲音——再去摸摸他的手呀。我知道，如果戰爭真的爆發，如果敵人砲彈炸裂的碎片和暴風把我襲掃在地，如果我的意識沒在瞬間消散而尚有一絲彌留之際，我心裡想的會是：再來摸摸我的手呀。

「楊排，」連長放下電話，轉身面對大家。

「叫部隊解散，十分鐘後寢室熄燈。」

51 月光下的電話亭

用戰略觀點看，營上那座電話亭，設置的地點實在不怎麼理想。

它位在營長室前的廣場，緊鄰空曠的中央水站，附近毫無可以遮蔽的地形地物。更糟的是，那裡是山谷中的最低點，各連隊全分布在四周山腰上，任誰都能居高臨下監控這具電話的使用狀況。因此，在白天這座電話亭等於閒置，即使無人排隊，也沒人敢冒險在操課構工時間摸魚到此偷打電話。

但一到夜晚，這裡就熱鬧了。島上夜間實施燈火管制，營裡路燈沒亮幾盞，這座電話亭周遭可說是一片漆黑。從山上往下看，電話亭完全淹沒於黑暗中，總能讓人產生電話無人使用的錯覺；可當你興沖沖捏著電話卡摸黑走下山谷，還沒抵達電話亭，便看見黑暗中出現一點一點忽明忽暗的紅光，這時你才知道電話亭外早有一群人叼著菸蹲坐在那兒排隊了。

我們總是利用晚上自由活動的時間到此打電話。排隊的人雖來自不同連隊，但定期出現的都是那幾個有女朋友的人。久而久之，陌生的臉孔碰熟了，不但會互相敬菸，還自然形成了一種默契——自由活動時間只有兩個小時，而每個人講電話的時間是十分鐘，晚來的人算算排隊人數，看看手錶，便知道自己可以點根菸在隊伍尾巴坐下，或是苦笑一下搖搖頭離去。

像現在，排在我前面的有五個人，而自由活動時間還剩六十分鐘。我知道我後面不會再有來者，我只要坐在這裡等上一個小時，向每個講完電話離開話亭的人微笑一下，點五次頭，就可以趕在晚點名前和伊通上十分鐘話。

夜間自由活動一星期頂多一次，對無時無刻都得繃緊神經聽命行事的我們來說，再也沒有比這兩個小時更珍貴的時刻了。大夥可以隨自己高興做想做的事，無論補眠，在中山室打牌下棋，或勤勞一點走到點心世界打電動或去中正堂看場電影，都不會受到任何約束。因此，在多數人眼中，我們這群甘願犧牲寶貴自由時間枯坐在電話亭前等待的人，簡直就是身不由己的可憐蟲。

然而，我卻喜歡這種等待的感覺。

在電話亭前，等待的人默默坐在黑暗中，四周山頭則傳來各連隊的嬉戲笑鬧聲。環場音效似的喧譁，與電話亭前的靜謐，形成了熱鬧與寂寞的強烈對比。我們甚少交談，黑暗中也看不清彼此的臉孔，卻能感覺得出置身在這寧靜核心中的人，臉上的神情應該是木然的。表情木然，但並不悽涼，電話亭內那盞發著微光、只夠照亮電話按鍵的小燈就是明證。每個在黑暗中面無表情等候的人，一旦走進電話亭，將溫熱的話筒貼近耳旁，聽見通過電話纜線傳來的熟悉聲音時，那張木然的臉便瞬間活了過來，像在微光下綻放的花瓣。

我喜歡看著一張又一張的臉在電話亭裡發光發熱，在喧鬧聲中安靜的等待。

只是，今晚包圍我們的笑鬧聲似乎特別嘈雜刺耳。

也許不是他們特別吵，而是我總覺得在那天深夜的緊張事件過後，他們應該安靜一些。說也奇怪，從大家的表現來看，那天晚上的事情就像沒發生過一樣。在凌晨的緊急集合過後，隔天我們同樣時間起床，同樣正常分配工作各自去構工或辦業務，沒有人多嘴討論中共的驅逐艦為何莫名其妙闖過中線，也沒人好奇未獲戰情指示便下令全連出動的兵器連連長會受到什麼懲罰。一切彷彿只是我們夜半共同夢見的一場幻境，又像驚嚇過度而造成的集體失憶，那天晚上那種宛如末日降臨的哀怨氛圍已無影無蹤，才幾個小時過去，眾人又嘻嘻哈哈笑鬧起來。

但我怎麼也笑不出來，無法像大家一樣一覺醒來便把一切拋諸腦後。

那天晚上的事件絕對是個暗示，我無法不這麼想，這個暗示的強度甚至超過上次大海用顏色對我的啟發。

這個暗示有一半是人為的——參一科科長才約談過我，連長便找我們同梯三人泡茶。這當然不是巧合，我敢說，連長早就知道校長想把我調到東引國中，而心悅和我這一個月來的交往，也一定全在連長的掌握裡。我並不訝異，儘管連上保防組織是由我這位黑牌政戰士負責的，但我相信一定還有另一個我所不知道的通風報密系統在地下運作。更何況，這座島實在太小了，當我和心悅併肩走在南澳的街上時，也許連上的人正在一四〇高地的對空哨用望遠鏡看著我的一舉一動。連長請我們喝茶，我相信這一定是個慎密的計畫。我猜他大概覺得自己不好介入，才勞師動眾想出這種方法。

暗示的另一半則全是巧合了。就在他們三人講完故事，輪到我講述自己的愛情故事時的關鍵時刻，中共的驅逐艦很巧合地開了過來，驅走了我的尷尬，逐走了眾人的沉睡。

也讓我在今天晚上到此排隊打這通電話。

從那天半夜的緊急集合之後，我已經好幾天沒下南澳了。並非連長或營長下令限制，而是我自己不想離開連上，只想待在伙房拿起長鏟炒菜，或在輔導長室用砂紙細細磨著那顆石頭。我哪裡也不想去，也不再為營長、營輔導長或菜商笨伯等人煩心。我只想安安靜靜待在連上，只想躲在最隱蔽的角落，不要讓任何人注意到我。

然而，寫有我名字的塑膠袋，這幾天來卻固定時間出現在伙房門口，像躺在沙灘上的漂流木，提醒了潮水的存在。我多久沒見到心悅了？三、四天了吧？這是最近一個月來不曾出現的現象。心悅不會開口要求，她總是安安靜靜待在老鍾的煎餃店或她阿姨的卡啦ＯＫ裡，當我買完菜採購好民生用品，她會放下手邊工作，暫時離開店裡，陪我在南澳走一段路，在看得到中柱港的涼亭裡聊一會兒天。前些時候的我，是多麼需要她的耳朵啊！可是，現在的我卻像是做了不誠實的告解，良心開始不安了。我從伙房門口拾起那些寫有我名字的紅白條紋塑膠袋，裡頭雖只是一條餅乾，或一包魷魚絲，可是捧在手上卻感到無比沉重。

我該下去找她嗎？或許吧。

但我現在更想做的是排隊打這通電話，儘管今天並不是排隊打電話的好日子。

月光太亮了。

高掛在海上的一輪明月，探照燈似的，把地上每根短草全照出了影子，也讓我們無所遁形，曝露在和白天一樣的危險中。在這樣的月光底下到營長室前的電話亭排隊，有如自投羅網，營長只要把窗簾揭開一角，便能一目瞭然來自各連的我們。儘管現在是自由活動時間，但只要長官臨時起意找人，你還是得乖乖起身離開隊伍，替排在你後面的人製造一個小驚喜——每個人都因為你的離席而撿到了十分鐘。

話說回來，或許也正因為今晚的月光，我們才得以擁有自由活動的時間。沒有人會在月光如此耀眼的夜裡發動攻擊。緊急戰備那晚，中共的驅逐艦是在一片漆黑中開過來的，除了雷達站人員，無人知道那兩艘船的動向。但今夜，鋪滿月色的海洋光亮如鏡，即使是一條海豚躍出水面，我們也能遠遠看見。在這樣的夜晚發動攻擊，簡直比我們這些自投羅網排隊打電話的人還蠢，畢竟營長有可能不在，而島上的據點卻是二十四小時都在警戒狀態。

自從接下採買業務後，我已很久沒到這座電話亭排隊了。不，應該說，從我踏入伙房開始，煩惱和問題便接二連三沒有停過，讓疲於奔命的我沒有心思像以前一逮到機會就打電話給伊。我多久沒打電話給伊了？七、八天了吧？這是入伍一年來不曾有過的現象。伊白天在公司不太方便講私人電話，這讓我也意興闌珊，不想花一百元講十分鐘的單口相聲，也不想追問她初入社會後的新生活概況。那個新聞系的傢伙還會在她宿舍門上插花嗎？應該不會了，算算那傢伙也應該畢業來當兵了。我詛咒這傢伙也和我一樣抽到外島，最好是分發到我們連上。到時我一定會叫喜歡送花的他去摘一堆束引地雷來放在肚子下面做伏地挺身，讓他嘗嘗萬箭椎心的滋味。

我在提防，我在吃醋。但我更應該慚愧才對。在本島的伊只是收到一束插在門上的玫瑰，而在外島的我，卻和心悅在中柱港邊不知數了多少隻燕鷗。夏天是島上燕鷗歸來的季節，心悅說，大海和燕鷗都是她百看不膩的，是她年年暑假回到島上的主要原因。她說，以後她想要生一個女兒，名字就取做「海燕」。我也喜歡這個名字，但燕鷗在海面上的起降盤旋，讓我想到了小吾。小吾最常去的天方夜譚餐廳，是南澳看燕鷗的最佳地點。每到假日，找不到人願意陪他喝酒的小吾，一個人在那裡不知數了多少隻燕鷗。心悅果然是個心思細膩又善良的女生，我把小吾的故事告訴她，她立刻就做出和我一樣的推論，認為小吾拿刀猛刺手腕，當時的他肯定一點也不覺得痛。她這麼說著，同時忍不住流下了眼淚。

伊也流了淚。這完全是意想不到的。她總是愛故作堅強，不肯在我面前掉下淚水。不管是在車站月台送我去金六結，或在韋昌嶺送我去東引，她都沒在我面前哭過。但我還是看到她流淚了。那次是四個月前的返台假，七天假期飛也似過去，伊又笑嘻嘻地陪我到基隆西三碼頭登船。我撐至報到截止的最後一秒，才走進碼頭管制區，而伊則頭也不回走向基隆火車站。那天碼頭的風很大，狂風把山上某個小學校舍的國旗吹得完全開展。我們擠在閘門口，還在納悶港勤單位為何遲遲不開始通關檢查，航運大樓裡卻走出一位軍官，他先環顧眾人，然後才緩緩高舉右手，豎起了一根手指頭。這時，碼頭上所有準備收假的士兵都大吼大叫歡呼起來，像慶祝獲得世界盃冠軍的瘋狂球迷。第一次休假的我還愣在那裡不知道發生了什麼事，身旁的人卻激動抱住我歇斯底里狂吼：「延航一天！延航一天耶！」我不敢相信風浪超過九級就延航的好運會降臨在我身上，但還是轉身推開眾人往管制區外跑，想尋回剛剛才跟我告別的伊。我一路狂奔至火車站，在人群中發現了伊的身影。我悄悄躡行至她身後，拍拍她的肩。她回過頭，我看見她早已哭成了一個淚人兒。

按理說，今夜月光如此耀眼，並不是個打電話的好日子。

但今天的感覺並不同。

在遠方的喧鬧聲中，我和幾名等待者靜靜坐在這寂靜的山谷，在矮牆投射出的暗影裡，看著一張張炭黑的臉孔在電話亭裡燒出光芒。關上拉門的電話亭形成一個無聲的空間，隔著透明玻璃望去，只看到電話亭裡的人或快速動著嘴唇，或偏著頭緊貼話筒微笑。我突然好奇這些人在講電話時眼睛會看向何處，試圖觀察他們的目光焦點，但全然徒勞無功。他們的眼神迷濛，卻非渙散；他們的眼神具有穿透的力量，卻一點也不尖銳。我不知道電話亭裡的人在講電話時看見了什麼，但肯定見到的絕對不是這座島上的事物。他們掛下電話離開電話亭時的樣子，就是最好的證明。推開拉門，他們的臉雖不再受到話亭裡那盞發著微光的小燈照耀，整個人卻瞬間被溫柔的月光團團圍裹，全身映耀著銀白的光芒，朦朦朧朧的，像長出一層細細的絨毛。他們默默爬上山坡，走向發著喧鬧聲的部隊，一身寧靜的月光，突顯了部隊裡那群笑鬧者的孤單。

矮牆暗影裡只剩下兩點紅光，月光亮得可以讓香菸煙霧在地上顯現出影子。不須看錶，我便知道再過二十分鐘，就能換我走進那座神奇的電話亭，感受那盞小燈放射出的溫暖。在環繞的喧鬧聲中，我還擁有二十分鐘的寧靜，擁有二十分鐘無比幸福的時刻。

安靜的等待是幸福的。我相信沈詮一定也有這樣強烈的感觸，因為當年的他只能在騷亂之中做出選擇。我已經在月光下靜靜坐了五十分鐘，和他的五分鐘比起來，我擁有的實在太多，而且，更幸運的是，我不需要選擇。我不是為了選擇或在選擇之後才來電話亭這裡排隊的，我之所以在有如探照燈明亮的月光下站在視我為仇敵的營長室前，只是為了想聽見伊的聲音，就像全副武裝緊急集合開槍櫃差點發子彈的那個晚上，我坐在寢室裡，在緊張狀況解除的前一秒，心中所想的那樣。我甚至可以不說話，讓伊的聲音把話筒變成她溫溫軟軟的手，緊緊貼著我的臉頰。

但是，這樣做是不公平的。我必須說話，我要把電話亭當成另一間告解室，把我近來的遭遇，我的煩憂，我與伙房同袍、營上長官和南澳菜商之間的種種問題，全一五一十地告訴她，就像我告訴心悅的那樣。儘管十分鐘時間可能說不了那麼多事情，但我就是必須告訴她。我要告訴伊我可能有機會調單位，甚至，有可能的話，我還會告訴她關於心悅的事，向她坦承之前我所犯下的錯。

我下定了決心，心境有如此刻的月色清澈明淨。

最後一個離開電話亭的人，已披著月光往山上走去了。離晚點名時間僅剩十來分鐘，山谷裡除了我已沒有半個人。我獨占了整片月光，獨占了所有寧靜，就這麼帶著幸福的笑容走進電話亭，不去算計這通電話將會對我和伊帶來何種影響。

即使算計也沒用。我怎麼也料想不到，電話接通後伊的口氣竟會如此黯然。聽見我的聲音，她一點也沒有興奮的樣子。

「怎麼了？」
「沒事。」
「妳好像悶悶的？」
「還好啦。」
「是怪我這幾天沒打電話給妳嗎？」
「不是。」
「好吧，」我深吸一口氣，「那妳聽我說……」
「不，你先聽我說。」
「唔？」
「你知道嗎……」
伊的聲音從話筒傳出，可是她說的話並未把話筒變成溫柔的手，而是變成一個拳頭，往我的太陽穴重重一擊。
「千慧從英國寫信回來，她和郭正賢分手了。」
「什麼！」
「還有，郭正賢已經三天沒回營區，沒人知道他在哪裡。」

52
帶我去月球

新兵阿國來連上報到後，因為身上的刺青而被嘲弄了好一陣子。

刺青並不稀奇，連上老鳥菜鳥，算算有刺青的人不下十來個。有人胸膛刺龍，有人手臂刺鷹，其他大大小小諸如蛇、老虎、蜥蜴、蠍子之類的動物也頗常見。但是，刺在阿國手腕上的卻是歪歪扭扭的「三八我愛你」五個字。

「好好的人刺這幾個字幹嘛？」我們會先往他後腦切一個芭樂，挖苦他，「你馬子該不會叫做三八吧？」

阿國不以為忤，總是低頭看著手上藍字痴痴傻笑。「如果她跑了，我就把這幾個字塗掉。」他信誓旦旦說。

才過半年，他的話便不幸成真。但在交通船載來分手信件的隔天，阿國也跟著失蹤了。幾天後，有人在港邊堤岸找到他，全身腫得像泡了水的白饅頭。當我們從消波塊中拖出阿國的屍體時，每個人都看見他手上「三八我愛你」幾個字足足膨脹成了三倍大。

我走在往指揮部的路上，心中掛念著郭正賢的事，不自覺竟聯想起連上不久前發生的這樁悲劇。郭正賢會因為兵變而想不開嗎？說真的，雖然我們是從國中便在一起的死黨，但我真的沒有把握。也許他只是一時心情不佳，想找個沒人知道的地方散散心吧？只能這麼想了。

那天和伊的電話只講了兩分鐘，省下來的時間我立刻撥電話到郭正賢家。電話是他姐姐接的，他們全家上下已急得完全亂了方寸。根據她的說法，他們似乎不知道千慧已和他分手的事。我請她無論如何都要拜託正賢營上長官，請他們暫時把離營通報壓住——按規定士兵只要逾假三天未歸，單位就得發出通報。一旦通報發出，郭正賢就會變成全國通緝的逃兵，一切就無法挽回了。

我想起去年入伍前夕在海產店的打賭。我幾乎要忘掉這件事了。過去的我總悲觀的認為，關於愛情的種種盟約、誓言和賭咒，儘管在訂定之時都是一心一意且深刻用力的，但那就像用手指寫在沙灘上的戲言，幾個時間的浪潮往返，就能將它抹得一乾二淨。可是，現在的我又想起了這個打賭，而且我很想知道，目前卜落不明的郭正賢，這時他會不會和我一樣想著相同的事情呢——如果事情沒有轉圜餘地，那麼，明年當我們退伍之時，我們要用什麼表情來面對彼此？

我腦海浮現一齣以前看過的好萊塢二戰電影。兩個一起參戰分屬不同單位的同鄉好友，於戰爭結束後在返鄉途中的車站相遇，他們緊緊擁抱，其中一位（大概叫做約翰吧）感嘆說：「一切都過去了，我們又能回到以前一樣的生活。」但湯尼（另一位的名字）卻把約翰推開，冷冷地說：「你錯了，可能不一樣了。」此時，鏡頭往下帶到湯尼的腳，約翰才發覺湯尼的左腳褲管正隨風飄蕩著，戰爭已奪走他好朋友的一條腿。

電影中湯尼的演技教人難忘，當他說「不一樣」的時候，那種眼神和表情，複雜得讓人不寒而慄。我不敢想像，如果狀況不變，等我們退伍之時，郭正賢會用什麼樣的表情和眼神來回應我重逢時的擁抱。

「帶我去月球……帶我去月球……」

背後傳來熟悉的聲音，重複唱著一段熟悉的歌曲。我的思緒被打斷了。聲音是楊排的嗓音，歌曲是最近在連上流行的，每個人都會哼上兩句的新歌。我回過頭，果然看見楊排正快步想趕上我。

「逛大街呀？」他停下歌聲說，「走那麼慢，去哪怕盲啊？」

「報告排長，我去指揮部。」

「指揮部？去幹嘛？」

「指揮官叫我去找他。」

「哦？」楊排把下巴一縮，以誇張動作上上下下打量我一番。「指揮官什麼時候也變成你的麻吉了？」他湊過來，左手搭上我的左肩。「唄，排長平常待你不薄，有什麼好康的可別忘了我啊。」

「哪有什麼好康的，搞不好指揮官是叫我去拉正的。」我撒了個謊。也許是上次中共驅逐艦造成全島半夜緊急戰備的影響，原本在台灣開會的指揮官沒隔幾天就回到了島上。參一科科長下電話紀錄要我去指揮官辦公室報到，我心知肚明要談的肯定是關於東引國中任教的事。不過，我覺得還是跟排長打哈哈比較好。

「倒是排長，你有好康都不找我……」

「唷！你把我當成余排了！」楊排叫道，「我這個人會暗坎嗎？」

「是嗎？那你現在要上哪？」

「上星期我值星，今天補休，我想去南澳逛逛啊。」

「我看你不是去南澳吧，你是去八……」

「噓，小聲點，」楊排慌忙說，「快到指揮部了，這裡人多，別讓熟人聽見。」

真令人驚訝，楊排愛逛八大早已是無人不曉的事，但這時他竟然顯得有點不好意思，一反平日任何事都無所謂的大剌剌態度。我瞄了他一眼，看見他已經笑瞇了雙眼，一副沉醉在幸福中的模樣。

「排長今天怪怪的喔。」我說。

「哪有？」

「看你笑成這樣，肯定有什麼爽事，還說你不會暗坎？」

「好啦、好啦，真是什麼事都瞞不了你們這些搞政戰的……」楊排左顧右盼了一下，才湊近我耳邊悄聲說：「老實告訴你，今天很不一樣哦。不是我自己要去的，是人家主動找我去的。」

「『人家』是誰啊？」

「小孩子別問那麼多。」楊排捶了我一拳，嘿嘿笑了兩聲，擺擺手，轉身往好漢坡那裡走了。不一會兒，山坡的樹林間便傳來他反來覆去的那句歌聲：「帶我去月球……帶我去月球……」

我露出微笑，聽著楊排的歌聲由近漸遠，才左轉莒山廣場往指揮部走去。連上的人最近好像中了魔咒，人人都變成跳針的唱機，只要一有開心的事，尤其是下航次要返台休假的人，整天就會重複唱著「帶我去月球」這句歌詞。他們又彷彿中了東引老大病毒，受過悲憤刺激的老大會不自覺中氣十足吼出「幹幹雞悲」，這些喜上眉梢的人則不自覺五音不全哼著「帶我去月球」。

此時的我，該喊一聲「幹幹雞悲」還是高唱「帶我去月球」呢？我不知道。我只知道我不應該太過敏感，不能輕易受到他人的悲傷與喜樂感染，否則我的人生恐怕多半會處於哭笑不得的狀態。話說回來，在我踏進指揮官辦公室之前，我自己的將來尚在未定之天時，凝視他人的痛苦與歡愉，倒不失為一種逃避的好辦法。或因為如此，已走到指揮官辦公室前的我，竟不覺得忐忑不安，並未像去年初來島上第一次被約談時那樣心驚膽跳，也不像兩個多月前在老鍾的煎餃店裡那般被嚇得魂不附體。也或許因為有阿國、郭正賢和楊排的事情讓我分了心，當憲兵入內通報，我站在辦公室門口等待召見時，我腦海裡又浮現了一個畫面——那根蜘蛛之絲，現在終於垂降在我面前了。我看見我自己出現在這電影般的畫面中，但並沒有像犍陀多那樣立刻抓住蛛絲攀爬而上，而是在一旁猶豫著，看著那條晶亮津潤的細絲在空中輕輕來回飄蕩。這個畫面甚至還出現了旁白：「循此絲而上真的就是天堂嗎？」「若真的上了天堂，那麼，是誰會墜入地獄呢？」我無法鼓起主動攀握的勇氣，這時天上卻傳來催促的聲音：「還愣在那裡幹嘛？」

還愣在那裡幹嘛？我仰頭看向天空。如果真的有一條「機會之絲」為我垂降，我願意讓給阿國，讓給正賢，甚至讓給已退伍的小吾，畢竟他們才是真正身陷地獄的人。和他們比起來，我的情況實在不配得到救贖，不值得誰來替我的處境擔心。

「你還愣著幹嘛！」我聽見催促的聲音從我身旁傳來。轉頭一看，是臉上不帶笑容的憲兵。「指揮官說你可以進去了。」他沒好氣說。

我甩甩頭，暗笑自己想得太多。這根蛛絲會不會降下，還得看裡面那位兩星將官的決定呢。

依門口憲兵的指示，我走進一座栽滿植物的庭園。指揮官的辦公室和寢室位在同一棟屋子裡，外觀看起來和一般營舍差不多，沒比咱們的營長室大到哪去。我不敢東張西望，筆直往營舍中央走。營舍走廊上有位軍官向我招手，我記得這個人，他是指揮官的侍從官，地位算起來就像元始天尊旁的白鶴童子。上次在老鍾的煎餃店我曾被他伸手按回座位，這次他則用同一隻手招我過來，替我把紗門拉開，讓我有種受寵若驚的感覺。

我繃緊神經，喊了報告進門後便直挺挺立正站著，像一包硬掉的水泥。在此情況下，我的視線只能以極狹窄的扇狀圖形向前延伸。視線第一個探觸到的是一把擱在辦公桌前的椅子，椅上沒人，空盪盪露出竹網底墊。我猜這是給訪客或被約談者坐的位置，但指揮官並沒有開口要我坐下。我的視線繼續往前，納入了整張辦公桌。想在不同軍人的辦公桌上看出差異，可不是件容易的事，不過我還是在成堆的卷宗與公文中看到一個冒著蒸氣的瓷杯。這是指揮官最與眾不同的地方。去年在第一餐廳被約談時，指揮官人還沒到，熱茶就先端上來了。這個杯子也許和去年出現在第一餐廳講台茶几上的瓷杯是同一個，我不禁這麼想，指揮官除了有位替他佩槍和帶筆記本的侍從官外，說不定還有一位專門替他沏茶的童子，不管他走到哪，童子都隨時備好熱茶，不像我們只能喝中央水站抽上來的臭水。

辦公桌後，坐在那張高背黑皮座椅上的，便是今天的主角指揮官了。他以有點慵懶的姿勢斜坐著，微微凸出的肚腹挺出的方向和辦公桌幾乎平行。他一手拿著代表最速件的紅色卷宗，另一手扶著金邊老花眼鏡，專心看著卷宗裡的文件，彷彿一分鐘前才接到這份公文。我的視線再向前推進了一點點，抵達短暫的指揮官辦公室之旅的終點，落在卷宗內那疊蓋滿密密麻麻各式官章的公文上。我知道那是關於我的借調案的公文，那如棄兒般，已在指揮部各科室流浪過幾圈的可憐孩子，如今總算也抵達了他漫長旅行的終點。

指揮官的椅子發出咿呀聲，向右轉了半圈。他微微壓低老花眼鏡，精光銳利地瞄了我一眼，才又把眼鏡推上，繼續打量那份蓋滿紅藍印章像待宰肉豬的公文。

「校長是我的好朋友……」

指揮官開口了，但我不確定他是不是對我說話。

「我是答應過，他如果需要教員，可以從我這裡調人……」

我的懷疑是有道理的，因為指揮官每說一句，就插入長長的停頓，彷彿辦公室裡另有一位看不見的人在與他對話。

「學校的教育很重要，缺了老師，的確是嚴重的問題……」

指揮官抬起頭，銳利精光又再以仰角射向我。這次，他的目光讓我為之一顫。我感覺他的眼神似具有強烈的穿透力，有如X射線一樣，把我整個人裡裡外外全看穿了。不會的，我安慰自己，像指揮官這種位階的人，每天日埋萬機，接觸過的人何止成千上萬。不會的，他不可能記得，我和他曾有兩次近距離打照面的紀錄。

「你現在負責什麼職務？」指揮官問。

「報告指揮官，政戰士。」我小聲補上一句，「是代理的。」

「政戰士啊……那是主任的人囉？」

指揮官轉過身去，又開始自言自語起來。

「嗯……政戰士的工作蠻重要的……」

「島上目前忙著構工……人力實在有限……」

「該怎麼好呢？……」

指揮官沉吟著，音量越來越小，到最後居然不出聲了，彷彿在盤算著什麼不想讓我知道的事。這讓我既驚訝又擔心。驚訝的是，行事向來給人明確果斷形象的指揮官，竟會為了這件事而躊躇不決。擔心的是，我很怕指揮官會就這樣睡著了。
「這樣吧……」指揮官再度開口。
我知道宣判的時刻到了，怪的是，我卻未感到緊張或心臟狂跳什麼的。這並不是鎮定，我沒那麼厲害，如果泰山在我面前崩塌，我一定是那種尖聲大叫四竄逃命的人。我之所以沒有感覺，實在是因為我不知道哪個結果會對我比較好。或說，兩種結果都是我所想要的。又或說，可能有一種結果是我想要的，只是我自己還不知道或不願意承認。再說，也許我只是不敢面對，想完全由別人來替我決定而已。我就是屬於這樣的人，沒出息的傢伙。
「依我看，你還是好好當你的政戰士吧。」指揮官摘下眼鏡，把卷宗往辦公桌上一丟，動作敏捷地像是撥開一條爬上身體的有毒毛蟲。
「是！」
我雖這麼回答，心裡還是沒有任何感覺。
「等到有新的政戰士來，我們再考慮調你到國中擔任義教的事。你說這樣好不好呀？」
「是！」
按語法我應該回答「好」才對，可是軍中這一年來的教育讓我學會說「是」才安全，說「好」往往招來班長一頓臭罵。
「為了這檔事，我可能會挨校長罵了，不過這也是為你好。」指揮官向門邊的侍從官招了招手。我知道我可以離開了。
「謝謝指揮官。」我敬禮說。可能是情緒還處於無感狀態，我聽見自己的聲音沒什麼氣力。
侍從官過來，帶我往門口走，用同樣的那隻手替我推開紗門。就在我跨出指揮官辦公室時，我聽見身後傳來指揮官的聲音：「至於阿悅那邊，我會幫你說去，你就別再找她了。」

我轉過頭，驚訝地看著指揮官，但還來不及開口再說一次「謝謝指揮官」，就被侍從官推出辦公室了。

回到莒山廣場，我看著遠方海面上閃耀的陽光，感到一股輕鬆自在的感覺。我走著走著，發現自己竟然也重複哼著「帶我去月球」這句歌詞了。我既不想整理紊亂思緒，也暫時不想擔心郭正賢未來的問題，只想趁這四下無人的空檔，大聲地唱唱歌，把〈帶我去月球〉當成伴我走回連上的進行曲。

只是，才走出莒山廣場，我就看到今天這首歌的原唱者——剛剛還春風得意哼著歌前往八大的楊排，居然撐不到半個小時，就打道回府原路從好漢坡爬回來了。我站在坡頂等他，打算虧他兩句，但楊排竟然低著頭，喃喃自語匆匆從我旁邊走過，完全沒注意到我。

「排仔！」我叫住他。

楊排轉身，抬頭，那副失神落魄的模樣把我給嚇住了。我看見他嘴唇微動，嘟嘟噥噥不知在說些什麼。

「你怎麼了？沒事吧？」

他走向我，哭喪著臉，雙手搭上我的肩膀用力搖晃。這時我才聽清楚他含在嘴裡的是什麼話。

「八大要撤掉了！小姐要回台灣了！」

53 一塊錢

八大即將裁撤的消息很快傳遍島上。楊排是最早知道的人，而且從那天起，他的臉色就再也沒好看過。

我們雖好奇排長與八大小姐之間的關係，但看他那副丟魂失魄的模樣，大家連玩笑也不敢開了，只好把作弄的對象轉到另一位排長——小氣的佘排身上。佘排與女友的感情最近也出了問題，這點讓我們頗為訝異，不過我們訝異的是對方居然可以撐到佘排破冬才鬧兵變。

根據總機的描述，佘排和他女友是在電話中鬧翻的。那天晚上佘排進總機室接女友打來的電話，兩人不知為何問題吵了起來，講不到半小時電話就被女方掛掉了，於是佘排立刻「掏出錢」來——這是非常稀罕的動作，總機說，大家到總機室打投幣電話都會先準備好厚厚一疊十元硬幣，但佘排從來沒這麼做過。他的電話都是台灣打來的，費用由對方支付，所以他可以從容不迫講電話，不像我們一邊講電話還得顧著投幣。總之，面對情感危機，佘排總算掏出錢了——但他只掏出了一個一塊錢銅板。從外島打電話回台灣，一塊錢可以講多久？正確答案是：六秒！扣掉對方拿起話筒舉至耳邊以及說「喂」的時間，用一塊錢撥通電話，你能開口的時間大概只剩四秒半。不過這對佘排已經綽綽有餘了，總機這麼說。佘排讓那一塊錢離開他的手，掉進投幣式話機裡，然後迅速按下女友的電話號碼，電話一接通他便說：「妳打電話過來。」佘排只用了兩秒的通話時間，總機說，如果投幣電話可以接受五毛錢銅板的話，佘排肯定會要話機找出零錢來。

想也知道，佘排在總機室等了五分鐘，電話連一下也沒響過。很勉為其難的，佘排又掏出了第二個一塊錢。總機說，就這點而言，他非常佩服佘排的危機處理能力，即使到了這種時刻，他也絕不會把錢浪費在無效益的用途上。他知道再打給女友也是徒然，於是便改撥家裡的電話。這次他的話多了些，但還是漂亮地控制在四秒半內講完：「爸我是家德你打電話給佩芬叫她打電話過來。」

佘排又等了十分鐘，但看來他父親不是個好說客，總機室的電話鈴仍遲遲不肯響起。無可奈何下，佘排只好再掏出第三個一塊錢。這次他或許想多扯一點人進來以突顯事件的危急性，便把第三通電話打給某位可能是他死黨的朋友，並且展現出驚人的語言控制能力：「喂我是家德拜託你打電話到我家叫我爸打給佩芬請她快點打電話過來。」——長中話，準確用四秒半講完，總機說他在一旁聽得清清楚楚，相信對方也一定聽懂了。

只可惜，余排勞師動眾的成效似乎不彰。這次他等了十五分鐘，加上先前的等待，余排的女友已跟他冷戰半小時了。但顯然是余排這邊先彈盡糧絕——他把手伸進褲袋掏了半天，卻什麼也沒摸到，只好轉頭對一旁值班的總機說：「喂，你有沒有一塊錢啊？」

故事到這裡還沒結束，總機說，接下來才是在外面的我們所目睹的事。其實總機的抽屜裡有十幾個一塊錢，可他就是不肯拿出來，硬是跟排長說沒有。當余排不得不暫時離開守候中的電話，到總機室外面找錢時，總機立刻一個電話打到安全士官那裡，而安官在余排踏進寢室的前一秒，緊急向寢室所有人下達禁令。結果，余排進來後便與寢室裡的人產生這樣的對話：

「你有沒有一塊錢啊？」

「沒有。」甲說。

「跟你借一塊錢好不好？」

「嘸啦。」乙說。

「你身上不可能沒一塊錢吧？」

「要你管。」丙說。

「誰有一塊錢啊……誰有一塊錢啊……」余排逢人便問，到最後已變成喃喃自語了。

那時起，連上流行的口頭禪便被更新了，「你有沒有一塊錢？」變成了大家見面打招呼的問候語。我們向來對那些被拋棄的人抱持無限同情之心，唯獨對余排例外。過去一年他每航次都會收到外面寫有「阿娜達，愛就是把東西吃光光」的包裹，卻不捨得花電話費挽救他的愛情。現在他開始當孤兒了，那些打從一開始就是孤兒和後來才變成孤兒的人，全都不承認余排是他們的同夥，甚至還落井下石背地說他「應該」、「死好」，認為他辜負了對方的心意。

我不敢和大家一樣批判余排，因為這陣子每隔幾天，我就會在伙房門口看見寫有自己名字的塑膠袋。袋子外面的字跡是亨裕阿嫂的字，袋子裡面的東西則是心悅的心意，而我連一塊錢的電話也沒打，也沒再去南澳找她。那天指揮官約談一結束，連長就解除了我的採買工作，他雖沒明說，可我相信他肯定受到新的壓力，而且層級絕對遠遠高過營長。

這也是為你好。我想起指揮官說的話，也很想對心悅這麼說。打電話到南澳收的是普通話費，一塊錢可以講三分鐘。不過就算是長途電話，這句話也能在四秒半內講完。

但是，我是個懦夫，是個連一塊錢也不願付出的吝嗇鬼。

我龜縮在連上，即使假日也主動接戰備留守，不敢踏上南澳一步。解除了採買職務，我在連上的時間一下子多了起來。白天站衛兵的時候，我在山頂的對空哨裡，從高處遙望著南澳的村莊與海上的漁船。夜晚的時候，我加倍給伊寫信，想像原子筆在信紙上滑動的窸窣聲就是我的說話聲，而高掛在夜空上的月彎就是伊的耳朵。

我和心悅一樣，安安靜靜地進入一種等待狀況。等待伙房門口塑膠袋出現的間隔慢慢地拉長，等待夏天一點一點地過去。

54　雷霆演習

又來了。

所有人在睡夢中被叫醒，全副武裝緊急集合。

一樣的倉皇慌急，一樣的緊張惑亂。不一樣的是，這次取完步槍，彈藥箱也馬上跟著抬出來了。我們不像上次那樣先在寢室等待，而是在班長的哨音催促下，奔進黑漆漆的連集合場整隊。

「怎麼會這樣？」

有人悄聲發問，但這次大夥連交談的時間都沒有。「向右轉！目標營集合場，跑步走！」連長衝出來高聲下達指令。

黑暗中，我們步伐雜沓，隊伍凌亂幾不成形。要在平常，連長肯定會立刻喊停隊伍厲聲臭罵大家一頓，但現在他好像管不了那麼多了。我記得只有在去年八大失火時，全連才出現過這種不顧隊形只顧往目的地狂奔的情況。我不禁邊跑邊往壞處想——這次逃不過了嗎？我們真的要打仗了？

營集合場已點起亮晃晃燈光，我們是全營第三個抵達的連隊。不到一分鐘，其他兩個連的人也喘呼呼跑來了。在營值星官整隊的同時，我藉營集合場的燈光看了手錶，四點零五分。這次緊急集合剝奪了我們兩個小時的睡眠。不過營長並未耽誤我們太多時間，不像上回對我們這幾個採買訓話那樣拐彎繞圈，這次他簡截了當說明了緊急集合的原因——一營某連有人在半夜攜械逃亡，全島雷霆演習開始。

雷霆演習。大夥久聞其名，如今總算才真正遇上。說是演習，但假想敵不是中共紅軍，而是我們自己島上的弟兄。這種演習並沒有「方案一」或「方案二」之類的策略，辦法只有一種，就是搜遍島上每一寸土地，直到把逃亡的人找出來為止。

「……咱們這座島四面都是海，逃兵一定還在島上。各位都知道，攜械逃亡在前線是唯一死刑，這名逃兵拿走一把六五步槍和四個彈匣子彈，萬一遇到各位，難免會做困獸之鬥……」在營長對部隊說明任務內容的時候，營輔導長拿來一大把紅布條發給各連，要大家把布條綁在槍管上，以作識別之用。

演習視同作戰，我的擔心成真了一半。

而且，竟然還是實彈演習。

清晨四點的島嶼，整個被籠罩在濕濃的霧氣裡。白霧被營集合場的黃燈染成米色，有點像毒氣室化學兵拿來對付我們的催淚煙霧彈。我們每三個月就會去衝一次毒氣室。一群人被關在昏暗不明的密室裡，一手摀住自己的防毒面具，一手去扯別人的防毒面具，玩著不要命的白痴遊戲。每次都淚流滿面嗆個不停的人是盧三輝。沒人用手扯他的面具，犯不著這麼做，因為他的臉型太窄，活像營養不良的瘦馬，化學士找遍全營也拿不出一個能貼合他臉型的防毒面具。現在，在營集合場的燈光照耀下，我看見盧三輝的眼眶又盈滿了淚水，彷彿霧氣真的變成了毒氣，刺激他的眼睛，讓他無法呼吸。怪的是，不只是盧三輝，我自己也有點流淚的衝動。雷霆演習——這不是要我們拿命去玩嗎？

死在逃兵的槍下是荒謬的，不過營長倒是宣布了合理的獎賞。「我剛才接到指揮官指示。誰找到槍，放假一航次。誰找到人，無論死活，放假兩航次。」

兩航次！

營集合場上數百人頓時爆出雷響般歡呼，好像逃兵就躲在他們的口袋裡，隨時可以拎出來討賞。我看見盧三輝竟也跟著扯嗓吼叫，彷彿在毒氣似的黃霧中見到了美妙前景。可憐的傢伙，我不禁搖頭嘆息，他就是那種在半年內把兩次返台假全休掉的人，未來整整一年另加兩個月時間，他得寸步不離這座島嶼。逃兵能帶他離開嗎？我不這麼認為。

但營長的話確實激勵了大家的士氣。搜索行動不容遲疑，全營立刻兵分五路出發。第一步是先以各連駐地為中心，徹底搜索所有營舍庫房碉堡和坑道，確保逃兵並未躲藏在各連的責任區內——這是有罰則的，營長雖沒有明說，但大家都知道萬一逃兵在自己的責任區裡被別單位的人抓到，那可有得瞧了。或因如此，連長比誰都積極，他大聲吆喝迅速把我們分成十幾個小組，交代各組要搜查的區域——這也是有罰則的，連長比營長明確多了，要是逃兵出現在自己負責的區域裡被別組抓到，那就準備去禁閉室度兩航次假吧。

於是，我們便執起綁好紅布條的步槍，腦袋裡裝著獎賞懲罰和一個模糊的逃兵形象，在日出前的黑暗中，走向平日熟悉但此刻突然變得陌生起來的區域。

我早知道連長是個深思熟慮善於決策的人，而他在這次突發狀況中臨場展現出的分組能力，仍教我佩服不已。我「回頭」看我所在的這個六人小組，兩個負責帶隊的，是剛升為上兵的江臨淵和吳居安，他們距離退伍時間只剩半年了；三個愣頭愣腦的，是到島上還未滿兩個月，還搞不清東南西北方的新兵。連長的分組顯見是用過心的，他適當調配了老鳥與菜鳥的比例，還顧慮到安全上的問題，擔心菜鳥緊張出狀況，只讓他們拿刺槍術用的木槍出來。理所當然，我這個配備真槍實彈的中鳥，自然得走在隊伍的最前面了。

「拿木槍的，兩邊草叢要撥一撥啊！」

遠遠落在隊伍最後面的江臨淵和吳居安喊道。他們並未把兩航次假放在心上，惦記不忘的是「老兵八字輕」這句源遠流長的警語，深怕一個閃失就會讓自己退不了伍。與其說他們好意提醒菜鳥注意左右草叢，不如說他們根本就是想打草驚蛇，就算逃兵躲在附近，也早就被他們的叫喊聲給嚇跑了。他們甚至還邊走邊聊起天來。

「別不信邪，離退伍越近就越要小心啊。」江臨淵說。

「是啊。」吳居安回答。

「這傢伙船來就走，剩三天退伍還逃兵，你說奇怪不奇怪？」

「搞不好他是不想退伍。」

「我看搞不好是中邪吧。喂！那個誰呀，別靠近那座碉堡，先丟顆石頭過去看看。」

「真是傻啊，人走了就算了。帶槍一起走？何必把自己逼上絕路？」

「也許他並不傻，沒十足把握他敢這麼做？」

「也對啦，他現在是紅軍，部隊裡還有誰比他更熟這座島嶼……前面的等一下！」吳居安叫了起來，「這個坑道是我們負責的嗎？」

我們已經搜查過庫房、澡堂、兩座碉堡和一個彈藥庫，走到這座位於靶場附近的坑道時，天色已經全亮了。太陽自東方海面躍起，驅走瀰漫島上的夜霧，但這座坑道內部仍是黑黝黝的，看起來深不見底。

「這好像不是我們連上的坑道吧？」吳居安說。

「可是剛才分配區域的時候，連長好像說這坑道是我們負責的。」江臨淵說。

「我看，這應該是二營的坑道。」

「二營！不就是那傢伙的地盤嗎？」

說著說著，兩個人臉色都變了。

他們的態度讓人又氣又想笑。記得去年剛到連上，就是江臨淵一把搶下我手中的報紙，要我時時提防學長，不要替他們惹來麻煩。現在，已破冬的我已經可以安心坐在中山室攤開報紙，頭也不抬把十天份的舊聞一次看完。但江臨淵和吳居安兩人即使升為上兵，仍不改凡事小心謹慎的個性。他們從來不在中山室看報紙，就算偶爾拿起雜誌或畫報看上面的美女圖片，也不時會抬起頭左右張望，彷彿原野上兩隻膽小的土撥鼠。「要小心點啊。」江臨淵總是一臉憂心說。平常在連上他這麼講，放假到南澳喝酒他也這麼講。現在我和三個拿木棍的新兵站在這座坑道口，江臨淵又再次以極誠懇的表情對我說：「那麼，你可要小心點啊。」

我知道他這句話的意思。他們兩個根本不想進去這座黑漆漆的坑道。「別想要我一個人進去。」我馬上抗議。

「不是一個人，」吳居安撇頭比向那三個嫩兵，「你們總共有四個。」

「我們四個人才一把槍耶，遇到逃兵怎麼辦？」

「我就是考慮到這點，才覺得應該讓你帶他們進去。」江臨淵一本正經說，「我和居安快退伍了，兩航次假對我們意義不大，不如讓你們去放吧。」

「放假還是其次，其實這是基於安全考量。」吳居安補充，「如果我們全進去，而二營那傢伙又沒在裡面。萬一他剛好在我們進去後才逃進這條坑道，從我們屁股後面摸來，那我們不就全都有危險了嗎？」

「沒錯，所以我們是替你守住坑道口。」江臨淵說。

「少來這套！當我是菜鳥？」雖說他們是大我十梯的學長，但經過一年相處，我們之間的梯次階級差異早已消弭，習慣了互相吐槽。「要死大家一起死，躲在外面算什麼好漢？」

我們僵持了五分鐘，最後他們總算妥協，決定保持原隊形進入坑道。這座無名坑道彎彎拐拐的，不像安東坑道那樣筆直，彷彿當初開挖這坑的人全喝醉了酒，才會把坑道挖得像蛇般扭曲。或許是受剛剛那番討論影響，前方的坑道看起來竟鬼影幢幢，感覺逃兵真的會窩藏在內。江臨淵和吳居安剛才顯然不是鬧著玩的，他們在外面還有說有笑，　進到坑道內就悶不吭聲。我們入坑沒走上幾步，江臨淵就低聲要大家全退到外面去。

「你們這樣不行啦，」一回到坑道外，他便訓斥那幾個新兵，「進坑道後腳步要放慢點，不可以發出聲音。逃兵如果在裡面，這時候一定在睡覺。你們是想用腳步聲把他叫醒拿槍瞄準我們是不是？」

吳居安也有意見：「還有，坑道那麼窄，你們又走成一排，一顆子彈就可以把你們變成串燒。要有敵情概念！記住，要背貼著牆壁走！」

三個新兵猛點頭，我也暗暗佩服兩位學長的老謀深算。

只是，現在氣氛被他們搞得更緊張了。

55 成年人的躲迷藏

我們重新出發。剛剛我們還像列隊下坑的礦工，現在卻搖身變成港片中常出現的飛虎隊隊員。我把六五步槍緊貼在胸前，背部抵著凹凸不平的岩壁，像螃蟹一樣一步步慢慢橫移，彷彿逃兵就藏在下一個轉角。

這是一個與童年完全相反的躲迷藏遊戲。小時候的躲迷藏，躲起來的是多數人，當鬼的只有一個。現在我們玩的躲迷藏，只有一個人躲起來，當鬼找他的人卻有三千多。小時候的躲迷藏，當躲起來的人被鬼發現時，只能乖乖認輸，任由當鬼的人歡聲喊著「ㄎㄧ、ㄉㄚ」敲一下地上的鐵罐。我們現在玩的躲迷藏，當躲起來的人與做鬼的人發現彼此時，沒有人會認輸，只會一起「ㄎㄚ、ㄉㄚ」兩聲拉開槍機。這場遊戲絕對不會因為「發現」而終止。

我貼著岩壁慢慢向前移動。儘管坑道內部素來冬暖夏涼，儘管此時是微寒清晨而非酷熱晌午，我額上的汗水卻滾滾而下，整個人和坑道內的岩壁一樣不斷淌出水滴。我的身體也變得和岩石一般僵硬，仍有運動能力的僅剩我緩慢橫移的雙腳，以及搭在步槍扳機護弓外微微發抖的食指。在這場遊戲中我偷偷作了弊，不僅違反搜索時不准裝上彈匣的規定，甚至還把子彈上了膛，我的食指只要滑進扳機護弓內就能擊發。萬一真的在下一個彎角處遭遇逃兵，萬一他真的拉開槍機，那麼，我們只會聽見一聲「ㄎㄚ、ㄉㄚ」而不是兩聲，這個遊戲就會結束了。到時，摀著胸口倒下的他，可能沒機會像小孩一樣坐在地上大聲哭喊「你作弊、你作弊」，卻可能會和撒野的孩子一樣在地上蹬腿、抽搐，然後，慢慢停下動作，靜止了他的世界，而這場遊戲至此才算真正終止。

只是，我會開槍射殺想反抗的逃兵嗎？我敢殺人嗎？

我反問自己。

替我回答的是坑道內不知從何處灌進來的風聲。

ㄏㄨㄟ……ㄏㄨㄟ……

會的、會的。

我們慢慢深入這如蛇腹般的坑道，移動的速度讓前方顯得無止無盡，似乎永遠也走不完。坑道雖長，挖得卻不深，幾處接近地表的地方都有光線透入，讓我們無須藉由手電筒也能辨別方向前進。然而，透入坑道的光線並不是驅走夜霧的陽光，而是經過多重轉折才溜進來的微光。光線喪失了熱度與亮度，把幽暗的坑道變成了一個朦朧黯淡的夢境。我感覺自己橫移的腳步似浮在空中，而微微顫抖的手指也已隨著身體石化僵硬了。我們小心翼翼又轉過一個彎角，原本狹窄的坑道忽然開闊起來，讓我們全都停住了腳步。若說剛才我走過的是夢的通道，那麼這裡肯定就是夢的舞台了。低矮的岩頂至此處突然挑高，上方鑽進來好幾道聚光燈似的光柱，染亮了無數顆漫游在這空曠處的灰塵懸浮粒子。此處顯然是這座坑道交通的樞紐站，空地約一間教室大，左右各有一條黝黑不見底的側坑。空地中央岩壁邊有一個長滿青苔的蓄水池，旁邊散落著幾個長方形鐵器，而水池旁的陰暗處則似有一團東西窩在那裡。

那團東西讓我們全都蹲了下來，憋氣不敢出聲。

是逃兵嗎？

不會那麼好運吧？

我回頭看躲在我身後的三名新兵。他們眨著眼睛，輕輕發出不知是恐懼還是興奮的鼻息。江臨淵和吳居安挨著岩壁以蹲姿橫移往我這裡爬來——現在他們更像螃蟹了，兩把垂直豎起的步槍像高舉的蟹螯——這讓我感動不已，他們果然是我的好戰友，儘管素來謹慎怕事，但遇到狀況還是會過來和我站在一起。這讓我湧生起勇氣，正要往那團黑影移動時，肩膀卻被江臨淵一把按住。

——別過去。

他搖搖頭，無聲地傳達出明確的訊息。

吳居安也湊過來，用手比了比那團黑影，然後雙手合掌斜靠臉頰。

——好像有人在那裡睡覺。

我跟著比手劃腳，用臨時自創的手語和他們溝通起來。

——是逃兵嗎？

——不知道。

——看池邊那幾個東西，像不像彈匣？

——蠻像的。

——看到槍了嗎？

——好像有耶。

——要不要過去檢查一下？

——先等會，看看情況再說。

我們蹲在通道與空地的交會點，面前毫無屏障，只靠光線的明暗差異作為掩護。站在明亮舞台上的人，看不見坐在黑暗台下的觀眾，因此我們得以好整以暇靜待台上的變化——儘管我們還不知道舞台上這團黑影究竟是布景還是演員。我們一動都不動，那團黑影也文風未動，雙方彷彿講好在躲迷藏的遊戲中再加上一個木頭人的比賽。

我忍不住想起了郭正賢。他離營未歸，迄今大概超過十天了吧？這段時間我沒機會和伊通電話，交通船又得再過三天才會載來信件和包裹，讓我只能徒然心急，不知事情後來的進展。他是否已回心轉意主動回單位報到？我希望是。但萬一，他還堅持不肯回營，那麼現在的他也一定躲藏在某個地方吧？本島和外島不同，在本島逃兵，不會有全島的兵力投入搜尋，頂多只有幾個憲兵偶爾上門探查。所以，在本島躲藏起來的郭正賢，一定會感到非常寂寞吧？因為他玩的是一個人的躲迷藏，一個沒有人當鬼的遊戲。

我們不是都玩過這樣的遊戲嗎？在小時候，還不用上學的童年，趁母親不注意的當下躲進衣櫃或桌底，一個人靜靜蜷伏在黑暗中。那時，我們是因為寂寞才躲起來，還是因為躲起來才感覺到寂寞呢？我不記得了，只記得一個人躲起來的我，是那麼渴望被發現，那麼渴望母親會來尋找我。

這麼說來，一個人躲藏起來的郭正賢，其實應該也一樣渴望被人尋找吧？渴望誰？當然不是偶爾登門拜訪的憲兵。

他渴望來尋找他的，應該是已遠赴英國的千慧吧？

我感覺肩膀又被人按了一下。轉過頭，看見一臉憂心的江臨淵正對我擠眉弄眼。

——我們過去看看吧。

——現在嗎？

——嗯。你從這邊過去，他從那邊過去，我從那邊過去……你們三個留在原地別動。

江臨淵比手劃腳，指揮若定，但分配的結果還是我從正中央主攻，他和吳居安則一左一右，擔任掩護的工作。他指了一下那團暗影，再以食指和中指擺成倒V字做出走路的動作，然後又豎起大拇指。我立即猜出了他的意思。

行動開始。

我輕輕站起，弓著身，保持戰鬥低姿，綁著紅布條的槍管對準黑暗中的那團影子，慢慢向前挪動。隨著距離的縮短，那團暗影現在看起來更像一個人了，這個人好像垂著頭坐在蓄水池邊，身上還斜靠著一把步槍。我知道自己正在做一個很愚蠢的行為，正面迎向黑暗中不知是睡是醒的危險人物，萬一真有意外發生，我可以想見，其他人一定會嘲笑說兩航次假便薰了我的心。也許那時我已沒有機會活著解釋，但這時的我心裡清楚得很，我之所以大膽向前，並不是因為誘人假期或責任命令之類的理由，而是為了另一個可笑的目的。

是為了發現。

為了發現，我才會走向這個躲藏起來的人。

人們不都會因為渴望發現和被發現而做出愚蠢的事嗎？

當然，我不免感到害怕。恐懼的力道之猛，宛如強力嗎啡，快速且大量地注進了我的體內。我甚至因而產生了幻覺。就在我逐漸接近那團黑影的時候，我看見那個躲藏在蓄水池壁邊的人有了動作。他坐直身子，像個小男孩一樣用手背揉著惺忪睡眼。旋即，他突然意識到自己已經被包圍了，便慌張撿起靠在身上的步槍。正面迎向他、距離不到十步、以綁著紅布條的槍管對準他的我，同樣感到驚慌失措。我愣住不動，不知下一步該怎麼做。因為，當這個躲在陰影裡的人把手背放下時，我看清楚了那張臉。不是二營的陌生逃兵，而是和我同時入伍，曾在夜市的海產店一起立下賭誓的死黨郭正賢！

眼前情況危急，逃兵似乎想反抗了。我應該開槍嗎？

我又問自己。

替我回答的是坑道內從高處落入蓄水池的水滴聲。

ㄉㄨㄥ……ㄉㄨㄥ……

Don't-Don't-!

恍惚中，我看見一高一矮兩個人影從左右欺近蓄水池。個子高的那個人用槍托搗向池邊暗處，原本呈坐姿的人影立刻潰不成形，散落成一地舊防寒大衣、一支禿掃把和幾個癟皺的便當鋁盒。

「幹幹雞悲！」江臨淵罵道，踢了那堆衣服一腳。「嚇死人了。」

「小聲點，」吳居安低聲說，「我們出去吧。」

我們快步走向明亮的坑道口。一曬在陽光底下，大家都如釋重負，深深吸了好幾口氣，只有我還憋著，努力抵抗想哭的衝動。

56 逃兵李江龍

謝天謝地，郭正賢主動回營了。伊在信中寫道，她迫不及待想告訴我這個消息，但我一直都沒打電話給她，不知道我這裡在忙些什麼。她說，幸好郭正賢的單位還沒發出離營通報，因此郭正賢雖然逾假一星期，但只被送進禁閉室反省一個月，不曾有更嚴重的懲罰。

這個消息讓我安心不少，但我卻不能告訴伊：我們島上搜索逃兵的行動仍在持續。

雷霆演習已經持續五天了，全島三千多人停止一切工作，每天一起床便全副武裝出發搜索逃兵，直到就寢時間才收隊回連上。這五天下來，我們至少把整座島翻來覆去搜了三遍，但逃兵仍不見蹤影，像從島上蒸發。

人是不見了，謠言和傳說卻四處冒了出來。現在我們都知道二營這個剩三天退伍的傢伙叫做李江龍，至於他為何攜械逃亡，據說是因為和南澳商家的債務關係。在外島，我們身上不會有太多現金，吃喝玩樂全靠一枝筆，雖然沒有信用卡，但就連野外的小蜜蜂阿姨或先生都可以讓你簽帳。反正島就這麼小一個，做生意的老百姓根本不擔心你倒帳落跑，除非是快退伍而又有一屁股債未還的人，老百姓才會縮緊這些人的簽帳額度。如果到退伍那天仍還不出錢來，老百姓就會到碼頭上堵人，不讓欠債退伍的人上船回台灣。

攔人討債的事情，幾乎每航次都會在中柱港上演，我們早已司空見慣。老百姓討的多半是五百一千的小錢，有時旁邊一起退伍的同梯看不下去，幾個人湊湊就幫他付了。但此次二營這傢伙可不同，兩年下來，他在南澳的酒店簽下了十二萬的酒錢。十二萬耶！儘管道聽塗說，我們仍不免為之瞠目結舌，欽佩這位學長的好酒量。不過，經營酒店的老百姓可就擔心了，怕即使在碼頭堵到人，也無法教他吐出十二萬來。於是酒店老闆找上這位好酒量學長的營上長官，請營長出面催討這筆債務。

這位營長處理事情的方法倒也簡單。他找來這名待退中的學長，告訴他如果拿不出這筆錢，即使船來也別想離開這座島嶼。營長的恐嚇果然成效驚人，這名簽帳冠軍學長慌了，他打電話回家求父親匯錢過來，但他老爸不知道是拿不出這筆錢還是不願意替兒子付酒帳，要他「自己戳的洞自己補」。眼見船期逐漸逼近，他真的以為自己會一輩子留在這座島上。在走投無路下，那天晚上，他碰巧看見連上的安全衛兵把步槍和彈匣卸下擺在床上去上廁所，於是心一橫，拿了槍和子彈便走。他像披了隱身衣消失得無影無蹤，而老百姓的十二萬塊當然也跟著無翼而飛了。

在這座已沒有戰事、當大陸漁船靠近我們連驅離都不打的寧靜之島，突然有了一個亡命之徒，讓所有人都緊張起來。我們設身處地假想，認為這位學長要做的第一件事就是復仇，而首要對象自然是那位用簡單方法處理事情的營長。我們無法想像這位倒楣的營長這幾天是如何熬過來的，據說他寢室外已加派衛兵保護安全，但他已連續五天晚上不敢入眠，整天提心吊膽，快被這名逃兵搞成了神經病。

島上的居民也一樣緊張恐懼。每天傍晚七點一過，南澳的百姓便拉下鐵門緊閉門戶，整條街道空空盪盪，沒人敢獨自上街閒逛，深怕這個積欠他們債務的窮鬼會變成登門討債的冤家。

我們和逃兵雖沒有瓜葛，卻也不敢鬆懈，尤其是當三連有個站衛兵的菜鳥賭咒發誓說他半夜看見逃兵李江龍扛著槍、大搖大擺從他所在的崗哨外走過時，所有人便更緊張了。我們把連上貯放糧食的庫房全多加了一道鎖，以防範躲了五天的逃兵肚子餓而摸進我們的責任區找食物。天黑後，原本站在營舍外的衛兵也龜進寢室，只怕因一句「站住口令誰」而引來殺身之禍。這當然有點矛盾。指揮官在五天內便把獎賞提高了兩倍——四航次假期外加五萬元獎金，如果我們真的想逮住逃兵討賞，應該大開庫房誘使他上門才對，但目前的情況卻是大家都害怕逃兵出現，像避鬼神一樣，希望他離我們越遠越好。

短短幾天過去，李江龍的形象已產生微妙的轉變。剛開始，我們認為逃兵有如驚弓之鳥，就連最弱不禁風的盧三輝也噴著興奮的鼻息，視逃兵為唾手可得的獵物。然而，當李江龍在這座不到四平方公里的小島躲過三千人連續五天的地毯式搜捕後，他已成功地把所有人都變成了驚弓之鳥，讓我們不分白天黑夜都必須結伴才敢踏進僻靜之地，只怕自己運氣不好變成了他的獵物。

遲遲無法逮到逃兵，讓李江龍的英雄指數直線上升，甚至引起某些人的模仿。雷霆演習進行到第六天，兵器連有個天兵在站衛兵的時候，把裝備脫下丟在哨所裡，在牆上寫下「我走了，大家再見」幾個大字。當然，這名異想天開的傢伙只證明了逃兵不是那麼容易的。他們連上的人僅用兩個小時就找到他，痛揍一頓後送進禁閉室，連營級長官都沒有驚動。

57 英雄

我們擠進中山室，搶占離電視機最近的位置，連聲催促輔導長快點打開電視櫃的鎖，讓我們把好不容易弄來的錄影帶放進機器裡。

連上的錄影機通常一週休息六天，只在官兵休假的時候全天候運轉，播放我們從南澳錄影帶店租來的影片。輔導長不會干涉我們把何種影片塞進機器，因此假日的中山室往往變成專門上映限制級電影的小電影院，一部《蜜桃成熟時》之類的片子可以從早到晚反覆播放七、八遍，而在中山室下棋看報的我們總會在關鍵之處抬起頭來，目不轉睛把螢幕裡火辣女星少露一點的做愛畫面用力烙進腦子裡，以備在急需之時調出來使用。

不過，今天並非假日，只是已持續十天的雷霆演習中的一個小空檔。我們迫不及待觀賞的電影也不是來自香港的限制級影片，而是正港台製的一部英雄電影。這部片引起全連轟動的原因，是因為片中有龔宗強班長的演出。

龔宗強退伍已經半年多了，雖說是緬甸華僑，但他被星探相中找去拍電影，倒也不讓我們覺得太過驚訝，甚至還有點佩服這個經紀人的眼光。說到英雄角色，還有誰會比龔宗強更適合呢？我們這些去年的菜鳥，有幸在連上見到那幕經典畫面，目睹龔宗強空手接過連長猛力向他刺來的木槍，成為連上唯一敢公然反抗連長的人物。龔宗強還用刺刀劃傷另一位班長方興隆的臉，而那時的我暗暗在心中叫好，因為我早發現這名班長偷走了我的防寒夾克，在當時卻只能隱忍不說。龔宗強叛逆又強悍的性格好幾次讓連長情緒失控，甚至在輔導長室拔出佩槍說要把龔宗強斃了。那次我和我師父胡尚智雖然懦弱地龜縮在桌子底下，但我心裡卻充滿了對龔宗強這位強者的景仰。

這些舊事全成了我們向後來的學弟吹噓的事蹟。當我們為了搜索逃兵李江龍而漫無方向的走在比人還高的芒草叢中時，我們總會惋惜龔宗強班長退伍得太早，沒遇到雷霆演習的盛況，否則那名逃兵勢必無所遁形。還有誰能比在中南半島打過游擊的龔宗強更懂得在敵人的搜索包圍中求生呢？龔宗強如果看到我們這樣每天出去胡亂搜索一通，他一定會哈哈大笑，然後一個人離開連上，像一頭精悍的獵犬叼回主人早已放棄的獵物，在半天內綁回那名讓全島三千人忙了十天的逃兵。

或許聽多了我們這些中鳥吹噓，那些跟我們一起進中山室想一睹傳說中班長風采的菜鳥們，在電影開演不久便低聲發出議論。

「咦，這個主角是香港人啊？好像不是那個緬甸班長。」

「剛進演藝界的人只能演配角啦，一開始都是這樣的。」有人馬上提出合理解釋。「像你菜成這樣，還以為自己一退伍就可以當總經理？你慢慢等吧！」

的確，從一些退伍學長寫回連上的信中，我發現他們好像都混得不怎麼樣。大部分人在放下圓鍬和十字鎬離開東引這座大工地後，回到台灣又走進一座座小工地，拿起同樣的工具。割了包皮才退伍的徐志遠現在是下水道工人，得過菜花的陳俊良變成了建築工，最愛操新兵的班長賈立銘直到現在仍未找到工作（我詛咒他永遠也找不到）。曾幫我解除肩上水泥重擔的七叔現在是吊車司機，每天幫人吊卸比水泥重幾百倍的東西（希望他也能用起重機替自己卸掉那時的情傷）。在這些學長寄回島上的信裡，沒人說到張展光的消息，就連我師父胡尚智（他現在是印刷廠的製版師傅）寫來的信中也沒有提過。在島上沒人敢跟他一起喝酒，看來退伍後也沒有人與他聯絡。我知道我這位童年玩伴小吾可能再也不會出現了，他就像彗星一樣，在我生命中的某段時刻劃下一道醒目深刻的痕跡，然後便與我的軌道脫開，快速遠離，從此不再相遇。不只是小吾，我這些學長也都是一顆顆亮度不同的彗星，他們各有各自的軌道。我們在這座島上短暫的相處是因為軌道的重疊，之後他們便一一離去，沒有留下任何實質可供紀念的東西。當然，我這麼講是有些武斷，因為畢竟不是每個人都不留下東西。像徐志遠和藍傑聖，雖然他們大概只和我短暫相處了兩個月，徐志遠就留了一張八大的招待券給我，而藍傑聖則留給我一顆用牙刷柄磨成的橢圓珠子。八大那張門票早在去年就被楊排拿去用掉了，現在想起來有點可惜。早知八大會裁撤，我就把這張末代招待券拿去裝幀裱框，說不定日後能在蘇富比拍賣會上得到一個好價錢。至於那顆有待琢磨的圓珠子，我則把它和輔導長送我的印章石材擺在一起，偶爾才取出把玩，藉物緬懷我這位情感豐富的營政戰士學長。那時的他在營上呼風喚雨，開口閉口都是實力，一副志得意滿的模樣。他離開這座小島也快滿一年了，我聽說退伍後的他去當沒有底薪的房地產仲介，但好像到現在都還沒有成交半棟房子。

說來洩氣，這些學長退伍後的際遇，與我們的期待似有很大的落差。他們多半從事勞力工作，領取一份屬於社會最底層的薪資。必須聲明，我對藍領階級並沒有任何不敬與歧視之意，而且這些退伍的班長和學長大都才二十歲出頭，從社會底層幹起也是很合理的事。問題是出在期待，我們不免有這樣的想法，因為當初菜到沒剩的我們是蹲在地上仰望這些學長的。我們已習慣了這種姿態，這種仰望的視角，因而無法想像這些掛著上等兵或下士階級在連上橫行無阻的學長，在退伍後竟紛紛投入各種難以讓人仰望的工作。有位學長在信中說到，如果有人肯付他三萬塊薪水，他願意一輩子在連上當一個上等兵。這段話說得中肯，但也頗令人失望。

只有龔宗強班長不會讓我們失望，這不是他的習慣。在軍中他是唯一有過戰爭經驗的人，是由叢林游擊戰中存活下來的英雄，我們已習慣用更陡斜的角度仰望這位傳奇般的人物。如今我們又再度仰望他了——他離開部隊躍進了螢光幕，光是由中山室電視機擺放的高度，就必須讓我們繃緊脖子仰頭觀看。我們滿心期待他會在電影中再耍一次空手奪白刃的功夫，但導演卻遲遲未讓龔宗強上場。

「沒放錯電影吧？」

「就是這部，錯不了的。」

「都演一半了，怎麼還沒看到班長啊？」

「急什麼！好酒沉甕底。沒聽過嗎？」

儘管這部片子正以公式化情節進行，但期待中的我們還是津津有味地看著，不理會仰望太久而造成的頸部僵痛。電影中這名由香港請來的過氣明星飾演的是一名充滿正義感卻無處伸張的好警察，他分發到一個集體貪污的單位，裡面的人全收了黑道大哥的好處而包庇販毒罪行。這個好警察很快就發現這個事實，並想追查下去，結果受到長官壓力而不得不妥協。沒想到，他那位不學好的弟弟竟然因為吸了太多這位黑道大哥販賣的毒品而暴斃。這件事讓他大徹大悟，認為必須剷除黑道和毒品以免更多人受害，而這麼做的結果當然是受到其他警察的排擠。他被裁了贓，上級沒收了他的佩槍和證件，要他休長假等待接受檢察機關調查。接下來他和所有有志難伸的好警察一樣，並沒有利用長假去小島度假，而是獨自一人展開追查，奇怪的是，如此反而對黑道大哥造成了很大的壓力。他又和所有有志難伸的好警察一樣，在獨力追查之前不忘找上黑道人可與他面對面嗆聲兩句，這麼做的後果當然是害到自己已論及婚嫁的女友。大哥派小弟擄走了好警察的女人，而接下來的發展自然是好警察隻身勇闖虎穴，而電影也即將進入結局前的大場面，一場大火拼已在所難免。

就在這個時候，龔宗強終於現身了。他一露面我們就認出來了，儘管電影中的他戴著墨鏡、穿得一身黑，還混在一群和他一模一樣裝扮的演員中，我們還是一眼就認出這個熟悉的身影。電影中的他出現在黑道大哥的別墅基地裡，與五、六個黑衣人一起拿著手槍衝向已潛入基地的好警察。我們沒時間思考為什麼大哥的別墅可以住得了這麼多人，也來不及研究為什麼打過叢林游擊戰的龔宗強在遇敵時竟然沒有先尋找地形地物掩護，因為一切發生得實在太快了，龔宗強和那群黑衣人只朝這個好警察跑了兩步，便紛紛摀著胸口倒下。目睹事件經過的我們同時發出驚叫，卻沒人看清那個警察到底是怎麼開的槍。我們頓時不再同情這個落魄警察了，只想知道倒地的龔宗強傷勢如何，可是導演完全不給我們機會。從突然出現到中彈躺下，龔宗強在螢幕上露臉的時間不到五秒。

「怎麼會這樣……」

我們張大嘴巴愣在電視機前，因這突如其來的情節而感到震撼，但接下來的發展更讓我們驚訝到說不出話——龔宗強復活了！一分鐘前他還倒在黑道大哥別墅的花園裡，現在竟然毫髮無傷地又與另一群黑衣人出現在別墅的游泳池畔。這個轉變讓我們霎時止住悲傷，可是來不及歡呼，龔宗強就又中了彈，而且還直挺挺掉進游泳池裡。我們還搞不清楚這是怎麼回事，龔宗強便再度復活了。他第三次擋住那位槍法神準的好警察去路，但下場比前兩次更慘，他同樣在三秒鐘之內連挨了好幾發子彈，然後在接下來的兩秒從三樓直墜地面，還很倒楣地掉在一張茶几上把玻璃桌面壓個粉碎。整個過程同樣在五秒內結束。

我們目瞪口呆，每個人都受到了驚嚇。那名好警察已安然抵達目的地救出人質，螢幕停格在男女主角相擁接吻的畫面，只剩下片尾字幕一行行緩緩上升。中山室裡一片寂靜，我猜是因為學弟不敢發表意見，而我們這些中鳥又不知如何解釋的緣故。

幾秒過後，沉悶的氣氛才被盧三輝那難聽的哭聲打破。

「別哭了，只是電影而已。」

有人這麼安慰他，但聽來像在安慰自己。

我們主動提早結束休息時間，穿好裝備拿起武器出發，走向島上的荒煙蔓草處尋找另一個英雄的人影。

58 夜襲

我們得到可靠線報，指稱逃兵李江龍就躲在八大。

這條消息是有點道理的。雷霆演習已經進行一個月了，我們誰也沒見過逃兵一眼，但對他的背景資料和這兩年在島上的所作所為卻瞭若指掌。我們這位學長也是八大常客，聽說和裡面的小姐交情匪淺。煙花女子仗義收容落難英雄，這樣的情節在電視和小說中皆屬常見，所以我們誰也沒把這條線索當成空穴來風。

唯一抱持反對意見的只有楊排。

「這是絕對、絕對不可能的！」他氣急敗壞說，臉上一副快哭出來的表情，彷彿自己的名譽受到了嚴重的污辱。

楊排說得斬釘截鐵，但我們問為什麼不可能，他卻支支吾吾答不出來，態度和我們問他軍官票和士兵票有何不一樣時完全相同。此外，他的反應雖然強烈，但不敢跳出來阻止我們全體動員去八大圍捕，因為這個線報是連長親口說出來的。

關於軍中的小道消息，我早已見識過它們的厲害。在我剛來到島上，在對環境和未來充滿不確定感而覺得惶恐之際，就有人可以準確說出會有誰來選兵以及我們全都會被送進士官隊的消息。我知道部隊裡總是有這種人物，那種在退伍後應該投考中央氣象局以提升天氣預報準確度的厲害傢伙，但我一直以為這種人只存在於士兵之中。直到這次雷霆演習，我才完全改變這種看法，才知道這些軍官原來才是真正的小道消息的製造者與依賴者。

這個月以來，我們好幾次一起床便全副武裝趕到海龍部隊的廣場，那是全島兵力的大集合，四個營的人都到齊了。指揮這麼大部隊的人當然是咱們的中將指揮官，但他不會馬上露面，每次都得讓我們在地上枯坐半小時，他老人家才和參謀長、政戰主任一起緩緩步出海龍部隊的營舍。照例他會先來段精神講話鼓勵大夥士氣，而其中最有振奮人心效果的是獎賞的提高。發現逃兵的人可得到的報酬，從剛開始的兩航次假期不斷往上加碼，現在的行情已經高達六航次——相當於學生時代的一個寒假。除了假期，指揮官還提供獎金，而且金額同樣不斷飆高。目前的懸賞金額已高達十萬元，相當於我們在兩年服役期間可以領到的薪餉總和。

宣布過新的獎勵辦法後，指揮官便會開始分派任務。每次他都信心滿滿，向眾人宣布他已掌握了逃兵的行蹤，確定這個讓大家勞師動眾的害群之馬此時正藏身在某座高地或某個坑道。照例會有一位營長的臉色變得很難看，因為指揮官宣布逃兵就在他的責任區裡，而他竟然渾然不知。不過指揮官不會苛責任何人，在眾人面前，他展現出的是身為將領應有的發令調度能力。他有條不紊分配任務，要A營去搜索甲高地，要B營去掃蕩乙山谷，但這兩個營都是佯攻部隊，用意是在分散逃兵的注意力。真正進入逃兵躲藏區域的是C營，不過他們必須故意大張旗鼓製造出大軍壓境的假象，目的是迫使逃兵出洞潛逃，然後掉進不動聲色埋伏在目標區域另一側的D營的口袋裡。

指揮官的計畫氣度恢宏、攻守有道，只可惜，他的戰術沒有一次成功過，逃兵依舊在島上某個不知名的地方嘲笑我們這種笨蛋演習。

儘管如此，我們一點也不懷疑指揮官的戰術。基本上指揮官的構想並沒有問題，值得懷疑的是消息來源——他老人家怎麼會知道逃兵藏身在哪個區域？為解答此疑惑，士兵之中的小道消息製造機便開始啟動。謠言開始流傳，說在我們枯坐在海龍部隊廣場等指揮官露臉的那半個小時，其實他正和參謀長與主任三人在海龍部隊的辦公室裡玩碟仙。他之所以每次都能把逃兵躲藏的地點說得如此篤定，全都是根據碟仙的指示。

想像島上的三大巨頭，三位年齡加起來超過一百五十歲的長官，各伸出一隻肥短或枯瘦或窊皺的手指扶著小小倒扣過來的醬油碟子，這個畫面確實讓人發笑。不過大家都深信不疑指揮官請碟仙的事，因為沒人能提出比這個更好的解釋。

關於連長為什麼知道逃兵藏在八大？這點我們可就無法解釋了。輔導長在寢室裡刻印章，副連長在中山室裡看電視，獨自待在辦公室裡的連長一個人可沒辦法玩碟仙，天知道他這條線報是從哪得來的。不過，當連長在晚餐後突然宣布所有人換裝準備前往八大逮捕逃兵時，大家全都興奮地跳了起來，除了楊排（連長命令他在連上留守），沒人質疑這條線報的可靠性。我們都很樂意接受逃兵就藏在八大的消息，一方面是相信連長，就像斐圭特號捕鯨船上的水手相信亞哈船長對白鯨在哪出沒一定具有直覺一樣。另一方面，是因為行動目標是八大。儘管八大已經歇業，裡面的小姐再過幾個星期就要回台灣，大家還是對那個地方充滿好奇。既然有機會，我們當然非得過去瞧瞧不可。

和去年搶救八大火災一樣，我們又以無與倫比的速度換裝整隊趁著夜色往八大出發。不同的是，這次我們手上提的不是臉盆和水桶，而是沉甸甸的步槍和彈藥。無須連長提醒，這次大家不再嘻嘻哈哈，人人都知道事情的嚴重性。上次我們是在八大的火被別連滅掉後才趕到現場，這次我們是唯一前往八大的連隊，連長掌握的是獨家消息，全島只有我們知道逃兵躲在哪裡，當然要憑自己的力量捉到逃兵。

至於要用什麼方法才能讓逃兵束手就擒呢？連長的戰術雖不像指揮官那般靈活，倒是相當實際，他要我們團團圍住八大，守住前後左右所有可以出入的通道。在龔宗強參與演出的那部英雄電影中，主角是單槍匹馬勇闖敵人大本營，我們的情況剛好相反，用大軍包圍了只有一個歹徒藏匿的地點，場景有如保羅紐曼和勞勃瑞福主演的《虎豹小霸王》最後一幕。這部片子實在太經典了，我永遠也忘不了保羅紐曼和勞勃瑞福從被圍困的小屋衝出時的停格畫面。導演把時間定住在那個剎那，固然是一種電影藝術的巧妙手法，但也有一點點無可奈何的意味。假設劇情再推演下去，即使僅僅再多個五秒，觀眾就會看見這兩位亡命之徒的臉上露出驚恐的表情，因為他們這時才發現屋外滿坑滿谷都是武裝士兵，至少有一千支槍同時對準他們。如果他們暫時還沒被亂槍射死，如果導演再給他們五秒鐘添句對白的話，愛拌嘴的這兩個人一定會互相責怪對方犯了大錯——剛剛在木屋裡應先看清楚屋外動靜再決定要不要衝出去才對。

話說回來，我們包圍八大的行動畢竟不是在拍電影，如果逃兵從八大走出來，我敢保證他什麼人也看不見，因為我們全都藏身在四周半人高的長草叢中，只從草叢底端露出一根根槍管，準備隨時向八大射擊。

像現在，我就趴在芒草堆裡，視線隨著六五步槍的槍管往前延伸，涵蓋了八大正門口前的小廣場。坦白說，我還沒有以如此近的距離、如此長的時間觀察這個在島上有悠久歷史的軍中樂園。說是樂園，外觀看起來卻一點也沒有歡樂的氣氛。不知道是否因為已歇業的關係，八大沒有閃耀的霓虹招牌，也沒掛上引人遐想的紅燈籠，完全無法與南澳的卡啦ＯＫ店相比。這裡只有一扇緊閉的木門，以及左右兩邊以花崗岩壘起的厚牆。我看見右邊的石牆在半人高的位置開了一個小洞，不知道那是不是傳說中的軍官和士兵售票處，但那看起來實在不像販賣歡樂的窗口。入夜後的八大陰陰森森，像一座堅不可摧的碉堡，而那個小洞就像碉堡的機槍射口，彷彿會向我們噴出致命的烈焰。

「我們到底要等到什麼時候啊？」

我背後傳來一陣窸窸窣窣聲，還不及回頭，黃天福便已從草叢中鑽出，泥鰍似地以伏進動作爬到我旁邊。

「想嚇死人啊，」我拔起一撮草扔向他那張胖臉，「你過來這裡做什麼？連長不是要你守住右邊的山坡？」

「我在那裡都趴了一個多小時了，逃兵還不出現。我好無聊喔。」

「你無聊，不會去叫逃兵出來嗎。幹嘛跑來我這裡？」

「來找你聊天啊。」

「想聊天就去找八大的小姐，別來吵我。」

「找八大小姐會惹楊排不高興，還是找你比較保險。」

「你從新兵開始就一直跟著我，到底煩不煩呀。」

「我就是要跟著你，怎樣，你咬我啊？」

我火大了。「你以為我不敢……」

「噓，小聲點。」黃天福努著嘴拚命往旁邊比。「連長的位置離你不到二十公尺，你沒發現嗎？」

我撥開草叢，往黃天福說的方向看去，果然發現連長就守在我左邊不遠處的石階上。那是八大通往龍門村的主要通道，我看見連長側著身斜躺在石階上，一手弓著撐起頭肩，另一手按在腰側的手槍套上，目光奕奕地盯著八大的木門。他的身後還有幾個綠色的人影，我猜應該是跟著連長走的傳令兵和通信兵，不過，在那一片暗綠的色塊中，我還看到一團黃色毛茸茸的東西。

「咦，麥可也來了？」

「真的耶，」黃天福探頭看了看說，「八大裡面又沒母狗，麥可跑來做什麼？」

「你怎麼知道八大沒母狗？啊哈，我看你一定去過八大。」

「我才沒咧。我又不是孫幼民。」

「孫幼民去過八大？少騙了，他年紀這麼小，父母把他送來當兵已經夠殘忍了，他怎麼可能去逛八大。」

「你不信，我叫他來跟你說。」話一說完，黃天福又像泥鰍般窸窸窣窣地滑走了。

我繼續埋伏，瞇起一隻眼睛透過步槍準星觀察八大門邊的小窗口。我們圍住八大快兩個小時了，這間特約茶室連門都沒開過，更別說會有誰出現在這黑漆漆的廣場。我連打了幾個呵欠。黃天福說得沒錯，雷霆演習實在無聊透了，我們簡直是用等待來磨鍊耐心。我只能往好處想，比起必須往暗無天日坑道裡躲的「方案一」和「方案二」，這種演習至少沒那麼憋，好歹我們是居於主動的地位。

一會兒後，孫幼民便提著步槍從草叢中現身了。「你找我？」他很警覺地左右張望一下。「夭壽！連長就在你旁邊，叫我過來這裡是想害我嗎？」

「我可沒找你，是黃天福說你去過八大……」

「噓，這種事情不要黑白講。我哪去過八大？那是楊排的責任區，我才不敢跟他搶。」

「那你幹嘛一副心虛的樣子……我知道了，你去的是馬祖的茶室。」

「馬祖哪有茶室？」

「少裝了，你去年在馬祖受訓，別說沒去過那裡的軍中樂園。快說，馬祖的茶室叫什麼名字？」

「梅石……雞悲，你勾起我那段不堪的回憶了。」

「為什麼不堪？」

「那是我的初夜耶。」

「好極了，然後呢？」

「這些事有那麼重要嗎？你幹嘛一直問？」

「當然重要啊。軍中樂園已經裁撤了，你和楊排是連上碩果僅存去過八三一的人，絕對是很重要的歷史見證者，我們怎麼可以讓這段歷史湮滅呢？」我義正辭嚴用大話哄他，其實只為滿足我的好奇心。

「你愛說最好，不說就趕快走開，要是逃兵沒捉到，連長又發現你隨便離開位置，大家就都完蛋了。」

「好好，我說、我說……」孫幼民搔搔頭，裝出一副清純無辜的樣子。「哎呀，一年多前的事我記不清了，你要我怎麼說啦？」

「其實茶室的事我已聽說一些，只是耳聞不如親見。這樣吧，我問你答好了。」

「你問。」

「嗯……」我的眼睛仍盯著八大門邊的小窗口。「進茶室前必須在門口買票嗎？」

「進到裡面才買。」

「為什麼叫茶室？裡面有茶可喝？」

「沒茶，只有酒。那裡有一個吧檯，可以買啤酒。」

「有吧檯啊……那不是跟卡啦ＯＫ差不多？是不是有舞廳那種七彩旋轉燈？」

「沒有旋轉燈。」

「那總有桌椅吧？」

「有八張。」

「靠！你記得還真清楚。」

「那裡面很暗，點的是黃色燈泡，我們在那裡一邊喝啤酒，一邊看著牆上的相片。」

「什麼相片？」

「當然是小姐們的相片。」孫幼民用一副不可思議的眼神看著我。「說你菜你還真是菜到可以。沒相片你怎麼知道要買幾號，總不能擲筊吧？牆上掛的全是小姐的相片，每張下面都有一個號碼，看你喜歡哪一個。」

我覺得孫幼民的說法有點矛盾。既然茶室提供小姐的相片讓想買票的人有個依據，又何必把燈光調暗，讓如此貼心的服務大大打了折扣。不過，我腦海裡還是浮現了一個畫面：一群身穿草綠軍服、平頭、臉上或許還有青春痘的男生，坐在煙霧繚繞的昏暗茶室內，喉結隨著大口灌入的啤酒上上下下跳動，眼睛則左左右右在牆上一張張相片上來回移動。我突然佩服起孫幼民的膽識。他才剛滿十八歲，只憑一張相片就交出了自己的第一次，如此義無反顧，如此講求效率，就像我們在十八歲生日當天就去考駕照一樣。

「接下來呢？你一定挑了其中最漂亮的那個？」

「嗚……」孫幼民假裝啜泣。「別再問了啦。」

「哭什麼？搞得一副被強暴的樣子，又沒人押著你進茶室。」

「噓，你聽，好像有什麼怪聲？」

「少轉移話題，快說。」

「你先聽一下那是什麼聲音嘛。」

我豎耳傾聽。一開始，我聽見的只有風聲。入夜後的八大，海風從燕秀的方向吹來，捲來一點酒廠的發酵味兒，搖動著我所藏身的芒草堆，流水般嘩嘩作響。不一會兒，我聽見風聲中似乎還夾帶著另一種聲音，聲音雖弱，卻比輕柔柔的風聲重，像一把低音大提琴混進了小提琴的重奏會。我再仔細聆聽，立即覺得上述的形容太過文雅。這聲音沒有複雜的旋律，僅有單調而規律的起伏，在穿越黑暗中的叢叢荒草後，充滿一種令人懼怕的原始力量。我立刻判斷這是某種野獸的咆哮聲，某種大型犬科或貓科動物藏身在黑暗中對敵人所發出的恫嚇喉音，但我知道島上並沒有這類動物，而且，這聲音的來源似乎離我很近，好像是從連長埋伏的那個位置傳來的。怪的是，這個聲音越來越大，越聽也越覺得熟悉，我忍不住便再把頭探出草叢。

我看見連長那邊起了一點小騷動。先是麥可從趴睡中起身，豎起耳朵諦聽半晌，旋即夾著尾巴像受到驚嚇似地快步跑開了。接著連長也坐了起來，壓低身子溜下幾級石階，動手搖晃一個躺在石階上的綠色人影。那個人顯然睡著了，即使是連長的動作也無法立刻讓他產生反應。連長搖得更用力了，還揚手給了他兩個巴掌，那傢伙才倏然躍起立正站好。在此同時，暗夜中那個不可異議的恐怖聲音消失了，只剩下那傢伙歪掉的鋼盔在立正時掉落沿著石階匡噹匡噹滾下的聲音。

「媽的，翁柏昌那傢伙連這種時候都能睡。」我說。

「好可怕的鼾聲，連麥可都受不了。」孫幼民也嘖嘖稱奇。

翁柏昌突然站起，顯見已睡到完全忘記了敵情概念。連長急忙把他推倒，只擔心藏身的位置曝光。我看見連長不知道在翁柏昌耳邊說了什麼，然後翁柏昌便以蹲姿倒退著走下幾級石階，撿起掉落的鋼盔，才揉著眼睛搖搖晃晃往龍門村走，大概從那裡繞道回連上去了。

連長回到原本的位置，恢復剛才的姿勢。我猜全連只剩連長還充滿幹勁地守候著，其他人可能都像黃天福擅離了崗位，要不就像翁柏昌那樣睡死了。我們以大軍包圍了八大，但從我所在的位置看不見除了連長以外的人，我很難相信這些人的掩蔽技巧竟然如此高明。

「好啦，聲音沒了。」我也回復臥射姿勢，繼續透過步槍準星盯著八大的木門。「你剛說你買了票，可是如何知道什麼時候才輪到你？」

「看燈啊，」孫幼民說，「東引我不知道，但馬祖比較先進，每張相片和每個房間門上都有一個紅燈，是連線的，紅燈熄滅表示裡面沒人。」

「所以要等燈滅了才能買票嗎？」

「亮著也可以買。」

「那萬一幾個人同時買同一張相片的票，那怎知下一個換誰？」

「不知耶。」他似乎被我的問題難倒了。「大概到門口排隊吧？」

「我看，你一定是見到燈滅就立刻猴急衝進去。」我取笑他，「所以才不知道順序的問題。」

「嗚……」

「幹嘛又哭？」

「你一定要在傷口上撒鹽嗎？」

「撒什麼鹽？我是在幫你回憶耶，這麼重要的事情怎能遺忘呢。我問你，當房間的紅燈滅了，在你打開房門的剎那，你第一眼看到的是什麼？」

「廁所。」

「廁所？」

「暖爐。」

「還有暖爐？」

「衣櫥。」

「等等，你說到哪去了？我問的是你買票進房後所看到的東西，你講這些做什麼？」

「我就是看到這些東西啊！」孫幼民說，「茶室小姐住在那裡，當然會有這些東西。你懂嗎？那個房間就是她們的家。」

「好吧、好吧，」我道歉。「裡面總該有床吧？」

「有床。床上有一個肥婆。跟相片完全不符。」

「怎樣不符？」

「身材不符、年齡不符，」孫幼民咬牙切齒說，「外面那張相片就算是她，也至少是十年前照的。」

「是這樣啊……那麼……你們有聊天嗎？要不要先培養一下感情？」

「聊什麼天？你喜歡跟你媽聊天嗎？」

「她又不是啞巴，總會說話吧？」

「有。」

「說什麼？」

「她說『快一點』，好似趕火車。」

我的好奇心完全被這句話澆熄了。我突然覺得很抱歉，不知道接下來該問什麼，或該用什麼話來安慰我這位年紀輕輕便被父母送來當兵、又年紀輕輕就遇上人生中的重大打擊的這位下士班長。這種感覺就像在十八歲生日那天考到駕照，騎車上路後就在第一個路口轉彎處遇到警察，被開了一張紅燈右轉的罰單。當然你也可以說他是咎由自取，應該先把一切探聽清楚謀定而後動。不過，有錢難買早知道，誰也不知道下一個轉彎處會不會有警察躲在那裡。

我和孫幼民藏身的草叢陷入尷尬沉默，但附近倒是起了一陣騷動。那些守候在八大四周，被我認為都已擅離崗位或睡死的那些人，此時突然活了過來。

「屋頂上有人！」

「逃兵出現了！」

好幾束手電筒強光登時打亮往天上照，大夥鬼吼鬼叫用手指或槍管往八大的房頂上指。我看見屋頂上真的有個人影，他被強光一照，先是愣了一下，旋即開始左躲右閃，卻仍避不開從四面八方向他射來的光束。在驚慌中，他迅速往屋頂上凸起的一個不知道是煙囪還是氣窗之類的東西一鑽，動作快得讓我們無法看清他的身影。只不過，他的腦袋和上半身是鑽進屋頂凸出的那個洞裡了，但屁股卻卡在外面，好幾道光束頓時打在那兩大塊的臀部肥肉上。

躲在草叢裡的人全跳了出來，現場卡嗒卡嗒響起一陣拉槍機的聲音。

「等等，別開槍！」我急忙揮手阻止大家。「屋頂上的人好像是黃天福！」

「天福？你怎麼知道是他？」連長問，我看見他也掏出了四五手槍。

「很簡單。逃兵餓了一個月，不可能還會有那麼大的屁股。既然不是逃兵，而我們又包圍了八大，能上到屋頂的當然是我們自己人。那麼，咱們連上還有誰擁有這麼大的屁股呢？當然是全連最胖的黃天福。」

我一口氣講完我的推理，卻看見站在暗夜下的連長已氣白了臉。幾分鐘後，黃天福被兩個班長一左一右夾著帶到連長面前。

「混帳！你爬上屋頂做什麼！」連長劈頭便罵。

「我……我上去看看逃兵有沒有躲在裡面。」黃天福辯解。

「你看到逃兵了嗎？」

「沒……沒有。」

「那你看到什麼，給我說清楚！」

「我看到……我好像看到有人在擦身體，好像剛洗完澡……」
「男的還是女的？」
「不確定……」黃天福支支吾吾說，「我正想再看清楚一點，你們就打開手電筒把燈光射過來了。」

連長氣炸了，不過算黃天福這小子運氣好，因為逃兵可能還藏在八大裡，大敵當前之時並不是處決自己人的好時機。可是，被黃天福這麼一鬧，我們一整晚的埋伏全都露了餡，連長只好當機立斷下令發動突擊。

「弟兄們！大家跟我一起衝進八大！」
「喝嘿！」眾人頓時歡聲雷動。

連長一馬當先，右手高舉四五手槍，左手弓著對我們比出交通警察指揮綠燈車輛快速通行的動作。我們提槍跟著連長往八大正門衝去，感覺很像當年起義攻打兩廣總督府的革命軍，差別只在連長的手槍沒結上緞帶繩穗、我們的手臂沒別著白色袖章而已。這種衝鋒陷陣的感覺非常好，只可惜八大的廣場就那麼幾公尺長，我們沒幾步便衝到了大門口。

「開門！快開門！」連長揮拳猛敲大門，但沒給裡面的人時間說「開」或「不開」，他便後退兩步，用去年飛踢營長傳令兵劉英傑的經典招式，一腳便踹開了八大的木門。門一開，我們便蜂湧而入搶著進入八大，要不是排副大喊「夠了、夠了」，並把來不及擠進來的人擋在外面，我們這些早一步入內的人可能連轉身的空間都沒有。

說也奇怪，我們這些人剛剛還在外面喊打喊殺，一踏過八大的門檻，除了連長和幾個人繼續往裡面衝之外，其他人竟然登時安靜下來，乖得像一群走進博物館展覽室的小學生，只努力把眼睛睜大打量映入眼簾的一切。可是，這間展覽室卻空無一物。如果外島的茶室都像孫幼民描述的那樣，那麼我們所在的這個空間應該就是過去懸掛相片讓人買票的地方。但我們沒有看到傳說中的相片，進門後的這個廳室空空盪盪的，沒有吧檯，沒有桌椅，沒有任何能讓我們拿來與淫猥產生關連的東西。儘管八大仍有等著歸鄉返台的小姐，可是我們張大鼻孔也嗅不著一絲脂粉氣息，無法憑空遐想軍中樂園當年盛況。這地方純樸得簡直像一座農舍，只差沒擺上鋤頭斗笠之類的農具而已。

我聽見好幾個破門聲響從大廳後面傳來，這才想起連長和好幾個英勇戰士還在前面打頭陣，也連帶想起八大內部才是別有洞天之地。我們這些勉強擠進來的人，毫無警戒心地遊逛已被掃蕩過的安全區域，完全忘記我們進來此地的任務，一心只想親眼目睹林立在八大內部的密室房間。從大廳到內室必須穿過一扇小門，門後深處隱約有燈光傳出。於是我們離開大廳，一起走向這道小門。這扇房門極窄，若兩人同時出入就必須側著身才能通過，不過我們鑽過小門往裡面走沒幾步，便豁然開朗起來。我們來到一座空曠的庭院，庭院前是兩間儼然並列的房舍，房舍前長滿芒草、快長到牆頭的相思樹和幾盆東倒西歪的盆栽，以及一條通往房舍小門的石板小徑。在附近蛋雞場的母雞啼叫與不遠處龍門村的野狗狂吠聲中，我們拿起手電筒往上照，這才發現這兩扇房門上方各有一塊生了青苔的石牌，上頭刻著一個已斑殘剝落的阿拉伯數字。

走進一號房間，就像孫幼民所說的，我們果然在這四坪左右的房間裡看見了廁所、衣櫥還有一張雙人床，無論樣式大小都平凡得與一般家庭無異。這裡是從前八大小姐居住兼工作的地方，但現在這個房間裡只剩木頭、陶瓷和石頭這類堅硬冰冷的東西，床上沒有棉被被單，衣櫥裡沒有衣服鞋帽，那些屬於私人的、屬於女性的物件元素全都不見了。我們又走進二號、三號和四號房間，看到的仍是一樣的格局，一樣的擺設，一樣的只有硬體和嚴重缺乏軟體。我們彷彿來到已變成一片農田的古戰場，找不到任何足以讓人憑弔的紀念物，也沒有任何一個柔軟的東西能留下來，讓人無從想像這些自願或非自願來此掛牌接客的女性，當她們對陌生的年輕男人說「快一點」之時，是把下巴揚起無聊地盯著掛在牆上的時鐘，或是把臉偏向一旁看向擺在床頭的初戀男友合照相片。

連長帶隊用槍托一連敲開七、八個門鎖，沒發現與逃兵有關的線索，只在通道盡頭遇到一個身穿綠短褲綠汗衫、脖子上垂掛著綠毛巾、臂彎摟著一個坑疤破爛鋁盆的老伯。看見我們大隊人馬闖入，他雖然有點驚訝，卻沒有阻止我們瘋狂破壞門鎖的舉動，好像他只是暫居在此的房客，而我們破壞的則是別人的產業。連長顯然沒把黃天福的報告當一回事，要不便是連續撞門撞到昏了頭，他忘記八大裡頭還有人在，被這突然現身的老伯嚇了一跳。不過，當連長問他逃兵有沒有躲在這裡的時候，老伯的回答讓我們全都覺得不可思議。「啥子逃兵？」他說，臉上一片茫然。「島上的那個逃兵啊，攜械逃亡了一個月的那個。」連長急說。「俺不知道有啥子逃兵，聽都沒聽說過。」老伯說。任何人只要看到他的表情就知道這個人絕對不是在說謊。

連長也許覺得再問下去或再搜查下去都是自討沒趣，他默默退出八大，揮手要排長集合隊伍，自己便一個人逕往點心世界走去。

我們結束今晚徒勞無功的夜襲行動，垂頭喪氣走回連上。原本以為楊排會迫不及待出來問我們搜索的結果，但走出連集合場迎接我們的只有提早回連上的翁柏昌和麥可。

解散進寢室，我們才發現楊排早已喝醉睡死在床上了。

59 無敵島

雷霆演習持續將近兩個月了，也就是說，二營那位攜械落跑的學長無論哪方面都創下了傲人的紀錄，他讓全島官兵總共出動約十八萬人次兵力搜索這四平方公里的小島，也讓指揮官開出的懸賞辦法達到史無前例最高點——找到逃兵不分死活，皆可獲得八航次休假和二十萬元現金。八航次！一個暑假的長度。我們卻一點也不動心，不像上個月一聽說有兩航次假大家就拚了命上山下海尋找逃兵。道理很簡單，只可惜指揮官他老人家不懂——當獎賞越大，人們和它的距離感就越遠；當獎賞無限大到接近夢幻的程度時，人們認真看待它的指數也趨近於零，只會讓大家抱持「這種好運不可能發生在我身上」的想法。

這是一種很有趣的想法，我們不妨將之稱為「對好運的絕對悲觀」，而與之相對的則是「對噩運的絕對樂觀」。舉例來說，假設有一件好事將在七天後揭曉，而到時發生在自己身上的機率是百分之一，大多數人一定會笑說「我不可能是那個幸運兒」而忘記了這件事的存在。反之，若有一件壞事同樣將在七天後揭曉，發生在自己身上的機率同樣也是百分之一，那麼，同樣的這群人將會憂心忡忡，終日擔心「我說不定就是那個倒楣鬼」而整整一個星期不得安寧。同樣百分之一的機率，對心理造成的影響竟有天壤之別，這似乎不是用理性可以解釋的現象。理性的無能還反映在大量的事實之上，也就是說，成為「倒楣鬼」的人數遠遠勝過成為「幸運兒」。理論上應該是一與一的人數比，實際上並未發生。此外，那些「倒楣鬼」顯然還有往某處集中的現象，例如醫院的安寧病房，例如同一班空難飛機上的乘客，又例如某個像我們所在的島嶼。

不過，即使我們這些倒楣鬼也會有走運的時候，例如這兩個月來的生活。我們不用出操上課，不必構工灌漿，天天一早就離開連上在島上四處閒逛。演習狀態還在進行中，但已不復見第一個月那種大規模又有系統的搜尋，我們甚至連槍或木棍都不帶了。我同梯槍械士林忠雄說，逃兵躲躲藏藏，不可能有心情好好保養槍枝，一把槍兩個月沒擦，要不就已麻膛，要不就生鏽無法擊發。我不敢如此肯定逃兵學長帶走的那把槍已經麻膛，倒完全有把握敢說我們這群人早就已經麻木了。現在我們的目標不再是一見面就有互相駁火可能性的逃兵，而是島上那些潛伏在草叢、石縫、枯木堆中的蜈蚣和蛇類。我們仍繼續搜索逃兵，但身上帶的是空寶特瓶和麻布袋，運氣夠好，一天可以抓個五、六條色彩斑斕的大蜈蚣泡進島上特產的高粱酒裡，幾天可以遇到一條大到足以配上薑絲下鍋熬湯的臭青母。

上次夜襲八大的事件，已成為最後一次有模有樣搜捕逃兵的行動。連長那天晚上在八大撞破了六、七扇房門，什麼也沒發現，只遇到一個不知有逃兵的老伯。雖然連長隔天就派了兩名木工去把木門修好，但我們都認為八大不可能就這樣善了，猜想如此激烈又無理的突擊行動必定會引來嚴重的糾紛。沒想到，八大事後竟然一點反應也沒有，沒有上門抗議，沒有向指揮部申訴，對我們強硬的侵入毫不為意，讓人不禁懷疑他們是否早已習慣了如此。

倒是楊排，那天雖然醉了酒，但一覺醒來知道我們在八大一無所獲後，便又生龍活虎起來，彷彿八大小姐又要重新營業，而不是即將上船離開。楊排像一個精力充沛的導遊，每天都打著搜索逃兵的旗幟，帶團出發遊覽這座島嶼。我們跟著他四處參訪，把南澳禮品店賣的風景明信片上的景點全逛了一遍，最遠還走到島上東端那座有百年歷史的燈塔。坦白說，我在島上待了一年，老早聽熟了諸如「烈女義坑」、「太白天聲」、「一線天」等景點，只是一個也沒有去過。平日我們只在營區和工地活動，假日一到計程車一叫便以最快速度鑽進南澳的卡啦ＯＫ，誰也沒想過要花力氣徒步把這座我們必須在此生活兩年的島嶼好好逛逛。楊排的這個風景名勝搜索團實在太令人驚豔了，但讓我印象最深刻的並非這幾個我已在明信片上看過的景點，而是一道無名的、光禿禿幾乎寸草不生的岩岸。在前往東湧燈塔的路上，當我們走過野戰醫院附近專門用來焚化屍體的「棒棒爐」後，右方海面便赫然出現一排壯麗的岩岸景觀。很難想像這道美麗的崖壁是屬於這座島嶼的，因為我們對這個島嶼是如此痛恨，但發現的感覺仍教人激動到微微顫抖，這就像你被關進一座監牢整整待了一年，才在某個風光明媚的早晨發現這監牢竟然有座國家公園等級的後院。

我應該試著好好敘述一下我所看到的這道美麗懸崖景象，不能用「筆墨無法形容」或「美到不行」

這種無能又懶惰的說法混過去。這道崖壁其實不長，頂多只綿延一、兩公里遠，但對這座只有四平方公里的小島來說，這樣的大小足可堪稱雄偉了。不過我們並不會因為尺寸的問題而感動，在我們來到這座島嶼之後，能感動我們的只有氣氛，無論是恐懼的氣氛、緊張的氣氛或苦中作樂的氣氛。說也奇怪，這道岸邊垂壁的氣氛實在好極了，它就像從海底升起的一塊蜂蜜蛋糕，薄薄一層綠色植被是它平坦頂部上的表皮，一朵朵撲上亂石的白色浪花是它鋪在底部的波浪形襯紙。至於介於頂部與底部之間的，那一大片像被人一刀切開而裸露的岩石，正面迎向東方的天空，反射著耀眼的陽光。當然，會反射陽光的還有那片湛藍的海水，只不過它們反射出的是兩種性質完全不同的光芒。崖壁反射出的陽光花白、乾燥，有股堅毅強硬之氣，像鋼鐵映耀出的光芒；海面反射的陽光金黃、濕潤，富有神祕生命活力，又如撒下萬千碎鑽般華麗。反射自海陸兩種屬性殊異的光芒交織，本應極不協調，但有了燕鷗穿梭其中，再加上一點點微濛濛的霧氣，這景象說也奇怪就這麼好看起來了。

我們全都停下腳步，站在懸崖邊隔著海灣眺望對面這道如夢似幻的懸崖。楊排說我們連上的駐地就在那道懸崖的後方，這讓我們產生另一種奇怪的感覺，彷彿我們突然脫離了這座島的限制，從外頭反過來觀察自己所在的地方。這種感覺有點悲哀，因為我們實際上還是待在這座雞悲的島上。換個位置觀看我們所在的島嶼，景色不錯是不錯，但我無法不把我們和風箏做聯想，覺得胸口上似有那麼一條繩線，總有那種隨時會被拉回地面的那種感覺。

這座崖壁也喚起了我的記憶，讓我想起一年前初次過海到這座島嶼的那一夜，在交通船上所做的夢。說來慚愧，我已經忘記那位獸醫同梯叫什麼名字了。在新訓中心的那個月，他是我們班上和我最談得來的朋友，我們好到連放探親假都會約出來見面，但他姓什麼叫什麼，我現在已全無印象，只記得他唸獸醫系，記得他的號碼是062號，還有他那條每逢假日必來營區探親的黃金母獵犬。或許，我從來就不知道他姓啥名啥，畢竟在新訓中心我們習慣用三個阿拉伯數字取代一個人的姓與名。奇怪的是，儘管才短短一個月，這些取代了人名的數字，竟然也和名字一樣具有顯著分明足以標識的個性。例如，每當見到66這個數字，我心中浮現的並非傳統的「大順」形象，而是直覺把這個數字和「混世」、「滑溜」等有欺瞞意義的字眼綁在一塊。這當然是受到新訓中心連上那個摸魚大王066號的影響，很難想像一個人在這世界上才生活二十年，居然就能練成如此油條的功夫。又例如62這個數字，讓我直覺感受到溫暖、神祕與一點點淡淡的傷悲。我想溫暖是來自於我和062短暫緊密的友誼，神祕是因為他在抽籤前一天讓我玩的抽撲克牌遊戲。可是，為什麼會有傷悲呢？這一年來我百思不解。如今，當我看著眼前這道秀麗的崖壁，當我回想起去年船上夢境的同時，才悟出那股傷悲感的來源。在那個夢境中，我、郭正賢和062號，三個人揹著背包站在一座無名小島的沙灘茫然看著海面。062號的黃金獵犬雖開口說出人話，內容卻讓人聽了無比難過——汪！汪！這座島什麼都沒有。

幸好，夢境與現實畢竟是有差距的。夢中的三個人，只有我一個人來到這座島嶼，而這座島也並不是什麼都沒有，多多少少擁有幾樣聲名遠播的物產和景致。比方說，那只消沾上一口便會為之驚豔的二鍋頭。這是很令人費解的一種特產，因為這座島上沒有好水，也沒有種植高粱，而酒廠竟然能源源不絕釀出一箱箱高粱美酒。又比方說，每逢過節加菜必會出現的黃魚。因為我當過採買，親手辦過一、兩次加菜，才知道這種魚的鮮度無與倫比——這些黃魚早上還好端端乘著親潮或黑潮游經這座島嶼，晚上卻莫名其妙被蒸熟成為我們酒席上的佳餚。話雖如此，但黃魚最讓我難忘的卻是牠腦子裡的那兩顆石頭。黃魚頭左右兩邊各有一塊如小指甲般大的石頭，把它們合起來，剛好可以拼成一顆心的形狀。學長說這種石頭叫「相思石」，擁有不可異議的神奇魔力，如果你自己身上留一塊，再把另一塊讓女朋友帶著，就可確保兩人的感情像磁石一樣牢牢吸黏不分。學長還說，兩顆純白的相思石拼成的形狀越接近完美的心形，那麼魔法的效力便會越強。問題是，這些長在黃魚腦袋裡的石頭並不是工廠一個模子生產出來的東西，拼成的心形要嘛太肥，要嘛太狹長，要嘛就歪斜不正或帶有雜質斑點，能拼出完美心形的相思石並不是那麼容易獲得。

應該說，讓我難忘的不是相思石，而是我第一次在連上遇到席開十桌的那次大加菜，那時一共有十條黃魚出現在中山室裡。我們用兩張長條形鋁桌拼成一張大桌，連長打破班別建制，要大家自行找位置入坐，而我們自然是找梯次接近的人湊成一桌。我記得那時候，我們這群坐在角落的菜鳥好不容易才放鬆心情，正準備暢暢快快吃喝一番之時，那凶神惡煞般的流氓學長陳俊良竟悄悄走到桌邊，撥開擋住他面前的兩個人頭，舉起筷子二話不說便戳進桌上那條黃魚的腦袋。我們全都嚇傻了，那條清蒸黃魚才剛端上來，大家還在客氣推讓不好意思先動筷子呢。陳俊良筷子使得不靈光，一股氣上來，索性丟下筷子用手撥魚頭。桌上有人禁不住發出哎喲一聲，陳俊良立刻面露凶光說：「怎麼，有意見嗎？這條魚的相思石學長我要了。」

我們當然不敢有意見，但這種感覺很不好，有如一群人在光天化日下被一個人搶走身上的鈔票。陳俊良搶完我們這桌的相思石，又走向下一桌，他仗著老鳥身分，用粗暴的態度把連上九條黃魚的相思石全挖出拿走，只差長官桌上那條黃魚沒動。隨後，我發現搶匪不只一人，在陳俊良以粗魯動作開腦取石的時候，我看見他身後還有一個人站在那兒嘻嘻傻笑著。

那個人正是七叔。

當時離七叔喝成爛醉的那個聖誕夜還有兩個月。

在那個時候，其實我也很想拿到一對相思石，想讓伊和我身上各帶著一顆能拼成心形的石頭，深信這個可為愛情加分的傳說必然有其不容質疑的效力，因此陳俊良這種惡劣透頂的行徑，讓我在心中不知臭幹他祖宗八代多少回。然而，一年時間過去，當我現在站在懸崖邊上遠眺海灣對面那一大片美麗的石頭時，我發現自己已不再迷信相思石的效力了，因為陳俊良那時把搶來的相思石全交給了他同梯七叔，讓他從中挑出最完美的一對寄給本島的女友，但其效果如何，我們在兩個月後的聖誕夜都知道了。對於陳俊良的行為，我已不再痛恨。當然，現在回想起來還是讓人覺得既蠻橫又粗魯，不過仔細觀察，你會發現在蠻橫與粗魯這兩塊巨石底下，盛開著一朵代表同梯情誼的小花。

同樣的，這座島嶼也具有類似的特質，有些風光從表面是看不到的，你必須深入地底厚墩墩的岩層，才能見到幾十年前那群超人學長的鬼斧神工。我們這支打著搜索逃兵旗幟的島嶼旅行團繼續前進，不但遍走東、西兩座島嶼，也未遺漏那藏在地底下的撼人景點。其中，該特別一提北海坑道，因為那是楊排透過交情，我們才得以穿過他連駐地，進入這個大家已久聞其名的神祕坑道。

關於北海坑道的傳說，我早在來到島上的第三天就聽幹訓班的區隊長說過了。只是，區隊長的版本似乎與事實頗有出入，這座可供艦艇出入的坑道並不是在野戰醫院下方，而是在燕秀附近的一處幽僻地點。此外，這個坑道也不是一挖好就荒廢，不久以前它還是海龍部隊艦艇的祕密停放基地，幾十年來不知已嚇壞多少開鐵殼船來炸魚的大陸漁民，任憑他們把腦袋想到爆炸，也猜不透這前來驅離的武裝船艦是從哪裡冒出來的。搞了半天，區隊長關於北海坑道的描述，結果只有一點是正確的——坑道在開挖過程中的確出了點意外。也就是說，我們靠楊排的交情才得以參訪的，其實是一個超大型的活埋場地，有一整連的人被埋在坍塌的岩石底下，而且極可能直到現在還埋在那裡。

我之所以知道發生在這個坑道的悲慘故事不是傳說，自然是靠另一位排長的講述。當楊排的這位好友帶著我們穿過營區，沿著小路左彎右拐走到海岸邊的坑道口，來到可能是當年那位全連殉職的連長跪地不起的地點時，他不禁納悶楊排幹嘛帶著我們這群人進入這連燈都沒有的坑道。「你們沒事進去幹嘛？」講述完坑道歷史的他狐疑地看著楊排，「裡面很『熱鬧』喔，別說我沒有事先提醒你們。」

坦白說，誰也不知道楊排為何非進這座陰森森的坑道不可。我們都怕自己的八字太輕，希望他大可跳過這個地方，只是這陣子無人敢忤逆楊排的意志——自從包圍八大的那天晚上過後，楊排彷彿變了個人，一掃前一個月那股沉沉死氣。本來我們以為他藉雷霆演習之名四處遊山玩水，可是看他急急踏遍島上各景點的模樣，又不是這麼回事。他像查哨一樣來去匆匆，無論眼前美景多麼動人，他還是蜻蜓點水沾一下就走，感覺他早已計畫好，像急著追逐前方什麼看不見的東西……不，應該說好像有什麼東西在他後方追趕似的。

對於楊排的要求，我們向來樂於尊重與配合，在他面前我們都是最勤奮聽話的好兵，不像到了連上另外兩位預官排長面前，我們就變成一群皮厚如牆的牛。跟著楊排雖還不到吃香喝辣的地步，但基本的檳榔香菸點心飲料是少不了的，因此我們全都力挺楊排，他喊打我們就打，說殺我們就殺。在我們遊覽島嶼的這一路上，楊排不時催促走快點走快點，我們雖覺得可惜，卻還是完全配合，不想破壞他心中那個我們所不知道的計畫。

可是，一進到北海坑道，就不是這麼一回事了。楊排仍在後面催著走快點走快點，我們卻都像突然得了關節炎，前進速度慢如蝸牛，只把手中的電筒上下左右四處亂照。

很難相信在我們每天都會踐踐踩過的地底，竟然藏有這麼一座規模浩大的地下水道。這座坑道的確有祕密基地的架式，儘管當年靠人力以十字鎬和圓鍬開挖，但概念上的先進並不遜於任何一部好萊塢的科幻電影。的確，這座坑道根本就是一座實體化的電影場景，而且在我們踏進坑道的同時，還產生了類似電影轉景的效果，在一瞬間，像有人把沙漏倒過來般，所有感覺都被反轉過來了——光亮變成黑暗、炎熱變成寒冷、嘈雜變成寂靜、洶湧波濤變成漣漪不生、輕快笑聲變成沉重喘息。這座坑道的氣勢實在太讓人懾服了，在硬如鑽石的花崗岩壁中硬劈出一條地下運河供艦艇停泊——只有天才型的人物才會想到這種點子，才情絕不輸當年想出蓋萬里長城的那個傢伙。當然，許多偉大的建設與發明都與戰爭脫不了關係，而我們所在的島嶼正是前線戰地，擁有幾個這種應列為世界遺產的坑道應不足為奇。不過我們還是忍不住讚歎，既讚歎這寬闊地底運河的雄壯氣勢，也讚歎戰爭的偉大力量。

除了讚歎，我們還不得不慶幸。過去大家總是自怨生不逢時，不但抽中金馬獎，還遇到島上拓寬馬路大構工。現在走在坑道裡的我們全都閉上了嘴巴，暗自慶幸自己不是當年更早來當兵遇到挖坑道的那些人。當然，還有另一個理由讓我們在坑道裡閉上嘴巴。一想到幾十年前這些挖坑道的學長，現在可能還有人留在這裡，我們便大氣也不敢出一聲。大夥不但無法配合楊排要求，就連誰要走在最前面都推拖拉扯了好一陣子。放我們進坑道的那位排長說得完全不對，坑道裡一點也不熱鬧，反而安靜到讓我們一踏進來就想學東引老大罵一聲「幹幹雞悲」。

只是，洞裡實在太安靜了，靜謐的力量巨大到別說讓我們開不了口，就連在外頭喧鬧如山勢起伏的海水，一進到洞裡便平靜得幾乎成了果凍，頂多偶有幾圈漣漪在果凍表面漫開。我們把手電筒的燈光射向水面，看見水底似乎有黑影游動，但我們不敢照太久，因為水底下有一對對反光的東西，感覺那不是魚或蝦的眼睛，而是有誰在水裡瞪著我們。

「前面的！快一點！」走在隊伍最後面的楊排喊道，他只要性子一急起來，說話的口氣就會不太好。平常我們習慣他的個性，不會計較太多，可是此時在坑道中，我們卻快被他的催促聲惹火了，因為他的聲音變成回音從四面八方傳來。

快一點、快一點、快一點……

「快什麼快？又不是趕火車。」孫幼民低聲說。

我聽見走在前面的幾個人同時噗嗤笑了出來，才發現原來我不是唯一聽過孫幼民逛軍中樂園故事的人。我知道他們在笑什麼。他們一定很想問問楊排，他每次上八大，和他相好的那個小姐會不會跟他說「快一點」。

不過，就算楊排再怎麼操我們，我們也不會在眾人面前不給他面子，不敢使用這種太傷人的關鍵字眼。但是，對付小氣的余排，我們的態度可就不一樣了。自從上回他壯烈犧牲掉三個一塊錢之後，他的女友再也沒有打電話來過，當然他再也看不到上頭寫有「阿娜達，愛就是把東西吃光光」的包裹。現在的他已成為全連官階最高的孤兒，而他倒不會受階級局限，每逢輔導長發下交通船運來的郵件包裹後，他總會像幽靈似地站在我和沈詮身邊，眼睛盯著我們包裹裡的食物，嘴裡則不停喃喃唸著「好好喔，好好喔。」「想吃嗎？」這時的我們總會高舉起一包開心果或花生之類的零食在余排臉前搖晃，同時說出攻擊性最強的關鍵字眼。「一顆賣你『一塊錢』就好。」

無論如何，儘管不知道楊排為什麼急著踏遍這座島嶼，我們還是陪著楊排以最短時間把整座島逛了一遍。看來大家心裡早有默契，正如我師父胡尚智說的，「很多事情別多問，也不能問」，如此才能避凶趨吉，平安退伍。

的確，只要別多問，像這樣不帶任何目的的漫遊，確實相當對身心有益。我們雖還待在同樣一座島上，卻幾乎快忘記了兩個月之前的水深火熱生活。這陣子我們不用出操、不用構工、不用卸載、不用搬水泥或打空心磚，完全免除體能上的勞動；我們無須戰備，也早已不再打驅離（我們下到已廢棄的安東坑道，真的看見原本架設機槍的據點仍留有一堆堆拳頭大小的石塊。我們撿起往懸崖下試丟了幾顆，傳回的聲響果然效果驚人），過去讓我們整天提心吊膽的是軍官，現在他們的威脅還不如躲藏在石縫草叢裡的毒蛇和蜈蚣，而這些曾四處橫行的爬蟲毒蛇，又已在這兩個月內成為逃兵的代罪羔羊，幾乎全都溺斃在島上特產的高粱酒裡了。

可以這麼說，這座島嶼已經無敵了。如果當兵每天都像現在這樣愜意暢快，我一定立刻簽下志願役，並順便告知那位願意以三萬元薪水當一輩子上等兵的學長，請他考慮把價錢降低一點和我一起投入這種酥麻的生活。

唯一掃興的，雖然我知道那不會持續太久，卻還是讓人完全無法忍受的，是指揮部那輛裝上擴音喇叭，比小蜜蜂先生或阿姨更會在島上四處神出鬼沒出現的吉普車。

真的，如果挖掉自己的耳朵不會觸犯軍法，而事後又可以完全復原的話，我真的願意暫時挖掉自己的耳朵，只希望不要聽見那輛吉普車的擴音喇叭傳出來的聲音。因為逃兵的母親被指揮官接來島上，終日坐在吉普車裡對著擴音器淒喊。

——出來啊，阿龍……

——我係母啊，你緊出來呀……

——嗚嗚……你遭去哆位啦……

——阿龍，你出來呀……來呀……來呀……

60 搭船離開的夏天

真的，沒有哪件事或哪個人是不會被忘記的。

或說，我們無法一直記得某件事或某個人。這是不可能的。

我說的「一直」是指恆久的持續狀態，一天二十四小時、一月七百二十小時、一年八千七百六十小時永不間斷的持續。

沒人辦得到，總有別的事情插進來打擾我們，讓原本執著的思緒突然脫勾。我們就像嚎啕大哭的孩童，很容易受外界干擾而讓哭聲淚水暫止，睜大眼睛打量他處，才又接回先前的記憶繼續大哭。無論再怎麼痛苦或刻骨銘心的事件，都無法造成這種持續狀態。即使是守喪中的人，也會因為一隻蒼蠅突然飛過而分神，在那幾秒內出現悲傷的空窗。再拿小吾來說，失去至愛是比刺刀插進手腕還疼的痛苦，但他也只在三杯黃湯下肚後，才會召喚出淚水和他女友的幽靈。

因此，「遺忘」可說比「記得」更具常態性。在外島一年，我已被磨鍊出遺忘的功夫。我可以忘記心悅，把自己的心當做一袋糯米用厚石壓著，不在乎寫有我名字的塑膠袋從漸漸變少到不再出現；我可以暫時不想伊，至少白天不再動不動就掏出皮夾翻開伊那張笑盈盈的兔臉相片，而把思念集中在晚上寫信、假日打電話和交通船載來信件等幾個時刻。不只是我，在這座被連續兩個月雷霆演習鬧得天翻地覆的島嶼，所有人都必須學會遺忘，把遺忘當成默契。唯有如此，才能在某天早上醒來後，發現部隊又開始晨跑，又開始構工出操。也只有這樣，那位逃兵學長才真正逃出了這座島嶼。

只是，楊排似乎永遠也學不會這點。

部隊漸漸恢復兩個月前的生活，在連上卻難得見到幾次楊排的人影。大家心知肚明，知道他一定窩在門上仍留有連長腳印的八大，但衝著八大小姐馬上就要搭船離開東引島，大夥也就裝作不知道這件事。沒想到，當交通船進港後，楊排竟主動找上我們，要大家陪他去中柱港「逛逛」。

「十八相送喔？」孫幼民說。他一眼看穿楊排心思。

「送你媽啦。」楊排一掌拍向孫幼民後腦。「去不去？一句話。」

要去，我們當然要去。參加過楊排島嶼旅行團的團員，全部到齊沒少半個。對於八大小姐，誰也沒見過她的花容月貌，我們怎麼可能不好奇呢？從以前莒光日早上大家的反應就知道了——不知誰先這麼說，八大小姐每星期四都會趁全島官兵上莒光日教學的時候到野戰醫院做例行檢查，而她搭的計程車一定會經過我們連集合場下方的那條馬路。消息傳出，每星期四上午八點，或莒光日每個下課時間，連集合場的草坡邊就會站了一群人，翹首往馬路遠方直望。

我也曾目擊過一次那輛傳說中的計程車。那次是衛兵先看見的，他的反應超快，一瞧見指揮部那邊出現一團黃色影子，便高喊：「來了！來了！」我們全丟下手邊工作往連集合場跑，剛好來得及看見計程車從斜坡上衝下來以近百公里時速從我們面前呼嘯而過——當然，別說八大小姐長相，我們連車上有沒有乘客都看不見。怪的是，望著什麼都看不見的計程車遠去，大家竟然興奮莫名，感到一股強烈的快感。

雖然這是我們第一次，也是最後一次親眼目睹八大小姐的廬山真面目，但誰也不會放棄這種機會。倒是楊排，他一反平日豪邁，一進中柱港碼頭區就開始遮遮掩掩，和那些舊帳未清、想躲開堵在碼頭的小蜜蜂或商家老闆上船回家的屆退官兵一個模樣。我們滿心期待，一群人在管制區入口外大剌剌一字排開，但楊排卻躲在我們身後，像小男孩扭捏。

海軍的交通船已停泊靠岸，碼頭上人來人往，港區裡各式車輛駛進駛出。近百個後腦瓜泛青的新兵，在一位手提資料袋下士的口令下整隊，每個人臉上都是一副驚慌的表情，肚子裡想必還留有海軍在基隆碼頭賣給他們的雞腿——如果沒在船上吐掉的話。我們的目光掃過每個下船和上船的人，掠過每個穿草綠服的軍人和穿便服的老百姓，其中有不少是我們熟識的面孔。我看見東引老大斜揹一只肩包，微弓著腰、雙手背在身後，對負責安檢的白帽子憲兵說了一句「幹幹雞悲」，便大搖大擺上船去了；我看見笨伯的老婆，那隻蹤縮在洞穴裡的母狼，她雙手提著行李走在碼頭上，突然把行李一丟，衝出數步抓住一個步伐不穩歪歪扭扭向碼頭水邊走去的小孩——我猜這就是幾個月前還在襁褓裡和他母親一樣瞪著我看的那個嬰孩，沒想到這麼快就會走路了。我看見好幾輛吉普車開進港區，其中包括指揮官的紅牌車，從這些車上下來一堆軍官，以及一位身材矮胖的歐巴桑。我不認識這個歐巴桑，但從指揮官對她畢恭畢敬鞠躬哈腰的模樣，我知道她就是這航次島上最有名的心戰喊話員，逃兵李江龍的母親。她默默從我們面前經過，走向交通船，臉上毫無表情，彷彿連續七天的喊話弄啞了她的情緒。

我們在碼頭上足足看了快一小時的人，直到交通船即將啟航，我們才發現一個嚴重的問題——除了楊排，沒人認得八大小姐。要是楊排一聲不吭，讓八大小姐從我們面前上船走掉，我們這一趟可就白跑了。

我們一起轉向楊排，表達心中疑慮。

「別緊張，等她出現你們就知道了。」

楊排雖這麼說，他卻連頭都不敢抬，不知在害怕什麼。不過他這點倒是講對了。當八大小姐走出候船室的時候，碼頭上有人吹起口哨，還有人用力鼓起掌來。我看見那天晚上我們在八大裡面遇到的老伯，他脖子上仍掛著毛巾，奮力推著一輛載滿行李的板車向檢查站走來。一個女人跟在他身後，想必就是神祕的八大小姐。她迎風斜撐著陽傘，幾乎遮掉自己一半以上的身軀，我們只看見露出在陽傘底下的半截絲襪高跟鞋小腿。

「來了、來了，」孫幼民咬牙切齒說，「等著瞧吧，身材不符，年齡不符……說不定剛才指揮官送走的才是八大小姐，打傘的這位是李江龍他媽。」

港口風大，撐傘的八大小姐沒走出幾步，無力再把傘撐下去，索性把傘收了起來。我們爆出一聲驚呼，因為傘下出現了一個身材曼妙，走起路來婀娜多姿的女人，一點也不像孫幼民說的那樣又老又肥又醜。她朝我們所在的閘門走來，身上那襲細肩帶黑色紗質洋裝和燙成大波浪的長髮全被海風吹得飄了起來，那雙鳥腿般細長的瘦腿讓她走起路來也輕飄飄的，每走一步便顛晃一下，像一隻在崖壁岩石上行走的黑尾燕鷗。她向閘門走來，距離尚遠，可是我們都知道她刻意打扮化過了妝，因為一陣狂飈亂捲的海風帶來了濃濃甜甜的香水味兒——剛剛從這裡通關上船的笨伯老婆身上可沒這種味道。香水味讓我們的心怦怦跳動，彷彿一時之間我們全都變成了楊排的表兄弟，全都和這位逐漸接近的女人有過瓜葛。然而，這位末代的八大小姐表現出來的模樣卻恰好和我們相反。儘管此時碼頭上碰過她身體的男人可能不只楊排一個，她卻不在意這由四面八方投射而來的意味深長眼光，只睜著一雙被濃妝眼影突顯放大的眼睛，和剛剛那群新兵一樣不停好奇地東張西望，不像要上船離開，倒像第一次踏上這座島嶼。

張著望著，她似乎瞧見躲在我們身後的楊排，便微微修正前進的角度，現在是筆直朝我們所在的位置走來了。我們憋住了呼吸，緊張地像第一次上哨發現匪X的衛兵，屏聲息氣盯著這個被驅離的女人逐漸向我們接近。她不再四處張望，目光定定落在我們這群人身上，讓我們得以把她的臉看個一覽無遺。這麼做的結果，是讓我們的心臟改變了運動方式，從剛才的怦怦跳動變成向下直墜。她的確化了妝，而且看得出來她真的盡了力，但臉上那層厚得像我們在預拌場倒一整天水泥後所沾染上的白粉，卻無法遮蓋住她臉上浮凸出來的丘疹痘疤和凹陷下去的毛孔皺紋。我們全都失望極了，本來以為朝我們迎面走來的是鄰家的姐姐，沒想到走近時才發現是對門的阿姨。不知道是歲月還是無數青壯小夥子的摧殘，這位傳說中的八大小姐，她的臉和身體至少有十年以上的時間距離。

我突然為楊排感到難過，而這感覺正隨著八大小姐逐漸和我們縮短的距離而慢慢增強。我有點後悔，過去不應該開楊排的玩笑，不該老是拿這件事情虧他，因為在親眼目睹八大小姐的面貌之後，我才發現這裡面一點也不好笑。其他人似乎也都和我一樣心虛，因此當八大小姐走到我們為楊排築起的人牆前時，大家都很有默契地往兩邊讓開了，讓楊排像面對十二碼罰球的守門員一樣，獨自應付八大小姐。

「嗨。」八大小姐說。不知是否因為海風太大的關係，她的聲音聽來有些暗沉沙啞。

楊排的頭還是低著，雙手握拳緊貼著褲縫。人家都站到他面前了，楊排只要伸出手就能摸到她，但他卻一聲不吭，僵硬的模樣讓我想起去年他到連上報到那天，在輔導長室受連長約談時那副硬得像凍魚的樣子。

「嗨，」八大小姐又說了一次，「我要走了喲。」

「喔。」楊排點點頭，視線仍落在自己的鞋頭上。

「那麼……」八大小姐轉頭看了那位毛巾老伯一眼，他已經把板車推至閘門口，吆喝憲兵過來幫忙把行李搬上檢查桌。她回過頭，微微笑了一下，眼角立刻浮現出魚尾細紋，不過低頭中的楊排並沒有看見。「那麼，就這樣嘍。」

「嗯。」

就這樣？當八大小姐轉身走開時，站在一旁的我們全都不敢置信地眨著眼睛。我們在碼頭上苦等了一個小時，原本以為精采可期的十八相送竟然就這麼幾句話而已。我想起龔宗強班長參與演出的那部英雄電影，沒料到這次由楊排主演的愛情舞台劇，居然也同樣不到五秒鐘就唱完了。

幸好，就像龔宗強被打死又馬上在另一個地方復活一樣，八大小姐的高跟鞋才跨出幾步，便突然提起腳跟輕輕盈盈地轉了個身，身上那襲紗質洋裝的裙襬也鼓脹成一朵黑傘，像極了碉堡上面的圓形偽裝網。這回馬轉身的時機頗為恰當，因為聽見鞋音遠去的楊排正好抬起頭來，兩個人的視線撞個正著。我們剛剛洩掉的氣瞬間灌回來了，並立刻發現八大小姐和楊排之間的距離被拉開得剛剛好，很適合做出飛撲相擁的動作。我們看看楊排，又看看八大小姐，要是時間可以暫停的話，這時候旁觀的我們一定會忙著下注，賭看看是誰先邁出腳步朝對方奔去。

然而，他們兩個人的時間好像真的暫停了。轉身過來的八大小姐竟站在原地，動也不動，和楊排一樣沒有向前移動的意思。我們又看看八大小姐，再看看楊排，搞不懂這兩個人到底想幹嘛，但最後大家的視線都落在楊排身上，彷彿他肩負了我們的期待，應端出個行動來讓我們瞧瞧。

令人失望的是，先開口的還是八大小姐。

「對了，我要謝謝你，這一年來我都沒機會到外面逛逛，都還不知道這座島長得什麼樣子。你把島上的風景名勝講給我聽，讓我感覺好像親自走過一樣呢。」

八大小姐說。

「應該的，別客氣。」

楊排說。

他們兩人僅交換了一句客套性十足的話語，彼此之間仍相隔好幾公尺距離定住不動。我們再一次看看楊排，又再一次看看八大小姐，這才明白前一陣子楊排為什麼會以搜索逃兵為名發動島嶼旅行團，以及為什麼一直催促我們走快一點。突然間，我發現楊排和八大小姐的距離並不如我們所看見的這麼遠。我想起以前楊排面對我們質疑軍官票和士兵票有何差別時所說的「不一樣」，現在我終於知道了，的確是不一樣的。

「再見了，」八大小姐說，「我不會忘記你的。」

這次，八大小姐真的走了。她輕飄飄邁出那鳥細長腿，通過安檢閘門，在眾人注視下搖搖晃晃走上舷梯。登上交通船後，她在兩、三層樓高的艙門口轉身，目光水平飄向遠方，像在凝視這座島嶼。幾秒鐘過去，她才低頭看著碼頭上的人群，左顧右盼，最後把視線投向我們這裡，舉起一隻明顯久未見過陽光的雪白胳臂，用力地揮了揮手，露出一個少女般的燦爛笑容。接著，進出港管制開始，她和甲板船舷走道上的老百姓和阿兵哥一樣全被請進了船艙，就此看不見了。

我們離開碼頭往南澳走，一路上沒人開口，好像全變成了啞巴。爬上山坡時，一聲響亮的船笛從我們身後傳來。我們停下腳步，轉身望向海面，看見交通船已駛出中柱港，在燕鷗盤旋下拖著長長水紋往南方遠去。楊排呆呆盯著遠去的交通船，表情一如去年在預拌場被學長痛毆的盧三輝。

「我會記得妳的。」楊排喃喃自語，不過我們都聽見了。

我很想這麼告訴楊排，沒有哪件事或哪個人是不會被忘記的，我們也不可能一直記得某件事或某個人。但是，八大小姐剛才在船艙口的那個笑容，卻一直盤據在我的腦海。

我突然羨慕起楊排來了，因為他還可以和對方說再見，而我卻再也沒有機會見到今年夏天島上的那位少女，無法向她說「謝謝」或「再見」。然而，看著楊排那副失魂落魄的模樣，我的想法又轉了個彎，覺得其實應該是楊排羨慕我才對，因為待會我就可以領到伊這航次寄來的信件和包裹，享受那股讓眾多孤兒嫉妒的溫暖。更何況，楊排可能再也見不到八大小姐了，而我只要再過八個月，再過兩百四十天，我就可以回到台灣本島，重新與伊相聚。

兩百四十天……

不知怎的，我的心情突然沉重起來，很像又抽中了一次外島籤。這種感覺很奇怪，儘管現在已是秋天了，但感覺夏天好像遲遲才搭上這班船，永遠離開了這座島嶼。

國家圖書館預行編目資料

外島書 / 何致和著. -- 初版. -- 臺北市
: 寶瓶文化, 2008.09
面 ; 公分. -- (Island ; 98)

ISBN 978-986-6745-44-7 (平裝)

857.7 97015586

寶瓶 AQUARIUS

Island098

外島書

作者／何致和

發行人／張寶琴
社長兼總編輯／朱亞君
主編／張純玲・簡伊玲
編輯／羅時清
美術主編／林慧雯
校對／羅時清・陳佩伶・余素維
企劃主任／蘇靜玲
業務經理／盧金城
財務主任／歐素琪　業務助理／林裕翔
出版者／寶瓶文化事業有限公司
地址／台北市110信義區基隆路一段180號8樓
電話／(02) 27463955　傳真／(02) 27495072
郵政劃撥／19446403　寶瓶文化事業有限公司
印刷廠／世和印製企業有限公司
總經銷／大和書報圖書股份有限公司　電話／(02)89902588
地址／台北縣五股工業區五工五路2號　傳真／(02)22997900
E-mail／aquarius@udngroup.com

法律顧問／理律法律事務所陳長文律師、蔣大中律師
如有破損或裝訂錯誤，請寄回本公司更換
著作完成日期／二〇〇八年
初版一刷日期／二〇〇八年九月二十六日
初版三刷日期／二〇〇八年十月二十四日
ISBN／978-986-6745-44-7
定價／三五〇元

AQUARIUS 寶瓶文化事業

愛書人卡

感謝您熱心的為我們填寫，
對您的意見，我們會認真的加以參考，
希望寶瓶文化推出的每一本書，都能得到您的肯定與永遠的支持。

系列：Island098 **書名：外島書**

1. 姓名：________ 性別：□男 □女
2. 生日：____年____月____日
3. 教育程度：□大學以上 □大學 □專科 □高中、高職 □高中職以下
4. 職業：________
5. 聯絡地址：________________
   聯絡電話：________ 手機：________
6. E-mail信箱：________________
   □同意 □不同意 免費獲得寶瓶文化叢書訊息
7. 購買日期：____年____月____日
8. 您得知本書的管道：□報紙／雜誌 □電視／電台 □親友介紹 □逛書店 □網路 □傳單／海報 □廣告 □其他
9. 您在哪裡買到本書：□書店，店名________ □劃撥 □現場活動 □贈書 □網路購書，網站名稱：________ □其他________
10. 對本書的建議：（請填代號 1. 滿意 2. 尚可 3. 再改進，請提供意見）
    內容：________
    封面：________
    編排：________
    其他：________
    綜合意見：________________
11. 希望我們未來出版哪一類的書籍：________________

讓文字與書寫的聲音大鳴大放

寶瓶文化事業有限公司

（請沿此虛線剪下）

廣 告 回 函
北區郵政管理局登記
證北台字 15345 號
免貼郵票

寶瓶文化事業有限公司　收

110台北市信義區基隆路一段180號8樓

8F,180 KEELUNG RD.,SEC.1,

TAIPEI.(110)TAIWAN R.O.C.

（請沿虛線對折後寄回，謝謝）